唐诗三百首全解

〔清〕蘅塘退士 编
赵昌平 解

复旦大学出版社

图书在版编目(CIP)数据

唐诗三百首全解/(清)蘅塘退士编;赵昌平解. —2版. —上海:复旦大学出版社,2023.10
(中华经典全解丛书)
ISBN 978-7-309-17016-0

Ⅰ.①唐… Ⅱ.①蘅… ②赵… Ⅲ.①唐诗-诗歌欣赏 Ⅳ.①I207.227.42

中国国家版本馆 CIP 数据核字(2023)第 181895 号

唐诗三百首全解(第二版)
[清]蘅塘退士 编
赵昌平 解
责任编辑/方尚芩

复旦大学出版社有限公司出版发行
上海市国权路 579 号 邮编:200433
网址:fupnet@fudanpress.com http://www.fudanpress.com
门市零售:86-21-65102580 团体订购:86-21-65104505
出版部电话:86-21-65642845
常熟市华顺印刷有限公司

开本 700 毫米×1000 毫米 1/16 印张 25.5 字数 514 千字
2023 年 10 月第 2 版
2023 年 10 月第 2 版第 1 次印刷
印数 178 401—188 400

ISBN 978-7-309-17016-0/I·1369
定价:52.00 元

如有印装质量问题,请向复旦大学出版社有限公司出版部调换。
版权所有 侵权必究

大陆版序

在文字从简的《唐诗三百首》图文本、画册本争奇斗妍的今天，我却仍以这一无图而又详解的本子献给读者，是否有些不合时宜呢？然而正如秦韬玉笔下那位"敢将十指夸针巧，不把双眉斗画长"的贫女一样，"不合"者也自有其可以不合、有以自矜的理由。这倒不仅因为本书海外版的反馈信息给了我信心，更重要的是，当前的阅读倾向，使我深感，一种认真而有新意的详解本，实属必须。

或许因为在唐诗学界小有创获，常有年轻人来问学。中学生向我谈起他们的困惑：虽然读了不少选本，但中考、高考时，面对一首陌生的诗，往往仍无所措手足。青年学人以他们的诗学论文寄我提意见，可惜其常见的通病是由于误读文本，而使立论变成空中楼阁。这种情况在我所经目的大量来稿与硕博论文中也屡见不鲜。对于以上种种，我开出的药方只有简简单单的一味：下功夫去读通，而读通的首务是要知道"诗是怎样写成的"。

这自然需要掌握一些诗学的基本知识，对此，我已在海外版原序中有所提挈，并在解诗时随机而发作了讲析。这里仅想就时下流行的说法："读诗只须凭感觉印象，不必详究"，再絮叨几句。这说法也有些来头，即所谓"以禅喻诗"。南宗禅倡言以心印心，单刀直入，了然顿悟。这通于诗学，便是传统的点评。应当说精到的点评是读诗的高境界，然而略知禅理者又都明白，心印、顿悟，本须有历久的"积学"为前提。舍积学而论印心、顿悟，其不堕入"狂禅"恶道者几希。传统点评精到处不少，但狂禅般的痴人说梦更比比皆是。更有甚者，评者读不懂某诗，便斥为伪作。我们那位谪仙人李白的不少名篇，比如入选本书的《宣州谢朓楼饯别校书叔云》，就曾遭此厄运。以作诗为日课的古人尚且如此，今天的读者，如一味谈感觉印象而无视"积学"，其效果当可想而知。这道理也简单，老杜说"意匠惨淡经营中"，可见，企望以浮躁之心去印合精微的诗心，要不出错也难。也因此，这个详解本的目的就在于，希望为本是学诗初阶的《唐诗三百首》，加上一道比较牢靠的扶手，使之能更好地发挥入门阶梯的作用。

  对于大陆版，我还是花了两个多月的时间作了修订，而其中最花工夫的，恰恰是我最不想做的"语译"。说不想做，是因为诗本不可译，一译便韵味顿失；又偏偏最花工夫，则是因为语译可起到帮助初学者贯通诗脉的作用，而贯通诗脉又是读懂的关键；所以也就"知其不可为而为之"，并尽量"为"得好一些，"为"得有点儿韵味。由此建议读者对于本书正文外的三部分，注释、语译、赏析，也可以先跳过注释读语译；语译有不明处，再看相应的注释；最后再进入我"以心印心"的赏析的阅读。这样读法，也许能更好地达到三方面预期的效果：注释以实其基，广其识；语译以通其脉，顺其气；赏析以博其趣，撷其神。

  最后要说明的是，我并无意反对文字从简的图文本。事实上，我也编过这类读本；今后也许还会在详解本的基础上再做一种约简本，也不排斥配图。但目前，我更愿意将有限的篇幅，留给对读者而言更为急需的讲析。希望它能帮助读者掌握一些"单刀直入"的刀法，并能举一反三，较从容地鉴赏一首陌生的诗篇。明此，则读者当不致因我前面引了秦韬玉的两句诗，而责我自矜"风流高格调"了吧。

赵昌平
2006.3.31

海外版原序

如果问今天哪一种诗集在中国民间的影响最巨,那么无疑应推蘅塘退士这本《唐诗三百首》。说它是家弦户诵,肯定并非夸张。一本书能历时三百年而光景常新,这本身就说明了它确有独到之处,这应当从其选诗宗旨与唐诗(尤其是盛唐诗)特定的地位来看。

一

蘅塘退士,本名孙洙,字临西。无锡人,生于清康熙辛卯年(一七一一),卒于乾隆戊戌年(一七七八)。家贫,苦读不辍。乾隆九年中举,十六年成进士。从清顾光旭《梁溪诗钞》、窦镇《名儒言行录》的有关资料看,其生平有如下特点:

退士虽曾三为县令,但历任中最引人注目的是学官之职。先后曾任景山官学教习、上元县教谕、江宁府教授,其间还曾二度任省考试官。又纯学方正,淳淳有君子之风。少年时"家贫,隆冬读书,恒以一木握掌中,谓木生火,可御寒",及为县令,"所至必咨访民间疾苦,平时与民谆谆讲叙如家人父子,或遇事须答责者,辄先自流涕,故民多感泣悔过"。及归老之时,虽"三握邑篆"而"囊橐萧然,澹若寒素",以至民皆"攀辕泣送"。记载说他"归老时蔬水常不给",容有夸张之处,但恬退清贫,是可以想见的。

其人其德既明,再来看本书自序,就可以更深切地明了其选诗宗旨了。序云:

世俗儿童就学,即授《千家诗》,取其易于成诵,故流传不废;但其诗随手掇拾,工拙莫辨,且止五七律绝二体,而唐、宋人又杂出其间,殊乖体制。因专就唐诗中脍炙人口之作,择其尤要者,每体得数十首,共三百余首,录成一编,为家塾课本。俾童而习之,白首亦莫能废,较《千家诗》不远胜耶!谚云:"熟读唐诗三百首,不会吟诗也会吟。"请以是编验之。

序言虽短，但出色地体现了一位纯学方正的学官的经验与观念。

孙洙编选这书的目的，是要"俾童而习之，白首亦莫能废"，可见孙洙深知"学慎始习"的道理，企望学童从小就得诗学之正路，从而贯彻终身。所谓诗学的正路，其实包含两方面的因素，一是内容的方正，二是诗艺的正大。先说第一点。

"三百首"的书名，先值得注意，虽说得启发于人人皆知的"熟读唐诗三百首"之民谚，但从选篇内容观之，恐亦有上承《诗三百》传统之意。孔子删定《诗三百》，首要的目的是正风俗、明人伦，这从《唐诗三百首》的选目中也可以清楚地看出。

作为童蒙读本，悼亡诗一般是不宜入选的，但是本编却全取元稹《遣悲怀》三首。无疑，因为就诗论诗，这组诗表现了"贫贱夫妻"至死弥笃的真挚情意。

"三百"之数于唐诗精华而言，只是极小的一部分，理应篇篇都如序所言取其"尤脍炙人口者"，但如杜甫五律《别房太尉墓》，本平平无奇之作，录诗为本书六倍有余的《唐诗别裁集》都不取，而《三百首》偏偏收入，这绝非孙洙眼光不佳，而是因为此诗在表现朋友有信、不忘故交方面尤有典型性。

白居易《秦中吟》十首、《新乐府》五十首，是白氏最看重的讽喻诗的代表，词意也浅切可诵，但本编竟一首不录，连为其先导的杜甫"三吏""三别"也一概摈弃。这倒并非孙洙不主张诗的讽喻性，他也选录了杜甫《兵车行》《哀江头》一类政治诗，相比之下，可以明白取此舍彼的原因在于，虽同是讽喻，但后者主文而谲谏，前者则不免辞意急切，有"显暴君过"之嫌。

诸如此类内容上初看不易理解的选篇取舍还能举出许多。然而真所谓"反常合道"，这一切其实都是因为《三百首》严格地禀承了《诗三百》的传统，而以"温柔敦厚"的诗教为大归，所以违论离经叛道者，连过于怨怼愤激，不轨于中庸之道者，在本编中均无立锥之地。作为学官的孙洙，要给蒙童的首要的营养是旧时代的立身处世之本，使之自幼在讽咏吟唱的过程中得到品性的熏陶，而至"白首亦莫能废"。读者不妨将本编中有关人伦的篇章拣出涵咏，必能感到这些诗篇中似乎总有孙洙恂如谨如的身影在焉。

中国旧式之教育，我曾称之为"教化至上"的方针，诗教即其在诗歌创作与教学上的反映，全面论述其功过，不是本文的任务，然而应当承认，对于童蒙教育而言，德育是必须予以充分重视的。孙洙作为学官，必然更自觉地在《唐诗三百首》中体现这一传统。至于各诗中所体现的种种传统的道德观念，在今天也仍有其可借鉴之处。

二

为体现入门须正的第二方面内容——技法之正，孙洙树立了一个在他看来是反面的标的，即宋人谢枋得、王相编选的《千家诗》。在他对《千家诗》的批评中，所谓"随手掇拾，工拙莫辨"是难以作必然论证的，但"且止五七律绝二体，而唐、宋人又杂出其间，殊乖体制"，则就体制提出了两方面的问题，值得探讨。

所谓"且止五七律绝二体"，是批评《千家诗》不由古体入手，而全以律体教学子，这可从唐人殷璠《河岳英灵集·序》分别以风骨与声律二者论古、律二体悟出。原来律体成立之初，因其调声逐对技巧复杂，音韵婉美，主要用于宫廷贵家宴游之时，多少有些逗才角技的意味，而与以言志抒情为职能，主于风骨的简劲的古体不同。因此从唐世开始，就常有人主张，学诗须从古体着手，以培植底气，确立以情志为本的主干；而不宜从律体着手，以免舍本逐末，堕入轻情志而逐声对的恶道。唯有古诗基础打得好，再习近体，才能以情志驭声律，使声对为情志的表达服务。这也就是殷璠所说的"声律风骨兼备"。后人论律诗高下，常用"古体蟠屈入八句中"之类话语，也正是就此而言。而孙洙对《千家诗》的批评，正禀承了这种传统观念。也正是因为主张由古入律，他在诗歌内容之纯正与技法之纯正之间寻到了一个契合点。

对于孙洙这一观点，似应作两面观。一方面，诗至中唐，律体的创作无论量与质都大大超过了古体，相对于初唐时，人们掌握律体的声对技巧，已不再那么费力。即使是现代中国人，如方言中具备四声，本身又有较好的文学基础，那么从形式上掌握律体，中人之资，有二三个月也就可以了。因此，学习律体不必全与气骨相对立。《千家诗》尽选律绝，正是中唐后律体大盛的反映。孙洙的这一批评，多少有点拘执。但从另一方面看，他要求作诗首先当重视情志气骨，还是对的。特别是初学者，更应注意这一问题，不然技巧再圆熟，也难成气候。

对于"而唐、宋人又杂出其间"的批评，人们不禁会问：为什么童蒙读本就不能唐宋兼取呢？原来这牵涉到自宋至清的唐宋诗之争。

所谓唐诗，一般是由时代言，即指唐代的诗。然而在诗学上，唐诗也有就体调而言的另一重意义，即唐人体调的诗，以与宋人体调的诗相对。二者分称唐调(诗)与宋调(诗),而分主二者的诗歌流派则称唐诗派与宋诗派。钱锺书先生论唐宋诗区别有云:"唐诗多以丰神情韵擅长,宋诗多以筋骨思理见胜。"(《谈艺录》)这是二者风格区别之大较。既以风格为区分标准,则唐调、宋调也就突破了时代的界限。凡主于丰神情韵的诗都称唐调,而不论其作者是唐是宋,甚至为明为清;反之,唐诗中那些开宋诗风气的作品也被称为宋调或非典型意义的唐诗,从而被摈弃于此一意义的唐诗之外。唐宋诗之争起于宋代,而至明清二代,愈演愈炽,于是形成相互排斥的壁垒,而其间又有种种具体主张不尽相同的支派。孙洙的时代是唐诗派的王士禛(神韵派)与沈德潜(格调派)先后主坛坫之时,风气所趋,使唐调诗处于正统的地位。而几乎同时,大抵属于宋诗派的袁枚"性灵说"、翁方纲"肌理说"也已萌生,使唐宋诗之争呈现出复杂的局面。这一时代背景,加以本人温柔谦退的质性,使历任学官,担任引导学子应试以博取功名的孙洙,必然以唐诗为正宗。而偏偏《千家诗》虽唐宋兼取,却是一部宋调色彩极其浓厚的选本,比如它所取杜甫七律,多为宋调法门的疏宕一路的作品。在孙洙看来,不仅其宗宋可厌,而且简直鱼目混珠,歪曲了唐诗的真精神,因此他诋之为"殊乖体制",而决心选一部真正以丰神情韵见长的蒙学唐诗选本,以为初学者阶梯。

　　我曾对《唐诗三百首》的选目进行过详细的分析,见于与马茂元先生合撰的《唐诗三百首新编·前言》,这里不再赘述,仅略举其要。

　　其一,《三百首》所录三百十一首诗,有二百七十首见于王士禛(渔洋)的《古诗选》《唐贤三昧集》《唐人万首绝句选》与沈德潜的《唐诗别裁集》(大多同见于二家),其余四十一首则见于明高棅《唐诗品汇》、唐汝询《唐诗解》等著名唐诗派选本中,可见它是以王、沈二家之书为主干的唐诗派精选本。

　　其二,过去人们一直以为《三百首》是《唐诗别裁集》的复选本,但细加比较推勘,会发现对孙洙影响更大的是王士禛。仅从选篇看,《三百首》所选见诸《别裁》者共二百四十四首,为百分之七十,而见诸渔洋所选者,五古、七古、五绝、七绝四体为百分之八十;至于五、七言律二体,因王士禛《唐贤三昧集》专选盛唐而《别裁》通选四唐无法比较,但《三百首》所选盛唐七律,几乎全见于《三昧集》。再从旨趣看,《三百首》也更接近于王士禛。王士禛以"神韵说"著称,力主"不著一字,尽得风流""羚羊挂角,无迹可求",其推崇的实是被前人称为唐诗正宗的盛唐王、孟家数,以为此类方是典型的唐音。沈德潜曾受学于有宋诗派倾向的著名诗论家叶燮,叶氏通变之说对他有重大影响,故《别裁》的选辑目的就有纠渔洋偏向的因素在。其序言开宗明义就对王氏选录标准提出异议，继而又云："有唐一代诗，凡流传至今者，自大家名家而外，即旁蹊曲径，亦各有精神面目流行其间，不得谓正变盛衰不同，而变者、衰者可尽废也。"因此他取径比王士禛为宽阔。不仅重视王、孟，更重视杜甫、韩愈似"鲸鱼碧海"（杜诗语）、"巨刃摩天"（韩诗语）般的格高调响、力大思雄的作品，而偏偏杜、韩二者是诗家公认的由唐入宋的两个转关。《三百首》作为一个明宗旨的选本，加以孙洙的质性似更接近渔洋，便反过来以渔洋的标准来修正沈氏的观点。虽然仅从选篇的数量看，《三百首》录杜诗略多于王维，但这主要因为杜甫存诗为王维三倍余，而细析篇目，可见所取于杜甫者，无例外地为平大敦厚或怨而不怒的作品，均属唐调。其开宋调之渐的，一概不取。试以七律为例。《千家诗》收入杜甫后一类作品五首：《曲江》《九日蓝田》《与朱山人》《冬至》《江村》。《别裁》录入最具代表性者的前三首，而《三百首》一首不取。《别裁》的着眼点是显示杜甫作为大家，既集唐人七律之大成，又开宋调之渐的地位；而《三百首》则坚决以唐调为正宗，而力排一切有宋调之嫌的篇章。《三百首》虽篇幅甚少，也并非一点不注意唐诗的传承、流变，但只是揭示唐调流变的轨迹。如七古主要取盛唐李颀、王维、李白、杜甫及中唐韩愈五家。这是明清唐诗派共同的观点，即以李、王为正宗，李、杜为大家，韩愈为接武。于晚唐，《三百首》仅取李商隐《韩碑》一篇，初看起来《韩碑》内含复杂，语重句奇，似有乖童蒙读本易记易诵的宗旨，但从诗史演进角度看，《韩碑》恰恰既是杜、韩七古的嫡派正传，又能避免二家七古险怪生硬开宋人风气的倾向，所以入录《韩碑》，又正表现了孙洙以唐调为归要的宗旨。

必须说明，唐诗派所标举的唐诗主要是盛唐诗，而"格调派"与"神韵派"主张又有所不同。"格调派"主骨力劲健，格高调响，最重李、杜，下及韩愈，于大历诗并不重视；而"神韵派"主空灵有味外味，故尤重王、孟，下及大历。从《三百首》选篇看，入录三百十一诗中，盛唐一百六十一首，大历五十一首，约占百分之七十，而于包括韩愈在内的唐诗第二个高潮期元和时期，只收三十三首，仅百分之十，这是因为大历诗为王孟诗风笼罩，而"诗到元和体变新"，已是唐音变调、宋诗先驱了。两相对比，更可见孙洙虽王、沈并尊，而尤承渔洋选诗标准。

三

虽然，今天看来孙洙的诗学观点有偏颇处，但从标举一派宗旨的选本角度来看，其结构总体来说是合理的。在有限的篇幅中集中选取正宗的盛唐诗（诗歌分期的"三唐说"与高棅的"四唐说"将大历也归入盛唐），而于其前后，略取代表作，又力排典型的宋调诗。这样能既给人强烈的主体印象，又提挈唐调传承流变。其体制纯一，不致令初学者莫衷一是。如并不企望从中看出整个唐代诗史的概貌，而只希望对唐诗的主体风格有较明确的把握，从中习得作诗的正途，那么《三百首》应说是初级选本之首选。这样说，是由盛唐诗的本质与诗史地位决定的。因此要读通《三百首》，就须对盛唐诗有总体的把握。

大致经历了八十年左右的初唐诗坛所要解决的核心问题是：如何结合南北诗风之长，以六朝声辞方面的成果来表现新朝创建伊始的盛大气象。而这一努力，起初主要表现于宫廷诗人中。其突出成果是，今体诗终于定型，古今混杂的局面得以结束。反过来，这也促使人们去探索古体诗，或说唐人古体诗的体势特点与创作技巧。也因此，当人们利用这些成果去表现情志时越来越显得纯熟。特别是初唐四杰、陈子昂、沈宋等优秀诗人从军与外放期间的创作，更由于突破了宫廷生活的狭窄外壳，而使得趋向成熟的诗体形式开始与一种清壮开远之气得到了不同程度的结合，从而表现出盛唐之音的先兆精光。

经过张说、张九龄二位宰相诗人的努力与有意无意的凝聚组织，大抵在开元十五年前后，随着乡贡进士中举比例的不断加大，一批富有创造力的地方诗人开始登场，松散的才士型的诗人群，代替了密集的侍从型的宫廷词臣群，而成为诗坛的主体。南北诗风交融也在相当程度上与朝野诗风结合互为表里。而唐玄宗所说的"英特越逸之气"，也自然代替了词臣们的雍容典雅之度，成为典型的盛唐诗的主要气质。才俊之士们怀抱着前所未有的致身青云的希望——这希望更为强盛的国势，所谓开元盛世所鼓舞——从而以高朗为其创作的主色调。然而致成三十年后安史之乱的种种社会矛盾，奢靡之风，宦官专权，旧士族对新兴进士群的排斥，也在极盛的态势下开始逗露。于是满怀希望的诗人们，又往往铩羽而去，开始了时代性的南北漫游的行程，蓄积着再作冲刺、实现希望的能量。这时，宏盛中的隐忧在诗人们的心灵上折射为希望中的不安与烦扰。这也使盛唐诗高朗的总体色调中，往往伴随有一种更复杂的意蕴，从而滋味醇厚。

盛唐新起诗人群上述新的素质与心理状态，与初唐以来诗歌体式、技巧的新成就相结合，在当时整个开放昌明的文化氛围中，表现出一种新的气象。

由于诗人群体的在野性、松散性、流动性、进取性，诗人们在共同的风气下，较初唐诗人表现出更多的个性化与多样性。不同经历、不同个性的才俊之士们，在遇到各各不同的即时即地的外物触发时，以其"英特越逸"的气质淘洗初唐诗的铅华，选取合适的，一般也是自己性之所宜与运用较纯熟的诗体形式，自铸伟辞来表达其触物而发的意兴。这意兴流注于诗歌的物象之下，成为诗歌隐在的意脉（唐人称为势），也使物象升华为意象。纵观盛中唐之间的诗歌理论著作，实际已形成"意兴、意脉、意象"三位一体的创作观念。由于英气使然，意兴有飞动之势而隐于象下，意脉又像血脉一般将散在的意象团捏起来，遂形成唐人诗秀朗浑成的总体特点。不要以为盛唐人作诗不要思虑修饰，只是由于以意为主，气势飞动，加以技法的纯熟，才达到锤炼而不见痕迹的境地。

从以上分析可见，盛唐诗是产生于这样一种背景之下：它是《诗》《骚》以来一千多年，尤其是汉魏以来六七百年诗歌艺术经验之不断积淀。至开元天宝时，又遇到一种最适宜诗歌发展的历史文化背景，更适逢一批其气质心态最宜于诗歌的天才诗人登场，他们将前所未有的诗史因素与前所未有的时代因素结合起来，遂把诗歌艺术推向巅峰。由于盛唐诗人在初唐诗人努力的基础上，解决了古典诗歌创作论的核心问题与体式问题，也就是说中国古典诗歌这一艺术部类的精髓与魅力，在盛唐时已被充分开掘，因此后来的诗人，从个体而言虽不乏可与盛唐人媲美的佳作，但在总体上他们的成就也只能是局部的补充与发展。而当他们力图突破盛唐人的成就时，也往往虽有所得，却时时不知不觉间在某些地方背离了诗艺的精髓，因而难以有盛唐人那种高朗浑成的境界。因此，如果从欣赏的角度而言，可以认为初、盛、中、晚四唐诗各有其特色，唐调、宋调也各擅胜场；但从诗史演进的意义上来考察，盛唐诗的地位是后人难以逾越的，而从学诗的角度而言，从盛唐入手也是最为合宜的。正是这一点，再加上蘅塘退士充分注意了童蒙诗选本应易诵易记的特点，遂使《三百首》成为初学者一种最佳的选择。

四

《唐诗三百首》原有简注，道光时上元才女陈婉俊为之补注。自此以后，可谓注家蜂起，我所经目的就有十几种。然而现在还要作此新注本，是鉴于以下几点。

首先，泛览各家注本，发现即使是享有盛名的注本，其中失注、误注的似非个别现象。其中有典故未彰者，有制度失考者，有作者身世行事未明者，有地理山川未详者。除此而外，最常见也是最应当引起注意的，是因为于盛唐诗总体特点缺少把握而解读有误。其中尤以未能把握意脉，望文生义致误者为最严重，甚至有将全篇意思说反了的。因此感到应当有一种在唐诗读法上给初学者以指点的注本，这也是本序所以要对唐诗特点作扼要介绍的原因所在，而全书笺释的第一个重点亦在于此。

其次，所见注本，似对于孙洙本编的宗旨尚缺少全面了解与把握。由于今人接触唐诗，往往是从《唐诗三百首》入门的，如对其编选宗旨缺乏了解，会影响到以后对唐诗的正确认识。比如，由于《三百首》为古代童蒙读本，选篇以易记、易诵、易解为要；从本书入门，就会很自然地接受前人一种似是而非的观点——盛唐诗自然而不费雕锼之工。其实盛唐诗人很讲究功底与锻思，即使本书所选看似易解的篇章，也是"看似容易实艰辛"。必须了解本编宗旨是在明唐宋诗之辨，而非标举盛唐诗一味自然，才能较深切地理解各诗作法的精微，也才能避免先入为主的偏颇，而在今后更深入接触唐诗时，一味以盛唐诗的标准——而且是走样了的标准，去轻率地讥弹初、中、晚唐诗乃至宋诗。为此本序又以唐宋诗之辨为又一重点，在赏析中对诗篇艺术特点的分析，也尤注重从这方面作引导。

其三，由于孙洙有明确的编选目的与严格的体例，因此本编虽不能反映唐诗演变全貌，但对了解其主线尚有一定帮助。读《三百首》，应当把它作为一个整体来看，今存选本似对这一点都不很重视，往往有就诗论诗之弊。为此，在这一新注本中，我尽量由选篇本身出发，介绍一些唐诗的历史文化背景与诗史演变轨迹。比较读法成为我常用的手段，通过比较，不仅可相互映发，更深切地了解诗歌本身，更可以连点成线，略知流变。这也许是这个新注本的第三个特点。

一切研究的起点是文本解读，因此，从读这类初级选本起，你也许就在为今后的研究打底子了。我不敢说这个注本做得很好了，事实上，由于出版社工作与研究工作的繁忙，这本书断断续续地做着，完稿后，统看全编，感到多有不能惬意处。然而差可自信的一点是，我的唐诗研究是以极认真的文本解读为起点的，也常常有些独特的感悟。在此书中，我已尽可能把如何读诗的体会介绍给了读者。具体做法，读者看了本书后当会明白，这里简单归纳为四句话："诗要熟读，又要一字一字地读，反反复复比较着读，从中以我心去感悟诗心。"希望能对读者有用。

赵昌平

目录

卷一　五言古诗

感遇二首 / 1
张九龄

下终南山过斛斯山人宿置酒 / 3
李　白

月下独酌 / 4
李　白

春思 / 6
李　白

望岳 / 6
杜　甫

赠卫八处士 / 8
杜　甫

佳人 / 10
杜　甫

梦李白二首 / 12
杜　甫

送綦毋潜落第还乡 / 14
王　维

送别 / 15
王　维

青溪 / 16
王　维

渭川田家 / 17
王　维

西施咏 / 18
王　维

秋登万山寄张五 / 20
孟浩然

夏日南亭怀辛大 / 21
孟浩然

宿业师山房待丁大不至 / 22
孟浩然

同从弟南斋玩月忆山阴崔少府 / 23
王昌龄

寻西山隐者不遇 / 24
丘　为

春泛若耶溪 / 25
綦毋潜

宿王昌龄隐居 / 27
常　建

与高适薛据登慈恩寺浮图 / 28
岑　参

贼退示官吏有序 / 30
元　结

1

郡斋雨中与诸文士燕集 / 32
韦应物

初发扬子寄元大校书 / 34
韦应物

寄全椒山中道士 / 36
韦应物

长安遇冯著 / 36
韦应物

夕次盱眙县 / 37
韦应物

东郊 / 38
韦应物

送杨氏女 / 39
韦应物

晨诣超师院读禅经 / 41
柳宗元

溪居 / 42
柳宗元

乐府

塞下曲二首 / 44
王昌龄

关山月 / 46
李　白

子夜吴歌 / 47
李　白

长干行 / 48
李　白

列女操 / 50
孟　郊

游子吟 / 51
孟　郊

卷二　七言古诗

登幽州台歌 / 52
陈子昂

古意 / 52
李　颀

送陈章甫 / 54
李　颀

琴歌 / 55
李　颀

听董大弹胡笳声兼语弄寄房给事 / 56
李　颀

听安万善吹觱篥歌 / 59
李　颀

夜归鹿门歌 / 61
孟浩然

庐山谣寄卢侍御虚舟 / 62
李　白

目 录

梦游天姥吟留别 / 64
    李　白

金陵酒肆留别 / 67
    李　白

宣州谢朓楼饯别校书叔云 / 68
    李　白

走马川行奉送封大夫出师西征 / 70
    岑　参

轮台歌奉送封大夫出师西征 / 72
    岑　参

白雪歌送武判官归京 / 73
    岑　参

韦讽录事宅观曹将军画马图 / 75
    杜　甫

丹青引赠曹将军霸 / 78
    杜　甫

寄韩谏议注 / 81
    杜　甫

古柏行 / 83
    杜　甫

卷三　七言古诗

观公孙大娘弟子舞剑器行并序 / 86
    杜　甫

石鱼湖上醉歌并序 / 89
    元　结

山石 / 90
    韩　愈

八月十五夜赠张功曹 / 93
    韩　愈

谒衡岳庙遂宿岳寺题门楼 / 95
    韩　愈

石鼓歌 / 98
    韩　愈

渔翁 / 102
    柳宗元

长恨歌 / 104
    白居易

琵琶行并序 / 110
    白居易

韩碑 / 114
    李商隐

卷四　七言乐府

燕歌行有序 / 119
    高　适

古从军行 / 121
    李　颀

洛阳女儿行 / 123
　王　维

老将行 / 124
　王　维

桃源行 / 127
　王　维

蜀道难 / 129
　李　白

长相思二首 / 131
　李　白

行路难 / 133
　李　白

将进酒 / 135
　李　白

兵车行 / 137
　杜　甫

丽人行 / 139
　杜　甫

哀江头 / 141
　杜　甫

哀王孙 / 143
　杜　甫

卷五　五言律诗

经鲁祭孔子而叹之 / 146
　唐玄宗

望月怀远 / 147
　张九龄

杜少府之任蜀川 / 148
　王　勃

在狱咏蝉并序 / 150
　骆宾王

和晋陵陆丞早春游望 / 152
　杜审言

杂诗 / 153
　沈佺期

题大庾岭北驿 / 154
　宋之问

次北固山下 / 155
　王　湾

破山寺后禅院 / 156
　常　建

寄左省杜拾遗 / 157
　岑　参

赠孟浩然 / 159
　李　白

渡荆门送别 / 160
　李　白

送友人 / 161
　李　白

听蜀僧濬弹琴 / 163
　李　白

夜泊牛渚怀古 / 164
　　李　白
春望 / 165
　　杜　甫
月夜 / 166
　　杜　甫
春宿左省 / 168
　　杜　甫
至德二载，甫自京金光门出，间道归凤翔。乾元初，从左拾遗移华州掾，与亲故别，因出此门，有悲往事 / 169
　　杜　甫
月夜忆舍弟 / 170
　　杜　甫
天末怀李白 / 171
　　杜　甫
奉济驿重送严公四韵 / 173
　　杜　甫
别房太尉墓 / 174
　　杜　甫
旅夜书怀 / 175
　　杜　甫
登岳阳楼 / 177
　　杜　甫
辋川闲居赠裴秀才迪 / 178
　　王　维
山居秋暝 / 179
　　王　维

归嵩山作 / 180
　　王　维
终南山 / 181
　　王　维
酬张少府 / 182
　　王　维
过香积寺 / 183
　　王　维
送梓州李使君 / 185
　　王　维
汉江临眺 / 186
　　王　维
终南别业 / 187
　　王　维
临洞庭上张丞相 / 188
　　孟浩然
与诸子登岘山 / 189
　　孟浩然
宴梅道士山房 / 191
　　孟浩然
岁暮归南山 / 192
　　孟浩然
过故人庄 / 193
　　孟浩然
秦中寄远上人 / 194
　　孟浩然
宿桐庐江寄广陵旧游 / 195
　　孟浩然

留别王维 / 197
孟浩然

早寒有怀 / 198
孟浩然

秋日登吴公台上寺远眺 / 199
刘长卿

送李中丞归汉阳别业 / 200
刘长卿

饯别王十一南游 / 201
刘长卿

寻南溪常道人 / 202
刘长卿

新年作 / 203
刘长卿

送僧归日本 / 204
钱　起

谷口书斋寄杨补阙 / 205
钱　起

淮上喜会梁州故人 / 207
韦应物

赋得暮雨送李胄 / 208
韦应物

酬程近秋夜即事见赠 / 209
韩　翃

阙题 / 210
刘眘虚

江乡故人偶集客舍 / 211
戴叔伦

送李端 / 212
卢　纶

喜见外弟又言别 / 213
李　益

云阳馆与韩绅宿别 / 214
司空曙

喜外弟卢纶见宿 / 214
司空曙

贼平后送人北归 / 215
司空曙

蜀先主庙 / 216
刘禹锡

没蕃故人 / 217
张　籍

草 / 218
白居易

旅宿 / 220
杜　牧

秋日赴阙题潼关驿楼 / 221
许　浑

早秋 / 222
许　浑

蝉 / 223
李商隐

风雨 / 224
李商隐

落花 / 225
李商隐

凉思 / 226
李商隐

北青萝 / 227
李商隐

送人东游 / 228
温庭筠

灞上秋居 / 229
马　戴

楚江怀古 / 230
马　戴

书边事 / 231
张　乔

除夜有怀 / 233
崔　涂

孤雁 / 234
崔　涂

春宫怨 / 234
杜荀鹤

章台夜思 / 235
韦　庄

寻陆鸿渐不遇 / 236
僧皎然

卷六　七言律诗

黄鹤楼 / 238
崔　颢

行经华阴 / 239
崔　颢

望蓟门 / 240
祖　咏

九日登望仙台呈刘明府 / 241
崔　曙

送魏万之京 / 242
李　颀

登金陵凤凰台 / 243
李　白

送李少府贬峡中王少府贬长沙 / 245
高　适

奉和贾至舍人早朝大明宫之作 / 246
岑　参

和贾至舍人早朝大明宫之作 / 248
王　维

奉和圣制从蓬莱向兴庆阁道中留春雨中
　春望之作应制 / 249
王　维

积雨辋川庄作 / 250
王　维

酬郭给事 / 252
王　维

蜀相 / 253
杜　甫

客至 / 254
杜　甫

野望 / 255
杜　甫

闻官军收河南河北 / 256
杜　甫

登高 / 258
杜　甫

登楼 / 259
杜　甫

宿府 / 260
杜　甫

阁夜 / 262
杜　甫

咏怀古迹五首 / 263
杜　甫

江州重别薛六柳八二员外 / 271
刘长卿

长沙过贾谊宅 / 272
刘长卿

自夏口至鹦鹉洲望岳阳寄源中丞 / 274
刘长卿

赠阙下裴舍人 / 275
钱　起

寄李儋元锡 / 276
韦应物

同题仙游观 / 277
韩　翃

春思 / 279
皇甫冉

晚次鄂州 / 280
卢　纶

登柳州城楼寄漳汀封连四州刺史 / 281
柳宗元

西塞山怀古 / 282
刘禹锡

遣悲怀三首 / 283
元　稹

自河南经乱，关内阻饥，兄弟离散，各在一处。因望月有感，聊书所怀，寄上浮梁大兄、於潜七兄、乌江十五兄，兼示符离及下邽弟妹 / 287
白居易

锦瑟 / 288
李商隐

无题 / 289
李商隐

隋宫 / 291
李商隐

无题二首 / 293
李商隐

筹笔驿 / 295
李商隐

无题 / 297
李商隐

春雨 / 298
李商隐

无题二首 / 299
李商隐

利州南渡 / 301
温庭筠

苏武庙 / 302
温庭筠

宫词 / 304
薛　逢

贫女 / 305
秦韬玉

乐府

独不见 / 306
沈佺期

卷七　五言绝句

鹿柴 / 308
王　维

竹里馆 / 308
王　维

送别 / 309
王　维

相思 / 309
王　维

杂诗 / 310
王　维

送崔九 / 311
裴　迪

终南望余雪 / 311
祖　咏

宿建德江 / 312
孟浩然

春晓 / 312
孟浩然

夜思 / 313
李　白

怨情 / 314
李　白

八阵图 / 314
杜　甫

登鹳雀楼 / 315
王之涣

送灵澈 / 316
刘长卿

弹琴 / 316
刘长卿

送上人 / 317
刘长卿

秋夜寄丘员外 / 318
韦应物

听筝 / 318
李端

新嫁娘 / 319
王建

玉台体 / 319
权德舆

江雪 / 320
柳宗元

行宫 / 321
元稹

问刘十九 / 321
白居易

何满子 / 322
张祜

登乐游原 / 322
李商隐

寻隐者不遇 / 323
贾岛

渡汉江 / 324
李频

春怨 / 325
金昌绪

哥舒歌 / 325
西鄙人

乐府

长干行二首 / 326
崔颢

玉阶怨 / 327
李白

塞下曲四首 / 328
卢纶

江南曲 / 330
李益

卷八 七言绝句

回乡偶书 / 331
贺知章

桃花溪 / 331
张旭

九月九日忆山东兄弟 / 332
王维

芙蓉楼送辛渐 / 333
王昌龄

闺怨 / 333
王昌龄

春宫怨 / 334
王昌龄

凉州曲 / 335
 王　翰

送孟浩然之广陵 / 336
 李　白

下江陵 / 336
 李　白

逢入京使 / 337
 岑　参

江南逢李龟年 / 337
 杜　甫

滁州西涧 / 338
 韦应物

枫桥夜泊 / 339
 张　继

寒食 / 340
 韩　翃

月夜 / 341
 刘方平

春怨 / 341
 刘方平

征人怨 / 342
 柳中庸

宫词 / 342
 顾　况

夜上受降城闻笛 / 344
 李　益

乌衣巷 / 345
 刘禹锡

春词 / 345
 刘禹锡

宫词 / 346
 白居易

赠内人 / 347
 张　祜

集灵台二首 / 347
 张　祜

题金陵渡 / 348
 张　祜

宫中词 / 349
 朱庆馀

近试上张水部 / 349
 朱庆馀

将赴吴兴登乐游原 / 350
 杜　牧

赤壁 / 351
 杜　牧

泊秦淮 / 352
 杜　牧

寄扬州韩绰判官 / 353
 杜　牧

遣怀 / 354
 杜　牧

秋夕 / 355
 杜　牧

赠别二首 / 355
 杜　牧

金谷园 / 356
杜　牧

夜雨寄北 / 357
李商隐

寄令狐郎中 / 358
李商隐

为有 / 359
李商隐

隋宫 / 360
李商隐

瑶池 / 360
李商隐

嫦娥 / 361
李商隐

贾生 / 362
李商隐

瑶瑟怨 / 363
温庭筠

马嵬坡 / 364
郑　畋

已凉 / 365
韩　偓

台城 / 365
韦　庄

陇西行 / 366
陈　陶

寄人 / 367
张　泌

杂诗 / 368
无名氏

乐府

渭城曲 / 368
王　维

秋夜曲 / 369
王　维

长信怨 / 370
王昌龄

出塞 / 371
王昌龄

清平调三首 / 372
李　白

出塞 / 374
王之涣

金缕衣 / 375
杜秋娘

作者小传 / 377

卷一　五言古诗

感　遇①二首

张九龄

其　一

兰叶春葳蕤②，桂华秋皎洁③。欣欣此生意，自尔为佳节④。谁知林栖者⑤，闻风坐相悦⑥。草木有本心，何求美人折⑦。

【注释】

① 九龄《感遇》十二首，本诗第一。当作于开元二十五年（七三七），因李林甫排斥，贬荆州长史期间。感遇，因所遭遇而感慨。初唐陈子昂有《感遇》三十八首，遂相沿成为五古的一种体式，实上承阮籍《咏怀》七十二首。多用比兴，抒写不平。　② 兰：兰草，又名春兰，属兰科。一说为泽兰，属菊科。按：泽兰秋花。因此当指兰草。葳蕤（wēi ruí）：花叶繁盛下垂状。　③ 桂华："华"通"花"。秋桂色黄白，故称皎洁。　④ 自尔：自然而然地。尔，词尾。　⑤ 林栖者：即隐士。　⑥ 坐：因。　⑦ 美人：喻君王或权要，屈原《离骚》："恐美人之迟暮"，即指楚怀王。

【语译】

春兰叶叶纷披，秋桂分外皎洁。那欣欣向荣的生命力啊，自然蔚成了美好的时节。又有谁知道林下栖息的隐士，最钦佩兰桂的风节——与它们相对相悦。草木自有自然的本性，又何必希求美人来攀折？（隐士自有他们的操守，又何求他人来荐举？）

【赏析】

本诗以春兰秋桂的丰茸皎洁象喻隐居君子的亮节高风。"欣欣此生意，自尔为佳节"是全诗关锁，那种出于内质秀美的自生自荣，不为物染的生命力，是诗中物与人的共通点，因而，诗的脉络由此二句而自物及人，并自然引出全诗的结穴"草木有本心，何求美人折"。至此，不求攀折的"本心"是指物还是指人，已浑然不可分辨了。《楚辞》以芳草美人喻志，本诗承继了这一传统，而由博返约，变瑰丽为清丽。明胡应麟评九龄《感遇》与前此初唐陈子昂《感遇》三十八首说，子昂是"古雅益以气骨"，九龄是"清淡益以风神"，很精到。不妨以子昂《感遇》之二与本诗稍作比较。诗云：

兰若生春夏，芊蔚何青青。幽独空林色，朱蕤冒紫茎。迟迟白日晚，袅袅秋风生。岁华尽摇落，芳意竟何成。（诗中的"若"也是香草，即杜衡，芊蔚是丰茸貌；蕤是花下垂貌。）

细细品味，可感到子昂亦用比兴，而诗旨至结束便已显豁。"幽独空林色"与他那首"前不见古人，后不见来者"的《登幽州台歌》同一意思，在激楚的音节中表现了横绝一世的气概。而九龄本诗，则虽有哀怨却表现得不迫不促，淡淡说来而有不尽怅触的余音。魏晋之交阮籍有《咏怀》七十二首，子昂、九龄这两组诗是其遗脉，而分别代了胡应麟所说的唐人五古的两种走向。相比而言"古雅益以气骨"的子昂复多变少，而九龄则新变更多，表现了唐人五古的主体走向，这大概也是蘅塘退士以九龄《感遇》为《三百首》五古首章的用意所在吧。

九龄诗的这种变化，固因个人气质，但也与时代相关。从子昂到九龄，正是唐代政治史上寒士与士族抗争最烈的时代，子昂在前期，故心声发露悲壮；九龄在末期，是盛唐在宰相位的最后一位寒士，开元二十四年九龄罢相后，便是士族一统天下，因此他的心声，便不复初唐及盛唐初寒士的慷慨激昂，而变得散淡凄楚了。就此而言，九龄《感遇》可称是时代之音。

其 二①

江南有丹橘②，经冬犹绿林③。岂伊地气暖④，自有岁寒心⑤。可以荐嘉客⑥，奈何阻重深⑦。运命唯所遇⑧，循环不可寻⑨。徒言树桃李⑩，此木岂无阴⑪。

【注释】

①《感遇》十二首之七。　②江南：长江之南，唐代的江南概念比今天为广，分江南东、西两道，除江浙地区外还包括今湖南、湖北、江西、安徽的大部分地区。诗作于贬荆州长史时，在今湖北。丹橘：红橘。　③犹：还是。　④岂伊：难道那儿。　⑤岁寒心：《论语·子罕》："岁寒然后知松柏之后凋也。"语本此。　⑥可以：可以用来。与今语"可以"微有不同。荐：进献。嘉客：佳宾，暗指君王。据《尚书·禹贡》，江南橘本是贡品。古诗《橘柚垂华实》："委身玉盘中，历年冀见食。"本句由此化出。　⑦阻重深：阻隔重重深深，暗指君王身边的权要佞幸者。　⑧运命：即命运。唯：只能。　⑨循环：指命运的否泰交替。全句指命运如圆环，无法分别扪摸得其终始，而不可探究。　⑩徒言：徒然。树：种植。《韩诗外传》记赵简子语："春树桃李，夏得阴其下，秋得食其实。"这里反用其意。　⑪此木：指橘树。阴：树荫。

【语译】

江南的红橘树啊，经历了严冬，还是绿叶满林。难道仅仅因为那儿地气偏暖？不，是红橘自有御霜抗寒的本性。这珍贵的果子，本可以献给上宾，可奈何山重水险，阻隔深深。万物都只能听凭命运；天道循环，这道理又何处去探寻？人们都喜爱那艳丽的桃李；这红橘，难道就没有浓浓的绿荫？

【赏析】

屈原有《橘颂》，歌唱丹橘"独立不迁"的品格以自抒志向。九龄贬地正是屈子行吟的故楚之地，故法前贤，咏橘以见志，便是情理中事了。前四句正面咏橘，与上诗一样，突出其本性之美，"岁寒心"是诗旨所在。三句"岂伊地气暖"反问，四句"自有岁寒心"便成警句。五、六两句居中，宕开一步，言丹橘虽美却进献无门，是古诗"委身玉盘中，历年冀见食"的发挥，由正咏进入侧写，慨叹怀才不遇，佞小蔽贤。由美质与阻深的对比中自然引出结束四句，叹命途多舛，天意难问，却妙在最后两句："徒言树桃李，此木岂无阴。"以桃李阳艳，反衬丹橘寂寞，冷然一问，正见出盛唐失职寒士的心态——悲愤之中的强项本色。

下终南山过斛斯山人宿置酒①

李　白

暮从碧山下②，山月随人归。却顾所来径③，苍苍横翠微④。相携及田家⑤，童稚开荆扉⑥。绿竹入幽径⑦，青萝拂行衣⑧。欢言得所憩⑨，美酒聊共挥⑩。长歌吟松风⑪，曲尽河星稀⑫。我醉君复乐，陶然共忘机⑬。

【注释】

① 诗题意谓：从终南山下来，过访斛斯山人家留宿，主人备酒款待（因有所感）。终南山，秦岭山峰之一，在京城长安（今陕西西安）南，又有太乙山、南山等多名。过，访。斛（hú）斯山人，斛斯是复姓，山人即山林隐者。杜甫有《过故斛斯校书庄二首》，校书名融，亦嗜酒。山人或即未官时之斛斯融。唐人求官，多隐终南而自高其名以待征召。本诗当是开元中李白初入长安求官时作。　② 碧山：青山，指终南。下：动词，下山。　③ 却顾：回头看。所来径：所经过的小路。　④ 苍苍：青黑色，这里指山路因暮色而显得灰暗。横：横斜，指山路延伸之势。翠微：山色青绿依微称翠微。　⑤ 相携：手拉手。田家：指山人庄。　⑥ 荆扉：柴门。　⑦ 这句说幽静的小路穿过竹丛渐入深处。　⑧ 萝：女萝，又名松萝，丝状攀援植物。行衣：行人之衣。　⑨ 欢言：言，语助词。得所憩：得到了休息之处。　⑩ 聊：故且，随意。挥：据《礼记·曲礼》注，振去杯中的余酒叫做挥，这里是欢饮之意。　⑪ 这句说长歌与松风相应和。又，琴曲有《风入松》，兼用此意。　⑫ 河星稀：银河星稀，是夜深近明时分。　⑬ 陶然：和乐之态。忘机：忘却世俗得失。机，机心，世俗巧伪之心。《庄子·天地》："功利机巧，必忘夫人之心。"

【语译】

傍晚，从青葱的终南山来下，山间的明月，伴送我一路回归。回望下山时走过的小路，已显得黝黝苍苍，在依微碧山间逶迤。（主人来迎，）携手回到他的田庄。天真的童儿，为我们打开柴门，一条弯弯曲曲的小径，有绿竹掩映——渐渐地通向幽深。青青藤萝更似有情，一路牵攀着来客的衣襟。多么快乐啊，终于得其所哉可憩息，又怎能不将美酒乘兴共豪饮。长歌连连啊，伴着松风同吟，曲尽之时，望银河，群星已稀，天色将明。我醉你也醉，你乐我也乐，心心相契啊，融和一体——全不记得，人间世上，还有什么诈巧的机心。

【赏析】

请先看清诗题，可了解唐人此类诗的作法。起四句切诗题"下终南山"；"相携"以下四句与题"过斛斯山人"相应；"欢言"下四句写"宿置酒"；末二句总束全诗，结出"陶然共忘机"的诗旨。素来称李白诗似天马行空，不受拘羁。其实李白诗并非无法，只是因胸次浩然、真气充沛，而泯去了诗法的针痕线迹，是庄子所谓"神超乎技"的高境界。真要是一味"无法"，就不能这样明白如话，而将变成难晓的天书了。

因其明白如话，故不烦细讲，所应细味的是字里行间那种与大自然拍合的真趣。"暮从碧山下，山月随人归""绿竹入幽径，青萝拂行衣""长歌吟松风，曲尽河星稀"：山月也罢，竹萝也罢，松风也罢，还有那人，那作为主人的山人，都似乎奔来与诗人相亲，简直融成了一体，这又怎能不使人"陶然共忘机"呢？这些都好，而我最欣赏的是"却顾所来径，苍苍横翠微"二句——下得山来，回首一望，便使通篇行云流水般的节律有了一个必要的顿挫，使通篇明快的色调有了一种景深。明清之际王夫之《唐诗评选》卷二论此诗："清旷中无英气，不可效陶。"懂得那种清旷中的英气，便可见出李白之于陶潜形异神合处。

月下独酌①

李　白

花间一壶酒，独酌无相亲。举杯邀明月，对影成三人②。月既不解饮③，影徒随我身④。暂伴月将影⑤，行乐须及春⑥。我歌月徘徊，我舞影零乱。醒时同交欢，醉后各分散。永结无情游⑦，相期邈云汉⑧。

【注释】

①《月下独酌》组诗四首，这是第一首。从其三之"三月咸阳城"句看，应作于李白开元中与天宝初二次入长安期间（长安古称咸阳）。酌，斟酒、饮酒。　②三人：指月、我（李白）、影。　③既：本。解：懂得。　④徒：空，徒然。　⑤将：与、和。音平声。　⑥及：趁着。　⑦无情：忘情，是道家所说的泯去是非、得失、物我等区分，超然于一切之上的精神状态。语出《庄子·德充符》。　⑧期：期会，约会。邈（miǎo）：杳远。云汉：银河。水势盛称汉，银河在天而广阔，所以称云汉。这里泛指天上仙境。

【语译】

花间独坐，一壶酒，我自斟自饮，无人来相亲。高举酒杯，我邀约明月共饮；明月相照，投映出我的身影——月、我、影，不也就凑成了三人？可月儿本不会把酒饮，影儿也只是空随我的身。没奈何，且将月、影作游伴，及时行乐啊，莫辜负三月阳春美景。我纵情歌唱，月儿似徘徊动情；我起身舞蹈，影儿竟翩翩起步。月和影，共交欢——趁我此时还"清醒"；须知酩酊大醉后，又不知何处将你们追寻。世上一切都忘情，忘了你，忘了我（你中有我，我中有你），飞升银河里，逍遥游，永相亲……

【赏析】

　　李白自称"酒中仙"，酒，是他不离左右的朋友。他乐时以酒助兴，愁时以酒消忧，甚至借酒作颠，侮弄权贵，平视帝王。酒更是他诗才的催化剂，所以杜甫说"李白一斗诗百篇"。本诗就是以饮酒为线索展开的。李白抱负极大，自比姜子牙、诸葛亮，却没能遇到"周文王"和"刘皇叔"，二人长安都未得重用。"三月咸阳城，千花昼如锦"（《月下独酌》之三），然而三月过后，繁花又将怎样？盛年一去，人生又会如何？虽说"谁能春独愁，对此径须饮"（同上），但狂饮不正是为了销愁吗？骨子里是愁，却偏要说乐；明明孤独无知音，却偏要说得热闹非凡。于别人是难事，但在李白，只要有酒，便能挥笔即来。

　　全诗分四层：首四句点题并写在月明花好之夜饮酒。"独"饮而无人"相亲"，不免寂寞。这时，忽见月光照身，身影又投向地上，于是寂寞中忽生奇想，要邀月，对影，凑成三人。

　　五至八句承邀月对影而来，引出及时行乐的想法。诗人有情邀请月和影，然而月儿不见举杯，影子也只是空学着我的样子。诗人的孤独感排遣不去，于是他执拗地想，你虽无情，我偏多情，姑且与不饮不语的月和影为伴，开怀痛饮。人生为乐须及时，切不可辜负了良辰美景。从这种执拗之态中，不是仿佛可见诗人已颇有几分酒意了吗？

　　九至十二句承上"行乐须及春"直写下来，更见醉态：想到人生当及时行乐，诗人兴致勃然，不但自斟自酌，而且载歌载舞。这时奇景忽开，那不饮不语的月和影，竟然有情有知起来。"歌""舞"两字互文。"歌"兼含"舞"意，"舞"兼含"歌"意。诗人酒意朦胧中感到明月在随着自己的歌舞前后移步，身影也凑趣似地翩翩起舞。他正欣喜若狂，却忽然想到"醒"时"月""影"与我同欢，然而大"醉"后，二者不是又将离我而去吗？于是不觉又悲从中来。

　　最后两句从低沉中振起，醉中遐想，呼应开头，结出诗旨。经过了"月""影"和我交欢共舞的热闹，诗人再也不愿忍受"醉后各分散"的冷清。怎么办呢？他想出了一个绝妙的主意，那就是庄子所说的"无情"。"无情"即"忘情"，忘掉一切利害，忘掉自身的存在；忘掉了自身，不也就没有你我、彼此之分了吗？不也就你中有我，我中有你，万物同一了吗？不也就无所谓分离了吗？于是他对月和影说：不要紧，干脆让我们把自己都忘了，长相聚，不分离。离开这繁华尘嚣的"人间世"，飞升到九天中、银河里，永作那绝对自由的"逍遥游"。

　　全诗以月明花好之夜为背景，以独饮为线索，层层展开我与"月"与"影"的关系，来抒发心中的孤独无知音之感。"月"照"我"而有"影"，孤独的我是三者的中心，因此题为"月下独酌"。

春思①

李白

燕草如碧丝②，秦桑低绿枝③。当君怀归日④，是妾断肠时⑤。春风不相识，何事入罗帏⑥？

【注释】

① 春思：春之相思。"思"是名词，读去声。　② 燕(yān)：燕地，今河北北部、辽宁西南部为古燕之地。　③ 秦：秦中，今陕西一带，古秦所在地，长安在秦中。　④ 当：正当。　⑤ 妾：古代妇女自己谦称妾。断肠：指极度伤心。《搜神记》卷二十记，一母猿失子，自掷而死。剖其腹视之，肠寸寸断裂。　⑥ 罗帏：丝织帘幕。

【语译】

燕地的春草，想来才初吐如丝的绿芽；而眼前，秦中的桑树，绿叶沉沉，已压低了枝子。君见草芽思归日，正是我，对桑空叹年华虚度断肠时。春风啊，（你也太过孟浪，）为何闯入了我的罗帐——我们原本啊，并不相识。

【赏析】

诗以燕、秦两地的物候起兴，从"如碧丝""低绿枝"的差异中，隐微点出"君"与"妾"空间的遥隔。虽如此，但"当君怀归日，是妾断肠时"，在同一时间却是千里相应，心有灵犀一点通。而唯其是这种同时的心的感应，方更显出遥隔的悲剧意味与那女子执着如痴的情愫，于是更有了结束的痴语："春风不相识，何事入罗帏"，连无迹无踪的春风，她也不容闯入罗帐，何况他人！须知这罗帐只是为他一人而垂的啊。评家称这两句"无理而妙"，"无理"是匪夷所思，妙处则在妙合女主人公的心理。

望岳①

杜甫

岱宗夫如何②，齐鲁青未了③。造化钟神秀④，阴阳割昏晓⑤。荡胸生曾云⑥，决眦入归鸟⑦。会当凌绝顶⑧，一览众山小⑨。

【注释】

① 开元二十三年(七三五)杜甫京兆应试落第，漫游齐、赵，经泰山远望而作。岳：高峻的大山，泰山称东岳，为五岳之一。　② 岱宗：泰山别称。岱，始；宗，长。东岳为五岳之长。夫：语气词。　③ 齐鲁：泰山之北为古齐地，之南为古鲁地。了：尽。　④ 造化：创造化育，指大自然。钟：萃集。神秀：秀美而有灵气。　⑤ 阴阳：山北为阴，山南为阳。割：划分。昏晓：指山南山北明晦不同如晨昏。　⑥ 荡胸：使心胸动荡。曾：通

"层"。　⑦决眦：眼眶裂开，极言睁大眼睛远望。入：没。　⑧会当：终究要。凌：登临。绝顶：最高峰。　⑨《孟子·尽心上》言孔子"登泰山而小天下"。

【语译】

五岳之首的泰山啊，它究竟如何？横跨齐鲁两境啊，青青的山色绵延无穷。化生万物的大自然，将天地的灵秀之气在此集萃；峻峰入云啊，又将山南山北分成两部——山南明朗如清晨，山北晦冥似黄昏。我为泰山的气势震荡，那缭绕山云，似乎发自我的心胸；我睁大了双目，追随着归山的飞鸟，目光可穿透那山壑的深处。总有一天啊，我会像那位至圣先师，登上那泰山最高峰；到那时，天下的山峦啊，尽收眼底，有哪个比我高？

【赏析】

这是首游览诗。全诗以"望"字贯串，前四句写望中所见，五、六句写望中所感，七、八句写望中所想，从而显示了感情与自然浩气沟通的心理过程。全诗遣词峻刻，雄奇伟岸。篇末用典，由望岳而生登临之想，表现了青年杜甫不因文战失利而气馁，高自期许，壮志凌云的大气。

"登泰山而小天下"的格言固然广为人知，但青年读者中晓得它出自《孟子·尽心》篇的，只怕不多；而这恰恰是读透这首诗的关键。所谓"尽心"，意思是尽其心而与天道相通。这话不好懂，但不要忙，读完本诗，当可自明。

诗以设问唱叹起，一开始就生动地表现出岱岳在诗人心中所引起的惊羡感。这一问下绾二至四句。二句先从广袤展开来答问：泰山横跨齐鲁，青苍的山峦绵延不绝，一望而无尽；第四句则从奇峻渊深着意刻画，说峻峰高耸入云，遮蔽了日照，因而将同一山区切割成了明暗不同的南北两部分。二、四句之间，则以"造化钟神秀"连缀，神秀既兼千里青苍与万仞峻深而言，又赋予岱岳以灵秀之气；而"钟"字更起一种由广袤收聚到一点的感觉，从而又赋予泰山以拔地而起的动态及其内含的势能。唐人诗写山，从广度、高度两面着笔并不罕见，但是能同时成功地写出深度，以深见高，于满纸烟云中见其气势神韵的，当推此诗为第一首。

"山者，气之包含"（《春秋元命苞》），岱岳的磅礴大气激动着诗人的心胸，使他感到生命似已与天地浩气合一。本来是大山"含精藏云"（同上），而此时他感到这山云似从自己心中生发蒸腾；他的双目也似乎因心中吸取了大山的精气而分外清明，竟能追送着一点飞鸟，隐没到山谷深处。这五、六句是全诗的关锁，由望中所见转入望中所感，将山岳大气拍合入我之情怀，于是，豪气勃动，不可掩抑，终于发为尾联的望中之想。这里"会当"一词深可注意，诗人此时并未登山，而是说总有一天，我要登上岱岳最高峰，到那时，天下群山就必将尽收眼底。这就不仅紧切题面"望"字，而且隐隐显示了他当时的心态：一第得失，何足计较；后来者居上，看谁能笑到最后！

于是可体味到"会当临绝顶，一览众山小"这联名句究竟好在哪里了。这是

7

豪言壮语，但豪言壮语如没有志气感情作依托，便成了空洞的叫嚣。杜甫则不然，他在望岳中自然地将自己落第后的感愤，与岱岳的奇秀磅礴之气相交融，"天行健，君子以自强不息"（《易》），在宏伟的大自然感召下，诗人将感愤升华为奋发向上的豪情，这也就是《尽心》所谓的尽其心与天道相通。杜甫是在以他奉行终身的儒道自励，而这义理，这志气，又通过精细的章法与用典不啻似口出的技巧，被含而不露地组织到诗歌中去，已可初见他的"沉郁顿挫"。

杜甫有"诗圣"之称，这既指他诗中的情志根柢于圣贤之道，又指表达情志的诗艺出神入化，即所谓"圣于诗"。在他这首早作中已可见其端倪。

赠卫八处士[①]

杜　甫

人生不相见[②]，动如参与商[③]。今夕复何夕[④]，共此灯烛光。少壮能几时[⑤]，鬓发各已苍[⑥]。访旧半为鬼[⑦]，惊呼热中肠[⑧]。焉知二十载[⑨]，重上君子堂[⑩]。昔别君未婚，儿女忽成行[⑪]。怡然敬父执[⑫]，问我来何方。问答未及已[⑬]，儿女罗酒浆[⑭]。夜雨剪春韭，新炊间黄粱[⑮]。主称会面难，一举累十觞[⑯]。十觞亦不醉，感子故意长[⑰]。明日隔山岳[⑱]，世事两茫茫。

【注释】

① 作于肃宗乾元二年（七五九）春。上年，杜甫因上疏营救房琯，由左拾遗贬为华州司功参军，冬末赴洛阳。此年春由洛阳返华州，途遇卫八处士，有感而作。赠，赠诗。卫八姓卫，排行第八。以排行称某人，是唐人友朋之间的习惯。处士，隐居不仕之人。卫八处士名不详。　② 不相见：极言相聚之难。　③ 参（shēn）与商：二星宿名，即参宿与商宿。商宿即心宿。二者均属二十八宿。二宿西东相对，此没彼隐，永不相见。古人便用为人生不相逢的熟典，见《左传·昭公元年》。　④ 这一句化用《诗·绸缪》"今夕何夕，见此良人"，用上句，隐含下句意。　⑤ "少壮"句：古诗"少壮不努力，老大徒伤悲"。　⑥ 苍：灰白色。　⑦ 访旧：指一路寻访旧友。　⑧ 惊呼：指初见卫八时惊喜状。热中肠：中肠热的倒置，指内心的冲动。　⑨ 焉知：怎知。二十载：指相别二十年。　⑩ 君子堂：指卫八的家。　⑪ 成行：形容多而长幼有序。　⑫ 怡然：指神色快乐谦和善意。父执：父亲一辈的朋友。　⑬ 未及已：还没停止。　⑭ 罗：张罗，准备并布置。　⑮ 间黄粱：在白粱中掺和着黄粱。间，动词，读去声。黄粱，黄色小米，较白粱粒大味美，而产量小。因此间黄粱表示主人家贫而尽心招待来客。　⑯ 累：累积，这里指连连。觞（shāng）：大杯。　⑰ 故意：故人感旧之意。　⑱ 山岳：当指西岳华山，杜甫由洛阳向华州，当经过华山，华州在华山西。

【语译】

人生多离别，常常地，南北东西难相见。就像那参商二星，此现彼隐遥相间。

今夜里，不知逢到什么好日子，竟能够，与老友共对一支灯烛光。人生苦短呵，少年青壮能有多少年？不知不觉间，你我已鬓发灰白两苍苍。一路上打听旧日的亲友啊，多半已归阴成新鬼；今日里得逢您啊，悲喜交集，惊呼不已肠中起热潮。不承想，故友阔别二十年，还能够，重新登堂入室来到您的家。（还记得）当初分别您还未成婚，（日子过得真快啊，）转眼间，儿女竟然排成了行。他们坦然恭敬，向着父辈好友来致敬，问我啊：伯父今日来何方？你问我答还没个完，儿女们张罗已毕摆酒浆。剪一把春韭，夜雨滋润得它分外地鲜；煮一锅干饭，搀着黄米粒儿分外地香。主人说，人生会面真是难上难；他连连劝酒，一干十杯连端上；十杯村酒也不醉，只为老友情暖最深长。转想起，明日分别，又将山河阻；不由我惆怅复起，更觉世事渺茫茫。

【赏析】

　　说者每谓此诗平易真切，似诉衷肠，随手拈来，而层次井然，其实并不仅如此。问题的关键是对于"访旧半为鬼，惊呼热中肠"二句的理解。

　　通常解此二句谓：子美遇卫八，问及故交，半已物故，遂惊呼而中肠为之摧伤。此说可商。先以情理度之，时诗人已四十八岁，又饱经沧桑，闻故友零落，应是黯然神伤，何能惊呼而似小儿女之态？且"半为鬼"，非仅一人而已，岂非要连连惊呼，状若痴狂？因此以"摧伤"解"热中肠"，已属牵强。更以章法揆之："访旧""惊呼"二句下接"焉知二十载，重上君子堂"，意谓分别二十载，而不意今日得会故人。如"访旧"二句如前说为闻卫八谈及故人零落而惊呼，则无法接续，且颠倒错乱。

　　由"焉知"二句度以上各句，可知"人生"至"鬓发"六句乃总写此会感触，以唱叹领起，有惝若隔世之感。"访旧"二句折入与卫八初会情景。谓自洛向华，沿途访旧，已半为鬼物；却不意而遇卫八，悲喜交集惊呼而中肠为之一热。"惊呼"云云与后来李益诗"问姓惊初见"相近。因此会不期，故接云"焉知二十载，重上君子堂"，以下方叙会面后，主客双方叙契阔之感、变化之巨及主人家儿女辈怡然相敬、剪韭炊粱等情事。如此深情厚爱，又当如此颠沛流离之时，故诗人陶陶然相谢："十觞亦不醉，感子故意长"，然翻思今宵过后"明日隔山岳"，又将重新"世事两茫茫"，不胜感慨系之，从而结束全诗，与起首之喟叹遥相呼应，正所谓"篇终接混茫"，将乱世心态表现得余意无穷。

　　子美乱离诗，有时看似平易，其实积郁极深。临楮迸发，每以浩叹起总领全篇，然后折入叙事，其过接处，最见顿束开合之功，棱角勾折之态，遂免平衍散漫之病，而有沉郁顿挫之感。《咏怀五百字》《北征》等巨制，结构虽繁，却均可由此法窥入。在当时，可谓别开生面；其实上接晋宋间谢灵运诗法脉。中唐韩愈等方起而效之，遂成大国。韩愈李杜并重而更推老杜，当非意外。

佳人①

杜甫

绝代有佳人②，幽居在空谷③。自云良家子④，零落依草木⑤。关中昔丧乱⑥，兄弟遭杀戮。官高何足论⑦，不得收骨肉⑧。世情恶衰歇⑨，万事随转烛⑩。夫婿轻薄儿⑪，新人美如玉⑫。合昏尚知时，鸳鸯不独宿。但见新人笑，那闻旧人哭⑬。在山泉水清，出山泉水浊⑭。侍婢卖珠回⑮，牵萝补茅屋⑯。摘花不插发⑰，采柏动盈掬⑱。天寒翠袖薄⑲，日暮倚修竹⑳。

【注释】

① 乾元二年(七五九)秋，杜甫弃官取道秦州入蜀途中作。　② 此句本于汉李延年《北方有佳人》:"北方有佳人，绝世而独立。"唐人避太宗李世民名讳改"世"为"代"。绝代，一代中绝无仅有者。　③ 幽居：此指避居深山中。　④ 良家子：有社会地位人家的子女。良家区别于低贱人家而言。汉时规定，医、商、贾、百工，不得称为良家。　⑤ 零落：指身世飘零，家道沦落。依草木，指山居为生。　⑥ 关中：函谷关以西地区，指长安一带。丧乱：指天宝十五载京城沦陷。丧读去声。　⑦ 官高：补出此"良家子"出于官宦人家。　⑧ 收骨肉：当指收拾被杀兄弟的尸身。一说不得收骨肉，指不能骨肉(亲人)相聚合。亦通。　⑨ 恶(wù)衰歇：厌恶、看不起败落的人家。　⑩ 转烛：烛光在风中摇曳转动，比喻世事不测。　⑪ 夫婿：古时妻子对人也称丈夫为夫婿。轻薄儿：犹言浪荡子、薄情郎。　⑫ 这句说丈夫厌旧喜新，另有所欢。"美如玉"，未必新人真的比旧人美，而是由丈夫眼中看出。　⑬ "合昏"四句：上二句兴起下二句。合昏花知时，鸳鸯鸟双栖，对新人来说，正和新婚欢娱相同，故"笑"；对旧人而言，则睹物伤情，更见出自己的孤独，故"哭"。合昏，即马缨花，又名合欢、夜合，豆科乔木，羽状复叶，早晨展开，入夜更复合在一起，故称"知时"。鸳鸯，水鸟，雌雄相随。二物在古诗词中常比喻夫妻或情人。　⑭ "在山"二句：意谓幽居空谷可以保持贞洁，以山泉兴起以下六句。　⑮ 卖珠回：见贫困以典当为生。　⑯ 牵萝：用《楚辞·湘夫人》"罔薜荔兮为帷"句意。萝亦香草，取其芳洁之意。补茅屋：亦见贫困。　⑰ 这句谓仪态幽静而不事妆饰，见佳人之贞洁。　⑱ "采柏"句：用《楚辞·山鬼》"山中人兮芳杜若，饮石泉兮荫松柏"句意。柏为贞实之木，亦以见贞洁。盈掬(jū)，满把。柏子可食，柏叶可酿酒，故采之。　⑲ 翠袖：指妇女的衣衫。　⑳ 倚修竹：晋江逌《竹赋》："有嘉生之美竹，挺纯姿于自然"，此以修竹映衬佳人。修：长。以上六句均切"在山清"之意。

【语译】

有位盖世无双的美人，在空旷的山谷间幽居孤独。自称本是大户人家女，世乱只能依傍山间的草木。她说道："前些年，关中连连逢战乱，兄弟辈，可怜一一遭杀戮。官位再高又有什么用，还不是无人收葬尸身暴露。世态炎凉，失势人总是被弃唾；世事翻覆，就像那走马灯儿变化荣枯。夫君本是轻薄郎，（见到我家衰落，）又娶了个花容玉貌的新妇。合昏花儿，清晨展叶夜复合；鸳鸯鸟儿，雌雄相随不独宿。可是夫君啊，他只是痴痴相看新妇笑，哪听我，结发的旧人暗暗地哭。泉水在山本来清，流出山中就变浊。（清者自清浊者浊，我既为弃妇，甘愿独自山中宿。）"说话间，贴身的侍女市上典卖珠串回，主婢俩，又拖牵着藤萝将茅草棚儿来修补。摘下了头上的花朵，她再也不精心妆梳；采取那柏子充食，一会儿已经满握。天气转寒了，可怜她身上衣衫仍单薄；夕阳西坠了，她还是独倚修长的翠竹。

【赏析】

弃妇诗是古诗的传统类别，多陈陈相因。本诗却别开生面。它将事件置于"安史之乱"的广阔社会背景中展开，从一个特殊的侧面反映了社会关系的变化，用意至深，而古乐府朴质生动的描写和《楚辞》香草美人的象征手法相结合，更使全诗含思婉转，情韵深长。

诗分三层，前八句写佳人遭逢国难家恨，"官高何足论，不得收骨肉"是警句，是那个时代的集中写照；自"世情"句起八句，写佳人婚变，"世情恶衰歇，万事随转烛"，承上启下点出了婚变的社会原因。以上除首二句外，均是佳人自述。"在山"以下八句，应首二句"绝代有佳人，幽居在空谷"，伸足其意，先以山泉清浊起兴，点出佳人甘居空山，守贞不渝的志节，再集中笔力于"幽独"一点上，突出佳人的神韵，虽然得《楚辞》余韵，却创造了诗史上前所未有的妇女形象："天寒翠袖薄，日暮倚修竹"，寒天日暮，那衣衫正单的弃妇，能否捱得过长长的自然与人生的冬天呢？诗人没有再写，但从那株象喻节操的修竹，人们可以悟到，她至死也不会做那出山浊泉。画家如以此二句为题材作一幅国画，相信能意韵深长。

杜甫是复古通变的高手，化用《楚辞》前已论及，又如汉无名氏《古诗·上山采蘼芜》通篇以"新人""故人"对比而下，本诗则提炼为"但见新人笑，那闻旧人哭"，顿成警句，精彩流溢。而全诗的寄意与韵味也由"上山采蘼芜"的浅切有谐趣转化为拙中见秀，近而能远，似有茫茫无尽的深远背景。这在相当程度上与当时杜甫弃官西行的心情有关。安史乱中，杜甫逃离沦陷的长安，"麻鞋见天子，衣袖露两肘"，吃尽辛苦，好不容易做到左拾遗，却因一片忠义疏救房琯得罪，始而险遭杀身之祸，后来总算免死改华州司功参军，终于悲愤绝望，挂冠向蜀。白居易《琵琶行》有云："同是天涯沦落人，相逢何必曾相识"，杜甫之于"佳人"，不正有几分相似吗？

梦李白[①]二首

杜 甫

其 一

死别已吞声[②],生别常恻恻[③]。江南瘴疠地[④],逐客无消息[⑤]。故人入我梦,明我长相忆[⑥]。恐非平生魂[⑦],路远不可测[⑧]。魂来枫林青[⑨],魂返关塞黑[⑩]。君今在罗网[⑪],何以有羽翼[⑫]?落月满屋梁[⑬],犹疑照颜色[⑭]。水深波浪阔,无使蛟龙得[⑮]。

【注释】

① 作于肃宗乾元二年(七五九)秋。先此李白入永王李璘幕府拟讨伐安史叛军,谁知李璘与肃宗争权,兵败以叛逆论处,李白也因而以从逆罪入浔阳狱,乾元元年流放夜郎(治所在今贵州正安西北),次年行至白帝城赦回。杜甫当时流寓秦州,不知李白遇赦消息,日夜思念,连夜梦见故友,写下这二诗。 ② 已吞声:已,止于;吞声,咽泣。 ③ 常恻恻:内心悲凄,长时期无可摆脱。 ④ 江南:由浔阳向夜郎,一路属江南西道地。瘴疠:因瘴气而生的流行病。瘴,南方水泽地区炎热潮湿,动植物腐烂其中,气雾蒸腾可致人疾病,叫做瘴气。 ⑤ 逐客:被流放之人,指李白。 ⑥ 明:表明。 ⑦ 平生魂:指生人的三魂七魄。古人认为,生人梦遇,是魂魄来见,所以梦魂连用。恐非平生魂,是怀疑人已死,鬼魂来见。 ⑧ 这句补出上句怀疑的原因。李白远贬,可能遭受不测。 ⑨ 枫林:点明李白魂来自江南楚地。《楚辞·招魂》:"湛湛江水兮上有枫,目极千里兮伤春心,魂兮归来哀江南。" ⑩ 关塞:点明李白魂来而复去之地,也就是杜甫所寓的秦州。秦陇多关塞。 ⑪ 罗网:比喻罪犯身不由己。 ⑫ "君今"二句:这两句一本在"明我长相忆"句之下。何以,为什么。羽翼,羽翅。 ⑬ 落月:斜落的月亮。梁:旧式房屋大梁都显露在外,所以能为月光所照。 ⑭ 颜色:指李白面容。 ⑮ 蛟龙:江南多江湖,水中多蛟龙。这里明是叮咛李白魂归途要小心,也暗示社会险恶,要小心为小人所乘。

【语译】

干脆死别也不过是吞声咽泣;与君生离,常使我凄凄切切。江南地,从来就多瘴气瘟疫;更何堪,放逐的人啊,久久没消息。老朋友啊,你终于来到了我的梦中,应知我,将你日日夜夜长相忆。怕只怕,相见已非生人魂;要不然,迢迢长路又怎能预期。魂魄飞来啊,楚地枫林青;魂魄归去啊,秦塞关山黑。我想您现在获罪拘系在浔阳狱,又怎能插上双翅来到我身边。西斜的晓月照满了屋梁,(梦醒了,)却觉得月色似曾照耀您容光依稀。远谪的前途啊,江湖水深波浪阔;千万小心啊,别让窥人的蛟龙将您吞食。

【赏析】

诗分三层:起六句写死别生离,积想成梦。"恐非"以下六句写梦境,"落月"

四句写梦觉后怅触。

全诗最精彩的是中间部分,由写梦疑而见出日间对李白生死未卜的忧虑忐忑。梦境是如此真切,以致诗人作了一番颇为复杂的梦中推勘:路程这么遥远,你是如何到来的呢?莫非是死后的精魂?你来时楚江枫青,去时秦塞云黑,千里迢迢飞度,如果不是鬼魂又如何能脱却罗网,来去倏忽呢?按梦中的思维一般是非理性的,很少会有复杂精细的思虑过程,杜甫此时却梦而似醒,足见思虑之专注。由"梦而似醒"而终于梦觉;却又醒而似梦,"落月满屋梁,犹疑照颜色",那满屋的清光中,李白的形容恍惚犹在,以至诗人不禁谆谆叮咛:前程水深,千万千万要小心啊。他是在对亡魂说话,还是在对远去的生人遥祝,恐怕连自己也说不清了。而这种梦中醒、醒中梦的根因,早已潜埋在第一节中:死别生离,本已使诗人吞声咽泣;远涉瘴疠,又使他心悚总为故人牵引。如此精神状态下,他又怎能不日夜似梦似醒呢!庄子说"不知蝴蝶之为(庄)周,(庄)周之为蝴蝶也",说的是精神专注、物我两忘的梦境。杜甫之日夜思念,颇有不知生人之为梦魂,梦魂之为生人之况味;不过已远非庄周的潇洒,而浸透了乱世中人的酸辛——乱世,对人类而言,不正是一场大梦么?

其　二

浮云终日行,游子久不至①,三夜频梦君,情亲见君意。告归常局促②,苦道来不易③。江湖多风波,舟楫恐失坠④。出门搔白首⑤,若负平生志⑥。冠盖满京华⑦,斯人独憔悴⑧。孰云网恢恢⑨,将老身反累⑩。千秋万岁名,寂寞身后事⑪。

【注释】

① 这两句用《古诗》"浮云蔽白日,游子不顾返"句意。自天宝四载(七四五)秋,李、杜在兖州石门分别起,至此已十四年未见面,故称"久不至"。　② 告归:指白魂告辞归去。局促,这里指匆促。　③ 苦道:再三诉说。　④ 舟楫:楫,船桨,舟楫指舟船。　⑤ 搔白首:苦恼无奈状。白首,李白这年五十九岁,又遭磨难,杜甫想来他应已白发满首。　⑥ 若负:好像辜负了。　⑦ 冠盖:冠为冠冕,盖为车盖,均是高官贵人所用。京华,京城。　⑧ 斯人:此人,指李白。憔悴,形容枯槁,困顿不遇。　⑨ 孰云:谁说。网:天网,《老子》七十三章:"天网恢恢,疏而不失。"是说天道如广大无边、孔眼疏稀的网,宽容而公正。这一句对此说表示怀疑,其实是为李白抱不平。　⑩ 累:受连累。　⑪ 参语译。

【语译】

浮云飘飘,终日里,飘个不停;游子远去啊,久久地,不曾还归。三夜里,我梦中频频见到你,友情亲亲啊,足见你诚挚的心意。梦中你告辞归去,常常匆匆又促促,更深痛极哀频倾诉,说是回来一次真不易。江湖之上多风波,小舟漂荡,我总担心有闪失。出门离去,你更叹恨连连搔白头,那意态啊,似诉平生不得意。高冠华盖的官员啊，车马满京华；独有你，茕茕独立更憔悴。有道是天网恢恢，将世人公平来覆罩；却为何，高才如你，年岁将老反获罪。你必将，千万年后留盛名，只可叹，寂寞冷清，死后哀荣何足论。

【赏析】

前四句写积想而三夜连梦；中六句写梦中情境；末六句即梦生感，抒情发论。结构大体同其一，而含义则是其一之深化，体现了组诗的艺术特点。

不同于前诗之刻意状写梦中醒，醒中梦，本诗已从直感式的悲念转入了对人生问题的思考。梦中李白的形象，在恍惚迷离中有一种焦灼促迫感，从而结为"出门搔白首，若负平生志"，这是盛唐不得志寒士的典型写照。"冠盖满京华，斯人独憔悴"是警句，承"出门"二句，形象地将李白个人遭遇升华为社会现象。安史之乱平定后，京城内"攀龙附凤势莫当，天下尽化为侯王"（杜甫《洗兵马》），而百世不一的天才却茕茕独立，憔悴向老。阮籍有诗云"战士食糟糠，贤者处蒿莱"，此后，这类揭示远贤近佞社会现象的警句层出不穷，而杜甫这两句最为形象而发人警省。读诗要把握诗脉，把握诗脉要找出诗的关锁处，上析四句便是本诗关锁。试执此再读，看能否"一着占胜，满盘皆活"。

送綦毋潜落第还乡①

王　维

圣代无隐者②，英灵尽来归③。遂令东山客，不得顾采薇④。既至金门远⑤，孰云吾道非⑥？江淮度寒食，京洛缝春衣⑦。置酒长安道，同心与我违⑧。行当浮桂棹⑨，未几拂荆扉⑩。远树带行客⑪，孤城当落晖⑫。吾谋适不用⑬，勿谓知音稀⑭。

【注释】

①綦毋潜：生平参作者小传。綦毋是复姓。开元十五年（七二七）进士及第，题云落第，可见作于此前。　②圣代：圣明的时代，指当代。《论语·公冶长》："邦有道，则知（智）；邦无道，则愚。"本句化用其意。　③英灵：犹言精英。来归：归向明主。　④这两句，即《论语·泰伯》所云："天下有道则现，无道则隐。"遂令，就使得。东山客，晋谢安隐居会稽东山，后以东山客指隐者。采薇，商亡，伯夷、叔齐隐居西山采薇而食，终于饿死。后亦以"采薇"代指隐居。　⑤这句说虽到长安却未能及第。"既至"后省"而"字。金门，金马门，汉代征召之士都待诏于金马门。因此以入金马门代指及第。　⑥孰云：谁说，意思是难道说是。吾道非：孔子困于陈蔡，对子贡说："吾道非耶？吾何为于此？"子贡答："夫子之道至大也，故天下莫能容夫子。"这里化用之。　⑦这两句补述潜行止，参语译。寒食，清明前二日为寒食节。相传晋文公重耳之臣介子推随侍重耳逃亡，文公即位后，他逃赐至深山，文公焚山逼他下来，子推竟抱树焚死。因立寒食节，冷食避火祭奠他。其实仲春禁火见于《周礼·司烜氏》，是周代旧俗，介子推事是附会。京洛，洛阳。洛

阳为周、汉旧京,故素称京洛。唐时进士试,举子常往来长安与洛阳西、东两京,有时考试也在洛阳举行。　⑧同心:志同道合者。违:分离。　⑨行当:行将。桂棹:船的美称。《楚辞·湘君》:"桂棹兮兰枻。"棹是船桨,代指船。　⑩拂荆扉:打开旧居的柴门,意指回到家中。　⑪带:映带、映衬。　⑫当:正当。　⑬"吾谋"二句:《左传·文公十三年》记秦大夫绕朝送晋士会行,赠以马鞭,说:"子无谓秦无人,吾谋适不用也。"这里化用说自己推荐过綦毋潜,但意见未被有司采纳。　⑭知音:春秋时钟子期能听出俞伯牙琴声中的高山流水之意,伯牙许之为知音。后用指知己。

【语译】

清明的时代,不应有贤者隐居;天下的精英,都回归朝廷效力。綦毋先生也因此下山,不再学那采薇而食的伯夷、叔齐。谁承想,京城应举,却无缘及第;只能像夫子孔丘般叹息——难道我的学说不合时宜?回想你当初赴试,江淮正当寒食节;而现在,又到了缝制春衣时——算来两京虚度已一年。长安道上我置酒送君行,同心一意的知己啊,我们又将分离。悬想你乘着小舟归去,不久后,又将重新推开柴门回到山中故居。驿路的树行远展啊,掩映着远行的你;西沉的红日返照啊,更显得孤城卓拔壮悲。可叹我荐举你的主张偏偏不合有司意,可千万别以为,京城里竟没有一位知己。

【赏析】

诗分四层意。前四句写朝廷招贤,綦毋先生来京赴试,是背景铺叙;"既至"以下四句正写"落第";"置酒"以下四句再正写"送……还乡";"远树"以下四句,就送行生发,悬想綦毋之去程,结出诗旨,愿远行人理解自己爱莫能助。这是唐人送行类诗典型的格局。

格局虽有大概,而变化仍可无穷,本诗的佳处是将友朋深情与对失意人的慰安、劝勉及对时世的婉讽,水乳交融般结合起来,在不迫不徐、温柔敦厚中见出深意,这也是蘅塘退士最推崇的风格。

对照是本诗运用得最巧妙的手法。开局极写时世光明,然而金马门远,先生之道恰似夫子之吾道不行,只落得一年京华流落,对照之下,这时世是否真那么光明,便先已启人疑窦。最后的结果是出山"来归"的"英灵"重又回山去也,而送行人自己也生"吾谋适不用"的慨叹,唯有惺惺相惜而已。这岂非是对"圣代无隐者"的绝大讽刺。当然这讽刺要细辨才能体会得到,这便是婉讽。

送　别

王　维

下马饮君酒①,问君何所之②?君言不得意,归卧南山陲③。但去莫复问④,白云无尽时⑤。

【注释】

① 饮君酒：请君饮酒，指送行。饮，使动用法，读去声。　② 之：往。　③ 归卧：指归隐闲居。南山陲：终南山边。终南山，参见前李白《下终南山过斛斯山人宿置酒》注①。陲，边。一说本诗为送孟浩然归山作，则南山当指襄阳南岘山。　④ 但去：只管去就是了。　⑤ 这句说白云无尽，足以自娱。

【语译】

下马为君祝酒，问君："此行向何方？"君说："人生在世不得意，不如归去高卧南山边。归去啊归去！不必更问起；君不见，山间起白云，飘飞无尽时。"

【赏析】

这诗写得颇洒脱，最佳处在末两句：上句"但去莫复问"是说既然"人生在世不称意"，那么说去便去，何必多问？下句"白云无尽时"则谓比起那人间的瞬息荣华，大自然才是永恒的：君不见那飘飞的山中白云多么无拘无束，自由自在！在仕途上失落了，却愿在大自然中找回自身存在的价值。这是盛唐士人，也是中国知识分子的普遍心理状态。

以本诗与上篇《送綦毋潜落第还乡》对读，同是送失意人，上篇婉转含思，步骤谨严，綦毋潜是个文弱的书生，应如此写；本篇摆落畦畛，不仅用问答体，而且主体是行客答词，写得俊快有奇气，想来那行者当有些侠气。送行诗贵在因人制宜，此是一例。而就体格观之，上篇是正格，本诗则是偏锋。

青　溪①

王　维

言入黄花川②，每逐青溪水③。随山将万转④，趣途无百里⑤。声喧乱石中⑥，色静深松里⑦。漾漾泛菱荇⑧，澄澄映葭苇⑨。我心素已闲⑩，清川澹如此⑪。请留盘石上⑫，垂钓将已矣⑬。

【注释】

① 开元二十五年（七三七）王维以监察御史往河西节度幕府时作。青溪：沮水支流，在今陕西沔县东。　② 言：发语词。黄花川：在今陕西凤县东北。由下句看，黄花川与青溪相通。　③ 逐：追随。　④ 将：共。　⑤ 趣：通"趋"。无百里：不足百里。　⑥ 声：水声。　⑦ 色：水色。　⑧ 漾漾：漂浮状。菱荇(xìng)：菱叶荇草。泛指水草。　⑨ 澄澄：清澈貌。葭苇：芦苇。　⑩ 素：本来。闲：恬淡。　⑪ 澹：澄静。　⑫ 请：愿，与今义不同。盘石：大石。　⑬ 垂钓：指隐居。将已矣：将以此终身。

【语译】

小船儿进入了黄花川，就顺着青溪水漂流；山势回旋，虽然拐过了万道弯，可前行还不足百里远。溪水在乱石间喧闹——又流过两岸青松深深，映照出一派澄绿空静。水波漾漾，轻荡着水面上的菱荇；溪水澄澄，映照着岸边洲上的芦苇蒹葭。我本心喜静，从来就趋向闲暇；这溪流，又如此的清彻澄净——真想常留在溪畔巨石上，垂放钓丝，终老余生。

【赏析】

诗人最后道出了本诗作意，在随山泛水的舟行中憬悟了人生，他想完成夙志，就在这山水间垂钓以终老。开元二十五年是张九龄于上年罢相后，贬谪荆州长史的一年。王维曾得九龄赏识汲引，追随多年，"将军已去，大树飘零"，作为盛唐才士在中朝最后一个宰相，九龄的去职，使敏感的诗人之心感到了深深的秋意。其实王维并非真的"我心素已闲"，他早年虽受佛学熏染，但是一直有着强烈的建功立业之心，读一读他的《老将行》《少年行》就可以明白。只是现在，他将这种种功业心看作尘世的孽缘；现在，他开始真正想皈依佛氏了。于是他愿将尘缘拂去，只剩下佛氏所说的清净本心。只有明白了他这时的心态，才能读懂本诗中间三联景语。

小溪曲折，万转千回，才前行了不足百里——诗人从开元九年中进士后，至今已十七年，几经升沉，人生道上曲曲弯弯，他又前行了多少里？喧哗的溪水流过乱石，终于，在松林中归向静谧了，这时溪水才澄澄淡淡，漾荡着菱荇，映出了葭苇——诗人的心如同这青溪水一样，或者更确切地说是溪水洗去了他本性上蒙受的尘缘，终于悟到了——"众动复归于静"。

在佛学的阶次上，诗人是上升了，而在人生的道路上，现在，他开始真正地往后退缩了。然而到底是本性如此，还是现实所迫使呢？诗人晚年有句道："一生几许伤心事，不向空门何处消。"(《叹白发》)相信问题在此可找到答案。

渭川田家①

王 维

斜阳照墟落②，穷巷牛羊归③。野老念牧童④，倚杖候荆扉⑤。雉雊麦苗秀⑥，蚕眠桑叶稀⑦。田夫荷锄至⑧，相见语依依⑨。即此羡闲逸，怅然吟式微⑩。

【注释】

① 渭川：渭水流域的平川。　② 墟落：村庄。　③ "穷巷"句：《诗·王风·君子于役》："日之夕矣，牛羊下来。"本句似得其启发。穷巷：深巷。　④ 野老：老农。　⑤ 荆扉：柴门。　⑥ 雉：野鸡。雊：野鸡啼叫。秀：谷物吐穗。　⑦ 蚕眠：蚕要经四次蜕皮休眠方吐丝结茧。　⑧ 荷：扛。　⑨ 依依：这里是形容久语闲适亲近状。　⑩ 式微：《诗·邶风·式微》"式微，式微，胡不归？"此用"胡（何）不归"之意。

【语译】

夕阳西斜，映照着村庄；僻静的小巷中，牛羊正来归。田翁挂念自家的牧童儿，倚着拐杖在柴门边候望；麦田里，雉雉叫了，吐穗的麦苗儿正茁壮；蚕儿已过了三眠，村边宅头，桑叶已变稀。农夫们两两三三，扛着锄头回到村口；碰见了，就随意拉拉家常。望着这幅农家图，我更羡慕闲居安逸，不由得怅恨地吟起古诗《式微》——为何不归田！

【赏析】

约在开元二十九年（七四一）王维于终南山置别墅，开始亦官亦隐，这是二十四年张九龄罢相，王维对前途失望后必然的归宿。诗的主旨在最后两句："即此羡闲逸，怅然吟式微。""式微，式微，胡不归"的古歌，是对时局失望的逃世者之歌，自然寄托了王维当时的心态。不过这也是隐者常有的想头，不足为奇；引起我们兴趣的是当时王维对"闲逸"的体会，请细玩前八句。

设想这样一幅乡村黄昏长卷：它有深长而依微的景深，小村深巷，两两三三牛羊来下，沐浴于迷蒙的暮色中。画面中心，是那位倚杖傍门的田翁，他应当在远眺，企盼着画面外那将归的小牧童——他的幼子或者孙儿。屋旁是绿叶已稀的桑树——古时宅旁种桑以供蚕；所谓"蚕眠"，当从"桑叶稀"体味出来。桑树外是麦田，北方麦苗秀应是农历三四月光景。而那鸣叫的雉，也是看不到的，应从麦苗的婀娜形态中才能"听"到。作为田翁的陪衬，在画面近前处是几个荷锄的农夫，"语依依"，当是从他们亲昵的神态中感悟而来的。注意这几个农夫在画面上的位置，一定不能太显著，不然就会喧宾夺主。画面完成了，我们必能注意到画面的特色确是闲逸，闲是静，逸是生趣。这生趣，是王维所最注重的部分，是人与人之间"依依"的素朴的情。有情便不真正出世，这种态度，正是陶渊明以来以道玄之趣为内核的山水田园诗的根本所系。山水田园诗以后又有完全出世间，以空静寂灭为主旨的一路，那是由王维的《辋川绝句》开创的，所以建议将本诗与五绝部分选自《辋川绝句》的王维诗对读，则不仅可知王维诗风变化，更能对山水诗由主玄趣到主禅趣的转关有一大体了解。

王维自称："宿世谬词客，前身应画师。"他的画，真迹已不存，但从这首"诗画"（苏东坡语）中，可以揣摩到王维一定深知画理。不过话又得说回来，他的诗不比画差，更有画笔不能到的妙处：那牧童、那蚕也许还可画，但画上去便大煞风景；至于那"雉雊"声，那"依依"之语，画得出来吗？

西　施　咏[①]

王　维

艳色天下重[②]，西施宁久微[③]？朝为越溪女[④]，暮作吴宫妃。

贱日岂殊众⑤，贵来方悟稀⑥。邀人傅脂粉⑦，不自著罗衣⑧。君宠益娇态⑨，君怜无是非⑩。当时浣纱伴，莫得同车归⑪。持谢邻家子⑫，效颦安可希⑬？

【注释】

①西施：春秋越国苎萝山下卖柴人家女儿，美姿容。越王勾践为吴王夫差所败，献西施使夫差迷恋，荒废国事，终为勾践所灭。后西施从越大夫范蠡浮舟五湖而去。咏：诗体名，曼声长吟曰咏。 ②重：看重。 ③宁：难道。微：微贱。 ④朝：与下句的"暮"相应，极言变化之速之大。越溪：溪名，即若耶溪，传说西施浣纱处。 ⑤殊众：与众不同。 ⑥方悟稀：方才识得少有。 ⑦邀人：招人。傅：通敷，搽抹。 ⑧著：穿。罗，轻柔的丝织品，这里泛指。 ⑨君：指夫差。益：更。 ⑩怜：爱怜。无是非：没有一处不好，是从夫差眼中看出。 ⑪莫：没有人。 ⑫持谢：奉告。邻家子：指邻家女子东施。 ⑬效颦：传说西施因病皱眉捧心，意态更楚楚可怜。东施是丑女，见了也学她的样子，结果人们避之唯恐不及。后有成语"东施效颦"。效，仿效。颦，皱眉。安可希：怎能企望。

【语译】

美色从来就被世人看重，西施又怎会久处微贱。清晨，她还是若耶溪畔村女；傍晚，已被选为吴王宫中宠妃。贫贱时，她终朝与浣纱女儿混迹；一朝富贵，方显出了尤物天下稀。从此，香粉——有人敷，罗衣——命人披。君王的恩宠有加啊，美人的骄态日益；君王的情爱专注啊，没有一处不可。疏远了，当初的浣纱女伴；又有谁，能与她同车归去。邻家的东施姑娘啊，你可知——命运的安排，又岂是捧心效颦，所能博取？

【赏析】

本诗的寓意，或认为是讥讽当时突然发迹者，或认为针砭世态炎凉，人情冷暖。清赵殿成《王右丞集笺注》说得较含蓄："'贱日岂殊众'二言，古人亟称佳句，然愚意以为不及'君宠益娇态'二言尤工。四言之义，俱属慨词，然出之以冲和之笔，遂不觉讽讽乎为入人之音，诚有合于风人之旨也哉。"赵氏所引四句诗是主讽喻说者的主要依据，但细诵全诗，却颇可商榷。"贱日岂殊众，贵来方悟稀"应当上联起首"艳色天下重，西施宁久微"，下探结末"持谢邻家子，效颦安可希"来理解。这六句是全诗意脉最明显的部分。首二句说西施质本自美，总有一天会显贵。末二句则正承此意作结，谓效颦东施徒劳无功，因上苍没给她西施这样的天然美质。从起结看，诗旨主要强调质本自美，不可强学甚明。如此再看"贱日岂殊众，贵来方悟稀"二句，可知决非讽刺暴发，恰恰相反，是说，平时混迹村女，如明珠沉埋，一朝颖脱而出，则精光四射，现其珍稀。国人说诗，受讽谕说影响太深，往往断章取义，说出一番大道理来，这是要注意避免的。

又，今人常以自己的观念看古人的言行。所以论本诗"邀人"以下六句，常谓讽西施骄宠误吴、贵而忘旧。其实王维当时，诗人们对富贵名位的追求是直言不讳的，如崔颢《渭城少年行》极写声色犬马之乐，结尾言："莫言贫贱即可欺，人生富贵自有时。一朝天子赐颜色，世上悠悠应始知"，王维对西施的描写，与崔诗同一时代风气。"君怜无是非"句是最易产生误解的，一般认为是说吴王迷恋西施而不分忠佞贤愚。我看连上文"君宠益娇态"句观之，这"是非"不是指对错忠奸，全句是说夫差爱怜西施，到了感到无处不佳的地步。明此，则讽谕说可不攻自破。了解诗人当时的时代氛围，不轻易以今人之心度古人之腹，是又一要注意处。

总之，就全诗意脉看，本诗并非讽世，而是借西施自述怀抱，企望有一天脱颖而出。结合本诗在王维诗集中的排列情况看，应是早年未及第前所作。全诗作法可注意的是多层次对照手法的运用，以强烈的反差显示穷通之理本在质美的主旨。提挈于此，以便读者细玩。

秋登万山寄张五[①]

孟浩然

北山白云里[②]，隐者自怡悦[③]。相望试登高[④]，心随雁飞灭[⑤]。愁因薄暮起[⑥]，兴是清秋发[⑦]。时见归村人，平沙渡头歇[⑧]。天边树若荠[⑨]，江畔洲如月。何当载酒来[⑩]，共醉重阳节[⑪]。

【注释】

[①] 万山：原作"兰山"，据《孟襄阳集》改。在襄阳。寄：寄赠，是古诗的一种体式。张五：当是张諲。浩然友人，后官至刑部员外郎，诗画并擅。　[②] 北山：万山为襄阳北山，与南山岘山相对望。　[③] 隐者：浩然自称。怡悦：南朝陶弘景《诏问山中何所有赋诗以答》："山中何所有，岭上多白云，只可自怡悦，不堪持赠君。"怡悦并首二句化用其意。[④] 这句说因思友而登高试相望。　[⑤] 飞灭：我心随雁飞而没入远天，意谓飞向友人处。[⑥] 这句句法倒装。顺说应是因薄暮而愁起。下句句法同。薄暮：近黄昏。薄：迫近。[⑦] 兴：因外物感发的一种创作冲动。本句与上句互文见义：因清秋薄暮而引发了愁思并起寄友作诗的冲动。　[⑧] 平沙：原作"沙行"，据《孟襄阳集》改。平沙：岸边平展的沙滩。[⑨] 荠：荠菜。荠与下句的"月"，都是远望所见时的感觉。《罗浮山记》："望平地树如荠。"是本句所本。　[⑩] 何当：什么时候才能。　[⑪] 重阳节：农历九月九日为重阳节。九在《易》数中为"老阳"，九九相重，故称重阳。此日有登高饮菊花酒之俗。

【语译】

北山深藏在，白云堆里；隐者我知足自乐，与白云相对为伴。登上山头遥遥南望——托飞雁，将我的心儿带去，渐渐隐没在云层间。虽说是，淡淡的暮色，牵动了思友的愁绪；可清爽的秋气，更引发了我诗人的兴意。俯望着，三三两两村人归去,他们在渡口的沙滩上,随心适意地休歇。远眺啊,江岸的树木,似乎伸向了天边,渐远渐杳,就像一棵棵小小的野荠;近望啊,江畔的小洲,更弯弯曲曲,犹如落下了一钩新月。张兄啊,什么时候载着菊花酒同来登高;共度那,九九重阳佳节。

【赏析】

张谙是孟浩然友人,曾共隐襄阳南山岘山。从"相望"句与结末"何当载酒来,共醉重阳节"观之,当时张谙或尚在南山岘山,浩然在北山万山。登高而忆友人,遂作此诗。

引起我最大兴趣的有两点。一是这诗最能见出唐人诗兴发意生的过程。闲居北山的诗人,原来如梁代山中宰相陶弘景一般与白云相对,一片怡悦,但当他登上山头时,心情忽变,"愁因薄暮起,兴是清秋发",是清秋黄昏那似梦般的氛围,特别是暮色中那由北向南的飞雁,引发了他那蕴有薄愁的诗兴。这种萌动的意念渗入秋天秋野之中,最终升华为"何当载酒来,共醉重阳节"的向往。我们说盛唐人诗浑成自然,其实并非说它不加修饰,他们大多数诗作,并非事先规定明确的意念,而是潜意识被外物突然引发而产生了创作的冲动,然后在凝心观照——以心意与外物的对晤融合中,遣词练句,提炼出切合心绪的意象来,这从引起我兴趣的第二点上可以见出。

请注意七、八、九、十句两组景物:诗人见到了人,人是"归村"之人,见是"时见",三三两两归去的村人,在平沙铺展的渡口暂时歇息,这"归"字,这"时"字加上"平""歇"字,不仅构成了宁谧温馨的画面,也透露了诗人向往故居友人的心绪。《罗浮山记》记"望平地树如荠"。梁代戴暠诗化用为"长安树如荠",隋人薛道衡更衍为"遥原树若荠,远水舟如叶"两句,而浩然此时更翻为"天边树若荠,江畔洲如月"。前人评为"翻之亦工",其实这不仅是技巧问题,更有心绪的作用,是诗人微愁朦胧的心境与景物与诗歌传统的完美结合。远树若荠,因"天边",更显得影绰微茫,江畔月形的小洲与空中升起的弦月相映,天地似在一片清光中融和了,于是我们深深地感到了江天之上,诗人那梦一般的轻愁遐思……

夏日南亭怀辛大①

孟浩然

山光忽西落②,池月渐东上③。散发乘夕凉④,开轩卧闲敞⑤。荷风送香气⑥,竹露滴清响。欲取鸣琴弹,恨无知音赏⑦。感此怀故人⑧,终宵劳梦想⑨。

【注释】

① 辛大:浩然又有《西山寻辛谙》诗,谙或即辛大。排行第一为大。　② 山光:傍山

的日影。　③池月：月似从池畔升起，故称池月。　④散发：古人盘发于顶，插簪加冠。去簪免冠，长发散落，是不拘仪节的潇洒意态。　⑤轩：这里指长窗。卧闲敞：卧对空阔幽静之地。　⑥荷风：荷花间吹来的风，下句"竹露"词法同。　⑦恨：憾。与今义有别。知音：参王维《送綦毋潜落第还乡》注⑭。　⑧故人：旧友。　⑨劳：忧思。

【语译】

夕阳曳着微光匆匆地依山西沉，初月傍着池塘渐渐地东升。（最宜人的莫过于黄昏时分，）去冠散发，我随意地纳凉；推开了长窗，卧对着庭院，心儿一片闲适，庭院一片宽敞。晚风吹送来荷花的幽香，凉露敲打出竹林的清响。我真想（和着这夏夜的天籁）取琴抚弦，可惜周围谁是知音，谁能欣赏？我因而分外怀念你故友辛大；终夜愁思啊，愿和你梦中相对共欣赏。

【赏析】

道称"道通于一"，佛倡"心境一如"，说的都是主客体融一的境地。作诗与悟道参禅虽有诉诸理与诉诸情之别，但在主客体融一上道理相通；能融一而略无痕迹，是诗的至境，所以人们以道比诗，以禅喻诗。读本诗，当有所解会。

诗题"夏日南亭怀辛大"，诗则以夏夜清景与闲居怀人之情交叠而下，情由景生，景因情转，景愈清而思愈深，遂于自然宽舒中极清澄悠远之思，最能见出孟诗的特色。

夕阳西落，水月东上，夏日的炎蒸似为习习夜气吹散，为水光月波冷却，这澄澈宜人的夜凉使诗人如沐清泉，"散发""开轩"这两个动作，加以卧对闲敞之地，领受沁人凉风，可见诗人似已沉醉于夏夜的清气之中。这时风送荷香、露敲竹韵，远远地从夜色中度来，更是清幽至极。这清景只有古雅而有君子风的琴音方能相称，于是他想取琴抚弦，只是转思清夜独处，知音谁赏？于是怀念起友人辛大，竟至于似梦似醉，心神在夏夜的芬馨中远驰，远驰……诗至结末才点出怀人之意。至于他，是想请友人同对良辰美景，还是欲一诉此时超脱逸越的感悟，诗人未明言，而读者尽可由前八句的清幽之景、萧散之趣中去细味，去领略。

全诗看似平顺，而景情相生的结构，极具匠心；看似平淡，而滋润有味。淡而能腴，似近而远；若不经意处，却见举重若轻的功力，清秀之中，更有一种萧散的野趣，是为孟诗胜境。

"荷风""竹露"一联是名句，佳在近而能远，上句由嗅觉着墨，下句由听觉落笔，既切合夜中不易见物之实际，又营构起幽美静谧、缥缈空灵的境界，为下文的宕远之思作了铺垫。

宿业师山房待丁大不至①

孟浩然

夕阳度西岭②，群壑倏已暝③。松月生夜凉④，风泉满清听⑤。樵人归欲尽⑥，烟鸟栖初定⑦。之子期宿来⑧，孤琴候萝径⑨。

【注释】

① 宿：留宿。业师：法名叫业的僧人，师是对出家人的尊称。丁大：当为丁凤，浩然另有《送丁大凤进士赴举呈张九龄》诗。排行第一称大。　② 度：形容夕阳光辉缓缓移动。③ 壑：大山谷。倏(shū)：忽然。瞑：昏晦。　④ 松月：松间月色。　⑤ 风泉：风中泉声。清听，悦耳的声音。　⑥ 欲：将。　⑦ 烟鸟：如烟暮气中的归鸟。　⑧ 之子：那人。之是指示代词。期宿来：隔夜相约来此。　⑨ 孤琴：指自己相对孤琴，暗含待知音人来之意。萝径：为青萝所掩映的小径。萝，女萝，丝状攀援植物。

【语译】

夕阳翻过了西岭，群山万壑，忽然笼罩在暮色之中；明月爬上了松林，夏夜的一切，仿佛为清光凉冷；晚风吹送来泉声，这清清泠泠的悦耳音乐，更将空寥的山谷充盈。晚归的樵夫，快要走尽；归鸟穿过了晚雾，栖宿方定。盼望着丁兄能如前约到来，我怀抱唯有知音相赏的古琴——伫候在，藤萝掩披的山间小径。

【赏析】

请首先注意本诗的结句"孤琴候萝径"。琴是君子之音，"被薜荔兮带女萝"（《楚辞·山鬼》），萝又是高洁品格的象征。"孤"字为此句画龙点睛，这萝径中的琴音，不为世俗所赏，只有"之子"——那位丁大，才能与诗人心心相印。这孤芳幽独的情趣，渗透在前三联的景语中：倏忽而来的暮色，遮阻了人间的烦嚣、白日的闷热，于是"松月夜生凉"，请品味这"生"字，"风泉满清听"，请注意这"满"字，"夜"的"清""凉"，在滤过松林的月色中，在风送泉声中，自然地"生"起，渐生渐盈，终于盈满了山谷，盈满了诗人的视听。而我们也通过诗人的视听，看到、听到了人归后，鸟栖后山之清凉空静，只有这清凉空静的山中世界，才宜于孤独的诗人，宜于他萝间轻拂的古琴……

同从弟南斋玩月忆山阴崔少府①

王昌龄

高卧南斋时②，开帷月初吐③。清辉澹水木④，演漾在窗户⑤。荏苒几盈虚⑥，澄澄变今古⑦。美人清江畔⑧，是夜越吟苦⑨。千里共如何⑩，微风吹兰杜⑪。

【注释】

① 本诗是开元中诗人和其堂弟《南斋玩月忆山阴崔少府》诗所作。同，和诗。从弟，堂弟，据《全唐诗》题下注名销。斋，书房。玩，赏玩。山阴崔少府，山阴（今浙江绍兴）县尉崔国辅。少府是县令辅贰县尉之别称。崔国辅于玄宗开元中任此职。　② 高卧：意谓闲居。

③ 帷：帘子。　④ 清辉：指月光。澹：澹荡。　⑤ 潋漾：轻轻地漾荡。　⑥ 荏苒（rěn rǎn）：指时光推移，双声连绵词。几盈虚：月亮几度圆缺。　⑦ 这句说月色长照而世代已变。　⑧ 美人：代指所思友人。这里指崔国辅。　⑨ 是夜：今夜。越吟：以越调音地吟诵诗篇。苦：越吟声调悲怆激楚，故称苦，也兼指思乡之苦。旧注以越人庄舄仕楚"思越而吟越声"注之，失当。崔为吴人。　⑩ 刘宋谢庄《月赋》："隔千里兮共明月。"　⑪ 兰杜：兰花、杜若，都是香草。

【语译】

南斋闲居，开窗帷，见新月，云间初吐。清辉映水木，是天光，是水色，淡淡溶溶，掩映摇窗户。时光匆匆去，月满月缺，多少年，沧桑今古——尽在水月澄明清光中。友人清江畔，今夜里，越调吟诗声声苦。人说是"隔千里，共明月"，不必悲远宦——有微风，摇兰杜，吹送芳香，千里到京都。

【赏析】

"隔千里兮共明月"，谢庄《月赋》这一名句是本诗构思基础，而"玩"字是主线，使诗境翻出了新意。"玩月"是赏月，不是一般地赏，而是品赏，细观遐想地赏。诗人独卧南斋，掀开帷帘，一开始见到的是刚升起的初月，月光在水木间淡淡荡荡，渐次映到了他的窗户上，溶溶漾漾，而诗思也就从窗间飞向水木间，飞向夜空中，甚至"荏苒几盈虚，澄澄变今古"——超越了时间与空间。今古多少事，都在月缺月圆中过去了，世界却仍是清光澄澄；而那远在南方的友人，现在又如何呢？他一定也如自己一样在怀念着北国的友人，因而越调吟诗声正苦。于是千里遥隔的人儿，因这充盈时间、空间的不变的月色而心灵相通了——风送来兰杜的芳香，兰是香草，也是友情的象征，《易·系辞上》"二人同心，其利断金，同心之言，其臭如兰"；杜若也是香草，也有交好之意，《楚辞·湘君》："采芳洲兮杜若，将以遗兮下女。"今古一切都会变，然而那不变的月色下这阵兰杜芬芳，似乎象征着诗人与友人的君子之交——芳洁而恒长。

寻西山隐者不遇①

丘　为

绝顶一茅茨②，直上三十里。扣关无僮仆③，窥室惟案几④。若非巾柴车⑤，应是钓秋水⑥。差池不相见⑦，黾勉空仰止⑧。草色新雨中，松声晚窗里。及兹契幽绝⑨，自足荡心耳⑩。虽无宾主意⑪，颇得清净理⑫。兴尽方下山⑬，何必待之子⑭。

【注释】

① 寻：寻访。　② 绝顶：山的顶峰。茅茨：茅草屋顶，指代茅屋。　③ 扣关：敲门。关，门栓。　④ 案几：案与几都是桌子，案大几小。　⑤ 巾柴车：指乘柴车出游。

巾指车篷，这里用作动词。晋人陶潜为百代隐逸之祖，常驾柴车出游，此用其事。　⑥钓秋水：《庄子·刻意》："就薮泽，处闲旷，钓鱼闲处，无为而已矣，此江海之士，避世之人也，闲暇者之所好也。"又《秋水》篇，谈道通于一，任性适己之理。这里合用二事。　⑦差池：《诗·燕燕》："差池其羽。"原意参差不齐，这里引申为彼此去来而未能相见。　⑧黾(mǐn)勉：《诗·谷风》："黾勉同心。"原意是努力，此指殷切。仰止：《诗·车辖》"高山仰止，景行行止"，意谓如同仰望高山一样，对高尚的德行要仿效之。仰，仰望，止，语助词。　⑨及兹：到此地。契：契合，恰逢。幽绝：与世隔绝的幽深。　⑩自足：本来已足以。荡：涤荡。心耳：这里"耳"兼指一切感官，"荡心耳"意谓感受自然，心胸如涤荡。　⑪宾主意：宾主相得之意。　⑫颇：颇有稍、甚二义，在此均可通。清净理：佛道玄理都称清净理，此应指道家清净无为之理，主要意思是心守虚静，纯任自然。　⑬兴尽：《世说新语·任诞》记晋人王子猷乘舟雪夜由剡溪到山阴访戴安道，及门不入而返，曰："本乘兴而行，兴尽而返，何必见戴！"后用为率意而行的典故。　⑭之子：那个人，指西山隐者。语见《诗·燕燕》"之子于归"。

【语译】

青山高高，茅屋小小，山行三十里，寻隐者，跋涉登高。敲门——不见僮仆应；窥窗——空见桌椅小。人去矣，若不是驾柴车，似陶潜，逍遥山间道；定然是，秋水畔，如同庄生去垂钓。人生多参差，寻常间，失之交臂，只索将，满怀崇敬，化作怅惘。……新雨飘，润山草，青青多生意；晚风起，叩窗扉，满耳尽松涛。山景幽邃惬心意，憾恨尽被雨洗风吹去。虽说是，客至主人去；却从中，憬悟了，万物从来自生灭。本为乘兴来，兴尽可归去，又何必，待隐者，空怅惘。

【赏析】

王子猷"乘兴而行，兴尽而归"事（见注⑬），并非人人都能做到。丘为访西山隐者不遇，初时就没有这么豁达，"差池不相见，黾勉空仰止"，他是颇为失落的；但最后他还是兴尽而返了。原来是新雨中自绿的草色，晚窗里自来的松声启迪了他，是山中的空静荡涤了他心中的尘障，使他悟到了纯任自然的清净道理，那么区区不遇，又何足挂心？"差池"以下四句是枢纽，完成了诗人在与自然对晤中证悟玄理的情绪转变。执此，则全诗迎刃而解。

丘为诗散淡素朴，却有味。那位西山隐者究竟是怎样一个人呢？诗中未正写，然而从那绝顶茅屋，从那自生自荣的草色松声中，特别是从"若非巾柴车，定是钓秋水"（参"语译"）的无定的行止中，可以感到，他仿佛是一片白云——一片山中飘忽的白云。这就是诗歌的味外味。

春泛若耶溪①

綦毋潜

幽意无断绝②，此去随所偶③。晚风吹行舟，花路入溪口④。

际夜转西壑⑤，隔山望南斗⑥。潭烟飞溶溶⑦，林月低向后⑧。生事且弥漫⑨，愿为持竿叟⑩。

【注释】

①泛：荡舟。若耶溪：在今浙江绍兴若耶山下，唐时多隐者。　②幽意：幽独的意绪。　③偶：相遇。　④花路：一路鲜花。　⑤际夜：入夜。际，当。壑：大山沟。　⑥南斗：二十八宿中的斗宿，因与北斗相对言，称南斗。古以二十八宿与地理相应来划分区域，称分野，南斗与吴越相应。　⑦潭烟：水潭上如烟的水汽夜雾。溶溶：形容汽雾柔和迷离。　⑧"林月"句：月下林梢是后半夜近晓时分了。　⑨生事：人生百事。且弥漫：犹言多弥漫。弥漫本指水势广大无际，引申为生事不可捉摸。　⑩为：做，读平声。持竿叟：老渔翁。

【语译】

是恬淡？是薄愁？乘小舟，随流——任凭晚风吹送，穿花叶，沿港汊，驶入了——若耶溪口。峰回舟转千百度，天色暗，夜入西山沟。隔山举首望南斗，（山峦高，斗星小，吴越上应星光照，）潭水如烟，溶溶却似飞霜流。时光逝，皓月走，低低西斜林莽后——生事从来似烟水，匆匆去，何必愁；不如持钓竿，老山水，终悠游。

【赏析】

"随所偶"是诗人春日泛舟于会稽若耶溪时的心境。小舟随黄昏的风吹送，穿花叶，沿港汊，不觉已进入若耶溪口，待转到溪西山壑之中，已入夜了，这时隔山仰望，只见吴越分野的南斗悬挂夜空。山高"星"小，似乎是空中的一点灵明，启示着地上诗人的遐思。于是在星月光照、朦朦溶溶、似梦似幻的空澄烟水中，时光流逝了，皓月渐渐向林树低去。诗人也不禁豁然悟彻：人生之事，不也正如烟水般迷茫，不知不觉地匆匆而过，有什么值得营营奔竞呢？还是常在这静美的溪上作一个垂钓的渔翁吧！这样，诗人因"幽意无断绝"而任舟"随所偶"，却更在这"随所偶"中，使不绝的幽独之意升华为对尘俗的超越。

诗的寄意并不出奇，奇警的是诗人叙景写意的匠心。中间六句写了任舟而行中的三幅图景，它们是连续的：在时间上分别为黄昏、际夜、后夜；在意绪上则思随时移，思随景转：舟行、时移、思运，浑然一体。它们又极富变化。三景形成清丽、深峻、清远的色调与空间变化，又与思神的运行相一致。"际夜转西壑，隔山望南斗"的高耸峻拔景象，既接过上一幅昏暮的丽景，使人在心理上产生警辣的感觉，又借"南斗"迥照，宕开去化为下一幅溶溶平远的清景，引出遐思。这样"际夜"二句就自然成为全诗的枢纽与警策，而它经营得又如此的自然无痕。

《河岳英灵集》评綦毋潜诗："屹萃峭蒨足佳句，善写方外之情"，本诗是一个典型的例子；又云："荆南分野，数百年来，独秀斯人"，揆之六朝以来诗史，亦不为过誉。

宿王昌龄隐居①

常 建

清溪深不测②,隐处惟孤云③。松际露微月④,清光犹为君⑤。茅亭宿花影⑥,药院滋苔纹⑦。余亦谢时去⑧,西山鸾鹤群⑨。

【注释】

① 由三、四句观之,为诗人宿于昌龄旧隐处所作,唐人殷璠编定于天宝十二载(七五三)的《河岳英灵集》已激赏此诗,当作于此前。当时昌龄还在世。王昌龄见作者小传。② 清溪:当是泛指。 ③ 惟:只有。 ④ 松际:松林的枝隙间。露微月:微露月。⑤ 清光:月光。犹为君:还是为您照临。 ⑥ 茅亭:茅顶的亭子。宿:停贮。这里表现一种深沉的静态。 ⑦ 药院:种植芍药的庭院,芍药简称药。滋:滋生。 ⑧ 谢时:犹言避世。 ⑨ 西山:常建于天宝中曾隐居武昌西山(即樊山),当指此,亦可证本诗作于天宝中后期。鸾鹤群:与鸾鹤为群,指隐居,仙家乘鸾驾鹤,隐居避世似仙。

【语译】

清溪深,深深不见底;隐者居,相对唯有,孤云一片。夜来松际露微月,洒下清光一线——似有情,偏为君。花影贮茅亭,深深见,悄无声;更细数,庭院药栏,有苔痕,潜潜生。我亦不拘者,同君避世去,居西山,鸾与鹤,可同群。

【赏析】

夜宿于前辈诗人——而且是有"诗家夫子"之称的前辈诗人的旧隐处,常建自然会起崇敬仰止的感触。这感触并不新奇,新奇的是他表述感触的手法。

"清"是诗景的主色调,不仅因为摄取了"清溪""清光"等景物,那隐处的孤云,那松际的微月,那茅亭中停贮的深深花影,那药院中潜生的片片苔痕,都与"清"相叠加,增添了"清"的意韵——这是一种"孤"清,一种"深深"的幽清,一种潜生的与山中岁月共存的自然本色的清,仿佛象征着王昌龄的人格,也导引着后辈诗人常建,油然而生终老此中的遐想。"松际露微月,清光犹为君"是名句。《河岳英灵集》评云:"其旨远,其兴僻",确实如此。从青松林隙间投下的缕缕清光,似怅触,似追忆,似梦思,似与昌龄的人格合而为一了。

现代语言学批评有一条美学原则:相近或相反的意象叠加,可产生一加一大于二的艺术效果。盛唐诗人常与此暗合。他们各以性情为本,叠加成不同色调,比如常建与李白,都善于以清、白的意象叠加构成诗境,但因个性不同而绝不相类。李白多清朗或者清戾,在常建则多为清幽、清僻。本诗是他的代表作。

与高适薛据登慈恩寺浮图①

岑 参

塔势如涌出②,孤高耸天宫。登临出世界③,蹬道盘虚空④。突兀压神州⑤,峥嵘如鬼工⑥。四角碍白日⑦,七层摩苍穹⑧。下窥指高鸟,俯听闻惊风⑨。连山若波涛,奔凑似朝东⑩。青槐夹驰道⑪,宫观何玲珑⑫。秋色从西来⑬,苍然满关中⑭。五陵北原上⑮,万古青蒙蒙⑯。净理了可悟⑰,胜因夙所宗⑱。誓将挂冠去⑲,觉道资无穷⑳。

【注释】

① 天宝十一载(七五二)秋作。高适,与岑参并称"高岑",参作者小传。薛据,河东宝鼎人,开元十九年(七三一)进士及第,官终水部郎中。慈恩寺,长安南郊名胜,唐太宗贞观二十二年(六四八)太子李治追祭母亲,在隋无漏寺故址上建此寺,因名慈恩寺。浮图,佛塔。慈恩寺佛塔在寺西院,名大雁塔。高宗李治永徽三年(六五二)由唐僧玄奘所建,本五层。武则天时增为十层,后经兵火,存七层。至今仍为名胜。 ② 涌出:形容塔拔地而起的气势。《妙法莲花经·见宝塔品》:"尔时佛前有七宝塔……从地涌出。" ③ 出世界:高出人世间。世界,佛教语,世指时间,界指空间。 ④ 蹬道:塔内的梯级。虚空:天空。这一句与上句倒装。说循梯级登塔。 ⑤ 突兀:突起高耸。指高塔。压:镇。神州:《史记·邹衍传》"中国名曰赤县神州"。 ⑥ 峥嵘:怪奇高耸的山,这里指塔。如鬼工:如鬼斧神工凿成。 ⑦ 四角:塔层四出的檐角。碍:遮蔽。 ⑧ 七层:参注①。苍穹:天空。苍,青色,穹,穹窿,中高四周低如圆盖状。古人认为天圆地方。苍言天之色,穹言天之形。 ⑨ "下窥"二句:指登塔后见鸟、风都在己下,夸张之辞。 ⑩ "连山"二句:化用晋木华《海赋》"波如连山"及《尚书·禹贡》"江汉朝宗于海"二语参语译。 ⑪ "青槐"句:驰道,天子驰车马所用的道路。这里指长安城内大街,南唐尉迟偓《中朝故事》记,长安城内大道两侧植槐树排列成行。 ⑫ 宫观:泛指长安皇宫中的建筑。何:多么。玲珑:小巧剔透状,是由高处俯瞰的感觉。这句连上句由驰道收束到宫观。 ⑬ 秋色:秋景,即下文的"苍然"。 ⑭ 苍然:这里指青苍中泛灰白色。然,词尾。关中:函谷关以西,陇关以东地区。主要是今陕西省。 ⑮ 五陵北原:汉高祖长陵,汉惠帝安陵,汉景帝阳陵,汉武帝茂陵,汉昭帝平陵都在长安附近渭水北岸,合称"五陵"。 ⑯ 青蒙蒙:青苍如烟,暗含古往今来人事如烟之意。 ⑰ 净理:佛教清净之理,指一切本为虚妄,心要不受影响,一尘不染。了可悟:佛语"了悟"之化用,指彻悟佛教真谛。 ⑱ 胜因:佛教语。胜读去声,优越美妙之意。因,佛教认为事物都由因、缘偶合而起。因是本因,好比种子,缘是机遇,种子遇到机遇便发芽破土。胜因也就是妙善的本因种子。夙:素来。宗:崇尚。 ⑲ 挂冠去:辞官。《后汉书·逸民传》记,逢萌在王莽时解冠挂东都城门而去。 ⑳ 觉道:佛语"大觉之道"的省语,指彻悟万物皆空之道。资:凭藉。

【语译】

雁塔矗起,势同从地心涌出;它独立高危,耸向了天宫。登上高塔,仿佛超越了尘世；回看那步步塔梯，更似乎盘旋在缥缈天空。它奇突高壮，为中国大地镇压；那俊奇的雄姿，如同鬼斧神工。上瞻，只见四展的塔角，障蔽了白日的光芒，七层的塔身，简直要扣摸到青青的天穹。下瞰，可以指看高翔的飞鸟，更俯听得迅风在脚下啸号惊呼。东眺，连绵的群山如波涛惊起；千山万峰奔凑在一起，如同是江汉朝宗。近南，青青的槐树行夹辅着驰道，连接起那层层楼台宫观——塔上看来，显得这样小巧玲珑。秋色从西方扑来，苍灰的游埃弥漫空中；北原上汉帝五陵，千年万古，墓树青蒙蒙。环望过六合，清净的佛理，了然可悟；那胜妙的善根，本是我素来敬崇。我愿挂起官冠毅然离去，就像那汉人逢萌——因为觉悟了大道，终身受用不穷。

【赏析】

　　天宝十一载（七五二）秋，岑参与高适、杜甫、储光羲同登此塔。高、薛先有此作，岑、杜、储和作。五人皆诗坛巨选，故历来传为盛事。沈德潜《唐诗别裁集》评："登慈恩塔诗，少陵下应推此作，高达夫、储太祝皆不及也"，如从忧国之思言，此论尚可；以诗论诗，岑诗自有特色，未可以优劣论。

　　诗分三层：起六句总写登塔。"四角"以下十二句从上下东南西北六合分写塔势（参"语译"），是前六句的铺展。"净理"以下四句，由景入理，结出诗旨。

　　最可注意的是中间十二句的写法。上下南北东西称六合，也就是佛教所说宇宙的"宇"，在这空间形象中又融入了时间（宙）形象，秋色西来，关中苍然，那汉家五陵"万古青蒙蒙"，似乎自有天地以来，便已存在——确实，它所征象的生死荣枯的变化，不是亘古存在的吗？天地四方的一切一切似乎都在向雁塔奔凑，拥托起那"压神州"的庄严浮屠的"出世界"相，于是人们不知不觉地感悟到，无尽的时空中的"群动"，终于复归于佛塔所喻的空静，唯有这空静方是至理。至此，诗人又怎不产生辞官挂冠，向闲静中终此一生之想呢？诗有体格，而每体都有一定的体势，登佛塔诗以佛理出之，是当行本色的正格，而杜甫同题诗舍此而寓政论，倒是偏格，我想这也就是蘅塘退士舍杜取岑的原因所在。当然我们也不要为他的正统观念所囿，李杜诗的佳处往往在旁逸斜出中见正大，在变化无尽中见神韵，此即不可以优劣论的原因之一。

　　如果将杜甫同作诗与岑参此诗较读，会体味到在艺术风格上的同异，二作都力大语奇，但杜诗以"思雄"胜，故力大语奇中有瘦劲排奡之感；岑诗则以"神逸"胜，故力大语奇中有俊快奇秀之致。这是不可以优劣论的又一原因。"塔势如涌出"，正可为岑参此诗乃至他的整体风格写照，奇思逸想如同从他心地中奔涌出来。所以殷璠《河岳英灵集》又称"参诗语奇体俊，意亦造奇……可谓逸才……宜称幽致也"。试比较"塔势如涌出，孤高耸天宫"与杜诗起句"高标跨苍穹（青天），烈风无时休"，你是否感到岑诗孤拔超俊，杜诗悲壮老成呢？

贼退示官吏① 有序

元 结

癸卯岁②，西原贼入道州③，焚烧杀掠，几尽而去④。明年，贼又攻永破邵⑤，不犯此州边鄙而退⑥。岂力能制敌欤⑦？盖蒙其伤怜而已⑧。诸使何为忍苦征敛⑨，故作诗一篇以示官吏⑩。

昔年逢太平⑪，山林二十年⑫。泉源在庭户，洞壑当门前⑬。井税有常期⑭，日晏犹得眠⑮。忽然遭世变，数岁亲戎旃⑯。今来典斯郡⑰，山夷又纷然⑱。城小贼不屠，人贫伤可怜。是以陷邻境⑲，此州独见全⑳。使臣将王命㉑，岂不如贼焉㉒。今彼征敛者㉓，迫之如火煎㉔。谁能绝人命㉕，以作时世贤㉖？思欲委符节㉗，引竿自刺船㉘。将家就鱼麦，归老江湖边㉙。

【注释】

① 作于代宗广德二年(七六四)，时元结任道州(治所在今湖南道县)刺史。贼，指被称为"西原蛮"的少数民族入扰者。　② 癸卯岁：广德元年(七六三)。　③ 入：攻入。　④ 几尽：将尽。　⑤ 攻永破邵：永，永州，州治在今湖南零陵。邵，邵州，州治在今湖南邵阳。据《新唐书·南蛮传》记：广德二年，西原蛮攻道州不能下，转攻永州，攻陷邵州，盘踞数月。　⑥ 边鄙：边远地区。鄙，边邑。　⑦ 岂：难道。欤：疑问语气词，这里是"吗"的意思。　⑧ 盖：发语词，承上解释原因。蒙：承蒙。伤怜：同情。　⑨ 诸使：朝廷下派负责收取租税的租庸使等。何为：为什么。忍苦：忍心凶狠。苦，狠。　⑩ 以：用来。　⑪ 太平：又叫泰平，古以天象与人事相应。泰阶三星平是天下安宁的征象，称太平。　⑫ 这句说：为官前平居山林二十年，大抵在玄宗开元与天宝初，所谓"开元盛世"。　⑬ "泉源"二句：说山居幽清，门对山水。　⑭ 井税：据说商周前行井田制，八家共一井，每井九百亩。中间百亩为公田，周围八百亩，户各百亩。公田由八家同耕，收获作赋税。公田以外收获，分归各户(见《孟子·滕文公上》)。井田制是否真的实行过，有争论，但作为一种理念，一直用作"太平之世"的典实。这里借指唐代前期所实行的按户口征收定额赋税的"租庸调制"。至作诗时已被破坏。　⑮ 这句指社会安定治安良好。晏，晚。　⑯ "忽然"二句：元结于乾元二年(七五九)二月，奉朝廷之命在唐、邓、汝、蔡等州招募义军，抗击安史叛军。上元元年(七六〇)，充荆南节度判官。次年，领荆南兵镇九江。世变，即指安史之乱。戎旃，军帐。旃通"毡"。　⑰ 典斯郡：án任道州刺史。典，掌管。斯，此。郡，道州又称江华郡。　⑱ 山夷：古时统称西或西南少数民族为夷。山夷，山居之夷，指西原蛮。纷然：指骚乱。　⑲ 是以：因此、所以。陷邻境：即序所言攻永陷邵。　⑳ 见全：被保全。　㉑ "使臣"句：元结本年所作《奏免科率状》云："臣自到州，见租庸等诸使文牒，令征前件钱物送纳。"可参见。将王命，奉皇帝之命。　㉒ 这句说官吏逼民，连贼都不如。焉，语气助词。　㉓ 今彼：现在那些。征敛者，指租庸等诸使及其爪牙。　㉔ 之：代词，指人民。　㉕ "谁能"句：反问句，表示自己不能残民邀功。绝人命，指逼

死人命。　㉖以：介词，凭借(此)。时世贤：时俗所认为的才能之士，如"征敛者"之流。语含讥讽，因贤人的根本是守道有常不为时世所动。　㉗思欲：想要。委：丢弃。符节：官员的印信等朝廷颁发的示信之物。唐刺史都加号持节。　㉘引竿：拿起竹篙。刺船：撑船。　㉙将家：携带家人。就鱼麦：去过渔耕生活。就，主动接近。

【语译】

序：广德元年，西原蛮人攻入道州，烧杀劫掠，把城市破坏殆尽才离去。第二年贼人又进犯永州，攻破邵州，然而却不侵犯道州边界就退去了。这难道是刺史我的能力能制服贼人？不过是承蒙他们同情可怜罢了。然而朝廷的租庸等使又为什么这样硬心肠地征催搜敛？(有感于此，)所以作了这首诗，用来告示官吏。

诗：往年正逢天下太平，我山林隐居，前后二十年。泉水源头，就在我山居的庭院；洞穴山沟，正对着我的门前。(那时候，)朝廷虽征租税，却有规定的程期；劳作一天，太阳下山了，也就可以安眠。突然遭逢了安史之乱，世事巨变；我统领将士，军帐之中度华年。今年我来主政道州，又逢到山中西原蛮人起骚乱。城市褊小，蛮贼竟不再来屠杀；只因为人民贫困，既可悲叹啊又复可怜。所以邻州虽陷蛮贼手；本州侥幸，偏偏得存全。朝廷的使臣啊，奉的都是皇上诏命，难道反不如，盗亦有道的仁心！现在那些横征暴敛的贪官污吏，逼迫人民，如同烈火来熬煎；我又怎能，将百姓的活路生生来断绝，去博取，什么时世称道的"干吏"与"能员"。我真想把刺史的印符仪仗全抛弃，拿起竹篙，自己撑船远走高飞——带着家眷，捕鱼种麦自食其力——归乡隐居啊，我愿终老在那江湖边。

【赏析】

这是一首讽谕诗。讽示官吏，苛政猛于虎，勿作盗贼也不愿为的残民以逞之事；并表示自己绝不同流合污，去官也在所不惜的决心。

诗可分五层。前六句述盛世隐遁之初志；次四句写乱世应命出仕辗转而刺道州，引出西原蛮事；又四句写道州独全，赖"贼"伤怜，言外之意谓非刺史之功；又次四句写赋敛之臣残民有甚于"贼"；末六句表明自身态度，结以决心归隐，呼应开头。全诗以述志为主线。以"贼退"为枢纽，穿插大乱前后治乱之对比，以盛世衬乱世，以盗贼衬"时世贤"，以明志见讽示之意，其似直而曲、婉而多讽的风格，一韵到底的韵式及素朴明炼的语言，尤得汉魏遗风。

读本诗，先要明了三方面的背景。诗题先可玩味。"示官吏"，即晓示属下官吏，是诗的重点所在；"贼退"是因事见意，为"示官吏"作引子。上官晓示下官，而用诗的形式，体现了元结"极帝王理乱之道，系古人规讽之流"的诗歌思想。

诗歌的晓示与行政的命令不同，要以情动人，寓理于情，这就是所谓讽谕诗。当时元结已上《奏免科率状》，为民请命，免除赋税；这举动颇有抗命之嫌，一旦君王怪罪下来，丢官弃命，都有可能。所以他以述志为讽示，有以身作则之意，感情倍见深沉。

"贼"为何而退呢？是否如诗中所说，因城小人贫，而见伤怜呢？如果这样，那何以上年他们"入道州，焚烧杀掠，几尽而去"呢？显然"伤怜"云云，是新刺史元结的自谦之辞，《新唐书·元结传》记，元结因保全道州，进授容管经略使，接着又"身谕蛮豪，绥定八州"，百姓为之立石颂德。可见道州得全主要因元结德威所致。以此功业，谦以示下，使本诗更增加感人的力量。

明白了以上背景，再来读此诗就可见它语虽平易，意蕴却颇深曲。

诗人要讽示属下的是立身为官之道，并现身说法，将为政经验与出处（仕隐）原则结合起来，而"贼退"一事是全篇的关锁。

起笔先写出仕前"山林二十年"的隐居生活，以明志不在官，只因变乱突起，责无旁贷，方应命而出以救百姓于水火之中。其意直透末节归老江湖之想，隐含自己上疏奏免民赋，即使得罪，也在所不惜，反能得全初志之意。这样就立起了本诗的总纲：士君子出处之际应以内德不亏、为民为国作宗旨。

如何才能为国为民呢？首节述隐居中"井税有常期"一句，为下文伏笔：制民恒产，轻徭薄赋，是儒家的一贯思想，这句其实是说，自己能安享太平二十年，正因当时租赋正常，人民得便；其意又下透"使臣将王命"等四句，前后之间更不言一己功业，而以"蛮贼"犹能哀民为枢纽接续，形成对照，言外之意是，今之征敛者如此行径，既不合前王先贤仁政之道，更连盗贼也不如。对于"使臣"，因其为王命所遣，诗人婉转地以"岂不如贼焉"反问，说他当不致如此吧，留下余地；而对于地方官之横征暴敛，诗人大声疾呼，为什么对人民"迫之如火煎"，凶横甚于盗贼呢？

以上立身与为政两层意思交融而下，用"谁能绝人命，以作时世贤"二句绾合，表明赋敛之臣，虽为上司赏识，然而于己则有亏立身之道，于国则有亏为政之方，"时世贤"，必将为前贤所不齿，这样结末的归隐，就比开头的隐居意思更深了一层。以此讽示属下，既正气浩荡，又婉委善入，相信比一纸公文有效得多。

郡斋雨中与诸文士燕集[①]

韦应物

兵卫森画戟[②]，燕寝凝清香[③]。海上风雨至[④]，消遥池阁凉[⑤]。烦疴近消散[⑥]，嘉宾复满堂。自惭居处崇[⑦]，未睹斯民康[⑧]。理会是非遣[⑨]，性达形迹忘[⑩]。鲜肥属时禁[⑪]，蔬果幸见尝[⑫]。俯饮一杯酒[⑬]，仰聆金玉章[⑭]。神欢体自轻[⑮]，意欲凌风翔[⑯]。吴中盛文史[⑰]，群彦今汪洋[⑱]。方知大藩地[⑲]，岂曰财赋强[⑳]？

【注释】

① 贞元五年(七八九)五月，应物为苏州刺史时宴请吴中文士所作宴集诗。郡斋，郡守即州刺史府第中的厅舍。燕通"宴"。　② 兵卫：持执兵器的侍卫。森画戟：画戟森的倒装。画戟，即戟，因饰有画彩，称画戟，常用作仪仗。唐刺史常由皇帝赐戟。　③ 燕寝：宴会之所。寝有内室、正殿等多义，由下"复满堂"观之，当指郡斋的正厅。　④ 海：苏州在东海海风影响范围内。　⑤ 消遥：即逍遥，自在不拘之意。　⑥ 烦疴(kē)：指因暑热产生的困顿烦躁。疴，病。烦热似病。　⑦ 居处崇：指地位高，唐上州刺史是从三品，苏州是上州。　⑧ 斯民康：此地的百姓安居乐业。　⑨ 理会：会理的倒文，意谓悟得至道妙理。是非遣：遣是非之倒文，意谓排遣掉是非的区分，可见所谓"理"，是佛道之理。　⑩ 性达：性格达观。形迹忘：忘掉自身形踪，即忘掉物我区别。本句与上句互文见义，会理则性达，性达则物我是非皆忘。　⑪ "鲜肥"句：据《唐会要》卷四十一记，建中元年(七八〇)五月敕，"自今以后，每年五月，宜令天下州县禁断采捕弋猎，仍令所在断屠宰，永为常式"。当时禁令仍在实行中。鲜肥，鱼肉。时禁，一定时节的禁令。　⑫ 幸见尝：希望赏光品尝。　⑬ 俯：低头。　⑭ 仰聆：抬头听。聆，仔细听。金玉章：美妙的诗章，用《孟子·万章下》"金声而玉振之也"。　⑮ 神欢：精神欢畅。　⑯ 意欲：简直想要。　⑰ 吴中：指苏州一带。苏州是春秋吴的故都。盛文史：文史盛之倒语。　⑱ 群彦：群英。彦，英才。汪洋：原意水势浩大。这里指人才济济。　⑲ 方：才。大藩：指大州郡，苏州是上州。　⑳ 岂曰：难道只是？财赋强：安史之乱后，天下财赋，仰给于东南。苏杭一带是中央财政的重要支撑。

【语译】

郡斋中，卫士擎着双戟仪仗，气象森严；宴席间，薰香吐芳，袅袅烟柱，仿佛也在凝神屏息。风雨从海上飘来，洗涤得，池塘亭阁一片清凉——人心啊，也因此逍遥轻爽。长夏的烦溽病苦既已消散，今日里，更有嘉宾坐满堂。我一直深愧，身处高位，却未能使民生安康(而今天，却使我悟得了万物本来自然消长)。会此妙理，足可以忘去是非区分；而任情达观，正不必将功成名就放在心上。虽说是，时世艰难，朝廷禁用珍味时鲜；但数味蔬菜水果，还望诸君姑且品尝。我低首饮上一杯酒，抬头又聆听，那金铿玉锵的诗章。精神欢畅，身体也轻快；那飘飘欲仙的感觉，简直就像凌风翱翔。吴中之地，文史隆盛古来称；今日里群英聚会，更见人才济济似海洋。从而我懂得了，为何东南雄都称姑苏，这不仅因为财赋充足半天下(更由于，东南形胜，人杰地灵文史乡)。

【赏析】

燕集诗，是一种"应用诗"，应酬意味甚重，然而本诗却不同凡响。它既十分得体，又典型地表现了诗人当时领袖东南诗坛的气度，及其淡远中见闲雅雍容之致的创作个性。

诗分四层："兵卫"以下六句述宴集；"自惭"以下四句抒情；"鲜肥"以下六句又述宴集；"吴中"以下四句再抒情。述宴与抒情交替而下，而每一转换，均深入一层，对宴集的具体描写，流注着诗人情感的变化，而过接处则浑然无迹。

第一层总写郡斋燕集，点题并渲染气氛。郡府卫士执仗着御赐代表州守身份的画戟，宴席间薰香清芳，烟柱袅袅上升，一个"森"字，一个"凝"字，有一种庄重典雅的况味；然而海上风雨东来，又为设宴的池阁带来轻松逍遥的清凉之感。庄重典雅是对来客的敬重，逍遥轻松又足见主客融洽。两者结合，十分得体地显示了州守礼贤下士的气氛，也为全诗定下了基调。五、六句又承势说：初秋的风雨吹散了长夏的烦溽病苦，今日嘉宾满堂，是随清风而来呢，还是嘉宾带来了清风，其语意双关，并自然由铺写宴席收到"嘉宾"。

二层由宾及主，自然转入抒情。诗人自云一直内疚居崇位而未能安康民生，这当是"烦疴"的根由，然而今日清风驱暑，嘉宾云集，使我悟得事物必有消长生灭之理，会此胜理，足可遣是非，忘形迹，正不必为事功之成否烦恼。这是诗人身居高位的第一层感想。

由"形迹忘"又自然转入述宴，虽因时世维艰，朝廷禁用肥鲜，但蔬果数篚，对于不拘形迹的主人来说，亦足表诚悃，一杯酒、一首诗，俯仰之间，自有妙趣。至此庄肃的宴集已一片融和，主客均有飘飘欲仙、逍遥凌风之感。

于是诗人进而悟得，自己拜领君命守土大藩，治理东南财赋之地，其实还不足幸，最幸运的是东南人杰地灵，文史兴盛。这一结尾既承上申足情趣，又隐含作为州守，当以文教兴邦的深意，而在结构上，更上应全诗的枢纽——"烦疴"至"未睹"四句，在切合燕集诗体制的同时，有无尽余味。

如果想以应物自己的诗句来概括他的诗风，那么"兵卫森画戟，燕寝凝清香。海上风雨来，逍遥池阁凉"，是最能表现其淡远中见雍容之致的特点的。人们常说韦应物最得陶潜精髓，不错，但不全面。韦诗得陶之萧散冲淡，但更注入了典雅、雍容的气度，原因有二。首先是身份不同，历经显宦的韦应物必然于陶潜的野体中注入中朝体的成分，本诗即是显例。再从诗史传承而言，在诗歌体势上，韦诗也在陶体中融入了若干谢灵运体的成分。本诗赋写、抒情交替而下的结构，正是谢诗的典型手法。韦诗用谢而能去其雕琢巉刻，且仍以陶体为本，故不易觉察。唐诗清远一脉的中朝诗体多承谢，在野诗体多近陶，而又均能出此入彼，以其性之所近融会之。这是清理王、孟、韦、柳及其流裔之同异、演化的一把钥匙。特借此表出之。

初发扬子寄元大校书[①]

韦应物

凄凄去亲爱[②]，泛泛入烟雾[③]。归棹洛阳人[④]，残钟广陵树[⑤]。今朝此为别[⑥]，何处还相遇。世事波上舟[⑦]，沿洄安得住[⑧]？

【注释】

① 兴元元年(七八四)冬，应物卸去滁州刺史，次年夏归赴洛阳，由滁水入长江至扬子口时所作。扬子口，津渡名，在今江苏江都县南近瓜洲处。元大校书，未详何人。校书为校书郎，官职名。　② 去亲爱：离开亲爱者，指元大。　③ 泛泛：舟行漂泛状。　④ 归棹：归舟。棹，船桨。洛阳人：应物在代宗广德永泰年间曾任洛阳尉，罢官后曾居洛阳同德寺多时，离去时有《留别洛京亲友》等诗，知他在洛阳多故旧，故归洛阳。洛阳：今河南洛阳。唐时为东都。　⑤ 残钟：钟声的余响，从诗题"初发"看当是晨钟。广陵：今江苏扬州。　⑥ 为别：作别。　⑦ 此句"世事"下省"如"字。　⑧ 沿洄：顺流叫沿，逆流叫洄。此以行舟比世事。安得：怎能。

【语译】

告别了亲爱的友朋，满心凄凄；离舟儿漂漂，渐渐驶入了江天的烟雾。船儿载我归向洛阳，可心绪还牵萦着广陵城外，江村上，佛寺钟声的余响。今日里此地一相别，到何处，几时方能再相逢？世事真像这漂浮的小舟，随流逐波，又怎生，由得了我。

【赏析】

从有关诗作推断，应物此行当由滁水入江水至扬子口(今江苏扬州南)。更沿漕渠入淮水，西行入汝水，更北上向洛阳。依常规，至洛后当进京述职，然后于秋日为江州刺史，诗当作于去扬子口时。历来注本于本诗及《淮上即事寄广陵亲故》二名作之作时均含糊，故说以备参。

赠别诗一般起笔先写离离，再悬拟途中景象心情，而以惜别或悬想别后思念作结。本诗则不然，起笔先写去后舟行，"凄凄""泛泛"二叠字道尽烟波江上之迷惘心境。然后以"归棹洛阳人"点明去向之远，"残钟广陵树"挽转，回听始发处佛寺钟音在朦胧夜色中曳响，一种满盈的悲凄遂弥漫于江天，将诗人的心紧紧系住；然后自然迸发出此地相别于一旦，何处重逢于他年的惊觉，不禁感慨世事之难以逆料，正如波上之舟，要想停住再与故友一晤，也竟不能。

从技法而言，"归棹"二句的位置是逆挽，有此一折，诗势便不平弱，试想，如先写"残钟"再写"归棹"，下文"今朝此为别"就无迸发而出之真切感。更细味之，这逆挽似又不仅止于技法之高明，而更是特定的心境所致，即所谓"痛定思痛，其痛更甚"。

按诗人与元校书分别时带有一种迷茫感，"泛泛入烟雾"，行行无已中猛然想起此归是向数百里之外的洛阳，遂产生一种突如其来的痛感，于是回望树色，但闻钟声，其痛难堪，这时方感今朝一别的分量之重，下四句的抒怀方有不可遏抑之势。这种心情，在有过远别经验的读者，当不陌生。说诗人这一逆挽完全是情之所致，无意得之，也许无据；但说它最生动地传达出诗人的真情，达到了情辞的高度统一，当不为过。可见所谓名句，只有在诗歌的整体中，在全诗的感情节奏中，方能显示不尽的艺术魅力；不然，只能是等而下之的秀句而已。

寄全椒山中道士①

韦应物

今朝郡斋冷②，忽念山中客③。涧底束荆薪④，归来煮白石⑤。欲持一瓢酒，远慰风雨夕。落叶满空山，何处寻行迹⑥。

【注释】

① 应物于德宗建中四年(七八三)夏至贞元元年(七八五)冬任滁州刺史时作。全椒，滁州属县。今安徽全椒。山，据宋代王象之《舆地纪胜》所记，当指全椒县西三十里的神山。② 郡斋：参前《郡斋雨中与诸文士燕集》诗注①。冷：语意双关，是秋冷，也暗含冷清寂寞之意。 ③ 山中客：指山中道士。《舆地纪胜》载神山有洞极深，道士居于此。 ④ 涧底：两山中夹的水道叫涧，秋深涧枯见底，故能拾薪。荆薪：杂柴。 ⑤ 煮白石：道家有"煮玉石英法"，用白石英和薤白、黑芝麻、白蜜、山泉熬炼服食，可延年益寿。又唐宋时煮茶水加白石，可使更甘美，明田艺蘅《煮泉小品·绪谈》："择水中洁净白石带泉煮之，尤妙尤妙。"两种理解均可。 ⑥ 这两句是招请道士的婉委说法。

【语译】

秋的凉冷，初度袭入了刺史府第；不由我想起山中独居的友人——想来你正在干涸的涧底，拾束枯枝残草；独自归来，煮炼那仙药白石。我真想端起一瓢酒浆，在这风雨之夜，远招山中客。可是空旷的山谷间，落叶满坡，又到何处去寻访——你的行迹。

【赏析】

诗写清秋寂寞，风雨怀人。八句分四层。因郡斋感知秋凉而忽生"念"想；因"忽念"而想象道人隔绝人世之幽独生活；因此想象而更生招饮以慰风雨秋夕之念；因此念又转思道人飘忽，无处寻踪，故不胜惆怅之感。

应物的五古常在一线延衍之中表现出多重意味的层次感，本诗写我写彼，交替而下，相续相生，逐次深化了诗人的怀友之情与对道人超世绝俗，浮云野鹤般的神韵的点染。二者交融，又显示出诗人情怀的真诚高洁。这种似单而复、似素而腴、近而能远的风格，是韦诗的胜境。

长安遇冯著①

韦应物

客从东方来②，衣上灞陵雨③。问客何为来，采山因买斧④。冥冥花正开⑤，飏飏燕新乳⑥。昨别今已春⑦，鬓丝生几缕？

【注释】

① 冯著：河间(今河北河间)人，排行十七，称冯十七。代宗大历初曾为广州刺史李勉

幕府录事。入朝任著作郎，又摄洛阳尉，任缑氏尉。　②客：指冯著。　③灞陵：即霸陵，汉文帝陵墓。在长安东南。　④这句说冯著半隐或隐居在山，偶尔入城。　⑤冥冥：花重而静止貌。　⑥飏飏：鸟远飞轻快貌。燕新乳：燕初生。乳，这里是哺化。　⑦这句说分别所度过的时光之快，恍如昨日。由此观之，前别应在上年，而并非多年阔别。

【语译】

客人从东方来到长安，衣上还沾染着路经灞陵时的风雨。我问："您为什么来这里？"答道："为着开山伐木来买斧"。沉甸甸的花叶开得正兴旺，新生的燕子已会展翅飞翔。这风光，仿佛与当初分别时一样；可是为什么，您两鬓，又添了几丝白发如霜？

【赏析】

理解本诗最关键的一句是"采山因买斧"。这是隐喻樵隐山中，再联系"客从东方来，衣上灞陵雨"二句观之，本诗作时当是冯著摄洛阳尉，任缑氏尉而厌倦官场之时。因洛阳、缑氏均在河南，西向入京须经灞陵。

诗的脉络是，"衣上灞陵雨"见出冯著行役劳倦；对问答"采山买斧"见出因倦宦而思归隐。"冥冥""飏飏"两句忽作明丽景语，是欲抑故扬，反衬结末二句：别日无多，冯著已双鬓添霜。诗人未言冯著为何倦宦，但从冯著与长安春景如此格格不入的形象中，可以味到他内心必有牢愁。全诗从极平易处见出极沉挚的友情，而民歌体的起句与对答，更增添了醇厚的韵味。

夕次盱眙县①

韦应物

落帆逗淮镇②，停舫临孤驿③。浩浩风起波④，冥冥日沉夕⑤。人归山郭暗⑥，雁下芦洲白⑦。独夜忆秦关⑧，听钟未眠客⑨。

【注释】

①德宗建中四年(七八三)，应物由比部员外郎外放滁州刺史。此诗当是赴任途经盱眙所作。次，暂止，这里是停泊之意。盱眙，今江苏盱眙。　②逗：逗留，止泊。淮镇：盱眙临淮水，故称。　③舫：船。驿：驿站。古时供邮使与官吏行程中歇宿之所。　④浩浩：盛大貌。　⑤冥冥：昏暗貌。　⑥山郭：傍山的城郭。郭，外城。　⑦芦洲：生长芦苇的水中小岛。　⑧独夜：夜中独处。秦关：此指长安，应物是长安京兆万年县人。长安在关中，故以秦关代称。　⑨钟：此指报晚的钟声，古时晨昏以钟鼓报时。

【语译】

行舟落下了风帆，驶近了淮水南岸盱眙镇；停向那岸边孤零零的驿站。风声浩浩起，掀动了水面的波澜；昏昏天色暗，原来夕阳已西沉。奔忙了一天的人们

37

归去，匆匆行走在连山城郭的暗影里；雁群也飞下水边的苇丛栖宿，那苇花，也因为夜色的衬托，更显得一片灰苍苍的白。此情此景，怎不使我独自忆念起家乡秦中；静听着江天上飘荡的晚钟，又将是——长夜不眠远游人。

【赏析】

韦应物是京兆长安人，唐人又以京官为重，由比部员外郎外放滁州，想来心情不会太好，更何况南北遥阻，乡思更切，当在情理之中。这种感受唐人写过千百次，而本诗所以成为名篇，则在于中间的景语，尤其是后两句。当诗人落帆临孤驿之时，浩浩风起，掀起了江波，也掀动了他的愁思，而冥冥暮色又无疑使愁思加重，他似乎为暮色，也为愁思浸没了。于是他看到了这样一幅景致——"人归山郭暗，雁下芦洲白"。人归去，雁栖息，都会引动离乡人对家居的温馨的梦，更何况那背景：傍山的城郭越来越暗，也越来越空寥苍茫，而水中洲上那丛丛芦花，因着那无际暗色的衬托，显得分外惨白。见此，诗人又怎能再安然入梦呢？晚唐温庭筠《商山早行》中有句云："槲叶落山路，枳花明驿墙"；唐末诗人郑谷有句云："月黑见梨花"。不能说温、郑一定受此诗三联影响，但可见以相反的意象叠合，是唐人营造诗境的一大法门。

东 郊[①]

韦应物

吏舍跼终年[②]，出郊旷清曙[③]。杨柳散和风，青山澹吾虑[④]。依丛适自憩[⑤]，缘涧还复去[⑥]。微雨霭芳原[⑦]，春鸠鸣何处[⑧]。乐幽心屡止[⑨]，遵事迹犹遽[⑩]。终罢斯结庐[⑪]，慕陶直可庶[⑫]。

【注释】

① 韦应物一生作宦四方，本诗时地难以详定。　② 吏舍：指官署。跼：团曲身体叫跼，这里指拘束。　③ 旷清曙：曙天清爽，心情舒展。　④ 澹吾虑：使我心思淡荡清净。澹是使动用法。　⑤ 丛：树丛。适：正可。　⑥ 还复去：流连往返。　⑦ 霭芳原：使原野上空如云烟般迷离。霭，云气。这里作动词用。芳原，花草的原野。　⑧ 春鸠：这里鸠指布谷鸟。《礼记·月令》记，仲春之月，鹰化为鸠，因此称布谷鸟为春鸠。　⑨ 止：停歇，这里兼有宁静之意。　⑩ 遵事：意谓被公事所牵绊。遵，循。迹：行踪。遽：匆忙。　⑪ 终罢：指将来不做官时。斯结庐：在此造一所房屋。斯，此。　⑫ 陶：陶渊明，晋隐逸诗人。直可庶：真正可以希冀。庶，庶几，企望。

【语译】

终年公务牵缠，官署跼促；一旦远足郊外，更觉清晨的原野分外开阔。杨柳依依，似将和风播送；青山翠微，映得我心思一片澄淡。依傍着青绿的林丛，正宜于随意休憩；深爱那清澈的溪涧，我沿岸随流，行来又走去。细细的春雨，为原野披上了蒙蒙的帷；善鸣的斑鸠，声声弄春，又究竟在哪一片绿荫下藏身？我为这幽清的景色陶醉，心地一回回更趋向平宁；然而身为王事所限，游春的脚步，也只能迫促匆匆。什么时候能摆脱一切俗务牵绊，在这里建上一所茅屋，到那时追仰陶潜的夙愿，大概就得以偿还。

【赏析】

本诗写久困公务，偶尔郊外远足，如皈依自然般的欣悦之情。

韦应物是陶谢、王孟之后最杰出的山水田园诗人，与稍后的柳宗元并称"韦柳"。本诗体现了他对前辈诗人的承革。

就语句看，首二句极近王维之"新晴原野旷，极目无氛垢"（《新晴野望》）；"杨柳"句，似脱化于陶潜之"日暮天无云，春风扇微和"（《拟古》）；"青山"句则分明是陶诗"采菊东篱下，悠然见南山"（《饮酒》）之意况；"依丛""缘涧"二句又与王维"行到水穷处，坐看云起时"（《终南别业》）笔法相近；"微雨""春鸠"二句则似陶之"微雨从东来，好风与之俱"（《读山海经》）与王维"屋上春鸠鸣，村边杏花白"（《春中田园作》）之融和；结末四句"慕陶"之意，"结庐"之想，更明为拟陶之"结庐在人境，而无车马喧"（《饮酒》）。虽然如此，但无一句剽袭前人。所谓"似"，是略形取神，自铸新辞。

就结构看，以"依丛适自憩，缘涧还复去"为枢纽，将景物分作二层写，于移步换形中，见出心情由烦闷到淡恬到欣悦的变化，这种结构与篇末之以理语抒情，起于谢灵运山水诗（似《游南亭》等）。但有变化，他于谢诗芟其繁华而得其菁华；篇末理语亦大似谢之多用老庄、《易》、佛，且即事抒情，理在其中。

这样，韦应物就在取法前辈的过程中，自成其淡然天和、一体清空的个性风格。试再诵"杨柳散和风，青山澹吾虑"，体味一下，是否如此呢？

送杨氏女①

韦应物

永日方戚戚②，出行复悠悠③。女子今有行④，大江溯轻舟⑤。尔辈苦无恃⑥，抚念益慈柔⑦。幼为长所育⑧，两别泣不休⑨。对此结中肠⑩，义往难复留⑪。自小阙内训⑫，事姑贻我忧⑬。赖兹托令门⑭，任恤庶无尤⑮。贫俭诚所尚⑯，资从岂待周⑰。孝恭遵妇道⑱，容止顺其猷⑲。别离在今晨，见尔当何秋⑳？居闲始自遣㉑，临感忽难收㉒。归来视幼女㉓，零泪缘缨流㉔。

【注释】

① 本诗为建中、兴元年间应物为滁州刺史期间所作。杨氏女，是应物的长女。注本多

谓其嫁往杨氏，故称杨氏女。今按氏为姓氏，不应以夫姓称女。考应物于嫡妻卒后，有悼亡诗十余首，其中咏花寄情者唯《杨花》一章，颇疑嫡妻为杨氏。杨氏女即杨氏之女。以区别于续弦所生者。　②永日：长日。戚戚：愁苦貌。　③"出行"句：上句衬托本句。　④"女子"句：指出嫁，用《诗·泉水》"女子有行，远父母兄弟"。　⑤大江：长江。溯：逆流而上。　⑥尔辈：你们，指女儿们。无恃：失去母亲。古称父母为怙、恃，语见《诗·蓼莪》。韦应物嫡妻卒于大历十二年（七七七）前后。　⑦抚念：抚育爱怜。　⑧这句说幼女是长女带大的。　⑨两：指姐妹俩。　⑩结中肠：愁肠如结。　⑪义往：即女大当嫁之义。　⑫这句说，因其母早逝，女儿从小甚少接受有关妇德之训导。内训，闺中妇德之训，《礼记》有《内则》篇，是历代内训之祖。　⑬事姑：侍奉婆婆，古时公婆称舅姑。　⑭兹：这次。托令门：意谓嫁到个好人家。令，佳美。　⑮任恤：信任体恤。庶：大概可以。无尤：无过无怨。　⑯贫俭：守贫俭朴。诚所尚：本来所推崇的。　⑰资从：嫁妆。周：周全。　⑱孝恭：孝顺恭敬，是妇德之首要。　⑲容止：容态举止。顺其猷：顺从夫家的规矩。猷（yóu），法则。　⑳尔：你。何秋：何年何月。　㉑居闲：平素。始自遣：已开始自我排解。　㉒临感：临别痛感。收：收泪。　㉓归来：指送女后回到家中。　㉔零泪：泪下如雨零。缨：帽带之垂系在下巴下的部分。

【语译】

长日永永，一家人本已因丧，慽慽悲伤；更何况你今日出门，此去的路程更是绵绵遥遥。女孩儿今天就将婚嫁行，沿着大江，小船儿将溯流西上。你们姐妹俩，可怜从小就失去母亲；我亦父亦母，抚育牵挂，加倍的慈爱温柔。在家的小女儿，一直由这位姐姐照看；今日里，她们依依惜别，垂泪不休。望着这一对女儿，我不禁愁肠百结；可是女子二十而嫁，礼法有自，虽然痛惜也不能留。（因为母亲早逝，）你从小就缺少闺仪的教训；怎样去侍奉公婆，想起来就令我心忧。所幸依托的是户好人家，仁爱体恤，应当没什么招人怨尤。须知道，守贫持俭历来被称道；陪嫁的妆奁，又何必色色齐周。孝顺谦恭，你要好好守妇道；仪容行止，也当有法有度莫轻佻。今晨一相别，再见是何年？多日前，我已开始自我安慰自排遣；谁知道临别之际，还是心痛难忍泪水涟涟不能收。送罢归家又见到那小女儿，我不禁泪下如雨，沿着帽带不住地流……

【赏析】

为人父母者，当儿女远行之际，都不免伤怀，更何况应物丧妻已多年，一身兼父母双任；而嫁往杨家的长女，又是如此懂事，代母负起了照顾父亲与小妹的责任。她这一去，本已不完全的家庭又将如何！但女大当嫁，嫁的还是户好人家，留既不能，去又难以割舍。此时此刻，诗人可真是"百感交集"，于是有了这首"百回千折"的送行诗。这是本诗感情上的特色。父女之情是诗的主线，对亡妻的追伤，对幼女的担忧，以及长女与幼女的姐妹之情是辅线，主线分明，主辅浑然一体，是本诗结构上的特色。而近于口语般的谆谆叨叨，又极其真切地表现了上述感情并把结构上的过接照应弥合得天衣无缝，则是本诗语言上的特色。有此三特色，本诗便成了送女诗的绝唱。

由于感情纯真,过接自然,这诗很难绝然画分层次,为便于理解,大体将它分为三层。起四句为一层,总写含悲送女远行。"尔辈"句至"见尔当何秋"句凡十六句是第二层,也是全诗中心部分,又可大抵分为三个小节。前六句阑入丧妻抚孤、幼为长育的感情辅线,以"对此结中肠,义往难复留"结出送行时的百感交集,是一小节。"自小阙内训"以下八句又是一小节,转入为人父者对远嫁女儿的叮咛教训,而"自小阙内训"句又将辅线的情感织入其中,八句叮咛之词由"忧"愁到欣慰,到期望,一波三折,回肠荡气。"别离"二句是第二层的第三小节,收束前十四句归到离别一点,顺势折入第三层次"居闲"四句:在述别恨难遣以回应起句"永日方戚戚"的同时,收束到见"幼女"而泪下,既照应前面"幼为长所育",更将主辅二线感情团合在一起,写出了别后的凄凉与怅惘,有无穷余意。

自然真切与法度脉络,在创作上是一对矛盾,有法度而不见针痕线迹,唯见一片情真被表现得尤其真切可感,是诗的上乘境界,本诗即一例。

晨诣超师院读禅经[①]

柳宗元

汲井漱寒齿[②],清心拂尘服[③]。闲持贝叶书[④],步出东斋读[⑤]。真源了无取[⑥],妄迹世所逐[⑦]。遗言冀可冥[⑧],缮性何由熟[⑨]。道人庭宇静[⑩],苔色连深竹[⑪]。日出雾露余[⑫],青松如膏沐[⑬]。澹然离言说[⑭],悟悦心自足[⑮]。

【注释】

① 本诗是宗元在德宗贞元初贬永州司马时作。诣,趋访。超师,法名超的禅师。禅经,佛家经典都可称禅经,而从诗句看此当特指禅宗的经典。 ②"汲井"句:清晨初汲的井水叫井华(花),道教修炼法以为汲井华漱饮有健齿益身之效,后亦为佛教所吸取。寒:井花冷冽引起牙齿寒的感觉。 ③"清心"句:去除杂念,拂去衣上的尘土。这句承上句,因漱井花而心清,而拂衣整肃。 ④ 贝叶书:指禅经。贝叶是贝多罗树的树叶,古印度人多取以写经,故称佛经为贝叶经、贝叶书。 ⑤ 东斋:东厢的斋舍,这里当指超禅师的斋房。 ⑥ 真源:佛教语,意为作为源头的真如法性。超脱万物(虚妄)之本体叫真,常住不改不变叫如。禅宗认为这种识得万物为虚妄的常住不变的灵明佛性在于万物心中。只是平常为世务俗物所蒙蔽罢了。了无取:言世人对真源一点不懂,常从身外求之。 ⑦"妄迹"句:佛教认为真如法性是唯一的实际,万物只是它的化现,虽有,但只是虚妄的迹象。禅宗更从心即是佛的观点出发,认为一切文字包括经书也在可弃之列。这句意思谓,世人读经,只胶着于文字表面,而不解言外之不可言说之意方是真源。 ⑧"遗言"二句:指所读佛经,因是前人遗下的文字,故称。冀可冥:希望能够冥合潜通。 ⑨ 缮性:语出《庄子》,佛家借用之,指修养本性,发明心地。何由熟:怎样才能精熟。这两句是反问,意指

真如在心。参语译。　⑩道人：得道之人，此指超禅师。　⑪深竹：竹林深深。　⑫余：残存。　⑬如膏沐：说青松如经洗涤上油。沐是洗头，膏指发油，用作动词。　⑭澹然：澹泊不为事物所动心。然是词尾。离言说：超脱于文字语言之外。　⑮悟悦：指禅悦，因悟禅而超然物外的怡悦精神状态。心自足：归到即心即佛。

【语译】

清晨起，汲井花，水泉寒冽，漱齿更清神；拂去衣上尘，污垢褪，内外俱洁净。闲来抽取佛家书，信步出东斋，随意读；（叹世人，）读经浑不解真谛，唯将纸上文字，皮相来追逐。倘若前圣遗言可参通，又何必，返向自心修养得真源。超禅师，得道人，庭院不染屋宇静；苍苔色青青，延展渐连深竹林。初日升，雾露消，氤氲有余清；更见青松葱青，犹如膏油滋润水洗净。见此景，更知心性恬淡原为首，正不必，死参文字经。悟本性，是禅悦，心地自足，触处尽通明。

【赏析】

诗分三层：起四句写晨起读经，"真源"以下四句就读经生发顿悟议论。"道人"以下为顿悟后所见庭院自然景色，也反过来证悟了前所议论，得出最后两句的结论。诗的结构并不复杂，但坊间注本对诗意的理解却多有问题，甚至有以此诗为用儒道思想讽世俗佞佛的。这种误解的原因在对"遗言冀可冥，缮性何由熟"两句的解释。其实，最后两句已很清楚地作出了提示。

"澹然离言说，悟悦心自足"，是典型的南宗禅思想。佛经为佛氏"三宝"之一，而南宗禅起，力诋"文字禅"，甚至以经书为粪土，倡言不假文字，单刀直入，直探心源。因为他们认为，人人心中都有佛性，所谓"即心即佛"，"一切万法尽在自身心中，何不从于自心顿现真如本性"（《坛经》）。经书是前人所作，而且"言不尽意"；一味参经，死于句下，是丢了根本，只有"澹然离言说"，"直指人心"才能发明心地，"见性成佛"，即所谓"悟悦心自足"。由此返观"遗言冀可冥，缮性何由熟"，是说：如果一心希望参透前人留下的经书，那么怎能专注于修养心性，发明心地呢？

明白此理，诗人顿感心地通明（顿悟），于是"触类是道"，眼前的苔色草木无不与悟道的诗人心心相通，呈现出一派活泼泼的生机。这就是稍前僧皎然所说的"性起之法，万象皆真"（《诗式》），稍后大珠大师所说的"青青翠竹尽是法身，郁郁黄花无非般若"。前人激赏"日出雾露余，青松如膏沐"二句"能传造化之妙"（宋范温《潜溪诗眼》），然而如不从禅理来理解，总是隔靴搔痒。

溪　居①

柳宗元

久为簪组束②，幸此南夷谪③。闲依农圃邻④，偶似山林客⑤。晓耕翻露草⑥，夜榜响溪石⑦。来往不逢人，长歌楚天碧⑧。

【注释】

① 作于贞元初贬谪永州司马时。溪，当指永州州治所在地零陵郊外的愚溪。 ② 簪组：冠簪与冠带，指代官服，又指代为官。冠以束发，以簪穿冠固定发结，以冠带缚颔下。束：束缚，指在朝当官为公务人事羁束。 ③ 南夷：永州古属南方蛮夷之地。 ④ 邻：用作动词，为邻。 ⑤ 山林客：指隐士。 ⑥ 翻露草：与下句的"响溪石"都应三字连读，偏正结构，前二字修饰后一词。不能作动宾结构读。"翻露草"指露光转动的草；"响溪石"指溪流激响的石。 ⑦ 榜：原指船桨，这里用作动词，意即荡舟。 ⑧ 楚天：永州为古楚之地。

【语译】

久在京城朝廷，官位职司拘心神；远贬南荒蛮夷地，去俗务，不幸是大幸。闲居近农家，就此结近邻；兴来随意往，恰似山林隐。晓起耕田地，青青草色翻露光；夜来泛舟行，桨声激水溪石响。去去来来不见人——长歌逍遥，仰对楚天青。

【赏析】

贬谪蛮荒是不幸，但二句即说"幸此南夷谪"，这感觉反常，反常往往合"道"，有着更深刻的理由，于是可悟，起句"久为簪组束"之下必有深痛极哀；而这唐诗中常见类似意思的句子，也因"幸此"句的反拨，一起显得警醒有含了。极平凡的语辞可构成极佳的诗句，只要有好意思与好句格。这句很典型。

以下六句，全由这两句生发，在"幸"字上做足文章。诗人远离了官场而与农夫为邻，与山林相对。"晓耕""夜榜"二句是名句，"翻露草""响溪石"，以露光、幽响写活了田园山水的宁谧，也写足了诗人心头的"幸"之感。于是他于无人处，长歌逍遥，与楚天相对。天澄清如碧，看来他的心也澄清如碧了。

然而果真如此吗？同在永州所作的《始得西山宴游记》云："自余为僇人（罪人），居是州，恒惴栗"，这才是他在南荒常日的心态。他其实不能忘却罪官被严密监视，动辄得咎的现实，甚至不能忘怀当初在长安"骏发踔厉"的书生意气以及与王伾、王叔文一起经历的政治风云。他被官场放逐了，他更想再放逐自己的心。他是"幸"还是不幸呢——这就是首二句后面的深痛极哀。

| 乐府 |

塞 下 曲①二首

王昌龄

其 一

蝉鸣空桑林②,八月萧关道③。出塞入塞寒,处处黄芦草④。从来幽并客⑤,皆共尘沙老⑥。莫学游侠儿⑦,矜夸紫骝好⑧。

【注释】

① 塞下曲:原作《塞上曲》,据本集改。原题四首,此为第一、第二。《塞下曲》属乐府《新乐府辞》,乐府原是配乐歌辞。汉武帝设"乐府"官署,采集民间歌辞,配乐演唱,因以乐府称这一诗体。《塞下曲》是从古乐府《入塞》《出塞》演变过来的。但唐人新乐府诗,并不一定配乐,往往是仿其声调,演其题意而已。昌龄于玄宗开元十一年游并州,继又西游河陇。这一组诗所记多可与史事相印证,当是游河陇时或回来后所作。本诗写西游伊始的豪情。 ② 空桑林:叶片已枯落的桑林。 ③ 萧关:在今宁夏固原东。唐时是西北向陇右边地的必经之地。 ④ 黄芦草:枯黄的芦草。 ⑤ 从来:自古以来。幽并:幽州与并州为古燕赵之地,今河北、山西一带,习俗尚武。 ⑥ 这句说都终老于战场。 ⑦ 游侠儿:指行侠不羁的少年。 ⑧ 矜夸:夸耀。矜是炫耀之意。紫骝:是与游侠少年有特定关联的诗歌意象。乐府有《紫骝马》歌,多咏游侠少年。骝是黑鬃黑尾紫红色的马,即紫骝。也泛指名马。

【语译】

秋蝉长鸣,桑林叶落,八月天,古色苍茫萧关道。出塞入塞天已寒,边地处处长满黄芦草。自古幽并男儿好,都向边塞寻功沙场征战老。不学京都游侠少年郎,只解炫夸坐下紫骝马儿价多高。

【赏析】

前后各四句,都用反衬手法,构成两组意象,又以前一组反衬后一组,空间传神,写出边塞男儿的雄风,于疏朗中见俊逸英发之气,这是本诗第一个特色。上一组写景,八月天,在中原当是浓荫掩覆、鸣蝉声繁之时,但萧关道上却天已寒,桑已凋,草已黄,"蝉鸣"当然也已残声向尽了。这是以中原的八月概念反衬边地。下一组写人,显以京都名马少年反衬与尘沙为伴的幽并男儿。这英武的男儿又同时因八月萧关道的萧索景象反衬,更见豪迈粗犷,英气逼人,非游侠儿所可比拟了。

本诗的英气,又得于字里行间的跳荡之感,这一方面来自音节,如"出塞入塞寒,处处黄芦草",上句连用四个入声字,下句中二字却都用平声而末字用上声；上句末字平声，下句前二字去声，这样总体上上句短促，下句平长，而连接处又有平去的变化跌宕，读来就错综历落有跳荡之感了。唐人古诗无严格的格律，但仍十分注意调声，所谓"清浊通流，口吻调利"（梁钟嵘《诗品》），务求自然的和谐。而王昌龄诗的音调是尤其优秀而富于节律性的。

跳荡感的又一因素是句子的位置经营，比如起句如作"八月萧关道，蝉鸣空桑林"，是顺说，但顿时显得平板无奇了，今作"蝉鸣空桑林，八月萧关道"，先树一句景语再折入地点、时间，便显得奇警跳荡了。至于"幽并"二句位于中间，得上下两重反衬，成为全诗中峰，运掉全篇，更是匠心独具。这种句子的位置经营，唐人称作"势"，是习读唐诗尤宜注意的。如果你想较深入地研究唐诗，那么懂得节律与势，将会使你步入一个新境界。

其 二①

饮马度秋水，水寒风似刀②。平沙日未没③，黯黯见临洮④。昔日长城战⑤，咸言意气高⑥。黄尘足今古⑦，白骨乱蓬蒿⑧。

【注释】

① 参前诗注①。昌龄于开元十一二年至开元十四年间西出河陇，当时玄宗不听丞相张说劝阻，派王君㚟西征吐蕃。唐师先胜后败，至十五年，君㚟被杀，"河陇震骇"。昌龄在边，正战事激烈时期，当有切身感受。　② "饮马"二句：上诗言八月出萧关，此诗写已到边地，秋已深，故水寒风似刀。　③ 平沙：平展无际的沙漠。　④ 临洮：古城名。唐岷州治所为秦临洮县，因洮水而得名。又，唐狄道县为汉临洮县，亦临洮水。二处相近，均在陇西。诗意简约，以下句连言"长城"观之，当以前一处为近是。　⑤ 长城战：秦始皇建长城始于临洮。这一带秦、汉及唐是汉胡必争之地。　⑥ 咸：都。　⑦ 足：充塞，弥漫。　⑧ 蓬蒿：都是野草。

【语译】

饮过了征马，渡过秋天里的洮河水，洮水寒冽冽，北风吹来割肤冷如刀。大漠万里平展展，落日垂天余微光。暮色暗昏昏，隐隐远见边塞古城是临洮。多少年，胡汉争战长城边，人人都称男儿赴边意气高。战尘弥漫今古黄，堆堆白骨无人收——乱蓬蒿。

【赏析】

临洮，秦、汉以降，争战不息，而诗人西行之时，那儿又正经历一场惨酷无比的杀伐。于是苍茫之中的杀气，便成了前四句景语的主要内涵。秋于五行属金，主刀兵，更何况在边陲而正当秋气已深之时，寒水砭骨，朔风似刀，饮马渡水之人，又怎能不起肃杀凄厉之感？他纵目前眺，平沙无际中，唯见斜日返照以它昏黄而无力的光晕，涂抹着临洮古城，越来越暗，越来越暗……这幅深邃苍茫的景色，已经重复了多少年代？那昏暗中冲天的黄尘——战烟的象征，自古至今总是这样笼罩着这方多难的土地，又何时方会消散？看着那蓬蒿丛中的堆堆白骨——

恐怕已全然分不清是古骸，还是今尸。于是诗人不由感慨，当初充满建功热情的将士们，究竟是对还是错呢？后四句的思路如上析，而作法上却以"白骨乱蓬蒿"殿结，更发人警省。

开元前中期的边塞诗大抵以杀敌建功为主旨，所谓"意气高"者。而昌龄这组诗却较早地唱出了反战旋律，这与他亲历边陲，目睹当时边防弊政有关，也得力于他较时人高出一筹的识见。

关 山 月①

李 白

明月出天山②，苍茫云海间③。长风几万里，吹度玉门关④。汉下白登道⑤，胡窥青海湾⑥。由来征战地⑦，不见有人还。戍客望边邑⑧，思归多苦颜。高楼当此夜⑨，叹息未应闲⑩。

【注释】

①《关山月》是乐府旧题，属《鼓角横吹曲》，多写征戍离别之情。本诗以汉指唐。李白之世，唐与西边吐蕃、回纥征战频繁，本诗非为一时一事而作。 ②天山：汉时称祁连山为天山，因匈奴呼天为祁连，唐人沿用，在今甘肃西北部。唐人又称伊州、西州一带大山为天山，均在今新疆境内。这里泛指西边大山。 ③云海：云涛似海。 ④玉门关：故址在今甘肃敦煌西，是唐通向西域的重要关隘。《汉书·西域传》："（西域）东则接汉，厄以玉门、阳关。" ⑤白登：山名，在今山西大同东。汉高祖刘邦曾率军征匈奴，被围于白登。 ⑥青海：湖名，在今青海西宁附近，原为吐谷浑所居地，唐高宗时为吐蕃并吞，是唐与吐蕃交战频繁之地。 ⑦由来：自古以来。 ⑧戍客：守边将士。 ⑨高楼：指内地高楼伫望征夫的思妇。 ⑩闲：停歇。

【语译】

明月从天山后升起，漫步在苍茫无边的云海间。长风从西边吹来，几万里，吹过了长征路上的玉门关。当初汉帝率军西下白登道，可奈何，胡人牧马，年年东窥青海湾。胡汉相争千百年，征战地，从来不见有人还。戍守人，边城望归去；归去不成，思乡多愁颜。遥想今夜长安高楼望夫人，对明月，叹息声声无停闲。

【赏析】

诗写戍卒与思妇两地相思，是《关山月》的传统题材，立意并无新异处。它之成为名篇，全因前四句。寓月托风以表达异地情思，本也常见，但没有人能像本诗那样不仅情思遥深，而且开宕苍莽：天山邈绵，云海苍茫，在这天之边、云之头，明月升起，将清辉播散——没有一个地方，能像这里月光播散得如此开阔，带有如此苍茫的感觉。这时，长风吹来——从几万里外吹来，吹过那汉胡交界的玉门古关。王之涣有句"羌笛何须怨杨柳，春风不度玉门关"，"不度"是怨望，

"吹度"也是怨望，而因着天山云海间的那轮明月，更为深长而浩浩不尽。请尤其注意，"明月""天山""云""玉"这些给人以白或清的质感的词语，它们融和为一种迷濛的半透明的白的氛氲，又因着"天山""玉门关"两个含有时间意味的古地名，因着"几万里"之"长"的空间意味，这氛氲，便平添了一种"苍莽"之感。"苍莽"是这幅景象中提纲挈领的词，它整合了以上种种意象，形成了李诗特有的清空中思绪卷舒的况味，一开篇便笼罩全诗。这况味他人难以摹仿，因为李白那种以我为主，吞吐万象又近于天真的胸次，谁能仿佛呢？

子夜吴歌①

李 白

长安一片月②，万户捣衣声③。秋风吹不尽，总是玉关情④。何日平胡虏⑤，良人罢远征⑥。

【注释】

① 子夜吴歌：南朝乐府，属《清商曲辞》，据说为东晋时一位名子夜的女子所作，因是吴声歌曲，故称《子夜吴歌》。原作四首，此选第一。　② 长安：汉、唐建都长安，在今陕西西安。　③ 捣衣：古时在水边洗衣，以衣置石砧上，用木杵捶捣之，使污垢脱落。一说捣衣即捣练，练是丝帛，捣洗未经缝纫的帛料，当起今衣料"缩水"的作用，准备缝制寒衣。　④ 玉关：参见上诗注④。　⑤ 胡虏："胡"是对西北少数民族的泛称。"虏"则是蔑称。　⑥ 良人：丈夫。

【语译】

一片清澄的月光，照临着长安城。月色中，响起了千家万户捣衣声。秋风阵阵吹不断，千声万声，诉说的，都是玉关内外不了情。何日里能将胡人铁骑平，夫君啊，方能从此不远征。

【赏析】

请先参阅上诗的"赏析"，二诗意象构成的手法，它们的意境氛围，大体相近。不同处是本诗加用了"声"音。比起塞外来，长安就太逼仄了，但环境的逼仄束缚不了诗人的胸怀，他仍营造出了一种清空宽远的氛围，这固然因为"长安"的词面意义有宽远之感，而更重要的是那"捣衣声"，声音是不受空间限制的，它能飞越，飞越过屋宇宫观、内城外廓，而且不是幺弦孤音般的一声声，而是"万户捣衣声"，此起彼落，在夜空中，在月光下，显得分外清纯，也分外愁怨；任是秋风也吹不去，因为这是心声，关乎万里之遥玉门关外的缠绵心声，似乎在企盼着：夫君何时平胡归来！从本诗与上诗可见，诗的起句，古人称"发端"，十分重要，好的发端能产生笼罩全篇的氛围。

长干行①

李白

妾发初覆额②,折花门前剧③。郎骑竹马来④,绕床弄青梅⑤。同居长干里,两小无嫌猜⑥。十四为君妇,羞颜未尝开⑦。低头向暗壁⑧,千唤不一回⑨。十五始展眉⑩,愿同尘与灰⑪。常存抱柱信⑫,岂上望夫台⑬。十六君远行,瞿塘滟滪堆⑭。五月不可触,猿声天上哀⑮。门前迟行迹⑯,一一生绿苔⑰。苔深不能扫,落叶秋风早。八月蝴蝶黄⑱,双飞西园草。感此伤妾心⑲,坐愁红颜老⑳。早晚下三巴㉑,预将书报家㉒。相迎不道远㉓,直至长风沙㉔。

【注释】

① 长干行:乐府《杂曲歌辞》旧题。长干是地名,在今江苏南京秦淮河之南,为一狭长山冈,吏民杂居,号长干里。行,诗体名,"步骤驰骋,疏而不滞者曰行"(《文体明辨》)。《长干行》原为民歌,今存古辞一首。文人仿作,多半是情歌。李白原作二首,这是第一首。 ② 妾:古代妇女谦称,意谓自居于侍妾地位。初覆额:古时女子十五岁始挽发加簪。幼时不束发。初覆额,头发刚掩住前额,似今之前刘海。 ③ 剧:游戏。 ④ 竹马:以竹竿当马,童戏。《后汉书·郭伋传》:"有儿童数百,各骑竹马,道次迎拜。" ⑤ 床:指井床,即井边围栏,一说指井上支辘轳的支架。床有支架之义,如笔床。弄:玩。 ⑥ 无嫌猜:情感融洽,天真无忌。 ⑦ 开:展。 ⑧ 向暗壁:向墙角暗处坐着。 ⑨ 回:回头。 ⑩ 展眉:眉头舒展,自在地笑。应上"未尝开"。 ⑪ "愿同"句:即同生共死之意。 ⑫ 抱柱信:传说尾生与一女子相约在蓝桥相会,女子未至,大水忽来,尾生守约不去,抱桥柱淹死。见《庄子·盗跖篇》。这里用以表示常存互信,长相厮守的愿望。 ⑬ "岂上"句:传说一女子思念离家已久的丈夫,天天上山候望,久之化为一石,仍作望夫状。后人称此石为"望夫石",此山为"望夫台"。这句说,从未想到会有分离相望的一天,引起下文。 ⑭ "瞿塘"句:指丈夫入蜀经商之路。瞿塘峡为三峡之一,又称明月峡,在今重庆奉节。滟滪堆:瞿塘峡口的险滩,参下注。 ⑮ "五月"二句:承上设想丈夫行旅险苦。不可触,《太平寰宇记》载:"滟滪堆,周回二十丈,在(夔)州西南二百步蜀江中心瞿塘峡口。……夏水涨,没数十丈。其状如马,舟人不敢进。……谚曰:'滟滪大如襆,瞿塘不可触;滟滪大如马,瞿塘不可下。'"猿声:《水经注·江水》载,三峡两岸群峰相连七百里,遮天蔽日,山上"常有高猿长啸。属引凄异,空谷传响,哀转久绝,故渔者歌曰:'巴东三峡巫峡长,猿鸣三声泪沾裳'"。因猿声居高临下而凄厉,故曰"天上哀"。 ⑯ 迟行迹:望丈夫去时的行迹而等待。迟,待。 ⑰ 生绿苔:因去时已久,行踪处长出青苔。 ⑱ 蝴蝶黄:旧说秋八月蝴蝶多黄色。 ⑲ 此:指上述双蝶等景象。 ⑳ 坐:因而。 ㉑ 早晚:犹今语"多早晚"。下三巴:由三巴顺流东下。三巴为巴郡、巴东、巴西的合称。相当于今四川东部地区。 ㉒ 书:信。 ㉓ 不道远:不论多远。 ㉔ 长风沙:又名长风夹。在今安

徽安庆东五十里江边。宋陆游《入蜀记》卷三载，从长干里到长风沙有七百里。长风沙又极湍险。此极言迎夫不辞遥远险苦。

【语译】

想当年，我乌发刚刚盖前额，折朵花儿，在门前戏耍。郎君你骑根竹竿当马来，绕着井床，你追我赶抛掷青梅。我们从小同居在长干里，两情相融，小小心儿没有一丝儿疑猜。十四岁上，我做了郎君妻，羞红了脸儿，不敢轻易笑颜开。低头垂颈，我默默无语对着暗壁坐。你千呼万唤啊，我也不把头来回。十五岁上方始笑展眉，信誓旦旦啊，愿共郎君化作尘与灰。你如同蓝桥会上那位抱柱守信的古尾生，我又怎存想，将会登上盼归化石的望夫台。十六岁上，郎君远行去；穿过了瞿塘峡口，又接上乱石堆砌的滟滪堆。五月里大水涨满，暗礁不可触；遥想你啊，似听得峡猿悲啼，声声连天哀。我在门前盼夫归，你去时的足迹啊，一一已经生青苔。青苔渐盛，深深扫不去，更哪堪，落叶纷纷，今年秋天来得分外的早。八月里，蝴蝶儿双翅已变黄；双飞双落，还是绕着西园的草。此情此景，怎不引得妾心伤，相思情苦啊，催得青春红颜色变老。何时你从三巴东下沿着长江还，千万早些儿，写封书信先寄回家。我迎夫君不怕路途远，一直赶到七百里外长风沙。

【赏析】

读过汉乐府《孔雀东南飞》的人，一定会马上悟到，本诗的句式"十四""十五""十六"取于古诗；然而你再细细涵咏，又会味到，这诗的韵味与古诗不一。古诗写恋情虽婉委动人，却朴茂深永，本诗则旖旎细致，楚楚可念；古诗以叙事为主，夹以抒情，描写细密，本诗却以抒情带叙事，笔法疏朗。这是因为古诗是以叙事为主的汉乐府，虽经六朝人修饰，但古朴犹存；《长干行》是后起于江南的六朝乐府诗，风格以清丽胜，形式以抒情为主。李白援汉乐府句法入六朝乐府，并以他清新的气质调和而融为一体，是诗史上一首复古通变的杰构。从《长干行》今存诗篇看，六朝以来都为四句的短篇或联章组诗，李白则衍为长篇，这也是复古通变在诗体形式上的创新。

《唐宋诗醇》评曰："儿女子情事，直从胸臆间流出，萦迂回折，一往情深。"按从诵读的感觉体味，本诗确如此；但细味之，却会发现极具匠心。

诗以女主人公的自白来抒写，以回忆为主："常存抱柱信"二句是关锁。之前回忆青梅竹马的童年时期到"为君妇"的感情萌生、发展、结果之过程。以下至结末写丈夫经商入蜀后的思念与企盼。这二句的笔法跳脱，借"尾生抱柱"与"望夫台"两个民间传说，上句为回忆作结，下句为思夫启端，而"常存""岂上"两个词组又将二层意思勾连为一个整体，并自然地由乐入悲，形成强烈对比。是转接的范例。

心理描写的细腻是全诗的又一特色，但是前后两半的表现手法却绝不相同。上半部分全用白描。古人称赋法，如"低头向暗壁，千唤不一回"，写新妇形态以见其心理,细致入微,非深于体察者不能为。下半部分多用兴法。写担心丈夫旅途安危,以三峡之险来表现;写望夫缠绵,则用绿苔、秋风、飞蝶来影借。其中"苔深不能扫,落叶秋风早"二句用景色来表现由夏入秋,以见相思之长,是下半部分两个层次间的转接,笔法又与"常存"两句不同。结末变借景抒情为遥向夫君直接倾诉,又转入赋法,"相迎不道远,直至长风沙",将盼归的急切,对夫君的挚爱,表现得淋漓尽致,是采用六朝民歌手法的范例。

  本诗音调旖旎而浏亮,韵脚变化与心理变化极其切合,有志深研者,不妨将女主人公的心理变化层次与诗的韵脚逐一排比,再对应着讽诵,这将会使你研读古诗的能力大有提高。

列 女 操①

孟 郊

  梧桐相待老②,鸳鸯会双死③。贞妇贵殉夫④,舍生亦如此⑤。波澜誓不起,妾心古井水⑥。

【注释】

  ①《列女操》是乐府《琴曲歌辞》。列女,即烈女。操,琴曲的一种。　②梧桐:双树,雄为梧,雌为桐,通称梧桐或桐。魏明帝《猛虎行》:"双桐生空井,枝叶自相加。"　③鸳鸯:双鸟。雄为鸳,雌为鸯。《艺文类聚》引《郑氏婚礼谒文赞》:"鸳鸯鸟,雄雌相类,飞止相匹。"会:合当。　④贞妇:持节守操的烈妇。贵殉夫:以殉夫为贵。贵是意动用法。殉,以死相从,守节不移。　⑤"舍生"句:丢弃生命也不过如此。　⑥"波澜"二句:即心如枯井之意。

【语译】

  梧与桐,双树共栽相对老;鸳与鸯,双鸟同死不独生。贞妇最贵殉夫死,舍身相从就如双树与双鸟。自从君去后,妾心如同枯井水,(任凭风来吹,)永不起波澜。

【赏析】

  作为苦吟诗人的孟郊,却写出了如此深切的情诗,看来奇怪,其实,苦吟本身就是一种执着,对作诗执着,对情爱也同样执着,而且以苦吟诗人镂骨铭心的心思来写这种执着的情,于是有了"波澜誓不起,妾心古井水"这样的奇句。请细味"古井水"的意象,不是池水、湖水,它们一旦风来时,就会泛起涟漪,滚动波澜;甚至不是一般的新井水,它们虽然不为风动,但水脉充沛;只有"古井水",它虽然仍"活"着,却绿苔斑驳,近于枯竭,仿佛象征着那伴随着恹恹生命的久远而永长的记忆……这就是苦吟诗人意象构成的特色。

游子吟[1]

孟 郊

慈母手中线,游子身上衣。临行密密缝,意恐迟迟归。谁言寸草心[2],报得三春晖[3]?

【注释】

① 游子吟:游子,客游在外的人。吟,诗体名。《文体明辨》:"吁嗟慨歌,悲忧深思,以呻其郁者曰吟。" ② 寸草心:小草之心。参语译。 ③ 三春晖:春日的阳光。春季分为孟春、仲春、季春,合称三春。

【语译】

慈母手中的针线,化作了游子身上征途的衣。临行前,您将针脚儿密密地缝,只担心,孩儿此去,久久不能归。儿心如同那小小的草,怎报得,慈母恩德,常与春阳同光辉。

【赏析】

用常得奇,是诗的上乘境界。这诗读来极朴素极自然,然而细味,可见匠心。诗人不直接抒写对家乡老母的思念,却从衣上线脚生发,极写老母恐儿迟归,以见游子思母之心。"谁言寸草心,报得三春晖"的结句也就水到渠成了。这是名句,"寸草心""三春晖"已成为子女与父母的代名词,因为它最集中而又最贴切地象喻了这种被作为五伦之首的亲情,父母之爱的博大无私,儿女之心的缱绻恋恋,还有什么比喻能比这更贴切呢?不过我更欣赏的还是"临行密密缝,意恐迟迟归"二句。大凡作诗,涵盖性的抽象较易,而细微入神的描摹最难。"密密缝""迟迟归"是细节,却把慈母对行将远行的孩儿的心思表现得淋漓尽致。唐人古乐府能得汉魏古乐府神韵的应推孟郊。《四库全书总目提要》称孟诗"托兴深微,结体古奥",本诗是一例;而"密密""迟迟"的叠词运用,是最显著可味的,请取《古诗十九首·青青河畔草》与之对读,当有所解会。

卷二　七言古诗

登幽州台歌①

陈子昂

前不见古人②，后不见来者。念天地之悠悠③，独怆然而涕下④。

【注释】

① 武则天万岁通天元年(六九六)子昂随建安王武攸宜进兵契丹，以右拾遗身份参谋军事。本诗作于此时。幽州台，即蓟北楼，又称蓟丘、燕台。相传燕昭王招纳贤士，筑成此台。唐时幽州治所为蓟，故城在今北京西南。　②古人：指燕昭王那样的贤者。　③悠悠：无尽。　④怆然：伤感貌；"怆"音"创"，"然"，词尾。涕：泪。

【语译】

望不见啊，往古的贤者；盼不及啊，后世的哲人。想到那宇宙的无穷无尽，(我站立在黄金台上，)独自热泪飞溅。

【赏析】

这首怀古诗不着力于古事古迹之叙写，而直撼心悸，包蕴丰富，在怀古诗中别具一格。

据子昂友人卢藏用《陈氏别传》载，子昂这次从征，本以为官居近侍，又参预军机，应不计个人得失，贡献才智，所以屡屡进谏，言词急切。武攸宜却一概不纳。子昂知不能相合，钳口不言，于是登幽州台而作此歌。诗的前二句写"时"，后二句写"空"，时空即宇宙，这是理解本诗的关键。

全诗以无穷无尽、无际无涯的时空为背景，塑造了一个高台独立、热泪飞洒的抒情主人公形象。屈原《远游》说："惟天地之无穷兮，哀人生之长勤。往者余弗及兮，来者吾不闻。步徙倚而遥思兮，怊惝恍而永怀……"子昂之悲，正与屈原息息相通，显示了士人历史性的苦闷与沉思。于是我们感到这主人公是孤独的，却又是高大的；他不容于时代，却又与时代声息相关并高出时代。诗的感染力，就在于这种矛盾的统一，在于这种似乎永远破解不开的民族性的沉思。

古　意①

李　颀

男儿事长征②，少小幽燕客③。赌胜马蹄下④，由来轻七尺⑤。杀人莫敢前⑥，须如猬毛磔⑦。黄云陇底白云飞⑧，未得报恩不得归⑨。辽东小妇年十五⑩，惯弹琵琶解歌舞⑪。今为羌笛出塞声⑫，使我三军泪如雨⑬。

【注释】

① 古意：古诗体式，略近于拟古，唯重在师古诗之意而不师其辞。李颀约在开元二十六年(七三八)至二十八年间北游幽燕，诗当作于此时。　② 事：从事，也含立志的意思。长征：从军戍边，唐时戍边战士称长征健儿。　③ 幽燕客：唐幽州属古燕国之地，今河北与辽宁南部一带。民风剽悍，幽燕客指任侠尚武之士。　④ 赌胜：争胜。　⑤ 由来：从来。轻七尺：以生命为轻，不怕死。轻是意动用法，七尺，七尺之躯。　⑥ 莫：没有人。前：上前，接近。　⑦ 猬毛磔：形容幽燕客稠须如刺猬毛刚硬开张，这是威武的形象。《晋书》记刘炎称桓温："眼如紫石棱，须作猬毛磔。"磔(zhé)：开张貌。　⑧"黄云"句：黄云陇依句法应是地名，但无可查证。黄云：云色昏黄，唐人诗常用作称边地之云。陇：山冈叫陇。这里应是指河陇地区的山冈，是幽燕客远戍之地。　⑨ 报恩：报君恩，意指建立边功。　⑩ 小妇：少妇。　⑪ 解：懂得，善于。　⑫ 为：动词，奏出。羌笛，即今横笛，出于羌中，见汉马融《长笛赋》。出塞：《出塞》曲。　⑬ 三军：左、中、右三军。此指听曲将士。

【语译】

"男子汉从军远行，从小就是幽燕游侠儿。他纵马驰驱赌胜负，从不把七尺之躯置心上。他所向披靡，谁人敢于靠近；那刚硬的髭须，就像刺猬一般纷张。黄云陇底昏昏啊，陇上白云飞；(可叹他)君恩未报啊，有家不能还。"辽东少妇啊，年纪小小刚十五；她手弹琵琶，更能且歌且舞。今天里，她随着羌笛唱起这支《出塞》曲，使得我三军将士啊，泪下如雨堕纷纷。

【赏析】

李颀七古有三个特点：善于运用反差强烈的意象，以突出主旨；善于发挥七古开宕驰骋的体势，形成跳跃性的结构；善于用快豪浓墨写景，以渲染气氛。本诗虽短，却三点兼备，读懂本诗，再读他其他长篇，也就易于从扑朔迷离中把握脉络了。

诗以"黄云"两句为中枢，前半极写幽燕客的豪勇轻身，短短六句写技艺，写气概，写外形，形成了一幅人物特写。后半则写辽东少妇为《出塞》之声，而结末反拨——"使我三军泪如雨"。"泪如雨"的柔肠与前面"杀人莫敢前"的刚肠，正形成强烈反差，包蕴极其丰富。从军人而言，英雄竟然泪下，可见戍边之久，乡情之深；从乐者而言，能使刚硬男儿潸然泪下，可见其歌乐感人之深。而前后两半的转化，是在"黄云陇底白云飞，未得报恩不得归"两句中天衣无缝地完成的。这两句以前句映衬后句，黄云、白云本身就形成了高下、黄白反差强烈的景象，云气飞动，在冲突交战，军人的心也正如此。"未得报恩不得归"，不应作为非战的句子来看，而是写出了盛唐戍边之士的复杂心态：报君恩、立边功的雄心

53

是一方面，思家乡、望亲人的人情之常是又一方面。这种矛盾心态是盛唐边塞诗雄浑悲壮特色的底蕴，而李颀诗上述三个特点又最成功地表现了这种心态。

诗的结构可探讨。从"今为羌笛出塞声"看，前八句应为隐括少妇所歌《出塞》歌辞而成。如此"今为"二字方有着落，而上下两部分也才融为一体。

送陈章甫①

李　颀

四月南风大麦黄，枣花未落桐叶长②。青山朝别暮还见，嘶马出门思旧乡③。陈侯立身何坦荡④，虬须虎眉仍大颡⑤。腹中贮书一万卷，不肯低头在草莽⑥。东门酤酒饮我曹⑦，心轻万事如鸿毛。醉卧不知白日暮，有时空望孤云高。长河浪头连天黑，津吏停舟渡不得⑧。郑国游人未及家⑨，洛阳行子空叹息⑩。闻道故林相识多⑪，罢官昨日今如何⑫？

【注释】

① 陈章甫：李颀友，江陵人，曾隐居嵩山二十余年。开元中制科及第。天宝九载（七五〇）为亳州纠曹，终官太常博士。本诗末言"罢官昨日今如何"，则应作于陈为官之后，约当天宝中后期，地点应在洛阳。　② "四月"二句：写初夏景色。　③ "青山"二句：写章甫将返故乡。　④ 侯：古时对男子的尊称。　⑤ 虬须：蜷曲如虬的胡须。虬是无角龙，常盘曲相纠结，故有"虬蟠"一词。虎眉：粗重威武的眉毛。仍：加上。颡（sǎng）：额头。　⑥ 草莽：草野。　⑦ 东门：由后文"洛阳行子"可知是洛阳东门。饮我曹：请我辈饮酒。饮是使动用法，读去声。曹，表复数。　⑧ 津吏：管渡口的小吏。　⑨ 郑国游人：指陈，亳县属春秋郑国。　⑩ 洛阳行子：颀自指，此时游于洛阳。　⑪ 故林：旧居的山林。　⑫ 罢官昨日：昨日罢官之倒装。昨：昔。

【语译】

四月里南风吹过，大麦已经金黄。雪白的枣花还没落，青青的桐叶已经修长。一度告别的青山，不久又相见；胯下的骏马长鸣，它已急不可耐怀念旧乡。陈君啊，你立身处世多坦荡——只须看颊须蜷曲，浓眉似虎，前额更宽广。你腹中熟记万卷书，又怎肯低首下心，埋没在草莽。洛阳东门，你今沽酒请友朋；世事纷繁，心中轻得像鸿毛。你醉酒长睡，全不管夕阳已西下；你瞪目向天，时将高天白云空仰望。长河风浪起，涛头遮黑了天；渡口有小吏，忙将那渡船系。你郑地的游子还没到家，我洛阳的行客更只能叹息连连。听说你山林旧居有许多老相识，陈君啊你往日罢官，未知今去是什么情味！

【赏析】

送别是古诗的传统类别，李颀则从中创造了新格局，为被送行者"画像"——塑造了一群盛唐之世才俊之士的形象,多数是不得志者。试比较以下几组形象。

露顶据胡床,长叫三五声……左手持蟹螯,右手执丹经。瞪目视霄汉,不知醉与醒。(《赠张旭》)

手持莲花经,目送飞鸟余。(《送綦毋三谒房给事》)

朝持手板望飞鸟,暮诵楞伽对空室。(《送刘四赴夏县》)

朝朝饮酒黄公垆,脱帽露顶争叫呼。(《别梁锽》)

肠中贮书一万卷,不肯低头在草莽……醉卧不知白日暮,有时空望孤云高。(《送陈章甫》)

这些诗都作于天宝年间,其中草圣张旭的年辈最高,张旭那种醉目瞪霄汉的形象无疑给了诗人以极深的印象,而不断地以稍加变化的形态出现在其他篇章中。如果说魏晋名士嵇康"目送归鸿,手挥五弦"(《赠兄秀才从军》)的意态是一种宅心幽玄的容与,那么在李颀笔下,已经化为含有幽玄意味的苦闷的象征。诗中的人物几乎都是在大醉之后手执经卷,瞪目云汉。虽说是众人皆醉我独醒,却似乎又对人生之谜苦无真正的索解。

这是一种时代的苦闷。玄宗继位后继续武后时开始的登用才俊之才的政策,特别是进士科,至开元十五年前后,乡贡进士占了举足轻重的比率,一度为才俊之士打开了一展怀抱的希望之途,但是士族的潜在影响是如此巨大,至开元二十四年张九龄——才俊之士在中枢的最后一位代表罢相,中央三位宰辅均为士族占据时,希望之光实际上已经暗淡。满怀希望向两京求仕的才士们,终于大部分铩羽而归,侥幸中式者也只是作些校书郎、县尉之类的小官,并升迁困难。其前途远不能与以门荫、军功入仕者相比。于是一种深重的失望感夹杂着希望的企盼,而成为一种时代性的迷惘与苦闷,一种伴随有盛唐大气的迷惘与苦闷,而李颀为他们作了最成功的写照。

琴 歌[①]

李 颀

主人有酒欢今夕[②],请奏鸣琴广陵客[③]。月照城头乌半飞[④],霜凄万木风入衣[⑤]。铜炉华烛烛增辉[⑥],初弹渌水后楚妃[⑦]。一声已动物皆静[⑧],四座无言星欲稀[⑨]。清淮奉使千余里[⑩],敢告云山从此始[⑪]。

【注释】

① 本诗为天宝四载(七四五)前后奉使东南时作,这时李颀可能在尚书省任郎官。参"赏析"。琴歌,听琴有感而歌。歌是诗体名,《文体明辨》:"其放情长言,杂而无方者曰

歌。" ②主人：东道主。 ③广陵客：广陵在今江苏扬州，唐淮南道治所。古琴曲有《广陵散》，魏嵇康临刑奏之。"广陵客"指琴师。 ④"月照"句：月明则栖乌惊起。 ⑤霜凄万木：夜霜使树林带有凄意。 ⑥铜炉：铜制熏香炉。华烛：饰有文采的蜡烛。 ⑦渌水、楚妃：都是古琴曲。渌，清澈。 ⑧这句说琴音感染力强，使万物屏息。 ⑨星欲稀：后夜近明时分。 ⑩清淮：淮水。知李颀此时至东南。奉使：奉使命。 ⑪"敢告"句：承上言听琴而有云山之志，云山指归隐。

【语译】

主人家备下了美酒，今夜里，同欢且共饮。敬请善琴的客人奏一曲——奏出了《广陵散》的遗响余音。明月照亮了城头，栖乌惊起纷飞；夜霜使群树萧瑟，夜风吹入了衣襟。铜炉中熏香袅袅，使文采的蜡烛增添了光明；琴客先弹《渌水》后《楚妃》，琴音起处啊，万物都屏息静听。四座的主客悄无声，琴音中不觉星星稀疏天将明。起身敬谢四座人：我奉使千里，来到清清淮水边；（今夜有幸听此尘外曲，）云山归隐去，此志从此生。

【赏析】

广陵——扬州，是唐代淮南道的治所。诗起言"广陵客"，结言"清淮奉使"，由此可判断是出使淮南道时所作。据笔者所考，当在天宝初年。奉使是为王事奔走，"云山"则为归隐之志。奔走王事之际，忽焉而起从此归隐之志，诗的结尾正是以这种强烈的对比突出琴曲的艺术感染力。当然，这种感觉，也许与当时才士普遍的失落感有关(参上诗"赏析")。

蘅塘退士以本诗入选为数极少的"三百首"，我初看颇费解。这诗并非上乘之作。稍有可取处是不正面描摹琴曲之美，而只是通过"月照""霜凄"二句的环境烘托，与"一声已动物皆静，四座无言星欲稀"——对听者的心理感染来烘托琴曲之美。再细想一下，似乎有所解悟，李颀的《听董大弹胡笳》《听安万善吹觱篥歌》等著名音乐诗是创新之作，倒是这首琴歌较接近于传统的体格。创新是变格，传统是正格。从示初学者以门径的编纂宗旨考虑，在《听董》《听安》二诗前冠以《琴歌》，是为了使学者由正格入门，再进而窥其变。就像现在教孩子拉小提琴、弹钢琴，要从练习曲开始一样。学诗如一开始就从《听董》《听安》入手，肯定会煮成夹生饭，再也弄不像样的。今迻录古琴曲一首以供读者较读，以明以上所论：

月既明，西轩琴复清。寸心斗酒争芳夜，千秋万岁同一情。歌宛转，宛转凄以哀。愿为星与汉，光影共徘徊。(〔晋〕刘妙容《宛转歌》二首之一，录自《乐府诗集·琴曲歌辞四》)

听董大弹胡笳声兼语弄寄房给事①

李　颀

蔡女昔造胡笳声，一弹一十有八拍②。胡人落泪沾边草③，汉使断肠对归客④。古戍苍苍烽火寒⑤，大荒沉沉飞雪白⑥。先拂商弦后角羽⑦，四郊秋叶惊摵摵⑧。董夫子⑨，通神明，深松窃听来妖精⑩。言迟更速皆应手，将往复旋如有情⑪。空山百鸟散还合，万里浮云阴且晴⑫。嘶酸雏雁失群夜，断绝胡儿恋母声⑬。川为静其波，鸟亦罢其鸣⑭。乌孙部落家乡远，逻娑沙尘哀怨生⑮。幽音变调忽飘洒，长风吹林雨堕瓦。迸泉飒飒飞木末，野鹿呦呦走堂下⑯。长安城连东掖垣，凤凰池对青琐门⑰。高才脱略名与利，日夕望君抱琴至⑱。

【注释】

① 诗题原作"听董大弹胡笳声兼寄语弄房给事"，业师施蛰存先生据唐人选本《河岳英灵集》改，说见下。董大，名庭兰，排行第一，因称董大。著名琴师。弹胡笳：弹《胡笳十八拍》曲，胡笳原是胡人吹奏乐器，以芦叶卷起吹奏。唐人刘商云："后董生（庭兰）以琴写（仿）胡笳声为十八拍，今之《胡笳弄》是也。"声兼语弄，"语"指出于胡地的琵琶声，"弄"指出于汉地的琴曲声。以琴仿胡笳，故声兼胡汉。寄，寄诗，献诗。房给事，指房琯。房琯于天宝五载（七四六）正月为给事中，次年正月罢官，此诗应作于天宝五载。　②"蔡女"二句：汉蔡邕文女文姬（名琰）被匈奴左贤王掳去，生儿育女，后曹操派董祀迎文姬南归。文姬去留两难，临行作《胡笳十八拍》，抒写矛盾悲苦之情。拍，乐章，十八拍即十八章。　③ 胡人：指匈奴。　④ 汉使：指董祀等。归客：指文姬一行。　⑤ 古戍：古老的戍所。苍苍：此指灰黯饱经风霜貌。烽火：边境传警的火堆，敌来犯，燃起，白昼见烟，夜间见火。寒：是对烽火的心理感觉。　⑥ 大荒：原始旷莽的荒野。　⑦"先拂"句：这句说曲调变化。拂是弹琴的一种指法，此泛指拨弦。商、角、羽，古代以宫、商、角、徵、羽为五声音阶。古琴五弦，每一弦代表一个音阶，又有七弦琴，则加变宫、变徵二弦。商声促杀，角声亢长，羽声低回。　⑧ 摵摵(shè shè)：叶落声。　⑨ 董夫子：董庭兰，夫子是尊称。　⑩"深松"句：承上"通神明"，言琴声如有神助而能感召万物乃至精灵。　⑪"言迟"二句：说庭兰技法娴熟，变化自如，得心应手，而曲曲传情。言迟更速：说话间已由慢变快。将往复旋：琴声似远扬去渐远渐杳；忽又似返回来由弱变强。　⑫"万里"二句：状写琴声，主于气势之宏阔万里而见变化深杳。　⑬"嘶酸"二句：亦状写琴声，主于情致韵度之惨恻哀婉。上句衬托下句。蔡琰归汉别儿悲甚，见其《悲愤诗》。　⑭"川为"二句：言万物屏息静听，似为琴曲的间歇休止。　⑮"乌孙"二句：孙，原作珠，据《全唐诗》改。乌孙：西域国名，汉武帝时江都王刘建女细君，以公主身份，和亲远嫁乌孙国王昆莫，史称乌孙公主，有《乌孙公主歌》。逻娑：吐蕃城名，即今拉萨。唐太宗时以宗室女嫁吐蕃王松赞干布，是为文成公主。二句联想上述两次和亲事件，似为乐曲作者所感受到的弦外之音。　⑯"幽音"四句：写乐曲从幽咽似的间歇中又迸发出急柱繁弦之声。由弱而强，由远而近。　⑰"长安"二句：唐宫正殿太极殿，殿前东西为左右延明门，二门下为东西二省，门下省在其东，称东省、左省、东掖；中书省在其西，称西省、右省、西掖，二省相对。宫门上有青琐花纹，中书省中池又称凤凰池。二句切题面"寄房给事"，谓房琯为门下省长官给事中，与有凤凰池之称的中书省左右相向，青琐相对。　⑱"高才"二

句:言房琯洒脱不羁,求贤若渴。

【语译】

当年文姬依傍胡笳声,创制了琴曲《胡笳十八拍》。随从的胡人闻曲啊,热泪飞溅,沾湿了边庭白草;迎归的汉使听了啊,也肝肠寸断,愁对着她。直弹得烽火古台,熊熊警火色变寒;直弹得大漠黯然,天色阴阴飞雪花。先拂动急促的商弦,又转入哀哀的角声、低缓的羽弦,(如泣似诉的余音啊,就像那)四郊秋树惊秋风,寒叶鸣瑟瑟。董庭兰,琴夫子,技艺精湛通神明;琴曲起,振松林,林中妖精来偷听。瞬间缓弹翻急弹,迟迟速速,瞬息变化,得手且应心;琴声远扬声渐消,将逝复回起新音,往复回旋曲不断,婉婉曲曲如有情。蓦地起新拍,忽如百鸟惊飞鸣空山,飞散聚合声转清;又如长空万里飘浮云,聚散阴阴复晴晴。阴复晴,转凄清,声声酸嘶悲夜天,犹如小雁儿离了群;更如文姬诀别胡儿去,胡儿恋母咽泣声。长河为之悲,默默波浪静;飞鸟为之哀,黯黯息啼鸣。身陷匈奴部落中,长悲山河阻隔,家乡万里程;一旦别儿归汉去,更伤胡地沙尘漫天悲哀生。悲哀生,声幽咽,幽咽声中起变调,飘洒忽作激楚声——长风忽忽吹松林,急雨如箭敲瓦频;山泉激石迸溅下,飒飒水珠飞树顶;野鹿出林来堂下,呦呦长鸣走不停……长安城高宫殿连,紫禁东侧门下省;殿门联青琐,西对中书省,中书省,凤凰池,门下主官房给事,才气既高性疏豁;知音怜才日夜望,望君姗姗抱琴至。

【赏析】

李颀作此诗的本意在向房琯推荐董庭兰。至肃宗时,房琯作了宰相,常开宴招琴客,使庭兰弄琴,庭兰因此倚势纳贿招财,房琯也由此受连累。至德二载五月,房琯罢相,董庭兰亦获罪而死。这是后话了。略述于此,是想说明题目中"寄房给事"四字是结穴——虽然诗中举荐之意仅最后四句,但前二十五句写"听董大弹胡笳声兼语弄"之神妙,正为举董四句张本。

李颀诗奇,本诗的奇处有二:

首先是结构奇。李颀将当年文姬归汉别儿作《胡笳十八拍》的情景与当时庭兰演奏此琴曲之神妙,打成一片来写。一般认为从"言迟更速皆应手"起以下十四句是正写庭兰演奏。其实"言迟更速""将往复旋",明明不是曲调开端。曲调第一部分的意境应是前面"胡人落泪沾边草"以下六句,只是诗人借文姬归汉时的实境写出,以起"曲如其境"的作用。为了达到这一效果,才在此六句后,方拈入"董夫子,通神明",这种结构上的顿挫离合,在唐人七古中以李颀为最早,至杜甫方大力发展,成为唐人七古的重要特点。

其次是描摹奇:音乐形象是抽象的,只能诉诸听觉,而李颀却通过文字将它视觉化了:"先拂商弦后角羽"句应注意,商于五行相配中属西方金,商弦音调凄楚,文姬归汉,汉使断肠,相对默默,连古戍烽火也为之"寒",大荒旷野也沉沉郁郁,飞雪纷纷,分外惨白,这"古"、这"寒"、这"荒"、这"沉沉"、这惨惨的白,便叠加成了商弦所奏出的凄楚之音,将听者(读者)引入了一种深沉的悲婉氛围之中。角于五行属东方木,羽属北方水,角声亢扬,羽声低缓,二弦交和,迟迟速速,将往复回,似乎使人感到离别人由前面的相对默默,迷惘如梦而蓦地惊寤,百感交集,情绪剧烈地动荡。"四郊秋叶惊摵摵"似乎是惊起时的悸动,这悸动更化作了奔突翻涌的感情浪潮,似空山聚聚散散的鸟鸣,似长空阴阴晴晴的浮云,归汉的喜,别儿的悲,在胸中交战,而终于,即时的骨肉亲情主宰了一切,胡儿恋母的悲啼如雏雁失群的悲鸣,撕碎了慈母之心。那深重的哀怨中似乎渟蕴了从乌孙公主以来,入蕃汉妇的历史性的悲念,甚至延展到了唐时和亲吐蕃的文成公主,当然也渗入了琴心之中,而终于由激荡而凄楚而如泣似咽,在大漠的风尘中渐生渐远、渐远渐杳。这一节是乐曲的主体部分,写尽了文姬归汉时的矛盾痛苦的内心活动。由摵摵而奔腾,由奔腾而归于幽咽,连流水鸣鸟也为之动容失声。忽然,乐曲由幽咽中振起,作变调长鸣,从所描写的音乐形象看,似乎应是变征之声,激越中带着悲慷,如长风吹林,急雨敲瓦;如飞泉激木,如野鹿群鸣。这是乐曲的高潮部分,而这高潮也同时是终曲,听者(读者)似乎感到,文姬于幽咽之中决然而起,以归汉续史(曹操派董祀迎归蔡文姬,是请她续完其父蔡邕未竟的《后汉书》)的大义为重,告别了胡儿,踏上了南归的征途,壮伟激越之中裹着悲凄,而悲凄又丰富了壮伟的色调,使之更为动人。乐曲于高潮中结束,琴师的技艺才情也为诗人表现到极致。而人们的思绪仍为那复杂的变调所牵引——虽然文姬归汉留下了千古佳话,而作为慈母,她的心又承受了多少重负呢?

听安万善吹觱篥歌①

李　颀

南山截竹为觱篥②,此乐本自龟兹出③。流传汉地曲转奇,凉州胡人为我吹④。傍邻闻者多叹息,远客思乡皆泪垂。世人解听不解赏⑤,长飙风中自来往⑥。枯桑老柏寒飕飗,九雏鸣凤乱啾啾⑦。龙吟虎啸一时发,万籁百泉相与秋⑧。忽然更作渔阳掺,黄云萧条白日暗⑨。变调如闻杨柳春,上林繁花照眼新⑩。岁夜高堂列明烛⑪,美酒一杯声一曲。

【注释】

①安万善:据第四句,知为凉州胡人。觱篥(bì lì):又名悲篥、笳管,西域乐器,出龟兹国。用芦叶做成喇叭状,装在竹管吹管上,与胡笳相近。　②南山:长安南终南山,又名南山,或指此,则诗作于长安。　③龟兹(qiū cí):西域国名,在今新疆库车。唐初内附,为安西都护府府治。龟兹乐对唐乐影响甚大,隋唐九部乐、十部乐,龟兹乐均为一部。　④凉州:唐边州,治所在今甘肃武威。　⑤解:懂。　⑥"长飙"句:总写觱篥声。

言声如疾风长鸣,与自然界的风声相应和。飙(biāo):疾风,喻乐声。风:自然风。 ⑦"枯桑"二句:形容觱篥声变化繁富,时而苍黯凄咽,时而轻清错杂。 ⑧"龙吟"二句:形容乐声忽起高亢雄壮之音,开出一派高秋之声。万籁:万物空窍发出的声音。"籁"原意为管乐器中虚部分。《庄子·齐物论》以天、地、人三类的各种声音为万籁。相与秋,交融作秋声。 ⑨"忽然"二句:乐曲又一变为噍促肃杀。白日似为之昏暗。渔阳掺,原为鼓曲名。后汉祢衡应曹操命为鼓吏,奏此曲,肃杀悲凉。黄云:昏黄的云,常用作边地之云,与"渔阳"相应。 ⑩"变调"二句:形容乐曲又一变为开朗明丽之音。杨柳:原指笛曲《杨柳枝》,曲调轻快悠扬。上林:上林苑,汉代苑囿名。 ⑪高堂:高敞的厅堂。

【语译】

从南山截取一支青竹,插上了芦管,制成了九个孔儿的觱篥。那美妙的音乐,本从西域龟兹来,流传到中土,更变得奇妙无比。凉州的胡人为我吹奏一曲,四傍的邻人听了,都声声叹息;远方的来客更引动了乡愁,默默无言,都流下了泪。然而世人虽然喜听觱篥曲,却不会欣赏其中的妙趣。可听得觱篥声起,迅风自生,来来往往,忽落忽起。忽而悲凉,正如枯桑生寒老柏颤瑟瑟,忽而轻快,嘈嘈啾啾,好比凤凰九子一时鸣。蓦然龙长吟,虎长啸,龙吟虎啸一时迸;引动山山水水齐作高秋吟。秋吟声未绝,又作《渔阳》声——汉末狂生名祢衡,击鼓骂曹调促声悲鸣——直奏得云色灰黄,白日无光晶。曲终忽变调,清亮《杨柳春》,如同春风吹拂汉家上林苑,吹得百花齐放照眼新。除夕之夜厅堂上,烛台成行彻夜明,听着那,出神入化觱篥曲;不由我,将那美酒樽樽连连地饮。

【赏析】

本篇与上篇同为李颀音乐诗的代表作。"世人解听不解赏"句是关锁,也是命意所在。前此叙觱篥来历,折入安万善吹奏,引起在座者感叹泣下,这种反应与篇末"我"之反应"岁夜高堂列明烛,美酒一杯声一曲"之洒脱形成鲜明对照,而"世人"句正联结首尾,运掉全篇。"不解赏"之"赏",是所谓"真赏"。即会得个中神理妙趣,而此句下九句对音乐的描写便是突出这神理妙趣,以见我与众不同处。

乐曲分五个层次,先似迅风远来,这是第一层,似同引子。接着渐入佳境,凄凄如老柏颤栗,又欢快如九雏鸣凤,这是第二层。历落错杂中又转为悲壮之声,如龙吟虎啸,于万籁和鸣中振拔而起,使人感到高秋一般的清肃,这是第三层,似为全曲高潮。忽然清肃悲壮又转为激楚肃杀,如狂生祢衡击鼓骂曹,直奏得"黄云萧条白日暗",这是第四层。看看乐曲由激楚转入低回,却"柳暗花明又一村",忽然翻出一片欢快的音符如杨柳迎风弄春,宫苑繁花照眼。全曲就结束于这种明快欢乐的气氛之中。五个乐段中,有两个相对的旋律:一是凄厉,一是欢快。两个旋律在交战、交替、交融,形成了奇妙的乐章。最后光明战胜了,那又何必像在座他人那样叹息泪垂呢!这也许就是李颀所听出的神理妙趣吧。

夜归鹿门歌①

孟浩然

山寺钟鸣昼已昏②,渔梁渡头争渡喧③。人随沙岸向江村,余亦乘舟归鹿门。鹿门月照开烟树④,忽到庞公栖隐处⑤。岩扉松径长寂寥⑥,唯有幽人自来去⑦。

【注释】

① 孟浩然四十岁西游长安,求仕无成,开元十八年(七三〇)秋返家乡襄阳(今河南襄阳)。在与城南旧隐处岘山隔沔水相望的鹿门山辟别业,往复于两处,至开元二十八年去世。本诗作于此期。歌:诗体名,《文体明辨》:"其放情长言,杂而无方者曰歌。"　② 钟:指佛寺晚钟。　③ 渔梁:沔水渡口。　④ 烟树:指月未上时树色如烟,昏暗不清。　⑤ 庞公:庞德公,汉末隐士,居岘山,为诸葛亮等所钦重。荆州刺史刘表屡次请他出山,他携妻子登鹿门山采药一去不返。　⑥ 岩扉:山岩豁口如门状。扉,门扇。　⑦ 幽人:幽居之人,隐士。

【语译】

山寺传来了报时的晚钟声,原来天色已渐渐向黄昏;沔水边,渔梁渡口声喧喧,晚归的人们争着上渡船。渡船到了彼岸,村民们踏着岸沙回江村;(岸沙铺向了远处,人影浸入了暝色,)我也乘舟归去,独自归向隐居的鹿门。月出了,(人静了,)清辉驱散了昏霭,照临着山上的丛丛树林;我信步徐行,不觉来到了乡贤庞德公的旧隐处。月光照耀着壁立相向的山岩,这是隐者天然的门户;月光照彻了两边延展的松林,这是信步往复的天然径路;山林历经了多少岁月的长河,却依旧一切寂寥如初。唯有那离群索居的幽人脚步,传响在月光下,空山中。

【赏析】

本诗抒写企慕古贤、遁世无闷的幽洁情怀。以"余亦乘舟归鹿门"为中枢,前以今日众人之"争""喧",反衬"我";后以古之贤者的"长寂寥"影借"我",结出"幽人自来去"主旨,收合全篇。

"幽"是全诗的主色调,诗人不仅以今人、古人来反衬正衬我之幽独,更以黄昏、月出的景色转换来渲染色氛,月照深山,树色朦胧,岩扉松径,阒无声响,画出了与"渔梁渡头争渡喧"的人间世截然不同的幽深的山景,却也因众人与"我"同舟共济,而使这人间世与出世间有一种隔不断的联系,所以全诗幽而不冷,这也是浩然隐逸诗的共同特点,与王维后期隐逸诗如《辋川绝句》之幽冷寂灭颇有不同。这固然因为他的性格本狷介疏狂,却也与他早卒于开元二十八年,未像王维那样经历天宝之世才俊之士濒于绝望的心境,以及破碎一代唐人幻梦的"安史之乱"有关。

庐山谣寄卢侍御虚舟①

李 白

我本楚狂人，凤歌笑孔丘②。手持绿玉杖③，朝别黄鹤楼④。五岳寻仙不辞远⑤，一生好入名山游⑥。庐山秀出南斗傍⑦，屏风九叠云锦张⑧，影落明湖青黛光⑨。金阙前开二峰长⑩，银河倒挂三石梁⑪。香炉瀑布遥相望⑫，迥崖沓嶂凌苍苍⑬。翠影红霞映朝日⑭，鸟飞不到吴天长⑮。登高壮观天地间，大江茫茫去不还⑯。黄云万里动风色⑰，白波九道流雪山⑱。好为庐山谣，兴因庐山发，闲窥石镜清我心⑲。谢公行处苍苔没⑳，早服还丹无世情㉑，琴心三叠道初成㉒。遥见仙人彩云里，手把芙蓉朝玉京㉓。先期汗漫九垓上，愿接卢敖游太清㉔。

【注释】

① 安史之乱中，李白入永王李璘幕府。后李璘与肃宗争位，兵败，李白亦因附逆罪流放夜郎。幸而乾元二年（七五九），因天旱朝廷大赦，李白在白帝城获释东返。上元元年（七六〇），回到江西浔阳（今江西九江），登九江南之旧隐处庐山，而作此诗。谣，徒歌曰谣（《诗·园有桃》毛传）。卢侍御虚舟，卢虚舟，字御真，范阳（今北京大兴）人，肃宗至德年后任殿中侍御史。侍御，唐御史台殿中侍御史与监察御使都呼为侍御。侍御史则呼为端公。 ②"我本"二句：以楚狂接舆自比。《论语·微子》记："楚狂接舆歌而过孔子曰：'凤兮凤兮，何德之衰。'"又据《庄子·人间世》，接舆名陆通，接舆为字。 ③绿玉杖：仙人所用之杖。 ④黄鹤楼：在今武昌，传为王子安乘鹤升天处。参七律崔颢《黄鹤楼》注①。 ⑤五岳：东岳泰山、西岳华山、南岳衡山、北岳恒山、中岳嵩山之合称。岳，大山。参前五古杜甫《望岳》注①。 ⑥好：喜爱。读去声。 ⑦秀出：挺秀以拔地而起。南斗：二十八宿之斗宿，古人以星区与地域相对应，称分野。春秋时庐山属吴国，其分野属斗宿。 ⑧屏风：庐山从五老峰以下，山势起伏九叠，似屏风壁立。云锦张：言山色如云锦开张。 ⑨明湖：指鄱阳湖。青黛光：深青色的光。黛，古代妇女描眉所用深青色的颜料，此形容山影映水的颜色。 ⑩金阙：庐山金阙峰，即石门，据《庐山记》，为庐山南峰，形似双阙。阙，宫门前所列双柱，柱间为孔道，故名阙。 ⑪银河：指三叠泉瀑布。三石梁：屏风叠左石壁三层，瀑泉顺之三折而下，称三叠泉。 ⑫这句说香炉峰瀑布与三叠泉遥遥相对。 ⑬迥：此指深。沓：重叠。凌苍苍：凌驾青天之上。 ⑭翠影：青翠的山影。 ⑮"鸟飞"句：因上句朝日，联想到日出之东方。吴天：指庐山直至江浙近海处的天空。 ⑯大江：长江。 ⑰黄云：昏黄的云。动风色：言黄云使风动。 ⑱九道：江至浔阳分为九派。流雪山：应上句"万里"，指大江源自西边大雪山。 ⑲"闲窥"二句：探下句，用晋人谢灵运故事。谢灵运《入彭蠡湖口》有句："攀崖照石镜"。彭蠡湖即鄱阳湖，庐山临湖，石镜在东山悬崖之上，近照可见形影（见《太平寰宇记》）。 ⑳谢公：即指谢灵运。 ㉑还丹：道家丹药。《抱朴子·金丹》篇记取九转（炼过九次）之丹，放鼎中，夏至后加热，即

"翕然辉煌，俱起神光五色，即化为还丹"，服之可白日升天。其实即以丹砂炼成水银，久之又还原为丹砂，故称还丹。李白中年即受道箓，曾服丹药。无世情：超尘脱俗。　㉒琴心三叠：道家语。上句言服食外丹，此言修炼内丹。《黄庭内景经》："琴心三叠舞胎仙"，据旧注，琴心亦平和之心，三叠即三积，存三丹，使之和积如一，从而达到"心和则神悦"的修炼初级境界。　㉓芙蓉：莲花，佛、道均崇莲花，因其出于淤泥而不染。朝玉京：朝拜天帝。葛洪《枕中书》说玉京山在天中心之上，元始天王（尊）居此，山中宫殿，均用金玉修饰。　㉔"先期"二句：言与卢侍御，共约仙境，意指一起隐居。《淮南子·道应训》记，卢敖游于北海，见一状貌古怪之士，笑卢敖所见不广。卢敖就邀他同游北阴之地。士人笑道："吾与汗漫期于九垓之上，吾不可以久驻。"随即跳入云中。先期，预先约定。汗漫，《庄子》寓言人物，代表广杳不可知。九垓，九天。卢敖，这里代指卢侍御。太清，道家以玉清、上清、太清为三清，为仙境的三个阶次。太清圣境最高，太上老君居之。

【语译】

我本如楚国狂士接舆，高唱着"凤鸟不如归去"，敢于笑傲夫子孔丘（你为何，为世事俗务，南北东西地奔走）。今天我手持仙家绿玉杖，黎明即起，告别了，那仙人乘鹤飞升的黄鹤楼。我曾经不辞遥远，登上五岳寻仙去；这一生啊，无非是喜欢名山大川遍周游。庐山屹立最奇秀，刺破青天傍南斗。九叠的屏风山层层横展，似同将云纹样的锦绣铺张；山影倒映鄱阳湖，湖光将青苍的山色荡漾。"香炉""双剑"两峰壁立成金阙，三叠泉啊，如银河自阙中飞泻，倒悬在三道石梁。香炉峰的飞瀑与它遥遥相向，迥曲的山岩，层叠的峰峦，直插上青天苍苍。青翠的山色、火红的霞光，涌托出，东方初升的朝阳；遥连着东南的吴越，长空万里，飞鸟也难以到达。登上了高峰，放眼四望，以我心感受着天地的浩气；山脚下，那东流的长江，一去不返，莽莽荡荡。迅风吹动，起自那万里外大漠昏黄的云；九江分流，白浪奔踔，来自极西的雪山远方。我喜欢高唱庐山的歌，是庐山将我的诗兴激发。闲来东探石镜峰，石镜照我心，我心更清净；四百年前，谢客曾经到此行，可般般行迹，早被深深青苔掩没尽。我早年炼修还丹，本已淡于世情；今日里，更觉心宁神静，与大道相近。遥望见彩云间的仙人，手持莲花，朝拜仙山玉京。我们相约九天外，愿共你，卢侍御，一起遨游仙界最高天——太清。

【赏析】

流放夜郎，对李白的打击是巨大的。当初他高吟着"但用东山谢安石，为君谈笑静胡沙"，从军永王璘幕下时，无论如何也不会想到，竟卷入了帝王家"兄弟阋于墙"的漩涡之中而险遭杀身。现虽幸遇大赦，但心情是悲凉的——天宝三载，他遭逸去京，在南游越中前尚能吟出"安能摧眉折腰事权贵，使我不得开心颜"的慷慨之音——现在，他似乎已不复当初的猛气，只愿远离尘世的一切是是非非。但李白就是李白，他虽然不免颓丧，但总是以自我为中心，吞吐万象，不失清狂本色。"我本楚狂人，凤歌笑孔丘"，起句深堪玩味。"本"，是指初志，从追述初志为避世客起笔，便包含了对历年来所走过的人生道路的反思——为什么这些年来，却要去婴心世务，自寻烦恼呢？虽然，李白自小沾溉道流，后来甚至接受道箓，但从开元中去蜀远游起，至此三十来年，他的主要祈向是济世及物，而现在宦海浮沉后，只落得斑斑创伤。于是他追悔，他以本性的"狂"气来追悔；于是又一次心向道流，却是翻了个筋斗的对自我价值的体认。他要从极度的失望中振起超拔，在与自然的对晤中找回一度失去了的自我，升华到汗漫九垓之上，在仙境中获得超生。诗的起首六句，与"好为庐山谣"以下十句，首尾呼应，直接抒写由述本志到朝仙京的升华，而其间的思绪转换，却是通过"庐山秀出"以下十三句的景语来完成的。

历代写庐山之诗何止千首，但没有一首写得这样气势壮伟，即使李白以前所作的"飞流直下三千尺，疑是银河落九天"（《望庐山瀑布》），也不及本诗之浑厚。因为当初李白尚没有这样的生活经历，而现在他已将数十年的人生体验"移情"而注入了庐山之中。庐山秀美，《望庐山瀑布》的境界是秀中见飘逸俊奇，而本诗却赋予庐山之秀以一种奇兀苍莽、吞吐万象的旷浩气势。"登高壮观天地间"是这一段景语的中心，前半直赋庐山本身，着重于在重岫叠嶂的横向铺展中凸现一种卓拔向上的内在势能。后半写庐山大江带环的形势，"庐山秀出南斗傍"，迎接了西来的江水，又送它分流九道，滚滚东去；不仅如此，江水更连带着西极的雪山，卷裹了万里漠野的黄云；又东连着鸟飞不到的三吴，以及那东方的万里长空（吴天）。庐山在这瞬间似乎变成了六合的中心，读者在这瞬间似乎感到，庐山的秀拔向上之中，攒聚了一种与天地相通的深沉的内力。壮哉伟哉！而这壮伟的最高处，却是李白——盛唐的"大人先生"李白。于是这段景物描写，已成为诗人摆落人间世的一切是是非非，进入仙道忘我境界的中介——裹挟着天地的灏气。

梦游天姥吟留别①

李　白

海客谈瀛洲②，烟涛微茫信难求③。越人语天姥，云霓明灭或可睹④。天姥连天向天横，势拔五岳掩赤城⑤。天台四万八千丈，对此欲倒东南倾⑥。我欲因之梦吴越⑦，一夜飞度镜湖月⑧。湖月照我影，送我至剡溪⑨。谢公宿处今尚在⑩，渌水荡漾清猿啼。脚著谢公屐⑪，身登青云梯⑫。半壁见海日⑬，空中闻天鸡⑭。千岩万壑路不定，迷花倚石忽已暝⑮。熊咆龙吟殷岩泉⑯，栗深林兮惊层巅⑰。云青青兮欲雨⑱，水澹澹兮生烟⑲。列缺霹雳⑳，丘峦崩摧㉑。洞天石扉㉒，訇然中开㉓。青冥浩荡不见底㉔，日月照耀金银台㉕。霓为衣兮风为马㉖，云之君兮纷纷而来下㉗。

虎鼓瑟兮鸾回车㉘,仙之人兮列如麻㉙。忽魂悸以魄动㉚,恍惊起而长嗟㉛。惟觉时之枕席,失向来之烟霞㉜。世间行乐亦如此,古来万事东流水㉝。别君去兮何时还㉞？且放白鹿青崖间㉟,须行即骑访名山㊱。安能摧眉折腰事权贵㊲,使我不得开心颜。

【注释】

① 诗题一作"留别东鲁诸公",一本"吟留别"下有"东鲁诸公"。天宝三载(七四四)李白为权贵所排斥,被玄宗赐金放归,五载由东鲁再次南游越中,行前作此诗向东鲁朋友作别。天姥,山名,在今浙江嵊县与新昌间。吟,诗体名,参前《游子吟》注①。留别,别而留念。梦游天姥吟与留别是诗题的两个组成部分。这种前半部分说明赋某物,后半部分说明为何而作的格式,是唐诗中常见的题式,不能将"吟"字连后二字读。　② 瀛洲:传说海上有三神山:蓬莱、方丈、瀛洲。　③ 烟涛:浪涛翻腾望之如烟。微茫:似有若无。信难求:确实难以寻求,传说海上三山远望可见,近之则消失(见《史记·武帝本纪》),其实是海市蜃楼。　④ 云霓:指云霞彩虹。古人说虹为雄,霓为雌。或:有时。　⑤ 拔五岳:超出五岳,五岳见前诗注⑤。掩赤城:掩蔽了赤城山,赤城为仙霞岭支脉,在今浙江。　⑥ "天台"二句:参语译。天台山在今浙江天台北。　⑦ 因之:据此,因以上越人的谈论。吴越:偏义复词,指越。　⑧ 镜湖:在今浙江绍兴,因波平如镜,故名。　⑨ 剡(shàn)溪:曹娥江的上游,在剡县(今浙江嵊州市),由曹娥江入剡溪,便近天姥所在嵊县。　⑩ 谢公宿处:晋谢灵运,曾自家乡上虞,山行七百余里,遍游浙中山水。其《登临海峤初发疆中作与从弟惠连见羊何共之》诗:"暝投剡中宿,明登天姥岑。"　⑪ 谢公屐:谢灵运创制的登山木屐,屐底装有可活动的齿,上山则去掉前齿,下山则去掉后齿,以利山行,见《宋书·谢灵运传》。屐,木拖鞋。　⑫ 青云梯:指伸入云端的石级山路。谢灵运《登石门最高顶》:"惜无同怀客,共登青云梯。"　⑬ 半壁:半山腰。　⑭ 天鸡:《述异记》:"东南有桃都山,上有大树,名曰桃都,枝相去三千里,上有天鸡,日初出照此木,天鸡则鸣,天下之鸡皆随之而鸣。"　⑮ 迷花倚石:使人迷恋的山花与欹斜坎坷的山石。倚通"欹"。忽已暝:不知不觉天已黄昏。　⑯ 熊咆龙吟:可理解为山岩泉流声空谷传响似熊咆龙吟,也可理解为实指熊龙声。题为梦游,则以后说为长。殷:盛大,此作动词,有充满之义。　⑰ 这句承上句,说龙熊声使深林颤抖,层巅惊恐。栗、惊都是使动用法。巅,山顶。　⑱ 兮:南歌中的语气助词。本诗游东南,故用此句式。　⑲ 澹澹:水波澹荡状。　⑳ 列缺:闪电。霹雳:雷。　㉑ 崩摧:崩裂倒塌。　㉒ 洞天:道教所称神仙居处之一种。石扉:石门。　㉓ 訇(hōng)然:大声貌。　㉔ 青冥:青天。天色青而深远不可测,故称。　㉕ 金银台:神仙所居宫阙。郭璞《游仙》:"神仙排云出,但见金银台。"　㉖ 为:动词,作。　㉗ 云之君:《楚辞》有《云中君》,指云神,此泛指神仙。　㉘ "虎鼓瑟"句:张衡《西京赋》"白虎鼓瑟"。《太平御览》引《白羽经》:"太真丈人,登白鸾之车。"鼓瑟,奏瑟。鼓作动词用。瑟是与琴相似的弦乐器,有五十弦、二十五弦等。鸾:凤鸟的一种。　㉙ 列如麻:言其众多。《云笈七签》卷九六引《上元夫人步虚曲》:"忽过紫微垣,真人列如麻。"　㉚ 悸:心惊。　㉛ 恍:觉醒貌。　㉜ 向来:以往,指梦中时。烟霞:泛指梦游所见一切。　㉝ 东流水:喻一去不复返。　㉞ 君:指留别的朋友。去:离开。　㉟ 放:松缰索任鹿而行之意。白鹿:亦仙之坐骑。梁庚肩吾《道馆诗》:"仙人白鹿上,隐士潜溪边。"　㊱ 须行:

缓缓地从容地行走。须,从容。即骑:就在鹿背上。　㊲摧眉折腰:意谓奴颜婢膝。萧统《陶渊明传》:"我岂能为五斗米,折腰向乡里小儿。"

【语译】

　　海边人常谈起那仙岛瀛洲,可波涛如烟,缥缈微茫,又何能寻求。越中人讲起那大山天姥,虽说得云霞闪烁,明明灭灭,却兴许还有幸目睹。说道是,天姥山高高连天,横空出世卧云间;那势头啊,简直要凌驾五岳,压倒了仙山赤城。又道是,东南名山数天台,山高四万八千丈;可若将天台比天姥,山势倾倒,仿佛东南地陷,忽然变低矮。我为越人的夸说神往,真想因此而梦游吴越,那一夜,终于飞渡向东南,降落在山阴镜湖,月光如梦迷。湖光月色照着我身影,伴送我进入了浙西剡溪。当年谢灵运的宿处遗迹虽尚存,可清清的溪水荡漾,两崖唯闻猿声清唳向月啼。我足登谢公创制的登山屐,缘着伸向青云的石梯攀援。半山腰间,望见红日从东海升起;身在空中,远闻得,桃都仙山,那天鸡报晓的鸣啼。绕千山,过万壑,前路蜿曲无定向;山花迷眼,乱石倾欹,左转右转,不觉天色已昏暝。重山间,熊罴在咆哮;深渊中,潜龙在长吟。浓密的林木在颤栗,层层的山峰也不禁惊悸。青青的云层如坠,蕴含雨意;水面上升起了,澹澹的轻烟。猛然,电光闪,震雷鸣,劈开了丘冈,震倒了山峦。隆隆巨响中,露出了洞天福地石门一道两边开。苍天青哟,浩浩荡荡望不见底;日月明啊,照耀着金砌银堆的仙人台。以虹霓作衣,驾长风为马,云中的仙子纷纷临降;白虎鼓瑟,青鸾曳车,仙君们啊,行行列列密如麻。忽然间,魂魄惊动,恍然梦醒,不禁我长叹频频:眼前只留下梦觉时的枕席,全不见梦境中缭绕的烟霞。我忽然悟到,世间的行乐,也同梦境一样;古来万千的是是非非,就与那东去的流水相仿。我这次与君一别,也不知何时能回还;姑且任由坐下的白鹿,驮我邀游青山间;从从容容地走啊,就在鹿背上将名山访遍。我怎能低眉折腰去奉侍权贵,使我不能心头舒畅开笑颜。

【赏析】

　　本诗述梦于别友之际,写遭谗去京、意欲寻仙的愤懑。

　　诗分三层:起八句借越人谈天姥之高峻,为梦游张本;"我欲因之梦吴越"至"失向来之烟霞"为第二层次,正写"梦游天姥";"世间行乐亦如此"至末句因梦述情,表达远游求仙之意向。陪衬与反跌,是其章法上的明显特征。先以瀛洲、天台陪衬天姥,再以现实之天姥陪衬梦中之天姥,渐入佳境,终成高潮后,忽焉梦觉,反跌入现实之可悲。这样就在入梦出梦、往复驰骋、大起大落中展开丰富的想象,叠出惊人之笔、瑰奇之景,形成天风海涛般壮伟奇丽的气势,于汹涌奔踔中逼出诗旨,尤能见出屈原《离骚》《远游》等作的影响。唐殷璠《河岳英灵集》评李白诗曰"奇之又奇,然自骚人以还,鲜有此体调也",相当确切。

　　梦境是潜意识的幻化,本诗的梦境,颇能见出李白当时心态。天姥高峻出世(虽然实际上只是丘陵),镜湖澄明可鉴,青云海日,开人心胸。这种高而清的山水之景，逗露出遭谗去京后，李白皈依自然的渴望，终于导致了仙境忽开、群仙降临的奇观。李白出京后，在齐州紫极宫受道箓，因此，这一高潮，来得合情合理。然而细读本诗，可见梦境从一开始，便于对光明的追求中，伴随着一种焦躁与不安：那如幻的月色，那悲猿的清啼，那百折千回的山路，那迷眼的花，欹侧的石；甚至那云意水气、电光石火，都是诗人因访道而被暂时压抑的悲愤在梦中的反弹。意识与潜意识在梦中的交战孳合，构成了梦境也是诗境的丰富层次。它是奇伟壮观的，却因着潜在的摆脱不去的幻灭感而显得更为悲慨动人。无怪乎梦醒之后，他虽一心"须行即骑访名山"，却仍高唱"安能摧眉折腰事权贵"。这不是真正悟道者的话，真正悟道，还会对权贵耿耿于怀吗？

金陵酒肆留别①

李　白

风吹柳花满店香②，吴姬压酒劝客尝③。金陵子弟来相送，欲行不行各尽觞④。请君试问东流水，别意与之谁短长。

【注释】

① 开元十四年(七二六)春，李白出蜀后初游江南，由金陵向广陵之时作。金陵，今江苏南京。广陵即今江苏扬州。酒肆，酒店。留别，见上诗注①。　② 柳花：即柳絮。③ 吴姬：吴女。金陵属吴，姬，此指酒家女。压酒：榨酒。唐时无烧酒，以粮食酿制后取酒酿上糟床压榨取汁即为酒。　④ 觞：大酒杯。

【语译】

春天里，东风吹送着洁白的柳花；酒店内，也飘盈着满屋清香。酒家的吴女榨出了新酒，热情地劝勉行客们品尝。金陵的年轻朋友为我送行，我欲行又止，再一次将别离的杯酒各各饮下。请您问一下东去的长江水，离别的情怀与它，到底谁，更长更长？

【赏析】

好诗往往有不可言究者，但读来却味之不尽。本诗即一例。有人称赏"请君"二句之比喻新奇，但这绝非李白首创，远的不说，梁代范云的"沧流未可源，高飘去何已"(《之零陵郡次新亭》)，阴铿的"大江一浩荡，离悲足几重"(《晚出新亭》)均已执其先鞭。又有人称起二句佳，尤其是"压酒"的"压"字。其实，压榨取酒汁为古法，后人看来新奇而已，以"压酒"入诗文，可举出很多来。我看诗的好处就在于"自在"二字。"欲行不行各尽觞"，是人人可能身历的情景，作意描摹，肯定写不好，就这样直说，便写尽了相对无言只将离酒猛干的离人心肠。这一句是关键。写活了这一句前后通盘皆活，虽然都是平常的句子，但平常就好，即时即地的风光，顺手拈来，以直白白的民歌风道出，于是暮春三月吴地的媚丽景色，襟带金陵的大江流水，都似乎为行人挽留，牵动了他的心。

诗不能不"做"，却不能太做。把"沧流未可源"翻成"别意与之谁短长"，用"压"字、不用"榨"字，在取象、调声上都有些作用，也加重了民歌风。但做到这一步就行了，再多，便会损害"欲行不行各尽觞"的自然真切。

宣州谢朓楼饯别校书叔云①

李 白

弃我去者②，昨日之日不可留。乱我心者③，今日之日多烦忧。长风万里送秋雁，对此可以酣高楼④。蓬莱文章建安骨⑤，中间小谢又清发⑥。俱怀逸兴壮思飞⑦，欲上青天览明月⑧。抽刀断水水更流，举杯消愁愁更愁。人生在世不称意⑨，明朝散发弄扁舟⑩。

【注释】

① 天宝末，李白游宣城时饯别族叔李云所作。宣州：今安徽宣城。谢朓楼：又称谢公楼、北楼，南齐谢朓任宣城太守时建，唐末改称叠嶂楼。校书叔云：秘书省校书郎族叔李云。　② 弃我去者：指已逝的时光。　③ 乱我心者：指今日送别。　④ 酣：用作动词，畅饮之意。　⑤ 蓬莱文章：喻指李云。蓬莱是海上仙山，东汉时称官家著述与朝廷藏书处东观为老氏(老子)藏室，道家蓬莱山，因其经籍众多，幽经秘录并藏。(见《后汉书·窦章传》并李贤注)李云任职的秘书省相当于汉东观。建安骨：汉献帝建安年间(一九六—二二〇)，曹操父子与王粲等建安七子，诗文刚健明朗。《文心雕龙》有《风骨篇》颇称之；又《时序篇》称建安诗人："雅好慷慨"，"并志深而笔长，故梗概而多气也"。建安骨，指李云文章有建安风骨。文章：泛指诗文赋等。　⑥ 小谢：即谢朓，李白自比。诗史上以谢灵运为大谢，谢朓为小谢。清发：清新秀发。　⑦ 兴：兴致。思：诗思。按兴是感发，感发而后有诗思。　⑧ 览：通"揽"。明：原本作"日"，据《李太白集》改。　⑨ 不称意：不得志。　⑩ "明朝"句：连上句言既抱负难展，将避世隐居。《论语·公冶长》："孔子曰：'道不行，乘桴浮于海。'"散发，脱去簪缨，不受拘束。《后汉书·袁闳传》："党事将作，闳遂散发绝世。"弄扁舟：《史记·货殖列传》记，越国亡吴后，越功臣范蠡"乘扁舟浮于江湖"。弄是乘驾之意，扁舟是小船。

【语译】

抛离我远去了，过往的日子已不可挽留；扰乱我心曲哟，今天啊，今天令人多烦忧。秋雁飞，长风万里将它吹送；人将去，高楼饯别，见此更当醉不休。诗文传千秋，蓬莱秘藏，建安风骨，迤逦三百载；清新秀发，更有小谢名此楼。思古人，逸兴同怀，壮思共飞，可上青天去，揽明月，重霄九。可奈何，恰似抽刀断流水，流水断复流；举杯消忧愁，酒催愁上愁。人生百年，世间事，得意能几日？不如明朝，去簪散发，随风波，驾小舟。

【赏析】

"天马行空"是形容李诗的熟语，然而"天马"是否乱踏四蹄，全无章法可循呢？试看本诗。

诗以唱叹喝起，从杳远处领脉，感慨去日苦多，"弃"字，"不可留"字，备极悲愤；而所苦为何，并不接说，却由"昨日"引起"今日"之"乱"、之"烦忧"，定下一诗基调：今而忆昨，由昨及今，无非是乱丝般摆不去脱不开的烦恼愁忧。

诗至此，昨日之愁虽还是悬念，但它加深了今日之忧——离别之忧，则已可知，于是由昨今双起而侧注于今日，顺势转入登楼送别，点明题意：长风万里，秋雁高翔，行人也将离去，此情此景，正可于百尺楼头，一醉方休！这景象虽有送别的惋惜，但色调是高朗的。"酣高楼"是一诗关锁，它既收束上文，说明诗人似乎受到秋景的感召，努力振作，要想以浩然一饮，销去长愁，又乘兴借醉，引发下文之逸兴。

"蓬莱"二句，先笔分两面，切题面的叔侄关系，说校书叔文章老成，远追两汉蓬莱东观，得建安风骨；自己则正如建楼之谢朓，诗文清新秀发。"中间"两字更可注意，使这两个比拟在由汉以来文学史的长河中展开，紧密关连。因而由分而合，更由古及今，逸兴同怀，壮思远飞，可共上青天揽取明月。至此，在历史的纵深感中，由"酣高楼"生发的酒兴似已高到了极至，先前的烦忧在青天揽月的想象中，似已烟消云散。

但是，这逸兴正如来得如此突然那样，去得也如此迅疾，而愁思，却重又猛然袭来。诗人忽以"抽刀断水水更流"作垫衬，比喻"举杯消愁愁更愁"，"举杯"字回应"酣高楼"，将飞越天外的想象拉回送别现实，而此时想消也消不去的烦恼却加倍地深重了，以至不禁浩叹"人生在世不称意"。于是"昨日"之愁的悬念解开了，原来都为"不称意"；中间铺张逸兴的用意也明白了，原来所以不称意者，都为高才绝世而反被时世"弃"。也许诗人这时想起了陶渊明的箴言："悟已往之不谏，知来者之可追"。他要追回在尘世失去的自我，明朝起解冠泛舟，浮游江湖，在自然中得到真正解脱。

李白作此诗时正在宣城隐居，自天宝三载（七四四）离别长安，已近十年。十年中，虽然他高言放世，访名山，受道箓，但心田深处却无时不在企望着再度奉召，一展其"王霸"之图。但十年竟成蹉跎，这就是他深重的"昨日愁"。但李白言愁，从来不肯以低调出之，而总是以狂放的形态——往往是借酒——来宣泄，愁苦与狂放的交战，使他的诗表现出一系列个性特征：

首先是结构的大起大落而一气贯注。本诗写的是"今日"饯别，但他决不泥于题目，却以"今日"为中心，前由"昨日"遥遥领起，末以"明朝"迢迢而去。在这一主脉中，又间以两处似断而续的跳跃。"长风"两句入题，突如其来，是以景物的感召，空间运神，由抑而扬；"欲上青天"后，戛然而断，却是借醉中人的意态，落到更深的愁苦中去。扬而又抑，更从第二次的低谷中振起，发为"明朝"之高唱，便有一种冲决一切的气魄。

与结构相应，他又充分运用了音调的变化来传达这种心声。一、三两部分的唱叹用长引的平声韵，中间的逸兴抒发则用陡促的入声韵。这犹如两个波谷中的浪尖，将感情的扬抑变化传达了出来。又如"长风""抽刀"两处叫起，都在前面用了大量仄声字的情况下，连用两个平声字，就显得分外开展嘹亮。

同时他又在愁思中运用一系列亮色调的意象，"长风万里""高楼"，仙气氤氲的"蓬莱"，"清新秀发"的"小谢"，乃至一洗无垢的"清天明月"。这就使愁思中流荡有一股清越之气，这种气质及表现气质的手法，就是李白之所以为李白之处。

李白一生不应科举，或交揖王公，或待价名山，以期一鸣惊人。因此渭滨垂钓遇文王的姜尚，筑黄金台招贤的燕昭王，隆中对答刘备的孔明等君臣遇合故事，是他反复歌咏的题材。这正可见其狂气的天真，也注定了他"今日"之落魄。

走马川行奉送封大夫出师西征①

岑 参

君不见走马川②，雪海边③，平沙莽莽黄入天④。轮台九月风夜吼，一川碎石大如斗，随风满地石乱走⑤。匈奴草黄马正肥⑥，金山西见烟尘飞⑦，汉家大将西出师⑧。将军金甲夜不脱⑨，半夜军行戈相拨⑩，风头如刀面如割⑪。马毛带雪汗气蒸，五花连钱旋作冰⑫，幕中草檄砚水凝⑬。虏骑闻之应胆慑⑭，料知短兵不敢接⑮，车师西门伫献捷⑯。

【注释】

① 天宝十三载（七五四），北庭都护、伊西节度、瀚海军使封常清奏调岑参为安西北庭节度判官。军府在轮台（今新疆轮台），本诗作于此期。走马川行：走马川是地名，行是诗体名。《文体明辨》："步骤驰骋，疏而不滞者曰行。"奉送，即送行，奉是敬辞。大夫，御史大夫。唐制，节度使常摄御史大夫（封常清本年朝命摄御史大夫），虽是虚衔，但名位尊崇，唐人通例以最高职衔称对方。西征，本次西征史书未载，有的注本以破播仙注之，但封常清征播仙为五六月间与冬天，与本诗所述"九月"不合。 ② 此句"川"下原有"行"字，是衍文，因题目而误加，故删。 ③ 雪海：《新唐书·西域传》："出安西西北千里所，得勃达岭。……北三日行，度雪海，春夏常雨雪。"即今准葛尔雪原。 ④ 莽莽：茫茫无际貌。 ⑤ 走：小跑，与今义不同。此是指石块快速滚动。 ⑥ "匈奴"句：《史记·匈奴列传》："秋，马肥，大会蹛林，课校人畜计。"封常清所征应为回纥某部，回纥是匈奴后裔。 ⑦ "金山"句：言西边有警。金山，阿尔泰山，在内蒙新疆交界处，蒙语阿尔泰即金。其位

置在轮台之北，与西征不合，当承上句"匈奴"而言，金山为汉时匈奴南略进兵处。　⑧ 汉家大将：指封常清。以汉代唐是唐诗惯用手法。　⑨ 金甲：一说金制盔甲。一说为铁甲，金泛指金属。按此特指将军盔甲明亮贵重，不必拘泥。　⑩ 戈：古代长兵器。相拨：兵戈偶尔相撞击。　⑪ 本句极言风寒。　⑫ 五花：五花马，唐人将马鬃剪绞成花样，三瓣的叫三花，五瓣的叫五花。连钱：毛色斑驳如铜线相连状的马叫连钱。旋：很快。　⑬ 幕：军帐。檄：声讨敌方的文书。　⑭ 虏骑：指敌军，"虏"是对西、北少数民族的蔑称。骑(jì)：名词，一人一马叫骑。胆慑：胆怯。　⑮ 短兵：短兵器，《汉书·匈奴传上》："其长兵则弓矢，短兵则刀铤。"接：交锋。　⑯ 车师：北庭都护府府治所在地庭州，为汉车师后国旧地。

【语译】

君不见，走马川，就在雪海边；大漠平展莽苍苍，黄沙连云天。九月本金秋，轮台成，狂风夜怒吼，任是一川碎石大如斗，风过处，巨石转，满地乱奔走。边草黄，胡马肥，匈奴校猎边警起；金山西，风尘起，战烟已东飞。汉家命大将，出师西征去；金甲夜不脱，半夜行军，人静马肃，唯闻时时戈头轻相拨；朔风扑面来，冷如刀，面如割。飞雪披马毛，汗气蒸腾起，五花马，连钱驹，转眼汗成冰。军幕中，草檄文，砚中水，片刻凝。（天寒胆气高，）虏骑得闻应战栗，怎敢刀剑相搏对面迎。作诗送将军，车师西门外，望捷报，献俘奏佳音。

【赏析】

本诗送征祝捷，却并不着力赋写军威，而是极力铺张自然环境的奇险，从而反衬出大军一往无前的精神与必胜的信念，篇末以祝捷为送征，轻轻一带，主旨便现。杜甫说："岑参兄弟皆好奇"（《渼陂行》），奇丽是岑诗的显著特点。在他早年所吟"长风吹白茅，野火烧枯桑""山风吹空林，飒飒如有人"等名句中已可见其天性尚奇俊拔，出言造语，辞必己出。而两度从军边塞，塞外风光更砥砺了他的这种特点。故清洪亮吉《北江诗话》称自己"又尝以己未冬杪，谪戍出关，祁连雪山，日在马首，又昼夜行戈壁中，沙石吓人，没及髁膝，而后知岑诗'一川碎石大如斗，随风满地石乱走'之奇而实确也"。更由此评曰："诗奇而入理，乃谓之奇；若奇而不入理，非奇也。诗之奇而入理者，其惟岑嘉州乎！"

所谓"奇而入理"的理，指情理、物理。奇丽常须夸张，而夸张须"夸而不诞"。一味切理，则如读书牍；夸而悖理，则陷于虚浮。夸而不诞，要求诗人文家既能于夸张中见其形似，更能见出真精神，即所谓神理。"轮台九月风夜吼，一川碎石大如斗，随风满地石乱走""马毛带雪汗气蒸，五花连钱旋作冰，幕中草檄砚水凝"，诗中所写不仅为漠北秋夜情理中事，且字字轩昂似从纸上立起，见出一种粗犷的力度，一种奔踏的气势，这便是夸而不诞。

本诗不仅形象奇，而且结构奇，音节奇。诗以"汉家大将西出师""将军金甲夜不脱"二句居中，将奇险景象隔作两层写，运掉全篇，矫健有力。韵律上，三句一韵，用秦代《峄山碑铭》体，古奥峭奇；平仄韵相间，虽是当时歌行常法，但仄韵全用入声，与三句为韵配合，又在宏壮中造成急促肃杀之感。造语奇，结体奇，音节奇，便于奇丽中见警竦奔腾的气势。

轮台歌奉送封大夫出师西征①

岑 参

轮台城头夜吹角②，轮台城北旄头落③。羽书昨夜过渠黎④，单于已在金山西⑤。戍楼西望烟尘黑⑥，汉军屯在轮台北⑦。上将拥旄西出征⑧，平明吹笛大军行⑨。四边伐鼓雪海涌⑩，三军大呼阴山动⑪。虏塞兵气连云屯⑫，战场白骨缠草根。剑河风急云片阔⑬，沙口石冻马蹄脱⑭。亚相勤王甘苦辛⑮，誓将报主静边尘⑯。古来青史谁不见⑰，今见功名胜古人。

【注释】

① 诗题参上诗注①。歌：诗体名。《文体明辨》："其放情长言，杂而无方者曰歌。" ② 角：号角，军中吹角报时传令，似今之军号。 ③ 旄头落：《史记·天官书》："昴曰旄头，胡星也。"旄头落，象征胡运衰败。 ④ 羽书：军中紧急文书，加羽毛以示紧迫急传。渠黎：汉西域国名，在今新疆轮台东南。以汉代唐，非实指。 ⑤ 单于：汉时匈奴王呼为单于，亦以汉代唐。金山：亦非实指，参上诗注⑦。 ⑥ 戍楼：边防城楼。烟尘黑：指胡军来犯，声势汹汹。 ⑦ 屯：驻守。轮台北：据此知当时北庭瀚海军驻在轮台以防西来之敌。 ⑧ 上将：上将军，此指封常清。拥旄：唐制，节度使赐旄节一对，称双节，出行时有骑者双持，夹路开道。旄节形似旗幡，上系旄牛尾（后改羽毛）。 ⑨ 平明：天刚亮。吹笛：唐军乐中有笛。 ⑩"四边"句：伐鼓即擂鼓，诗言鼓声四起，似雪海波浪翻腾。雪海见上诗注②。 ⑪ 三军：左、中、右三军，指全军。阴山动：阴山为呼声撼动，汉时河套以北、大漠以南群山统称阴山，为匈奴据兵入扰处。此亦以汉代唐，不必指实。 ⑫ 虏塞：胡兵要塞。连云屯：言杀气上薄云霄，凝固不开。 ⑬ 剑河：《新唐书·回纥传》："青山之东，有水曰剑河，偶艇以度，水悉东北流。"据专家考定在北庭之北，俄罗斯西伯利亚叶尼塞河上游一带，远离北庭，亦非实指。 ⑭ 沙口：对上句，当亦地名，不详。 ⑮ 亚相：汉御史大夫为三公之一，地位仅次于宰相，故称亚相，后世沿用。勤王：操劳王事。甘苦辛：以苦辛为甘甜。甘字意动用法。 ⑯ 报主：报效君主。静边尘：使边尘静，静字使动用法。 ⑰ 青史：史册。古时削竹青为竹简，先用火炙使其出汁如汗，干后用以记事，故称史书为青史、汗青。

【语译】

深夜里，轮台城头，吹响了整师待发的号角，吹落了城北天空，那象征胡运的旄头星。插羽加急的军书，昨夜里，送过了西南的渠黎城；警报说，单于的大军，已经抵达金山西。登上戍楼西望，战尘狼烟遮黑了天。汉家大军能抗敌，驻屯就在那轮台北。拥着那专制一方的旄节，封大夫出师西征；天色刚放明，大军在笛声中启行。四面八方，把战鼓擂响，催动雪原似波涛汹涌；左中右三军，高声呐喊,震撼了阴山巍巍群峰。一片威严的杀气,笼罩着敌军的要塞;战场上眼见得白骨累累,缠绕那塞草的根株。剑河上空狂风骤急,吹落了片片阔大的雪朵;沙口天寒冻裂了顽石,征马的铁蹄,也不禁脱落。(任凭战地险恶胡天寒,)勤王事,封大夫何辞辛苦;为报明主深深恩,您矢志将边患扫除。自古以来,多少英雄,名垂青史,人人敬仰;封大夫啊,您今日的功业,将远远将古人超过。

【赏析】

本诗与上诗同为送征祝捷,不同处是《走马川行》以走马川为赋写对象,《轮台歌》则以轮台要塞为描写主体。主体不同,写法也就有所区别。轮台为瀚海军首府,边塞重镇,故不同于写走马川之着重于荒凉险恶环境之侧面渲染,而着重于对汉军出师声威的正面描写。在句法上也不取急促奇峭三句韵的《峄山碑铭》体,而改用通常的双句转韵与四句转韵。韵脚上仄声也不全用入声,以宽宏气势。试涵咏其中心部分"上将拥旄西出征"以下六句,如果"涌""动"二字改用入声字(如:四边伐鼓雪海立,三军大呼阴山黑),便绝无现在这样的声势。结末四句,改以四句押三韵,用平声,其舒宕的音节正适于表现颂功扬德的主旨,如改用三句体通押入声,便会局促不展。这样全诗以入、平二句转韵的大体段,造成军情紧急的感觉,而篇末参用四句为韵,便于紧急中显出出征亚相的堂堂正气。诗歌有音乐性,要真正领味其神韵,不能不细究音韵,这里说个大概,或有助于初学。

清翁方纲《石洲诗话》称:"嘉州之奇峭,入唐以来所未有。又加以边塞之作,奇气益出。风会所感,豪杰挺生,遂不得不变出杜公(杜甫)矣。"确实,以奇峭豪杰论岑参边塞诗最为恰当。此诗首以"轮台城头""轮台城北"叠起,总写胡汉交战气氛。接四句从胡汉二端分写,伸足上意,逼出"上将拥旄"四句,正写封大夫出征声威,更以"虏塞"以下四句悬想侧写征战苦恶,为正写陪衬,最后归到颂功扬德,于奔踔腾跃、一气呵成的气势中,叠出奇景,确与杜甫歌行声同气应。"上将拥旄西出征,平明吹笛大军行。四边伐鼓雪海涌,三军大呼阴山动"四句无一奇字,却将犷悍浩渺的雪海、阴山调动起来,与军乐、军伍打成一片,人似山海、山海似人,簇护着拥旄西征的汉军上将,何等声威!可见,岑参之奇不如中唐后奇险诗派常以奇僻字入诗,而首先是"意亦造奇"(殷璠语),从而奇中见浑成雄放。这便是盛唐诗为后人难以企及处。

白雪歌送武判官归京[①]

岑　参

北风卷地白草折[②],胡天八月即飞雪。忽如一夜春风来,千树万树梨花开[③]。散入珠帘湿罗幕[④],狐裘不暖锦衾薄[⑤]。将军角弓不得控[⑥],都护铁衣冷难着[⑦]。瀚海阑干百丈冰[⑧],愁云惨淡万里凝⑨。中军置酒饮归客⑩，胡琴琵琶与羌笛⑪。纷纷暮雪下辕门⑫，风掣红旗冻不翻⑬。轮台东门送君去⑭，去时雪满天山路⑮。山回路转不见君，雪上空留马行处。

【注释】

① 本诗与上诗同期作。题意是咏白雪以送武判官归京都长安。"京"字原无，据《岑嘉州集》补。歌，见上诗注①。武判官，当是岑参在封常清幕府的同僚。判官是节度幕府佐理军务的属员。 ② 白草：西北地区所产秋日干枯后变白的草，为牛马所嗜食。 ③ 梨花开：喻树上雪花。 ④ 珠帘：珠串的帐帘。罗幕：锦罗制的帐篷。罗是质地较厚重的丝绸。珠、罗在这里均为美称。 ⑤ 狐裘：狐皮大衣或披风。锦衾，锦缎被子。薄：是说雪寒使锦衾也显得薄了。 ⑥ 角弓：以兽角为弓背的弓。不得控：拉不开。 ⑦ 都护：镇守边疆的军府长官。唐时置六护府，各设大都护一员。都护与上句的将军都是泛指。 ⑧ 瀚海：旧说为大沙漠，因浩瀚如海故名。今人柴剑虹先生《"瀚海"辨》考证，维吾尔族人将陡峭的山崖所形成的陂谷叫作hang，可译成杭海，或瀚海。北庭都护府下有瀚海军，由"瀚海"得名。阑干：纵横貌。 ⑨ 愁云：云厚而色灰暗似愁。 ⑩ 中军：此指主帅营帐。左、中、右三军，中军由主帅亲率。饮归客：请归客饮，饮字使动用法，读去声。归客，指武判官。 ⑪ 这句说各种胡乐器奏鸣侑酒。 ⑫ 辕门：军营门。帝王巡狩或军队出征，止宿野外，以车周围作屏障，又竖二车，使车辕相向为门，称辕门。后沿用。 ⑬ 掣(chè)：牵曳。冻不翻：冻硬而不飘动。 ⑭ 轮台：见前《走马川行》注①。 ⑮ 天山：唐时伊州、西州西北一带山脉统称天山。

【语译】

北风卷地吹过，吹折了塞上坚韧的白草，八月里(中原还花团锦簇)，胡天却已经大雪飞舞——就如同一夜间春风忽地来，吹绽了雪白的梨花，千树万树。雪花散入了珠串的帷帘，打湿了罗缎的帐幕；狐皮大氅没一丝暖意，锦被因此也显得单薄。将军拉不开冻硬的角弓，都护的铁衣，更冷如冰块难穿着。漠野陡峭的崖壁上，纵横悬挂着百丈冰柱；惨淡的云色似愁，凝满了万里天穹。中军帐里，置备了酒宴，为归客饯行；胡琴、琵琶，和着羌笛一齐奏和。黄昏了，宴罢了，送君到辕门，那纷纷的暮雪啊，依然飘个不住。朔风掣曳着营门的红旗，可它也冻硬了翻转不动。送君啊，直送到轮台城门东，君行东归啊，大雪弥漫天山路。山回路转啊，终于望不见君，空留得，马蹄印儿，绵绵延延一处处。

【赏析】

这是首赋咏体的送别诗，咏边地奇丽雪景，抒送别浩荡之思。雪景是诗的明线，别意是诗的暗线。写雪景由外入内，至送别中心(中军)，更由内向外出辕门、出东门，放眼天山路，极尽变化而富于层次，而雪景的每一变化，都蕴着一个感情层次，从而加强了抒情的形象性。

"忽如一夜春风来，千树万树梨花开"，奇思逸想，最为传诵。然而如无前二句"北风卷地白草折，胡天八月即飞雪"，便会相应减色。雪花似梨花，春风忽吹，万树竞发，孤立地看这二句，会以为是喜雪之句，唯因前二句写足胡天寒苦，这二句才切合题意，边地八月无花，唯有这雪花为大地妆点，美则美矣，但其中不更有着一种说不清、道不明的悲凉况味？

"轮台东门送君去，去时雪满天山路。山回路转不见君，雪上空留马行处"，又是送别的名句。天山旷杳，雪压曲曲山径，似同离人愁肠，而那印落在积雪上的点点马蹄印，送走了行人，却牵引着送行人的心。能将离思写得如此饱满，确不多见。

人们读本诗都注重以上两组景象，却忽视了在结构与意蕴上都举足轻重的另外两组景象："瀚海阑干百丈冰，愁云惨淡万里凝""纷纷暮雪下辕门，风掣红旗冻不翻"。前一组好比是全诗的主心骨，境界宽大，形象卓拔，虽然是愁苦，却充满着大气；虽然是悱恻，却透露着强项。全诗赖此二句撑柱，才在离思中有一种振拔之感；而辕门前那杆在白雪中冻不翻的"红旗"，似乎接过了这种精神，而透入了结尾的意象，使送别天山路含有浩浩不尽的意态，表现了盛唐才士与众不同的离思。

请尤其注意上文提示的四组意象，贯串起来，再依前所提挈的线索通读全诗，仔细品味，也许你会读出些新的感受来。

韦讽录事宅观曹将军画马图①

杜 甫

国初已来画鞍马②，神妙独数江都王③。将军得名三十载④，人间又见真乘黄⑤。曾貌先帝照夜白⑥，龙池十日飞霹雳⑦。内府殷红马脑盘，婕妤传诏才人索⑧。盘赐将军拜舞归⑨，轻纨细绮相追飞⑩。贵戚权门得笔迹，始觉屏障生光辉⑪。昔日太宗拳毛䯄⑫，近时郭家狮子花⑬。今之新图有二马，复令识者久叹嗟⑭。此皆战骑一敌万⑮，缟素漠漠开风沙⑯。其余七匹亦殊绝⑰，迥若寒空动烟雪⑱。霜蹄蹴踏长楸间⑲，马官厮养森成列⑳。可怜九马争神骏㉑，顾视清高气深稳㉒。借问苦心爱者谁㉓，后有韦讽前支遁㉔。忆昔巡幸新丰宫㉕，翠华拂天来向东㉖。腾骧磊落三万匹㉗，皆与此图筋骨同㉘。自从献宝朝河宗㉙，无复射蛟江水中㉚。君不见金粟堆前松柏里㉛，龙媒去尽鸟呼风㉜。

【注释】

① 广德二年(七六四)杜甫由东川归成都后所作。韦讽，阆州(治今四川阆州)录事参军，家居成都。杜甫另有《送韦讽录事上阆州录事参军》诗，称他年当青壮，有识见，正直

不阿。曹将军，曹霸，曹操后裔，为高贵乡公曹髦一系。善画马。开元中已成名，天宝末年，常奉诏画御马及功臣，官至左武卫将军（《历代名画记》卷九有传）。安史乱后流落蜀中。　②国初：此指唐初。已：通"以"。鞍马：图画术语，指马类的图画。　③神妙：是书画的最高品级。如《唐朝名画录》，于能品之上更置神、妙二品。神妙，出神入化。《孟子·尽心下》："充实之谓美，充实而有光辉之谓大，大而化之之谓圣，圣而不可知之之谓神。"又《易·系辞上》："阴阳不测之谓神。"神的概念又与道家的"妙"相似。《老子》首章："玄之又玄，众妙之门。"独数：独推。数，论列之意。江都王：李绪，唐太宗之侄，也善画鞍马，见《历代名画记》。"江都王"是他的封号。江都，在今江苏扬州。　④三十载：是约数，由广德二年上推三十年左右正当开元中期。相信《历代名画记》的记载本于此句。　⑤乘黄：神马。《管子·小匡》篇："河出图，洛出书，地出乘黄。"　⑥貌：写真。先帝：指玄宗，上一代已故帝王称先帝。照夜白：玄宗坐骑。《历代名画记》卷九载："玄宗好大马……西域大宛岁有来献……遂命悉图其骏，则有玉花骢、照夜白等。"　⑦龙池：唐宫南内兴庆宫为玄宗未登基时发祥之地，故有祥瑞之说，谓宅东有井，忽一日涌为小池，常有云气，黄龙出没其中。中宗时池沼渐广，因名为龙池。龙池在此双关，既应先帝发祥，又称画马似真龙。《周礼》："凡马八尺以上为龙。"按《尔雅》称马八尺曰駥。与龙音同。马八尺，神骏异常；加以周天子服车用马，如初春"乘苍龙"（《礼记·月令》），即乘青马；故以龙代駥。汉代纬书《尚书中侯》注说龙形象马，是后起附会说法。飞霹雳：龙飞伴有疾雷声。　⑧"内府"二句：言先帝命以皇家府库藏宝物赐曹将军，官人级级传旨取来。殷红，深红。马脑，即玛瑙，宝玉名，因颜色红而斑斓似马脑，故名。婕妤、才人，皆宫中女官。历代于皇后之外宫人设官品，变化纷繁。玄宗开元时无婕妤一称，才人七人为正四品。婕妤为前此女官号，如初唐，婕妤九人，正三品，才人九人则为正五品。这里皆泛指官人。官人站位品高在内，渐外渐低，故称"婕妤传诏"而"才人索"。　⑨拜舞：臣子对天子朝见、告退、谢赐时的一种敬仪。既拜且舞，舞非跳舞，仅依定式手舞足蹈而已。　⑩"轻纨"句：言赐盘之外，又赐以绸缎等。因金帛为常赐之物，玛瑙盘为特赐之品，通常特赐总伴有常赐。纨是精致白绢，故称轻；绮是素地起文织花的绫缎类丝织品，又名细绫，故称细。追飞，"追"为随之之意，"飞"状纨绮轻柔欲飞。　⑪"贵戚"二句：言皇亲国戚，高官权要争以得将军画装饰屏风壁障为荣。　⑫太宗：唐太宗李世民。拳毛騧（wō）：太宗前后有六匹名马伴之出生入死，后皆刻于其陵墓昭陵，称昭陵六骏。拳毛騧是其一。拳通"蜷"。白马黑嘴叫騧，见《尔雅·释兽》。　⑬郭家：指名臣郭子仪家，平定安史之乱，郭子仪与李光弼功勋最著，官至太尉、中书令，封汾阳郡王，号尚父。狮子花：名马，又名九花虬，唐代宗以赐郭子仪。《杜阳杂编》记，此马为范阳节度使李德山所贡，额高九寸，毛蜷曲如麒麟，颈鬃如鬣，身披九花纹。　⑭叹嗟：感叹，一当感于旧事；二当叹画之逼真。　⑮战骑：战马。一敌万：以一当万。敌，相匹。　⑯缟素：素绢，用作画布。漠漠开风沙，开风沙漠漠之倒文。开指画面展示出。　⑰七匹：补出此图九马。殊绝：超群绝世。　⑱迥：这里指迥拔，形容各马昂首挺拔，意态高远。动烟雪：雪霰如烟翻动。　⑲霜蹄：《庄子·马蹄》："马，蹄可以践霜雪。"故称马蹄为霜蹄。蹴踏：此为踢踏奔跑之意。长楸：古时大道两旁常种楸树，长楸间指道路。　⑳厮养：厮养卒，即马官属下的马夫。　㉑可怜：可爱。神骏：骏奇有神。　㉒顾视：前后观望。顾是回看。清高：天清而高远。气深稳，气概深沉稳重。　㉓苦心爱者谁：谁是苦心爱马之人。　㉔支遁：东晋高

76

僧，字道林，俗姓关。常畜马数匹。有人说：和尚爱马不雅，支遁答："贫道爱其神骏。"　㉕"忆昔"句：指当年玄宗巡幸临潼骊山华清宫。临潼即汉新丰。史载玄宗常于十月、十一月前后驾幸骊山，至来春返长安。　㉖翠华：翠鸟羽毛制的帝王仪仗。来向东：西来而向东。骊山在长安东。　㉗"腾骧"句：指扈从往骊山名马众多。《资治通鉴》载，玄宗好马。开元十三年时厩马由唐初二十四万匹，增至四十三万匹。东封泰山，以牧马数万匹从，色别为群，望之如云锦。幸骊山马匹数也必不少。腾骧：跳跃奔驰。骧此处是奔驰之意。磊落：多而成群如山石累累。　㉘"皆与"句：言真马同于画马，是与常理相反的说法，从而更突出画马之逼真。筋骨，相马历来重骨相，忌痴肥，杜甫论马尤重骨，如《房兵曹胡马》称"胡马大宛名，锋棱瘦骨成"。　㉙"自从"句：婉言玄宗驾崩。肃宗上元二年（七六一）四月，楚州刺史崔侁向玄宗献宝，次日，玄宗驾崩，事与周穆王相近，《穆天子传》卷一记，穆天子西巡，河宗伯夭在燕然山迎接他，又一起参观图书宝器，后穆天子由此归天。诗用此典。　㉚"无复"句：言玄宗死后，本朝无复当年盛势英风。《汉书·武帝纪》载，元封五年，汉武帝从浔阳浮江，亲自射获蛟龙。　㉛金粟堆：玄宗葬于金粟山（又名金粟堆），号泰陵。在今陕西蒲城县东北，有碎石如金粟。松柏里：古人墓道，例种松柏。　㉜龙媒：指名马。《汉书·礼乐志》载乐府《天马歌》"天马来，龙之媒"，意谓天马来是致龙之象。后以龙媒代称马，参本诗注⑦。鸟呼风：言泰陵萧索景象。

【语译】

大唐帝国立国初，多人善能画鞍马；当时独推李绪江都王，毫端出神更入化。曹霸将军后来而居上，三十年来名声扬；不意李绪死后今才见，纸上神驹似乘黄。先帝爱驹"照夜白"，曾命将军来写真。（骏马图成势轩昂，）恰似当年兴庆池中雷电飞动真龙翔。婕妤传诏书，才人频催索，取来内库宝藏玛瑙盘，斑斓晶莹似血红。先帝隆恩赐将军，将军谢恩得意归；绢绸轻柔锦缎细，相伴并赐共追飞。从此贵戚权豪家，慕名纷纷来求画；一朝求得将军图，屏风壁障闪光华。当年太宗皇帝坐骑拳毛𬳿，近来郭太尉家狮子花。将军新画九马图，中有二匹即二马；识者见图叹更惊（，形态酷肖神气加）。此皆军中战骑一敌万，虎虎生气使那洁白画绢，咫尺万里，可感疆场无边起风沙。其余七马皆非凡；动态远势，就如寒空飘雪霰烟下。马蹄如霜白，腾踔楸道上；马官厮养卒，侍候列成行。可爱九马展神骏，精神雄奇不相让；昂首向天气轩昂，却又沉着稳健不轻躁。借问有谁爱马识得真神驹，前有晋僧支道林，后有我唐阆州录事名韦讽。想当年，玄宗先帝巡幸骊山宫，车驾仪仗，浩浩荡荡行向东。当时御马随驾三万匹，筋骨奇秀，奔腾跳跃，都与将军画马同。自从先帝仙逝去，盛事胜况不复终。君不见金粟堆前先帝墓，隐隐深藏松柏中；神马已随先帝去，唯闻林鸟鸣悲风。

【赏析】

诗分四层，起十二句总写曹将军画艺超卓及三十年间名动皇城之盛况，而由唐初江都王引入作陪衬。"昔日太宗"以下十二句，正写所见曹将军画马图，是全诗主体。"借问苦心爱者谁，后有韦讽前支遁"二句自为一层，回扣题面"韦讽录事宅"，又借晋僧支遁陪衬韦讽，称赞画主，是这类诗的通常体式。"忆昔"以下八句，借前文"后""前"二字作势，由观图而抚今追昔，生发议论，忆开元以伤胜事难追，结出诗旨，且呼应开首曹将军当时荣宠。全诗浑然一体。

　　肃、代之际，安史大乱逐渐敉平，但盛唐气象已不复再现，人们普遍怀有一种"开天（开元、天宝）情结"，而杜甫则是表现最典型的一人。说杜甫是"诗史"，不仅在于他反映了当时的若干社会画面，更在于他代表了一种时代精神，进行着时代性的思虑。说杜诗"沉郁顿挫"，正在于他诗作这种深沉的内涵，以及由此而产生的章法上的顿束收合，字法上的锤炼坚凝，这些形成了杜诗的深沉的力度。本诗与下二诗都足具代表性，都由一节即时的生活情景生发开来，将无尽的沧桑之感，组织进盘曲的结构之中，形成丰富深沉的艺术形象。唐诗的章法，初唐以来在不断变化，而到杜甫手中方集其大成而变化入神，这不能不在很大程度上推因于杜诗内涵的复杂化、深沉化。

　　写图是本诗最精彩的一节。如果说李颀在音乐诗上独辟蹊径，那么题画诗的变创不能不推杜甫；如果说李颀善用印象性的形象使音乐具象，那么杜甫则主要用写实性的笔法来写形传神。写实首先要位置经营，图有九马，一一描写必落琐碎，杜甫以二马为中心，七马为辅助，分二层写来，更以"可怜九马争神骏，顾视清高气深稳"收束总写，有分有合，精严不苟。写实又必须写形传神，诗中所称"神骏""筋骨"，便是九马之神韵，马重骨相，骨相峥嵘，便见神骏。无论是写二马之"此皆战骑一敌万，缟素漠漠开风沙"；还是写七马之"迥若寒空动烟雪，霜蹄蹴踏长楸间"，都着重于马的气势、风神。而"顾视清高气深稳"的总写，更可见杜甫于马确有极细致的观察：名马不会轻躁，故"气深稳"，然而深稳不等于暮气沉沉，写九马顾视清天，卓荦不群，便于深稳之中现出神骏，似乎一加鞭策，便会似劲弓之箭，腾起飞驰。神骏是抽象的，要凭观察者的主观体察传达。因此可以不无理由地推想，"顾视清高气深稳"，正是盛唐才士的自我期许，甚至是盛唐精神的一种写照。然而现在这只能在画幅中看到了，诗人怎能不缅怀那位开一代风气的明皇帝呢？虽然这位皇帝最终险些断送了大唐江山，虽然这位皇帝并未重用过杜甫这位当世的"卧龙先生"，但作为衰世的一种梦幻，毕竟是可念的，这便是当时"开天情结"的两重性。

丹青引[①]赠曹将军霸

杜　甫

　　将军魏武之子孙[②]，于今为庶为清门[③]。英雄割据虽已矣[④]，文采风流今尚存[⑤]。学书初学卫夫人[⑥]，但恨无过王右军[⑦]。丹青不知老将至[⑧]，富贵于我如浮云[⑨]。开元之中常引见[⑩]，承恩数上南熏殿[⑪]。凌烟功臣少颜色，将军下笔开生面[⑫]。良相头上进贤冠，猛将腰间大羽箭⑬。褒公鄂公毛发动，英姿飒爽来酣战⑭。先帝天马玉花骢⑮，画工如山貌不同⑯。是日牵来赤墀下⑰，迥立阊阖生长风⑱。诏谓将军拂绢素⑲，意匠惨澹经营中⑳。斯须九重真龙出㉑，一洗万古凡马空㉒。玉花却在御榻上，榻上庭前屹相向㉓。至尊含笑催赐金㉔，圉人太仆皆惆怅㉕。弟子韩幹早入室㉖，亦能画马穷殊相㉗。幹惟画肉不画骨，忍使骅骝气凋丧㉘。将军善画盖有神，偶逢佳士亦写真㉙。即今漂泊干戈际，屡貌寻常行路人㉚。途穷反遭俗眼白㉛，世上未有如公贫。但看古来盛名下㉜，终日坎壈缠其身㉝。

【注释】

① 丹青引：丹砂、靛青是古代画图主要颜料，因以代指图画。引：《文体明辩》，"述事本末，先后有序，以抽其臆(意谓抒情)者曰引"。《杜少陵集》本诗题下即注"赠曹将军霸"。参上诗注①。　② 魏武：曹丕代汉建魏后，追谥曹操为武帝。参上诗注①。　③ 于今：到今天。为庶：做了平民。曹霸于天宝末得罪，削职为民。为：是，动词，读平声，下一个"为"字同。清门：寒门。　④ 割据：指曹操平定中原，成就三分天下局面。　⑤ 文采风流：文采如风之流布。曹操及子丕、植并称"三曹"，是建安文学的代表。曹霸的直系始祖曹髦又是画家。《历代名画记》："髦画称于后世。"　⑥ 书：书法。卫夫人：晋河东安邑(今山西夏县)人，名铄，字茂漪，李矩妻，工书法，尤善隶书。书法理论著作《笔阵图》相传为她所作。王羲之曾师从之。唐人尤推重卫夫人，称"卫夫人书如插花舞女，低昂美容；又如美女登台，仙娥弄影，红莲映水，碧沼浮霞"(《佩文斋书画谱》引《唐人论书》)。　⑦ 但恨：只是遗憾。王右军：即晋代书圣王羲之，会稽山阴(今浙江绍兴)人，官至右卫将军，会稽内史，故称王右军。有《论书》等理论著作，唐人极崇右军，张怀瓘《书断》称其："尤善书，草、隶、八分、飞白、章、行，备精诸体，自成一家法，千变万化，得之神功，自非造化发灵，岂能登峰造极。"唐太宗继承卫、王二家书论，珍重其手迹，因此卫、王并论成为唐人风气。　⑧ 老将至：《论语·述而》记孔子言，"发愤忘食，乐以忘忧，不知老之将至云尔"。　⑨ 本句用《论语·述而》："不义而富且贵，于我如浮云。"　⑩ 开元：唐玄宗年号(七一三—七四一)，凡二十九年。引见：由内官引领应诏见皇帝。　⑪ 承恩：奉承帝王恩德。南熏殿：在南内兴庆宫内。　⑫"凌烟"二句：唐太宗贞观十七年(六四三)，图貌二十四功臣于凌烟阁。开元中，玄宗命曹霸重画一次。少颜色，言旧画剥落。开生面，重新赋予人物生动面貌。今成语有别开生面。　⑬"良相"二句：概写新画二十四功臣文武二类风采。进贤冠，文儒所用黑布冠，见《太平御览》卷六八五引《汉舆服志》。大羽箭，唐太宗特制插有四根羽毛的长竿大箭，见《酉阳杂俎》。　⑭"褒公"二句：承上以点写面，见廿四功臣图栩栩如生。褒国公段志玄，画像列第十；鄂国公尉迟敬德，画像列第七。　⑮ 先帝：指玄宗。天马：此指御马，一本即作"御"。玉花骢：西域所进名马名，参上诗注⑥。　⑯ 如山：形容人众多。貌不同：画得与真马的形神不同。　⑰ 赤墀：又称丹墀，宫中涂红的台阶。　⑱ 迥立：挺立。阊阖：天门，此指宫门。生长风：给人虎虎风生之感。　⑲ 谓：称、命。绢素：用作画布的白绢。　⑳ 意匠：晋陆机《文赋》"意司契而为匠"。指

创作中心意为枢纽，就如大匠作器，先有图样在胸。惨澹经营：苦心深思地构思设计。 ㉑斯须：一会儿。九重真龙：形容画马似九重天的真龙下降。参上诗注⑦、注㉜。 ㉒"一洗"句：洗有淘汰之义。空，虽有若无。参语译。 ㉓"玉花"二句：谓榻上张挂的画马，似与庭前真马相向屹立，难分真假。 ㉔至尊：皇帝。 ㉕"圉人"句：《周礼•夏官》"圉人掌养马刍牧之事"。《汉书•百官公卿表》："太仆，秦官，掌舆马。"唐设太仆寺，又称司驭寺，长官为正卿。圉音yǔ。 ㉖韩干：《历代名画记》，"韩干，大梁（今河南开封）人，王右丞维见其画，遂推奖之。官至太府寺丞。善写貌人物，尤工鞍马。初师曹霸，后自独擅"。入室：指弟子深得师父真传者。孔子评其学生仲由说："由也，升堂矣，未入于室也。"（《论语•先进》） ㉗穷殊相：穷尽各种形态。 ㉘"干惟"二句：据《历代名画记》，韩干喜画形体肥大的大宛马。今存韩干《牧马图》可见一斑。杜甫论马重骨相，参上诗注㉘。 ㉙偶：原作必，据《杜少陵诗集》改。写真：画人像。梁萧纲《咏美人看画》："谁能辨写真。" ㉚"即今"句：言将军今沦落飘荡，降格以求。 ㉛途穷：指人生境遇窘迫。俗眼白：遭世人轻视。按《晋书•阮籍传》记阮籍往往驾车而出，途穷号泣而返；又记其善作青白眼，见佳士以青眼（即以眼珠正视）向之；见俗士以白眼（翻转眼白）向之。 ㉜但看：只要看。 ㉝坎壈(lǎn)：遭遇不顺，因穷失意。《楚辞•九辩》："坎壈兮贫士失职而志不平。"

【语译】

将军本是魏武帝裔孙，如今沦为平民属寒门。可叹英雄割据，天下三分业已作陈迹；所幸文彩风流，三曹余韵流传至今存。将军书法，起步先学卫夫人；只是憾恨，精妙未及王右军。他精诚画艺，乐而忘食，浑不知冉冉老将至；他酷学孔圣，鄙夷富贵，直视作飘飘同浮云。开元盛世，玄宗先帝常召见；南熏殿上，数度进谒沐皇恩。廿四功臣，太宗曾命图貌凌烟阁；天长日久，黯淡剥落一一俱失真。将军奉诏啊重画像，别开生面啊如有神。君不见，良相头上进贤冠；君不见，猛将腰间大羽箭；物无巨细啊，笔下一一光彩生。褒国公啊鄂国公，画毕须发疑飞动；英姿飒爽似当年，呼之欲下战兴浓。先帝坐骑西域玉花骢，画工众多始终描不同。此日牵至殿前丹阶下，昂首挺胸顿觉宫门起长风。先帝诏命再画马，将军拂绢意从容。大匠运斤啊意为主，苦心经营成竹已在胸。落笔图成瞬息间，恰似九天降真龙。古今凡马尽失色，为此龙马一洗空。张图悬挂，直疑玉花骢儿飞登御榻上；榻上庭前，画马真马相向屹立意气雄。先帝含笑连连催促赐金帛，大小马官惊诧无措俱懵懂。将军入室弟子韩干早成名，也擅画马一一不同俱称工。可叹韩干唯能画肉不画骨，任是骅骝画成意气凋丧不忍睹。将军善画莫非有神助，偶逢才士兴来也写真。如今战火不绝漂泊江海间，只得绘像为生常画陌路人。穷途末路，反遭世俗小人白眼来相向；世间贫士，未有如君落魄一洗贫。君不见，古往今来多少盛名者，却为何，长年累月坎坷缠其身。

【赏析】

本诗与上诗是同一背景、同一心态下，以同一题材作成的，"开天情结"是共同的主题（参上诗赏析）。微有不同处，上诗专写曹霸一画，本诗综写其荣辱浮沉，所以上诗中隐含的贫士失职之感，在本诗中成为主线，而上诗中明显的时代沧桑感,却转为隐线,通过曹将军这一缩影来表现。

　　本诗入选本的频率远远高过上诗,确实,由作法观之,较上诗更为精严生动。诗以曹霸画马为中心,从纵横两方面组织题材。横的方面,从各个角度作铺垫与陪衬,所以对所画之马的形态仅施以点睛之笔,虽着墨无多;却写意传神而精光四射,也生动形象地反映了诗人重视骨格气韵的文艺观。纵的方面,详写曹霸以画马显名当时,前溯其家世与渊源,中展其荣宠与精艺,至篇末以飘零干戈,流落失意作反跌,这样不但使人物富于立体感,更贯串了一条时代变迁、盛衰浮沉的线索。这又是与杜甫本人"往时文彩动人主,此日饥寒趋路旁"(《莫相疑行》)的身世之感紧密联系的。纵横两线,以画马为契机,糅合一体,互相映发,表现了诗人巨大的组织才能。

寄韩谏议注[①]

杜　甫

　　今我不乐思岳阳[②],身欲奋飞病在床[③]。美人娟娟隔秋水[④],濯足洞庭望八荒[⑤]。鸿飞冥冥日月白[⑥],青枫叶赤天雨霜[⑦]。玉京群帝集北斗[⑧],或骑麒麟翳凤凰[⑨]。芙蓉旌旗烟雾落,影动倒景摇潇湘[⑩]。星宫之君醉琼浆,羽人稀少不在旁[⑪]。似闻昨者赤松子,恐是汉代韩张良[⑫]。昔随刘氏定长安,帷幄未改神惨伤[⑬]。国家成败吾岂敢,色难腥腐餐枫香[⑭]。周南留滞古所惜[⑮],南极老人应寿昌[⑯]。美人胡为隔秋水[⑰],焉得置之贡玉堂[⑱]?

【注释】

　　① 唐代宗大历元年(七六六)秋,杜甫出蜀居留夔州时所作。韩谏议注:韩注,生平不详,由本诗看当为楚人。谏议是其曾任官职,唐门下省属官有谏议大夫,正五品上,掌侍从赞相,规谏讽谕。　② 岳阳:今湖南岳阳,当是韩注所在地。　③ 奋飞:插翅飞去。④ 美人:指所思慕之人,男女都可用,用于男性则指其才德美。《离骚》"惟草木之零落兮,恐美人之迟暮",即指楚怀王。娟娟:秀美状。　⑤ 濯足洞庭:《楚辞·渔父》引古歌:"沧浪之水清兮,可以濯我缨;沧浪之水浊兮,可以濯吾足。"据《楚辞》旧注,沧浪水近在楚都。当与洞庭同一水系。洞庭,湖名,在今湖南、湖北交界处。八荒:四方四隅称八荒。⑥ 这句说韩注去后日月荏苒。鸿飞,雁飞,古诗中常用作人去之喻。冥冥,杳远貌。⑦ 这句连上句说又到了秋天。雁南飞、枫赤、天下霜都是秋天景象。雨作动词用。　⑧ 玉京:玉京山,道家仙山,元始天尊居处。群帝:此指群仙。北斗:北斗是人君之象,号令之主(《晋书·天文志》)。　⑨ "或骑"句:《集仙录》记:群仙毕集,位高者乘鸾,次乘麒麟,次乘龙。翳,语助词。　⑩ "芙蓉"二句:言群仙旌旗动处烟雾顿时落下,故仙影倒落潇湘。旧注解为"旌旗如落于烟雾之中",恐非,因烟雾不开,仙影无从下映。芙蓉旌旗,

绣莲花的旌旗。也可视作二物：莲花、旌旗。倒景，司马相如《大人赋》"贯列缺之倒影"。旧注引《凌阳子明经》说：列缺气离地二千四百里，倒景气离地四千里，其景皆倒在下。因都在日月之上，反从下照，故景皆倒。摇潇湘，指倒影在潇湘水中荡漾。潇、湘是二水，于湖南零陵汇合。　⑪"星宫"二句：星宫之君，承"集北斗"，当指北斗星君，借指皇帝。羽人，飞仙，借指远贬之人。两句谓君上昏醉，贤人远去。说见"赏析"。　⑫"似闻"二句：张良字子房，韩国旧贵族，后为刘邦谋臣，刘邦得天下，张良说："愿弃人间事，从赤松子游耳。"见《汉书·张良传》。后道教附会张良真随赤松子仙去。赤松子是神农时雨师。此以韩张良切韩谏议。　⑬"昔随"二句：《汉书·高帝纪》载刘邦言："运筹帷幄之中，决胜千里之外，吾不如子房。"此借用言韩注有功于朝廷，旧迹未改，而人事已非，不由黯然神伤。定长安，建都长安。帷幄，军幕。　⑭"国家"二句：言韩谏议隐居楚中，非敢对国家不满，而只是素性高洁，看不惯腐浊之辈。前句化用诸葛亮《出师表》："至于成败利钝，非臣之明所能逆睹也。"吾，是以韩的口气说话。后句化用《庄子·秋水》寓言，说鹓雏（鸾凤之类）非梧桐不止，非练实不食，非醴泉不饮。有鸱鸮（猫头鹰）得一腐鼠，见鹓雏飞过，怕来夺食，就"吓"声以驱赶鹓雏。不知鹓雏根本无意于此。鸱鸮喻宵小之徒，鹓雏言避世贤者。鲍照《升天行》"何时与尔曹，啄腐共吞腥"，鲍诗是愤激反语，这里正说。色难：面有难色，不愿之意。枫香：《尔雅注》说枫似白杨有脂而香，称枫香。道家常以枫香和药，餐枫香喻持操隐居。　⑮"周南"句：《史记·太史公自序》，"是岁天子始建汉家之封，而太史公留滞周南，不得从事"。此用其事，谓韩注有才不得施展，为世所共惜。　⑯南极老人：《晋书·天文志》言，南极星，又名老人星，见则天下治平，主掌寿昌。故云云。　⑰胡为：何为，为什么。　⑱"焉得"句：望韩谏议重新起用。之，代词，指韩谏议。贡，献，这里是荐举之意。玉堂，汉未央宫有玉堂。这里指朝廷。

【语译】

　　今日里，我闷闷不乐，遥念着，你所在的岳阳。我真想插翅飞往，又怎奈，疾病缠身卧在床。你就像湘中的仙子亭亭玉立，遥隔着江湖秋水，脚濯着洞庭清波，遥望着四野八方。犹如那鸿雁飞入了远空，你一去不归，已经多少日月星光？楚地的青枫变红了，经历了又一度天降秋霜。九天上的玉京山中，群仙朝拜，会集在天尊所居的北斗宫，有的骑着麒麟，有的跨着凤凰。绣芙蓉的旌旗开处，烟雾落了；玉京山的倒影，在潇湘的清波中摇荡。饮多了玉液琼浆，北斗星君醉了，身披羽衣的仙子，为什么，稀稀落落，不再侍奉在旁。好像听说，当年仙人赤松子，带走了汉高祖的谋臣——那韩国宗室名张良。他当初追随高祖建都长安定天下，如今啊，运筹决胜的军帐虽仍旧，可功臣已去，怎不使人神色惨伤。（韩谏议啊，你就像，你那位先辈张良，归隐楚中，）在你，并非对国家气运有所失望；你只是看不惯追腐逐腥的世风，才甘愿，以枫树子儿当食粮。想那太史公司马谈，曾经留滞周南，怀才不用，引起了，古往今来，几多嗟伤；然而汉家的国运，依然似南极星明，百年盛昌。（韩谏议啊，我唐中兴似汉家,）你为何还是远隔秋水外；应当怎样啊，才能让你再展宏图在朝堂。

【赏析】

　　杜甫曾任右拾遗，与谏议大夫同为门下省官员，拾遗为谏议下属，或二人同在门下省任职，今杜甫漂游江湘，韩注去官居岳阳，故作诗赠之。诗借游仙体写出，旧注有以为韩去官是为邠侯李泌去职事，不可征信；但可肯定与时局相关，事属难言之隐，故闪烁其辞，亦古人之常法。

理解本诗的关键在"星宫之君醉琼浆"句，旧注以为指众星之君，扞格难通。按前言"玉京群帝集北斗"，纷纷来至，则星宫之君指北斗星君甚明，北斗为帝王之座，杜诗"每依北斗望京华"（《秋兴》），即曾用之。故星宫之君当指今上，而骑麟跨凤之群仙则隐喻安史乱后"攀龙附凤势莫当，天下尽化为侯王"（杜甫《洗兵马》）之宠臣。超越世俗的羽人指韩注，时君不明，贤人远去，故曰"羽人稀少不在旁"。诗人恐这种隐喻太明显，故既拟韩注口吻曰"国家成败吾岂敢"，又复言"南极老人应寿昌"，说国运未衰。最后希望韩注重新出山，亦杜甫"葵藿倾太阳，物性固难夺"（《自京赴奉先县咏怀五百字》）之本性。不仅自己"知其不可为而为之"，而且知自己不可为，尚冀望友人能力挽乾坤，其心思可敬亦可悲。

本诗结构很有特色，以游仙与现实相糅合，在过接处是很困难的，但杜甫却做得天衣无缝。前写洞庭秋水，虽是韩注居住实地，却在意念上使人想起《庄子·天运》篇所云"帝张咸池之乐于洞庭之野"的典故，尽管庄子所云洞庭是指天地之间，但洞庭湖之得名本于此，故能发生联想，导人游仙。而"鸿飞冥冥日月白，青枫叶赤天雨霜"的缥缈杳远，更渲染了气氛，使由现实至游仙更显得自然。写游仙后，复用韩国张良典故，既切韩注，又因其功成随赤松子仙游而去，而自然地接过"羽人稀少不在旁"句，完成了由游仙回到人世的过渡。这些地方都可看出杜甫使用典实的出色才能与谋篇布局的大家手笔。此外如"秋水""濯足"，以庄子"垂钓于秋水之上"与古歌《沧浪歌》合用，完成对隐居的韩注高洁形象的塑造。"色难"句，以庄子鹓雏鸱鸮之典与道家枫香合用，言韩注去官之因，均极为纯熟，且在意象上前后连贯。这些都值得细细品味。

古　柏　行[①]

杜　甫

孔明庙前有老柏，柯如青铜根如石[②]。霜皮溜雨四十围，黛色参天二千尺[④]。君臣已与时际会，树木犹为人爱惜[⑤]。云来气接巫峡长，月出寒通雪山白[⑥]。忆昨路绕锦亭东，先主武侯同閟宫[⑦]。崔嵬枝干郊原古，窈窕丹青户牖空[⑧]。落落盘踞虽得地，冥冥孤高多烈风[⑨]。扶持自是神明力，正直原因造化功[⑩]。大厦如倾要梁栋，万牛回首丘山重[⑫]。不露文章世已惊[⑬]，未辞剪伐谁能送[⑭]。苦心岂免容蝼蚁[⑮]，香叶曾经宿鸾凤[⑯]。志士仁人莫怨嗟⑰，古来材大难为用⑱。

【注释】

① 大历元年(七六六)杜甫居留夔州游孔明庙时所作。行，诗体名，参前岑参《走马川行》注①。　② 柯：树的分枝。　③ 霜皮：古树饱历风霜呈现霜一般的灰白色。围：围有多说，此当指径尺为围，与下句二千尺相对，均是夸张。　④ 黛色：言树色苍青。参天：直插入天。　⑤ "君臣"二句：君臣指刘备与孔明。已：与下句"犹"相对，参语译。时指时势。际会：交会。爱：怜。　⑥ "云来"二句：写古柏气韵，同时补出地理位置。巫峡，三峡之一，在夔州东。雪山，此指岷山，在今四川松潘县南，位于夔州西。　⑦ "忆昨"二句：由夔州武侯庙联想到成都武侯祠，唐时与先主庙合一，刘备像在正殿，孔明像附后。锦亭，锦水旁的亭阁。閟宫，神庙，閟为幽深之意。　⑧ "崔嵬"二句：写成都武侯祠肃穆而空旷萧索景象。上句写其祠前古柏高大，即其《蜀相》诗所云："丞相祠堂何处寻，锦官城外柏森森。"下句写庙内壁画幽深。崔嵬：高大貌。窈窕：深杳貌。户牖：门窗。　⑨ "落落"二句：借古柏言人事，说孔明辅蜀，虽盘踞一方得地理之便，但整个局势却如高树烈风，悲壮而多危。落落：高超不凡貌，汉杜笃《首阳山赋》"长松落落，卉木蒙蒙"。冥冥：深不可测貌。　⑩ 神明：神祇，因其在天而明鉴人世，故称。　⑪ 原因：本因为。造化：创造化育者，即元气化生。　⑫ "万牛"句：牛挽重物用力而回首，言古柏如丘山，万牛用力也难挽动。　⑬ 不露文章：古以青赤相配为文，以赤白相配为章。文章即华彩，此喻古柏不须凭花叶招人而自成贞美。　⑭ "未辞"句：《诗经·甘棠》"蔽芾甘棠，勿剪勿伐，召伯所茇"。是召国百姓怀念周公弟弟召伯的诗句，意思是甘棠树荫下是召伯止舍听讼的地方，不要去剪伐它。这里化用之，说古柏不辞剪伐，象喻孔明为国为民舍身忘己。　⑮ 苦心：双关语，柏木心苦，兼说孔明一片苦心。　⑯ 香叶：指树香，汉武帝以柏木筑台，称柏梁台，香闻数十里。宿鸾凤：谢承《后汉书》记，方储字圣明，母坟前松柏数十株，有鸾凤来栖宿。这里象喻孔明盛德遭后世贤人怀念。　⑰ 志士仁人：《论语·卫灵公》，"志士仁人，无求生以害仁，有杀身以成仁"。　⑱ 材大难为用：《庄子·山木》，"庄子行于山中，见大木枝叶盛茂，伐木者止其旁而不取也。问其故，曰：无所可用"。

【语译】

夔州孔明庙前有株古柏树，树权如青铜，树根如盘石。经霜溜雨，它身干粗大，树径竟达四十围；树色青苍，它笔立耸天，树高似有两千尺。想当初，刘备孔明，君臣遇合乘时起；到如今，爱屋及乌，古柏仍为人敬惜。它遥接东来的云气，直指那长长巫峡；它远通西升的寒月，冷光映彻雪山白。记得当年入蜀初，径路缭绕锦亭东。亭前深深先主庙，附祭幽幽武侯宫。锦城古柏亦崔嵬，枝干横斜郊原古；俯对壁画皆暗淡，门户败落室成空。它落落不群，盘根错节虽据地；它直插昊天，高标独立招疾风。是神明的力量，将它扶持不倒；是造化的功用，使它正直不阿。大厦将倾啊国势危，须待栋梁之才来撑柱；古柏稳重啊如丘山，万牛奋力也撼不动。你不吐艳花，只是以朴质惊世；你不怕砍伐，可有谁来将你运送？蝼蚁来树身穿穴，柏心味正苦；鸾凤来树枝栖息，柏叶香如故。不遇的志士仁人啊，千万莫怨叹；要知道，自古以来，材大总是难被用！

【赏析】

　　孔明是杜甫最为心仪的历史人物，今存杜诗中言及孔明者达数十处。这不仅因为孔明有一段刘备三顾、君臣遇合的幸运，深为自高却郁郁不得志的杜甫所歆羡，而且因他更有扶持后主，鞠躬尽瘁，死而后已的悲剧性的结局，而为一生以"致君尧舜上"为己任的诗人敬佩。这两种情绪交织于诗中，最深切地体现了杜甫出蜀滞留夔州时的心态，读来悲慨动人。

　　古柏是吟咏的主体，也是诗人情思的载体，而情思中既有对孔明的悼念礼赞，又有诗人的自伤自怜；复杂的情思汇集于古柏上，既形成特定的诗歌意象，更由夔州孔明庙古柏，联想到前数年瞻仰成都孔明庙时所见古柏，引发议论，形成本诗结构上的奇特处，而所以采取此种结构，正是为所要表达的主旨服务的。因为成都是蜀国都城，成都孔明庙是作为先主庙的附属部分存在的，所谓"先主武侯同閟宫"正是"君臣已与时际会"的象征，而夔州孔明庙独立存在，则不具备这种特征，故必须由此及彼。这种由既定的明确思想来决定诗歌的素材与结构的做法，是否值得称道，是可以讨论的，誉之者，可称之为由宾入主，主辅合德，构思奇特；而在我看来，总有牵强生硬之嫌。虽然如此，却也不能不佩服杜甫的谋篇布局能力。"云来气接巫峡长，月出寒通雪山白"，两句写夔州古柏东指巫峡，西连雪山（岷山），从而过渡到夔州之西的成都武侯庙。不能不说是将两地古柏联接起来的较好办法。

　　对古柏形象的描绘，两地各有分工。虽然二者有崇高耸峙的共同特点，但写夔州古柏，着重于其壮伟的气势，"霜皮溜雨四十围，黛色参天二千尺"，极尽夸张之能事，突现了古柏，也即孔明干天入云的伟岸精神，以引出因"君臣已与时际会"，故"树木犹为人爱惜"的第一层意思。写成都古柏，则在古原空庙的背景中，写其"落落盘踞虽得地，冥冥孤高多烈风"的孤高悲壮，以象喻孔明正直不阿、扶持颠危的品格，从而引出有关"栋梁之才"的议论，结为材大难用，不要怨嗟的自伤自怜之词——言外之意谓，我杜甫是当世孔明，为什么竟无刘皇叔这样的明主识我于国家危难之际呢！从而关合"君臣已与时际会"的主题句，完成了全篇主旨的表达。

卷三　七言古诗

观公孙大娘弟子舞剑器行①并序

杜　甫

　　大历二年十月十九日，夔府别驾元持宅②，见临颍李十二娘舞剑器③，壮其蔚跂④。问其所师，曰："余公孙大娘弟子也。"开元五载⑤，余尚童稚，记于郾城观公孙氏舞剑器浑脱⑥，浏漓顿挫⑦，独出冠时⑧，自高头宜春梨园二伎坊内人洎外供奉⑨，晓是舞者⑩，圣文神武皇帝初⑪，公孙一人而已。玉貌锦衣，况余白首，今兹弟子，亦非盛颜⑫。既辨其由来⑬，知波澜莫二⑭，抚事慷慨⑮，聊为《剑器行》⑯。往者吴人张旭⑰，善草书书帖⑱，数常于邺县见公孙大娘舞西河剑器，自此草书长进，豪荡感激⑲，即公孙可知矣⑳。

　　昔有佳人公孙氏，一舞剑器动四方。观者如山色沮丧㉑，天地为之久低昂㉒。㸌如羿射九日落㉓，矫如群帝骖龙翔㉔。来如雷霆收震怒，罢如江海凝清光㉕。绛唇珠袖两寂寞㉖，晚有弟子传芬芳㉗。临颍美人在白帝㉘，妙舞此曲神扬扬。与余问答既有以㉙，感时抚事增惋伤。先帝侍女八千人㉚，公孙剑器初第一㉛。五十年间似反掌㉜，风尘澒洞昏王室㉝。梨园子弟散如烟㉞，女乐余姿映寒日㉟。金粟堆南木已拱㊱，瞿塘石城草萧瑟㊲。玳弦急管曲复终㊳，乐极哀来月东出㊴。老夫不知其所往㊵，足茧荒山转愁疾㊶。

【注释】

　　①据序首所云，当作于代宗大历二年(七六七)十二月十九日或稍后，时杜甫出蜀留滞夔州。公孙大娘弟子，即序中的李十二娘。大娘是开元时著名舞蹈家。剑器，古乐舞。据《文献通考·乐考·乐舞》，舞者为女子，作男子戎装，空手而舞，表现出武健精神。行，诗体名，参参《走马川行》注①。　②夔府别驾：夔州下都督府别驾，是都督的副贰，从四品下。元持：人名，无考。　③临颍：唐属河南道许州，今河南临颍。　④壮：意动用法，以……为壮。蔚跂：光彩耀人，姿态矫健。　⑤开元五载：原本"五"作"三"，据《杜少陵诗集》改，开元五载(七一七)，杜甫六岁，较三载时四岁合理。　⑥郾城：唐属河南道许州，今河南郾城。剑器浑脱：将剑器舞与浑脱舞结合起来的舞蹈。《通鉴》卷二百九胡三省注："长孙无忌以乌羊毛为浑脱毡帽，人多效之，谓之赵公(长孙无忌封赵国公)浑脱，因演以为舞。"　⑦浏漓顿挫：酣畅而有节奏感。　⑧独出冠时：出类拔萃为一时之冠。　⑨高头宜春梨园二伎坊内人：唐崔令钦《教坊记》记，"妓女入宜春院，谓之内人，亦

86

曰前头人，常在上(皇上)前头也”。高头即前头人，也就是内人，内庭供奉的乐妓舞伎。妓人教练歌舞处为伎坊，又称教坊。这里的教坊有别于唐高宗时设置的隶属于太常寺专掌雅乐、供朝廷祭享用的内教坊，而是指玄宗于开元二年正月起选太常乐工子弟三百人在皇城光化门北蓬莱宫梨园别置的内教坊，乐工称“皇帝梨园弟子”，教习丝竹。至天宝中又在宜春北苑取宫女数百人为梨园弟子。这就是所谓“梨园宜春二伎坊内人”。洎：及。外供奉：玄宗时又在京都设左右教坊于延正坊、光宅坊。右善歌，左工舞。外供奉应指京都左右教坊的歌舞伎。　⑩ 晓是舞：懂得此舞。　⑪ 圣文神武皇帝：开元二十七年群臣向玄帝所上的尊号。　⑫“玉貌”四句：大意是说，大娘、自己、十二娘均非复当年，参语译。　⑬ 辨其由来：弄清了两人的传承关系。　⑭ 波澜莫二：指十二娘得大娘真传，节奏意态如出一辙。　⑮ 抚事慷慨：追感往事内心激动。　⑯ 聊为：姑且作。为，动词，读平声。　⑰ 张旭：吴中四士之一，苏州人，工诗，擅草书，有“草圣”之称，见《新唐书·文艺传》。　⑱ 善：擅长。　⑲“数常”四句：《新唐书·文艺传》记张旭“嗜酒，每大醉，呼叫狂走，乃下笔，或以头濡墨而书。……自言始见公主担夫争道，又闻鼓吹而得笔法意，观倡(娼)公孙舞《剑器》得其神”。数常：数，屡；常通“尝”，曾经。数常即曾多次。邺县：今河北邺城。西河剑器：剑器舞的一种。豪荡感激：指意态飞动，饱含激情。　⑳ 即：即此，从中，指张旭之事。　㉑ 色沮丧：脸色因惊呆而惘然若失，言观者之身心为之吸引。　㉒ 低昂：高下，言天地也为之感染，随舞姿高下。　㉓ 㸌：闪动貌。羿：后羿，传说尧时十日并出，大地枯焦，后羿射落九日。见《淮南子·本经训》高诱注。　㉔ 矫：矫健。群帝：众神。骖龙翔：驾龙飞翔。骖原意是拉车的边马，这里作动词用。《杜少陵集详注》引晋夏侯玄赋：“又如东方群帝兮，腾龙驾而翱翔。”　㉕“来如”二句：写开场与收场。剑器舞主要以鼓伴奏，舞前鼓声喧阗，鼓声落，舞者登场，如“雷霆收震怒”；舞时流光溢彩，波澜起伏，舞罢，伎者玉立场中，如“江海凝清光”。　㉖ 绛唇珠袖：分指公孙大娘的歌与舞。两寂寞：指大娘作故，歌舞并消。　㉗ 传芬芳：指十二娘承继了大娘高超技艺。　㉘ 临颍美人：指李十二娘。白帝：白帝城，在夔州，本名鱼复。东汉公孙述至此，见白气如龙从井中涌出，以为祥瑞，因改鱼复为白帝。故址在今四川鱼复白帝山上。　㉙ 既有以：即序文所说“既辨其由来”之意。有以，“有所以”之省。即有原委。　㉚ 先帝：指玄宗。八千人：极言其多。　㉛ 初第一：本第一。　㉜ 五十年：自开元五年(七一七)至大历二年(七六七)正五十年。似反掌：语出《汉书·枚乘传》“易于反掌，安于泰山”。原意极易，这里指时光易过。　㉝“风尘”句：指安史之乱使唐朝衰落。澒洞：相连无际貌。　㉞ 梨园子弟：参注⑨。　㉟ 女乐余姿：这里专指李十二娘有开元盛世时女乐余风。映寒日：语意双关，既写李十二舞罢日暮，又值冬季，更兼有时局非复盛时，舞者非复盛年之意。　㊱“金粟”句：玄宗葬泰陵，在长安附近蒲城金粟山，参《韦讽录事宅观曹将军画马图》诗注㉛。木已拱，语本《左传·僖公三十二年》“中寿，尔墓之木拱矣”。拱，双手合抱。玄宗死于宝应元年(七六二)四月，广德元年(七六三)三月葬泰陵，至此约四五年。木已拱是想象之词，突出不胜往事之感。　㊲“瞿塘”句：应上句言今事更萧索可悲。瞿塘峡为三峡之一，夔州在瞿塘西。这里泛指诗人所在的峡中。石城，即指白帝城，城据白帝山而筑。　㊳ 玳弦急管：指剑器舞所用乐器。古代弦乐器多用玳瑁为徽，故称玳弦。急管，节奏急促的管乐器，这里与玳弦并列，玳、急是互文，指精美的乐器曲终转急。　㊴ 月东出：承上“映寒日”，见时间已由暮入夜了。　㊵ 其：语助词。　㊶ 足茧：言长年奔走足底生茧。转愁疾：越来越愁苦。

【语译】

序：大历二年十月十九日，我在夔州别驾元持的府第中，见到了临颍人李十二娘表演剑器浑脱舞，不禁为她的耀人光彩、矫捷姿态所感奋。因而问她师从谁人。李十二娘答道："我是公孙大娘的弟子啊。"（于是，我不禁想起）开元五年，当时我还幼小，记得在河南郾城观看公孙大娘舞剑器浑脱，那舞姿酣畅俊逸，刚健而节奏分明，出类拔萃，可称一时之冠。当时从内廷供奉的宜春、梨园两教坊，到宫外京都左右教坊随时应诏的内外歌舞伎，懂得这种舞蹈的，只有公孙大娘一人而已。可叹今天，不仅大娘昔日的玉貌锦衣已经逝去，我也已成白首老人；连她的弟子也已经年过青春。我既已问明了李十二娘的师承，知道她意态节奏与大娘如出一辙，不禁追感往事，激动不已，作此《剑器行》，慰情聊胜无。当年吴人张旭，擅长以草书作帖书，曾多次在河北邺城见公孙大娘舞《西河剑器》，从此草书的技法境界有长足进展，激情澎湃，意态飞动。从中就可知公孙大娘舞艺是何等精妙啊！

诗：昔有佳人公孙大娘，每舞起《剑器浑脱》，惊动四面八方。她的气势使围观如山的人群惊愕迷惘，连高天厚地也随之起伏低昂。她飘落间，如同后羿射九日，一片电光石火飞落；她腾举时，又像群仙驾龙车，在空中矫捷翱翔。她在如雷的鼓声中登场，身形一现鼓声歇；她在惊风骇浪般的动作中收势，亭亭玉立，那气韵就好像江海波歇，凝作一派渊然清光。年过月迁，那美妙的歌唇舞袖，已成为历史的余光；幸亏有那晚年弟子李十二娘，传承了大娘的风韵精华。十二娘本是临颍人，新近来到此地白帝城；就在当年的曲子中，她既歌且舞，出神入化。为有公孙大娘的往事，她与我相互问答；感念当今的纷乱世事，追忆那开元之世的盛况，我们不禁更加怅叹神伤。想当年，玄宗先帝宫中侍女共有八千人，公孙大娘舞剑器，本推第一压群芳。五十年间，世事变幻如同翻掌；安史之乱的风尘，浩浩茫茫，使王朝昏暗无光。先帝亲教的梨园子弟，风流云散，好像一片轻烟；硕果仅存的歌伎舞女，在惨白的日光中衰老。如今，金粟山南，先帝的墓木已经合抱；瞿塘峡口连石城，草木萧瑟亦已变黄。舞场上，丝竹乐调声转急，急弦繁柱间，舞曲戛然收响。舞歇歌罢，乐极反生悲伤；方知觉，一轮明月，已经冉冉东上。感念无已，老夫我恍恍惚惚，不知向何方。留恋难舍啊，踟蹰荒山，只怕生茧的双足走得太匆忙。

【赏析】

诗从李十二娘的师承关系，生发感情波澜，勾起对开元盛世的回忆。开头一段，用一连串生动的比喻，酣畅淋漓地描绘出儿时所见公孙大娘的舞艺。接着便从乐舞盛衰的今昔之感，联系到时代的沧桑变化；而眼前玳弦急管、乐极哀来的感伤，和五十年前欢娱热闹气氛的渲染，遥相照应，更增强了诗歌的抒情效果。诗以抚时感事为主题，这感慨是多方面的；而杜甫所时刻系心的则是王室的衰微、国运的没落,故从公孙大娘身上,牵引出一条"先帝"的线索,于结尾处对已故的玄宗表示无穷的哀悼和思念。这种忧国与忠君为一体的思想,是杜甫不可解决的矛盾。此诗题为《观公孙大娘弟子舞剑器行》,而写舞姿,却集中于昔日的公孙大娘身上,于弟子仅虚写数语作映照。这正是为主题服务的。如详写弟子就必将冲淡主题。由此可见杜甫与李白在七古组织上的不同特点:李于自然奔放中见神理,杜在法度森严中见匠心。

写当日所见公孙大娘舞剑器一段描绘,叠用比喻,颇见特色(参注释与语译);但最出色的我看还是"观者如山色沮丧,天地为之久低昂"两句,纯从观者的感觉出之,不仅神色为之一变,连天地似乎都随之起伏,足见舞艺入神,妙不可测。

石鱼湖上醉歌①并序

元 结

漫叟以公田米酿酒②,因休暇则载酒于湖上③,时取一醉。欢醉中,据湖岸引臂向鱼取酒④,使舫载之⑤,遍饮坐者⑥。意疑倚巴丘酌于君山之上⑦,诸子环洞庭而坐⑧,酒舫泛泛然触波涛而往来者⑨,乃作歌以长之⑩。

石鱼湖,似洞庭,夏水欲满君山青。山为樽⑪,水为沼⑫,酒徒历历坐洲岛⑬。长风连日作大浪,不能废人运酒舫⑭。我持长瓢坐巴丘,酌饮四座以散愁⑮。

【注释】

① 代宗广德年间(七六三—七六四)元结任道州(治所在今湖南道县)刺史时所作。石鱼湖在道州东。元结《石鱼湖上作》序云:"漫泉南,上有独石在水中,状如游鱼。鱼凹处,修之可以贮酒。水涯四匝,多欹石相连,石上堪人坐,水能浮小舫载酒,又能绕石鱼洄流,乃命湖曰石鱼湖。" ② 漫叟:元结自号,散漫不拘之意。公田:唐代州县有公廨田,收获以给本衙杂项之用与不时之需。萧统《陶渊明传》记:"以为彭泽令⋯⋯公田悉令吏种秫(按秫宜酿酒),曰:'吾常得醉于酒,足矣。'妻子固请种粳(按粳宜做饭)。乃使二顷五十亩种秫,五十亩种粳。"以公田米酿酒是法陶。 ③ 因:乘。休暇:休假之暇,唐官吏旬节有休假。又,五月给田假,九月为授衣假,各十五日。 ④ 引:伸展。向鱼取酒:向石鱼凹处舀酒。 ⑤ 舫:船。 ⑥ 饮坐者:让座上人饮,即劝酒。饮是使动用法,读去声。 ⑦ 意疑:仿佛感到。巴丘:即巴陵,在今湖南岳阳。下临洞庭湖。君山:在洞庭湖东,距巴陵四十里。 ⑧ 诸子:指各位来客。 ⑨ 酒舫:为此宴载酒的船。泛泛然:飘荡貌。然是词尾。触波涛:指在波浪中出没。 ⑩ 乃:于是就。 ⑪ 樽:酒杯。 ⑫ 沼:这里指酒池。 ⑬ 历历:散坐状。 ⑭ 废人:阻止人。运酒舫:三字连读。 ⑮ 以:介词,用来。长:助兴,音 zhǎng。

【语译】

序：漫叟我用公廨田的秋米酿酒，每逢休假日就载酒到石鱼湖上，时时博取一醉。欢情醉意之中，就靠着湖岸伸臂向石鱼凹中舀酒，命小船载送酒浆，让四座的友朋都得以品饮。那意态就仿佛靠着巴丘，向君山之上酌取酒来，而友朋们好像环坐在洞庭四周，酒船则漂漂荡荡，顶着波涛来来往往。于是就作此歌以助酒兴。

诗：石鱼湖虽然小小，那形势却好像浩瀚的洞庭。洞庭湖中有君山，夏水涨满，泛上了山色青青。青山可作酒杯，湖凹可作酒池。三三五五皆酒徒，长洲小岛星散坐。连日里，起大风，风鼓湖浪涌。载酒的小船，风里浪里自来往，又岂是天公所能挡得住。漫叟我啊，身坐洞庭湖岸巴丘上，手持长把葫芦瓢。长瓢酌满倾洲岛，为你四座酒徒消愁苦。

【赏析】

本诗当与五古部分元结《贼退示官吏》篇并看，二诗正代表了他后期诗作的两个侧面。本诗极写酒兴之豪，结末则曰"散愁"，可见"漫叟"其实是清中漫外，放浪不羁之中，实有难以言说的苦衷，从中可以看到与前诗的思想联系。诗以奇特的想象，无端崖的语言摅写情怀，奇肆恣纵中见出真率自然的情趣。语言与句式上学习南方民歌，参用三、三、七言的跳荡音节，与"长风连日作大浪"的口语化语言，颇有助于豪宕情兴的表达。

元结作意复古，多有仿古不化，生涩板滞，不可卒读者，尤其是刻意为之的组诗更甚，倒是这类七古短篇，取古歌古朴奇倔之神，而语言取法当代民歌，意思一从己出，似有源头活水，往往便成佳构，开贞元诗人尚荡先声。

山　石①

韩　愈

山石荦确行径微②，黄昏到寺蝙蝠飞。升堂坐阶新雨足③，芭蕉叶大支子肥④。僧言古壁佛画好⑤，以火来照所见稀⑥。铺床拂席置羹饭⑦，疏粝亦足饱我饥⑧。夜深静卧百虫绝⑨，清月出岭光入扉⑩。天明独去无道路⑪，出入高下穷烟霏⑫。山红涧碧纷烂漫⑬，时见松枥皆十围⑭。当流赤足踏涧石，水声激激风生衣。人生如此自可乐，岂必局促为人鞿⑮。嗟哉吾党二三子⑯，安得至老不更归⑰。

【注释】

① 德宗贞元十七年（七八一）七月，在洛阳北惠林寺所作。　② 荦确：险峻不平貌。

微：此兼有窄狭与天暗依微不清之意。　③ 升堂坐阶：登上客堂，坐在堂阶上。　④ 芭蕉：又名甘蕉、巴苴，多年生草本植物。《南方草木状》："甘蕉望之如树，株大者一围余，叶长一丈或七八尺，广尺余二尺许。"故称"叶大"。支子：栀子，茜草科常绿灌木，夏日开白花。　⑤ 佛画：唐寺观多佛教壁画，参段成式《酉阳杂俎》。　⑥ 稀：依稀。　⑦ "铺床"句：主语是寺僧。　⑧ 疏粝：粗糙的食物。　⑨ 绝：此指虫声停止。　⑩ 扉：门。　⑪ 去：离开。无道路：辨不清道路。　⑫ 出入高下：上山下谷。穷烟霏：穷，尽；烟霏，流动如烟的云气。　⑬ "山红"句：红与碧互文见义。涧，两山夹谷间的溪道。烂漫，光彩照人貌。　⑭ 时：时时。枥：同栎，壳斗科落叶乔木。　⑮ 岂必：为何一定要。局促：犹言拘束。为人靰：为别人控制。靰是马口缰绳。韩愈时人幕僚，这年初入京求调选又无成，所以有此愤语。　⑯ 吾党二三子：与自己志同道合的朋友弟子，暗用《论语》孔子所说"吾党之小子狂简"与"二三子以我为隐乎"二语。　⑰ 安得：怎能。不更归：暗用陶渊明《归去来辞》"归去来兮，田园将芜胡不归"。

【语译】
　　险峻不平的山石间，一条小路向前展延，渐远渐依稀。我顺着小路来到寺庙，不觉天已昏黄，蝙蝠出穴纷纷飞。登殿堂，坐阶上，只见新雨初过，滋润得，阶下的芭蕉、栀子，绿叶舒阔花朵肥。寺僧来告我，"古庙四壁，佛画分外地好"。他擎起灯火，为我照明；可是色彩斑驳，欲赏已稀微。入夜了，寺僧为我铺好了床，拂平了席；备下的晚餐，虽说是粗茶淡饭，却也足使肠中不觉饥。夜深沉，我静卧斋房，听得百虫鸣声渐渐停息。望见那明月升上山岭，清光照彻了门户窗帷。天放明，独自离寺去。登山入谷，高高下下，不择道路，我探寻在如烟的云雾里。山花红，涧水碧，万物斑斓，纷纷呈现；更有那十抱的巨松古枥，时时扑面迎接。站在中流的涧石上，任湍急的清波，洗濯我赤裸的双足；更由那，猎猎迅风，将我的衣襟吹鼓起。人生得如此，本可以知足长乐；又何必受人拘束，伛腰曲背丧志气。可叹啊，我旨趣相投的诸位君子，为什么年将老，恋名位，不肯归！

【赏析】
　　诗以游记笔法，依时间推移，顺序展开景物，最后结出主旨。前八句写黄昏到寺，其中前四句为到寺即景，后四句为到寺即事。九、十句写夜间宿寺所闻见。十一至十六句写天明出寺景物，其中后两句拍入自身形象为过渡，引出末四句的抒情言怀。宿寺之景是全诗关锁，景物色调与人物心情由此而转化。其色彩的反差，造语的生新，画面的跳荡以及一韵到底、不杂律句的古拙声调，均为奇崛之气传神。
　　贞元十三年韩愈离开徐州节度幕府居于洛阳，十七年进京参加选调无成，只得悻悻而归。如从贞元二年初至京师算起，已是"倏忽十六年，终朝苦寒饥"。但是与宦途的坎坷相反，在文坛上他却声誉鹊起，所谓韩孟诗派、韩门子弟的文人群，至此已大体形成。这在常人也许是种失望中的安慰，而对以命世之才自居的韩愈，却无异为他的愤懑火上加油。本诗就显示了他强烈的心理反差，妙在通过色调的转化与节律的跳荡来表现。

　　一条险峻不平的山路，导引诗人来到一座山中的古寺。古寺是首二句图景的中心，而山路加深了它的纵深感，"黄昏"兼领前后句又为一切抹上了一层依微昏晦的色调。"蝙蝠"，这昏夜方会出现的小动物，更画龙点睛地使昏晦带上了一种神秘凄凉的况味。当时正下过一场雨，诗人也许是不耐寺中那过于压抑的气氛，所以他进入厅堂后又回坐到堂阶上，望着那经雨的芭蕉叶、栀子花，三、四句"新""足""大""肥"等字为雨后花卉传神，也使那凄清昏晦的黄昏古寺显示出一点生命的活力。然而昏去夜来，花花叶叶也终于隐没了。这时好心的寺僧夸说起庙中佛画的美好，并点起火把，引导客人观光。五、六句又是一幅古刹深殿图。"僧""佛"，加以"古壁"，本已有一种深黯幽远的感觉，而一点微弱的火光投射到壁上，神怪的种种变相，半明半暗，依稀可辨。上句用一"好"字，下句用一"稀"字，可见诗人其实已无心欣赏，佛画带给他的似乎只是过于森然近乎迷惘的感觉。于是他草草用过粗糙的斋饭，在山房中安歇了。"疏粝亦足饱我饥"既回应首句，补出旅途辛劳，更可见诗人此时无聊赖的心境。

　　然而，他并未能安睡。夜深了，连喋喋不休的各种夏虫也停止了鸣唱，静卧深山古寺的诗人，望着后夜的清月从岭头冉冉升起，一抹银光斜射进门户。在这幅古寺夜月图中，人们能感到不眠的诗人思神荡漾，在清幽的月光下升华。

　　然而他为何不眠，因甚神驰呢？诗中没有说明，只是笔锋陡转，跳到了黎明。他不耐长夜对月，天刚启明，就独自起身出寺。虽然晨雾茫茫，道路不辨，他却只身在峰峰谷谷中上下奔行，似乎要想冲出那云雾的尽头，他又究竟在追求着什么呢？突然云散雾开，一幅明丽壮伟的图景向他扑来，满山红花如火如荼，一道清溪从双峰间泻出，夹路松枥，粗可十围，高薄云天，这就是他所追求的图景。他为这自然的生命力所鼓动，脱去了鞋袜，跳入奔湍的涧流，踩踏着中流突起的山石，清泠的水波，欢鸣着从他脚下流过，清晨的山风，吹鼓了他的衣襟。他中流屹立，他似乎凌风凭虚，他在自然中寻到了自身傲睨人间世的价值。于是他高唱人生之乐正在于这遗世独立而不拘，又何必局促如辕下马，为仕途的名缰利索所羁绊？他要把这一心得告诉尚在睡梦中的朋友学生：我们这一辈人，从来就狂傲不羁；那么为什么要让青春在汲汲营营中消磨？不如归去，何必再受那醒醒气！于是一位以道统继承者先觉者自居，在不久的将来，领袖一代风会、挽狂澜于既倒的强项者，在长夜的迷蒙中颖脱而出了。

　　诗以宿寺对月之清幽空间传神，使前后两半形成昏晦与明丽的强烈反差，以表达拂去愁雾、顿开新境的主旨。这一构思是显而易见的。然而在前半的昏晦中又为何要加上新雨后叶绿花茂的一抹亮色调呢？这体现了诗人在压抑中的潜意识。试看，这亮色调，旋即又为古寺佛画的黯淡所掩去，亮色更反衬出昏夜的沉黯；然而诗人这挣脱昏晦的冲动并未随夜色来临而消去，这潜在的意识，经过山月清辉的升华，又以更强烈的形态生发为晨起后的明景。这样诗人激荡起伏的思绪就在晦明的两次交替中获得了更有力的表现。这就是韩诗结构的大起大落，陡转硬接而脉络潜通。

　　唐人七古，在初、盛大多平仄韵互转，多用律句，以取流美婉转之势。李、杜崛起，常有意避开律句，以见古拙，但仍多转韵。至韩愈则非但不用律句，更多一韵到底，本诗即一例，这种声调与化俗为奇的语言（如本诗的"大""肥""饱"等）相结合，形成韩诗生新挺拔的语言特点，试再诵本诗，必能体味到，它在传达强项狂傲之气上的作用。

　　如果说大历后的诗人，有谁还能保有盛唐李杜那样的磅礴大气，那么仅韩愈一人而已。同时诗人也时见狂态，但白居易之狂每带放浪，孟郊的狂伴有酸涩，李贺的狂更多幻灭，而韩愈则是倔奇——尽管仍不可避免地带有时代的深重压抑感。这就是韩诗结构、语言、音节常以反差为倔奇的心理因素。

八月十五夜赠张功曹①

韩　愈

　　纤云四卷天无河②，清风吹空月舒波③。沙平水息声影绝④，一杯相属君当歌⑤。君歌声酸辞正苦，不能听终泪如雨。洞庭连天九疑高⑥，蛟龙出没猩鼯号⑦。十生九死到官所⑧，幽居默默如藏逃⑨。下床畏蛇食畏药⑩，海气湿蛰熏腥臊⑪。昨者州前捶大鼓，嗣皇继圣登夔皋⑫。赦书一日行千里⑬，罪从大辟皆除死⑭。迁者追回流者还⑮，涤瑕荡垢清朝班⑯。州家申名使家抑，坎轲只得移荆蛮⑰。判司卑官不堪说，未免捶楚尘埃间⑱。同时流辈多上道⑲，天路幽险难追攀⑳。君歌且休听我歌㉑，我歌今与君殊科㉒。一年明月今宵多㉓，人生由命非由他㉔，有酒不饮奈明何㉕。

【注释】

　　① 德宗贞元十九年（八〇三）韩愈与张署同时贬谪南荒。二十一年顺宗登基，二月二十四日韩、张遇赦，至郴州（今属湖南）待命。八月内禅皇太子李纯，是为宪宗，又大赦天下，韩、张更满怀希望，却因湖南观察使杨凭作梗未能返京而量移江陵（今湖北江陵），韩为法曹参军，张为功曹参军。这是本诗背景。功曹是府属吏，江陵为上州，有六曹参军事各一人，从七品下。　② 纤云：纤巧的薄云。天无河：天空中银河不显。凡月明则星稀。③ 波：月光。　④ 声影绝：兼人与物而言。　⑤ 属：这里是劝酒请歌之意。　⑥ "洞庭"句：从本句起二十句都是张署所歌的主要内容。洞庭，湖名。在郴州北。九疑，山名，在郴州西南，又作九嶷，即苍梧山，因九峰秀出，"异岭同势，游者疑焉"（《水经注·湘

水》),故名。相传大舜南巡到此而没,舜二妃娥皇、女英追寻至此沉水以殉。因此这一带山水在古诗中常作为悲壮凄婉的意象出现。这里并非写实。 ⑦蛟龙:蛟亦龙属,蛟龙应洞庭。猩鼯:猩猩与鼯鼠,鼯鼠是一种大飞鼠。猩鼯应九疑。 ⑧"十生"句:指当初南贬历尽艰险,方到贬谪之地。韩愈贬阳山(今广东阳山)令,张署为临武(今湖南临武)令,都属蛮荒之地。 ⑨"幽居"句:言谪中心情。 ⑩"下床"句:南方多蛇,故不敢下床。药即蛊毒,《文选·鲍照·苦热行》注引顾野王《舆地志》:"江南数郡有畜蛊者,主人行之以杀人,行食饮中,人不觉也。其家绝灭者,则飞游妄走,中之则毙。"故食畏药。 ⑪"海气"句:韩、张谪地都在南海湿腥之气影响范围中。蛰,小湿叫蛰。湿蛰生虫,《洛阳伽蓝记》:"地多湿蛰,攒育虫蚁。" ⑫"昨者"二句:言宪宗登基进用贤臣,诏命传到州府。捶大鼓,唐制颁布大赦令要击大鼓千声,召集百官,晓示天下。登夔皋:登,进用。夔与皋陶是舜时贤臣。夔是乐官,皋陶是司法官。后世以"夔皋"为贤臣代称。 ⑬"赦书"句:极言赦书下达之快。大赦令颁诏是八月初五,十五日韩愈作本诗时赦令已达郴州。据《旧唐书·地理志》,郴州在京师东南三千三百里,则实际上平均日行三百余里,在当时非快驿专递莫办。 ⑭"罪从"句:永贞元年八月五日诏曰:"天下死罪降从流,流以下递减一等。"大辟,杀头死刑。 ⑮迁:贬谪。流:流放。流刑重于迁刑。 ⑯"涤瑕"句:言将得以洗清污名立身于清明的朝堂班位之中。语出班固《东都赋》"于是百姓涤瑕荡秽"。韩愈在顺宗初有《县斋有怀》诗云:"惟思涤瑕垢,长去事桑柘",可互参。清朝班,即清班。白居易有句"早接清班登玉陛"。 ⑰"州家"二句:言州刺史将二人申报上去,却遭到观察使的阻抑。命途不顺移荆州。荆州即江陵府,为故楚郢都,相对于中原为南蛮之地。 ⑱"判司"二句:言功曹参军位卑,有过常受笞罚。杜甫《送高三十五书记》:"脱身薄尉中,始与捶楚辞。"宋蔡梦弼注:"唐制,参军薄尉,有过即受笞杖之刑。"判司,功曹判一司之事,故称判司。《唐会要》卷六十九:"乾元二年敕,录事参军,宜升判司一秩。"捶楚,即杖笞。捶通箠,刑杖,从字形可知,其初应为竹制,后泛指;楚原为木名,即牡荆,枝干坚劲,可作刑杖,故亦以楚称刑杖。 ⑲同时流辈:同时迁流诸人。多上道:大多踏上返京路程。 ⑳"天路"句:因自己偏不能返京,故有此感叹。天路,指通向朝廷之路。至此张功曹所歌毕。 ㉑"君歌"句:从此句起到结束为韩愈听张歌后劝慰之词。 ㉒殊科:不同。 ㉓"一年"句:点题"八月十五"。 ㉔他:其他。他古音"佗",所以可协韵。 ㉕奈明何:参语译。

【语译】

飘浮的云丝已经收卷,银河也渐在空中隐没。清风吹过长空,明月舒放出盈盈的光波。沙滩平,水声歇,万物都在月色中屏息绝迹。我手持杯酒劝君饮,君请为我一曲醉歌。君歌声调酸楚歌辞正悲苦,一曲未终,我已不忍卒听泪雨滂沱。(歌词说:)"洞庭湖的波浪连天啊,九嶷山的峰峦高高;蛟龙在波浪中出没啊,猩猩鼯鼠在峰峦间悲号。远贬炎方啊,路险途阻九死一生;噤声不敢言啊,如同逃犯藏躲没处诉告。下床怕蛇咬啊,三餐担忧蛊毒来中伤;海气咸又涩啊,爬虫伏潮腥臊蒸人实难熬。昨日里州衙之前大鼓擂动召官民,宣谕说新皇登基,贤德之才进用有希望。大赦令下啊,一日之间传千里;死刑得生啊,一切罪人皆宽放。贬者追回啊,流者能还归;洗刷罪名啊,冀望立身返朝堂。谁知晓州官上报我名啊,使臣无端来压抑;坎坎坷坷啊,只得量移江陵得近调。授职功曹啊,官卑职微且不说;时时不免啊,跪向尘埃鞭打更棒敲。同时诸君啊,皆由贬所踏上长安道;独有我啊,天路迢迢险阻难攀高。(我说道,)张君悲歌且暂歇,听我为君一曲歌;(君歌酸苦太伤神,)我歌与君不同科。一年夜夜有明月,怎如今宵清光多;人生百事非由他,早有命运安排妥。(命运之事不可问,)为何有酒不饮待到天明又奈何!

【赏析】

诗分三层:起四句点题"八月十五夜",引入与张署对月酒歌。"君歌声酸词且苦"以下二十句为全诗主体,是对张署酒歌的复述或者概括。"君歌且休"至末五句为韩愈答歌,且呼应首层中秋月夜。

借他人之酒杯,浇胸中之块垒,是本诗最显著的特色。宪宗登基,政敌王叔文集团的失败,原使韩愈满怀大展抱负的希望,而量移江陵法曹参军的结果,却使他大失所望。稍后在《赴江陵途中》诗内写道:"前日遇恩赦,私心喜还忧。果然又羁縶,不得归锄耰。……栖栖法曹掾,何处事卑陬……悬知失事势,恐自罹置罘(罗网)。"这才是他真实的思想心态。

悲苦如此,却偏要故作达观,这就使全诗呈现出极其复杂的氛围。"纤云四卷天无河,清风吹空月舒波",起二句使全诗笼罩在一片纯净无垢的中秋月色之中,这月色一直荡漾于诗中,结尾犹云:"一年明月今宵多"。然而因着中间主体部分湿蛰腥臊的谪居生活的铺叙,这今宵犹多的月色再也不复起句时的清纯,而缠裹着一种悲苦无奈的况味——"人生由命非由他,有酒不饮奈明何"。明日,月色是否还有这多?明日,等着诗人的又是什么?还是今朝有酒今朝醉吧,这便是全诗的结穴,故清人程学恂评云:"此诗峭悄悲凉,源出楚骚。"

本诗章法亦可注意,宾主相映,虚实相应,叙述分明而有停蓄顿折,是韩诗以文为诗之代表作之一。全诗在音节上纯用古调,无一联律句,转韵亦不守唐人新体歌行大抵平仄声四句一转常法,而变化莫测,自然可诵。这些与前述立意造境之奇崛,都是韩愈文学复古主张在诗歌创作中的体现。

谒衡岳庙遂宿岳寺题门楼[①]

韩　愈

五岳祭秩皆三公,四方环镇嵩当中[②]。火维地荒足妖怪,天假神柄专其雄[③]。喷云泄雾藏半腹[④],虽有绝顶谁能穷[⑤]?我来正逢秋雨节[⑥],阴气晦昧无清风[⑦]。潜心默祷若有应[⑧],岂非正直能感通[⑨]?须臾静扫众峰出[⑩],仰见突兀撑青空[⑪]。紫盖连延接天柱,石廪腾掷堆祝融[⑫]。森然魄动下马拜[⑬],松柏一径趋灵宫[⑭]。

粉墙丹柱动光彩⑮,鬼物图画填青红⑯。升阶伛偻荐脯酒⑰,欲以菲薄明其衷⑱。庙令老人识神意⑲,睢盱侦伺能鞠躬⑳。手持杯珓导我掷,云此最吉余难同㉑。窜逐蛮荒幸不死,衣食才足甘长终。侯王将相望久绝,神纵欲福难为功㉒。夜投佛寺上高阁㉓,星月掩映云朣胧㉔。猿鸣钟动不知曙㉕,杲杲寒日生于东㉖。

【注释】

① 永贞元年(八〇五)秋,愈由郴州赴江陵法曹参军任,途经南岳衡山时作。参上诗注①。衡岳庙,在今湖南衡山县西三十里南岳镇。　② "五岳"二句:总述五岳。泰山、衡山、华山、恒山、嵩山分别为东南西北中五岳。岳即大山。祭秩,祭祀的规格。三公,周以太师、太傅、太保为三公,是最高的官位,《礼记·王制》:"天子祭天下名山大川,五岳视三公。"唐时五岳之神都封王号,衡岳神封司天王。　③ "火维"二句:专叙衡岳。言衡岳雄镇南荒。古以金木水火土五行与西东北南中相配,南方属火。维,隅,火维犹言火乡。荒,指南方为蛮荒之地。足,多。衡岳神祝融氏,就是火神。《南岳记》:"(衡岳)下踞离宫,摄位火乡,赤帝馆其岭,祝融托其阳,故号南岳。"假,授予。柄,权柄。专其雄,专断一方而称雄。　④ "喷云"句:言云雾在半山腰蒸腾。《春秋元命苞》:"山者,气之包含所,含精藏云,故触石而山。"　⑤ 穷:尽,此指登上。　⑥ 节:时节。　⑦ "阴气"句:言阴云蔽空昏暗沉闷。　⑧ 应:灵验。　⑨ 正直:指神。《左传·庄公三十二年》:"神,聪明正直而壹者也。"旧注每以正直为韩愈自指品格正直,非是。　⑩ 静扫:清风吹散云气,因非疾风,故称静;因吹净,故称扫。　⑪ 突兀:指似突然兀起的山峰。杜甫《青阳峡》:"突兀犹趁人,及兹叹冥漠。"　⑫ "紫盖"二句:承上"众峰出"。顾嗣立注引《长沙记》:"衡山七十二峰,最大者五:芙蓉、紫盖、石廪(lǐn)、天柱、祝融为最高。"腾掷,形容山势起伏不平似腾起掷远。堆,祝融峰尤高,故称堆。　⑬ 森然:警怵状。魄动:惊心动魄。　⑭ 趋,小步急行。　⑮ "粉墙"句:言岳庙建筑。　⑯ "鬼物"句:言庙中壁画。填青红,靛青色青丹砂色红为绘图主要原料,代指画。填,画满之意。　⑰ "升阶"句:言入庙殿恭敬地献上祭品。伛偻(yǔ lǚ),曲背弯腰,这里表示恭敬。荐,进献。脯,肉干。　⑱ 菲薄:不丰厚。明其衷,表明自己的心意衷曲。　⑲ 庙令:唐时,五岳四渎(江、淮、河、汉四大河流)庙各设庙令一人,正九品上,掌祭祀及判祠诸事(《唐六典》)。　⑳ 睢盱(suī xū):张眼叫睢,闭眼叫盱。这里写庙令老人窥察诗人,眼睛半开半闭,似开似闭。鞠躬,敛身致敬。　㉑ "手持"二句:珓,杯珓是占卜用具,用玉、蚌壳或竹木制成,形状似瓢,共两片,可分合。占时合起掷地,以半俯半仰为吉。这两句说庙令指导韩愈掷卜,得吉非其他可比。　㉒ "窜逐"四句:是韩愈对吉卜的反应,也可理解为对庙令称吉的回答。窜逐南荒,指贞元十九年韩愈因上疏极论宫市之弊,触怒德宗,贬阳山令。阳山在岭南,故称蛮荒。幸不死,指大赦,改官江陵法曹参军。甘长终,甘愿平安无奇地终身,甘字意动用法。纵,即使。福,作动词用,赐福。难为功,为作动词用,读平声。难为功即难成功。　㉓ "夜投"句:言夜晚投宿于岳庙的高阁中。　㉔ "星月"句:云层掩映星光因而光影隐约朦胧。　㉕ 猿鸣钟动:岭猿晨啼,寺钟晨动,意谓天亮了。不知曙:承上"窜逐"四句知足长乐之意,当指睡得安稳,不觉天晓。　㉖ 杲杲(gǎo):日出光明貌。《诗·伯兮》"杲杲日出"。寒日:晨日不热,故称寒日。

【语译】

五岳雄踞东南西北中,祭祀的等级等同三公。泰、华、恒、衡环四方,更有嵩山居当中。南方属火,地处荒远妖怪多;天命祝融,专管一方来称雄。喷云吐雾,缭绕仅见半山腰;虽有险峰,谁敢攀登能穷通?我来衡岳,正逢秋雨连绵时,阴气昏暗,没有一丝儿清风。去杂念,专精诚,默祷神灵似有应。难道是神性正直,人神之间能感通?不一会晴空如扫众山显,当是神灵默默驱云雾;仰望群峰拔地起,将那青天来撑柱。紫盖山绵延不绝,连接着天柱高峰;石廪山山势腾跃,似将山石远扔堆起祝融峰。我神魄惊动,敬心肃意下马来参拜;沿松柏,一路敬畏小步疾走向灵宫。白粉墙,红殿柱,神殿光彩似流动;四壁画,鬼物森,百态一一涂青红。我恭肃心神登殿阶,低首曲背将祭酒祭肉敬献奉;区区祭品本菲薄,只望表明我心衷。掌庙老人能识山神意,双眼半开,一边窥伺,一边连连来鞠躬。他手持卜具名杯珓,教我投掷占吉凶;说是卜象最是上上吉,其他诸象难比同。我迁谪阳山,地属蛮荒,大难幸未死;只愿饱食暖衣,平平安安此生终。王侯将相奢望久已绝,山神佑护恐也难奏功。清夜里,我投宿佛寺,静卧在最高阁;只见那星光月彩时隐现,一天夜云影朦胧。晨猿啼,晨钟鸣,不觉天色已向曙。初日升,光影微,冉冉升起海天东。

【赏析】

本诗背景参上诗。二诗意气相通而作法各称其题,均有创新。上诗于赠答诗中反客为主,借他人之歌,抒自己怀抱;此诗为典制诗,本以"肃穆庄严,虔心礼神"为宗,却寓谐于庄,借谒岳抒愤世嫉俗之慨;虽如此,但在借题发挥上有相通之处,亦有以见罪官遇赦后谨慎心态。

清汪佑南《山泾草堂诗话》析本诗云:"首六句从五岳落到衡岳,步骤从容,是典制题开场大局面,领起游意。'我来正逢'十二句是登衡岳至庙写景。'升阶伛偻'六句叙事(按指掷杯珓占卜事)。'窜逐蛮荒'四句写怀。'夜投佛寺'四句结宿意。精警处在写怀四句。"此析很有见地。"窜逐蛮荒幸不死,衣食才足甘长终。侯王将相望久绝,神纵欲福难为功",真切地表达了韩愈遇赦却只量移江陵法曹参军时的失望心态,然而他并非真的甘于"衣食才足"。他依然自视极高,以为山神能为自己感动,拨云见雾;他也并非真的从此绝了侯王之想,结末宿阁的景况,正表现了他有着无尽的忧思,他,并不甘于寂寞。于是借庙祝导掷杯珓得上上之兆一事,自嘲以自高。清潘德舆《养一斋诗话》评这四句诗云"高心劲气,千古无两",正是从看似颓废的谐谑之中,见到了韩公的磊落不平。

皎然《诗式》云"以心击物,心凝于境",用现代的文艺理论来说就是"主观移情作用",韩愈正是将郁抑不平之气移注入衡山的景物。"喷云泄雾藏半腹""阴气晦昧无清风",从中似乎可以看到压在诗人心头的人间世的云雾阴气。他渴欲冲破这种重压,于是衡山竟在无风的情况下"须臾静扫众峰出,仰见突兀撑青空。紫盖连延接天柱,石廪腾掷堆祝融"。山势腾踔奔突,简直成了海势,其中鼓荡着诗人的不平之气，其奇崛郁怒，前所未有。

本诗不仅在意象与笔法上别开生面，大气盘礴，刚硬奇崛；在调声用韵上也与之相应，古朴奇倔。杜甫《瘦马行》开平声韵一韵到底先声，而本诗更大而扬之，双句第五字也都用平声，遂使后三字多为平，诗学上称三平调，三平调前人也间用之，但一篇中大量使用到底，却为韩愈首倡。清人论古诗声调的著作称这种韵法为"七言平韵到底之正调"。初盛唐间，古律往往混淆，古诗多不避律句，至杜甫始有意避律，而韩愈古诗则可说完成了这一过程。

石 鼓 歌①

韩 愈

张生手持石鼓文②，劝我试作石鼓歌。少陵无人谪仙死③，才薄将奈石鼓何④？周纲陵迟四海沸⑤，宣王愤起挥天戈⑥。大开明堂受朝贺⑦，诸侯剑佩鸣相磨⑧。蒐于岐阳骋雄俊⑨，万里禽兽皆遮罗⑩。镌功勒成告万世，凿石作鼓隳嵯峨⑪。从臣才艺咸第一，拣选撰刻留山阿⑫。雨淋日炙野火燎，鬼物守护烦㧑呵⑬。公从何处得纸本⑭，毫发尽备无差讹。辞严义密读难晓⑮，字体不类隶与蝌⑯。年深岂免有缺画，快剑斫断生蛟鼍⑰。鸾翔凤翥众仙下，珊瑚碧树交枝柯⑱。金绳铁索锁钮壮，古鼎跃水龙腾梭⑲。陋儒编诗不收入，二雅褊迫无委蛇⑳。孔子西行不到秦，掎摭星宿遗羲娥㉑。嗟余好古生苦晚㉒，对此涕泪双滂沱㉓。忆昔初蒙博士征，其年始改称元和㉔。故人从军在右辅㉕，为我度量掘臼科㉖。濯冠沐浴告祭酒㉗，如此至宝存岂多？毡包席裹可立致㉘，十鼓只载数骆驼。荐诸太庙比郜鼎㉙，光价岂止百倍过？圣恩若许留太学，诸生讲解得切磋㉚。观经鸿都尚填咽，坐见举国来奔波㉛。剜苔剔藓露节角，安置妥帖平不颇。大厦深檐与盖覆，经历久远期无佗㉜。中朝大官老于事，讵肯感激徒媕婀。牧童敲火牛砺角，谁复着手为摩挲。日销月铄就埋没，六年西顾空吟哦㉝。羲之俗书趁姿媚，数纸尚可博白鹅。继周八代争战罢，无人收拾理则那㉞？方今太平日无事，柄任儒术崇丘轲㉟。安能以此上论列㊱，愿借辩口如悬河㊲。石鼓之歌止于此，呜呼吾意其蹉跎㊳！

【注释】

① 宪宗元和六年(八一一)以国子博士为河南令时所作。石鼓，欧阳修《集古录》卷一"石鼓文"条称"石鼓文在岐阳(在今陕西岐山之南)，初不见称于前世，至唐人始盛称之。而韦应物以为周文王之鼓，至宣王刻诗尔。韩退之直以为宣王之鼓，在今凤翔(今属陕西)孔子庙。鼓有十，先时散弃于野，郑馀庆始置于庙，而亡其一。(宋)皇祐四年，向传师求于民间得之，十鼓乃足。其文可见者四百六十五，磨灭不可识者过半，然其可疑者三四"。关于石鼓的来历，除韦、韩二说外，尚有多说，一般都从宋人郑樵之说，断为秦昭王时所造，在周赧王十九年后，二十七年前。今藏北京故宫博物院，书体为大篆，内容为天子巡狩畋猎事。歌，诗体名，前屡见。　② 张生：张彻，韩门子弟。石鼓文：当指石鼓文的拓片。　③ 少陵：杜甫曾住长安少陵原，因以自号。谪仙：李白《对酒忆贺监诗序》："太子宾客贺公于长安紫极宫，一见余，呼余为谪仙人。"　④ "才薄"句：谓才不及李、杜，难以胜任作《石鼓歌》。　⑤ 周纲：周朝的纪纲。纲是网上大绳，纲举目张，比喻维系一国兴亡的大政伦常。陵迟：逐渐衰败。四海沸：天下动荡。郑玄《诗谱序》："后王稍更陵迟，厉(王)也、幽(王)也，政教尤衰，周室大坏。"　⑥ "宣王"句：谓周宣王中兴，北征猃狁，南讨淮夷。《诗经》中《六月》《采芑》二篇专记其事。宣王名姬静，厉王子。　⑦ 明堂：据《礼记·明堂位》正义，明堂是天子接见来朝诸侯的殿堂。　⑧ 剑佩：诸侯佩剑、佩玉，是礼服的组成部分。鸣相磨：行走时剑玉碰擦而发声。这里表示礼仪之盛。　⑨ "蒐于"句：言宣王在岐山之阳通过狩猎阅兵拣选车徒。周时天子阅兵通过畋猎进行。春猎叫蒐，《左传·隐公元年》："故春蒐、夏苗、秋狝、冬狩。"《公羊传·桓公四年》则说"春曰苗，秋曰蒐"，按蒐于岐阳事，据《左传·昭公四年》是周成王事。韩愈断为宣王事，当据《诗·车攻》起句："我车既攻，我马既同。"与石鼓文起句相同，而《车攻》正是为宣王畋猎而作。然而《车攻》序称宣王会诸侯畋猎事在东都(洛阳)，与岐阳不合。岐阳，岐山在今陕西，是周人发源地，山南曰阳，山北曰阴。　⑩ 遮罗：拦截网罗。　⑪ "镌功"二句：言宣王畋猎后破巨石作石鼓，刻石记功以传万世。镌、勒都是刻石为文，隳，毁堕，这里是破取之意。嵯峨，山高峻貌。这里指巨大的山石。　⑫ "从臣"二句：补足上二句之意，言石鼓之文章是选取群臣应命所作之最佳者刻成的。阿，山凹。　⑬ 鬼物：指鬼神。拕呵：拕通挥；呵，叱喝。挥呵即拒斥呵护之意。　⑭ 公：指张彻。公是古时对男子的尊称。纸本：拓片。　⑮ "辞严"句：言石鼓文文辞古奥文义难懂。　⑯ "字体"句：言石鼓文字体极古，比隶书、蝌蚪文还早。蝌蚪文是古代书体，以头粗尾细如蝌蚪而得名。《水经注》："古文出于黄帝之世，仓颉本鸟迹为字。秦用篆书，焚烧先典，古文绝矣。鲁共王得孔子宅书，不知有古文，谓之蝌蚪书。"　⑰ "年深"二句：写石鼓文笔画，虽因年久有缺，但古拙奇崛，犹见生气。鼍(tuó)，一名鼍龙，又名猪婆龙，实即扬子鳄，是龙形而尤丑拙者。用蛟鼍既为押韵，又更突出字体之奇古。　⑱ "鸾翔"二句：写字体结构与布局，笔势飞动而纵横交错。鸾亦凤族。骞，高翔。珊瑚碧树，《汉武故事》记，武帝起神屋，前庭植玉树，以珊瑚为枝，碧玉为叶。诗似用此典。　⑲ "金绳"二句：写石鼓文气势遒劲飞动，如潜龙欲脱金锁而去。《水经注·泗水》记，周显王时，九鼎沉泗水，秦始皇派数千人没水用绳索牵捞，龙咬断绳索，鼎不得出。又《晋书·陶侃传》记，陶侃少时渔于雷泽，网得一梭，悬之于壁。过了一会，雷雨大作，梭化龙而去。这里化用二典。金，铜。钮，扣结。　⑳ "陋儒"二句：言编《诗经》的儒生见识浅陋，未将石鼓文收入，有的注本以为陋儒指孔子，因孔子编

《诗》，非。下文"孔子"二句另起一义。《诗经》的编定说法不一，此当取《诗》编成于孔子前有三千余篇，孔子删诗，并正定乐章为三百零五篇之说。二雅，《诗经》中的大雅、小雅。二雅中多有关周王的诗章。今遗宣王时石鼓文，故称"褊迫"。委蛇，从容貌，与"褊迫"反义。 ㉑"孔子"二句：言孔子对《诗经》作整理，也未收入此文，好比拣了星星，丢了月。掎摭：采拾。羲娥：日驭羲和与月里嫦娥，代指日月。 ㉒好古：韩愈以好古自命，以复古为己任。 ㉓涕泪：涕亦泪。滂沱：大雨貌，这里指双泪如雨。 ㉔"忆昔"二句：宪宗元和元年（八二六）六月，韩愈由江陵法曹参军被召返京为国子博士。 ㉕故人：旧友，姓名不可考。右辅，即凤翔府。汉时以京畿之地分为京兆、左冯翊、右扶风，称三辅，右扶风即唐凤翔府地。 ㉖度量：测度计量，这里用作动词，设法之意。度音 duó。臼科：坑。石鼓埋土中，故须掘坑起之。 ㉗"濯冠"句：谓郑重地向国子监祭酒郑馀庆报告石鼓事，以下十四句为请求的说辞。《礼记·礼器》："浣衣濯冠以朝。" ㉘立致：立刻取来。 ㉙荐：供献。诸：之乎合音。太庙：帝王宗庙。比郜鼎：《左传·桓公二年》："四月，取郜太鼎于宋，纳于太庙。"比郜鼎：以石鼓与郜鼎相比。郜（gào）：周文王庶子封国，为宋所灭。 ㉚"圣恩"二句：建议将石鼓置于太学，供诸生观摩研究。太学：唐国子监下设国子学、太学等七学，是最高学府。这里太学也兼指国子监等学。切磋，《诗·淇奥》："如切如磋，如琢如磨。"古以骨、象牙、玉、石四种加工分称为切、磋、琢、磨。后因以切磋、琢磨为钻研或培养之意。 ㉛"观经"二句：承上言如以石鼓供太学，影响将超过汉代熹平石经。汉灵帝熹平四年，蔡邕奏请正定六经文字，使工刻石，置太学门外，供学人观摩校勘。史称熹平石经。鸿都，汉灵帝光和元年二月置鸿都门学士。诗以鸿都学士与石经事合写，是诗歌音节需要。填咽：阻塞。《后汉书·蔡邕传》记，熹平石经始立，"其观视及摹写者，车乘日千余辆，填塞街陌"。坐，将然之辞，因石经观者填咽，而推想石鼓将使举国来瞻。 ㉜"剜苔"四句：言如何董理与保护石鼓：去其苔藓，安置平整，藏之深殿，可以历久不损。颇：偏。期：期望，愿。佗：通他，读佗音。其他：指意外。 ㉝"中朝"六句：言当事者老于世故，不纳以上建议，致使石鼓耗损沉埋。六年来自己因此感叹不已。按郑馀庆元和元年五月罢相为太子宾客，九月为国子祭酒，三个月后即拜河南尹，可能在祭酒任未久，未暇顾及石鼓事。至元和九年为凤翔节度使时，移石鼓于孔庙，已是韩愈作此歌三年后了。老于事：老于世故，不肯多事。郑馀庆当时罢相未久，未纳韩愈建议，也可能确有多一事不如少一事之意。讵肯：怎肯。感激：感动奋发，与今义有异。徒：空。婀娜（ān ē）：敷衍推诿依违无主见。摩挲：把摩赏玩。就：趋向。西顾：凤翔在长安西，愈在京，故西望。哦：亦吟。 ㉞"羲之"四句：以王羲之书法为时俗而被人所贵，反衬石鼓古文无人赏识。俗书，时俗的书法。羲之书法从唐太宗起就为唐人所尤重（参前《丹青引》有关注释），流行甚广，相对于古文，其体颇多创新，在好古的韩愈看来就秀媚有余，古朴不足了。博白鹅，《晋书·王羲之传》："性爱鹅，山阴有一道士养好鹅。羲之往观焉，意甚悦，固求市（买）之。道士云：为写《道德经》，当举群相赠耳。羲之欣然，写毕，笼鹅而归。"继周八代：周以下八代：秦、汉、晋、宋、齐、梁、陈、隋。理则那：天理何在? ㉟柄任儒术：重用儒学，委以权柄。丘轲：孔丘、孟轲。 ㊱上论列：意谓放到议事日程上来。 ㊲悬河：《晋书·郭象传》："太尉王衍每云：听象语如悬河泻水，注而不竭。"后以悬河比喻好口才，今成语有口若悬河。 ㊳蹉跎：挫跌耗磨。

【语译】

张彻手拿拓片《石鼓文》，勉我尝试作首《石鼓歌》。李杜去世诗界已无人，我才疏学浅怎堪将此重任荷。没奈何，试为歌：周厉王朝纲倾颓啊，四海动荡如沸锅；宣王中兴啊，愤然决起顺天乘时动干戈。他大开明堂啊，接受四面八方来朝贺；百千诸侯啊，济济攘攘佩剑佩玉相鸣和。岐山之南啊，宣王驰猎阅兵显雄俊；万里山林啊，飞禽走兽一概截杀或网罗。刻石纪功啊，要将天子威严传万世；开山取石啊，凿成石鼓高山也削破。从猎群臣啊，才能技艺皆超众；佳中选佳啊，撰写刻石留置在山阿。千年雨淋啊烈日晒，野火熊熊啊来烧炙。石鼓无恙啊传至今，似有鬼神守护挥斥呼喝不许来侵磨。张君啊，一纸拓本你何处得，纤毫必备啊笔画一丝没差讹。它辞义隐秘啊，令人难读解；字体古拙啊，不同隶体不类蝌蚪书。年深月久啊，点画不免有缺损；恰似那利剑砍断生龙与活鼍。布局活泼啊，就似鸾凤翱翔群仙从天降；又像那珊瑚枝丫碧玉树，枝柯拳曲啊相交互。它气势遒挺就像飞龙携带古鼎飞，铜绳铁索啊锁不住。可叹那儒生浅陋啊，编《诗》不录石鼓文；致使那《大雅》《小雅》啊，所收史诗边幅狭隘没气度。孔子西行啊，可惜未到秦；他删订《诗经》啊，拣取星星忘却日月意为何？我生性好古啊，奈何出生晚；得见古文啊，不觉涕泪交下如雨注。想当初我蒙恩召还拜博士，这一年啊更改年号名元和。老朋友啊，从军凤翔称右辅；曾为我啊，筹划发掘古石鼓。我洗冠沐浴啊，将此建议告祭酒："如此至宝啊，至今存世并不多。只需毡毯包扎啊草席裹，石鼓十座啊，立即取来不过使唤几匹高骆驼。若将石鼓献供太庙中，光辉声价啊不可度；鲁国桓公取得郜大鼎，石鼓胜鼎啊百倍多。圣上恩光如将石鼓留太学，诸生学经啊可以比较印证来切磋。汉灵帝时刻石经，观赏摹写啊人拥簇；石鼓若能再现在我唐，将见举国之人啊争赏竞奔波。石鼓年久啊生苔藓，还当细心剔除莫使文字棱角被伤磨。安置也当费心思，不能歪斜啊要平妥。太学大厦啊檐盖深，可遮雨淋啊可挡风。哪怕更历千万年，古物珍宝啊可以免灾祸。"谁知道朝中大僚官场混得久，咿咿啊啊敷衍塞责无人肯听我。从此后牧童敲鼓啊来点火，牛儿借鼓啊把角磋。谁人有幸啊观宝物，更不说留恋把玩细琢磨。石鼓日日磨损啊月月耗，眼看荒野之中啊久埋没。建议以来已经六年多，我西望石鼓啊空自愧叹多。时俗论书啊贵妩媚，常推羲之古来无；数纸俗书啊片刻成，可以换来一笼鹅。想那周朝以来八代争战今已罢，理当重文啊惜古物。可奈何无人理会石鼓文，厚今薄古啊天理在何处。当今天下太平日无事；重用儒生啊崇拜孔丘与孟轲。怎将此议朝堂来论列；愿借张君啊辩才滔滔若悬河。石鼓一曲啊到此止，可叹陋见只怕空费墨。

【赏析】

诗分四层：首四句为第一层，叙张彻请己为石鼓歌，是全诗缘起。"周纲陵迟"起，至"对此涕泪双滂沱"句，正写《石鼓文》，又可分为三小节，前十二句叙石鼓文来历，中十句写《石鼓文》体势，后六句言《石鼓文》不幸湮没。"忆昔初蒙博士征"至"六年西顾空吟哦"句写《石鼓文》出土,建议朝廷保护文物,却为中朝大老束之高阁,致使宝物又遭磨耗。"羲之俗书"至结末十句为第四层,即《石鼓文》遭遇生发议论,再次呼吁重古尚文,结出诗旨。

呼吁抢救文物,昌明儒道,固然是全诗主旨,但读来总觉言外另有感愤。如果将它与同期所作《进学解》《送穷文》对读,便可悟到,永贞年韩愈从阳山贬所赦回后,至此六年,不仅仕途不亨,才得学宫一博士,且因倡古背俗,不为人理解而常处于窘困。《送穷文》列五鬼之名,知穷、学穷、文穷、命穷、交穷,《进学解》更借学生之口说自己虽于文章学术"障百川而东之,挽狂澜于既倒",然而只落得"公不见信于人,私不见助于友,跋前踬后,动辄得咎。暂为御史,遂窜南夷(指阳山之贬);三年博士,冗不见治;命与仇谋,取败几时;冬暖而儿号寒,年丰而妻啼饥;头童齿豁,竟死何裨"。这些都是韩愈当时处境的夸饰性写照。而本诗结末所言"羲之俗书趁姿媚,数纸尚可博白鹅。继周八代争战罢,无人收拾理则那",正透露出其诗其文一脉相承。即使不能说此诗是借题发挥,至少也可认为,诗中的激愤与此时韩愈的不平心态有关。

反对俗媚,是韩愈一贯的文艺主张,在《荐士》诗中他以周汉诗为祁向,力排齐梁陈隋"搜春摘花卉,沿袭伤剽盗"的萎薾陈熟风气,而提倡力大思雄,语必己出,敷柔如行云卷舒、奋猛如海潦翻卷的风格,所谓"横空盘硬语,妥帖力排奡",便是这种主张的集中表现。本诗既以反对媚俗为宗旨,题材又是古奥的《石鼓文》,所以尤其鲜明地体现了上述文学主张。在笔法上第三段凌空生发议论,不仅深化了主题,且体现了一种天风海涛般的诗势。在韵律上虽为长篇,却平声一韵到底,造成一种古拙厚重的节奏感;特别在遣词成象方面更是奇险怪崛,别开生面。尤其是正写石鼓一节,更是"横空盘硬语,妥帖力排奡"的出色体现。比如以"快剑斫断生蛟鼍"喻石鼓文"年深岂免有缺画",不仅贴切其断点少画的形相,更突出了石鼓文书体于古奥苍劲中见生动活力。其他描写可类推,参注、译。

论者都以杜甫《李潮八分小篆歌》为本诗滥觞,有一定道理,但又谓杜诗此篇有"停蓄抽放"之功力,较韩愈本诗之一气直下为胜(《石洲诗话》),则未免为崇杜成见所囿。韩愈较之杜甫,位高气壮而胸次更宽阔,杜诗如峻峰合沓,韩诗如海澜奔属,个性有异,加以诗史的变异总是由微至显,因此二者可谓各有成因,各擅胜场,不宜以优劣论。后苏东坡又以本诗为法作石鼓诗,飞动奇纵,叠用典故,则更是学古又期胜古的反映。三诗并观,可悟复古通变是诗坛光景常新的根本。清方东树《昭昧詹言》以"华岳三峰"比三家,得之。

渔 翁[①]

柳宗元

渔翁夜傍西岩宿[②],晓汲清湘燃楚竹[③]。烟销日出不见人,欸乃一声山水绿④。回看天际下中流⑤，岩上无心云相逐⑥。

【注释】

① 永贞革新失败，柳宗元贬永州(治所在今湖南零陵)司马，本诗作于此时。 ② 西岩：西山，在永州城外湘江西岸。宗元另有《始得西山宴游记》。 ③ 清湘：《湘中记》："湘水至清，虽深五六丈，见底。"零陵是潇、湘二水会流处。 ④ 欸(ǎi)乃：唐时湘中民歌有《欸乃曲》，元结有仿作，今存。欸乃是船橹声，曲当以"欸乃"为和声。 ⑤"回看"句：谓船下中流后，回看西岩，如在天际。 ⑥ 无心：陶渊明《归去来兮辞》："云无心而出岫。"

【语译】

渔翁夜傍着西山歇宿，拂晓时，一点篝火，当是他汲取清湘之水烹煮燃楚竹。烟消了，日出了，还是望不见他的影踪。只听得船橹响起，"欸乃"一声，把那山山水水都摇绿。小船下中流，似在天际浮，回首望，西山上，白云片片，无忧无虑相追逐。

【赏析】

这是一首渔歌，寄意全在一"下"一"回"之中。

诗人是从旁观者的角度写那渔翁的。从"不见人"可知，前四句中，渔翁始终没有正面登场。诗人大约是从拂晓时分山阿间一点火光，想象出渔翁的生涯：他，夜傍青山而宿，晓来又燃点起青青楚竹，烹煮那至清的湘江水。"西岩""清湘""楚竹"三词连用，这渔翁，真有点超凡脱俗的韵味。日出了，烟消了，他依然在山水之间，似乎能感觉到他的存在，却仍看不见他的身形，只听得"欸乃"一声，青山绿水，顿时都来眼前。是初日照亮了青山绿水，还是船棹声，充满生趣的船棹声迎来了初日，摇绿了山水？诗人没说。他只是看到这冲流而下的渔翁登场了，与清晨的青山绿水融为一体。你看他多么悠闲自在，回望着中天而下的悬流，和悬流起处，青青山尖上那几朵自由相戏的洁白的云……

苏东坡评此诗说："诗以奇趣为宗，反常合道为趣，熟味此诗有奇趣。"这一说人们都同意。"欸乃一声山水绿"，反果为因，写尽了渔舟的生趣，确是反常合道的奇句。他又认为末二句"虽不必亦可"，这一说却引起了后人上千年的争论。其实，后两句是否需要，不应就诗论诗，如果了解贬谪蛮荒的诗人当时"居恒惴栗"(《始得西山宴游记》)的心境，就会发现末二句倒是点睛之笔。诗人所要表现的不仅是一般渔翁诗的那种闲情逸趣，而是有意无意地寄托着在激烈的政治漩涡中被冲刷出来后企求超脱的心境。冲流而下的渔夫回首一望，所见的一无牵挂的白云，似乎是宗元遭贬后对现实的解悟。"云自无心水自闲"，看云观水的诗人是否真是无心，真为消闲呢？

长 恨 歌①

白居易

汉皇重色思倾国②,御宇多年求不得③。杨家有女初长成,养在深闺人未识。天生丽质难自弃,一朝选在君王侧④。回眸一笑百媚生,六宫粉黛无颜色⑤。春寒赐浴华清池⑥,温泉水滑洗凝脂⑦。侍儿扶起娇无力⑧,始是新承恩泽时。云鬓花颜金步摇⑨,芙蓉帐暖度春宵。春宵苦短日高起,从此君王不早朝。承欢侍宴无闲暇,春从春游夜专夜。后宫佳丽三千人,三千宠爱在一身。金屋妆成娇侍夜,玉楼宴罢醉和春⑩。姊妹弟兄皆列土,可怜光彩生门户。遂令天下父母心,不重生男重生女⑪。骊宫高处入青云⑫,仙乐风飘处处闻。缓歌慢舞凝丝竹,尽日君王看不足⑬。渔阳鼙鼓动地来⑭,惊破霓裳羽衣曲⑮。九重城阙烟尘生⑯,千乘万骑西南行。翠华摇摇行复止⑰,西出都门百余里⑱。六军不发无奈何,宛转蛾眉马前死⑲。花钿委地无人收,翠翘金雀玉搔头⑳。君王掩面救不得,回看血泪相和流。黄埃散漫风萧索,云栈萦纡登剑阁㉑。峨嵋山下少人行㉒,旌旗无光日色薄㉓。蜀江水碧蜀山青,圣主朝朝暮暮情。行宫见月伤心色㉔,夜雨闻铃肠断声㉕。天旋地转回龙驭㉖,到此踟蹰不能去。马嵬坡下泥土中,不见玉颜空死处㉗。君臣相顾尽沾衣,东望都门信马归㉘。归来池苑皆依旧,太液芙蓉未央柳㉙。芙蓉如面柳如眉,对此如何不泪垂?春风桃李花开日㉚,秋雨梧桐叶落时。西宫南内多秋草㉛,落叶满阶红不扫。梨园弟子白发新㉜,椒房阿监青娥老㉝。夕殿萤飞思悄然,孤灯挑尽未成眠㉞。迟迟钟鼓初长夜,耿耿星河欲曙天㉟。鸳鸯瓦冷霜华重㊱,翡翠衾寒谁与共㊲。悠悠生死别经年,魂魄不曾来入梦。临邛道士鸿都客㊳,能以精诚致魂魄。为感君王辗转思,遂教方士殷勤觅。排云驭气奔如电,升天入地求之遍。上穷碧落下黄泉㊴,两处茫茫皆不见。忽闻海上有仙山,山在虚无缥缈间。楼阁玲珑五云起㊵,其中绰约多仙子㊶。中有一人字太真㊷,雪肤花貌参差是㊸。金阙西厢叩玉扃㊹,转教小玉报双成㊺。闻道汉家天子使,九华帐里梦魂惊㊻。揽衣推枕起徘徊,珠箔银屏迤逦开㊼。云髻半偏新睡觉,花冠不整下堂来。风吹仙袂飘飘举，犹似霓裳羽衣舞。玉容寂寞泪阑干㊽，梨花一枝春带雨。含情凝睇谢君王㊾，一别音容两渺茫。昭阳殿里恩爱绝㊿，蓬莱宫中日月长㊶。回头下望人寰处，不见长安见尘雾。惟将旧物表深情㊷，钿合金钗寄将去㊸。钗留一股合一扇，钗擘黄金合分钿㊹。但教心似金钿坚，天上人间会相见。临别殷勤重寄词，词中有誓两心知。七月七日长生殿㊺，夜半无人私语时。在天愿作比翼鸟㊻，在地愿为连理枝㊼。天长地久有时尽，此恨绵绵无绝期。

【注释】

① 在白居易作《长恨歌》后，陈鸿也写了一篇《长恨歌传》。《歌》《传》并行，都以玄宗和杨妃的爱情故事为题材而以悲剧结局，故以"长恨"名篇。　② "汉皇"句：汉武帝宠李夫人，这里借指玄宗和杨妃。李夫人出身娼家，未入宫前，其兄延年为武帝歌，中有"北方有佳人，绝世而独立，一顾倾人城，再顾倾人国"之句，引起武帝注意，李夫人因而入宫。(《汉书·外戚传》)"倾城""倾国"，本来是夸张美色迷人，后用作美女代称。　③ 御宇：御临宇内，即统治天下。　④ "杨家有女"四句：《新唐书·杨贵妃传》载，"幼孤，养叔父家。始为寿王妃。开元二十四年(当作二十五年)武惠妃薨，后廷无当帝意者。或言妃姿质天挺，宜充掖廷。遂召内(纳)禁中，异之，即为自出妃意者，丐籍女官(请求出家入女道士籍)，号太真。更为寿王聘韦昭训女，而太真得幸"。按玉环入宫约在开元末，天宝四载(七四五)八月壬寅立为贵妃。　⑤ 六宫粉黛：指宫内所有妃嫔。无颜色：相形之下，黯然失色。　⑥ 华清池：在昭应县(今陕西临潼)东南骊山北麓。有温泉，唐开元中，建温泉宫。天宝时改名华清宫。玄宗常往避寒，辟浴池十余处。　⑦ 凝脂：指白嫩润滑的皮肤。《诗·卫风·硕人》："肤如凝脂"。　⑧ 侍儿：宫女。　⑨ 金步摇：钗的一种。《新唐书·五行志》："天宝初……妇人则簪步摇钗，衿袖窄小。"《释名·释首饰》："步摇，上有垂珠，步则摇也。"乐史《杨太真外传》上"是夕(定情之夕)，授金钗钿盒。上(玄宗)又自执丽水镇库紫磨金琢成步摇至妆阁，亲与插鬓。"　⑩ "金屋"二句：金屋，《汉武故事》，"帝为胶东王，数岁，长公主抱置膝上，问曰：'儿欲得妇否？'曰：'欲得。'……指其女阿娇：'好否？'笑对曰：'好，若得阿娇作妇，当作金屋贮之'"。玉楼，东方朔《十洲记》记：昆仑山有玉楼十二所。　⑪ "姊妹弟兄"四句：《新唐书·杨贵妃传》，"天宝初，进册贵妃。追赠父玄琰太尉、齐国公，擢叔玄珪光禄卿，宗兄铦鸿胪卿，锜侍御史，尚太华公主。……而钊亦浸显。钊，国忠也。三姊皆美劭，帝呼为姨，封韩、虢、秦三国为夫人。出入宫掖，恩宠声焰震天下"。《长恨歌传》："故当时谣咏有云：'生女勿悲酸，生男勿喜欢。'又曰：'男不封侯女作妃，看女却为门上楣。'其为人心羡慕如此。"又，秦时歌谣有云："生男慎勿举，生女哺用脯。"汉时歌谣有云："生男无喜，生女无怒，独不见卫子夫，霸天下。"唐谣由此变化而来。列土：划地赐爵。　⑫ 骊宫：华清宫在骊山之上，故称。　⑬ 看不足：看不厌。　⑭ "渔阳"句：指安禄山反叛。《旧唐书·安禄山传》："天宝十四载(七五五)十一月，反于范阳。"渔阳，秦郡名。唐渔阳郡是范阳节度使所辖八郡之一，这里沿用古称，泛指范阳地带。　⑮ 霓裳羽衣曲：舞曲名。本名《婆罗门》，是西域乐舞的一种。开元中，

105

西凉节度使杨敬述依曲创声，才流入中国。（见《唐会要》卷三十三及《白氏长庆集》卷二十一《霓裳羽衣歌》自注）　⑯九重城阙：指京城。京城为皇宫所在，皇宫门有九重似九重天。　⑰翠华：指皇帝的仪仗。《文选·司马相如·上林赋》"建翠华之旗"注："以翠羽为葆也。"　⑱"西出都门"句：百余里，指马嵬驿。马嵬在兴平县（今属陕西）西北二十三里，兴平东至长安九十里，马嵬距长安为百余里。　⑲"六军不发"二句：六军，此指护卫皇帝的羽林军。蛾眉，借指美貌的女子。《诗·卫风·硕人》："螓首蛾眉。"这里指杨妃。《长恨歌传》："潼关不守，翠华南幸，出咸阳，道次马嵬亭。六军徘徊，持戟不进。从官郎吏伏上（玄宗）马前，请诛晁错（借指杨国忠）以谢天下。国忠奉牦缨盘水死于道周。左右之意未快。上问之，当时敢言者请以贵妃塞（搪抵）天下怨。上知不免，而不忍见其死，反袂掩面，使牵之而去，仓皇展转，竟就绝于尺组之下。"　⑳"花钿"二句：意谓诸种首饰都散落地上。花钿，即金钿，镶嵌金花的首饰。翠翘、金雀，都是钗名。玉搔头，即玉簪。　㉑云栈：高入云霄的栈道。　㉒"峨嵋"句：由长安到成都，并不经过峨嵋山，这里泛指蜀山。　㉓日色薄：日光黯淡。　㉔行宫：皇帝出行时住的地方。　㉕"夜雨"句：郑处诲《明皇杂录·补遗》："明皇既幸蜀，西南行，初入斜谷，属霖雨涉旬，于栈道雨中闻铃音，音与山相应。上既悼念贵妃，采其声为《雨霖铃》曲以寄恨焉。"　㉖"天旋地转"句：肃宗至德二载（七五七）十月，郭子仪军收复长安，肃宗派太子太师韦见素迎玄宗于蜀郡。同年十二月，玄宗还京。天旋地转，谓大局转变。龙驭，皇帝的车驾。　㉗空死处：空见死处。见字省略，意承上半句"不见玉颜"的"见"。　㉘信马归：无心鞭马，任马前行。　㉙太液、未央：泛指宫廷池苑。太液，汉建章宫北池名。未央，汉宫名，汉时开国丞相萧何所营建。　㉚日：一作"夜"。　㉛"西宫南内"句：西宫，太极宫。南苑，兴庆宫。内，一作"苑"。兴庆宫在东内之南，故曰南内。玄宗回京初居兴庆宫，因临近大街，时常和外界接触，肃宗左右唯恐其复辟，将他迁入太极宫甘露殿闲居。这句以下，所写的是居西宫时的情况。说"西宫南内"，是连类而及的。　㉜梨园弟子：指玄宗过去训练的一批艺人。（参前录杜甫《观公孙大娘弟子舞剑器行》注⑨）　㉝椒房：后妃所住宫殿。椒多子实，用椒和泥涂壁，取其香暖，兼有多子之意。阿监：宫中女官。《宋书·后妃传》载：紫极中监女史一人，光兴中监女史一人，官品第三。阿，发语词。青娥：青春的美好容颜。《方言》卷二："秦、晋之间，美貌谓之娥。"　㉞"孤灯"句：宫廷及豪门，夜间燃烛，不点油灯。这里形容玄宗晚年凄苦，并非实叙。　㉟耿耿：微明貌。　㊱鸳鸯瓦：两片嵌合在一起的瓦。简称鸳瓦。　㊲翡翠衾：绣有翡翠的被子。《楚辞·招魂》："翡翠珠被，烂齐光些。"　㊳"临邛道士"句：谓道士是临邛人而作客京城。临邛，县名，唐属剑南道，今四川邛崃。鸿都，后汉首都洛阳宫门名（见《后汉书·灵帝纪》），借指长安。　㊴碧落：道家称天界语。《度人经》"昔于始青天中碧落高歌"注："始青天乃东方第一天，有碧霞遍满，是云碧落"。　㊵五云起：用《云笈七签》"元洲有绝空之宫，在五云之中"。　㊶绰约：美好轻盈貌。　㊷太真：杨玉环被度为女道士时号太真，住内太真宫，所以这里用作仙号。　㊸参差：仿佛。　㊹金阙：金碧辉煌的神仙宫门。　㊺"转教"句：意谓仙府重深，须辗转通报。原注："小玉，吴王夫差女名。"双成，即董双成，西王母的侍女。（见《汉武帝内传》）　㊻九华帐：张华《博物志》卷八，"汉武帝好仙道，祭祀名山大泽，以求神仙之道。时西王母遣使乘白鹿告帝当来，乃供帐九华殿以待之"。九是多数，九华帐是以多种珠翠装饰的宝帐。　㊼珠箔：用珍珠穿成的帘箔。银屏：镶嵌银丝花纹的屏风。迤逦，连延貌。　㊽阑干：纵

106

横貌。　㊾含情凝睇：眼波流动含有无限深情。睇，微视。　㊿昭阳殿：汉殿名，赵飞燕姊妹所居，借指妃生前寝宫。　㉛蓬莱宫：泛指仙境。蓬莱是神话中海外三山之一。㉜旧物：指生前和玄宗定情的信物。　㉝钿合：用珠宝镶嵌的一种首饰，用两片合成。一说，是用珠宝镶嵌的金合。　㉞"钗擘黄金"句：伸足上句的意思。钗擘黄金，即上句所说的"钗留一股"；合分钿，即上句所说的钿"合一扇"。上句的"一股""一扇"，指自己留下的一半，这里是指寄给对方的一半。擘，用手分开。　㉟长生殿：《唐会要》卷三十"华清宫"条，"天宝元年十月造长生殿，名为集灵台，以祀神"。按：唐后妃寝宫，可通称为长生殿。　㊱比翼鸟：《尔雅·释地》，"南方有比翼鸟焉，不比不飞，其名谓之鹣鹣"。㊲连理枝：枝或干连生在一起的树。

【语译】
　　明皇风流爱美女，一心向往绝代艳；君临四海虽多年，八方寻求惜未能。杨家有女名玉环，豆蔻年华初长成；闺阁绣房深深藏，不将玉貌轻示人。丽质既天生，怎甘自埋沉；一朝幸运至，得侍君王身。回头转眸方一笑，百媚千娇盈盈生；六宫妃嫔尽失色（，恰如月明群星沉）。春气寒，温泉暖，赐浴华清池水芬；水泉柔滑肌肤白，轻轻流过玉脂身。两旁侍儿来扶起，娇慵无力倍添春；风流君王初召见，步步含羞来承恩。鬓如云，颜如花，金钗一步一动摇；芙蓉帐，鸳鸯枕，千金一刻度春宵。春宵恨太短，已见红日高；从此君王心，昏昏不早朝。欢娱宴乐相奉侍，日去月来未辞劳；春游随车复随舟，夜眠专宠自专枕；可怜后宫美人如云称三千，唯见三千宠爱聚一身。金屋藏娇深深处，妆成待君明月夜；玉楼宴开迟迟散，贵妃醉酒气如春。爱屋及乌颁恩赏，姐妹兄弟皆封侯；杨氏一门天下羡，奕奕光彩生门户。遂使天下父母之心尽颠倒，常叹生男不如生女好。骊山锦绣长安东，山顶行宫入青云；云际歌吹似仙乐，随风飘落处处闻。贵妃轻歌复曼舞，丝弦管竹相融和；君王沉醉日夜看，夜夜日日看不足。蓦地渔阳胡骑来，鼙鼓动地势破竹；烽烟飞传骊山宫，惊破《霓裳羽衣曲》。长安宫阙连天上，忽见处处起烟尘；千车万马出都城，君臣奔蜀西南行。翠羽仪仗惊摇摇，行行止止复停停；西出都门百余里，马嵬坡前军变生。六军不进讨杨氏，明皇无计平军心；一丈白绫诏赐死，芳魂悠悠升天庭。金花钿饰玉搔头，翠鸟金雀相连勾；人去物在空洒落，忍见遍地无人收。君王掩面泣，欲救未能救；行行更回马，血泪相和流。黄尘伴愁思，萧瑟风飕飕；行来已到剑阁道，栈道盘云绕山丘。峨嵋山下行人少，蛾眉一去何处招？旌旗恹恹卷不起，月色黯黯惨不骄。蜀江水碧蜀山青，江流绕山声呜咽；水碧山青何处尽，圣主朝朝暮暮情。明月惨淡伤心白，行宫见月伤心人；霖霖夜雨传金铃，句句敲出断肠声。天旋地转乱军平，圣主返驾回龙驭；行到贵妃赐死处，徘徊踌躇不忍去。马嵬坡下泥土中，玉殒香消今何处？今何处，今何处，不见佳人空见土。君臣相望皆掩泣，无语垂泪尽沾衣；东望长安向都门，恹恹无绪信马归。归来临池苑，池苑皆依旧；太液池中芙蓉盛，未央宫前杨柳春。芙蓉朵朵映玉颜，柳色叶叶似画眉；朵朵叶叶忆当时，对此如何不泪垂？春风开桃李，秋雨落梧桐；春去秋来开复落，年年相思年年同。南苑西宫两移居，上皇退位对秋草;满阶落叶点点黄,遍地花红恨不扫。梨园子弟昔教授,白发新生不复娇;椒房女官曾侍宴,青春已去红颜老。黄昏流萤绕空殿,萤光一点思悄然;寒夜孤灯对独影,孤灯挑尽不成眠。更楼钟鼓报初更,迟迟似诉夜渐深;银河星光到曙天,天光转明愁转新。忍见对合鸳鸯瓦,霜压鸳鸯一重重;空怜双绣翡翠被,雌飞雄在谁与共。悠悠生死永相阻,一别春夏复秋冬;朝朝夜夜长相望,魂魄未曾来入梦。临邛有道士,来游长安城;道术称精诚,自言能招魂。愿解辗转思,以慰君王心;奉旨寻贵妃,仔细慎莫轻。腾青云啊乘长风,去来倏忽疾如电;既升天啊复入地,六合四方求之遍。升天直出九霄外,入地直追九重泉;长天无际地无底,天地茫茫皆不见。山重水复疑无路,忽闻海上仙山起;海上波涛连天涌,山在虚无缥缈间。仙山楼阁皆玲珑,五云浮绕彩霞飞;楼阁仙子多绰约,仪态闲雅复万千。中有一人字太真,众芳队里更超群;肌如白雪颜胜花,仿佛玉环是前身。道士浮海赴金城,西厢房前叩玉扃;仙婢闻声来相讯,先报小玉转双成。闻说君王遣使来,太真仙子梦魂惊;九华宝帐光熠熠,更疑是梦复是醒。揽衣匆匆著,推枕起徘徊;珠帘银屏遮重重,重重帷屏相连开。发髻如云散,半挽带睡态;花冠未及整,匆匆下堂来。风吹仙袖举,飘飘如云霭;恍惚当年事,《霓裳羽衣曲》。玉容惨淡意寂寞,玉泪纵横流如注;容颜泪湿娇无比,仿佛梨花春带雨。太真收泪对使者,含情凝眸谢君王;自从马嵬一别后,笑貌音容两渺茫。人间迢迢昭阳殿,仙境杳杳蓬莱宫;人间恩爱忍断绝,仙境幽独日月长。回首更下望,何处是人寰;长安看不见,空见烟雾堆。惟将旧时物,来表深衷情;钿盒盛金钗,凭使相寄将。金钗本成双,钿盒两半装;钗留存一股,盒分留一爿。但愿心似钗钿相连金玉坚,天上人间相见毋相忘!使者受命行将去,太真殷殷重寄词;寄词隐誓言,悄悄两心知:七月七日夜,当年长生殿;相誓"在天愿作比翼鸟,在地愿为连理枝"。长生殿,长生殿,天长久,地长远;天老地荒有时尽,唯有此恨绵绵无绝期。

【赏析】

如果不是以外在的意念强行介入本诗,便可悟本诗的主要倾向,并不是批判玄宗重色误国,而恰恰是对李杨爱情的深切同情哀悼。即使诗人握笔之初写下"汉皇重色思倾国"时,尚有批评的想法;但随着情节的展开,他越来越为李杨的爱情故事所深深感动,而终于以"天长地久有时尽,此恨绵绵无绝期"来结束对久远的真挚的爱的礼赞。按列夫·托尔斯泰写《安娜·卡列尼娜》,开始想把安娜写成一个堕落的女性,而写作过程中却改变了看法,终于另起炉灶,把安娜的故事作为一个社会悲剧来展开;而安娜,也成为世界文学史上一位被侮辱被损害而渴望追求人性解放的女性的典型。白居易自然没有托翁这样深刻的社会哲理思考,但在故事情节改变作者原创想法上,却是相同的。这就促使我们去思考李杨故事的本质内涵。

从杜甫《哀江头》起,李杨就被作为哀悼的对象来歌咏。虽然他们实际上导致了帝国的崩溃，但是，那在极盛的背景下极为哀美的爱情，即使是他们的奢华，也都成了帝国顶峰时期的辉煌写照。于是安史之乱后，李杨成为唐人"盛唐情结"的代表——这当然还因为他们个人的才质：玄宗的风流俊爽，杨妃的极端美艳。美，总是引起人们的喜悦；美的事物的被毁坏，总是引起人们的同情。

《长恨歌》的出现，又有文学发展的内在原因。中唐传奇文学勃兴。这与民间说唱艺术有关，爱情，则又是民间文学恒久的题材。文人才士受此影响，纷纷搦管运思以寄托情肠，呈炫文才，并往往歌以配文，共行于世。陈鸿《长恨歌传》称："夫希代之事，非遇出世之才润色之，则与时消没，不闻于世，乐天深于诗多于情者也，试为歌之如何？"正说明了这类诗作采奇撷异，深于情、重于才的特点。因此，虽然其初尚或有所谓"惩尤物，窒乱阶"之意，但因文体本身的需要，必在故事的艳情成分上作铺展，加以艳情在中晚唐诗人中成为风气（如与白居易并称"元白"的元稹就以自身艳事写成《梦游春》诗，白居易有和作），其原初想表现的政教意义就更被淡化了。

一定的内容，需要相应的诗体形式，从南朝至初唐大盛的七言歌行体以其宜于敷陈，辞彩旖旎，音节流荡的诗体特点，自然成为以上艳情内容最合适的载体。而艳情的传奇成分与民俗倾向又反过来使七言歌行增加了叙事成分，从而派生了一种新的诗体形式——长庆体，其特点是叙事性的、律化的长篇七言歌行，《长恨歌》正是这一诗体的代表作。白居易将它列入"感伤诗"，正反映了《长恨歌》的产生是主情尚才的时代氛围与诗体演变趋向的完美结合，这一结合是通过白居易、元稹这一进士出身的文人集团完成的。

《长恨歌》篇制宏大，全诗八百四十字，一百二十行，其内容历时二十年，而空间范围则由长安到蜀中，从人间到仙境，熔铸为一个哀美的艺术整体，大致可以分为五个层次。从开头到"不重生男重生女"凡二十六句为第一层，写明皇重色，杨妃专宠，是故事的起因；从"骊宫高处入青云"至"东望都门信马归"凡三十句为第二层，写乐极生悲，安史乱起，马嵬兵变，李杨生死别；由"归来池苑皆依旧"至"魂魄不曾来入梦"十八句为第三层，写明皇归京，对杨妃的辗转相思；自"临邛道士鸿都客"起至"梨花一枝春带雨"二十六句为第四层，写明皇遣方士于海上仙山寻得杨妃；由"含情凝睇谢君王"至结束二十句为第五层，写杨妃托方士寄语明皇，结出"天长地久有时尽，此恨绵绵无绝期"的诗旨。

全诗最精彩的部分无疑是死别入蜀、明皇夜思、太真惊梦三节，这三节通过环境的渲染、音容的状绘、动作的刻画，生动地表现了人物生离死别而深痛极哀的内心世界，从而使整个故事的叙述盈荡着一种哀美的抒情气氛。这里"长庆体"音节流美，藻绘鲜丽的诗体特点，得到了最佳的发挥。可以说正是由于《长恨歌》与《琵琶行》的成功，长庆体才得以确立。

琵琶行① 并序

白居易

元和十年,余左迁九江郡司马②。明年秋,送客湓浦口③,闻舟中夜弹琵琶者。听其音,铮铮然有京都声④。问其人,本长安倡女,尝学琵琶于穆、曹二善才⑤,年长色衰,委身为贾人妇。遂命酒,使快弹数曲。曲罢悯默⑥,自叙少小时欢乐事,今漂沦憔悴,转徙于江湖间。余出官二年,恬然自安;感斯人言,是夕始觉有迁谪意。因为长歌以赠之,凡六百一十二言⑦,命曰《琵琶行》。

浔阳江头夜送客⑧,枫叶荻花秋瑟瑟⑨。主人下马客在船,举酒欲饮无管弦。醉不成欢惨将别,别时茫茫江浸月。忽闻水上琵琶声,主人忘归客不发。寻声暗问弹者谁,琵琶声停欲语迟。移船相近邀相见,添酒回灯重开宴⑩。千呼万唤始出来,犹抱琵琶半遮面。转轴拨弦三两声⑪,未成曲调先有情。弦弦掩抑声声思⑫,似诉生平不得志。低眉信手续续弹,说尽心中无限事。轻拢慢捻抹复挑⑬,初为霓裳后六幺⑭。大弦嘈嘈如急雨,小弦切切如私语⑮。嘈嘈切切错杂弹,大珠小珠落玉盘。间关莺语花底滑,幽咽泉流水下滩⑯。水泉冷涩弦凝绝⑰,凝绝不通声渐歇。别有幽愁暗恨生,此时无声胜有声。银瓶乍破水浆迸,铁骑突出刀枪鸣⑱。曲终收拨当心画,四弦一声如裂帛⑲。东船西舫悄无言,唯见江心秋月白。沉吟放拨插弦中,整顿衣裳起敛容⑳。自言本是京城女,家在虾蟆陵下住㉑。十三学得琵琶成,名属教坊第一部。曲罢常教善才服,妆成每被秋娘妒㉒。五陵年少争缠头㉓,一曲红绡不知数㉔。钿头银篦击节碎㉕,血色罗裙翻酒污㉖。今年欢笑复明年,秋月春风等闲度㉗。弟走从军阿姨死,暮去朝来颜色故。门前冷落车马稀,老大嫁作商人妇。商人重利轻别离,前月浮梁买茶去㉘。去来江口守空船,绕船明月江水寒。夜深忽梦少年事,梦啼妆泪红阑干㉙。我闻琵琶已叹息,又闻此语重唧唧㉚。同是天涯沦落人,相逢何必曾相识㉛。我从去年辞帝京,谪居卧病浔阳城。浔阳地僻无音乐㉜,终岁不闻丝竹声。住近湓城地低湿,黄芦苦竹绕宅生。其间旦暮闻何物,杜鹃啼血猿哀鸣㉝。春江花朝秋月夜㉞,往往取酒还独倾。岂无山歌与村笛,呕哑嘲哳难为听㉟。今夜闻君琵琶语,如听仙乐耳暂明。莫辞更坐弹一曲,为君翻作琵琶行㊱。感我此言良久立,却坐促弦弦转急㊲。凄凄不似向前声,满座重闻皆掩泣。座中泣下谁最多,江州司马青衫湿㊳。

【注释】

① 作于元和十一年(八一六)秋,时白居易任江州司马。行,歌曲名,参前李白《长干行》注①。　② 左迁:降职。九江郡:隋郡名,天宝元年(七四二)改为浔阳郡,乾元元年(七五八)复改江州,州治在今江西九江市。此沿用旧称。司马:州刺史的副职,佐刺史掌管一州军事;在唐代,已成闲员。　③ 湓浦口:即湓口,在九江西湓水入江处。　④ 京都声:京城流行的声调。　⑤ 穆、曹二善才:善才,当时对琵琶师或曲师的通称。穆善才,不详。曹,当指曹保保子。《乐府杂录》琵琶条:"贞元中有王芬、曹保保——其子善才,其孙曹纲,皆袭所艺。"元稹《琵琶歌》也提到"曹""穆"两位"善才",可见当时声望。　⑥ 悯默:含愁不语。　⑦ 六百一十二言:全诗实为六百一十六字,"二",当是传写之误。　⑧ 浔阳江:长江流经九江北一段的别名。　⑨ 瑟瑟:风吹草木声。　⑩ 回灯:重新张灯。　⑪ 转轴拨弦:弹奏前调弦校音的准备动作。　⑫ "弦弦"句:意谓弹时用掩按抑遏的手法,声调幽咽含思。　⑬ "轻拢"句:拢,叩弦。撚,揉弦。顺手下拨为抹,反手回拨为挑。四者都是琵琶指法。前二者用左手,后二者用右手。　⑭ 霓裳:即《霓裳羽衣曲》。六幺:当时京城流行的曲调名,本名《录要》(就乐工所进曲调,录要成谱,因以为名),后讹为《绿腰》或《六幺》。　⑮ "大弦"二句:琵琶有四弦或五弦,一条比一条细。大弦,指最粗的弦;小弦,指细弦。嘈嘈,沉重舒长声。切切,急促细碎声。　⑯ "间关"二句:段玉裁《经韵楼集》卷八《与阮芸台书》云:"'泉流水下滩'不成语,且何以与上句属对?昔年曾谓当作'泉流冰下难',故下文接以'冰泉冷涩'。难与滑对,难者,滑之反也。莺语花底,泉流冰下,形容涩滑二境,可谓工绝。"可备一说,录以为参。间关,鸟声。　⑰ 凝:凝滞。　⑱ "银瓶"二句:形容静寂之后,忽作激越雄壮声。铁骑,精锐的骑兵。骑,读去声。　⑲ "曲终"二句:写弹到尾声,戛然而止。拨,弹弦的工具,形略如薄斧状。当心划,将拨在琵琶槽的中心,并合四弦,用力一划,即收拢时的弹法。如裂帛,形容声响强烈而清脆。　⑳ 敛容:收敛起面部的表情,有端庄矜持的意思。　㉑ 虾蟆陵:在长安城东西曲江附近,是当时歌姬舞女聚居的地方。相传为汉董仲舒墓地所在,董氏门人过此,必下马致敬,遂名"下马陵",因音近当地口语称为"虾蟆陵"。(见《国史补》卷下)　㉒ 秋娘:唐时歌舞女伎多以秋娘为名。　㉓ 缠头:当时风俗,女伎演奏毕,客以绫帕之类为赠,叫做缠头彩。　㉔ 绡:精细轻薄的丝织品。　㉕ 钿头银篦:两头镶有金属和珠宝的梳篦。击节:打拍子。唱歌本以木板击拍。这句和下句,都是写生活的欢乐豪华。银:一作"云"。　㉖ "血色"句:谓和少年们戏谑,翻酒污损红裙。　㉗ 等闲度:悠闲随意地过。　㉘ 浮梁:唐属饶州,今江西景德镇。《元和郡县志》记,浮梁"每岁出茶七百万驮,税十五余万贯。"　㉙ 阑干:纵横貌。　㉚ 唧唧:叹息声。　㉛ "同是"二句:引起下文向琵琶女诉说自己迁谪生活的苦闷。　㉜ 地僻:一作"小处"。　㉝ "杜鹃"句:杜鹃啼血,见后李白《蜀道难》注⑮。猿哀鸣,见前李白《长干行》注⑮。　㉞ "春江"句:是"春江花朝,秋江月夜"的略文。　㉟ 呕哑嘲哳:杂乱而繁碎的声音。　㊱ 翻:按曲调写成歌词。

111

㊲ 却坐：退回原处，重行坐下。　㊳ 青衫：唐制，青是文官品级最低(八品、九品)的服色。这时白居易的职位是州司马，而官阶则是将仕郎，从九品，着青衫。

【语译】

序：元和十年，我贬官为江州司马。到第二年秋天，(一日)送行客到州西湓浦口，听到(江面)船上有人夜弹琵琶。听那乐音，铮铮作响有京城长安的风格。问那人身世，原来是长安乐伎，曾从穆、曹二位乐师学琵琶。年长色衰后，嫁给商人为妻。我听了，就备酒请她快弹几曲。曲终含愁无语。她又自叙年轻时欢乐的往事，而现在漂泊沦落，形容憔悴，在江湖间辗转徙移。我贬官出京已二年，一直恬淡处之随遇而安。有感于琵琶女的话，这一夜才觉得有贬谪的意况。因此而作此七言歌行用来赠送她。一共六百一十二个字，命名为《琵琶行》。

诗：送客浔阳夜，江头望，枫叶暗，芦花白，萧瑟天气秋；下马登上行客船，举杯饮，惜无管弦能催酒。酒兴未畅欢难成，人不醉，起欲辞——茫茫江水浸月色，别绪一江愁。江上何来琵琶声？愁思去，主人竟忘归，行客更停舟。循清音，江上寻，暗中问："弹者谁？"琵琶声暂歇，小舟中，欲语还迟迟；轻移客船傍小舟，殷勤邀相见，重开宴，美酒再斟灯还燃。招佳人，呼且唤，千万遍，来迟步姗姗；但见灯影下，抱琵琶，半将羞颜遮。转轴柱，拨丝弦，调音三两声，曲调犹未成，先见心中情。起手声声慢，弦弦婉转思，平生心事传，似诉不得志。柳眉低垂随手拨，声如流水续续弹，万千心事生腕底，翻成曲调情无限。拢捻抹挑千种技，《霓裳》曲后继《六幺》。大弦嘈嘈急，骤雨击尘埃；小弦相和鸣，絮絮话呢喃。嘈嘈复絮絮，错杂相往回，恰似一斛明珠泻玉盘，大珠滚滚小珠溅。须臾曲转婉，黄莺花底啭，又变幽咽泉，依依下浅滩。水泉渐冷涩，丝弦似凝绝，凝绝更不鸣，空静声暂歇。暂歇别有韵，情恨幽幽生，幽情杳杳暗恨远，此时无声胜有声……蓦地银瓶裂，豁然水浆迸，顿时万马千军赴腕底，弦声齐作刀枪鸣。刀枪鸣处曲已终，收拨当中骤然划，四弦齐作一声促，猝如玉手裂锦帛。东船悄无言，西舫静无声，袅袅余音逝江天，惟见江心秋月白。余音逝呵微沉吟，随手放拨插弦中。稍整身上衣，略敛矜持容。起身答主人："妾身本是京城女，家在虾蟆陵，长安东南居，学成琵琶艺，年方十三春。宫中教坊称十部，名属第一自有声，一曲弹奏罢，乐师齐叹服；双面红妆成，美人纷纷妒。五陵豪侠多少年，缠头彩礼争相送，未曾一曲弹奏竟，红绡绫帕不知数。玉饰金镶随手取，伴唱击节碎几多？罗裙猩红值千金，纵饮不计翻酒污。今年复明年，欢笑连歌舞，春风换秋月，抛掷等闲度。谁料阿弟从军阿姨死，乐极生悲家园破，家园破呵容颜故，朝去暮来谁人诉。门前冷清更寥落，非复车水与马龙，青春渐逝红颜老，无奈嫁作商人妇。商人重利轻别离，辗转漂泊未及顾，前月买茶去浮梁，九江两岸去来渡。去来渡呵妾身苦，浔阳江口守空船，绕船月光惨惨白，东去江水微微寒。夜深忽梦少年事，梦中啼泣更惊悟，任它流泪洗红妆，遂抱琵琶寄情愫。"我闻琵琶声，叹息已频频，又闻佳人语，惋恨更深深。同是天涯沦落人，相逢何必曾相识。

我自去年秋，负罪辞帝京，谪居赴南国，卧病浔阳城。浔阳地偏僻，谁解音和律，终年常寂寂，不闻丝竹声。住近湓江岸，地势更低湿，黄芦与苦竹，森森绕宅生。朝朝暮暮幽居闭塞何所听，唯闻杜鹃夜啼滴血猿哀鸣。更惧相对春江花朝秋月夜，唯有取酒浇愁往往独自倾。非无山歌声，伴奏有村笛，蛮语兼俗乐，嘈杂不堪听。今夜幸逢琵琶女，闻君江天琵琶声，荒郊不期遇仙乐，洗我心胸耳暂明。请君且莫辞，还坐更奏曲，感君深深琵琶意，为君翻作《琵琶行》。琵琶女，感我言，无语沉思久久立，返身回座促弦柱，弦弦声声转更急。声凄凄，意迷迷，凄迷不同向前声。满座重倾听，泪下皆掩泣，泣下谁多青衫湿，江州司马白居易。

【赏析】

元和十年（八一五）六月，宰相武元衡被藩镇刺杀（参后《韩碑》注⑨），白居易时为左赞善大夫，疏请捕刺客以雪国耻，执政者恶之，便罗织罪名，将他贬为江州司马。从元和元年，他与元稹同登"才识兼茂，明于体用"科，初授周至尉后，十年间，他仕途顺畅，意气风发。忽然忠而见谤，贬谪江城，其失望与愤懑，绝非如本诗序所说"恬然自安"。"可能胜贾谊，犹自滞长沙"（《忆微之伤仲远》），才是他真实心情的写照。本诗虽为"感斯人言"而作，其实是借题发挥。诗以"同是天涯沦落人"为中心，起以秋愁，结以泪湿，正表现了诗人遣之不去的神伤。全诗以琵琶女为主线，却在"同是天涯沦落人"后借听音乐带出贬谪情由，恰与此前琵琶女自述身世两相映照，再返顾前半极写琵琶曲的美妙入神，便使人油然感到，诗人"同是"才美而零落不遇人。

白居易自编本诗入"感伤诗"，确实全诗萦回着一种感伤色调，江畔秋晚的萧瑟与主人公始盛而衰的身世情景相融，而三次有关月色的描写，每次都"此时无声胜有声"，将感伤的情韵渟酝深化。将人们带入一种富于哲理性的空茫境界。而这一切的中心，便是那段对琵琶曲的不朽描绘：

琵琶女"千呼万唤始出来，犹抱琵琶半遮面"，已先渲染了一种幽清似梦的氛围。而那三两声"未成曲调先有情"的调弦之声，更将人们引入"弦弦掩抑声声思，似诉平生不得志"的情境之中。"平生不得志"是这乐曲的主题，它往返回旋"续续"诉说，与弹者"低眉信手"的神态相映，给人以黯然神伤之感。忽然丝弦转急，"大弦嘈嘈如急雨，小弦切切如私语。嘈嘈切切错杂弹，大珠小珠落玉盘"。这似乎是一段华彩，高低扬抑，叮咚琮琤。而从下二句"间关""幽咽"云云来看，弹者似乎努力要从始时的抑郁中振起，寻求青春与生命的欢快，但这欢快中却仍有一抹"剪不断，理还乱"的悲辛在汨汨潜流。终于"水泉冷涩弦凝绝，凝绝不通声渐歇"，悲辛由潜流渐渐变为明流，而越来越滞涩，如同水流沙滩，渐渐地泪没，只有一种无形的幽情在虚空中回荡，真是"此时无声胜有声"——有什么语言声音，能道得清无尽的愁苦呢？……骤然，"于无声处听惊雷"，似银瓶猝破，水浆迸溅；如千军万马，群兵相击。这乐声似渴欲冲破那深重无尽的愁苦，似呼号，似呐喊，而突然间，戛然一下，声如裂帛，顿时，四弦齐止，听者这才发现弹者已收拨终曲。然而那余音远意,并不因曲终而终止,"东船西舫悄无言,唯见江心秋月白",不仅听者,似乎那中天的明月,粼粼的江波,都在这余音远意中沉思而又神伤。

白居易前描写音乐以李颀为最。唯李以总体印象为主,而白则趋于写实精细。这是诗坛风气由盛唐之浑成向中唐之细腻发展的反映。

韩 碑[①]

李商隐

元和天子神武姿[②],彼何人哉轩与羲[③]。誓将上雪列圣耻[④],坐法宫中朝四夷[⑤]。淮西有贼五十载[⑥],封狼生䝙䝙生罴[⑦]。不据山河据平地,长戈利矛日可麾[⑧]。帝得圣相相曰度,贼斫不死神扶持[⑨]。腰悬相印作都统[⑩],阴风惨淡天王旗[⑪]。愬武古通作牙爪[⑫],仪曹外郎载笔随[⑬]。行军司马智且勇[⑭],十四万众犹虎貔[⑮]。入蔡缚贼献太庙[⑯],功无与让恩不訾[⑰]。帝曰汝度功第一,汝从事愈宜为辞[⑱]。愈拜稽首蹈且舞[⑲]:金石刻画臣能为[⑳];古者世称大手笔,此事不系于职司[㉑];当仁自古有不让[㉒],言讫屡颔天子颐[㉓]。公退斋戒坐小阁[㉔],濡染大笔何淋漓[㉕]。点窜尧典舜典字,涂改清庙生民诗[㉖]。文成破体书在纸[㉗],清晨再拜铺丹墀[㉘]。表曰臣愈昧死上,咏神圣功书之碑[㉙]。碑高三丈字如斗,负以灵鳌蟠以螭[㉚]。句奇语重喻者少[㉛],谗之天子言其私[㉜]。长绳百尺拽碑倒,粗砂大石相磨治[㉝]。公之斯文若元气[㉞],先时已入人肝脾[㉟]。汤盘孔鼎有述作,今无其器存其辞[㊱]。呜呼圣王及圣相[㊲],相与烜赫流淳熙[㊳]。公之斯文不示后[㊴],曷与三五相攀追[㊵]?愿书万本诵万遍,口角流沫右手胝[㊶]。传之七十有二代[㊷],以为封禅玉检明堂基[㊸]。

【注释】

① 韩碑:韩愈所撰《平淮西碑》。元和十二年(八一七)十月,宪宗命宰相裴度统兵讨伐淮西节度使吴元济。时愈于裴幕任行军司马。功成,诏命愈撰《平淮西碑》。碑文推崇主帅裴度功绩,引起雪夜入淮西的李愬不满。李妻为德宗唐安公主女,向宪宗诉说碑文不实,宪宗因命扑去韩碑,诏段文昌重撰勒石。是为中唐一大公案。此诗为韩鸣不平,约作于文宗开成四年(八三九)裴度逝世后。 ② 元和:宪宗李纯年号。 ③ 轩与羲:黄帝轩辕氏与太昊伏羲氏。古圣皇。 ④ "誓将"句:玄、肃、代、德、顺宗各朝,强藩多次抗命中央,

除安史之乱外，事变不下十数次，如建中三年，朱泚、李希烈之乱，德宗出奔奉天，朱泚一度称帝。宪宗即位先后平西川刘辟、镇海军李锜及淮西吴元济之乱，故云云。雪，洗雪。列圣，列位圣上。　⑤法官：正殿。朝四夷：使四夷来朝见。四夷，四边的少数民族。韩碑："既定淮蔡，四夷毕来。遂开明堂，坐以治之。"　⑥五十载：韩碑："蔡帅之不廷授，于今五十年。"代宗宝应元年（七六二）任李忠臣为淮西十一州节度使，中经李希烈、吴少诚、陈仙奇、吴少阳，至吴元济凡五十余年，其中除陈仙奇颇尽臣节外，都凶悍不臣。少诚以下吴氏家属盘踞淮西凡四十年（元济为少阳之子，少诚之侄），见《新唐书·藩镇传》。按淮西节度治所在蔡州（今河南汝南）。　⑦"封狼"句：言淮西强藩凶恶似猛兽而代代相传。封狼，大狼，《后汉书·张衡传》："射䴠冢之封狼。"貙（chū）：似狸，其大者称貙虎；羆（pí）：似熊。均见《尔雅》及注。　⑧"不据"二句：言淮藩强悍嚣张。《旧唐书·吴元济传》："自少诚阻兵已来，三十余年，王师加讨，未尝及其城下……城池重固，有陂浸阻回……地少马，而广畜骡，乘之教战，谓之'骡子军'，尤称勇悍。蔡人……坚为贼用……乃至搜阅天下豪锐，三年而后屈。"日可麾，《淮南子·览冥训》记，鲁阳公与韩争战，日将西下，授戈挥日令止。　⑨"帝得"二句：元和十年正月，吴元济反。当时宰相武元衡、御史中丞裴度谋伐淮西。节度使王承宗、李师道请缓兵赦吴。六月，李师道遣刺客杀武元衡，伤裴度。宪宗曰："度得全，天也！"诏拜裴度为宰相。圣相，《晏子春秋》："仲尼圣相。"⑩都统：中唐后为招讨藩镇，设诸道行营都统，为统帅。元和十二年七月，诏裴度督战淮西，以宰相兼彰义军节度使，仍充淮西宣慰招讨处置使。裴度以韩弘已为淮西行营都统，乃辞招讨之名，只称宣慰处置使，然实行都统事。故诗云云。　⑪阴风：裴度八月初三赴淮，时当仲秋，历法称为阴中，其风称阴风。天王旗：裴度赴淮西，宪宗诏以天子禁军神策军三百骑卫从，并亲临通化门慰勉。天王旗即指神策军之旌旗。　⑫"愬武"句：愬（sù），邓随节度使李愬；武，淮西都统韩弘之子韩公武；古，鄂岳观察使李道古；通，寿州团练使李文通。四人皆裴度麾下大将。牙爪，即爪牙，指得力帮手，《诗·小雅·祈父》："祈父予王之爪牙。"　⑬"仪曹"句：时以礼部员外郎李宗闵兼侍御史为判官书记。《新唐书·百官志》：武德三年，改仪曹郎为礼部郎中。仪曹即礼部。外郎即员外郎。载笔随，指为书记。　⑭行军司马：指韩愈为行军司马，备军中咨询。智且勇：此战，韩愈先请命至汴州感说韩弘协力。又请裴度自率兵三千从小道入蔡擒吴。未及行，李愬已自唐州文城垒提兵夜入蔡州擒元济。一如韩愈所献策。三军之士为愈憾恨。故诗言"智且勇"。　⑮"十四"句：十四万众当实指讨淮唐军。犹虎貔，《尚书·牧誓》："如虎如貔。"指精强的军队。貔（pí），猛兽，又名貔貅。一说似虎，一说似熊，又一说即狮子。　⑯入蔡：元和十二年十月十五日李愬雪夜袭蔡州。十七日擒吴元济，缚送长安，献于太庙，斩于京师独柳树。太庙：皇室宗庙，国有大事，必祭告之。按此句连上下文，则以破蔡擒吴主要归功于统帅裴度。　⑰"功无"二句：庾信《商调曲》"功无与让，铭太常之旌"，王粲《咏史》"受恩良不訾"，此合用二语，言裴度功高无可谦让，而宪宗恩赐甚厚。不訾，即不赀，訾、赀通资，不訾指数量大，不可以资财计。《旧唐书·裴度传》记：当时诸道兵皆有宦官监阵，进退不由主将，裴度至，奏去之，军法严肃，号令划一，因此出战皆捷。平淮归朝，加金紫光禄大夫，弘文馆大学士，赐勋上柱国，封晋国公。　⑱从事：僚属。宜为辞：适宜作碑铭。　⑲"愈拜"句：拜、稽首、舞蹈是臣下见君上时的一套礼仪。拜，下跪，低头与腰平，两手及地。稽首，叩头。蹈且舞，依一定程式足蹈手舞。　⑳金石刻画：指撰写刻勒

115

于钟鼎等金属器物与石碑石崖上的文章。　㉑"古者"二句：言此类纪功文字要请大手笔为之，不可轻易让一般司文官吏来写，即《进撰平淮西碑文表》所云"兹事至大，不可以轻属人"。大手笔，《晋书·王珣传》："珣梦人以大笔如椽与之，既觉，语人云，'此当有大手笔事。'俄而帝崩，哀册谥议，皆珣所草。"唐中宗后，许国公苏颋、燕国公张说文章为一时之选，时号"燕许大手笔"。　㉒"当仁"句：《论语·卫灵公》："当仁不让于师。"㉓"言讫"句：言天子听罢，连连点头称是。颔，本意下巴，用作动词为点头。《左传·襄公二十六年》："逆于门者，颔之而已。"颐(yí)：亦指下巴，颔颐，颔作动词，颐作名词。㉔斋戒：洁肃身心，以示恭敬。　㉕"濡染"句：指韩愈为文时气势充沛。濡染，濡墨染毫。　㉖"点窜"二句：言韩文得典诰之体而不袭其文句。《尧典》《舜典》，《尚书》二篇名。《清庙》，《诗经·周颂》篇名；《生民》，《诗经·大雅》篇名。碑铭分两部分，前为碑文用散体，后为铭文总括前文用韵文。二句分指二者。　㉗破体：书法用语，指变化前人之体。唐徐浩《书论》："钟善真书，张称草圣；右军行法，小令破体：皆一时之妙。"历来注此句有二说，一说指韩愈此文书体，一说指其文体，均可通。　㉘再拜：拜而复拜，是极其恭敬的礼仪。铺丹墀：以碑文铺在殿上红漆殿阶上。　㉙"表曰"二句：表指韩愈《进撰平淮西碑文表》，中有句云："强颜为之，以塞诏责，罪当诛死。"即诗所谓"昧死上"；又云"窃惟自古神圣之君，既立殊功异德卓绝之迹"，即诗所谓"咏神圣功"云云。　㉚负以灵鳌：指驮碑之碑座，雕成鳌状。鳌(áo)：海中大龟。龟为四灵之一，故称灵鳌。蟠以螭：指以雕螭为碑顶纹饰。螭(chī)：龙属。　㉛句奇语重：谓碑文古朴非同时俗。喻：懂得。㉜"谗之"句：参注①。　㉝"长绳"二句：言宪宗下诏扑碑，磨去碑文。㉞元气：先天地而生的自然混沌之气。　㉟入人肝脾：即今言沁人心脾，谓韩文深入人心。　㊱"汤盘"二句：言商汤王之盘(传为浴器)、孔子之祖先正考父之鼎均有铭文，今器亡铭传。汤盘铭见《礼记·大学》，孔鼎铭见《左传·昭公七年》。此以二者比韩碑。　㊲圣王及圣相：指商汤王与正考父。正考父佐宋戴、武、宣三公，时有圣人之称。㊳烜赫：强烈的光耀。流淳熙：淳，朴厚；熙，光明，清明。流淳熙，意谓教化流布。　㊴斯文：此文。　㊵曷：何。三五：三皇五帝。　㊶沫：唾沫。胝：老茧。　㊷七十有二代。《史记·封禅书》："管仲曰：古者封泰山，禅梁父者七十二家。"参下句注。　㊸"以为"句：承上句以韩碑文比封禅文。《史记·封禅书》："封泰山下东方，其下则有玉牒书。"又《后汉书·祭祀志》："牒厚五寸，长尺三寸，广五寸。有玉检……检用金缕五周，以水银和金以为泥。"封禅书刻玉板上称玉牒，又以玉制函套藏护，称玉检。明堂基，用作明堂之奠基物。泰山下有明堂，为周天子东狩朝诸侯之所。东狩即东巡，为封泰山禅梁父典礼之一部分。

【语译】

　　元和天子姿质英武同神明，他是怎样的人啊，就像上古圣王黄帝与伏羲。他誓将列朝先王耻辱齐洗雪，端坐正殿使那四方夷族来朝觐。淮西藩镇似盗贼，盘踞藩衍五十年。三姓相传，就像那大狼生豺虎，豺虎生熊罴。他们有恃无恐不守山河之阻据平地，又像那鲁阳挥戈止日气焰可滔天。天子有幸得圣相，圣相大名曰裴度；盗贼刺杀竟不死，似有神明相扶持。他腰悬相印充都统，禁军护卫，秋风肃杀出师飘大旗。麾下大将有四人：邓随有李愬，淮西韩公武，鄂岳李道古，寿州李文通，都像那圣王爪牙锋且利。军中书记李宗闵，本是礼部外郎来相兼；行军司马名韩愈，大智大勇少伦比。浩浩大军十四万，威似猛兽虎与貔。军入蔡州俘获奸贼吴元济，绳捆索绑押回京师太庙来祭献。裴相功劳显赫不可辞，圣主降恩赏赐难数计。天子说："裴度你的功劳数第一，麾下韩愈撰写记功碑铭正合宜。"韩愈伏身下拜再叩头，起身足蹈手舞礼周全。说是"勒金刻石诸种文体小臣担得起，朝堂大事古来称为大手笔。平淮事巨撰碑不可轻易委托司文吏，我当仁不让自来有古义"。言论处处合大义，天子连连把头点。韩公退朝沐浴静心坐小阁，沾墨染毫，大笔挥洒气势充沛痛快文淋漓。他体仿典诰撰成碑与铭，辞必己出却不因袭古人句。碑文撰成革新旧体写在纸，清晨上朝拜献铺陈殿上丹阶前。上表献文说是："小臣韩愈勉强塞责罪该万死献此文，咏歌君王神圣不世之功伏请写上碑。"碑高三丈字字大如斗，石鳌为座碑顶蟠屈雕龙螭。此文句法奇警，造语雄劲，古朴真淳本来知者少，有人竟向天子进谗说是偏赞裴相心有私。天子下诏扑韩碑，百尺长绳拽碑摧；粗沙大石来磨砻，磨去韩文改新辞。须知韩公此文就如天地元气撰结成，早已深入人心间。想那商汤盘铭孔鼎文，器物虽佚文尚存。汤为圣王啊孔圣相，德光显赫啊前后相辉教化流布最丰沛。韩公此文如不流传示后人，怎使我唐圣皇文德与那三皇五帝相攀比。我愿将雄文恭录万本诵万遍，直到右手生茧口角流唾涎。冀望雄文流传七十又二代，就同那封禅玉牒可为明堂作奠基。

【赏析】

《韩碑》入选本书是个特例，《唐诗三百首》作为唐诗初阶，易诵易记是其特色，但本诗对初学来说不免既难读又难记。细思其故，当因从唐诗派选家看来，七古以韩愈为正变，此后能接武韩愈的，终唐之世唯李商隐一人而已，故录以观其承传。又《韩碑》虽较难读，但典故不多，文辞也从韩诗较清通一面开拓，只要了解典实，还是可以读通的。于是七古一体中，于晚唐仅选此篇，这里也许还有教人学韩当从其力大思雄一面窥入，而去其艰涩之意。

诗分四层：前八句交待平淮背景，从宪宗决心平淮雪耻与淮西吴元济气焰嚣张两造落墨，显示了一种剑拔弩张的紧张气氛。

"帝得圣相相曰度"以下十句为第二层，述平淮始末，先以"圣相""神扶持"总挈，接着重点铺叙出师声威与主要属官，于战争过程一概略去，"奏凯献捷"亦仅以二句作结，剪裁极精当，因为前八句已先声夺人，造成必胜之势。如果详写战争，势必支蔓繁冗，反无如此效果。

"帝曰汝度功第一"以下二十二句为第三层。叙作碑扑碑始末，是全诗的中心部分。由前二段写帝写相进入写韩愈，着重表现其当仁不让的宏大气魄，豪气直透"濡染大笔何淋漓"句。使末四句扑碑显得分外令人扼腕叹息。

"公之斯文若元气"句至结束十二句是第四层。就韩碑事发论，是主旨所在，由引证古代圣王圣相事，落到韩碑之永垂不朽。隐隐对宪宗信谗扑碑事表示批评，实际上也提出了君臣一体、同心同德的政治理想。会昌至开成间，李德裕相武宗、文宗，力排众议而平藩，结果德裕与有功将相因"牛李党争"遭贬。这与当年韩

117

愈事件相似，这也许是商隐作《韩碑》的动因吧。

从以上分层简析中已经可以看出本诗以下特点：

一、堂庑宽宏，力沉势雄。四层的起笔都正大古朴，为后文留下充分余地。全诗铺叙中都略去细节，着重于宏大气势的传达。韩愈作碑这一中心，先有帝、相的两层铺垫，蓄势已足，痛快淋漓，更突然跌入扑碑，在正反对照中，以"公之斯文若元气"画龙点睛，诗势复又振起，又下连十二句礼赞，其诗势如高屋建瓴，奔泻而下。也达到了"濡染大笔何淋漓"的境地。

二、结构森严，陡转硬接：四个层次不仅极其分明，而且如前析脉络贯通，主从得宜。这种结构有正大之态，但处理不当也会显得平板。于是诗人在各个层次间都以极简净的笔墨突然转折，二、三两层两个起句"帝得圣相""帝曰汝度"，处理得尤其成功。四层内各小节间也往往省去过渡句，直接由一节跳到一节。如第一层写天子四句，叛臣四句，中间全不过渡，有效地营造了壁垒分明的气氛。这种陡转硬接法，在顺叙的结构中形成一种由断裂产生的力度，使文断势不断，全诗便有一种正大中森严不可向迩之感。

三、辞洁语健，韵法简老：为加强沉雄之势，诗歌语言力求简净，不枝不蔓。不仅如此，更在有限的字数中加大容量，即所谓"句奇语重"。如"点窜尧典舜典字，涂改清庙生民诗"，用《尚书》《诗经》四篇名，表达了韩碑体格正大，以典诰为楷模；又冠以"点窜""涂改"二动词，则又点明正中有变，辞必己出；再缀以"字""诗"二词，更分指碑铭由一散一韵组成。十四字含多重意思，简洁老成之极。再就韵法看，用平声支韵，六十二句一韵到底，这就从音韵上加强了"句奇语重"之感。

以上其实也正是韩诗的主要艺术特点，不过商隐学韩又并非亦步亦趋。势虽雄而加以稳顺，语虽奇而避其险怪，结构虽拗健却不恢张——这当然与商隐气质不及韩愈强毅雄健有关。虽然本诗在力度气魄上还不及韩愈，但也避免了韩诗往往奇诡险涩之病。如与韩愈《征蜀联句》《元和圣德诗》对读，便不难明白。这也可称是"文成体（文体）破"的个性化创新了吧！

卷四　七言乐府

燕　歌　行① 有序

高　适

开元二十六年，客有从元戎出塞而还者，作《燕歌行》以示适。感征戍之事，因而和焉。

汉家烟尘在东北②，汉将辞家破残贼③。男儿本自重横行④，天子非常赐颜色⑤。摐金伐鼓下榆关⑥，旌旆逶迤碣石间⑦。校尉羽书飞瀚海⑧，单于猎火照狼山⑨。山川萧条极边土，胡骑凭陵杂风雨⑩。战士军前半死生，美人帐下犹歌舞。大漠穷秋塞草腓⑪，孤城落日斗兵稀。身当恩遇常轻敌⑫，力尽关山未解围。铁衣远戍辛勤久⑬，玉箸应啼别离后⑭。少妇城南欲断肠⑮，征人蓟北空回首⑯。边风飘飖那可度⑰，绝域苍茫更何有⑱？杀气三时作阵云⑲，寒声一夜传刁斗⑳。相看白刃血纷纷，死节从来岂顾勋㉑。君不见沙场争战苦，至今犹忆李将军㉒。

【注释】

① 燕歌行：乐府相和歌平调曲旧题，多咏东北征戍之情，本诗承之。序中张公指营州都督、河北节度副大使张守珪。史载开元二十六年(七三八)守珪于潢水击叛乱的奚人余部。先胜后败，隐其败状，奏克获之功。高适曾至蓟北送兵，目睹军政败坏，本诗当是由蓟北回封丘县尉任上作。行：诗体名，参李白《长干行》注①。　② "汉家"句：开元十八年契丹可突干杀其国王李绍固，胁迫奚族叛唐降突厥，此后与唐战争连年。汉：代指唐。烟尘：犹言烽火。　③ 残贼：指叛奚余部，见注①。　④ 横行：这里是说扫荡敌军。　⑤ 这句说皇帝格外赐以恩荣。　⑥ 摐金伐鼓：摐(chuāng)，撞击。金：钲，铜制军乐器。伐：击。榆关：山海关。　⑦ 逶迤：连绵不断貌。碣石：山名，在今河北，这里通指往东北路径。　⑧ 这句说唐师先锋深入敌境。校尉：武职名，此指张守珪裨将赵谌、白真陀罗等此战主要将领。羽书：插有鸟羽的军用紧急文书。瀚海：沙漠，此指今内蒙东北部西拉木伦河上游一带沙漠，为奚族所居。　⑨ 这句说已可望见敌军猎火。单于：此指敌酋。猎火：古游牧民族战前大规模的校猎，相当于军事演习。狼山：在今河北易县境内，此借用。　⑩ 骑(jì)：一人一马。凭陵：冲击。　⑪ 穷秋：深秋。腓：病黄、枯萎。　⑫ 恩遇：天子的恩顾。　⑬ 铁衣：铁甲。　⑭ 玉箸：指思妇的眼泪。　⑮ "少妇"句：承上"玉箸"句，长安住宅区在城南。　⑯ 蓟北：今河北蓟州以北地区，这句承上"铁衣"句。　⑰ 飘飖：辽远。　⑱ 绝域：边陲之地。　⑲ 三时：整日。阵云：密布的战云。　⑳ 刁斗：军中所用

119

铜镮,夜间作报更器用。 ㉑ 死节:为国事而死。节,节义。 ㉒ 李将军:汉将李广守右北平,匈奴称之为"汉之飞将军",数年不敢入扰。李广宽缓不苛,赏赐与士卒分享,"乏绝之处,见水,士卒不尽饮,广不近水;士卒不尽食,广不尝食"。(《史记·李将军列传》)

【语译】

序:开元二十六年,有随从大将军出征蓟北而还者,作《燕歌行》给我看。因感征战之艰辛,和作此诗。

诗:战烟在东北燃起,将军杀敌别家人,男子汉从来就横扫千军,更何况天子恩遇光彩新。鸣金锣,击战鼓,大军东征出榆关;战旗飘,现复隐,碣石之间续续行。军书紧急飞大漠,敌我已接近;敌酋耀武猎狼山,猎火照天明。边地的山啊边地的水,萧萧复咽咽;挟带着风啊挟带着雨,敌骑猛冲击。英勇的战士们啊一往无前半死生,主帅的帐幔中啊美人轻歌又曼舞。寥廓的大漠上,秋风吹枯了青青的草;孤城的夕照里,勇士们一天更比一天少。身受主上的恩遇,勇士们,一往无前;为什么,力尽身死,也挽转不了败局!远征的战士困守孤城,铁甲生寒;家中的少妇,玉泪如注,长流不干。遥想长安城南那断肠人,又怎能不蓟北西望空叹频。边风浩浩怎样来飞渡,身处极北苍茫何所有。唯有那长日不绝的杀气,凝成了浓重不散的战云;终夜的死静中,寒风传来更斗的声音。抽刀相看,刀锋雪亮血迹斑斑,尽忠死节,从来就把功名看轻!君不见千年沙场征战苦,叫人怎不长怀李广飞将军。

【赏析】

本诗很能见出盛唐诗人的气质及盛唐对前代诗歌的继承和创新。

《燕歌行》创调于曹丕。据《乐府诗集》,高适之前存十一首,均模拟思妇口吻,平仄韵互转,以丽辞曼声,反复赋写思念怨旷;加以声律、对偶越来越整饬,极尽缠绵悱恻之能事。本诗用其题,当然也要承其体,从"大漠穷秋塞草腓"到"寒声一夜传刁斗"十二句,即写怨情,但怨情显然已退居从属地位,而刺时抒慨却成了主旨。这种题材与主题的创新,也促使了艺术手法的更新。刚柔相济、骈散交替、虚实相生、对照见意是全诗最突出的特点,使齐梁以来的骈俪体歌行别开生面。

前八句四句一组由仄转平。"汉家烟尘""汉将辞家",诗以两个"汉"字复沓而起,急促的音调,渲染出东北军情的紧急。接着四句简写士气之高昂,天子之关怀,军行之声威。以上六句用大都不合律的散句一气串下,便在紧迫之中造成势如破竹之感,从而突出了唐军的声威。"校尉""单于"七八两句是第一次出现的合律对句,顿然起一种两军"对"垒的感觉,既阻住了前六句流走的趋势,又转入第三韵至第五韵,共三个层次全用骈句(且大部分为律句)的铺写。

第三韵又转仄声,凡四句。承敌我对垒写战况,是全诗的关键。这一层本身包含两种对比。狼山一带,地极边远,山川萧条,敌军的骑兵得地形之便,他们的冲击如雨骤风狂。面对敌人的攻势，战士们死生过半，然而将领们却在营幕中挟妓宴乐歌舞。"美人帐下犹歌舞"，既与荒漠边地、敌军凶猛形成强烈反差，更与"战士军前半死生"鲜明对照，沉痛地暗示出将领的荒淫昏庸。

于是平叛之战遭受了挫折：寥廓的大漠上，秋风吹黄了青草，这肃杀的天时仿佛象征着战事的悲惨。孤城夕阳下，战士们越来越形稀影少。虽然他们为报效皇恩而面对强敌，坦然履险，但是殚精竭虑也不能挽转战局的危殆——第四韵又转平韵，这四句隔着第三韵，与一、二两韵描述的出师时的声威又构成强烈对照，从而使人痛切地体味到，战败并非"战士"不用命的过错，而正是"美人帐下犹歌舞"的边将辜负了"天子非常赐颜色"的"恩遇"。

诗歌至此都是实指潢水之败，叙事已经完足，本也可以直接最后四句，结出主旨，但诗人却插入了八句，笔分两面，虚拟征人、思妇两地相思之苦，而归结为战场杀气常凝，一片死静的环境描写。相信那"本自重横行"的男儿，听着那反衬死静的点点打更声，也不得不英雄泪下了——这一韵与二、三两韵一样，都是用骈句，两两相对而下，然而又由平转仄，由四句扩展为八句，错婉的音声与曼长的节奏，仿佛一段华彩曲，有效地传达出万里相思的空茫之感，将忠勇的战士们的悲愤抒写得淋漓尽致。虽然它是《燕歌行》传统体制的需要，却有机地融和在全诗之中，从侧面对边将昏庸祸国殃民的后果作了抨击。

至此诗人的愤慨到了极点，于是在连用九对十八句骈句往还吞吐后，又爆发式地迸为最后一韵四个一气贯下的平韵散句。"死节从来岂顾勋"，上应开始"男儿本自重横行"，中间"战士军前半死生""身当恩遇常轻敌"各句，形成全诗对士卒们爱国忘身精神的一以贯之的礼赞。那么是谁使这些忠勇的战士白白尝尽沙场征战苦呢！诗人没有明言，只是以"至今长忆李将军"作结。读者一定不难找出这种对汉将李广的思慕又与前面那一句对应，从而领会它的弦外之音。

古从军行①

李　颀

　　白日登山望烽火，黄昏饮马傍交河②。行人刁斗风沙暗③，公主琵琶幽怨多④。野云万里无城郭⑤，雨雪纷纷连大漠。胡雁哀鸣夜夜飞，胡儿眼泪双双落。闻道玉门犹被遮⑥，应将性命逐轻车⑦。年年战骨埋荒外，空见蒲萄入汉家⑧。

【注释】

　　① 这诗当为天宝年间讽刺玄宗对吐蕃长期用兵而作。《从军行》，乐府《相和歌·平调曲》旧题。叙写军旅之事。此诗借汉武开边事以寓今情，故题曰《古从军行》。行，诗体名，前屡见。　② 交河：在今新疆吐鲁番。因河水分流绕城下，故名。（见《汉书·西域传》）

③ 刁斗：军中报更用的铜器，形似锅镬，白天作炊具。　④ 公主琵琶：《宋书·乐志》引傅玄《琵琶赋》："汉遣乌孙公主嫁昆弥，念其行道思慕，故使工人裁筝筑，为马上之乐。欲从方俗语，故名曰琵琶，取其易传于外国也。"　⑤"云"：原作"营"，据本集改。　⑥"闻道"句：汉武帝命李广利攻大宛，期至贰师城取良马，号之为贰师将军。作战经年，死伤过多，广利上书请班师以徐图再举。武帝大怒，发使遮玉门关，曰："军有敢入，斩之！"《汉书·李广利传》》遮，拦阻。玉门关在今甘肃敦煌。　⑦ 逐轻车：跟着将军作战。轻车，战车的一种。汉武帝时有轻车将军李蔡。　⑧ 蒲萄：同"葡萄"。《汉书·西域传》："宛王蝉封与汉约，岁献天马二匹。汉使采蒲陶（萄）、苜蓿种归。天子以天马多，又外国使来众，益种蒲陶、苜蓿离宫馆旁。"

【语译】

白日里登上山头，候望那报警防胡的烽火；黄昏时牵饮战马，更傍着萦回鸣咽的交河。戍边的征人敲起了报更的刁斗，大漠风沙向昏暗；更哪堪，琵琶声声，诉说着古来和蕃公主的幽怨深重——荒野的云啊连万里，万里之中啊望不见城郭。雨雪纷纷啊飘不尽，纷纷飘飘啊弥漫在茫茫大漠。胡雁哀鸣啊夜夜掠过长空，胡儿悲啼啊眼泪双双坠落——闻道是归汉的玉门关啊，还是被皇家禁令遮阻；只得拚将性命，追随那不停的战车。年年岁岁，阵亡人的骸骨埋野外——空见那，西域的葡萄进贡入汉宫。

【赏析】

读懂本诗的关键，是弄清五至八句与前四句的关系，而打开关键的钥匙是李颀另一首音乐七古《听董大弹胡笳声兼寄语弄房给事》中的两句"嘶酸雏燕失群夜，断绝胡儿恋母声"，这与本诗七八句"胡雁哀鸣夜夜飞，胡儿眼泪双双落"的意象是同一的。于是可知，第四句"公主琵琶幽怨多"是全诗的枢机。戍卒在黄昏中听到了一曲前代和蕃公主的琵琶声，引逗起万千愁绪，五至八句正是诗人据边地景物对琵琶曲的具象，这未必是实景，而是即时即地的心灵感触，也只有这样理解，"胡儿眼泪双双落"句才能讲通。如以实景解之，这戍卒又怎会以胡儿来表达自己的愁苦呢？也因此第五句前二字应为"野云"而非"野营"，野营就过于落实了，无法讲通后面的句子。

结合前录李颀两首写音乐的七古，可以感到，他的七古一个突出的特点是相当印象化，他善用苍黯的意象相叠加，组成若干块状的意象群，中间似断而续，读来有一种跳荡之感，遂形成雄奇中见郁勃之气的个性风格。在李白、杜甫之前，七古就气局而言，李颀的作品最具有开创性。

本诗结末四句也深可玩味，前二句以壮语写无奈之情，后二句以重笔作对比凸现反战诗旨，开后来张（籍）王（建）乐府之先声。

洛阳女儿行①

王 维

洛阳女儿对门居，才可容颜十五余②。良人玉勒乘骢马③，侍女金盘脍鲤鱼④。画阁珠楼尽相望，红桃绿柳垂檐向。罗帏送上七香车⑤，宝扇迎归九华帐⑥。狂夫富贵在青春⑦，意气骄奢剧季伦⑧。自怜碧玉亲教舞⑨，不惜珊瑚持与人⑩。春窗曙灭九微火⑪，九微片片飞花琐⑫。戏罢曾无理曲时⑬，妆成只是熏香坐⑭。城中相识尽繁华，日夜经过赵李家⑮。谁怜越女颜如玉⑯，贫贱江头自浣纱。

【注释】

① 原注"时年十六"（一作十八）。此为新乐府辞，取义于梁武帝萧衍《河中之歌》："河中之水向东流，洛阳女儿名莫愁。"行，诗体名，前屡见。　② 才可：唐人口语。即正当。　③ 良人：夫君。玉勒：玉制的马嚼口。骢马，青白相间的马。　④ 脍：细切的鱼肉。　⑤ 七香车：以多种香木制成的车，曹操《与杨彪书》："今赠足下四望通幰七香车二乘。"　⑥ 九华帐：华彩宝帐。参前《长恨歌》注㊻。　⑦ 在：正。　⑧ 剧：超过。季伦：晋石崇字季伦。参注⑩。　⑨ 怜：爱怜。碧玉：南朝吴声歌有《碧玉歌》，引《乐苑》云："碧玉，汝南王妾名。"此指美女。　⑩ "不惜"句：《世说新语·汰侈》记，王恺以晋武帝所赐二尺珊瑚示石崇，崇以铁如意击之。王恺斥之，崇乃命人搬来三四尺高珊瑚六七枝偿还之。此上应"季伦"句，暗用其事。　⑪ 九微火：《汉武内传》记有"九光九微之灯"。九微与九光相对，当指微明朦胧。　⑫ 片片：当指灯花。花琐：镂花连环窗格。　⑬ 曾无：全无。　⑭ 熏香：古人以末香置镂空熏炉中慢燃，香烟从镂空处散出，称熏香。　⑮ 赵李家：豪贵人家，旧有多说。玩诗意以《汉书·叙传》："赵李诸侍中皆引满举白"之"赵李"为近是，即指汉成帝赵后及李婕妤族人之为侍中者。　⑯ 越女：李白《越女词》："镜湖水如月，耶溪女如雪。"

【语译】

洛阳女子居住在对门，看容貌，年龄正当十五余。嫁得个夫君，他名马配衔玉勒口；跟前的侍女，手托金盘送上了鲤鱼片。雕画的亭阁珠翠的楼，人人相望尽相羡；红桃绿柳绕楼阁，花朵柳枝向檐垂。出门去，七香车上垂罗幕；归来时，宝扇引送九华帐。夫婿轻狂富贵正年少，意气骄奢胜过晋代石季伦。爱怜那小家碧玉，夫婿他亲自来教舞；不惜将珍贵的珊瑚，率性随意送与人。春朝曙光照窗前，窗内才吹灭了九微火；九微灯花片片飞，飞上了连环雕花窗棂间。夫妇相悦相戏毕，哪能顾上将那琴曲儿来演习；梳妆已毕全无事，只是把铜炉熏香坐闲闲。城中相识的，都是豪富称繁华；日夜来去的，无非皇族贵戚家。有谁同情，那越女面色白如玉；贫贱默默，江头浣纱度生涯。

【赏析】

疏通本诗,有两处先须确解。一是"自怜碧玉亲教舞"之"碧玉",一说"碧玉"即指"洛阳女儿",恐非。按第八句"宝扇迎归九华帐",语意与十三至十六"春窗曙灭九微火"四句相衔接,是写洛阳女儿夫妻春夜欢娱到晓。因此"狂夫"以下四句(九至十二句)是插叙,在描写洛阳女儿后,补叙其夫婿之意态,着重于"富贵""青春""剧季伦"的特点。而后以"春窗"云云一笔双绾,形成诗歌布局的一处开阖。"自怜碧玉"与"珊瑚持与人",在诗意上紧相连,后句明显对他人而言,则可悟"碧玉"是指私家舞女,狂夫怜舞女而亲教,又以珊瑚赐之,其骄奢意态方跃然纸上。诗势也因暂时脱开"洛阳女儿"而更为开展。

最后的"越女",一说泛指白如玉的越女,一说特指西施。依后说,则意谓西施虽美如玉,但贫贱时也无人赏识。弦外之音是,洛阳女儿之尽识繁华、赵李经过是以夫而贵。则她亦应是小家女子。取此说者一般上联"碧玉",以为碧玉亦应指洛阳女子,但从上文的分析中已可见碧玉当指私家舞女,则此说先已可商。再从全诗脉络析之。前文在写夫妇夜戏后更极写此女闲散慵懒:"戏罢曾无理曲时,妆成只是熏香坐",此正与越女之"江头自浣纱"形成鲜明对照,而"城中""赵李"二家贯接于其间,正加强了这一对照,意谓越女不能如洛阳女子那样出入繁华,经过赵李,并非因其容颜不如,妇德不如,而只是因其"贫贱"。这正是唐代才士不得志时常用的比兴手法。弦外之音是:才士不遇,非才能不如达官贵人,而是出身不如。这样"自浣纱"之与洛阳女儿慵懒的对照才有着落,故以此说为胜。解作特指西施,恐太过狭窄。

古诗由于句式限制与表现手法的需要,往往有所谓"歧义"现象,为此在研读时应尤其着重章句之间的意脉联系,如此或可更接近作者原意。

本诗为作者十六岁时所作,较后一首《老将行》为早,时当初盛唐之际,因此本诗在风格上更接近初唐体歌行,但透过其艳丽的辞采与婉转的音调,能感到后来盛唐歌行特有的清新之气,跌宕之致,这是变化的先声,与《老将行》对读,可以扪摸到歌行体七古由初入盛的变化脉络。

老 将 行①

王 维

少年十五二十时,步行夺得胡马骑②。射杀山中白额虎③,肯数邺下黄须儿④?一身转战三千里,一剑曾当百万师⑤。汉兵奋迅如霹雳⑥,虏骑崩腾畏蒺藜⑦。卫青不败由天幸⑧,李广无功缘数奇⑨。自从弃置便衰朽⑩,世事蹉跎成白首⑪。昔时飞箭无全目⑫,今日垂杨生左肘⑬。路旁时卖故侯瓜⑭,门前学种先生柳⑮。苍茫古木连穷巷⑯，寥落寒山对虚牖⑰。誓令疏勒出飞泉⑱，不似颍川空使酒⑲。贺兰山下阵如云⑳，羽檄交驰日夕闻㉑。节使三河募年少㉒，诏书五道出将军㉓。试拂铁衣如雪色㉔，聊持宝剑动星文㉕。愿得燕弓射大将㉖，耻令越甲鸣吾君㉗。莫嫌旧日云中守，犹堪一战立功勋㉘。

【注释】

① 老将行：《乐府诗集》录入《新乐府辞》。行，诗体名，前屡见。　② 骑：坐骑。　③ 白额虎：虎之最凶猛者，晋周处除三害，其一即南山白额虎。　④ 肯数：不肯输与。数音 shǔ，计点之意。邺下黄须儿：曹操次子曹彰，黄须勇武，曾征乌桓有奇功。曹操赞曰："黄须儿竟大奇也。"邺下，曹操封魏王时都邺城(今河北临漳西)。　⑤ 曾当：可匹敌。　⑥ 霹雳：迅雷。　⑦ 蒺藜：此指铁蒺藜，军中御敌的铁制障碍物，状似野生三角刺蒺藜。　⑧ "卫青"句：《史记·卫将军骠骑列传》记其为"骠骑(卫青)所将常选，然亦敢深入，常与壮骑先其大将军，军亦有天幸，未尝困绝也。"天幸即天助，王维以此为卫青事。　⑨ "李广"句：李广亦汉武名将，匈奴呼之为"汉之飞将军"，然屡败少功，大将军卫青受汉武帝诫："以为李广老，数奇，毋令当单于"(《史记·李将军列传》)。按上句以霍去病"天幸"事误移于卫青，似与此有关，二句论汉事作翻案文章以为老将不平。　⑩ 弃置：指罢官。　⑪ 蹉跎：虚度光阴。阮籍《咏怀》："白日忽蹉跎。"　⑫ "昔时"句：《文选》鲍照《拟古》"惊雀无全目"。李善注引《帝王世纪》记吴贺使帝羿射雀左目，羿误中右目，仰而愧之。此化用之，谓老将当年射艺能中雀目。　⑬ "今日"句：《庄子·至乐》，"支离叔与滑介叔观于冥伯之丘，昆仑之墟，黄帝之所休，俄而柳生其左肘，其意蹶蹶然恶之"。按柳谐瘤音，又杨柳并称，古人常以为一木。此处以杨指柳，是为了不与后文"先生柳"重。瘤生肘上，指衰病。　⑭ 故侯瓜：秦东陵侯召平，于秦亡后，种瓜长安城东，世称"东陵瓜"。后以指隐居市廛。　⑮ 先生柳：晋陶潜归隐，宅前种五柳，著《五柳先生传》，用作隐居之典。　⑯ 穷巷：僻深的里巷。陶潜《归园田居》其二："穷巷寡轮鞅。"　⑰ 虚牖：空虚的窗户。　⑱ "誓令"句：《后汉书·耿恭传》记，耿恭据守疏勒城，匈奴绝其水道，恭掘井十五丈不见水，仰叹，"昔闻贰师将军(李广利)拔佩刀刺山，飞泉涌出。今汉德神明，岂有穷哉！"旋即又祷祷上天，果然飞泉涌出。此言老将虽穷窘而报国壮志犹存。　⑲ "不似"句：汉颍川侯灌夫刚直不阿，失势后，使酒任气，后为武安侯田蚡陷害。事见《史记·魏其武安侯列传》。此言老将虽失势不自暴自弃。　⑳ 贺兰山：在今宁夏中部，秦汉以来为汉胡常战之地。　㉑ 羽檄：紧急军书，插羽以示加速。　㉒ 节使：持朝廷所赐符节的使臣。三河：唐以河东、河内、河南为三河，相当于今河南省一带。　㉓ "诏书"句：《汉书·常惠传》"汉大发十五万骑，五将军分道出"。句谓天子诏令众将分兵出师。　㉔ 铁衣：铁制铠甲。　㉕ 动星文：言剑光如星星闪耀生辉。古有七星剑，剑柄嵌宝石成七星状。　㉖ 燕弓：燕地以产角弓著称，见《周礼·考工记》。　㉗ "耻令"句：《说苑·立节》曰，越国甲兵入齐，雍门子狄耻越甲鸣君，自己未能有所作为而求齐君让他自杀，遂自刎。鸣，惊动。　㉘ "莫嫌"二句：魏尚为汉文帝时云中太守，威慑匈奴，后因所报斩获首级差六具被削爵。冯唐为其抱不平，文帝乃命唐持节救之，复其官爵。此化用之表现老将愿君重新起用。云中，今山西大同一带。

【语译】

想当初十五、二十来岁少年时，徒步而行能将胡人坐骑来夺取。曾经射杀山中凶猛白额虎，论英雄，又怎肯独推邺下曹彰黄须儿。一身南征北战三千里，一剑可以抵挡百万兵。汉家将士，奋勇迅猛如疾雷，胡骑奔突，畏惧屏障铁蒺藜。主帅如卫青，号称不败天祐护；老将似李广，功勋不著命不济。自从罢官以来精力就衰朽，世事虚度啊空白了少年头。当初他神箭赛后羿，一箭能中飞鸟目；今日里形容同支离，赘瘤渐渐生左肘。有时候，路旁卖瓜且学亡秦东陵侯；家门前，学种那晋代隐士陶潜五株柳。古树森森，苍苍茫茫，连接着小巷一道深又僻；寒山凄凄，寂寥空廓，遥对着虚窗一穴空悠悠。（虽然废置，壮志不休，）愿似那汉将耿恭诚感飞泉喷溅疏勒城；不学那使酒任气的灌夫颍川侯。听说是贺兰山下战阵如云屯，加急的军书交相驰递日夜闻。三河间使者持节招募从军少年郎，京城中诏书飞降分兵五道出将军。老将他试揩铁甲寒光如雪色，且持那七星宝剑熠熠光华生。愿取燕角大弓射敌酋，羞使异国甲兵惊吾君；莫嫌去职将军年已老，还胜任沙场一战立功勋。

【赏析】

全诗凡三章，每章五韵十句。第一章写老将年轻时神勇过人，第二章写他弃置后寥落悲凉，第三章写闻讯战尘再起，意欲再度报国立功。全诗层次井然，对仗工整，从句式来看是初唐骈俪化歌行的遗脉，然而从骨力而论却大异其趣，故明邢昉《唐风定》曰："绝去雕组，独行风骨，初唐气运至此一变。"

先说"绝去雕组"。"诗赋欲丽"，初唐七言歌行都以丽词见长。自四杰至崔颢、李颀虽然多以七言歌行言志，但运辞设色多承六朝绮丽本色，而本诗却洗落铅华，刚健雄劲。《唐诗选脉会通评林》录吴山民评云："陡然起便劲健，次六句何等猛烈，'卫青'句正不必慕，'李广'句便自可叹。'苍茫'两句说得冷落，'誓令'两句猛气犹存。末六句老趑何如！"大抵道出了其语言特色。

再说"独行风骨"。这话的意思是以风骨运掉全篇。骨是骨骼，说的是内容坚实；风是风力，指的是由此而生的鼓舞人的意气。意气风发，便成为诗的气势，这气势往往通过诗的布局结构来显示。本诗结构，就在整饬之中加以错落变化，从而使初唐体柔便婉转的体势变得抑扬顿挫，分外有力。其首章高扬，次章低回，末章又复振起，在大结构上就形成了扬抑变化。而在章与章之间，又通过疏中见密的过渡句，造成情感的激烈震荡。首章末二句"卫青不败由天幸，李广无功缘数奇"，一变前八句之豪壮而为喟叹，借汉代二事，上句荡开一笔写主帅，下句复归于老将，形成跌宕，正因前八句势如奔马，此二句便有浩浩不尽之感，从而由"数奇"，自然过渡到第二章的"弃置"。第二章前六句实写衰朽，七、八句"苍茫古木连穷巷，寥落寒山对虚牖"，化实为虚，使失意之感、悲怆之情带上了无穷尽的时空意味。忽然九、十"誓令"二句从极度空茫中强自振起，从而带出了第三章意欲复出的壮语。正由于前面蓄势已足，第三章便有骏马注坡、江河奔泻之势。

可见在意脉的连贯上，它上承初唐诗结构密致的特点，但是在具体处理上却用了开阖顿挫之法，便在连贯中见出跳荡，这就是所谓密中见疏。《唐贤清雅集》评云："七古长篇，错落转换，全以气胜，否则支离节解矣！"又云："转接补干，用法精细，大家见识。"很有见地。

本诗于初唐七古的变化尚有律化句减少，古诗句增多；多用典实以深稳其气等处。不赘。

桃 源 行①

王 维

渔舟逐水爱山春②，两岸桃花夹古津③。坐看红树不知远④，行尽青溪忽值人⑤。山口潜行始隈隩⑥，山开旷望旋平陆⑦。远看一处攒云树⑧，近入千家散花竹⑨。樵客初传汉姓名⑩，居人未改秦衣服⑪。居人共住武陵源⑫，还从物外起田园⑬。月明松下房栊静，日出云中鸡犬喧。惊闻俗客争来集，竞引还家问都邑。平明闾巷扫花开，薄暮渔樵乘水入。初因避地去人间，更问神仙遂不还。峡里谁知有人事，世中遥望空云山⑭。不疑灵境难闻见，尘心未尽思乡县⑮。出洞无论隔山水，辞家终拟长游衍⑯。自谓经过旧不迷，安知峰壑今来变⑰。当时只记入山深，青溪几度到云林？春来遍是桃花水，不辨仙源何处寻⑱。

【注释】

① 原注："时年十九。"桃源，即桃花源，相传在今湖南桃源西南。行，诗体名，前屡见。　② 逐水：顺水漂流。　③ 津：渡口。古津，一作"去津"。　④ 坐：因为。　⑤ 忽值：值，遇到。一作"不见"。　⑥ 隈隩：山崖的幽深曲折处。　⑦ 旷望：犹言展望。平陆：平坦的原野。　⑧ 攒：聚集。云树，树如云朵屯聚。　⑨ "近入"句：意谓近看每户人家都莳花种竹。　⑩ 樵客：这里指渔人。古时渔樵为生，渔人亦事行樵。后面"薄暮渔樵乘水入"的"渔樵"可为此作注。　⑪ "居人"句：谓秦俗尚存。　⑫ 武陵源：即桃花源。汉属武陵郡(郡治在今湖南省常德市)，故称。　⑬ 物外：世外。　⑭ "峡里"二句：意谓仙凡隔绝。　⑮ "不疑"二句：意谓渔人无奈尘心未尽，思念家乡。灵境，仙境。闻见，这里是偏义复词，偏用"见"义。　⑯ 游衍：留连不去。　⑰ "自谓"二句：言山水改观已无从问径。　⑱ "春来"二句：借景言无尽惋叹之意。

【语译】

渔船儿随流漂荡，船上采樵客，深爱水边青山正当春；两岸桃树连成行，溪水古，潺潺穿花行。只因贪看红树红胜火，竟不知，行已远；行到青溪尽头处，忽遇山中人。引我入山口，山曲崖深低首行；猛抬头，山已尽，放眼顿见原野一展平。平野远处有树林,遥望攒聚如云屯;村中居人有千家,近前看,家家散入鲜花丛、青竹林。采樵渔人说古今,历数汉代以降王朝名;山中居人初次闻,衣装未改秦时形。居人共住此地武陵源,更从尘世之外起田园:夜夜明月照青松,松荫窗棂人家静;朝朝日出鸡犬喧,鸡鸣犬吠声入云。惊闻俗世有客来,争先恐后来看围如屏;竞相招待引回家,更将尘世家乡近况细打听。(山中人,生活真平宁,)天放明,街巷深,家家开门扫花,遍地落红英;日将暮,人来归,户户渔樵为生,一天辛劳趁水行。当初只为奔避秦乱离人间,往后一心访仙无尘心。山深不问人间是非事,尘世遥望空见白云绕山青。渔人深知仙境一去难再见,怎奈思乡尘心尚未尽。出洞归家想仙境,山遮水隔不忘情;辞别家人再度行,一心长住在武陵。自以为旧路经过应记得,谁知道山水改观昔非今。只记得当时步入山中深,而今青溪何能引我再次到云林。春来一片桃花水,不知仙源究竟应向何处寻。

【赏析】

对照《桃花源记》,可知王诗对于陶"记"已作了诗化的改造。

苏轼《和桃花源诗序》云:"世传桃源事多过其实,考渊明所记,只言先世避秦乱来此,则渔人所见,似是其子孙,非秦人不死者也。又云'杀鸡作食',岂有仙而杀者乎?"而王维本诗则云:"初因避地去人间,更问神仙遂不还。"联系孟浩然《武陵泛舟》诗亦云:"莫测幽源里,仙家信几深。"可知盛唐时已将桃源视作神仙境界了,这自然与玄宗大倡道教有关,而从文学的角度看,不也正符合盛唐前期富于浪漫气息的想象么?时至中唐,桃源仙境的传说更盛,至有顾况仿《桃花源记》作《仙游记》而一以仙境状绘之。唯韩愈力辟仙境说,其《桃源图》诗慨叹道:"神仙有无何渺茫,桃源之说诚荒唐。"这是他儒家精神的表现,其实陶潜当初据民间传说敷衍为《记》,是要寄托他那"春蚕收长丝,秋熟靡王税"的社会理想,本有道家思想影响。道教与道家有血肉联系,因此由陶记到王诗是一种文化现象,不必以"荒唐"目之而辨其有无的。

但如以"荒唐"的原始意义来评本诗,倒颇确切。庄子自称所作为"荒唐之言,无端崖之辞",是说其文风扑朔迷离。这诗为切合神仙境界,写得倒真是扑朔迷离。中间正写桃花源一节,笔法错综,初读颇难贯通。写武陵源中"月明""日出"的生活景象后,接写居人争引渔人到家。为什么忽又冒出"平明闾巷扫花开,薄暮渔樵乘水入"呢?细玩方知,这二句是《记》中所谓渔人在源中"停数日"所见到的居人平宁生活景象,与"月明""日出"二句总写源中气氛不同。虽然如此,读来总有似《庄子》一书"重言"的味道。"平明"二句确是神来之笔,落花遍地,青溪迤逦,不知不觉间与首尾两段相呼应:首言渔人缘青溪看红树,不知不觉间进入了桃源仙境;末写渔人归家后再寻仙境,却"青溪几度到云林",空见"春来遍是桃花水"。而中腰的"平明闾巷扫花开,薄暮渔樵乘水入",便将峡中仙境与周遭氛围打成一片,这正是错综之中的精细,真不易到,须知王维作此诗时仅十九岁啊!

蜀 道 难①

李 白

噫吁嚱，危乎高哉，蜀道之难难于上青天②。蚕丛及鱼凫，开国何茫然③。尔来四万八千岁④，不与秦塞通人烟⑤。西当太白有鸟道，可以横绝峨嵋巅。地崩山摧壮士死，然后天梯石栈方钩连⑥。上有六龙回日之高标⑦，下有冲波逆折之回川。黄鹤之飞尚不得过⑧，猿猱欲度愁攀缘⑨。青泥何盘盘，百步九折萦岩峦⑩。扪参历井仰胁息⑪，以手抚膺坐长叹⑫。问君西游何时还⑬，畏途巉岩不可攀⑭。但见悲鸟号古木，雄飞雌从绕林间。又闻子规啼夜月⑮，愁空山。蜀道之难难于上青天，使人听此凋朱颜⑯。连峰去天不盈尺，枯松倒挂倚绝壁。飞湍瀑流争喧豗⑰，砯崖转石万壑雷⑱。其险也若此，嗟尔远道之人胡为乎来哉！剑阁峥嵘而崔嵬⑲，一夫当关，万夫莫开。所守或匪亲，化为狼与豺⑳。朝避猛虎，夕避长蛇㉑。磨牙吮血㉒，杀人如麻。锦城虽云乐㉓，不如早还家。蜀道之难难于上青天，侧身西望长咨嗟。

【注释】

①《蜀道难》，乐府《相和歌·瑟调曲》旧题。《乐府古题要解》云："《蜀道难》备言铜梁、玉垒(均蜀中山名)之阻。" ②噫吁嚱：惊叹声，蜀地方言。 ③"蚕丛"二句：蚕丛、鱼凫，传说中古蜀国的两个国王。茫然，渺远貌。扬雄《蜀王本纪》："蜀王之先，名蚕丛、柏灌、鱼凫、蒲泽、开明……从开明上到蚕丛，积三万四千岁。" ④尔来：自从蚕丛、鱼凫开国以来。四万八千岁：极言时间之长。 ⑤秦塞：塞，山川险阻之处。秦中自古称四塞之国。 ⑥"西当"四句：古蜀地本和中原隔绝，秦惠王灭蜀，使张仪筑都城，置蜀郡。据说，当时，惠王许嫁五位美女于蜀王，蜀王派五丁力士去迎接。回到梓潼，见一大蛇钻入山穴中。五力士共掣蛇尾，把山拉倒，力士和美女都被压死，山也分成五岭。(见《华阳国志·蜀志》)太白，山名，在今陕西郿县南，当秦都咸阳之西，故云"西当太白"。鸟道，高险仄迫的小径。横绝，横度。峨嵋，山名，在今四川峨嵋市。巅，顶峰。天梯，高峻的山路。石栈，在山崖上凿石架木而建成的栈道。 ⑦六龙回日之高标：古称，羲和驾着六龙拉的车子载太阳在空中运行。六龙回日，是说山的高峻险阻。左思《蜀都赋》："阳乌回翼乎高标。"此化用之。立木为表记，其最高部分叫标。高标，此指山的最高峰成为这一带高山的标志。《文选》孙绰《天台山赋》："赤城霞起而建标。"李善注："建标，立物以为之表识也。" ⑧黄鹤：黄鹄，善飞的大鸟。"鹤""鹄"通。 ⑨猱(náo)：蜀中所产的猿类动物，又名金线狨。愁攀缘：以攀缘为愁。 ⑩青泥：岭名，在今陕西略阳县西北。是由秦入蜀必由之路。《元和郡县志》卷二十五：青泥岭"悬崖万仞，山多云雨，行者屡逢泥淖，

129

故号为青泥岭"。　⑪扪参历井：意谓山高入云，伸手便可摸到一路上所见的星辰。参宿三星，属猎户座。井宿八星，属双子座。依古代天文学，秦属井宿的分野，蜀属参宿的分野。由井到参，是由秦入蜀的星空，参音 shēn。仰胁息：抬头似感到呼吸抑迫。　⑫膺：胸口。　⑬君：泛指入蜀的人。下同。　⑭畏途：使人望而生畏的道路。　⑮子规：即杜鹃，又名杜宇。相传为古蜀望帝魂魄所化。子规春末出现，啼声哀怨动人，似"不如归去"。　⑯凋朱颜：青春容颜为之黯淡。　⑰"飞湍(tuān)"句：意谓山上的瀑布和山下的急流都发出巨大的声响。喧豗(huī)，哄闹声。　⑱砯(pīng)：撞击声。这里是撞击的意思。　⑲剑阁：在今四川省剑阁县北，即大剑山和小剑山之间的一条栈道，又名剑门关。　⑳"一夫当关"四句：张载《剑阁铭》："一夫荷戟，万夫趑趄。形胜之地，匪亲勿居。"语本此。或匪亲，假若不是可靠的人。狼与豺，指残害人民的叛乱者。　㉑猛虎、长蛇：与"狼与豺"意同。　㉒吮：吸。　㉓锦城：锦官城，成都的别称。成都以产锦著名，古代曾设官专理，故称。

【语译】

喔嚱呀，高峻啊高峻啊，蜀道难行，更比登天难！蚕丛鱼凫说往古，真不知，当初怎样将蜀国开。从此又过了四万八千岁，山高路险，不与关中相往来。小道险仄何时起，西当关中太白山；横通川中峨嵋峰，人非飞鸟难往回。直至秦王平蜀送嫁女，五丁力士迎亲重开山；壮士身死山岳崩，方有栈道石梯相接度云端。上有崇山悬崖连青天，日神驾日至此回；下有湍流盘曲伏崖底，荡崖激石成回川。黄鹤健飞也难飞度，猿猴能攀见此生愁颜。青泥岭，秦蜀间，小路盘曲绕山岩；伸手可接星和月，行人仰望喘息难。手拍胸膛更长叹，问君西游何时能归来——险途巉岩，应知不可攀。只听古木深处鸟悲鸣，雄鸟徘徊雌鸟随。又听杜鹃啼血声声"不如归"，夜月照临，愁雾罩空山。蜀道难行，更比登天难，使人听说，失色更惨淡。群峰相连齐顶天，枯松倒插悬崖间。急流飞瀑竞呼啸，撞崖转石千山万壑起轰雷。险峻啊，险峻啊，可你远道行客为何到此来？剑阁山，秦蜀关，大剑山对小剑山，一人把关，万人不能开。守将非皇亲，割据一方如同狼与豺。朝为猛虎夕为蛇，百姓何处去避难，磨牙又吮血，杀人乱如麻。虽说锦城成都游乐地，不如趁早把家还。蜀道难行，更比上天难，侧身西望，连连空长叹！

【赏析】

本诗作意聚讼纷纭，计有讽明皇入蜀、讽章仇兼琼（玄宗开元间剑南节度使）、罪严武（肃宗、代宗时剑南节度使）、送友人入蜀、即事成篇等说法。诗收入殷璠《河岳英灵集》，此集编成于天宝十二载；《唐摭言》《本事诗》（均唐五代人作）又都记李白初至长安，贺知章见《蜀道难》，叹为谪仙人。李白二入长安在开元中与天宝初，所以讽明皇、罪严武之说可不攻自破。宋人多主张讽章仇兼琼说，但难有确证。清顾炎武《日知录》卷二十六说："李白《蜀道难》之作，当在开元、天宝间。时人共言锦城之乐，而不知畏途之险，异地之虞，即事名篇，别无寓意。"此说较通达。送友入蜀说与此相类，可并存。

虽然本诗难确指人事，但作诗总有一定的心态，全诗极言蜀道之难之险，同时又激荡着一种奇伟之气,险难与奇伟的交融,形成全诗卓荦不群、横空杰出的气势。这基调与李白出蜀时诗篇不同,却极近于开元中、天宝初被逐出京后《行路难》《将进酒》等作,对前途希望与失望交织的心态(参后《将进酒》赏析),是全诗的心理基础,故可以推想这当是李白两次入长安的作品。

本题今存陈代阴铿五言诗,篇制窄小,推演汉人王尊故事,无甚新意,而李白以其不世才力将往古的传说与现实与山川奇观融合为一体,如天风海涛,奇观凸出,从而体现了心中的奇气。其作法上承《楚辞》,故《河岳英灵集》评云:"可谓奇之又奇,然自骚人以还,鲜有此体调也!"

虽然"奇",还是可以扪摸到在雄健奔放的气调、惊心怵目的夸张中,有着一定的章法。"西当太白"—"青泥何盘盘"—"剑阁"—"锦城",标示了全诗实以由秦入蜀,历井而扪参的行程来组织奇观的。而"西当太白有鸟道,可以横绝峨嵋巅",从行程之始,其笔势已直透蜀中。同时起首、中间、篇末"蜀道之难,难于上青天"的三次唱叹,呼应回环,如歌曲的主旋律,将层出险象组结成一体,并形成高扬—低回—高扬—低回的感情节奏,从而起伏有致地将诗歌推向高潮。其中整与散、张与弛、奇险与平大的结合,达到了完美的地步,确实得楚骚精髓,又体现了诗人丰富的想象力与巨大的组织天才。读李白诗,人们都会感到天马行空般的自由挥洒,但细味,会进一步感到,这天马仍是步武有序,并非临空乱踔。读到这一层,才能真正理解李白诗。

长 相 思① 二首

李 白

其 一

长相思,在长安。络纬秋啼金井阑②,微霜凄凄簟色寒③。孤灯不明思欲绝,卷帷望月空长叹。美人如花隔云端,上有青冥之长天④,下有渌水之波澜⑤。天长地远魂飞苦,梦魂不到关山难。长相思,摧心肝。

【注释】

① 长相思:乐府旧题,《杂曲歌辞》,语出汉《古诗十九首》:"上言长相思,下言久别离。"　② 络纬:昆虫。又名莎鸡,俗称纺织娘。金井阑:言井栏之精美。阑通栏。　③ 簟(diàn):竹席。　④ 青冥:又作青溟,青而深邃不可测。　⑤ 渌:水清。

【语译】

长相思,所思之人独自在长安。遥想她——金井栏边莎鸡鸣,时已秋,微霜下,凄凄沁得竹席寒;长夜对孤灯,芯长灯不明,思念如灯影,哀哀肠欲断;卷帘望明月，千里共，照不见，空长叹——心中的人儿啊，美如花，隔云端。上有青天浩杳不见底，下有清水远流起波澜，天长地远啊，魂魄飞寻也辛苦；飞不到啊，梦魂重阻，关山欲度难上难。长相思，相思不绝摧心肝。

【赏析】

　　《唐宋诗醇》录本诗评云："《楚辞》曰：'恐美人之迟暮'，贤者穷于不遇，而不敢忘君，斯忠厚之旨也。"宋人宋长白《柳亭诗话》则记："李白尝作《长相思》乐府一章，末云'不信妾肠断，归来看取明镜前。'其妻从旁观之曰：君不闻武后诗乎？'不信比来常下泪，开箱验取石榴裙。'李白爽然自失。此即所谓相门女也。"李白二娶许氏、宗氏两相门孙女，则宋人以《长相思》为闺趣之作。今按李白志高运蹇，二诗有所寄托是可能的，不过在没有确证的情况下，不妨从宋人说，作为情诗来读。二诗前一首拟征夫思妻，后一首拟怨妇思夫，而以"长安""燕然"遥想呼应，可见为同时所作。

　　研究者常指出，李白诗往往以白色晶亮的意象相叠加，形成清澄的诗境。这诗也如此，金秋、金井、秋霜、竹席、孤灯、明月、青天、渌水，组成了全诗清的基调。但是更应注意，李白诗这种基调中的不同色调。上半虚拟意中人在长安情态，啼、凄、寒、绝、空等字已先使清澄带上了凄恻的寒意，这凄寒如在长夜中酝蘖，而终于以"隔云端"为过渡，由虚拟意中人而转为实写自己愁思，成为一种浩杳（冥）、骚动（波澜）、深长而强烈的感情波动。篇末复以远、苦、难等字点睛，于是人们会感到那深长的思念，就如那清空中的一脉夜云，渐重，渐浓……

　　《长相思》是乐府旧题，从六朝刘宋时吴迈远起代有作者，李白用古题而又有创新。诗体由五言变化为七言为主的杂言，七言古称长句，曼长的音节更适宜缠绵情致的表达，加以三言句的杂用，"之"字七言句的句式变化，更可感到在缠绵中融和了凄恻无奈之情。在语言上，他继承了乐府诗质素有含的特色，又融和了唐诗尤重象外之意的特点，如"孤灯不明思欲绝"句，看似平常，其实却含多重意味，灯火不明，是因灯芯过长了，灯芯过长则见出对灯人独坐之久，她甚至不愿以举手之劳剪去这已燃过的灯芯儿。于是"思欲绝"之状因灯火不明的影借而十分形象，那哀哀欲绝的愁思简直就与昏昏将尽的蜡火融和一片了，于是我们看到了孤灯畔那位孤独的女子。虽然其形态可见仁见智，但那神情，人们都会感到真是"怎一个愁字了得"。我们仿佛更见到因思念而想象的远戍的征夫，唯因想象得真切，更见出其思恋之万般深长。

　　人们常说李白诗坦直俊快，其实俊快之中常有细腻婉曲的一面，唯以其体察入微，道来自然，如从笔底流出，故不觉其曲，这种似直而曲、似近而远的境界，是李白乐府诗的胜境。《长相思》二首，尤有代表性，请再细玩下一首。

其　二

　　日色欲尽花含烟①，月明如素愁不眠②。赵瑟初停凤凰柱③，蜀琴欲奏鸳鸯弦④。此曲有意无人传，愿随春风寄燕然⑤，忆君迢迢隔青天。昔时横波目⑥，今作流泪泉⑦。不信妾肠断⑧，归来看取明镜前。

【注释】

①烟：似烟的氛氲。　②素：白练。　③赵瑟：瑟为弦乐器，多为二十五弦。赵地人善鼓瑟。《史记·廉颇蔺相如列传》记，秦赵会谈，秦请赵王为秦王鼓瑟，以辱赵王。凤凰柱：弦乐器用以绞紧琴线的小木柱，其雕成凤凰形者称凤凰柱。凤凰与下句"鸳鸯"都是雌雄双鸟。瑟与下句之"琴"合称琴瑟。这些都象喻夫妻。《诗经·周南·关雎》："窈窕淑女，琴瑟友之。"　④蜀琴：琴亦弦乐器，五弦或七弦。蜀中桐木最宜作琴。　⑤燕然：山名，即杭爱山，在今蒙古人民共和国境内。东汉窦宪远征匈奴，至此刻石纪功而还，后以燕然指边地。燕读平声。　⑥横波目：目光如横斜的水波，流盼生辉。晋傅毅《舞赋》："目流睇而横波。"　⑦流泪泉："泪似泉涌"成语由此出。　⑧肠断：极度伤心，前屡见。

【语译】

夕阳余晖将尽，花间浮动着如烟的氛氲；明月东升，月光如白练，照得妾身长夜不眠。刚奏罢赵地的弦瑟，弦弦牵攀着凤凰形的瑟柱；又不禁想把蜀中的名琴弹起，丝丝似诉鸳鸯情。曲调儿有情啊，却无人能把心意传；愿随春风啊，把心曲寄到夫君远戍的燕然山；想念你啊，千里迢迢，远隔如天地。当初我美目流波将你含情地望，今日里却化作了一双流泪泉。你若不信我思念的情肠寸寸断，不妨归来啊，看看我憔悴的形容——就在这明镜前。

【赏析】

本诗曲曲以写思妇情思，精彩最在末四句的痴想。这女子长夜思夫而对镜顾影。见到镜中昔日夫妻相对时流光溢彩的美目，今日里却如泪泉一般，不禁自怜自悲，而发出最后二句的怨艾。其实，如果丈夫真的回家，又何必"看取明镜前"呢？径直看那活生生的人儿就是了嘛。可见这是痴语，是对镜自怜的瞬间，全神贯注而忘记了一切的痴语。然而正因其痴，方见出相思之深。由此再返观前七句，便可感到，那如烟花气，如练月色，那琴瑟与双鸟，那有情无情的春风，都已汇成了一种澄明而又朦胧的梦一般的境界，终于浮现出这最后四句的真切的情痴之想。

行 路 难①

李　白

金樽清酒斗十千，玉盘珍羞直万钱②。停杯投箸不能食，拔剑四顾心茫然③。欲渡黄河冰塞川，将登太行雪满山④。闲来垂

133

钓坐溪上，忽复乘舟梦日边⑤。行路难，行路难。多歧路⑥，今安在。长风破浪会有时⑦，直挂云帆济沧海⑧。

【注释】

① 天宝三载(七四四)李白离开长安后所作。原作三首，这是第一首。《行路难》，乐府《杂曲歌辞》旧题。　② 珍羞：珍贵的菜肴。羞，同"馐"。直：同"值"。　③ "停杯"二句：鲍照《拟行路难》，"对案不能食，拔剑击柱长叹息。丈夫生世会几时，安能蹀躞垂羽翼？"此化用其意。箸，筷子。茫然，渺茫而无着落貌。　④ "欲渡"二句：比喻人生道路中的事与愿违。鲍照《舞鹤赋》："冰塞长川，雪满群山。"　⑤ "闲来"二句：传说姜尚未遇周文王时，曾在磻溪(今陕西宝鸡东南)钓鱼；伊尹见汤之前，梦舟过日月之边。这里把两个典故合用，表示人生遭遇的变幻莫测。　⑥ 歧路：岔路。歧通"岐"。　⑦ 长风破浪：比喻宏大的抱负得以舒展。刘宋宗悫少时，叔父宗炳问其志，答曰："愿乘长风破万里浪。"(见《南史·宗悫传》)会：当。　⑧ 云帆：指航行在大海里的船只。因天水相连，船帆好像出没在云雾之中。《论语·公冶长》第五："道不行，乘桴浮于海。"本句化用其意。

【语译】

金杯里斟着无滓的清酒，一斗价十千；玉盘中盛着珍稀的佳肴，盘盘须万钱。清酒佳肴我无心食，停下了酒杯放下了筷。拔剑出鞘望四方，四方无依心茫然。欲渡黄河去，奈何河上冰封寒；欲登太行山，大雪纷纷满山涯。行不得啊闲居来，且学吕尚垂钓坐溪滩。钓不得啊睡梦来，忽如伊尹乘舟过日边。行路难啊行路难，歧路多啊前程今何在？哪一天啊能似宗悫长风破浪建功业；到那时，愿学夫子扬帆入云渡沧海。

【赏析】

本诗素多歧说，关键在于最后两句。历代注家多付阙如，唯明人朱谏《李诗选注》卷二云："世路难行如此，惟当乘长风挂云帆以济沧海，将悠然远去，永与世违。"今人注解则多以"长风破浪"用宗悫事，而谓末二句是说总有一天，长风破浪远渡沧海，冲破艰难以实现理想。但浮海分明用《论语·公冶长》篇夫子语，不免扞格难通。其实李白《玉真公主别馆苦雨赠卫尉张卿》中的二句可为此作注，诗云："功成拂衣去，摇曳沧洲旁。"功成拂衣是用战国鲁仲连典。鲁仲连，齐人，为赵却秦，功成不受赵国平原君之封赏，说："所贵于天下之士者，为人排患难解纷乱而无取也；即有取也，是商贾之事也，而连不忍为也。"拂衣辞别而去。又助齐将田单收复聊城后逃隐海上，曰"吾与(其)富贵而诎于人，宁贫贱而轻世肆志也！"李白多侠气，对鲁仲连反复歌咏，《古风》之十便专咏其事云："齐有倜傥生，鲁连特高妙……吾亦澹荡人，拂衣可同调。"因此本诗末二句是说一旦能如宗悫那样建功立业，便当功成身退似夫子、鲁连一样，乘舟浮海而去。明此则于全诗有深一层的理解。

起笔化用鲍照《拟行路难》句意，却极言酒食之美，以反跌三四句，而"拔剑四顾心茫然"是一诗主骨。天宝初，李白奉诏入京，对前途充满自信："仰天大笑出门去，我辈岂是蓬蒿人。"(《南陵别儿童入京》)但不足三年遭谗去职，"五噫出西京"，虽然悲愤，以至求仙访道，但壮心并不因此死去，其《答高山人兼呈权顾二侯》诗云："谗惑英主心，恩疏佞臣计。彷徨庭阙下，叹息光阴逝。未作仲宣诗，先流贾生涕。挂帆秋江上，不为云罗制。"十分真切地表现了他一方面心存玄宗能终于分明忠奸贤愚，再次召征他的幻想，以致"彷徨庭阙下"忍而不能即去；另一方面又感到无望，因生挂帆秋江，不为罗网所制之念。这就是他"拔剑四顾心茫然"的底因。这是一种极复杂的心态，茫然是彷徨，拔剑四顾则是悲慨。悲慨使他想冲决罗网，于是欲渡河，欲登山，但所遇无非冰塞雪封，又使他跌落到茫然之中，只得垂钓闲居，但闲居中他想着的仍是建功立业的壮志未酬，以至积想成梦，效吕尚而梦伊尹，他总是以"帝王师"自居。然而梦醒后依然是"行路难，行路难"的现实，他不知如何去实现抱负，"多歧路，今安在"，于是只能在想象中圆足了自己的心志。最后两句中"会有时"与"直"最可玩味。"会有时"是未果的假设，虽可说是信心，却同时也是虚幻，是一种极度失望而后的希望；"会有时"下接"直"字，是说一旦功成，立即身退，言下之意是向妒贤嫉能的权贵表明，我其实无意与你们一样固位争宠，而只是想报国答君啊！注家曾评李白诗常"悲感至极而以豪语出之"，这是显例。十来年后安史之乱起，李白从军讨贼，有了"长风破浪"的机会，但却未能功成身退，反因帝室内讧牵连而锒铛入狱，西流夜郎。返观此诗，能不使人感慨唏嘘！

将 进 酒①

李 白

君不见黄河之水天上来，奔流到海不复回②。君不见高堂明镜悲白发③，朝如青丝暮成雪。人生得意须尽欢④，莫使金樽空对月⑤。天生我材必有用，千金散尽还复来⑥。烹羊宰牛且为乐⑦，会须一饮三百杯⑧。岑夫子，丹丘生⑨，将进酒，杯莫停。与君歌一曲，请君为我倾耳听。钟鼓馔玉何足贵⑩，但愿长醉不愿醒。古来圣贤皆寂寞，唯有饮者留其名。陈王昔时宴平乐，斗酒十千恣欢谑⑪。主人何为言少钱，径须沽取对君酌⑫。五花马⑬，千金裘，呼儿将出换美酒，与尔同销万古愁。

【注释】

① 郁贤皓先生考定本诗为李白于开元二十三年(七三五)应元丹丘邀至嵩山时作。《将进酒》，乐府《鼓吹曲·汉铙歌》旧题，内容多写饮酒放歌。 ②"黄河"二句：兴起下文岁月易逝，人生易老之意。高步瀛曰："河出昆仑，以其地极高，故曰从'天上来'。"(《唐宋

诗举要》卷二） ③"高堂"二句：极言愁催人老，兴起下文。 ④得意：有兴致的时候。 ⑤金樽：金杯。 ⑥"千金"句：谓豪爽轻财。李白《上安州裴长史书》："曩昔东游维扬，不逾一年，散金三十余万，有落魄公子，悉皆济之。" ⑦且为乐：姑且作乐。 ⑧会须：应该。 ⑨岑夫子：岑勋，南阳人。（见《全唐文》卷三七九）丹丘生：元丹丘。李白集中有《酬岑勋见寻就元丹丘对酒相待以诗见招》等诗。 ⑩钟鼓馔玉：功名富贵的代称。钟鼓，指权贵人家钟鸣鼎食。馔玉，以玉为馔形容饮食精美。梁戴暠《煌煌京洛行》："挥金留客坐，馔玉待钟鸣。" ⑪"陈王"二句：曹植曾被封为陈王。其《名都篇》："归来宴平乐，美酒斗十千。"平乐，观名。《三辅黄图》：明帝取飞廉铜马，置之西门外为平乐观。斗十千，一斗酒值十千钱，极言酒美。恣，尽情。 ⑫径：直接。 ⑬五花马：名马。参前岑参《走马川行》诗注⑫。

【语译】

你可曾见，黄河之水汹涌澎湃从天上来，奔流到海，一去不复回。你可曾见，厅堂高高明镜照白发——清晨如青丝，黄昏满头霜雪盖。人生有兴，就该纵情地欢，切莫让，金杯白白对着明月夜。天生我材必有用，只要时日能等待；挥金如土千百万，金尽还能重新来。烹羊宰牛取乐当及时，正应一饮就干它个三百杯。岑夫子啊丹丘生，快上酒啊莫停杯。对君唱一曲，请君侧耳给我仔细听明白。钟鸣鼎食，山珍海味何足贵，只愿长醉啊不愿醒过来。古来圣人贤者今何在，只有酒客酒仙名长垂。可知当年陈王曹植摆宴平乐观，千金美酒随意嬉笑开。主人何必扫兴说没钱，快快打酒来，和你再举杯！牵来我的五花马，脱下我的千金裘，"僮儿快来，一古脑儿拿去换美酒！"——一醉同销万古愁。

【赏析】

自从《庄子》说"醉者神全"（醉酒的人，不受外界干扰，精神独立自足）后，酒就成了历代不得志才士的精神寄托与创作灵感的催化剂。魏晋六朝有阮籍、嵇康、刘伶、陶潜等。隋末唐初有王绩者，自称"五斗先生"，有云："有五斗先生者，以酒德游于人间……先生绝思虑，寡言语，不知天下有仁义厚薄也。忽焉而去，倏然而来；其动也天，其静也地。故万物不能萦心焉。"（《五斗先生传》）这便是中国酒文化的重要内涵，而李白则是王绩之后又一个与酒结下了不解之缘的诗人。

开元十八年李白初入长安求仕无成，于是睥睨权贵、弃绝世俗，与这权贵这世俗之实际难以冲破，自许的"王霸之略"之实际难以舒展，构成了诗人内心无法解决的苦闷。于是他借酒抒怀，希望于醉乡中获得对现实的超越。诗以黄河之水起兴，说时不再来，垂垂将老，积郁难抑，喷薄而出。随即又从悲感中振起，以"天生我材必有用"句为中心，极写饮酒之乐，恰似大河奔注，九折东向，滔滔滚滚。至"五花马，千金裘，呼儿将出换美酒"，这酒兴已达到了高潮，却又戛然而止，以"与尔同销万古愁"唱叹作结，犹如河入大海，涵淡浩渺，在无尽愁思之中，仍有回荡不尽的慷慨不平。于是这诗虽然以"悲"起，以"愁"结，但我们仍感到它不同于以往作者酒诗的特点：飘风骤雨般大起大落的节奏，与这节奏中力图自我表现以对抗现实的大写的自我形象的塑造。这既来自于商家出身，自小任侠崇道的李白的个性，也得力于开元之时的时代氛围。从武则天时开始的登用寒俊才士的政策，到开元中，因乡贡进士在科举中的颖脱而出而得到重大发展。对他们来说，仕途似乎从来未曾这般宽广；但当时士族又卷土重来，至开元末、天宝初，中枢实际又为清一色的士族占据。希望中的失望，失望中之希望，交织成一代才士骚动的心态，而不赴科举，企望一鸣惊人的李白则将这时代苦闷表现到了极至，因此，他是盛唐精神的代表。

兵 车 行①

杜 甫

车辚辚②，马萧萧③，行人弓箭各在腰④。爷娘妻子走相送，尘埃不见咸阳桥⑤。牵衣顿足拦道哭，哭声直上干云霄。道旁过者问行人⑥，行人但云点行频⑦。或从十五北防河⑧，便至四十西营田⑨。去时里正与裹头⑩，归来头白还戍边。边庭流血成海水，武皇开边意未已⑪。君不见汉家山东二百州⑫，千村万落生荆杞。纵有健妇把锄犁，禾生陇亩无东西⑬。况复秦兵耐苦战⑭，被驱不异犬与鸡。长者虽有问⑮，役夫敢申恨⑯？且如今年冬，未休关西卒⑰。县官急索租，租税从何出？信知生男恶，反是生女好。生女犹得嫁比邻，生男埋没随百草⑱。君不见青海头，古来白骨无人收⑲。新鬼烦冤旧鬼哭，天阴雨湿声啾啾。

【注释】

① 诗为新乐府辞，其背景旧有二说。单复曰："此为明皇用兵吐蕃而作，故托汉武以讽，其辞可哀也。先言人哭，后言鬼哭，中言内郡凋敝，民不聊生，此安史之乱所由起也。"（《杜少陵集详注》卷三引）钱谦益曰："天宝十载（七五一），鲜于仲通讨南诏蛮，士卒死者六万，杨国忠掩其败状，反以捷闻。制大募两京及河南北兵，以击南诏。人闻云南瘴疠，士卒未战而死者十八九，莫肯应募。国忠遣御史分道捕人，连枷送军所。于是行者愁怨，父母妻子送之，所在哭声震野。此诗序南征之苦，设为役夫问答之词。……是时国忠方贵盛，未敢斥言之。杂举河陇之事错互其词，若不为南诏而发者，此作者之深意也。"（《钱注杜诗》卷一）按诗意，前说较切合。　② 辚辚：众车声。《诗经·秦风·车邻》："有车邻邻。"邻，同"辚"。　③ 萧萧：马鸣声。《诗经·小雅·车攻》："萧萧马鸣。"　④ 行人：从军出征的人。　⑤ 咸阳桥：即渭桥，由长安往西北经由的大桥。　⑥ 道旁过者：诗人自指。　⑦ 自本句起为行人答辞。或以为末四句是杜甫闻答后感慨，亦通。点行频：频频点兵出征。　⑧ 防河：玄宗时，经常征调大批兵力，驻扎河西（今甘肃、宁夏回族自治区一带），称为防河。　⑨ 营田：戍卒兼事垦荒工作，称为营田。《新唐书·食货志》："唐开

军府以捍要冲，因隙地置营田。" ⑩ 里正：唐制，百家为里，设里正一人。与裹头：替他裹头。古以皂罗三尺作头巾。 ⑪ "边庭"二句：王嗣奭曰，"《唐鉴》天宝六载（七四七），帝欲使王忠嗣攻吐蕃石堡城，忠嗣上言：'石堡险固，吐蕃举国守之，非杀数万人不能克，恐所得不如所亡，不如俟衅取之。'帝不快，将军董延光自请取石堡，帝命忠嗣分兵助之。忠嗣奉诏而不尽付延光所欲，盖以爱士卒之故。延光过期不克，八载（七四九），帝使哥舒翰攻石堡，拔之，士卒死者数万，果如忠嗣所言。故有'边城流血'等语"。《杜臆》卷一）武皇，汉武帝，借指玄宗。唐人多称玄宗为武皇。如王昌龄《青楼曲》的"白马金鞍从武皇"，韦应物《逢杨开府》之"少事武皇帝"之类皆是。 ⑫ 山东二百州：指华山之东的广大地区。《十道四番志》："关以东七道，凡二百一十一州。"（《分门集注杜工部诗》引）这里是举其成数。 ⑬ "纵有"二句：古诗，"小麦青青大麦枯，谁当获者妇与姑，丈夫何在西击胡。"此化用其意。 ⑭ 秦兵：长安地属古秦，因称。即下文的"关西卒"。 ⑮ 长（zhǎng）者：指诗人。 ⑯ 役夫：行役人自称之词。敢：哪敢。 ⑰ "且如"二句：今年冬，指天宝九载（七五〇）十二月。《通鉴》卷二一六："关西游弈使王难得击吐蕃，克五桥，拔树敦城。""未休关西卒"指此。 ⑱ "信知"四句：意谓战争改变了做父母的重男轻女的心态。秦始皇时筑长城，民歌曰："生男慎莫举，生女哺用脯。不见长城下，尸骸相支拄。"（《乐府诗集》卷三十八转引杨泉《物理论》）。比邻，近邻。古五家为比。"埋没随百草"，即下文所云"白骨无人收"。 ⑲ "君不见"二句：唐蕃战争常在青海附近。钱谦益曰："《旧唐书》：吐谷浑有青海，周围八九百里。唐高宗龙朔三年（六六三）为吐蕃所并。唐自仪凤中，李敬玄与吐蕃战，败于青海；开元中，王君㚟、张景顺、张忠亮、崔希逸、皇甫惟明、王忠嗣先后破吐蕃，皆在青海西。天宝中，哥舒翰筑神威军于青海上，又筑城龙驹岛，吐蕃始不敢近青海。"

【语译】

车声铿铿，马鸣萧萧，远征的健儿，各自弓箭佩在腰。爹娘妻儿大奔小跑来送行，飞尘滚滚啊，遮蔽了点兵的咸阳桥。牵衣泣，跺脚嚎，呼天抢地拦着道，哭声震天啊，直冲九重霄。我站在道旁，忙向征人来打听；征人只说："年年岁岁，按户点兵忙。有人十五岁上，被派北上守河套；转眼四十，更向西域屯田忙。去时年小，乌纱裹头，还要里正来相帮；老大归来，两鬓苍苍，还被赶去守边防。边疆的血啊，流成了海，填不满，拓土开疆皇上兴致年年高。您可知道，殽函之东二百州，千村万落，荒草丛生尽破亡。就算是农家女子身健壮，代耕代耘阴阳颠倒，可奈何，禾苗乱生，还是掩没了田间道。更何况，说是关中的兵士最能熬，东赶西赶，鸡犬不如更苦恼。老人家啊，您虽然恻隐之心来相问，征人我，又哪敢明目张胆把怨苦告。就说是，今年冬天已近岁边，可还是，远征吐蕃，专把关西的兵丁招。县官天天来催租，全不管，人去田荒没法缴。早知道生男这样多烦恼，还不如生个女儿来得好。生女还能嫁近邻，生男徒然尸骨埋荒草。您可知，茫茫青海头，遍地白骨没人收；旧鬼难归新鬼来，呼冤号苦哭未休；试听天阴雨湿夜，啾啾唧唧一片愁浩浩。"

【赏析】

唐初即有新题乐府，主要供宴乐之用，多写歌儿舞女，杜甫本诗"即事命篇，无复依傍"，为唐人以新题乐府写时事的第一首，开元白新乐府之先声。本诗背景虽然有如注①所介绍的二说，但其意义却于整个玄宗朝有典型性。

所谓"即事命篇"，是指因时事感发而作；所谓"无复依傍"，是指不袭用古乐府旧题。虽然如此，但其精神与形式却是承古乐府而加以新变的。

汉乐府承《诗经·国风》"饥者歌其食，劳者歌其事"传统而"感于哀乐，缘事而发"，其中如《东门行》《平陵东》《孤儿行》《病妇行》等，均感时事而为哀歌。《兵车行》加以发展，它通过化用古乐府语句，特别是篇末四句，以今融古，由今入古，使对时事的讽谕，不仅反映了一个时代的弊政，更具有了历史的纵深感。

明胡应麟评汉乐府的语言风格为"矢口成言，绝无文饰，故浑朴真至，独擅古今"，"质而不俚，浅而能深，近而能远"。杜甫本诗的语言得其神而不袭其形。他用当代口语加以提炼，通过对题材的典型化处理，句式的长短变化与平仄韵的调节，造成如泣如诉的感情氛围，入神地传达出征人的哀哀心声。试以行人答语一段析之，从"或从十五北防河"起，至"武皇开边意未已"，是答话的开始，感情虽悲痛而平稳，用整齐的七言句。"君不见汉家山东二百州"，忽作十字句，似可闻彼人由悲凄而激愤，带出以下五句，对玄宗之世开边不已，民生凋敝的社会现实作了典型性的写照。在韵脚上这两个层次又以平声先韵与上声旨韵交叉相押，形成节律上的由平扬到低回，又由低回复平扬的变化。"长者虽有问"以下八句，转为五字句，句式由长变短，韵脚以入声为主，读来似感到征人的感情由控诉式的激愤转入了吞声咽泣。"生女犹得嫁比邻"以下八句，又转七言长句，用平声尤韵，音声曼长而忧愤，则已从吞声咽泣转入长歌当哭，催人泪下。

本诗结构不仅借用了古乐府的主客问答体，在各层次间的衔接上也一反当时流行的歌行体意随韵转的方式，而采取古乐府韵意不双转的程式，并采用顶真格（"戍边""边庭"，"生女好""生女"）等古乐府的修辞手法，所以虽多用口语俗谚，但读来古朴浑成，一片宫商，有效地传达出感情的深沉。《唐诗别裁集》评云"诗为明皇用兵吐蕃而作，设为问答，声音节奏，纯从古乐府得来"，又云"以人哭始，以鬼哭终，照应在有意无意"。颇中肯。

丽 人 行①

杜 甫

三月三日天气新，长安水边多丽人②。态浓意远淑且真③，肌理细腻骨肉匀④。绣罗衣裳照暮春⑤，蹙金孔雀银麒麟⑥。头上何所有，翠微㔩叶垂鬓唇⑦。背后何所见，珠压腰衱稳称身⑧。就中云幕椒房亲⑨，赐名大国虢与秦⑩。紫驼之峰出翠釜⑪，水精之盘行素鳞⑫。犀箸厌饫久未下⑬，鸾刀缕切空纷纶⑭。黄门飞鞚不动尘⑮，御厨络绎送八珍⑯。箫鼓哀吟感鬼神⑰，宾从杂遝实要津⑱。后来鞍马何逡巡⑲，当轩下马入锦茵⑳。杨花雪落覆白蘋㉑，青鸟飞去衔红巾㉒。炙手可热势绝伦㉓，慎莫近前丞相嗔㉔。

【注释】

① 丽人行：新乐府辞。天宝十一载（七五二）十一月，杨贵妃兄杨国忠为右丞相，末句宰相即指他。诗又言"三月三日"，则或作于十二载三月三日上巳节。　② "三月"二句：古以三月第一个巳日为上巳节，后固定为三月三日，此日祭于水边，袚除不祥，后演为游春活动。长安东南曲江池畔游人尤众，即诗所云"水边"。　③ 淑且真：闲雅而自然。　④ "肌理"句：言丽人皮肤细润如脂，骨骼匀称，肥瘦适中。　⑤ 绣罗：绣花的细绸。　⑥ "蹙金"句：言衣裳花样有金银线所绣的孔雀、麒麟等。金、银互文，孔雀、麒麟举偏概全。蹙金是刺绣术语，用捻紧的金银线刺绣，使纹路蹙缩有立体感，故又名捻金。蹙音cù。　⑦ 翠微匐（è）叶：古妇女发饰有匐彩。翠微匐叶，指用翡翠精制的匐叶，因碧绿而润泽如晕，故称翠微。鬓唇：鬓边。　⑧ 珠压：用珍珠缀压。腰衱（jié）：裙带。　⑨ 云幕椒房亲：指外戚。云幕，绣画有云纹的帐幕，为帝王家所用，《西京杂记》卷一："成帝设云帐、云幄、云幕于甘泉紫殿，世谓三云殿。"椒房，汉皇后宫中以椒末和泥涂壁，取其温香多子，称椒房，见《汉书·车千秋传》并注，后以代称后妃。　⑩ "赐名"句：贵妃姐妹赐国夫人号。大姐嫁崔家，封韩国夫人；三姐嫁裴家，赐封虢国夫人；八姐嫁柳家，封秦国夫人。　⑪ 紫驼之峰：驼峰为山珍，紫驼，赤栗色的骆驼。翠釜：翠绿玉石制的锅。　⑫ 行：盛送。素鳞：白鳞的鱼。　⑬ 犀箸：犀牛角做的筷子。厌饫（yù）：饱腻之状。　⑭ 鸾刀：缀有小铃的刀。缕切：切细丝。空纷纶：空忙一场。　⑮ 黄门：东汉时，给事内廷的黄门令、中黄门诸官皆以宦官充任，后遂以"黄门"代指宦官。飞鞚：指驰马，鞚为马勒。　⑯ 八珍：《周礼·天官·膳夫》："珍用八物"，原指八种烹调方法，后泛指珍美之食。　⑰ 箫鼓：指代器乐。哀吟：此指婉转缠绵。　⑱ 宾从：指杨氏门客。杂遝：纷多。遝通"杳"。实要津：占据要职。《古诗十九首》："先占要路津。"津，渡口。　⑲ "后来"句：指杨国忠后至。逡巡，此指悠闲自在。　⑳ 轩：长窗。锦茵：锦制地毯。　㉑ "杨花"句：暗指杨国忠与虢国夫人私通丑行。按北魏胡太后与杨白花私通，太后曾作诗有句云："杨花飘荡落南家""愿衔杨花入窠里"。世俗又传"杨花入水化为浮萍"，故云。　㉒ "青鸟"句：《汉武故事》记，西王母将见汉武帝，先有三足青鸟飞集殿前。后以青鸟指男女相悦的信使。　㉓ 炙手可热：喻势如火焰之盛。绝伦：无比。　㉔ 丞相：指杨国忠，参注①。嗔（chēn）：怒。

【语译】

三月初三上巳节，天气分外晴明鲜新。长安东南曲江畔，尤多那美丽的女人。她们姿态秾丽，意度清远，闲雅又自然；她们肌肤细润，肥瘦适当，骨骼更匀称。轻罗的绣衣，光彩照晚春；绣着那珍禽异兽，都用金丝银线捻蹙成。头上戴的是什么？翡翠匐叶生光晕，颤颤巍巍垂鬓边；身上穿的是什么？颗颗珍珠嵌腰带，整束停匀正合身。其中更有杨氏姐妹帝王亲，封号虢国、秦国夫人。紫色的驼峰，从那翠绿玉锅新煮出；水晶的盘儿，送上了白鳞鱼儿更鲜新。厌腻了山珍海味，美人们手执犀角的筷儿久不下；致使那响铃的鸾刀，细切精割忙乱空一阵。黄门

140

宦者飞马传送侍奉不起尘,御厨房中络绎不绝将各色佳肴来献呈。丝竹鸣,锣鼓点,缠绵婉转感鬼神;门客忙,属吏勤,纷纷占据了要路津。看那晚来的鞍马多闲逸,直到长窗跟前才下马,踏着锦毯进房厅。杨花儿轻浮啊,飘落到白蘋之上随波影;青鸟儿充当密使啊,口衔红巾传衷情。权势如焰可炙手,闲杂人等啊,快快退去,小心宰相发怒祸临身。

【赏析】

　　天宝十一载李林甫卒,杨国忠为右丞相,标志着李唐王朝高层的权力斗争,已由宗亲士族弄权转入了外戚专断。这是朝政中最为忌讳的事。不少评述认为此诗预感到了"安史之乱"前的社会危机,但我认为,杜甫当时还是从外戚专权的历史炯戒着眼的,还不曾预感到"安史之乱"。最明显的史实是安禄山入朝,杨国忠结哥舒翰对抗禄山,就是国忠为相后的事。论杜诗,人们常喜拔高其社会意义以见"诗史",其实并不妥当。

　　这诗的艺术特点,最好与初唐卢照邻的《长安古意》并读来理解。就结构看,《长安古意》由总写"长安大道连狭斜"到写娼女,到写游侠金吾,到写王侯将相;本诗由总写曲江丽人,到写杨氏姐妹,到写权相杨国忠:都是采取渐次收束、凝焦于一点的布局法。从笔法看,都多用骈句作铺排;从词采看,都以艳丽为尚;就题材主旨看,都是写都城奢靡以见讽谕之意。可见,本诗是初唐《长安古意》类骈俪化歌行体的城市诗的发展。

　　然而亦有所不同。其色彩,较《长安古意》虽丽而较清;其声调,则由前者之多律化而变得多古诗化;其用词,则相对而言是典雅而多口语;而最重要的变化是其描述由概括性的铺排而趋向于细节描写;其结尾由前者的归结到自身抒情言志变为叙述到底。如果我们再取汉乐府《陌上桑》与之对读,则可见出这些方面又多受古乐府的影响。最明显的例证是:"头上何所有""背后何所见"四句,全用民歌句法,与《陌上桑》神似。因此历来将《长安古意》归入古诗,而《丽人行》则归入乐府。乐府与歌行体古诗的体式区分也从中大致可见。

　　综上,《丽人行》是吸取了初唐骈俪化歌行的表现手法,又加以新变的乐府诗,它继承了汉乐府叙事讽喻,用当时语写当时事的特点而"即事命篇,无复依傍",更将诗歌语言加以口语化而自制新词,这就是新乐府的新精神、新体格。

哀江头[①]

杜　甫

少陵野老吞声哭[②],春日潜行曲江曲[③]。江头宫殿锁千门[④],细柳新蒲为谁绿。忆昔霓旌下南苑[⑤],苑中万物生颜色[⑥]。昭阳殿里第一人[⑦],同辇随君侍君侧。辇前才人带弓箭[⑧],白马嚼啮黄金勒⑨。翻身向天仰射云，一笑正坠双飞翼⑩。明眸皓齿今何在⑪，血污游魂归不得⑫。清渭东流剑阁深，去住彼此无消息⑬。人生有情泪沾臆，江水江花岂终极⑭？黄昏胡骑尘满城，欲往城南望城北⑮。

【注释】

①肃宗至德二载(七五七)三月杜甫在长安所作。时长安被安史叛军攻占。江，曲江。参上诗注②。　②少陵野老：杜甫在长安时曾住少陵附近，故以自称。　③曲江曲：曲江深曲处。　④江头宫殿：《旧唐书·文宗纪》，"上(文宗)好为诗，每诵杜甫《曲江行》(即本篇)……乃知天宝以前，曲江四岸皆有行宫台殿，百司廨署"。王嗣奭曰："曲江头，乃帝与贵妃平日游幸之所，故有宫殿。"(《杜臆》)　⑤霓旌：皇帝的旌旗。《文选》司马相如《上林赋》："拖蜺(同霓)旌。"李善注引张揖曰："析羽毛，染以五彩，缀以缕为旌，有似虹蜺之气也。"南苑：芙蓉苑，在曲江之南。　⑥生颜色：焕发光辉。　⑦昭阳殿里第一人：指杨贵妃。昭阳，汉殿名，成帝皇后赵合德所居。第一人，最受宠爱的人。　⑧"辇前才人"句：唐有专门讲习武艺的宫女，称之为"射生"(参王建《宫词》(射生宫女宿红妆))。《新唐书·百官志》："内官才人七人，正四品。"　⑨啮(niè)：咬。勒：马衔的嚼口。　⑩"一笑"句：这句是由忆昔到伤今的转折。一笑，主语是贵妃。笑，一作"射"，一作"发"。按：作"射"作"发"，均指才人，与贵妃无关，和下文明眸皓意不相属，作"笑"为是。双飞翼，即双飞鸟。　⑪明眸皓齿：写杨贵妃的美丽，承上句"一笑"而言。《文选》曹植《洛神赋》："丹唇外朗，皓齿内鲜，明眸善睐，靥辅承权。"　⑫"血污游魂"句：指马嵬兵变，贵妃被缢死。参前录白居易《长恨歌》。　⑬"清渭"二句：仇兆鳌注，"马嵬驿，在京兆府兴平县(今属陕西)，渭水自陇西而来，经过兴平，盖杨妃槁葬渭滨，上皇(玄宗)巡行剑阁，是去住西东，两无消息也"(《杜少陵集详注》卷四)。清渭，渭水清，泾水浊，成语有"泾渭分明"。剑阁，入蜀要隘，参前李白《蜀道难》注⑲。　⑭"人生"二句：对景伤情，而以下句的无情，衬托出上句的有情。　⑮"欲往"句：写极度悲哀中的迷惘。原注："甫家住城南。"望，向。

【语译】

少陵野老将悲泣声声咽回，春天里，偷偷漫行在曲江之隈。江头的宫殿重重门户闭锁，柳绽细芽，蒲泛新绿，又究竟为了谁！想当初，霓虹般的仪仗降临曲江之南芙蓉园，苑中的万物啊感沐皇恩添光辉。后宫佳丽贵妃称第一，随君王，她同辇侍奉在君侧。辇前的才人红颜英姿带弓箭，坐下的白马矫健躁动咬嚼着黄金勒。才人翻身仰天，挽弓射向云，箭贯双鸟落马前，正当贵妃莞尔一笑间。那带笑的明眸皓齿今何在？只落得马嵬兵变，血污芳魂飘游归不得。清清的渭水东流啊，深深的剑阁西迎，魂留渭滨君西行，西去东留啊彼此无消息。人生有情啊，抚今伤昔热泪沾胸襟；江水江花啊，无知无情，年年如此水流花开哪儿是终极！黄昏降，胡骑驰，烟尘布满了长安城；野老我欲向城南家中行，却不知凄迷怔忡，竟然向城北。

【赏析】

"葵藿倾太阳，物性固难夺"(《自京赴奉先县咏怀五百字》)，虽然玄宗与杨妃的荒淫酿致了安史之乱，但身处沦陷了的长安的杜甫，仍然冒险偷偷地到京都标志性的名胜曲江去凭吊往昔盛况；虽然他对祸乱的根由有较明确的认识，但是他仍不能斥言君过，相反却怀着深深的同情。《哀江头》的感情是极其复杂的，而且不仅仅是老杜一人的感情。李杨的爱情，在中唐被敷演为传奇故事，可见在唐人的心目中，这爱情是何等浪漫。在某种程度上，连同那奢靡中透露的繁华，都显示了如日中天的盛唐气象。而马嵬之变虽然稳定了局面，但也随着贵妃的香消玉殒，宣告了繁华消歇，一去不可复返。唐人对误国的李、杨的同情固然与两人才质上的动人有关，而更深层的却是这种"盛唐情结"，或说"开天情结"。这情结，从身处当时的杜甫至德年间这首《哀江头》中已开始表现。以后白居易的《长恨歌》更大而化之。

　　诗的剪裁与结构极其老成。"哀江头"，哀是主旨，故于离乱只以"明眸皓齿"两句带过，"明眸皓齿"上接"一笑"，下挑"血污游魂"，于转折矫健中形成强烈对照，而正因为上面详写游苑之胜，反显得叙变乱二句语简而意悲。写贵妃之骄丽，不作正面描写，而以才人射云以宾衬主，更使那"一笑"倾城的杨妃丽质给人以无尽想象哀怜的余地。由此蓄势已足，转入唱叹，由当时之东西去住，生死永诀，更转入眼前的江水江花，断人情肠。篇末以"黄昏胡骑"与前"霓旌下南苑"形成对照，逼出末句"欲往城南望城北"的凄迷彷徨，以回应篇首之"吞声""潜行"。这样全诗以哭起，以哭结，通篇更因此而用入声韵，形成清人蒋弱六所说的"苦音急调"，从声韵上极尽"哀"痛之致。试再讽诵一过，你是否能感到，这种急促的音调与微婉的形象相结合，倍见深痛极哀呢？

哀　王　孙[①]

杜　甫

　　长安城头头白乌[②]，夜飞延秋门上呼[③]。又向人家啄大屋，屋底达官走避胡。金鞭断折九马死[④]，骨肉不得同驰驱[⑤]。腰下宝玦青珊瑚[⑥]，可怜王孙泣路隅[⑦]。问之不肯道姓名，但道困苦乞为奴。已经百日窜荆棘，身上无有完肌肤。高帝子孙尽隆准[⑧]，龙种自与常人殊。豺狼在邑龙在野[⑨]，王孙善保千金躯。不敢长语临交衢[⑩]，且为王孙立斯须[⑪]。昨夜东风吹血腥[⑫]，东来橐驼满旧都[⑬]。朔方健儿好身手，昔何勇锐今何愚[⑭]。窃闻天子已传位[⑮]，圣德北服南单于[⑯]。花门剺面请雪耻[⑰]，慎勿出口他人狙[⑱]。哀哉王孙慎勿疏，五陵佳气无时无[⑲]。

【注释】

①哀王孙：新乐府辞。王孙，此特指李唐宗室子弟。天宝十五载（七五六）六月九日安

禄山破潼关，乱军之入长安即在本月。据"已经百日窜荆棘"句，诗当作于本年十月或稍后。百日是举成数而言。　②头白乌：不祥之鸟。《南史·侯景传》："景修饰台城及朱雀、宣阳寺门，童谣曰：'白头乌，拂朱雀，还与吴。'"　③延秋门：长安唐宫苑西门。天宝十五载六月乙未晨，玄宗自延秋门出奔，过便桥渡渭水，自咸阳大道西行。　④九马：天子车驾九马。《西京杂记》："文帝自代还，有良马九匹。"　⑤"骨肉"句：《通鉴·唐纪》记，玄宗幸蜀，妃主、皇孙之在外者，皆委之而去。可互参。　⑥宝玦青珊瑚：玉玦与青珊瑚二物，均为佩饰。玦为环状缺口玉佩。　⑦隅：角。　⑧"高帝"二句：《史记·高祖本纪》"高祖为人隆准而龙颜"。此借汉喻唐。隆准，高鼻子。　⑨"豺狼"句：言乱军入城而玄宗出奔在野。按安禄山自反后未曾入长安，此时在东都洛阳。　⑩交衢：十字街口。衢，四通八达的大道。《尔雅·释宫》："四达谓之衢。"　⑪且：姑且。斯须：一会儿。⑫"昨夜"句：此特言"昨夜"，当指本年十月，兵马大元帅宰相房琯兵败陈陶驿，死伤四万余人，陈陶在长安东，故诗言"东风吹血腥"。　⑬"东来"句：《旧唐书·史思明传》，"自禄山陷两京，常以骆驼运两京御府珍宝于范阳，不知纪极"。旧都，当时肃宗已即位灵武，故称长安为旧都。　⑭"朔方"二句：朔方健儿指哥舒翰。翰为名将，威震吐蕃，安史之乱，玄宗委以重任，将河陇朔方兵及蕃兵二十万拒贼，战败于灵宝西原。复守潼关，蕃将火拔归仁欲降贼，哄翰出关，缚送洛阳，故诗云云。　⑮"窃闻"句：天宝十五载七月，肃宗即位于灵武。改元至德。　⑯"圣德"句：南单于，匈奴薁鞬日逐王自立为南单于。此指回纥，为匈奴后裔。《旧唐书·肃宗纪》载，肃宗即位后，回纥、吐蕃皆遣使请和亲，表示愿助国讨贼。次年二月，回纥首领入朝。　⑰花门：回纥别称。劈面：割面以自誓。《后汉书·耿秉传》："匈奴……或至梨(劈)面流血。"劈音lí。　⑱"慎勿"句：至德元载九月，贼将孙孝哲害霍国长公主、永王妃及驸马杨驲等八十人，又害皇孙二十余人，并剐其心。以祭安禄山战死之子安庆宗，王侯将相扈从(玄宗)入蜀者，子孙兄弟，虽在婴孩之中，皆不免于刑戮。当时降逆之臣，必有为叛贼耳目，搜捕皇孙妃主以献奉者。故先云"王孙善保千金躯"，又云"慎勿出口他人狙""哀哉王孙慎勿疏"。狙(jū)，猕猴，善伺伏突袭，故有"狙击"之语。　⑲五陵：玄宗之前唐室五陵，即高祖献陵，太宗昭陵，高宗乾陵，中宗定陵，睿宗桥陵。非指汉代五陵。佳气：指陵墓间葱郁之气，意谓大唐气运不衰。

【语译】

长安城头有只白头乌，夜间先飞到延秋门上呼。又飞到人家敲啄广厦大屋，屋里的高官逃避胡兵弃家已奔躲。圣上的金鞭既断折，驾车的九马也已死，宗亲骨肉啊，不能一同西驰蜀。有一人腰悬宝玉佩玦青珊瑚，可怜他本为王孙，如今哀哀路边哭。问他姓甚名谁他不肯言，只说道："窘困贫苦请求当奴仆。藏身荆棘丛中已百日，身上完整的肌肤没一处。"高祖的子孙个个都是高鼻梁，龙种本来就与常人相貌有异殊。"如今叛胡入城君王反在野，王孙啊，你身价千金万万要保重"，十字路口我不敢与他长交谈，姑且啊为之立谈一会为慎重，"昨夜里，东风吹来阵阵血腥味，骆驼东来，载送劫掠的宝物挤满旧皇都。哥舒将军好身手，为什么昔日神勇，此番愚鲁到这地步？我私下里听说天子已经传位在灵武，今上的圣德感服得回纥来从附，回纥军割面立誓正在请兵雪耻图恢复，王孙啊，你务必言语慎重谨防他人来狙捕。真可悲叹啊，王孙王孙你千万千万别疏忽，你可见，

144

先皇五陵上空佳气蒸腾终日不停住"。

【赏析】

本诗截取某王孙流落沉沦的片断，典型地反映了安史之乱所造成的巨大社会动乱。全诗可分作三个层次。开头六句以不祥之鸟白头乌起兴，写当时整个形势：君王出奔，骨肉流落，在叙述中渲染出一种恐怖悲凄的气氛，笼罩全篇。"腰下宝玦"以下六句为第二层，引出主角某流落王孙，在笔法上极富匠心，由饰物写到"泣路隅"的总体形象，再写到言语，再写到体无完肤的细部形象，似电影镜头由远及近再加以特写一般，读来尤其真切可感。其中"问之不肯道姓名，但道困苦乞为奴"二句是枢纽，既承上而突出了恐怖的气氛，又下挑"高帝子孙"二句，进入第三层：写诗人对王孙的哀怜担心，并由此生发出对世事国运的感慨与希冀。这一层次的笔势尤可注意。细析一下，"高祖""龙种"二句后，主要是诗人对王孙语，但"不敢长语临交衢，且为王孙立斯须"是叙述对话时的情状（参"语译"标点）。如一般人写来，必先写这两句，再将对王孙语一串写下，但杜甫却先写"豺狼在邑龙在野，王孙善保千金躯"二句，再插入情状叙述，复折入说话。这是为什么呢？细味可悟，这是古诗的"逆中见顺"法，因诗至"龙种自与常人殊"，如直接"不敢长语"句，便显得非常突兀，而以"豺狼在邑龙在野"衔接"龙种"，方显得自然融洽，同时又带出下句"王孙善保千金躯"，这是诗人嘱王孙整段话的中心意思，前置写出，便使下文纲举目张，同时因先写"豺狼在邑"，也使"不敢"二句的恐惧情状事出有因。这便是"逆中见顺"。诗势至此，似已近尾声，然而"昨夜东风吹血腥"一笔荡开又生新境界，在哀王孙的同时铺展了当时的国运态势。清人浦起龙《读杜心解》分析得极好："'东风''橐驼'，惕以贼形也；'健儿''何愚'，追慨失守也；'窃闻'四句，寄与不久反正消息而戒其勿泄，慰之也；'慎勿疏'，申戒之；'无时无'，申慰之，叮咛恻怛，如闻其声。"全诗便在这种一笔一折所造成的"叮咛恻怛"的气氛中结束，而那一股"五陵佳气"，回应开篇"白头乌"，使人们于恐怖压抑之中感到一线微茫的希望。

粗粗读来，《哀王孙》似乎平实坦易，但细味，会感到无论写形写事写话，都在平实坦易中有着精细的安排。甚至其韵法也在终篇一韵到底中，参用双句用韵与上下句均押韵两种形式，形成音节上的张弛错综之感，有效地配合了情意的传达，这就是杜甫所说的"诗律细"。

清人薛雪《一瓢诗话》评云："提得笔起，放得笔倒，才是书家；撇得出去，拗得入来，方为作者。王右军字字变换，提得起，放得倒也；杜工部篇篇老成，撇得出，拗得入也。显而易见者，右军《兰亭序》、工部《哀王孙》。世人习于闻见，不肯细心体认耳。"确实，从"撇得出，拗得入"六字去仔细体味《哀王孙》，必会对杜甫何以被称为"诗圣"，有所解会。

卷五　五言律诗

经鲁祭孔子而叹之①

唐玄宗

夫子何为者②？栖栖一代中③。地犹鄹氏邑④，宅即鲁王宫⑤。叹凤嗟身否⑥，伤麟怨道穷⑦。今看两楹奠，当与梦时同⑧。

【注释】

①　开元十三年（七二五）十一月，玄宗东封泰山，丙申日，驾幸孔子宅，亲设祭奠（《旧唐书·玄宗纪》）。本诗作于此时。鲁，孔子为春秋鲁人，宅庙在今山东曲阜。按玄宗虽崇道，亦重儒，于开元二十七年八月，封孔子为文宣王。　②　夫子：对有道德学问的成年以上男子的敬称，此指孔子。何为者：为了什么呢？　③　"栖栖"句：《论语·宪问》记，微生亩问孔子，"丘何为是栖栖者与，无乃为佞乎？"孔子答道："非敢为佞也，疾固也。"意思是说自己所以栖栖惶惶，并非为讨好诸侯，而是因痛恨世风鄙陋不化。此化用之。栖栖，碌碌不安貌。　④　"地犹"句：鄹邑在曲阜东南，孔子父亲叔梁纥为鄹邑大夫，孔子出生于此，后迁居曲阜。唐时鄹建置尚存，故称"地犹"云云。犹，还是。鄹音zōu。　⑤　"宅即"句：即，贴近。鲁王宫，汉景帝之子鲁恭王刘馀的宫室。宫是居宅的通称。鲁恭王宅紧邻孔宅，王欲扩大宫室而坏孔子旧宅，升堂闻丝竹之音，乃止。　⑥　"叹凤"句：《论语·子罕》，"子曰，凤鸟不至，河图不出，吾已矣夫！"凤凰与河图都是祥瑞，孔子未见，故叹息吾道不行。否(pǐ)，《易经》否卦，卦象是坤下乾上，表示天地不交，上下隔阂，闭塞不通。"身否"即为一生不顺遂之意。　⑦　"伤麟"句：《春秋·哀公十四年》记，"西狩获麟，孔子曰：吾道穷矣"。麒麟是仁兽，今被猎获，孔子认为是世运颓微之征，故叹息云云，而《春秋》也绝笔于此年。　⑧　"今看"句：殷制，人死后，灵柩停于厅堂两楹柱之间。孔子为殷人之后，《礼记·檀弓上》记，孔子曾对子贡说：前几天夜里梦见坐于两楹之间受人祭奠，我大约快死了吧。此化用之。楹，厅堂的前柱。

【语译】

夫子啊，您究竟为了什么，栖栖惶惶，在那个时代奔忙；您出生的鄹邑，山水仍未改，您居住的屋舍，还是紧邻着鲁王的家宅。您曾经叹息：灵禽凤鸟不至，自身再也见不到圣人；更因那祥兽麒麟被逮，产生了"吾道穷矣"的悲慨。（您若神灵有知，）请看厅前相对的楹柱间——我为您敬献的奠礼，是否与您当时梦见过的一般？

【赏析】

沈德潜《唐诗别裁集》卷九评云："孔子之道从何处赞叹？故只就不遇立言，此即运意高处。"这是就诗论诗。按祭孔，是历代君主显示仁德沛布、天下太平的仪典。极言孔子当时不遇，其实是反衬结末二句"今看两楹奠，当与梦时同"，说今日奠仪正合孔子当时梦想，是表示唯自己为真能识孔道、尊孔子的明君。因此，与其说本诗立意高，毋宁说是立意巧。

以上这层意思表现得相当含蓄，含蓄加上词面的精丽，便是雍容典雅，这是初唐以来宫廷诗的基本特征；至盛唐，更洗削陈词，自铸新语，加以玄宗的帝王之气，这诗便显得堂庑宽大，不落俗套，尤其是多用孔子语事而不啻自口出，堪称佳构，试绎之：

首二句用《论语·宪问》典，"栖栖"一词，集中地体现了夫子人格，而以唱叹领起，更深沉有含，为后文留下了余地。颔联是名句，以孔子居地，从正反两面生想，平实中见工致，道尽了江山依旧、人事代非之感。腹联"叹凤""伤麟"，又分用《论语》与《春秋》中孔子语，感凤鸟不出，是孔子自伤不久；伤麒麟被获，更是他自知道穷。由此二有关孔子结局之事，便顺理成章归到《礼记》所记孔子临终前事，结出今日祭孔，言外便有无尽深意。

盛唐五律较之初唐的又一进展是逐渐讲究布局的开合变化。此诗首联后，本可直接叹凤、伤麟事，但这样便平实无奇。今以"地犹鄹氏邑，宅即鲁王宫"置颔联，宕开一步，既使"叹凤""伤麟"二事因人事代非的变化，而富于时空之感，又因叹、因伤导入尾联之梦，转接得天衣无缝，全诗便显出一种疏宕低回的情思。警句之佳，不仅在字面，更在全诗结构中的作用，这是显例。

望月怀远[①]

张九龄

海上生明月，天涯共此时[②]。情人怨遥夜[③]，竟夕起相思[④]。灭烛怜光满，披衣觉露滋[⑤]。不堪盈手赠[⑥]，还寝梦佳期[⑦]。

【注释】

① 诗题中的"怀远"，一般都是"怀内（妻）"的委婉说法。 ②"海上"二句：谢庄《月赋》"隔千里兮共明月"，此化用之。 ③ 怨遥夜：《古诗》"愁多知夜长"之意。遥夜，遥字既含长夜之意，又兼夜天遥隔之义。魏曹叡《昭昭素明月》诗："昭昭素明月，辉光烛我床。忧人不能寐，耿耿夜何长。"句意由此化出。 ④ 竟夕：终夜。 ⑤"灭烛"二句：是"怜光满而灭烛，觉露滋而披衣"的倒文。借月光圆满，自伤夫妇不能团圆。露滋，夜露渐多。 ⑥"不堪"句：晋陆机《拟明月何皎皎》"照之有余辉，揽之不盈手"，谓月光有影无形，不可把握，寓意难寄相思情恨。 ⑦"还寝"句：古诗《明月何皎皎》"引领还入房，泪下沾裳衣"，"还寝"语本此。《楚辞·九歌·湘夫人》："与佳期兮夕张。"梦佳期语本此。佳期，与佳人相期。

【语译】

海上生起了一轮明月，天下离人，此时都将明月仰望。我妻也当被月色勾起闺怨，长夜漫漫，她整夜都在将我思念；深爱那满屋的清光，她灭掉了一点孤独的烛火；不堪闺房的凄恻，她披衣出户，又感到渐生的夜露更清寒。她伸手想捧住我远赠她的月光，光虚路远可奈何！她一定受不了这清夜虚幻的情思，转身回房，企望与我，相会在梦中。

【赏析】

这首羁旅诗，抒写客居诗人的深情相思，妙在对面着墨，悬想妻子思我的情状。状彼越细，越见我思之深。首联点题"望月"，"天涯共此时"是枢纽，因此时"共"明月，而自然想到天之另一涯的妻子，也因望月怀我，离情不堪而于月光照彻中一出一入，备极哀怨。章法仿于古诗《明月何皎皎》，遣词造句则多融用典故以作暗示，从而营造起远意无尽的抒情境界。

高步瀛《唐宋诗举要》说此诗以芳草美人之情比忠贤去国之思，是张九龄开元二十五年由京师贬荆州长史后所作。按比兴托意的政治性抒情诗并不少见，但见情诗则以为必寄忠君之思，甚至捕风捉影，胶柱鼓瑟，已成为儒人说诗的一弊。所以，凡未有确据可证明是比兴的，不妨就作情诗来读。特别是此诗，模拟汉魏六朝诗痕迹甚显，以早年游宦羁旅时所作可能为大。

从古诗《明月何皎皎》以一天月色照临起兴笼罩全诗，抒写离情始，历代纷纷效作，注释中提到的曹叡《昭昭素明月》、陆机《拟明月何皎皎》是其中的名篇。本诗从布局到遣词调声都显有六朝余韵，但淡雅秀远的境界，却显示了唐诗特有的韵度。

"海上生明月，天涯共此时"，虽暗用谢庄"隔千里兮共明月"句意，但"海上""天涯"相应，顿开大境界，而一个"生"字，又逗起下一联的"起"，使人感到，这怨思，就似同在月光氤氲中酝酿，并随着海潮生涨升起。而"怨"字、"竟夕"二字既上挑"月生"，又下透"怜光满"——月到中天，"觉露滋"——月已西斜。长夜就在怨思中不知不觉地过去了。最后仍收回到月光（盈手握），而结之以梦思，既回应起联的"共此时"，又织成了清光与梦幻融和一体的境界。至于这梦又是否一定能寻得呢？更引起读者无尽的同情与猜想。这种遣词造句的空灵与上述同样空灵的从对方落墨的悬想，最能见出盛唐诗精思结撰而自然浑成的特点。

本诗有争议的是"情人"以下是诗人自写相思之状，还是悬想远人在思念自己的情态。以后说为长。读者不妨依前说自己翻译一遍。

杜少府之任蜀川[①]

王　勃

城阙辅三秦[②]，风烟望五津[③]。与君离别意，同是宦游人[④]。

海内存知己，天涯若比邻⑤。无为在歧路，儿女共沾巾⑥。

【注释】

① 作于长安，当在高宗总章二年(六六九)，勃因《斗鸡赋》被逐出沛王府，客游蜀中前。杜少府，名不详，唐人称县尉为少府。之任，赴任。蜀川，蜀地。 ② 城阙：代指长安。宫门前的望楼叫阙。辅三秦：以三秦为辅翼。项羽灭秦，分其地为雍、塞、翟三国，称三秦。在今陕西一带。 ③ "风烟"句：蜀中长江自渝堰至犍为一段有白华津、万里津、江首津、涉头津、江南津，合称五津，这里指代蜀中。 ④ 宦游：因求官而客游。 ⑤ "海内"二句：曹植《赠白马王彪》"丈夫志四海，万里犹比邻。恩爱苟不亏，在远分日亲"。此化用其意。比邻，近邻，古代五家相连为比。 ⑥ "无为"二句：《孔丛子·儒服》载，鲁人子高游赵，及返，其友邹文、季节流泪满面。子高说："始吾谓此二子丈夫尔，乃今知其妇人也。人生则有四方之志，岂鹿豕也哉而常聚乎！"此暗用其典。

【语译】

辽阔的秦中原野，拱卫着京城长安。城楼上，我远望蜀中，茫茫风烟，千里遥相连——那是您即将赴任的地方。今日别，惺惺相怜——我们都是远游求官、离乡背井人。然而，好男儿壮志在四海，只要两心相知，即便天涯远隔，亦似相聚同邻居。切莫要，学那小儿女样：分手的路口，泪流涟涟不能止。

【赏析】

这是一首赠别诗，全诗在寥廓浩渺的背景中展开别绪。"同是宦游人"是关锁，接转别绪，发为壮志，便有一气盘旋之概。

三秦辽阔的原野山峦，拱卫着京都长安。屹立城楼，西望蜀川，一片茫茫荡荡，这应当是奔跸的江水腾起的风烟吧！首联以整饬的对句壁立并起，以"城阙""风烟"与"三秦""五津"四个大景物组合，营构起壮伟中见迷惘的景象。三秦是送别之地，五津是行人往赴之处，万里"风烟"相连接，从而逗起颔联："离别"挑明上联内含，"宦游"补出此别性质。与君离别，固然不免黯然神伤，然而"同是"他乡别的游子，所谓"曾经沧海难为水"，比起当初远离故土，长别亲老，应当是算不了一回事吧。这一联以散句承上联的偶句，化惜别为宽解，然而从那吞吐低回的语气中，你是否感到有一丝强自宽解的况味呢？

诗人似乎深恐思绪再落入惜别依恋之中，颈联承"宦游"进而宕开一步，以对句作豪语。"海内""天涯"，上探"三秦""五津"之"离别"，极言暌隔之遥；"存知己""若比邻"，则承"同是宦游"而言，既然为求壮志一伸而作此宦游，更兼少年同志，心心相通，那么地理的遥远，已为心灵的贴近、意气的呼应而弥接。建安之英曹植曾说"丈夫志四海，万里犹比邻。恩爱苟不亏，在远分日亲"，那么今日少年又何能反不如五百年前的古人呢？于是诗人进而慰勉友人，不要学那小儿女样，临歧之际，悲悲切切。说不必泪沾巾，反过来看，当时其实正有泪沾巾的冲动，只是因上一联同心同志的豪言所支撑，才强忍惜别之悲，而强作放达之语。因此最后一联的散句，恰如从上一联双峰峙起的对句中涌出至于平地的一股川流，虽然劲健，却回旋荡漾，味之无穷。

初唐律诗每多四联都对偶，本诗则骈散相间以舒其气，以达其情，从上析不难体味它比四联都对的超胜处，而这正预示了律诗对法的演进。

在狱咏蝉①并序

骆宾王

余禁所禁垣西②，是法厅事也③，有古槐数株焉。虽生意可知，同殷仲文之古树④；而听讼斯在，即周召伯之甘棠⑤。每至夕照低阴，秋蝉疏引⑥，发声幽息⑦，有切尝闻⑧。岂人心异于曩时⑨，将虫响悲于前听⑩？嗟乎，声以动容，德以象贤⑪：故洁其身也，禀君子达人之高行；蜕其皮也，有仙都羽化之灵姿⑫。候时而来，顺阴阳之数；应节为变，审藏用之机⑬。有目斯开，不以道昏而昧其视⑭；有翼自薄，不以俗厚而易其真⑮。吟乔树之微风，韵姿天纵；饮高秋之坠露，清畏人知⑯。仆失路艰虞⑰，遭时徽纆⑱。不哀伤而自怨，未摇落而先衰⑲。闻蟪蛄之流声⑳，悟平反之已奏㉑；见螳螂之抱影，怯危机之未安㉒。感而缀诗㉓，贻诸知己㉔。庶情沿物应㉕，哀弱羽之飘零㉖；道寄人知㉗，悯余声之寂寞㉘。非谓文墨，取代幽忧云尔㉙。

西陆蝉声唱㉚，南冠客思侵㉛。那堪玄鬓影㉜，来对白头吟㉝。露重飞难进，风多响易沉㉞。无人信高洁㉟，谁为表予心？

【注释】

①高宗调露元年(六七九)骆宾王在侍御史任上，因上疏讽谏，被诬贪赃而入狱，因作本诗。 ②禁所：囚禁处。垣：墙。 ③法厅事：一本作"法曹厅事"，法曹掌按讯决刑。见《新唐书·百官志》。厅事，中庭，即中厅。 ④"虽生意"二句：东晋殷仲文，见大司马桓温府中老槐而叹曰："此树婆娑，无复生意。"此用其事。 ⑤"而听讼"二句：周代召公奭巡行民间，听讼于甘棠树下。《诗经·召南·甘棠》即咏其事。召公为燕国始祖，与周公齐名。甘棠，即棠梨树。 ⑥疏引：稀疏而不绝的鸣声。 ⑦发声幽息：为"发声似幽息"之省文。幽息，轻细的气息。蝉至秋将绝，故云云。 ⑧有切尝闻：为"有切于尝闻"之省文，意谓较过去听到过的蝉声，更切肤关心。 ⑨曩时：过去。 ⑩将：抑或，还是。 ⑪"声以"二句：总写蝉之声德，具体见下。 ⑫"故洁"四句：古人认为蝉居高树，饮清露，清德合贤达君子。又以蝉蜕皮讳称死亡，《淮南子·精神训》："蝉蜕蛇解，游于太清。"后道教以尸解如蝉蜕。羽化，道教称飞升成仙为羽化。这四句言蝉德有仪，生死以之。 ⑬"候时"四句：曹植《蝉赋》"盛阳则生，太阴逝矣"，陆云《寒蝉赋》"应候守常，则其信也"，是四句所本。言蝉德有信，知出处之机。 ⑭"有目"二句：未详所本，大意谓蝉德有智。 ⑮"有翼"二句：蔡邕《让高阳侯表》"功薄蝉翼"。二句言蝉德有谦。 ⑯"吟乔"四句：《吴越春秋·夫差内传》，"太子友曰：'夫秋蝉登高树，饮清露，随风挽挠，长吟悲鸣，自以为安'"。这四句总结蝉德清高。 ⑰仆：我之谦称。失路：失意无出

路。阮籍《咏怀》："失路将如何。"艰虞：艰难忧郁。虞，忧虑。　⑱徽缠：捆绑囚犯所用的大绳。　⑲摇落：《楚辞》宋玉《九辩》"悲哉，秋之为气也，草木摇落而变衰"。后以摇落指秋，此则转意为人生晚年。　⑳螿蛄：旧注以为指寒蝉。《孔子家语》："违山十里，螿蛄之声犹在耳。"　㉑平反：《汉书·隽不疑传》记隽不疑为京兆尹，每行县录囚徒还，其母辄问有所平反。此暗用其事，冀幸良吏能为己平反。　㉒"见螳螂"二句：《说苑·正谏》"螳螂委身曲附欲取蝉"。又《后汉书·蔡邕传》记：邕在陈留，邻人以酒食相召。有客弹琴于屏，邕听之，以为琴音含杀心，遂返。后弹琴者告之，鼓琴时，"见螳螂方向鸣蝉，蝉将去而未飞，螳螂为之一前一却，吾心耸然惟恐螳螂之失之也"，故琴音如此。此合用二事。　㉓缀诗：缀辞成诗。　㉔贻：赠。　㉕庶：希冀。庶字统管以下四句。情沿物应：犹言情动物应。　㉖弱羽：指蝉。　㉗道寄人知：正直之心寄记于诗而为人所知。　㉘"悯余声"句：《楚辞·九辩》"蝉寂寞而无声"。此借蝉自指。余声亦借指本诗。　㉙"非谓"二句：指本诗并非文墨游戏，而旨在抒忧。《庄子·让王》："我适有幽忧之病。"　㉚西陆：古人分黄道为东南西北四陆。日绕黄道东行，行至西陆谓之秋。　㉛"南冠"句：《左传·成公九年》，"晋侯观于军府，见钟仪，问之曰：'南冠而系者谁也？'有司对曰：'郑人所献楚囚也'"。时人评云，钟仪南冠而系为不忘旧。骆宾王婺州义乌（今浙江义乌）人，故用此典，以示贞正。侵：原作"深"，据本集改。　㉜那：原作"不"，据本集改。玄鬓影：指蝉翅似鬓影。崔豹《古今注》："魏文帝宫人莫琼树乃制蝉鬓，望之缥缈似蝉。"　㉝白头吟：乐府《相和歌》，古辞相传为卓文君作。唐吴兢《乐府古题要解》称其："自伤清直芬馥，而遭铄金砧玉之谤。"此用其意。　㉞"露重"二句：《礼记·月令》，"孟秋之月……凉风至，白露降，寒蝉鸣。"二句正切《月令》风、露、蝉三者。又沈约《听鸣蝉应诏诗》："叶密形易扬，风回响难住。"二句变化用之。　㉟高洁：指蝉也指己。参见前注。沈约《咏竹》："无人赏高节，徒自抱贞心。"

【语译】

序：我囚禁处在宫墙之西，这是法曹的中庭。庭前有几株古槐，虽然生气尚可见，却已几同于殷仲文所惋叹的古树；而在此听讼决狱，仿佛召公爰的棠梨。每到夕阳斜照、树荫低垂之时，有秋蝉间或长吟，发声似幽幽叹息，较我过去曾听到过的，更加切肤关心。这是因为人心与往昔不同呢，还是虫声比先前更悲切呢？啊，这蝉的声音可使人为之动容，而美德则与贤者仿佛。所以它洁身自好，禀承了君子达人高尚的操行；而蜕壳成形，有仙境得道者灵秀的姿仪。它候时季而来，顺应阴阳交互的期数；它应节令而变，深明出处藏用的机缘。有目而常开，不因世暗道迷而眼光不明；有翅而自薄，不为世俗尚奢而改易其自然素质。它在微风拂动的大树上高吟，而声韵姿态并无骄纵；它餐饮高秋降下的露珠，清高而怕人知闻。我命途不畅，艰难忧虑，遭遇凶时，身陷狱中。虽不致哀伤而自怨自艾，但未老已先见衰颓。聆听寒蝉传来鸣声，感悟平反冤狱的声音当已传达上听；而见到螳螂曲身伺机捕蝉，又深恐危机还没有过去。因有所感而缀辞成诗，将它赠给知己者。希冀情动于中而有物响应，能哀怜我飘零有如弱小的秋蝉；直道寄托于诗章能为人所知，而悯惜我残蝉般将息的吟声。这并非只是纸上的文墨，而是借此聊抒深忧啊。

诗：寒蝉鸣，唱彻秋声凄清；引动了，阶下囚，乡思更深深。人说蝉翼轻玄，似人青鬓，来相对，本难忍——为何更将《白头》冤曲吟。……秋露重，翅子薄，难飞进；秋风紧，鸣声弱，空埋沉。纵如此，高树饮清露，同我心——何处诉，谁人信！

【赏析】

这是一首咏物诗。贵在能写形传神，咏物寄慨，毫不黏皮着骨。以"露重飞难进，风多响易沉"二句与沈约"叶密形难扬，风回响难住"较读，便可悟诗人如何将寒蝉的神韵与被拘的自我，乳水交融般地合为一体。稍前虞世南《咏蝉》云："居高声自远，非是藉秋风"，是当路者得意之语；晚唐李商隐《蝉》诗云："五更疏欲断，一树碧无情"，是才士不得志语。虽与本诗寄兴不同，却异曲同工，诗中都有人在。这便是唐诗之所以为唐诗的精髓所在。

和晋陵陆丞早春游望①

杜审言

独有宦游人②，偏惊物候新③。云霞出海曙，梅柳渡江春④。淑气催黄鸟⑤，晴光转绿蘋⑥。忽闻歌古调⑦，归思欲沾巾⑧。

【注释】

① 晋陵陆丞有《早春游望》诗，杜审言和作本诗。和是依他人诗题(后来还依他人诗韵)作诗，取应和之义。晋陵，唐江南道县名，今江苏常州。陆丞，姓陆的县丞。本诗当为诗人于永昌元年(六八九)前后审言任职江阴(今属江苏)时所作。　② 宦游人：求官游于他乡之人。　③ 物候：应季节气候变化而呈现的自然景观，也就是一定时节有代表性的景物。候即兆象之义。　④ "云霞"二句：句法省略，"曙""春"均作动词用。　⑤ 淑气：和煦之气。黄鸟：黄莺。　⑥ 晴光：晴日之光。转：催转。蘋：水草，细茎柔长，上生小叶四片。　⑦ 古调：指陆丞原诗格调高雅近古。　⑧ 思：名词，读去声。

【语译】

只有离家求官的人，才会对节物的变化，分外触目惊心。红色的云霞从海上升起，迎来了又一个黎明；青青的梅柳也将春意，从江南传送到江北。温煦的春气，引动了黄莺鸟放声歌唱；晴和的阳光，更催转着经冬的浮萍变青。(此情此景中，)我忽然听到您歌吟起那充满古意的五言诗，不禁更引动了归乡之思，泪流不停。

【赏析】

本诗精神最集中于首联。"独有宦游人，偏惊物候新"，写出了客中人独有的感受：冬去春来，年复一年，在常人虽亦或能感触，也不过等闲视之；唯客中人，"新"变的物候，不仅未能为他带来欣悦，反而触目尽成"惊"心动魄、催人泪下的资料。以下各联均从"惊""新"二字展开。其中颔、颈二联着意由"新"字刻画春景：云霞、梅柳、淑气、晴光四个具有代表性的新春自然景物，因着"出海曙"的出，"渡江春"的渡，"催黄鸟"的催，"转绿蘋"的转，四个动词的画龙点睛，更显出一种蓬蓬勃勃万象更"新"的动态。尤其是"梅柳渡江春"句，最为传神，梅柳本不会移动，然而春意似乎将江南枝头的嫩绿，传向了江北，怎不使家在北方的诗人，顿起家乡今如何的感触呢！于是因"新"而"惊"，结为尾联：见到了应当"同是宦游人"的晋陵陆丞来诗，诗人不禁潸然泪下，写下了这篇为明人胡应麟推为初唐五律第一的名篇。

杂　诗①

沈佺期

闻道黄龙戍②，频年不解兵③。可怜闺里月，长在汉家营④。少妇今春意，良人昨夜情⑤。谁能将旗鼓，一为取龙城⑥。

【注释】

① 杂诗：多抒发人生感慨，离别相思。不拘流例，即时即物有感而发，《文选》有"杂诗"一类。　② 黄龙戍：因黄龙冈而建的边防要塞。黄龙冈山势委蛇，东连巨岭，西抵辽河，宛如龙形，故名。当时东北边地常受突厥、奚、契丹入扰，黄龙戍是必争之地。"然自黄龙举烽，无岁不战"（樊衡《为幽州长史薛楚玉破契丹露布》），故诗人举此地而写边思。③ 频年：连年。解兵：休战。　④ "可怜"二句：意谓闺中少妇怀郎之情随月到边地军营。汉，唐诗中常以汉代唐。　⑤ "少妇"二句：承上"闺里月""汉家营"，由物及人。良人，古代妻子称丈夫为良人。昨，对今而言，互文以见异地相思。　⑥ "谁能"二句：用汉代卫青抗击匈奴事，意指平边安疆。据《汉书·匈奴传》："匈奴诸王长少，五月大会龙城，祭其先、天地、鬼神。"龙城，在今蒙古国鄂尔浑河西侧。汉武帝元光五年（前一三〇），车骑将军卫青至龙城，斩获七百首级（《汉书·武帝纪》）。六朝以下文人言边事多用龙城，如隋炀帝《与史祥书》"望龙城而冲冠"，自此递相祖述。将旗鼓，旗鼓为将军指挥号令所用，将旗鼓即率军之意。一为：一举之义。一是加强语气的助词。为是介词，读去声。按：或以龙城与黄龙戍为一地，误。

【语译】

人道是，北疆的黄龙冈要塞，连年征战不休兵；可悲啊，那照见我闺房的明月，同时长随着夫君所在的汉家兵营。楼头少妇的凄意，军中的夫君悲情——今年春，昨夜里——也当同时感应。有谁能率领着精强的大军啊，一鼓作气，攻取那敌军的巢穴龙城。

【赏析】

本诗代思妇设想。由望月生思，本亦南朝诗的常法，但妙在思随月转，一笔绾万里。更巧用互文句法，造成蝉联而下、婉转相生的情思。颔联上句"可怜"

字由"闺里月"直透下句"汉家营",而下句"长"字又逆探上句;腹联"今春意"与"昨夜情"又互为照应,于是长安与朔漠,她与他,融成了一片,一片无尽无休的绵绵长恨——在那千里相共的冥冥漠漠的月色之中。这样,那少妇又怎能不由起初的闻道"频年不解兵"而生望名将再出,一举靖边的殷切愿望呢!

诗贵圆融,这诗好就好在圆融,圆融到虽为律体,却浑然不觉它在调声逐对。人们常以"六朝锦色"批评初唐诗,读此诗可知"锦色"还是"素色",是第二义的。能圆融,锦色亦能生彩;不能圆融,素色更味同嚼蜡。

诗又贵透过一层作想,这诗不拘于思妇苦思形象的刻画,而由"她"及"他",便觉新鲜开宕。后来杜甫《月夜》诗(见后)全从遥想妻儿情状以见自己的客思,是这种笔法的大而化之。

题大庾岭北驿①

宋之问

阳月南飞雁②,传闻至此回③。我行殊未已④,何日复归来。江静潮初落,林昏瘴不开⑤。明朝望乡处,应见陇头梅⑥。

【注释】

① 中宗神龙元年(七〇五)武则天退位,宋之问因谄事武后宠臣张易之而流放泷州(今广东罗定东),途经大庾岭而作此诗。大庾岭为五岭之一,在今江西大庾县南、广东雄县之北。驿,驿站,古时供邮传与官员旅宿之所。 ② 阳月:农历十月。古人以为阳气始于亥,生于子,十月建亥,纯阴而始阳,古称阳月。 ③ "传闻"句:传说湖南衡阳有回雁峰,北雁南飞至此而止,待来春北返。五岭在衡阳南,故云。 ④ 殊未已:更没有停止。 ⑤ 瘴:瘴气,南方湿热之地,动植物遗骸腐烂蒸腾而形成的致人疾病的气体。 ⑥ 陇头梅:大庾岭多梅树,又称梅岭。由于岭南北气候寒暖迥异,故南枝已落而北枝犹开,宋之问同时所作《度大庾岭》诗有句云:"魂随南翥鸟,泪尽北枝花",可参看。又晋陆凯《赠范晔》诗云"折梅逢驿使,寄与陇头人。江南无所有,聊寄一枝春",此暗用其意。陇:隆起的山冈。清人沈德潜认为"陇"当是"岭"字之误,可备一说。

【语译】

十月里,南飞的大雁,听说到这里止歇,等待春来返回。可是我啊,南行至此无尽头,到哪一天啊才能归还。潮汐初落,江面上平静无波;林莽昏暗,致病的瘴气长年不散开。到明天,我在谪路上回首北望家乡;见到的,恐只是这岭头的树树红梅。

【赏析】

宋之问有两次贬谪。除神龙元年(七〇五)二月泷州之贬外,景云元年(七一〇)六月又由越州长史流钦州。二次均经大庾岭。有人以首句"阳月"(十月)联系始发时间推断当为第二次谪迁所作。但本诗及之问其他大庾岭诗均无再贬之感，本诗首联更是初度到岭的写法，"阳月"乃泛用阳月雁南飞故事，不足为再贬之证，故仍定为初贬所作。

诗以阳雁北归有日反衬我之南行无已，去家日远，前四句一气曲折而下，落到腹联"江静潮初落，林昏瘴不开"，在即目之景中使深沉的愁思涵蕴，便于静到彻底、朦胧似梦的氤氲中，生发出尾联明朝过岭望梅之想，虽用陆凯寄范晔诗"折梅寄故人"之典，却翻出新意：五岭为炎方最高处，在岭头，尚可北望；一旦过岭，便是"岭树重遮千里目"了，乡已不可望，能望见陇头之梅，是否也是一种慰情聊胜无的安慰呢？凄意悲思，均在言外。后中唐人刘皂《旅次朔方》诗云："客舍并州已十霜，归心日夜忆咸阳。无端又渡桑乾水，却望并州是故乡。"正与本诗尾联声气相应。

次北固山下①

王　湾

客路青山下，行舟绿水前。潮平两岸阔②，风正一帆悬。海日生残夜③，江春入旧年④。乡书何处达，归雁洛阳边⑤。

【注释】

①次：停泊。北固山：在今江苏镇江北。本诗又作《江南意》，字句亦颇有不同。王湾约于玄宗先天元年（七一二）登进士第后不久游江南，诗当作于此时。　②"潮平"句：本句主语潮，带两个谓语："平（两岸）""阔"。　③"海日"句：意谓海日从残夜中生升。　④"江春"句：江南气暖，旧年未过，春意已萌，故云。　⑤"归雁"句：王湾是洛阳人，本句承上句说拟托归雁传书到故乡。

【语译】

旅舟驶近了青葱的北固山，漂行在江南的绿水间。江潮涨岸，与两岸相平，更显得水面空阔；顺风吹鼓，帆樯如同飘悬在天水之际。（我泊舟山下，遥望江天，）渐见海口处，红日初吐，夜色已残；（更由那日夜迭代，感知）旧年虽未过去，而（江南偏暖，）春意已先期透现。（这景象与北国如此不同，怎不启人远思？）又怎样才能寄送一封乡书呢？雁阵横过，还是托你们——北归的大雁，替我捎个信儿，到那千里之外的洛阳城边。

【赏析】

虽然本诗写的是节候变化引动乡思，这一常人都能有的感触；虽然它沿用了初唐以来五律通常的格局，首联交待事由，中二联写景寄情，尾联因景抒情：然而它却是初盛之交一首具有时代意义的佳作。因为它一变初唐五律之多陈词俗调，而以细微的体察，清丽的笔触，写出了特定时地的特有景象，也寄托了盛唐初期诗人特具的气质胸臆，形成了多重意味的境界。

"海日生残夜，江春入旧年"是传诵的名句，更是一诗的关棙。海口的初日照破了长夜，早来的春意透入了旧年，这景象除了江南近海处是见不到的；不仅如此，人们更能感到在这引动乡思的朦胧意象中，萌生着一种生命的律动。由此返观上一联：江潮涨满天水之际的一叶风帆，也同样因着顺风吹鼓，而深蕴着一种苍茫之中的大气。盛唐前期，因为仕路的开阔，士人们普遍离乡远游，乡愁是免不了的，但入仕而一展抱负的憧憬，使他们的乡思不必黯然销魂。唐玄宗称这种气质为"英特越逸之气"，王湾此诗是率先显露的一首。

"海日""江春"二句，更与首联相应。"青山下""绿水前"是互文，不仅写出了江南景象（相信"青山绿水"的成语正由此而来），更以"下""前"二字点明了长江襟带北固山的地形特点；而"海日"更进一步补足了这依江的青山更近于海的又一特征。"海"不仅带动了首联的"山""水"，形成完整具体的地理描写；更下挑尾联"洛阳"，洛阳远海，千里乡思便水到渠成，自然引发了。可见这诗的布局在沿袭前人中也有创新，做到了浑然一体。

盛唐人殷璠所编的《河岳英灵集》记载，与王湾同时代的宰相兼文坛盟主张说，亲笔将这一联名句题写在众宰臣议政的政事堂，"每示能文，令为楷式"。张说确实是有眼光的，"海日生残夜，江春入旧年"，不也正预告着唐诗史上又一个清晨，又一个新春即将来到吗？

破山寺后禅院①

常　建

清晨入古寺，初日照高林②。曲径通幽处，禅房花木深。山光悦鸟性，潭影空人心③。万籁此皆寂④，惟闻钟磬音。

【注释】

① 本诗收入天宝十一载（七五二）编成的《河岳英灵集》，当作于此前。破山寺，在今江苏常熟虞山上，虞山又名破山，破山寺即虞山兴福寺。　② 初日：初升之日。　③ "山光"二句：互文，悦、空都是使动用法。意谓山光潭影使鸟性人心喜悦空明。参赏析。　④ 万籁：自然界的一切声响，语出《庄子·齐物论》。籁，原为管乐器的中虚部分，引申指一切能发出声响的孔窍。

【语译】

清晨里，我步入这古老的山寺；初升的太阳，正照耀着山头的树林。一条小径，曲曲弯弯，向山寺深处延伸；路尽处，忽见花木深深，将禅房掩映。山头的光影，逗引得鸟儿欢欣；清清的潭水照见人影，使人心也如洗涤过一般清净。万物此时都没有动静，只有那佛寺报晓的钟声磬音，在山谷间回荡、回萦……

【赏析】

欧阳修《续居士集》曾云："吾尝喜诵常建诗云：'竹（曲）径通幽处，禅房花木深'，欲效其语作一联，久不可得，乃知造意者为难工也。"这话反过来说，也就是唯心与境会，泊然相合，自然而妙，方为诗之上乘。常建这一联传诵的名句，就达到了这种境界。

欲明"曲径"二句的意蕴，要倒过来先玩味后四句。"悦"字、"空"字要注意，"悦"是禅悦，"空"是空静，都是佛氏语。佛氏认为万物皆有佛性，只是平时佛性为世尘所染；而一朝开悟，即可立地成佛。可见后四句说的是破山寺的山光水色使诗人与万物（比如飞鸟）都达到了禅悟而空明的境界，他从而内心充满了喜悦，终于悟到了众动复归于静的真谛——就像空山中那一缕钟磬的余音，更衬托出了空山的静。那么诗人是如何开悟而感到禅悦空静的呢？我们再回过头来看前四句。诗人是在这样的气氛中进入破山寺的：晨气清明，初日高照，山林如洗；他沿着青草掩抑的小径，曲曲折折前行，前行……也不知走了多时，忽然眼前灿然一亮，原来幽深的后禅院中花木正盛，欣欣向荣。是这充满了生意的花木使他顿然开悟——南宗禅说"性起之法，万象皆真"（僧皎然语），这幽深中的花木似乎拨亮了幽邃心地中的那一点灵明，只要发明并保持着这点灵明，那么人也就获得真正的自由。于是便有了后四句心地空明的感受。这便是本诗所内蕴的理，这"理"圆融在景物之中，使景物获得了生命，也足够读者细细地辨味，这便是所谓理趣。

虽然，"曲径通幽处，禅房花木深"是神遇之境，不可造作，但诗人传达这独特感受的技巧是如此高妙。他极力在营构一种空明而又幽深的境界，清、照、悦、影、空、寂等表达清空质素的语词相互叠加，曲、幽、深等表达深邃境界的语词又相互配合，这两组语词更相互对照，相互渗透融合，不仅描画出了深山古寺的清幽，也有效地凸现了那象喻心地发明的欣欣幽花。

寄左省杜拾遗[①]

岑 参

联步趋丹陛，分曹限紫微[②]。晓随天仗入[③]，暮惹御香归[④]。白发悲花落[⑤]，青云羡鸟飞[⑥]。圣朝无阙事[⑦]，自觉谏书稀[⑧]。

【注释】

① 肃宗乾元元年（七五八），岑参任中书省右补阙时所作。左省杜拾遗，杜甫。杜甫当时任门下省左拾遗，门下省与中书省分别在禁中左右，分称左省、右省。拾遗与补阙都是谏官。　② "联步"二句：言自己与杜甫分处左右省而同行上朝。丹陛，即丹阶，宫殿台阶以朱漆涂刷，故称。分曹，古时官府分科治事称为曹，分曹犹言分部。限紫微，为紫微所

限。紫微,中央星名,古时以天象应人事,故王者之宫称紫微。《晋书·天文志》:"一曰紫微,大帝之座也。"宣政殿是皇帝朝会所用,门下、中书二省为其限分为左右。　③天仗:又叫仙仗,朝会时的仪仗。朝会时百官由仪卫导引,分由东西上阁门依次入殿,分东西班相向站立。门下省又称东省,属官在东班;中书省又称西省,属官在西班。　④御香:朝会时殿上所燃熏香。《新唐书·仪卫志》:"朝日,殿上设黼扆、蹑席、熏炉、香案。"　⑤"白发"句:谓见花落而悲青丝变白。本年岑参三十八岁,杜甫四十一岁。古人常叹病嗟老,未必真生白发。　⑥"青云"句:谓见鸟飞而羡青云直上。《史记·范雎传》记须贾言:"贾不意君能自致于青云之上。"又《伯夷传》:"非附青云之士,恶能施于后世哉!"　⑦圣朝:圣明之朝,指当朝。阙:疏失。　⑧谏书:谏诤的奏疏。

【语译】

宫殿前,朱红的阶砌上,我们并肩同步;任谏官,左右分曹,夹辅着中央紫微。清晨,随着仪仗一起上朝;薄暮从省中归家,衣襟上还带着御香的芳菲。悲星星白发,送走了一年年的春花飘落;望青云高迥,空羡那翔鸟冲天高飞。王朝圣明,本没有什么可以补阙拾遗;我们身为谏官,也觉得,近来的谏书,已渐渐疏稀。

【赏析】

岑参家世清华,曾祖父文本、伯祖父长倩、堂伯父羲三代为相。后岑羲得罪伏诛,家道衰落,他"十五隐于嵩阳,二十献书阙下",三十应举及第,三十五岁二度从军出塞,屈居下僚。至德二载春东归,至乾元元年春方任右补阙。补阙虽仅从七品上,但"掌供奉讽谏,扈从乘舆",亦清要之职。"花迎剑珮星初落,柳拂旌旗露未干",他与杜甫等同作的《奉和中书贾至舍人早朝大明宫》诗,就充分表露了初之任时的兴奋。然而当时安史之乱未平,而京师上下已如杜甫《洗兵马》诗所云,"攀龙附凤势莫当,天下尽化为侯王",特别是太监李辅国、鱼朝恩专权与藩镇割据势头已显,更孕育着新的危机。岑参对政治态势是敏感的,曾"频上封章,指述权佞",然而却石沉大海,次年他即谪官出为虢州长史,想来与他的"不合时宜"有关。与本诗相先后所作《西掖省即事》称"官拙自悲头尽白,不如岩下偃荆扉",流露了他这一时期的真实心声。

即事类诗是自写心怀,可以写得率直;而寄赠类诗是赠与他人的,则不能不委婉些,即使是至友也须防隔墙有耳"有眼"。本诗充分显示了此一特点。

前四句写与杜甫同朝共事,对仗工稳而流动不滞,于典雅雍容中见出岑参诗一贯的潇洒气度。尾联"圣朝无阙事,自觉谏书稀",字面意思似乎是歌德颂圣,然而,因着腹联所言见花落而悲白发渐生,望飞鸟而叹青云无路,顿然可见出一种含蓄的悲愤牢愁。清纪昀评云"圣朝既以为无阙,则谏书不得不稀矣",是很有见地的。正因其牢骚发得含蓄,大凡以"温柔敦厚"的诗教为标准的古代选本,多录入此诗,《唐诗三百首》正是如此。

有意思的是岑参的赠诗对象杜甫此期遭遇与他相似。老杜早岑参一年入官左拾遗,也写过"侍臣缓步归青琐,退食从容出每迟"(《宣政殿退朝晚出左掖》)这样志满意得的诗句,但不久就化为"朝回日日典春衣,每日江头尽醉归"(《曲江二首》之二)的悲愤颓丧。结果因疏救房琯获罪,与岑参谪虢同时相先后弃官西行入蜀。对照着看,可于诗外读到盛中唐间一代才士的心史。

赠孟浩然①

李　白

吾爱孟夫子②,风流天下闻③。红颜弃轩冕,白首卧松云④。醉月频中圣⑤,迷花不事君⑥。高山安可仰⑦,徒此揖清芬⑧。

【注释】

① 孟浩然:与王维齐名称"王孟",见"作者小传"。李白曾于开元二十七年(七三九)往襄阳探视孟浩然,诗当作于此时。　② 爱:敬慕。夫子:对有才德之望的中年以上男子的敬称。　③ 风流:如风之流动,影响远播。　④ "红颜"二句:谓浩然少年无志仕宦,晚年仍隐居山林,遂其初志。按,浩然至四十岁方游长安求仕,数年后归山,一生大部分时间隐居。红颜,指青春年少。轩冕,车与冠,皆仕宦者用,代指官爵。　⑤ 醉月:醉眼对月。中圣:酒醉。《魏志·徐邈传》载,徐邈不顾禁酒令,私饮沉醉。赵达问以所司曹事,答曰:"中圣人。"因当时醉客称清酒为圣人,浊酒为贤人。中,作动词用,读去声。⑥ 迷花:繁花耀目曰迷,迷花即流连花卉,指归依自然。不事君:《易·蛊卦》:"不事王侯,高尚其事。"　⑦ "高山"句:《诗·车辖》"高山仰止,景行行止"。参"语译"。⑧ 徒此:只有在此。揖清芬:向您的亮风高节致敬。

【语译】

我敬爱您,夫子浩然孟先生,您卓著的声誉,传遍天下人人闻。青壮时,您就抛弃了仕宦梦;至今白发已满首,还高卧在山中松云间。遥对着中天的明月,您手持杯酒,频频地醉;迷望着山中的繁花,您散野自由,正不必侍奉帝君。您的品行,就像《诗经》中所说的高山,晚辈我怎敢企仰;唯有以这五言诗一首,恭揖您的亮风高节。

【赏析】

孟浩然归隐襄阳之时,也正是李太白四方奔走、干谒无成之际,其《襄阳歌》云:"鸬鹚杓,鹦鹉杯,百年三万六千日,一日须倾三百杯。"更历数秦相李斯以下功业不足恃的典实,可见迷花中酒,叹功业如镜花水月正是李白当时的心态。于是他自然而然对襄阳先辈诗人孟浩然"红颜弃轩冕,白首卧松云。醉月频中圣,迷花不事君"的立身处世态度心向往之。

不过浩然确实当得起李白这份礼敬。他不仅诗开一派宗风,年四十游长安时即以"微云淡河汉,疏雨滴梧桐"句名动京师;而且"骨貌淑清,风神散朗"。山南采访使韩朝宗欲携其入朝为之扬名,约日同行。及期,浩然正与僚友酒会,有人提醒他勿忘韩公之约,浩然叱曰:'仆已饮矣,身行乐耳,遑恤其他!'因此失去了一次入仕的极佳机会,而他却终生不悔。这种孤傲性格。对素以平视王侯、抑揶卿相自居的李白来说,自然足可钦敬。因此作了这首集中少见的谦抑礼敬之诗。

诗以"吾爱孟夫子"唱起,夫子是敬称,"爱",敬爱,是一诗之魂,次句总领所以敬爱之由,谓其令节高行如风行而影响天下。"红颜""白首""醉月""迷花"二联铺展伸足首联之意,在松云、山月的清幽环境中,缀以繁盛的山花,顿觉幽而不冷,充分衬托了这位以隐居起,以隐居终的弃世诗人,醉月迷花的潇洒意态,与真率的活泼泼的心态。通过这两联一转,首联敬爱之意获得了丰满的血肉,自然结为尾联,引《诗经》语,表达追慕向学之意。

前人论孟浩然诗,总以一味清淡目之,其实孟诗清而能壮,自有一段"浩然"胸次。李白能觑中这一点,可称慧眼独具,这当然又与酒仙的旷达襟怀有关。

渡荆门送别[①]

李　白

渡远荆门外,来从楚国游[②]。山随平野尽[③],江入大荒流[④]。月下飞天镜,云生结海楼[⑤]。仍怜故乡水[⑥],万里送行舟。

【注释】

① 开元十四年(七二六)李白经三峡出蜀时所作。"送别",今人马茂元先生认为是指江水送自己离别蜀中,可备一说。颇疑二字为衍文。荆门,山名,在今湖北宜都县西北长江南岸,与北岸虎牙山相峙,是巴蜀与故楚的分界处。　② 楚国:此指今湖北、湖南一带,秦前属楚。　③ "山随"句:参"语译"。　④ 大荒:《山海经·海内西经》有"大荒之野",为日月出入之地。后指旷野。　⑤ "月下"二句:参"语译"。　⑥ 怜:爱怜。

【语译】

从蜀中远航,渡过了荆门山外;从此我开始了,古楚大地上的漫游。山势随着平原展现而尽止;江水进入旷茫的原野,日夜滔滔,向东奔流。明月倒影在江心,是天女的妆镜飞下人间?云霞幻形,更结成了座座海市蜃楼。可慰的是那从故乡流下的江水,万里之外,还伴送着我的行舟。

【赏析】

离乡远游,尤其是初度,谁不惜别?但惜别有种种,有"黯然销魂"者,有"归梦如春水"者,李白又如何呢?

当行舟远驰过荆门山时,故乡巴蜀虽已被留在后头,而楚地的漫游却从此开始。起联平大宽远,由"远"字起落脚到"游"字,一开始就在一线依微的惜别之意中,透现出青年李白渴望探究新世界的壮逸气概。由"游"字出发,诗人展目眺望,眼前是一派迥异于巴山蜀水的"远"地景观:夹岸高山,一线青天的险峻景象已成过去，山势随着平展的原野渐远渐消，长江借着从峡谷中冲涌而出之势，奔入大荒之中。"大荒"一词虽与平野义近，但借着《山海经》之意，启人以洪荒之想。颔联一个"尽"字，一个"入"字，又一次隐隐地在宏伟开阔的景象中映现出诗人告别过去，急欲介入新的人生的复杂心态；在"江入大荒"的苍茫图景中，可感到他未经世染的生命力在跃动。

　　白昼过去了，诗也借着上一联渐远渐杳的动势，进入了夜景的描绘：明镜般的皓月投影江心，流霜般的夜气中，水光月影将云气折射成海市蜃楼。较之白天，夜色总是更易催动旅思，李白也同样。他似乎希望天镜能为他照出别离的亲人，在江天夜云中，他必感到了某种迷惘；但是他绝不悲苦，他的思绪是飞动的，一个由上而下的"飞"字，一个由下而上的"生"字，将颈联奇丽的幻想点染得一片生动，于是从那微漠的怅惘中，可感到诗人内心希望摆脱愁绪的努力。因此尾联在结出怀乡诗旨时，仍有着前进的渴望：舟过荆门，但水仍是从故乡蜀中流出的水，它似乎在护卫着游子，将行舟送向万里前程。至此以"故乡水"遥应首联"荆门外"，以"万里"应"远""游"，在深挚乡思与远游壮怀的水乳相融中，诗篇结束了；而意绪，则在江天之中远飏、远飏……

　　约在李白出蜀前半个世纪，陈子昂也在初次去蜀远游，行经荆门时写下了类似的名篇《渡荆门望楚》："遥遥去巫峡，望望下章台（古楚名胜）。巴国山川尽，荆门烟雾开。城分苍野外，树断白云隈。今日狂歌客（自比楚狂接舆），谁知入楚来。"从子昂到李白显示了唐诗发展的一个重要时期：这是唐人精神最为奋发昂扬的时期。本诗中，李白以比子昂更宏放的笔力，表现了乡思中的壮怀。李白后，行旅诗中类似的情感虽间能见，但已很少有这种气势。这一时期又是唐人诗艺日趋纯熟的时期，首揭汉魏风骨的陈子昂这首诗，一洗六朝铅华，风力遒劲，但较粗放；李白此诗则不仅以瑰奇的想象营构了窅远的意境，更将古、律特点相结合。本诗前三联都用对偶，但丝毫不觉板滞。这是因为它每联的上下句都在意念上形成前后相承的关系，并用富有生命力的动词，将它们勾连起来，这就使平行的偶句中贯穿有一股奔流的气势。这就是所谓以气运律，以古诗气体入律诗。文学史上把子昂视为初唐中开盛唐之音的诗人，把李白视为盛唐诗代表。二诗可见一斑。

送 友 人[①]

李　白

　　青山横北郭[②]，白水绕东城。此地一为别[③]，孤蓬万里征[④]。浮云游子意[⑤]，落日故人情[⑥]。挥手自兹去[⑦]，萧萧班马鸣[⑧]。

【注释】

　　① 本诗或疑为天宝六载（七四七）在金陵（今江苏南京）作。无确据。　　② 郭：内城曰

城，外城曰郭。 ③一：语助词，加强语气。为别：作别。为作动词，读平声。 ④孤蓬：蓬蒿秋枯，风卷连根拔起，飘转无定，以喻身世飘零、远行无依。晋潘岳《西征赋》："陋吾人之拘兮，飘萍浮而蓬转。"孤蓬则语出刘宋鲍照《芜城赋》："孤蓬自振，惊沙坐飞。" ⑤"浮云"句：曹丕《杂诗》"西北有浮云，亭亭如车盖。惜哉时不遇，适与飘风会。吹我东南行，行行至吴会。"此化用以喻游子四方漂游。 ⑥"落日"句：以落日依山，迟迟而下，喻故人惜别之情。 ⑦兹：此。 ⑧"萧萧"句：《诗·车攻》"萧萧马鸣"。萧萧，马鸣声。班，别。

【语译】

远望，北城外青山逶迤横斜；眼前河水如银，缭绕着送别的东城。今日在此竟作别，你就像孤蓬般，开始了万里远行。今后啊，望见天边的浮云，我就会想起你去国的游子；看到了夕阳西下，你当会忆念起，故友我深沉的情谊。挥手拂弦，奏一支送别的琴曲，你从此远去；连座下的马儿，也因离别而萧萧悲鸣。

【赏析】

清沈德潜《唐诗别裁集》评本诗云："苏李（汉苏武、李陵）赠言多唏嘘语而无蹙蹙声，知古人之意在不尽矣，太白犹不失此旨。"确实，李白这首送别诗写得虽情深意切，却境界开宕，流走不滞，这归根结蒂在于李白胸次开阔，不惯斤斤作小儿女状。前人曾以李杜二家互赠诗比读，杜云"故凭锦水将双泪，好过瞿塘滟滪堆"，郁郁恳恳，百折千回；李则云"思君若汶水，浩荡寄南征"，壮浪奔放，不可抑遏。本诗正可见李白个性。

虽然，但李诗决非率然而作不讲匠心，而自有适合其个性特征的表现手法。本诗很典型。

与其朗莹无垢的胸襟相应，在诗歌意象上，李白总是不拘泥于细末，而经常揽大景物，用亮色调。本诗送别地在东城，而他的目光却先望向北郭，继而又引向万里，展向长空，他似乎总是在极目远望，将纯净的心怀与天地六合融而为一，在这种大背景下，他设置了青山、白水、飘浮的白云、落日的晶光，形成一种阔远朗莹的大境界，于是那本来使人黯然销魂的"游子意""故人情"，那本来只是使人感到孤单悲凄的飘蓬影、班马声，也因此被赋予悲壮的色调，回旋于那宽阔朗莹的背景中，产生了一种富于个性的况味。

与这种个性化的诗歌意象互相作用的是个性化的诗歌格律与章法。论者都指出"此地一为别，孤蓬万里征"一联用流水对，造成流走之势，而如细究此对在全诗中的位置，更会味到其妙处不仅在流走。首联用工对，起句写远望北郭青山，对句复回到送别之东城，不仅得宽远之致，更为颔联蓄势。因为唯有落到送别之地，"此地一为别"才与上联妙合无间，而对句"孤蓬万里征"，复又由"此地"荡开而向万里。腹联更顺势展向空间，而在对法上又改用工对，使上联流水对的流走之势得到顿挫，然后自然落到尾联"挥手自兹去，萧萧班马鸣"，又归回于送别之地。然而那别马的悲鸣声，却似乎仍在空中回旋，伴送着友人的"万里"行程。可见"此地""孤蓬"一联流水对之所以传神，颇得力于前后两个工对，使全诗形成放——收——放——再放——重收的节律，从而入神地传送了诗人起伏的心潮——在前述宽阔朗莹的大境界中。

听蜀僧濬弹琴①

李 白

蜀僧抱绿绮②，西下峨嵋峰③。为我一挥手④，如听万壑松⑤。客心洗流水⑥，余响入霜钟⑦。不觉碧山暮，秋云暗几重⑧。

【注释】

① 黄锡珪《李太白编年诗集目录》定作乾元元年（七五八）李白流夜郎、游衡岳时所作。未有确据。濬（jùn），蜀僧法名，集中尚有《赠宣州灵源寺仲濬公》诗，举以备参。　② 绿绮：古琴名。《文选》注引傅玄《琴赋》序："司马相如有绿绮。"　③ 西下：由西而东下。峨嵋峰：四川眉州有大小峨嵋山，因山形似女子眉毛般秀美，而美女眉似蚕蛾之眉，细而微弯，故名。　④ 一挥手：指弹琴。嵇康《琴赋》："伯牙挥手。"又《四言赠兄秀才入军诗》："目送归鸿，手挥五弦。"　⑤ 万壑松：千山万谷的松涛声，形容琴声气势宏大而境界清幽。乐府有琴曲《风入松》。　⑥ 客心：佛氏语，又叫客尘，指尘俗之心，相对于佛氏所说的本体佛心而言，故称"客"。流水：《列子·汤问》："伯牙善鼓琴，钟子期善听。伯牙鼓琴……志在流水，钟子期曰：'善哉，洋洋兮若江河'。"参"语译"。　⑦ 余响：指琴曲余音。入霜钟：与秋钟声融为一片。《山海经》："（丰山）有九钟焉，是知霜鸣。"郭璞注："霜降则钟鸣，故曰知也。"这里化用以指秋晚佛寺暮钟。　⑧ "不觉"二句：上探"霜钟"，参"语译"。

【语译】

怀抱着古琴一面，蜀僧从峨嵋山峰飘然西下；他为我手拂五弦，随意弹一曲，就像千山万壑响起了松涛声。尘俗之心，在流水般的琴音中清涤；那袅袅余响，散入了霜天里佛寺的晚钟。不知不觉，暮色已映上了青山；唯见那秋云数重，已经分外地浓。

【赏析】

这是首音乐诗，五律拗体。首联写僧濬形象清奇，颔联正写琴声，颈联写琴音所造成的心理感受，尾联写弦外之音。全诗正写弹琴仅一联，主要由烘托、感受落墨，遗象存神，肤词剩语，洗剥殆尽，于自然之中见清空之韵。

《礼记》说道，"帝舜作五弦之琴，歌《南风》之诗，而天下大治"，又记，"君子听琴瑟之声，则思志义之臣"。因此，琴总与君子相联系，是乐器中雅之尤雅者。有趣的是儒家所器重的琴，也为道家、佛家所崇尚，这大概因为琴音至清，古雅幽美，颇能造成一种离俗出世的氛围。唐诗中善琴的和尚颇多，而这位蜀僧濬，

163

因为太白的妙笔，更显得非同一般。

绿绮是至美的古琴，峨嵋是佛教的胜境，后来被奉为佛教五大名山之一。蜀僧濬，怀抱古琴，从峨嵋云峰间飘然"西下"，真是"未成曲调先有情"，不由使人想到，这位高僧定然是古貌佛心，仿佛是从"西"方诸天中"下"降凡尘。他出手便不同世间声，挥手之际，清音汨汨从指间流出，如同清风吹入群山松林中：始而隐隐轻吟，继而越来越响，终于如千峰万壑卷起了阵阵松涛，清亮宏大，气象万千。"挥手"词，暗用嵇康"目送归鸿"句意，是意趣高远之义。原来无论玄道还是佛家，都以无我无执为首义，意思是不要执着于具体事物乃至自身，而要超越形相，得其精神。弹琴更是这样，唯有不为弹琴而弹琴，才能心与琴合，至善至美。李白用"手挥五弦"的字面，就暗含了"目送归鸿"的意趣，从而写出了僧濬的琴声自然超妙，更从这琴声可以听到这高僧的清空不染，却又无所不容的内心世界。为了突出这种自然而无拘的意态，这一联应对而不对，与上一联一气串下，自然流畅的音节，正为琴声的自然超妙传神。

聆听着琴声，诗人感到心儿似乎为清泠的山泉洗涤，一切世间的烦恼都已无影无踪。"流水"应首联"峨嵋"，暗用俞伯牙为钟子期鼓琴有高山流水之致的典故，可见诗人的感情更随着琴音升华：琴韵飘散在原野上空，应和着霜天里不知何时敲起的山寺晚钟，这时沉醉于中的诗人才发觉，天色已经向晚，时今已到秋日，碧山秋云，霜天暮色，琴音和着钟声绕缭回旋，渐渐地远去，远去，将诗人的思神，也带向了无垢的清气里，深远的缈冥中……

夜泊牛渚怀古[①]

李　白

牛渚西江夜[②]，青天无片云。登舟望秋月，空忆谢将军[③]。余亦能高咏，斯人不可闻[④]。明朝挂帆去，枫叶落纷纷[⑤]。

【注释】

[①] 原本题下有注："此处即谢尚闻袁宏《咏史》处。"按《晋书·文苑传》记，袁宏字彦伯，有才美，少时孤贫，以运租为生。曾作《咏史》诗寄托情怀。当时谢尚镇守牛渚，秋夜泛舟江上，恰闻袁宏吟讽《咏史》，心异之，便邀之谈论通宵。袁宏由此声名大振，后官至东阳太守。牛渚，矶名，在今安徽当涂县北江边牛渚山下，与采石矶相邻。　[②] 西江：古称由江西到江苏南京的长江水流为西江，牛渚正在西江中。　[③] 谢将军：谢尚时任左卫将军。　[④] "斯人"句：句意为再也没有谢尚这样的尚贤之人。　[⑤] "明朝"二句：暗用《楚辞·招魂》"湛湛江水兮上有枫，目极千里兮伤春心"句意。挂帆，张帆。

【语译】

牛渚山，西江畔，夜来泊旅舟；望青天，长空万里无片云。一轮秋月明，引我到船头,此地曾有谢将军,月夜闻朗吟,邀袁宏,畅谈到天明。我也能高咏,奈晋人风流,云散烟消去,谁人是知音?明日里,扬帆更东行,送我者——两岸枫林,红叶飘纷纷。

【赏析】

郁贤皓先生《李白诗选》据第七句一本作"明朝洞庭去",而系本诗于开元十五年溯江往洞庭云梦之时,可备一说。清王士禛《带经堂诗话》评云:"或问'不著一字,尽得风流'(唐司空图《二十四诗品》语)之说,答曰:'太白诗"牛渚西江夜……枫叶落纷纷",诗至此,色相俱空,正如'羚羊挂角,无迹可求'(宋严羽《沧浪诗话》语),画家所谓'逸品'是也。"这段话的意思是说本诗自然超妙,言外有不尽意韵。确实,李白诗本以自然著称,而本诗尤其不见针痕线痕,这首先因为它发兴于一种极其自然的氛围中。袁宏牛渚月夜江上遇知于谢尚,而李白途出牛渚时,也正逢月白江清。"江上何人初见月,江月何年初照人。人生代代无穷已,江月年年只相似"(张若虚《春江花月夜》),这千古似一的江月,联系了前后四百年的才子之心。于是诗人起笔便先渲染出一派澄明无垢滓的清景,在那深湛无片云的夜空,那空里流霜般的月华中,仿佛自然而然浮现出当年袁宏遇谢尚的依稀情状。"余亦能高咏"句,"亦"字由古及今,由彼及我。然而千古胜事可遇而不可求,"斯人"已矣,随着那江流逝去,余下的只是"余"之不可知的前程,就像楚江畔那纷纷飘飞的落枫。末句暗用《楚辞·招魂》语,隐含"目极千里兮伤春心"之意——在言词之外,江天月华之中……

与这种极自然的感兴相应,本诗在格律上也化去町畦,声调全合五律而通篇不用对偶,故读来有行云流水、一气旋折之感,极有效地传达出清江月夜的意韵。前此孟浩然《舟中晚望》用此体,中唐后皎然等吴中诗人也多有此类作品。联系以观之,可知这是以轻清飘逸为主的南方诗人在格律上的一种创获。

春　望[①]

杜　甫

国破山河在[②],城春草木深[③]。感时花溅泪,恨别鸟惊心[④]。烽火连三月[⑤],家书抵万金[⑥]。白头搔更短,浑欲不胜簪[⑦]。

【注释】

① 肃宗至德二载(七五七)三月,杜甫在被安史叛军占领的长安城中所作。　② 国:国都。《左传·隐公元年》:"大都不过参国之一。"即是指大的采邑不能超过国都的三分之一。　③ 草木深:指兵后荒残。　④ "感时"二句:互文见义,意谓因感时局多艰,家人离散,一花一鸟都惊心催泪。　⑤ "烽火"句:一说指整个春季三个月,烽火不息。据史载,至德二载春在睢阳、太原及长安一带战事尤烈。一说"连三月"是指从上年三月至即

今又一个三月,战火不息。两说皆可通。　⑥万金:万两黄金,形容家书之难得一见。
⑦浑欲:简直要。不胜簪:指白发愈短,插不上簪子。胜,读平声。

【语译】

国都已残破,山河却依旧;春色临,唯见满城荒芜草木深。感念时局之艰难,泪珠儿溅湿了春花;怅恨家人之离别,鸟鸣声声俱惊心。烽火连连,已经两度春三月;家书难通,一封也抵万黄金。(愁思煎人,)白发早长搔更短,简直连,固发的簪儿,也快没处安。

【赏析】

杜甫自称其诗文"沉郁顿挫",沉郁指感情郁积深沉,顿挫指表达这种情感的深曲有力的结构等表现形式。本诗即是显例。

全诗以国难家恨交织,写出了非常时代的非常感受。首联对起,国破而山河犹在,言山河似昔而国已不国;城春本应欣欣向荣,而如今唯见荒草深深。寥寥十字涵括了安史之乱所引起的非常的社会动荡,其深重的悲剧气氛笼罩全诗。

颔联上句"感时",由首联生发,并带出下句"恨别",由国难及家恨;而"花""鸟"应"春",言因国难家恨,昔日悦目赏心的景物,已触目尽成催人泪下的资料。

以上四句主要写春望之景,而景中含情;颔联情由伏线转为明线。"烽火连三月"承"感时"而来,"家书抵万金"则由"恨别"而生,而上下句间又形成因果关系,写出了又一种非常的感受:因烽火不绝,寻常家书,如今却较万金为贵。

如此艰难,如此愁苦,以至"白头搔更短,浑欲不胜簪",诗人当时四十六岁,本当壮年,但时世艰难,头不仅早白,而且"搔更短""不胜簪",尾联以非常的刻炼之笔状写自我形象的非常变化,收束全诗,回应篇首。春日之中,诗人那近乎衰朽的形象,不正与破碎的家国融为一体了吗?

本诗前三联均对,本易板滞,唯因感情深沉,对法变化,而有一气呵成之感。明人胡震亨《唐音癸签》评云:"对偶未尝不精,而纵横变幻,尽越陈规,浓淡浅深,巧夺天工。"甚确。

月　夜①

杜　甫

今夜鄜州月,闺中只独看②。遥怜小儿女③,未解忆长安④。
香雾云鬟湿⑤,清辉玉臂寒⑥。何时倚虚幌⑦,双照泪痕干。

【注释】

①天宝十五载(七五六,即至德元载)六月,杜甫因避安史之乱,居鄜(fū)州(今陕西富县)。七月,肃宗即位灵武(今宁夏灵武),杜甫只身前往,为叛军俘虏,带到长安,因官

卑未予囚禁。从此，就住在沦陷的都城内，本诗作于此期。　　②闺中：闺是内室，故妻子称内人、闺中人。看读平声。　　③怜：爱怜。　　④解：懂。忆长安：想念在长安的父亲。　　⑤香雾：指萦着闺中人的夜雾。云鬟：似云影般的头发。鬟泛指发。　　⑥清辉：月光。玉臂：形容女子手臂白莹圆润如玉。　　⑦虚幌：轻薄透明的帷帘。

【语译】

今夜里，鄜州的月儿啊，也当与都城上空的一般圆；闺房中的妻啊，想来正独自仰天观看。遥念她身边的一双小儿女，更使我辛酸；他们啊，怕还未必懂得，将远别的父亲思念企盼。夜雾沾湿了她云影般的鬟发，盈盈生起了芬芳的氤氲；清冷的月光啊，请莫要，让她倚栏的玉臂受寒。什么时候啊，能再次斜靠着闺房中那如梦如幻的轻柔纱帷；任凭那一样的明月，照映着，夫妇双双，泪水儿流不干。

【赏析】

要欣赏好这首诗，应先读一下《古诗十九首·明月何皎皎》：

　　明月何皎皎，照我罗床帷。忧愁不能寐，揽衣起徘徊。客行虽云乐，不如早旋归。出户独彷徨，愁思当告谁。引领还入房，泪下沾裳衣。

这首汉诗，同样写月夜思念亲人，它用质朴的语言，从正面落笔，极写游子在月光之下的不眠情状，而"出户""入房"，这一出一入之际，更将那种痛苦烦扰，写到刻骨铭心的地步。因此被奉为千古绝唱。以后，从魏曹叡的《昭昭素明月》、晋陆机的《拟明月何皎皎》起，游子思亲诗虽然从场景的渲染上，语言的精致上，踵事增华，但诗的脉络却大抵同于《明月何皎皎》。前录张九龄的《望月怀远》就是显例。而杜甫此诗却独辟蹊径。

全诗由对面落笔，不言自己如何思家，却想象闺中人望月怀我：诗人似乎不仅看到"她"在倚楼望月而神伤的大体形象，还看到了她的发、她的手；不仅看到了，还似乎嗅到了她的发香，感到了她玉臂的寒意。诗人想象得愈真切，愈细密，读者也就愈感到他思念的深长，感到了他渴欲飞出围城、一见亲人的深哀极痛。"遥怜小儿女"二句，尤其是神来之笔，他们的天真无知，反衬了闺中人无可言说的痛苦；而如果读者也发挥一下想象，从画理上想象，便一定会叹美，这幅"明月楼头思妇图"，因着两个无邪的小儿女的点缀，也显得更富有层次，富于情韵了。

想象是虚拟，诗人用词遣句，也着意于虚幻空灵上营造气氛，"遥"字、"未解"字、"虚幌"、"何时"，都有一种难以捉摸的况味，甚至那"双照"二字，也因着篇首"独看"二字的呼应，因着"虚幌"梦幻般感觉的烘托，而使人似闻"恨独不成双"的咽泣声。而在这一切的中心，是那位云鬟为夜雾而沾湿，夜雾因云鬟而生香，玉臂因冷月而生寒，冷月也因玉臂而皎洁的楼头思妇——她楼头伫望多久了呢？她已与那雾、那月融为一体——因着远游诗人的思神⋯⋯

167

春宿左省①

杜 甫

花隐掖垣暮②，啾啾栖鸟过③。星临万户动④，月傍九霄多⑤。不寝听金钥⑥，因风想玉珂⑦。明朝有封事⑧，数问夜如何⑨？

【注释】

① 肃宗乾元元年(七五八)杜甫在长安任左拾遗时所作。宿：宿值，唐时官员要轮流在官署值夜，称宿值。左省：门下省，见前岑参《寄左省杜拾遗》注①。 ② 隐：指花木为暮色隐去。掖垣：门下、中书二省处禁中二侧，如人之双腋，故也称左掖、右掖。 ③ 栖鸟：此指归飞栖宿的鸟。 ④ 万户：《汉书》记，建章宫有万户千门，后因以称宫门重重。 ⑤ 九霄：传说天有九重，称九霄，古人以天人对应，九霄代指朝廷。 ⑥ 金钥：锁钥的美称。 ⑦ 玉珂：珂为似玉的美石，亦泛指玉。玉珂在此当指朝服上的玉珮。按，古时屋檐下装有檐马，以金属或玉做成，这里当因听到风吹玉制檐马声，而联想起明日早朝趋殿珂珮撞击声。 ⑧ 封事：古时百官上书奏章，为防泄密，用皂囊密封进呈，称封事。 ⑨ 数（shuò）：频频。

【语译】

宫廷侧畔的花丛，已在暮色中隐没；归巢的飞鸟，啾啾鸣叫着从空中飞过。星光映照着宫中的千门万户，在闪闪跃动；明月也许因这里也称"天上"，而清光分外地多。值宿不眠，那锁门的金钥声，听来分外的清；阵风传来了檐马的叮咚，恰似那趋殿上朝悬挂的珮珂。明日里，我将有密封的奏章要呈奉圣上，不禁频频地问道：长夜已过去了几何？

【赏析】

虽然左拾遗的官品仅从八品上，但对于初为朝官，尤其是经历了安史之乱，由陷落的长安逃奔肃宗的杜甫来说，终于是死里逃生，得偿夙愿了；虽然不久后，他又会感到深重的失望，因着朝纲的混乱，拾遗云云，不过是陪位而已，但当时他却如何地恭敬职守，切实地希望能"致君尧舜上，再使风俗淳"（《自京赴奉先县咏怀五百字》）啊。现在在省中值夜，明天上朝，他更有"封事"上奏，他恪尽着现在的责任，他预感到明日的朝事，一种宁谧庄敬而又欣悦兴奋的心情富于层次地展开。从起句的"暮"，经过"星""月"的由稀而繁，由少到"多"，更归到尾联预想的"明朝"，诗思就随着这样的时间线索展开。前四句写由暮及夜景象，掖垣暗影下花丛的宁谧，宫树暮色中归鸟的喧啾，照临宫殿千门万户的繁星，高悬九霄分外清明的月色，诗人久经磨难的心在这宁谧而富于生意的暮夜宫景中感到熨帖，熨帖中更有着一种兴奋。而后四句中，这种兴奋由隐而显，化作了殷勤朝事的责任，他"不寝"而听钥响，这是值夜人的职责；而他尤其尽心尽力，仅仅是风动檐马，他又马上联想起早朝的珮环叮咚，他是如何急切地希望让自己的意见早达宸聪，以至不由得屡屡问同值者：现在什么时辰了。

"明朝有封事，数问夜如何"是忠忱为国为君的名句，妙在由细节传达复杂的情思，这较易理解；然而本诗另一联名句，就不同了，这就是："星临万户动，月傍九霄多。"上句是星动还是门动？下句月色又如何称多，又为何傍九霄而就会多呢？又究竟是月亮傍于天宫，还是地上的宫殿因傍九霄而所得月色为多呢？这种歧义现象，在律诗中，尤其是在杜甫一脉的律诗中是常见的。原因是律诗每句字数有限又要贴合声调韵律，所以常常省去了表现语法关系的虚词，而杜律更锤炼精警，总是在有限的字句中表达尽可能丰富的意蕴，于是读来常有歧解。不过所谓歧义，又总是读者在一定范围中的不尽相同的阅读感受，它既有大抵的确定性，又有相对的朦胧性，靠读者自己来补足。下面是我的感受。

理解这两句诗有两个前提条件。其一是环境。杜甫身在宫禁，宫禁不仅建筑巍峨高耸，而且在古代是与天庭对应的。其二是心境。杜甫当时的心境，如前所析，颇有些步青云而升九霄之感。因此当时诗人对于宫禁似天庭这一点感觉必特别敏锐，而似水的星光月色又使他的感觉升华。设身处地想一下，我认为应理解为：身处宫禁若天庭，故群星似直接照临宫门，闪闪跃动；而仰望宫楼言薄九霄，得月也分外地多。星临万户是初夜，月傍九霄在中天则已近后夜，而一个"动"字，一个"多"字则似乎蕴含着杜甫当时充实盈满而兴奋不已的心声。

至德二载，甫自京金光门出，间道归凤翔。乾元初，从左拾遗移华州掾，与亲故别，因出此门，有悲往事[①]

杜　甫

此道昔归顺[②]，西郊胡正繁[③]。至今犹破胆，应有未招魂[④]。近侍归京邑[⑤]，移官岂至尊[⑥]？无才日衰老，驻马望千门[⑦]。

【注释】

① 至德二载(七五七)四月，杜甫由被安史叛军占领的长安，乘隙自金光门逃出，时肃宗移驾凤翔，杜甫往奔，"麻鞋见天子"，官拜左拾遗。当年冬，宰相房琯定陶兵败论罪，杜甫上疏力救，触怒肃宗，又因北海太守贺兰进明进谗言，险被处死，幸得宰相张镐营救，称"甫若抵罪，绝言者路"，方免。放还鄜州探家。十月长安光复，肃宗返京，不久杜甫亦归长安。次年六月出为华州司功参军，本诗作于此时，诗题概括了上述经历。金光门是长安外城西三门中间一门。间道，抄小路。间读去声。凤翔，长安三辅之一，肃宗驻跸时也称西京。移，此指降官。掾，州县僚属统称掾。此门，指金光门。按华州在长安东，杜甫赴华而出西城金光门，当因如题所云"与亲故别"。　② "此道"句：言前年经此路归顺肃宗。　③ 胡：安史叛军多胡人。　④ 未招魂：应上句"犹破胆"。　⑤ 近侍：指官拜左拾

遗，近侍帝王。　⑥"移官"句：谓今日贬官并非肃宗本意，暗指贺兰进明进谗。　⑦千门：指皇宫，参上诗注④。

【语译】

想当初，我就沿着此路奔归今上的行在；西郊一带，胡人胡骑当时正气焰日甚。至今想来，还不由得胆破心颤；魂魄儿，也似乎未曾全部招回安顿。前不久，我随从圣上归回京城；今日里，又贬官华州，这主意难道真是出于圣恩？我无才无能啊，又兼日益衰老；重过这金光门，不由我，驻马回首，恋望着那宫中的万户千门。

【赏析】

故道依旧，人事已非。当初归顺，国事正殆，而今大势已有转机，却忠而见谤，去国贬谪，诗人正是由这特定的时间地点，在国家与自身命运喜剧——也可说是悲剧式的反差中，展开全诗，至情所至，浑灏流转，读来全不觉是首律诗，而像是失意人极自然的内心独白；但是再细研一下，又会发觉，这的然是首律诗，是格律精严、颇有章法的律诗。"至今犹破胆，应有未招魂"一联尤其精警，它由昔及今，而所谓"破胆"、失"魂"，是因昔之惊险，还是今之"天"降罪责，已浑然不可分辨矣。这种律细而不觉其细的艺术境界，正是杜律之超胜处。后白居易《览卢子蒙侍御旧诗》诗等，与本诗一脉相承。

房琯陈陶兵败，虽有这位书生宰相不免空疏的责任，而其背景，却是当时整个军政大局的失于调度，这一点史家早有定论。杜甫疏救房琯，秉之公心，不无见地。由此获罪几死，在他人或许早已愤愤不已，而杜甫写来却总想着"近侍归京邑"的恩宠，而不愿归咎于君上，反说是"移官岂至尊"，更以无才自解，驻马之际，不胜留恋之慨。这便是杜甫式的深厚浑成。蘅塘退士自然是最欣赏这种"怨而不怒"的态度的了，故不能不录本诗。

月夜忆舍弟①

杜　甫

戍鼓断人行②，秋边一雁声③。露从今夜白④，月是故乡明⑤。有弟皆分散，无家问死生⑥。寄书长不达⑦，况乃未休兵⑧。

【注释】

① 乾元二年(七五九)七月，杜甫弃华州司功参军任西行度陇，客居秦州(州治在今甘肃甘谷东)，拟置草堂而未成。本诗作于此时。舍弟，同胞弟弟，舍，家。杜甫有四弟，颖、观、丰、占，此时唯杜占与他在一起，余三人分散在河南、山东。　②"戍鼓"句：戍楼更鼓声起即戒严，所以说"断人行"。　③秋边：秋日的边地，秦州近西边。　④"露

从"句：这天当是白露节气，在阳历9月8日前后。《月令七十二候集解》释白露："（农历八月节）阴气渐重，露凝而白也。"又《逸周书·时刻》"白露之日鸿雁来"，连上句合用此典。　⑤"月是"句：这是思乡人的心理感觉。　⑥"有弟"二句：见注①。　⑦书：信。⑧况乃：何况还。未休兵：当时叛军势尚盛。史思明攻陷东都洛阳及齐、汝、郑、滑四州，李光弼代郭子仪为朔方节度使，副越王李系，以河东骑兵五百驰赴东都。

【语译】

戍楼的暮鼓声，禁断了人们通行；边地的秋空中，掠过了孤雁的长鸣。时至白露，秋露自此变得寒冽；夜月照人，总不如故乡的光色清明。我虽有兄弟数人，奈何都东西分散；战乱无家，又向何处去打探他们是死是生。远寄家书，素常已难以保证到达；更何况如今，四海间兵戈不停。

【赏析】

国难家恨，又身处弃官西去、居定不得之时，故本诗尤其怅惘，似从肺腑中流出。

首联写局势严峻而客游未定，落到肃杀的秋空中天边南去的雁声。"秋"字启领联秋景，"雁"字启腹联兄弟友于之情，因古人称兄弟为雁行；用"一雁"而不用"群雁"，已微逗下文流离分散之意。这种感触，通过中二联的铺展，本已沉痛难堪，而尾联云"寄书长不达，况乃未休兵"，长想今后非但团聚无望，而且音讯更难通，这样便宕开一步，既关合首句"戍鼓"，又使伤痛之感更深入一层。那几于无望的深痛极哀，似乎飘出了字面，而回荡于边州的白露冷月之中。

《杜诗镜铨》引王彦辅评云："子美善用故事及常语，多颠倒用之，语峻而体健，如'露从今夜白，月是故乡明'之类是也。"确实，好诗不必专借丽辞险语，能以家常语点缀成诗最为不易。本诗中"有弟皆分散，无家问死生"，即用家常语道人人都可能有但人人未必能道得的心境，中唐后诗人常用之，如"问姓惊初见，称名忆旧容"（李益《喜见外弟又言别》），"乍见翻疑梦，相悲各问年"（司空曙《云阳馆与韩绅宿别》）之属。而"露从今夜白，月是故乡明"二句尤为佳胜，前句由"白露"变化，后句由"明月"化出，又颠倒原词以"白""明"殿后，中缀以"从今夜""是故乡"字，便充分表现出即时即地的露、月，对诗人所产生的独特的心理感受，读来似能感到那露、那月的惨白光景，必如针尖般刺痛了战乱中西行诗人敏感的心。

天末怀李白①

杜　甫

凉风起天末，君子意如何②。鸿雁几时到③，江湖秋水多④。文章憎命达⑤，魑魅喜人过⑥。应共冤魂语，投诗赠汨罗⑦。

【注释】

① 乾元二年(七五九)秋杜甫在秦州,得李白被罪流放消息而不知其已赦回,因作此诗,参五古《梦李白》。凉风,初秋之风。天末,天边。张衡《东京赋》"眺天末以远期"。秦州近西北边,故云。 ② 君子:指李白。意,犹言感受。 ③ 鸿雁:旧称雁可传书,前屡见。 ④ "江湖"句:喻世途多变。秋水时至,故曰多。见《庄子·秋水》。 ⑤ "文章"句:谓古来能文者都命运多舛。 ⑥ "魑魅"句:魑魅,山泽间的鬼怪,常伺机搏人而食,故见"人过"而喜。 ⑦ "应共"二句:屈原忠而被谗,自沉汨罗江,汉贾谊迁谪长沙,过湘水投书吊屈原魂。这里用比李白蒙冤。汨罗在今湖南湘阴北。

【语译】

初秋的风从边地吹来,李兄啊,你的心境究竟又如何?传书的鸿雁几时能到来?怕只怕,秋日江湖,水满风波多。文章出众,总与命途亨通相背;山怪水精,正喜待行人经过。想来您,正同千年前冤死的屈子交谈;似贾生,写成了诗章,投祭于清澄的汨罗。

【赏析】

天宝初,青年杜甫在齐赵一带初遇当时已名满天下的谪仙人李白,"醉眠秋共被,携手日同行",从此结下了唐诗史上两位泰斗的不渝友情。李杜之交,既有诗文的同好,更有命途的同怜。生性沉挚的杜甫,既对天才不羁的李白钦仰备至,又为他傲岸不驯的性格深切忧虑。十数年过去了,当此李白西南流放之日,正是杜甫辞官向蜀、行经秦州时。类似的才高不遇、忠心获咎的经历,使杜甫对李白的思念更为强烈,以致到了"三夜频梦君"(《梦李白》)的地步;了解也更为深刻,"冠盖满京华,斯人独憔悴"(同上),当京师收复、贵盛煊赫、攀龙附凤之时,何以命运对天才如此不公?本诗就作于这种心情之下。

当第一阵秋风从天边吹来时,诗人陡然想起了流贬途中的故友:季换时移,凉冷侵人,你感到的是什么呢?是萧瑟的寒意?是望乡的悲思?还是天才的不比寻常的兴感?诗人多么希望传书的鸿雁能捎来李白的音讯,"几时到"轻轻一问,显示了诗人的盼切是如何的殷恳,然而江湖万里,秋水荡荡,连鸿雁也难以度越,适足以引动诗人同样茫茫的忧思。

前四句,忧思同天末来风油然而起,经过两层设问,更似秋水般地浩浩荡荡涌动不已,既见出了诗人对故友的出于心悸的关切,也见出这忧思业已化作了不尽的长恨,终于逼出了"文章憎命达,魑魅喜人过"一联警策。

由末联可见,诗人已将对故友的怀念,升华到了对千百年来不平社会现实的责问:从屈原到贾谊到李白,当然也包括杜甫自己,为什么总是才士不遇,志士遭谗?于是我们也更深地体味到了这联警策的深意。"憎"字、"喜"字用语极险刻,悲愤极深沉:文章佳好,本应为造物所喜;却为何反而被"憎"厌、"憎"恨?可见出世之才必不为世人所解;而那水边窃"喜"才人经过的魑魅,当然是影借伺机谗人的宵小,越是"喜",则越见得他们心地的卑鄙龌龊。屈原流放湘南时，曾因悲愤不可遏，作《天问》以自抒，我想，"文章憎命达，魑魅喜人过"这联警策，正可为屈子的悲问作答。

奉济驿重送严公四韵[①]

杜 甫

远送从此别[②]，青山空复情[③]。几时杯重把[④]，昨夜月同行[⑤]。列郡讴歌惜[⑥]，三朝出入荣[⑦]。江村独归处，寂寞养残生[⑧]。

【注释】

① 作于代宗宝应元年(七六二)六月。奉济驿，在成都东北绵阳城外三十里处。严公，剑南节度使严武。杜甫在蜀颇受其照顾。当时严武奉诏入京，杜甫由成都送至绵州。先作《送严侍郎到绵州同登杜使君江楼宴》诗，又于绵州作本诗，故称重送。 ② 远送：参注①。 ③ "青山"句：青山连绵似人情。李颀《送陈章甫》："青山朝别暮还见。" ④ 杯重把：重新把杯共饮。 ⑤ 月同行：月下同行。 ⑥ "列郡"句：言严武在川行德政，百姓惜别。列郡，剑南节度使辖东西两川下各州郡。 ⑦ 三朝：严武在玄、肃、代三朝历任朝内外显职，详见《旧唐书》本传。出入：入朝出朝。 ⑧ "江村"二句：悬想送罢归来景象。

【语译】

送行远相随，到此地，总不免一别；满目青山啊，徒然增添着无尽离别情。几时才能重新把盏对饮？更伤心，昨夜里，我们还在月色下同行。两川各郡的官民，都为您的离去讴歌称惜；您仕历三朝，出守召回，每次都倍加殊荣。您去后，我又将独自归向江村宿；孤寂落寞中，打发掉这余年残生。

【赏析】

严武是杜甫人生途中最后一个依傍。二人少小时即有通家之谊。人生暌隔，直至杜甫晚年，严武镇蜀，方才重聚。当时杜甫正窘迫无依，严武不仅在经济上时时接济，更不拘形迹诗酒交往，给了杜甫很大的精神安慰。史载严武性严酷，但治蜀期间，文治武功仍颇有建树，尤其在防御吐蕃入扰方面，功勋卓著。这也使杜甫对他多了一份敬重。严武此次去蜀后，杜甫即避乱至东川。代宗广德二年严武再镇蜀，杜甫也回到成都草堂，严武表荐其为节度参谋、检校工部员外郎。次年四月，严武卒。杜甫"一枝栖息"的最后庇护所也失去了，便不得不去蜀东行，开始了他生命途中最后一程的漂流生活。明白杜严以上交谊，对本诗中所表露的情感的理解，当有所帮助。

本诗突出的特点是用常得奇，逆中见顺，在看似平常的辞句与结构中，极尽曲折吞吐之能事。

诗以"远送"领起，"从此别"三字似平常，但若知从成都送到奉济有二百里之遥，则可味到这寻常中包蕴了万般无奈。以至人们常以之比作伴送行人相思之情的青山也"空复情",显得何等地空茫,"空"之一字又使用滥了的比喻"点铁成金",表现了浩杳的凄楚之感。人去郡"空",诗人自然而生"几时杯重把"之企盼,但重聚无日,只剩得"昨夜月同行"的回忆。这一联是全诗的精粹与关锁,诗人用了句法章法上的双重倒逆之法,有效地将空茫之感写到了极至。从句法看,上句正说应是"几时重把杯";从章法看,依时间顺序,应是"昨夜月同行"在"几时杯重把"之前。今以"杯"字倒置于全句中心的第三字,又以"昨夜"句殿后,既使当时的空茫之感,因"昨夜"相聚之欢的反衬更见深重,又以"杯"字带出"月"字,突出了两个最能表现二人交谊的场景,并因"昨夜"而自然地转入腹联对严武在日治蜀政绩的称颂。因此这一联可说是逆中见顺的典范,如都顺叙,非但味同嚼蜡,也难以转入腹联。严公去矣,昨日之口碑在人,而此番入朝,三朝重臣的地位,也必因此而更见尊荣。腹联虽是送别上司的常规写法,但尾联复言"江村独归处,寂寞养残生",使腹联又以彼之显荣反衬出"我"今后之无依,返观篇首,更觉"从此"一"别",万般皆"空"的分量究竟有多重。

别房太尉墓①

杜 甫

他乡复行役②,驻马别孤坟③。近泪无干土④,低空有断云⑤。对棋陪谢傅⑥,把剑觅徐君⑦。唯见林花落,莺啼送客闻。

【注释】

① 房太尉:房琯,玄宗时为相,陈陶兵败贬职。代宗广德元年(七六三)卒于四川阆州僧舍,赠太尉,故称。杜甫送严武入朝后不久,西川兵马使徐知道反,因此避居东川梓州。广德元年秋一度到阆州,复还梓州。诗作于此时。 ② "他乡"句:言本已客居西川成都草堂,又值时变世乱,来往东川道上。 ③ 驻马:停马。孤坟:房琯河南洛阳人,客死东川,故言孤坟。 ④ "近泪"句:谓泪下处坟土为之湿。 ⑤ 断云:低垂之云,断云含雨,谓天亦为之哀。 ⑥ "对棋"句:东晋谢安,官拜太傅,因称谢傅,这里用以比房琯。谢安是一代名臣,史载淝水之战,谢玄破苻坚,捷报至,谢安仍对客围棋,了无喜色。对,对局。 ⑦ "把剑"句:春秋时吴季札使晋过徐,徐君爱其佩剑,季札察知,心中暗许归经徐国时以剑相赠。及归,徐君已亡,季札解剑挂其墓树上而去。事见《史记·吴太伯世家》。后用为知音相报的典故。

【语译】

异乡客地久奔波,行行重行行。行经太尉您的孤坟,不禁下马祭别停驻。我泪洒墓前,寸寸无干土;云层垂,长空低,莫非天公也为您悲恸。我曾有幸陪您对局围棋,您安详从容,就似那晋相谢公;知音相报啊,可叹我有剑挂墓树,却无处寻觅您,正同季札徐君的典故。眼前林花纷纷飘落,更有声声莺啼送入行人耳,反见得,逝者去,空寂寞。

174

【赏析】

本篇在杜诗中算不得上乘。如"近泪无干土",抒情未免拙直,而"花落""莺啼"也不出祭奠诗结尾常套。虽然,仍有可赏处二点。

其一,起联深沉有含。客居他乡,本已不堪,"复"加"行役",雪上加霜,驻马之际,所祭别者又是孤坟——异乡之魂。十字看似平常,而其间重重叠叠,惺惺相惜,有无穷感叹唏嘘,因此而带出颔联之深痛极哀。其二,腹联使典纯熟贴切。房琯官至宰相,而素有清名,尤喜接纳才俊之士,用有清虚之风的晋相谢安典实,与有知音之誉的春秋徐君故事,虽不免溢美,但得其仿佛。又上句由谢傅(喻房太尉)角度明写彼之有知于我,下句主体是祭徐君的季札(杜甫自喻),隐写我之有以报彼知遇之恩,主客交融,显隐变化,既伸足首联前述之感,更以"徐君"(墓主)殿后,顺势落到尾联墓道景况,情隐于景,富于余意。

我看,蘅塘退士所以入选此诗,首先是因为在祭奠诗中,其情——景——情——景的结构与起法、使典、对属,均为正格,颇有以示初学者以效学门径。入门须正大,即使非为完璧,也仍合乎《三百首》的选录标准。

再深究一下,恐怕房、杜二人的交谊也是本诗入选的原因之一。房琯志大才疏是其病,但私德多可取处。王维赠房琯诗有云,"达人无不可,忘己爱苍生。不复小千室,弦歌在两楹";又云,"视事兼偃卧,对书不簪缨。萧条人更疏,鸟雀下空庭"。《唐诗纪事》引以上各句后评云:"是时琯之清名,已重于缙绅矣。"再检史册,天宝五载,房琯官位方显前后,正是前此以交纳文士著称的李邕等人为李林甫集团诛杀之时,才俊寒士,失所依傍。而官琯周围仍团聚着王维、贾至、綦毋潜、杜甫等一批才士。而至德元载,房琯兵败陈陶,敢仗义执言不避诛戮的,也只有位卑职轻的左拾遗杜甫。可见房杜之交,颇有"交友以信"的风范。以诗教为宗旨的孙洙,对本篇情有独钟,可以理解。

旅夜书怀①

杜 甫

细草微风岸,危樯独夜舟②。星垂平野阔③,月涌大江流④。名岂文章著,官应老病休。飘飘何所似,天地一沙鸥⑤。

【注释】

①代宗永泰元年(七六五)正月,杜甫辞去严武幕府职,四月,严武卒,至此其在蜀友好凋零已尽。夏五月,杜甫携家由成都离蜀南下,经渝、忠诸州,到云安(今四川云阳)暂居。诗作于舟行途中。 ②危樯:高高独立的船桅。 ③平野:平展的原野。 ④大江:长江。 ⑤沙鸥:水鸟,栖息沙洲,飘飞江海,以喻漂游人。

【语译】

岸草细,江风微,静夜江上,桅竿高耸,孤舟独驻岸。空阔——繁星似垂覆平野;奔涌——明月投影随波流。(造化竟何如?)声名不因文章显,官至老病应归休。(从今后,)天地飘浮,恰似沙上一水鸥。

【赏析】

本诗前半写景,后半抒情,抒情的语意既复杂,则写景的意况就更见仁见智了,有人说是"开襟旷远",有人则认为凄清危苦,有人更认为写出了"喜"的感情。究竟如何,不妨先看后半抒情部分,再回过去体味前四句。

"名岂文章著,官应老病休",出蜀途中的杜甫,不复更吟"许身一何愚,窃比稷与契"的高壮之音,甚至连他最引以自豪的"诗是吾家事",也不免可疑起来,仕宦生活永远结束了,而文章能"藏诸名山,传之后世"的说法也恐怕只是"百无一用是书生"的自我慰藉罢了。试看前路,飘飘无定,茫茫天地,人生不过像其中一只飞无定所的沙鸥而已。可见,这二句虽有牢骚,却更多无奈,是诗人经历几十年颠沛浮沉后对人生的解悟,而这种复杂的心态投射于江景之上,形成了有多种意味的境界。

这境界的中心自然是"危樯独夜舟",它与前后三句的景物构成了两组反差。前一幅是近景:微风吹拂,细细江草又生。这景象年复一年,平静无奇,却生生不息,这对于病老途穷的诗人来说,许是慰藉,平宁的慰藉,更多刺激,生命不居的刺激。你看他那艘旅舟,似乎已为夜色吞没,只是那株业已落篷的帆竿才隐约可见,它够高、够高,也够孤独、够孤独。"危""独""夜"字,生动地表现了诗人的孤危,一种无望的孤危。孤危无望的诗人又于舟中举目远望:夜已深沉,故星空似乎低垂到平展的原野上,月影则似乎随着滔滔东去的大江在涌动。涌动着月影的大江又奔向何处去呢?至少,在当时诗人的望中,又终于消逝于天地相衔处。茫茫夜色中天地间的一切似乎在诉说着,一切终于要归到深不可测的静默之中。于是,这苍茫远景使危苦不平的诗人解悟了:人生一切喜怒哀乐,不过是天地时空中的一瞬。于是,他更将一腔孤愤化作了自我宽解之语。他似乎企望着心的平宁,他似乎也平宁了,但那孤危的帆樯,那涌动的江月,似乎更多地诉说着无奈的危苦不平……

本诗相当典型地表现了后期杜律在锤炼精工中见沉郁顿挫的特色。景物的中心设置、远近巨细的配合以及"危""独"字先与"细""微",后与"垂""阔""涌""流"的对照见意,使本诗有诗画之感,是不同于王维之清幽空寂,而于苍黯中见磅礴大气的又一种诗画。如果将它与李白的"山随平野尽,江入大荒流"(《渡荆门送别》)对读,所咏相近,气魄相类,但超迈与沉郁迥然有异,足以见出山的"诗仙"与归去的"诗圣"不同境况中的不同个性。

登岳阳楼①

杜 甫

昔闻洞庭水，今上岳阳楼。吴楚东南坼②，乾坤日夜浮③。亲朋无一字④，老病有孤舟⑤。戎马关山北⑥，凭轩涕泗流⑦。

【注释】

① 作于代宗大历三年(七六八)冬。时杜甫已离蜀漂泊于江湘。岳阳楼：在巴陵县(今湖南岳阳)西门上。开元中张说所建，下临洞庭湖，唐时已为名胜。　② 吴楚：今湖南、湖北及安徽、江西之部分为古楚之地。今江苏、浙江及安徽、江西的部分为古吴之地。洞庭位于吴楚之间，故云坼。坼(chè)，裂开。　③ 乾坤：这里指日月。日夜浮：《水经注·湘水》有"(洞庭)湖水广圆五百余里，日月若出没于其中"。　④ 字：指书信。　⑤ 老病：本年杜甫五十七岁，除原患肺病外，又新得风痹症，左臂偏枯，右耳已聋。有孤舟：杜甫漂泊江湘未曾定居。　⑥ "戎马"句：谓北方战事未息。本年郭子仪将兵五万屯奉天(今陕西乾县)，防备吐蕃。　⑦ 凭轩：依窗槛。涕泗：涕为眼泪，泗为鼻涕。

【语译】

早就听说了洞庭湖的名声，今日里，得偿所愿，登上了湖畔的岳阳楼。仿佛大地崩裂成吴楚两方，形成了这片大湖；日月就从那浩淼的水面上日夜交替，出没沉浮。楼头望，望不来亲友的半点音讯；叹年来，陪伴我的只有这一叶孤舟。闻道是北方的征战至今未停歇，(回乡无望，)不由我，倚着栏杆，涕泪纵横流。

【赏析】

从宝应二年(七六三)春安史之乱结束起，杜甫就渴望着回到久别的家乡，但是"即从巴峡穿巫峡，便下襄阳向洛阳"的欢欣预想并未真的实现，公元七六五年去蜀后，战乱与贫病，使他旅程滞顿，将近三年后方到达他曾心向往之的岳阳。

首联用流水对，既点明诗题，又以"昔闻""今上"勾连，流动的节奏，表达了对岳阳楼的向往，与历尽沧桑、夙愿得偿的欣慰并感慨。诗人纵目远眺，唯见数百里巨浸将吴楚割裂为二，天地日月似乎在万顷波涛中沉浮，这景象如此宽大宏伟，然而从"坼"字、"浮"字中，却不仅能见水势的力度，也隐含有一种动荡不安、郁怒苍黯的意况。这意况似乎触动了诗人的心事。于是初登时的欣慰消失了，剩下的唯有感慨：亲朋暌隔，音讯"一字"全无；老而兼病，举家唯有"孤舟"。"无一字"是正说离恨之长，"有孤舟"却反言家境之贫，这就是少小立志"致君尧舜上，再使风俗淳"的诗人，奔波一生的结局。宗亲分割，余生漂浮；面对"坼"吴楚、"浮"乾坤的洞庭水，诗人更钻心般痛感到这一点。

诗至此已由洞庭宏阔景象，落到了一己落寞逼仄的境遇，尾联似乎难以为继，然而笔势陡转，又发为浩歌："戎马关山北，凭轩涕泗流。"诗思忽又超出自身，飞越洞庭，飞到了千里外屏翳京都的奉天，那里两军对峙，杀气云屯，肃宗借回

177

纥兵荡平安史，但招虎驱狼，孕育了新的祸机。这一远想转折，并非故作惊人之笔。诗人的遭遇，主要是安史八年兵乱所造成，推果及因，由"昔"思"今"，由家及国，今日的苦况是否已为止尽？从新起的战云中，可推想，家何日得安定，国何日得平宁？孤舟上的家已经如此，神州的千家万户又将怎样？思此，老病忧国的诗人又怎能不"凭轩涕泗流"呢？于是博大的感情，又超越一己，与天下事，与浩渺洞庭水融为一体。

辋川闲居赠裴秀才迪①

王 维

寒山转苍翠②，秋水日潺湲③。倚杖柴门外，临风听暮蝉。渡头余落日，墟里上孤烟④，复值接舆醉⑤，狂歌五柳前⑥。

【注释】

① 天宝九载（七五〇），王维因母丧屏居辋川，于宋之问蓝田别业辟辋川别墅。十一载服阕，拜吏部侍郎。后因安史之乱中陷贼为伪官得罪，虽获赦而免死，官终尚书右丞，但已看破世事，半官半隐。本诗当作于天宝九载后至其逝世之间。辋川，又名辋水、辋谷水，源出终南山辋谷，在蓝田县南二十里。王维《辋川集序》："余别业在辋川山谷，其游止有孟城坳、华子冈、文杏馆、斤竹涧……与裴迪闲暇各赋绝句云尔。"裴迪是王维挚友。秀才，唐时乡贡进士称秀才。　② 寒山：秋冬之山。转苍翠：由青翠而转苍翠，翠中见灰白色叫苍翠。　③ 潺湲：水清浅缓流貌。　④ 墟里：村落。孤烟：当指村落中第一道炊烟。　⑤ 复值：又当。接舆：楚狂士接舆，参卷二李白《庐山谣寄卢侍御虚舟》，这里比裴迪。　⑥ 五柳：五柳先生陶渊明，参卷四《老将行》注⑮，诗人自比。

【语译】

秋气使山水都带上了寒意，山色虽透出了灰白，却犹存着青葱的余韵，水泉虽然浅小了，但还是日夜徐徐地流。我倚着柱杖，站在山居的柴门外，（望着秋山秋水，）听着秋风吹送来残蝉的鸣声。（山脚下，）渡口处，夕阳西下，只剩下了依微的余晖；村落中，第一炷晚间的炊烟，也已袅袅地升起。（正当这秋日黄昏的好时光，）又逢上，好友你醉酒狂歌来——就像那位歌笑孔丘的楚狂接舆，高唱着"凤鸟何不归去"，来到了，五柳先生陶潜的门前。

【赏析】

本诗末句以"五柳先生"陶潜自比，故突出一个"闲"字，最好与陶潜《归园田居五首》之一对读，可见承革。陶诗云：

少无适俗韵，性本爱丘山。误落尘网中，一去三十年。羁鸟恋旧林，池鱼思故渊。开荒南野际，守拙归园田。方宅十余亩，草屋八九间。榆柳荫后檐，桃李罗堂前。暧暧远人村，依依墟里烟。狗吠深巷中，鸡鸣桑树巅。户庭无尘杂，虚室有余闲。久在樊笼中，复得返自然。

王维半隐辋川，心境与陶潜弃柴桑令归田颇相似。陶诗的前八句与最后两句，正可为王维本诗的内涵作注。开元二十四年张九龄罢相，天宝五载李邕、裴敦复等被诛。这些都是王维的知交与依傍。此后他虽不得不与把持朝政的李林甫集团周旋，但中心愧憾，十分痛苦，因此他也像陶潜一般以仕途为尘网，为樊笼，以仕隐辋川为"复得返自然"。然而这种心思在陶诗中是以理念化的语言于首尾提挈的，而王维诗则完全隐含在景物之中。这是因晋宋之交玄言诗遗痕未消，但经齐梁陈隋而入唐，伴随着近体诗逐步形成与成熟，理言渐去，而理趣渐长。王维就是这一诗史趋势的集大成者。

不难看出，本诗写景，颇受陶潜启发。"渡头余落日，墟里上孤烟"，更显然脱化于陶诗之"暧暧远人村，依依墟里烟"。但二者笔法又有朴厚与精微之分。陶诗"方宅"以下八句写景，遣词自然，保持着汉末文人五言诗初起时"似秀才说家常话"的风味，而其取景亦似随手拈来，作平面状展开。王维则不然。他由近处山中苍翠的秋山、潺湲的秋水，归到自身倚杖听蝉；再纵目放望"渡头余落日，墟里上孤烟"的远景，上句从水平展开，下句呈垂直伸展，落日之红而壮阔，孤烟之白而袅袅，衬着苍翠的秋山，在静谧中透现出微微的动感。"烟"当然是人间烟火，但这样写烟火，却脱却了人间烟火气，使人不由想起陶潜笔下隔绝人境、"怡然自乐"的桃花源。于是可以体味到，这一联其实是全诗精粹，它所勾勒的立体的村景，不仅与背景的自然山水相映，也与诗人的心态融和成一体：倦宦的诗人，不正企望着在田园里、自然中找回失落的自我吗？王维与陶潜的这种区别，滥觞于与陶潜相先后的谢灵运，至齐梁间谢朓等更የ研物象，如摄影聚焦般地竞胜于一联，但时有与全篇割裂之弊，至王维方集陶谢之长，以其诗人兼画家、音乐家的独特禀赋，完成了诗史的这一飞跃。

山居秋暝[①]

王　维

空山新雨后[②]，天气晚来秋[③]。明月松间照，清泉石上流。竹喧归浣女[④]，莲动下渔舟。随意春芳歇，王孙自可留[⑤]。

【注释】

① 本诗为王维闲居中作。时间不可考。秋暝：秋晚。　② 空山：空清的山谷。　③ 晚来秋：承上谓新雨傍晚，秋意方显。当是初秋。　④ 归浣女：浣女归的倒装。浣女：洗衣浣纱的村女。　⑤"随意"二句：《楚辞·招隐士》，"王孙兮归来，山中兮不可久留"。这里反用其意。随意：任随它。春芳：春草。王孙：公子。

【语译】

寂静空旷的山谷里，新雨刚过；水洗般的黄昏，方使人感到秋气鲜新。明月渐渐升起，松林将它的清光过滤；山泉在涧石上潺潺流淌，更显得分外清浅。竹林间起了一阵喧笑，莫非是女孩儿们洗衣归来；莲叶儿为什么起了颤动，啊，应当是渔船儿棹歌返还。又何必在意春花春草已经消歇，山中秋色如画，正可把公子您挽留。

【赏析】

首联点题，"山居"与"秋暝"之意包含十字之中，而"空""新"二字又醒明雨后山中秋晚之神韵，中间二联写景，全从此落墨：明月的清光从雨洗的松林枝隙间流过，本已空空蒙蒙，而"清泉石上流"，在夜色中，恐怕也主要不是靠视觉，而是凭听觉、感觉。空静清新中忽然响起了人声，却不见人形："归浣女""下渔舟"全从"竹喧""莲动"中推想，唯其如此，那声响反显得山谷的空、夜晚的静，而又有着息息生命的新鲜活力。至此，诗人不禁发出了尾联的叹美，"随意"二字可玩味，春去秋来，全不要介怀，留静山中，当可知足长乐——莫非是空明的山中秋景，映彻了诗人的心！

本诗好在写景不黏着实相，全从光影、声息、感觉出之，施以淡墨，表里澄明，有画笔不能到处。然而细味之似尚有缺憾。中间四句，如放在季春、初夏、晚夏亦未尝不可，尤其是"莲动"句更似五六月景象。因此景于题意"秋"字未能紧切。所以我选唐诗总略去此一他人必选之篇章。

归嵩山作①

王　维

清川带长薄②，车马去闲闲③。流水如有意，暮禽相与还④。荒城临古渡，落日满秋山。迢递嵩高下⑤，归来且闭关⑥。

【注释】

① 嵩山：五岳之中岳，在今河南登封。维于开元二十二年（七三四）献诗宰相张九龄求汲引，在此前后隐居嵩山，因当时玄宗居东都洛阳，嵩山近洛阳，可待机出仕。次年拜右拾遗。归嵩山作，当一度下山，归山时有作。　② 清川：清流，当指颍水，嵩山在颍水北。长薄：指水边芳草林木之地。草木茂密错杂而生处称薄。　③ 闲闲：缓行貌。　④ "流水"二句：言水、鸟回旋高下，似有情而相送。　⑤ 迢递：山势高远联绵貌。嵩高：嵩山又称嵩高。《诗·大雅·崧高》："崧高维岳，骏极于天。"崧通嵩，原意指东西南北四岳之竦立高耸。后增为五岳，中岳最高，故以嵩高称之。《史记·封禅书》："中岳，嵩高也。"　⑥ 关：原意门栓，泛指门。

【语译】

清清的流水，将长长的草泽萦带；归山的车马，徐行缓缓。流水仿佛通人意，将我一路伴送；晚归的飞鸟，更在长空中前后相随。荒野的古城，濒临古老的渡口；落日余辉，却将秋山撒满。行到了连绵不绝的嵩高山下，且将山居的柴门掩上——归去来，再莫把世事萦怀。

【赏析】

本诗是"终南捷径"一时未走通而作，自然不比王维中后期山居诗那样或企图表现皈依自然的恬淡闲逸（如前二诗），或证悟一种寂灭之感（如《辋川绝句》），而是充满了失意的怅恨。

前四句写归山途中，请注意"带""闲闲""如有意""相与还"四个词或词组，山水、车马、禽鸟本无情，但此刻却均似有一副萦曲愁肠。三四句尤佳，"如有意"与"相与还"互文见义，更从句法上增强了低回悱恻之感。这一切自然是诗人移情于物，他的失意，连万物都感动了。本来四句后可直接尾联"迢递嵩高下，归来且闭关"，由物及人，醒明求官无成、心意阑珊之义，但中间却横亘上"荒城临古渡，落日满秋山"，使诗意变得稍稍费解。

这景象自然是悲凉苍黝的，"荒城""古渡""落日""秋山"四词叠加，有效地突出了这种印象；然而一个"满"字，却使四者之间的内在联系起了重要的变化。试想，苍翠的秋山上布满了落日血色的晚照（自然，荒城古渡也当染上余光），这悲凉苍黯中不又透现出一种宏阔的悲壮吗？于是我们似乎读到了诗人的怅惘底下似乎深蕴着一种抑压不住的悲慨。于是我们再来读尾联，会发现那"且"字颇有深意。且是姑且，暂且，这里有无奈之意，但不更有着不甘吗？王维诗是含蓄的，他不直说；中唐人就往往写得直露，如秦系《闲居览史》云："长策胸中不复论，荷衣褴褛闭柴门。当时汉祖无三杰，怎得咸阳与子孙。"诗意是说虽然闭关闲居，但我胸中自有远谋。当初刘邦如无韩信、张良、萧何三杰辅佐，又怎能灭秦造汉，贻福子孙呢？而我虽然穷窘，却正是当代的三杰，奈何皇帝老子不识我！秦诗正可为王维这"且"字作脚注。

至此可以看到，"荒城""落日"一联，看似与前后断裂，其实是承上启下的转折，使前四句的感情（怅惘）深化（怅惘加悲慨），只是情隐于景，而看似不续而已。这种似断而续的章法，在诗学上叫"草蛇灰线"，是一种难能的胜境。而"满"字一字点睛，全诗皆活的重要作用，在诗法上叫作"诗眼"。读者试把"满"字换成"下"字，再读一过，便会懂得什么叫"诗眼"了。

终 南 山[①]

王 维

太乙近天都[②]，连山到海隅[③]。白云回望合[④]，青霭入看无[⑤]。分野中峰变[⑥]，阴晴众壑殊[⑦]。欲投人处宿，隔水问樵夫。

【注释】

① 本诗疑作于开元末王维隐居终南山时。终南山在长安南,参卷一李白《下终南山过斛斯山人宿置酒》注①。　② 太乙:终南山主峰,因此也为终南别名。天都:帝京。一说天帝所居处,由"近"字观之,以前说为是。　③ 海隅:海角。到海隅是夸张说法。　④ 回望:四望。　⑤ 霭:云气。　⑥"分野"句:谓中峰两边,分野不一,极言山之大。古人以星宿位置与地理相对应,划分地理区域,称分野。　⑦ 壑:山谷。

【语译】

终南山近傍着帝京长安,山峰连绵,似要通向海边。四望的白云将山峦环合,进得山中,那青青的雾气,却又依稀。中峰昂然屹立,山南山北,分野已不同;千山万谷阴晴变幻,又各各形态不一。我想就在山中投宿——隔着涧水,远远地问那邂逅的樵夫。

【赏析】

此诗全用画家移步换形之法。"白云"二句,注家或阙而不注,或注而未得其意,故全篇窒碍难通。凡山中云气,远望则蒸腾弥合,入近则散若青烟。王维《桃源行》云:"遥看一处攒云树,近入千家散花竹。"虽写花树,其理正同。"白云"二句是说,远远望去,大山为白云环匝,而入得山中,近身处青霭若有似无。"合""无"相对,"青""白"互文,状远近云气变化入微。明此,则全诗精妙顿现。首联以健笔总揽终南浑茫景象。颔联写初入山,间以淡墨。颈联乃入山纵深之观感,虽亦巨笔如椽,然森肃之气,现于毫端。尾联隔水一问,幻实为虚,更见峰回路转,似有无穷奇景在尺幅之外。摩诘自称"宿世谬词客,前身应画师",信然!

酬张少府①

王　维

晚年惟好静,万事不关心②。自顾无长策③,空知返旧林④。松风吹解带⑤,山月照弹琴⑥。君问穷通理⑦,渔歌入浦深⑧。

【注释】

① 张少府:名不详,唐人称县尉为少府。　②"晚年"二句:言晚年悟佛教众动复归于静之理,心境空明,不以万事为意。　③ 自顾:自我反省。长策:指治国妙策。策的原意是连编的竹简,纸发明前,古人书字于竹策。对帝王诏问叫对策,因此习惯以长策为平治天下的见解。　④ 旧林:旧日闲居的山林。　⑤ 解带:宽松开的衣带。解通懈。　⑥ 弹琴:犹言鸣琴。弹与上句"解"都作形容词。　⑦ 穷通理:窘困与发达之理,亦即命理。　⑧"渔歌"句:谓归隐混迹渔樵,远离官场。

【语译】

人到晚年,我只是喜欢清净,人世的万事万物,都已不关我心。自问并没有安邦定国的好谋略,只是悟得,应当归返旧居的山林。松林的长风,吹拂我懈开的衣带;山头的明月,照着我弹奏的古琴。你问我,穷困通显的道理何在;我只是,高唱渔歌,将小舟儿驶入水港深深……

【赏析】

由首句"晚年"推断,本诗当为王维隐居辋川山庄后期所作。

张少府看来亦非世俗之徒。他以"穷通"之理来请教诗人,亦见得有究乎天人之际的意愿。然而诗人未作正面回答。只是"渔歌入浦深"。这使人不由得想起《庄子》中的一句话:"泛若不系之舟"。按少府所询之"理"虽亦不俗,但执理便非妙悟的境界。必待物我两忘,是非都遣,穷亦罢,通亦罢,都不关我心、即佛氏所谓"无执""无我",方是胜谛。这便是尾联的意趣。

然而诗人的妙悟,得来并非容易。前三联透出了其中消息。诗人悟到众动复归于静的佛理,以至能到"万事不关心"的境地已是"晚年"。此前,他曾经争"解头"而出入主第,也曾经谒公卿而吟道"贱子跪自陈,可为帐下否"(《献始兴公》)。所谓"自顾无长策,空知返旧林",是诗人几十年宦海浮沉,几经贬谪,以至险遭杀身之祸的悲慨之语,也是直至晚年,还不能不忍垢含耻,与政敌李林甫及其党羽虚与委蛇的莫可奈何之言。"空知"句的"空"字,使读者想起他另一首讲了大实话的自叹诗:"宿昔朱颜成暮齿,须臾白发变垂髫。一生几许伤心事,不向空门何处销!"(《叹白发》)

当世间的一切已经不堪回首时,伴着他的,也就只有林间的松风与山头的明月了。第三联由"返旧林"生发,写山居时证悟心地的形象:束缚的衣带已解开,任松风自然而然地吹来,须知音来赏的琴音,也只为山月的清光照临,这是一个表里澄澈的清净世界,诗人的心似乎为这松风,这月光淘洗,烦愁能不消去?是的,既然世事不堪回首,又何必再去"自顾",既然一切都只是空门的色相,又何必让它们牵萦自己的心。山居的空静导引着诗人的心神升华,于是他以"渔歌入浦深"这机锋般的诗句回答了张少府关于穷通之理的询问。

过香积寺[①]

王 维

不知香积寺[②],数里入云峰。古木无人径[③],深山何处钟。泉声咽危石[④],日色冷青松[⑤]。薄暮空潭曲[⑥],安禅制毒龙[⑦]。

【注释】

① 过:访。香积寺,故址在今陕西长安东。 ② 不知:二字领前四句。 ③ 无人径:无人是径的定语。径,小路。 ④ 咽:形容泉流为涧石阻滞,水声如吞咽。 ⑤ 冷:形容日色为青松所滤使人产生的心理感觉。 ⑥ 空潭曲:潭曲空的倒文,空是因潭水清澄而引

发的佛家的空感。　⑦"安禅"句：《涅槃经》"但我住处有一毒龙，其性暴急，恐相危害"，喻指人心中的欲恶须通过禅定来驱除。安禅，使心安定而入禅的空明境界。

【语译】

不知那香积古寺，究竟坐落在何处；山行寻来，已经数里路，越走越进入白云环绕的群峰。古老的林木间，唯见无人的小路；深山空阔啊，又从何处传来声声梵钟？泉水为欹侧的山石所阻，水声如咽；日光经青松滤过，分外清冷。暮色渐渐降临，我伫望着那一曲清澄如空的潭水，不由得感到，心中宁寂，便可制服一切妄念——它，就像是潭底的毒龙。

【赏析】

本诗与前录常建《题破山寺后禅院》都写访寺而悟禅，但笔法、意趣都有所不同。常建诗如前述，直书即目之景，借曲径通幽处一丛繁花而顿悟禅悦，走笔轻盈，兴趣灵动。这在诗学上叫"直致"，即直笔书写，会心自然，得超妙之致。我们再返观一下"曲径通幽处，禅房花木深"这联名句，虽称绝妙，但文从字顺，不见刻练之迹。王维此诗则不然。通篇用曲笔。诗题"过香积寺"，但无一笔正写寺，只是借宾形主，通过佛寺外围景物的幽深，在表现其庄严的同时表现了禅理。"不知"二字总领前四句，深入云山数里，仍不知寺在何处；一路古木森森，唯闻梵钟空谷传响，而杳不见行人踪迹。这景象似乎印证了佛家所云万物非有非无，色即是空，空即是色。如果说前四句是全景式的泛写，那么"泉声""日色"二句便集中于一点作特写，而"咽"字，尤其是"冷"字又为这特写画龙点睛，最能见出王维本诗不同于常建的炼字之功。试想象：清流为山石所阻，水势滞涩，声如吞咽，似断似续，本已启人清虚之感，而本来有热的质感的日光，经青松的过滤而使人产生清冷的感觉，这景象又怎不令诗人感到佛境的清而净化了为俗尘所沾染的心灵呢？于是诗人面对着一曲清澈似空虚的潭水，顿感妄念尽去，进入了禅悦的超胜境界。

由上析可见，无论是整体的结构，还是个别的字词，王维本诗作法都比常建上诗更多锻炼，更为深曲，全诗三组景物，表现了由虚无感到清净感到清寂境界的禅悟过程，也与常建所表现的触目成真的感悟，在意趣上有所不同。这是与王维兼取禅家南北宗，强调禅悟前修养的佛学观念有关的，这是当时北方禅风的特点。而常建虽亦北人，但长期游宦南方，破山寺又是南方名禅院，其禅风受庄学影响甚深，故气质轻清。

比较至此，读者也许会问，到底哪一首更好呢？这可以见仁见智，而在我看来，如仅以这二诗相比，倒是常建更胜一筹。借用画论术语来说，王维本诗可称功力深厚的"能品"，而常建《破山寺》是不可或遇、灵感突发的"逸品"。

送梓州李使君①

王 维

万壑树参天,千山响杜鹃②。山中一夜雨,树杪百重泉。汉女输橦布③,巴人讼芋田④。文翁翻教授⑤,不敢倚先贤⑥。

【注释】

① 梓州:唐东川州名,治所在今四川三台县。李使君:名不详;使君是州刺史的别称。　② 杜鹃:鸟名,又名子规、杜宇、谢豹。蜀中多杜鹃,传说是远古蜀王望帝所化。　③ 汉:与下文"巴"互文见义,梓州多民族杂居,故云。橦(tóng)布:蜀中特产橦木花织成的布。《文选·蜀都赋》"布有橦花",刘渊林注"其花柔毳,可绩为布也"。又《晋书·食货志》:"夷人输賨布,户一匹(四丈),远者或一丈。"賨布即橦布。　④ 讼芋田:因争芋田而诉讼。《蜀都赋》:"瓜畴芋区",知芋为蜀中重要农作物。　⑤ "文翁"句:文翁为汉景帝时蜀郡太守,因蜀地蒙陋,始建学官以礼义开化之,寖然成俗。翻教授,教授之以使翻然改观。　⑥ 先贤:文翁。

【语译】

蜀中的山啊千山万壑,群山中的树木啊上连天;千山万壑藏着杜鹃鸟,山山林林啼声连成了片。山中如果下了一夜的雨,林梢滴水就会汇成百道泉。橦木花朵织成了布,汉江的民女按时来纳赋;万顷山田种番薯,巴人们为争田界诉讼到官府。想当年,汉家文翁为太守,移风易俗兴教化;李使君啊,您往蜀中责任重,切不可,只将先贤的业绩来倚重。

【赏析】

"文翁翻教授,不敢倚先贤"是结意,勉励李使君以文教治梓(参"语译"),这是送赠诗惯例,并不为奇。而难能者在于前六句对山川景物及民情风俗的描绘不仅传神毫巅,而且意韵直透尾联,使全诗浑然一体,清新可玩。

前四句写蜀中自然环境。起二句是总写,后二句是特写。群山万壑上参天的原始森林,本给人以一种旷野之感,而山林中时时传来的杜鹃声声,此起彼落,更反衬得旷野的山林平添了几分清幽、几分空静。山中泉流成瀑,似千百道飞练悬挂在青翠的崖壁上,又增加了几多秀丽,几多妩媚——这奇景竟是枝头的雨滴汇成。就在这带有朴厚的秀美山区中居住着同样带有朴厚之风的民人——五六句的人情描写是从前四句的山川景物描写中酝酿出来的。这里多民族杂居,虽然远离中原,但归化已久,所以年年向官家以土产纳赋,然而犷野的民风并非能轻而易举地改变,为着田界的出入,还常常争讼到官府。"汉""巴","橦布""芋田"相映,赋予这幅民俗图以醇厚的地方色彩,而"输""讼"相对,又使这图景于朴厚中见出犷悍,正是一方山水养一方民人,自然与人融成了一体。至此末联用文翁之典便更见深意。到那里为父母官真是大有可为而又并不易为:朴厚的山川民风应当珍视，而不驯的质性又值得费一番工夫。根本之策在于文教，由汉到今，先贤作出了榜样，后来者自当踵武前修，进一步加强王化。可见这结意早就预伏在前六句之中了。

王维诗佳，而本诗更是上品，妙在能精细又能浑成。精细，首先在体物之精细，"山中一夜雨，树杪百重泉"，非有画家的敏锐美感是体味不到的。其次是遣词布局的精细，"山中""树梢"是流水对，又极工整，而"山"又上探"万壑树参天"，所以泛写与特写就有相因相生之感，由此又如前所云从山川酝酿出民风，而"橦布""芋田"用《蜀都赋》语典，则隐然已启往古之思，下接汉文翁典，便珠联璧合。大匠锻冶，炉火纯青，本诗可当此称。

汉江临眺①

王 维

楚塞三湘接②，荆门九派通③。江流天地外④，山色有无中⑤。郡邑浮前浦⑥，波澜动远空⑦。襄阳好风日，留醉与山翁⑧。

【注释】

① 汉江：即汉水，源出今陕西宁强，流经襄樊，至武汉入长江。眺，一作泛。开元二十八年(七四〇)，王维由监察御史迁殿中侍御史，冬日，知南选(朝廷遣往南方补选官员的选补使)，由长安经襄阳、郢州、夏口至岭南，本诗当作于此行途经襄阳时。　② 楚塞：楚地多山，故云楚塞。三湘接：言三湘之水到楚地与汉水相接。三湘，湘水总称。湘水合沅水称沅湘，合潇水称潇湘，合蒸水称蒸湘。　③ 荆门：长江南岸山名，在今湖北宜昌西北。九派通：传说大禹治水，凿荆门，通九派。派是支流，九为多数。　④ 江：指长江。⑤ 山：指荆门。有无中：山色翠淡又有水气蒸腾，远望似有若无。　⑥ 浦：水边之地。⑦ 动远空，使远空翻动。"动"与上句的"浮"，都从远眺的感觉而言。　⑧ "襄阳"二句：晋山简好饮酒，为征南将军镇襄阳时，常于习氏园池游赏，每每置酒尽醉，名其池为高阳池。襄阳，在汉水北岸，即今湖北襄樊市。与山翁：同山翁为友。山翁是对山简的敬称。

【语译】

三湘的水，流到荆门与汉水相连；长江的九条支流，也在此与汉水相通。江水奔流，浩瀚望不到边；山色隐现，在水气中似有若无。郡城似乎在水边浮动，波涛翻滚掀动了远处的天空。我愿与晋代的山简相与，留醉在，襄阳城里风和日丽佳胜处。

【赏析】

荆门，在唐诗中简直成了斗奇争胜的舞台，陈子昂有句云："巴国山川尽，荆门烟雾开。城分苍野外，树断白云隈。"(《度荆门望楚》)数十年后，李白朗咏出蜀："渡远荆门外，来从楚国游。山随平野尽，江入大荒流。"典型在前，后来者又都想度越先辈，而能方驾陈、李，自成一格的，似乎只有王维。

其实王维这诗并非专写荆门，诗是舟近襄阳时作，荆门在襄阳南数百里，是望不到的。他是由眼前的水势，眺襄阳而将镜头远展到荆门，由远势以见开阔苍茫。之所以要如此写，可从尾联悟得。晋山简镇襄阳，以清虚简要、潇洒玄远称，完全是玄学家的派头，令当时业已郁郁不展的王维倾慕。舟近襄阳，远眺本是天水茫茫，对山简的向往正与这景物泊然相合，于是王维望中的江水，在与陈、李相近的天水茫茫感中，更抹上了一种虚无玄远的色彩。"江流"是在"天地"之"外"，"山色"又正在"有无"之间，隐隐绰绰，若隐若现，使得近前的襄阳城都似乎在波涛中浮动。这景象是王维所见，而如果再发挥一下想象，诗人未到襄阳，却已似乎为山翁留醉，"醉"在玄学中有特殊的含义，是略形忘神，与造物者游的境界，这样，其望中山水又怎不具有玄远之概呢？

中二联是好句，但我更欣赏的是首联。"楚塞三湘接，荆门九派通"，"接"字有收的感觉，"通"字收而复放，引出颔联杳茫的大境界，这样不仅写出荆门南接三湘、北展九派的地理形势，更将诗势展到千里之外，笔力雄健而意态舒远。有此起联，后二联方显得不弱，于是全诗在极远的态势中表现了极缥缈的幽玄之感。玄学家其实都有一腔不平之气，一副清奇骨相。这诗也表现了这两重意味，而这与王维在张九龄罢相后失望而又悲慨的心态有关。

请读者将前引陈、李二诗与王维本诗再较读一过，当可见远势是初盛唐诗史发展的一个趋势，而王维以其兼为画家的禀赋，将这一趋势发展到更完美的境地。读此诗，不正像在欣赏一幅平远山水图么？

终南别业[①]

王　维

中岁颇好道[②]，晚家南山陲[③]。兴来每独往[④]，胜事空自知[⑤]。行到水穷处[⑥]，坐看云起时。偶然值林叟[⑦]，谈笑无还期。

【注释】

① 终南别业：即辋川别墅，参前《辋川闲居赠裴秀才迪》注①。诗当作于天宝中后期。② "中岁"句：古人三十岁后至五十岁前称中年、中岁。王维家世奉佛，而本人于开元十七年（七二九）年始从大荐福寺道光禅师学顿教，时年三十余岁。道：此指佛理。　③ 晚：相对于上句"中岁"而言，指晚年。天宝中后期王维年逾五十。南山陲：终南山边。④ 兴：突发的兴致。每：常。　⑤ 胜事：美好之事，这里更特指有助于悟道之事。胜读去声。　⑥ 穷：尽。水穷处：水源。　⑦ 值：遇到。林叟：山林老翁。

【语译】

从中岁起，我就对佛氏的胜理颇倾心；直到晚年，才移家南山下静静修心。

兴致起时，常常独自山行；快意的事儿，唯我心独自知领。行到了涧水起源处，坐地仰看山谷白云油然生。偶然间遇见位山间老人，谈谈笑笑，竟忘了何时应当归去。

【赏析】

本诗走笔如行云流水，写出了玄禅二教随缘任运的理趣，充盈着王维倦于官场、初隐终南时的愉悦心态，是王维集中不多见的逸品。

起联以"中岁"与"晚家"相对相承，隐隐可见久宦后得偿夙愿的欣慰与愉悦，给后文留下了极宽广的施展余地。只有在此时，诗人才能不拘羁辕下，随兴之所至，独自寻胜探幽，而这份快乐更不足为他人道。庄学重本性，禅宗讲"心佛"，真知全在一心之间，"独往""自知"缀以"每"字、"空"字，足见诗人于此已有神会。故乘兴而行，则所谓寻胜探幽，也不必有预期的目标，"行到水穷处"，也不须有穷途末路之恸，不妨席地而坐，仰看那白云出岫，长空飘浮。这一联是全诗的精粹，使上文的适意之情上升到了哲理高度且伴随着灵动的形象与兴致。至此诗人更憬然而悟，人生自不须有一定的追求。即如此行，与老叟相谈，不必相识，不必预期，"偶然"邂逅，足可忘情谈笑，竟不知日之将暮，家在何处。《苕溪渔隐丛话》引宋庠评本诗云："此诗造意之妙，至与造物相表里，岂直诗中有画哉？观其诗，知其蝉蜕尘埃之中，浮游万物之表者也。"此评用庄子语，是说其意摆脱物我之拘，而径以我心与自然相融和。甚有见地。

本诗体裁有争议，或以为律体，或以为古诗。究其音律大抵合律而多拗救，对仗则看似自然不经意，其实寓工整于流走。初唐有一段古律混羼的时期。至盛唐较然可判，而王维是当时律诗大家，只是因诗写任运随缘，体亦不拘于古律，后人更不必拘泥，只需聆其音节，会其神理可也。

临洞庭上张丞相①

孟浩然

八月湖水平②，涵虚混太清③。气蒸云梦泽④，波撼岳阳城⑤。欲济无舟楫，端居耻圣明⑥。坐观垂钓者，徒有羡鱼情⑦。

【注释】

① 开元十六年（七二八）孟浩然年四十，至长安求仕无成，约于开元十八年初出京游吴越三年，诗当作于南下途中。张丞相，当为张说。一说为张九龄。按九龄此时为洪州刺史，至开元二十一年才拜相，当时孟浩然正游于吴越。洞庭，洞庭湖，参前杜甫《登岳阳楼》注②。 ② 湖水平：八月秋水至，湖水平满齐岸。 ③ 涵虚：包涵元虚。元虚即构成天地的元气。混太清：水天相接混然一片。《文选·吴都赋》刘渊注："太清，谓天也。" ④ 云梦泽：云泽与梦泽，古书称二泽范围极广，为今湖北南部，湖南北部一带低洼水泽之地的总

称，洞庭为其一部分。　⑤ 岳阳城：宋范致明《岳阳风土记》，"盖（岳阳）城据（洞庭）湖东北，湖面百里，常多西南风，夏秋水涨，涛声喧如万鼓，昼夜不息，漱齿城岸，岁常倾颓"，可与此互参。　⑥ "欲济"二句：上句兴起下句，意谓欲出仕但无汲引，报国济时无门，中心愧赧。婉讽明时不当使志士沉埋。《论语·泰伯》："邦有道，贫且贱焉，耻也；邦无道，富且贵焉，耻也。"端居句本此。济：渡。端居：犹言闲居独处。圣明：圣明之时。　⑦ "坐观"二句：《淮南子·说林训》"一目之罗，不可以得鸟；无饵之钓，不可以得鱼；遇士无礼，不可以得贤""临河而羡鱼，不如归家结网"，婉讽张丞相当以礼待士，援引自己。

【语译】

八月里，湖水涨满与岸平，涵容着天地的元气，更将天空包孕。茫茫水汽，使云梦古泽蒸腾；滔天波浪，震撼了岳阳古城。我想渡过浩瀚的湖面，却苦于没有舟船（就像有志报国，却无人援引）。人说道，太平之世安居无成是耻辱，（可这是否个人的原因？）望着湖边垂钓人，我不由想起那句古训："与其临渊求鱼，不如归家结网。"（张大人啊，您如想网罗贤才，何不先礼贤下士？）

【赏析】

皮日休《郢州孟亭记》论浩然诗云"大得建安体……涵涵然有干霄之兴"。这与后人的评价颇不一。本诗可有助于对皮说的理解。

赋咏奉赠类诗，一要讲究所赋与所赠二者浑成无间，二要讲究得体有节，委婉有含。

尾联是主旨所在，历来所解多未得其义。故全诗之意亦未能畅。一般只以注⑦所引"临河"二句注释，而以垂钓者为张丞相，羡鱼者为自己，意谓己不为当路所用，自当归隐。但如此说上下句难以畅通。今联系"临河"二句之上"一目之罗，不可以得鸟；无饵之钓，不可以得鱼；遇士无礼，不可以得贤"，便知二句意谓：因看那河边钓翁，空有羡鱼之情，却未知结网设饵，使鱼来至。从而婉讽张丞相未能以礼待士，致使我辈贤者抱恨而去，同时亦暗寓希望援引之意。牢骚话以典实出之，雅驯中见不平意态，既自见身份，又为张丞相留下余地，不亢不卑，是谓得体。诗以洞庭景物起，以水边垂钓结，中以"欲济"过渡，又使赋咏与投赠联为一体，是谓无间。

由此返观前四句景物：八月洞庭包容元气，混和太空，蒸云梦，撼岳阳的浩瀚激荡景象，正是诗人自负而不平心态之写照，可称兴象风骨兼备。

说孟诗清淡不为错，但他清淡中常挟萧散狷介之气，本诗可称"偶尔露峥嵘"，现在，您对皮日休说是否有所体会呢？

与诸子登岘山①

孟浩然

人事有代谢，往来成古今②。江山留胜迹③，我辈复登临。

水落鱼梁浅④，天寒梦泽深⑤。羊公碑尚在，读罢泪沾襟。

【注释】

① 诸子：指在座友朋。岘山：岘首山，在襄阳县南。　② "人事"二句：西晋名将羊祜镇守荆襄，常登此山宴饮吟诗，曾语同游者，"自有宇宙，便有此山，由来贤者胜士，登此远望如我与卿者多矣，皆湮灭无闻，使人伤悲！"祜在荆襄多德政，及卒，襄阳百姓于岘山立碑纪念之，见者堕泪，杜预继任，名之曰"堕泪碑"。这两句因羊祜之言行而感兴。③ 胜迹：名胜古迹。胜，美。　④ 水落：连下句"天寒"，知登山在深秋。鱼梁：鱼梁洲，在襄阳附近沔水渡口，汉代庞德公隐居于此。　⑤ 梦泽：参上诗注④。

【语译】

人生百事，都逃不了个新陈代谢；去者已去，来者复来，演成了古往今来。江之山上，还留存着前贤往哲的胜迹；我们后辈数人，今又到此登临。水落石出，庞德公隐居过的鱼梁川历历在目；天时寒冷，云梦古泽更显得分外深沉。那块千古流芳的羊公堕泪碑依然屹立，读罢了碑文，不由得泪湿衣襟。

【赏析】

襄阳名士辈出，今尚存《襄阳耆旧录》，而羊祜是襄阳名士中尤其耐人寻味的一位。晋代玄学兴盛，名士多崇虚玄之谈，略当世之务，而羊祜虽擅玄理，却在襄阳为民造福，不仅名重一时，而且流芳千古。这是浩然对他尤其心仪的原因。本诗即因登岘山见羊公碑有感而作。

羊祜当年与诸子登岘山感叹："自有宇宙，便有此山，由来贤者胜士，登此远望如我与卿者多矣，皆湮灭无闻，使人伤悲！"今日浩然与诸子复登岘山，很自然地想起羊祜之言而俯仰宇宙，感慨万千。本诗前四句的佳处是四句一气赶下，而以"我辈"勾连古往，将羊祜当年语意与诗人此番登岘融合一体，于是古今人事，我之与彼就有一种"不知庄周之为蝴蝶，蝴蝶之为庄周"之感。

"水落鱼梁浅，天寒梦泽深"，是登临所见，自然也注入了诗人上述心理因素：渡口的鱼梁州是近景，秋冬之际，水落石出而浅露；更向远眺，千里云梦，在寒天中则显得如此地深不可测，迷迷茫茫。这景象仿佛在指证着羊祜之言的深刻。世上万事，眼前的似乎都清晰可辨，而岁月流逝，今之人视古之事，岂非都是迷迷茫茫，不可究诘的吗？今之我辈登岘见羊公堕泪碑已有"人事代谢，往来古今"之感，那么后人复视今日之我辈——远不可与羊公相比的我辈，又将如何？思此，诗人不禁边读碑文，边泪下而沾衣襟……可见"水落""天寒"一联在全诗居于枢纽地位，它因上四句的感慨而生，而又补充说明登山的时令，并深化了前四句的意思，妙在不落言诠，情隐于景。其中"鱼梁"与"梦泽"、"浅"与"深"之对尤堪玩味。"鱼梁洲"是庞德公隐所，因此著名，然相对于"梦泽"之广大久远，岂非"浅""深"不可同日语，而使人油然而生似"梦"之感乎？浩然时在隐中，但如所有盛唐才士一般，以隐居为出仕准备，但是否真能如羊祜之既风流玄远又建功天下，却是疑问，我想他的"泪沾襟"，也许更含这一层感触吧！

宴梅道士山房①

孟浩然

林卧愁春尽，搴帷览物华②。忽逢青鸟使③，邀入赤松家④。金灶初开火⑤，仙桃正发花⑥。童颜若可驻，何惜醉流霞⑦。

【注释】

① 此诗本集题作《清明日宴梅道士山房》，近是。见注⑤。梅道士：孟集中尚有《梅道士水亭》《寻梅道士张逸人》诗，后诗称"我来从所好，停策汉阴多"。襄阳西有汉阴亭，沔水北径此。又云"崔徐迹未朽，千载挹清波"。崔、徐为崔州平、徐元直，均为襄阳耆旧。因知梅道士为浩然家乡友朋。　②"林卧"二句：暗用谢灵运《登池上楼》"徇禄返穷海，卧病对空林……衾枕昧节候，搴开暂窥临"句意。林卧：卧病林下。搴（qiān）：掀揭。物华：美好的自然景物。　③ 青鸟使：《汉武故事》记七月七日中午，武帝于承华殿见有青鸟西来，问东方朔，答曰，西王母黄昏必降临。至时果然来至，"有二青鸟如鸾，夹侍王母旁"。后以青鸟为仙人或道流使者。　④ 赤松：仙人赤松子，代指梅道士。　⑤ 金灶：道家炼金丹的炉灶。一本即作"丹灶"。江淹《别赋》："守丹灶而不顾，炼金鼎而方坚。"初开火：清明前三日为寒食。节俗熄火冷食，清明重举火。因疑题有"清明日"为是。　⑥ 仙桃：《汉武内传》"王母仙桃三千年一开花，三千年一生实"。这里指道士山房旁桃花。正发花：参"赏析"。　⑦"童颜"二句：流霞为仙酒名，饮之可以长生，故云云，此代指梅道士之酒。王充《论衡·道虚》："（项）曼都曰：'口饥欲食，仙人辄饮我以流霞一杯，每饮一杯，数月不饥。'"流霞为红色流云，流霞酒当色红如霞。

【语译】

高卧林下，也不由得为春光将去而愁怅；掀开了窗帷，再看一看明媚的景色物华。忽见青鸟使者来传话，邀我来到仙人赤松子的家。烹炼金丹的炉灶才升起了火，山中的仙桃却正在开花。如果仙家真能使人常葆青春容华，真不妨拼了一醉，痛饮那玉液琼浆。

【赏析】

本诗虽如注②所云暗用谢灵运《登池上楼》句意，但情致颇有不同。谢诗主要抒发仕途多舛之牢愁，而孟诗则表现出一段活泼泼的情趣。诗题"山房"，是了解一篇意旨的关键，山中春晚，当平地上春意阑珊之时，山中之春方盛甚至方始，故白居易《大林寺桃花》云"人间四月芳菲尽，山寺桃花始盛开"。诗人正是抓住了这一自然现象，在看似平常的词句中翻出新意。首句"愁春尽"的"愁"，是一种陪衬，至篇末"童颜若可驻，何惜醉流霞"，已是意兴正酣，喜气洋洋了。何以有此转变，自然是山中那初火的金灶，那始花的仙桃，当然，从"忽逢"中，还可体味，尚有那如春意般的友情。在大地春去之时，山中一隅晚来的春景使诗人由"愁"中振奋，可见那愁春，其实是惜春，想更多更长地留住春光。于是可悟诗人虽为隐士，却对生活，对美好的事物尤其心向。这是浩然与一般隐者的不同处，孟诗最近陶潜，不仅因句尚清淡，更因为胸中这段朴茂的情趣。此诗不妨与其《春晓》并读，可以相互启发。

春眠不觉晓，处处闻啼鸟。
夜来风雨声，花落知多少！

岁暮归南山①

孟浩然

北阙休上书②，南山归敝庐③。不才明主弃，多病故人疏④。白发催年老⑤，青阳逼岁除⑥。永怀愁不寐，松月夜窗虚。

【注释】

① 浩然长安求仕无成归山所作，约当开元二十年(七三二)前后。南山：襄阳城南之岘山。　② 北阙：谒见皇帝的宫阙。《汉书·高帝纪》颜师古注："尚书奏事，谒见之徒，皆诣北阙。"为未央宫的一部分。后世用为典实。阙：宫观前立双柱称阙，代指宫殿。上书：上献文书向帝王或官长表达意见以求仕。　③ 敝庐：破屋，指贫穷。　④ 疏：疏远。⑤ 催：与下句的"逼"，都是心理感觉。　⑥ 青阳：《尔雅·释天》"春为青阳"。

【语译】

再不要，上书自荐到宫阙；归去啊，回到了南山之下，我那破旧的家屋。才能不济，理当为圣明的君主抛弃；身体多病，连老朋友也自然将我远疏。星星白发，已在提醒我年岁将老；将至的春光，更已逼近了今年的除夕岁末。长愁萦怀，又怎能安睡入眠；渐见那松间的明月，照着夜窗——一片惨白，一片空虚。

【赏析】

五代王定保《唐摭言》卷十一记："襄阳诗人孟浩然，开元中，颇为王右丞(维)所知……维待诏金銮殿。一日，召之商较风雅(指诗)。忽遇上幸维所，浩然错愕伏床下，维不敢隐，因之奏闻。上欣然曰：'朕素闻其人。'因得诏见。上曰：'卿将得诗来耶？'浩然奏曰：'臣偶不赍所业。'上即命吟，浩然奉诏，拜舞念诗曰：'北阙休上书……'上闻之怃然曰：'朕未曾弃人，自是卿不求进，奈何反有此作？'因命放归南山，终身不仕。"按此事虽不可信(浩然去京在开元十八年，时王维隐淇上)，但足见本诗影响，因为它道出了才俊寒士的心声。

《战国策·秦策》曾记，苏秦说秦王，书十上而不行，"黑貂之裘敝，黄金百斤尽"，铩羽而归。《列女传·陶答子妻》记陶妻劝夫隐遁远害时说过一个寓言："妾闻南山有玄豹，雾雨七日而不下食者，何也？欲以泽其毛而成文章也，故藏而远害。"首联暗用这两个典故，而"休"字之决绝，"归"字之无奈，更将诗人京华梦散、怏怏而归的悲愤写了出来。但这悲愤不仅是感伤，首联颠倒造句法以"北

192

阙""南山"并起,"阙""山"之高峻,"北""南"之广远,其字面意义更使人感到这"休""归"的悲愤中有一种"浩然"的大气,孤介的意慨。

颔联承上,正反相形,挑明原因。"不才"当然为"明主"所弃,但如果是"英才",那么其主是"明"还是"暗"呢?而浩然对自己为英才自然深信不疑,可见上句是反话。"多病"而为故人疏,这故人本已不该,更何况古人常以"贫"与"病"相谐。《庄子》载,子路高车驷马访贫士原宪,说:"先生病也!"原宪答道:"宪闻无财之谓贫,学而不能行谓之病。今宪贫也,非病也。"可知下句是正说而暗用此典,谓己贫而非病,故人何以太势利而不为援手呢!于天子不便直言故反说,于友人则无顾忌故正说,一反一正,怨愤狷介之慨,浮现于字里行间。

然而,怨愤又能如何?眼见得白发早现,预警着老之将至;春光早泄,催迫着旧年逝去:这怎不使诗人感到紧迫、悲伤呢!颈联上下句词序相同,但上句是顺"催",是实感;下句是逆"逼",是敏感,这对流式的真真幻幻的愁思,熬煎着诗人,使他长夜不眠,对着度松映窗的明月,油然而起迷迷惘惘的空"虚"之感。"虚"字是诗眼,写尽了诗人希望后的失望,怨愤后的无奈。这正是盛唐才士,面对看来比过去广阔的仕路乘兴而来,而终于败兴而归后的普遍心态。

过故人庄①

孟浩然

故人具鸡黍②,邀我至田家。绿树村边合③,青山郭外斜④。开轩面场圃⑤,把酒话桑麻⑥。待到重阳日⑦,还来就菊花⑧。

【注释】

① 故人:老友。　② 鸡黍:农家盛情待客的饭菜。《论语·微子》记荷蓧丈人"止子路宿,杀鸡为黍而食之"。黍:黄黏米。　③ 合:环合。　④ 郭:外城。斜:迤逦远展貌。⑤ 轩:这里指窗。场圃:场为打谷场,圃为菜园,合指庄院。　⑥ 桑麻:指农家事。⑦ 重阳:九月初九重阳节,古人以九为阳数,因称九月九日为重阳。　⑧ 就菊花:古俗重阳日饮菊花酒。《西京杂记》:"菊花舒时,并采茎叶,杂黍米酿之,至来年九月九日始熟,就饮焉,故谓之菊花酒。"就菊花,意指重来欢饮。

【语译】

老朋友宰了鸡儿又煮黄米饭,邀我作客到田庄。翠绿的树林将村庄环抱,城外的青山掩映,一脉迤逦横斜。推开了长窗,正对着宽阔的场院;我们把杯对饮,唠一唠农户的家常。待到九月九日佳节重阳,我一定再来,将你新酿的菊花酒儿品尝。

【赏析】

这是件人人都可遇的生活琐事,但其中朴茂渊永的情趣,却非诗人不能写出。

鸡黍是平常之物，田舍是平常之所，然而故人来邀却别有情趣，诗人则带着真诚的喜悦一路行来，望中所见，山树无染，一片青绿，远近相映，清新怡人。这清澄的自然景色，进一步淘洗了诗人的真朴情愫，使他的盎漾情兴益发不可掩抑。因此进得屋来，他要开轩面场圃，继续呼吸田野清新的空气，并与故人一起，借着村酿的助力，兴致勃勃地谈起了有关生计的桑麻之事。这种由醇厚的情意而生发的勃勃意趣，使诗人深感欢会的短暂，于是又与主人相约，等重九日菊花盛开时再来就饮。诗至此，已不复知是酒之醉人，抑是情之醉人。纪昀评王孟诗品有云："王清而远，孟清而切。学王不成，流为空腔；学孟不成，流于浅语。"（《瀛奎律髓汇评》引）切而能清，实由于情兴朴茂。

诗至切近，则易滞着色相，流于琐碎；诗情朴茂，又易冲涌而出，流于粗率。中唐时姚合、白居易分别常有此二病，然孟诗却能化实为虚，借助切而不滞的诗歌形象，将朴茂之情化为悠远的意韵，纪昀以"切""远"相对，似未为笃论。本诗并不缕述田庄风情，而只以淡笔轻染，在应邀的过程中传送出恬淡神韵。如"绿树村边合"隐见绿树环合中的庄院，显示出一种静谧之美；"青山郭外斜"则借助远景中的一脉青山，用"斜"字从广度将景物引展开去，静谧中顿显开阔清旷。故读孟诗如品清茗，入口平和，而细味之，则方觉味外之味无尽。

孟诗以"自然冲和"胜，但自然并非不加思索，孟诗的自然浑融中实具草蛇灰线的结构之妙。此诗题为"过"，即访，却由访前之"邀"领起，由邀而行，由行而至，迤逦写来，落到访友把酒，衍为访后相约，这"访"虽写得极简，却因访前所感所见而意兴勃发，又因访后相约而余音绕梁。一个"就"字遥应起笔"邀"字，由被动而"至"，到主动来"就"，因而把"访"故人之情升华为旷放的野人之兴。其他如"绿"浓"青"淡之分状远树近山，"斜"字应"合"之深得画理，"酒"字下探引出"菊花"，均见提炼之功。而由提炼返之自然，则是王孟诗派的极诣。

秦中寄远上人[①]

孟浩然

一丘常欲卧[②]，三径苦无资[③]。北土非吾愿[④]，东林怀我师[⑤]。黄金燃桂尽[⑥]，壮志逐年衰[⑦]。日夕凉风至，闻蝉但益悲[⑧]。

【注释】

① 浩然开元十六年（七二八）至十八年初求仕长安无成时所作。秦中：长安为故秦咸阳所在地，因称长安一带为秦中。远上人：法名为远的和尚。上人，对大德僧人的敬称。一本"秦中"下有"感秋"二字，从七八句观之，当是。又唐殷璠《河岳英灵集》录此诗为崔

国辅诗。　②一丘：代指山林隐居。《汉书·叙传》："栖迟于一丘，则天下不易其乐。"　③三径：西汉蒋诩，因王莽专权，辞官隐居乡里，于院中辟三径，唯与求仲、羊仲来往。《三辅决录·逃名》)后用为闲居之典。陶渊明《归去来辞》："三径就荒，松菊犹存。"　④"北土"句：谓长安求仕非自己本愿。　⑤东林：晋高僧慧远先于庐山西林寺传道，太元九年刺史桓尹为建东林精舍。此以远上人法名与慧远同，而用此典。　⑥"黄金"句：《战国策·秦策》，"苏秦说秦王，书十上而说不行，黑貂之裘敝，黄金百斤尽"。又，《楚策》："楚国之食贵于玉，薪贵于桂，谒者难得见如鬼，王难得见如帝（天帝）；今臣食玉炊桂，因鬼见帝其可得乎！"此合用二典，谓资用罄尽而求仕无成。　⑦逐年：一年接一年。　⑧"日夕"二句：《礼记·月令》"孟秋之月，凉风至，白露降，寒蝉鸣"。益：增。

【语译】

我初心常愿隐居在林丘，却苦于连一点菲薄的衣食之源也没有。北上求官，本不是我的本意，身在长安啊，却长想着东林寺中方外的师友。囊中的旅资，已为京都昂贵的物价耗尽；胸中的壮志，更被流逝的年华带走。夕阳西下时，一阵凉风忽地吹起，送来了，居高饮洁的蝉儿苦吟——更添了，我同病相怜的悲愁。

【赏析】

读本诗，最宜细玩"东林怀我师"在全篇中的位置。寄赠诗的常法是起句或起联先写时令景物，触物伤情，对句或二联首句即入题点出所赠之人，然而本诗一反常格，至第四句"东林怀我师"始点出所赠对象，这是用章法变化来传达诗势、突出主旨的一个范例。

浩然此诗，寄赠是表，抒发不遇之感是实，起联先用汉代二典说明栖隐是"我"素志，而苦于生生所资匮乏，逼出二联首句"北土非吾愿"——北上求仕非我本愿。按一般的写法，以下应接写北上后"黄金燃桂尽，壮志逐年衰"的不得志，但浩然却插入"东林怀我师"一句，这不仅使怀想远上人超越于一般的友朋思念而带上极深沉的人生空幻（远上人是空门之人）感慨，而且使北上情事不平铺直叙。这在诗法上称为顿束收放之法。请再诵读一遍本诗，你必会感到正因为"东林怀我师"作一收顿，以下"黄金""壮志"一联方有浩荡不尽之感，也正因有此浩然一叹，尾联之秋风蝉声，更有凄凄不尽之感。

全诗走势可用江河流水作比方，起笔回溯素志，如江河从源头远远奔来，"北土""东林"一联，如水遇束峡，水势受阻，激浪腾起，由此一阻，"黄金""燃桂"一联便如出峡之水茫茫荡荡，终于流入了湖海，渟蕴为尾联的渊然冷冽。作诗、读诗如只从词句着眼，终是皮相，能把握诗脉，体味诗势方能登堂入室。

宿桐庐江寄广陵旧游①

孟浩然

山暝听猿愁②，沧江急夜流③。风鸣两岸叶④，月照一孤舟。

建德非吾土⑤，维扬忆旧游⑥。还将两行泪，遥寄海西头⑦。

【注释】

① 浩然开元十八年(七三〇)求仕无成，去京南游，自洛之越，夜宿桐庐江上所作。桐庐江：在今浙江桐庐，为新安江支流。旧游：故交。浩然入京前曾一度游广陵，即今江苏扬州。　② 暝：暮色。　③ 沧江：清沧的江水。　④ 鸣：风使叶鸣。　⑤ 建德：今浙江建德，桐庐江流经建德。非吾土：三国魏王粲《登楼赋》"虽信美非吾土兮"。　⑥ 维扬：扬州。《尚书·禹贡》"淮海惟扬州"，惟通维，因称扬州为维扬。　⑦ 海西头：扬州近东海西。隋炀帝《泛龙舟》："借问扬州在何处？淮南江北海西头。"

【语译】

山色昏暝，岭头的猿猴阵阵悲鸣；青苍色的桐庐江水奔流，挟着猿声，流入了夜的深沉。江风吹动，两岸的树叶飒飒作响；明月升起，照耀着我的一叶孤舟。将往的建德，并非我故乡襄阳；连你们，我扬州共游的旧友，也只能遥念悲愁。没奈何啊，只能将两行流注的清泪，远寄你们——淮南江北海西头。

【赏析】

本诗发调警挺，直接由景语起。由江外之山暝猿愁，到江流之夜逝湍急，到近舟江岸之木叶萧瑟，由远到近，而萃集到皓月朗照下的一叶孤舟，至此方点题宿江，于旅况萧瑟中呈现出孤清不群的意态，并顺势一笔荡开，抒写情意："建德非吾土，维扬忆旧游"二句分点题面"桐庐江"与"广陵旧游"。然而维扬其实亦非诗人故土，则二句不仅曲折以见维扬旧友亲如乡亲之意，亦微见其乡思浩荡，故自然生出"还将两行泪，遥寄海西头"之奇想。这悲思到底是忆故人，思乡土，还是别有所寄，读者尽可见仁见智，然而如果联系其出京时"不才明主弃，多病故人疏"的吟唱，则不难想见其中所蕴含的不得志的牢愁。

本诗结构亦甚有匠心，末联"泪"字上应首句"愁"字，"海"字上应二句"江"字，由江而海，由愁而泪，针法甚密，唯因中片"月照一孤舟"一收，由景入情，"建德非吾土，维扬忆旧游"更作一荡，遂使全篇化密为疏，有跌宕起伏、鼓舞气势之感。

牢愁是唐诗中常见的意绪，然而开元中，诗人的牢愁均带有一种英特发越之气，与天宝后杜甫式的沉郁、王维式的幽冷不同。这种英越与不平之气的结合是开元诗人的一种时代精神，唯因其有英越之气，故能使其提炼主于境界而去初唐之繁芜，布局任气势而使针脚泯灭。所谓"浑成秀朗"的盛唐诗，实是其时代精神与对诗法遗产继承二者结合的产物。本诗即是一例。明于此，对殷璠评孟浩然诗"文彩丰茸，经纬绵密"二语，就不会感到难以理解了。

留别王维①

孟浩然

寂寂竟何待②,朝朝空自归。欲寻芳草去③,惜与故人违④。当路谁相假⑤,知音世所稀⑥。只应守寂寞⑦,还掩故园扉⑧。

【注释】

① 浩然长安求仕无成归山时所作。当开元十八年(七三〇)时,王维闲居长安,有《送孟六归襄阳诗》(浩然排行六)。 ② 寂寂:冷落索寞貌。左思《咏史》:"寂寂扬子宅,门无卿相舆。" ③ "欲寻"句:意谓打算归隐。古人常以芳草白云喻隐居。 ④ 故人:老友,指王维。 ⑤ 当路:掌权要者。《孟子·公孙丑上》:"夫子当路于齐。"假:凭借。 ⑥ 知音:知己者,见卷一王维《送綦毋潜落第归乡》注⑭。 ⑦ 守寂寞:守默处常,清净无为。《庄子·天道》:"夫虚静恬淡,寂漠无为者,万物之本也。"寞,通漠。 ⑧ 扉:门。

【语译】

寂寞潦倒,我到底在企盼着什么?天天出门奔走,日日一无所获独自归。我真想长住山林,去寻觅那幽幽芳草;可总又惋惜,不忍与老朋友你从此分离。然而当权者又有谁,能为我援引;知音难得啊,在这人间世,本来就不多见。看来,我命中注定要一辈子默默守常;不如归去,与世隔绝——掩上那故园的门扉。

【赏析】

本诗与《岁暮归南山》同时稍前作,而较《秦中寄远上人》略晚。在章法上则与《秦中》诗相类,在第四句点出留赠对象,起顿束收合之功,读了前诗自可明了本诗脉络,不赘述。

这诗的又一佳处是以极平易的语言,抓住去留之际的矛盾心理,写出了极复杂的感情层次。首联因果倒装,本是因"朝朝空自归"而有"寂寂竟何待"之感。今以"寂寂"句领起,反问式顿然加强了诗人当时的茫然之感;二句承上,"朝朝"奔波,见出诗人求仕本心切,但继以"空"字回应"寂寂",使全诗一开始就有一种空茫不知去从的况味。因此颔联顺势而言欲回故山与芳草为伴,然而又引起了另一重矛盾——"惜与故人违",唯其去意已决,方更见得对故人的依恋之深。尽管如此,诗人最后还是无奈地说道"只应守寂寞,还掩故园扉"——决定归去。其原因何在呢?原来正在于颈联所说的"当路谁相假,知音世所稀"。这一联是名句,诗人既以工整而交流式的对句概括了官场的现实,更将它安置在欲去不忍,最后又不得不去的矛盾之中,从而使它的内涵更为怵目惊心。反过来看,全诗便以这联警句为中心,先用仕途的失望反衬了友情的可贵,又以友情之可贵进一步反衬出对仕途的深重失望。可见,所谓警句,既在于其本身的内涵与形式的完美结合,又在于它在全篇的位置安排,因为诗是一个整体。

早寒有怀①

孟浩然

木落雁南渡,北风江上寒②。我家襄水曲③,遥隔楚云端④。乡泪客中尽,孤帆天际看⑤。迷津欲有问⑥,平海夕漫漫⑦。

【注释】

① 浩然开元中求仕长安后游吴下越时所作。参前三诗。　② "木落"二句:汉武帝《秋风辞》"秋风起兮白云飞,草木黄落兮雁南归"。　③ 襄水曲:浩然襄阳人,在襄水之北。襄水,指汉水流经襄阳一段。曲:水隈,汉水经襄阳处水流曲折,故云。　④ "遥隔"句:诗人在吴越,襄阳属古楚之地,故云云。　⑤ 天际:天边。南齐谢朓《之宣城郡出新林浦向板桥》:"天际识归舟。"　⑥ "迷津"句:津,渡口。《论语·微子》记孔子使子路向隐者长沮、桀溺问津,二人答言,天下滔滔,舍此适彼,实为徒劳,不若避世而居。意思是讥讽孔子看若知津,实为迷津者。后世便以迷津为茫然不知所之。　⑦ 平海:江水广阔似海。唐诗中常以海指江汉水面空阔处。

【语译】

树叶黄落了,北雁也纷纷南飞;初度的北风吹过,江面上分外地寒冽。我的家园就在那襄水隈,江上遥望啊,远隔在楚天长云那另一端。思乡的泪水,客居中已经流尽;我孤帆一片,向杳远的天际遥看。我希望能打听一下究竟何处是渡头,然而唯见那,江水浩淼,流入了黄昏无边的暗——人生的渡头,又在何处呢?

【赏析】

时节转换,最易逗引起游子乡思的情怀。更何况,当时的孟浩然京华求仕铩羽而去,孤身南下,浪迹江上,他不仅感到寒心,更感到前途茫茫。于是秋来初度的凉冷,并没使他感到溽暑顿去,神清气爽。他的心绪投射在早秋的风物上,一切都显得那样寒冽,那样迷惘,从而自己,又显得那样的孤独。

"孤帆天际看"一句素来有歧解,是浩然望着江中一叶孤舟消失于天际呢,还是诗人自己在孤舟上远望天际呢?由于近体诗句式的限制,此句两种理解都可以讲通;但若就此句在全诗的位置推敲,我更倾向于后解。第三联在律诗中一般起转接的作用,诗以秋雁南飞而发兴,因生江上风寒之感。二联即承上句"江上",诗思似溯江而上想起了襄水曲的家山。三联上句"乡泪客中尽"承上而将远飏的诗思收回到即时即地,下句"孤帆天际看",又远飏开去。飏向何处呢?四联"迷津"指示了方向。孔子使子路问津,是问前程何处。因可知"孤帆天际看"是"孤帆看天际"之倒装。此联上句收束前四句,下句启引第四联,意谓:由孤舟溯望家乡,似在云端而不能归去;而遥望前路,平海漫漫,杳不知渡头何所,去向何处。如此理解,方切合游吴下越之情景。

理解了这关键句,再读全诗便觉分外有味。一、三两联是写即时即地情景,

二、四两联是写远望情景，但诗意却层递展开，收放之际，转转入深。西望家乡是一重悲，东望前路是又一重悲，而后一重悲，又从前一层生出。触景而生的凄楚乡情，通过第三联的转折衍为浩浩不尽的迷惘——对人生前路的迷惘。

秋日登吴公台上寺远眺[①]

刘长卿

古台摇落后[②]，秋入望乡心。野寺来人少，云峰隔水深[③]。夕阳依旧垒[④]，寒磬满空林[⑤]。惆怅南朝事[⑥]，长江独至今。

【注释】

① 本集题下原注："寺即陈将吴明彻战场。"吴公台在今江苏江都城外。原为刘宋沈庆之攻竟陵王刘诞时所筑，名鸡台。后吴明彻围北齐于江都，增筑以射城内，因名吴公台。大历间刘长卿任转运判官，驻扬州，诗作于此时。　② 摇落：宋玉《九辩》"萧瑟兮草木摇落而变衰"。　③ 云峰：云雾缭绕的山峰。　④ 旧垒：即指吴公台。　⑤ 寒磬：磬为玉石制曲尺形打击乐器，佛寺中例用于诵经时，亦以报时。秋日之磬声，故称寒磬。空林：草木摇落，林间更见空寂。　⑥ 南朝：南北朝时，南方宋齐梁陈四朝总称南朝。按吴明彻是陈宣帝时名将，陈伐北齐，他率诸军攻克淮南江北一带。后与北周作战，兵败被俘，忧愤以亡。其事为南朝一缩影。

【语译】

吴公古弩台已经圮落，经历了人世三百余年沧桑；秋天里，登台望，空添望乡之心知多少。山野里古寺寂寥，人迹复寥寥；隔江的峰顶上云气缭绕，显得更深更遥。夕阳西下，返照从古垒壁上渐下渐消；寺磬晚敲，那带着秋气的清音，弥漫在黄叶落尽的枝头林梢。六朝繁华，至今向何处？望着那终古奔腾的长江水啊，怎不感到惆怅空茫。

【赏析】

本诗作意见于首尾二联，都有些费解。起联是写秋日登眺，秋风引起望乡之心；而尾联则已转化为望江而叹六朝兴废。两者之间是否缺乏必要的连贯性呢？其实不然。人在失意之时乡思尤其浓重，而长卿当时正处于这种心态之下。上元元年春，长卿由苏州长洲尉贬南荒之地潘州南巴尉，次年遇赦北还，游于江南一带。至大历五、六年（七七〇—七七一）间方任转运判官，二三年后即为观察使吴仲孺诬陷，贬睦州司马。本诗正作于两次贬谪之间，故望乡心的背后，蕴有深重的人生感伤，而摇落秋气，荒寂古迹，滔滔江流，无不撩拨着诗人心中的悲弦。于是他便由一己的感伤化为对人间沧桑的感喟——六朝繁华如此都已如水东流，那么一己的浮沉，还不就像那江流中的一朵泡沫嘛。这种心绪的变化，其实已隐隐透现于颔、颈二联之中了。

199

领联"野寺来人少"承首联"望乡心",更见荒凉寂寞之意,而对江的青山重重在云遮雾绕中似乎深远不可端倪,尤其使人迷惘。颈联更承迷惘之意,以两组意象作对比:记存着吴公勋业的往日战垒已经破败,一抹斜阳依依,仿佛是即将消失的忆念;唯有佛寺的磬声,那表示永恒的空无的磬声,充满了叶落枝干的空寂秋树林。"寒磬满空林"的"满"字是神来之笔,磬声既寒,则虽宏亮,虽充满,却反显得一片空无;而这空无,永恒的空无,相对于人间纷争的遗迹——夕阳旧垒,却又是永恒的充实。此情此景,怎不使诗人油然而生尾联的感慨呢?

清贺贻孙《诗筏》评云:"刘长卿诗能以苍秀接盛唐之绪,亦未免以新隽开中晚之风。"读本诗,特别是"夕阳依古垒,寒磬满空林"一联,当有助于对长卿苍秀中见新隽的总体风格的理解。

送李中丞归汉阳别业[①]

刘长卿

流落征南将,曾驱十万师[②]。罢归无旧业[③],老去恋明时[④]。独立三边静[⑤],轻生一剑知[⑥]。茫茫江汉上[⑦],日暮欲何之[⑧]。

【注释】

① 李中丞:名不详,唐时镇将常加御史中丞、御史大夫衔,例以此敬称之。中丞是御史台副官。汉阳:唐有汉阳县,属鄂州。在今湖北汉阳,因在汉水之北而得名,山南水北为阳。此处汉阳未必为县名,也可泛指汉北。按刘长卿于代宗大历间为鄂岳转运判官,知淮西、岳鄂转运留后。本诗当为此期所作。 ② 师:军队。 ③ 罢归:罢职归家。旧业:故乡的田园庐舍。 ④ 明时:太平时代。 ⑤ 三边:原指幽、并、凉三州为三边,后泛指边疆。静:靖定之意。 ⑥ 轻身:此处意谓为报国而不惜生命。 ⑦ 江汉:汉阳在长江汉水交汇处。 ⑧ 日暮:兼含途穷之义。之:往。

【语译】

江湖流落啊,您,南征的将军,指挥过十万雄师。今日罢官归去,旧业无存;却还是,老去无悔,惦念着这圣王清明之世。想当初,您独立雄峙,使边境的烽火平息;您一心报国,不顾安危,忠心义胆,唯有那柄佩剑相知。悬想您回到那江汉之交的别业,夕阳西下,水天茫茫——暮色中,您必在那里彷徨踟蹰。

【赏析】

这诗如果是庸手写来,大约会这样安排结构:"流落征南将,曾驱十万师。独立三边静,轻生一剑知。罢归无旧业,老去恋明时。茫茫江汉上,日暮欲何之。"(当然平仄要重新协调)前半写过去勋迹,后半写今日落寞,顺则顺矣,但通篇也就平庸无奇。现在刘长卿将昔日与今日交叉写来,便迥然不同,精神立现。这样安排,全诗在高亢——低回——高亢——低回的节奏变化中,以"流落"总领,形成两重递进的对照。"流落征南将，曾驱十万师"与"罢归无旧业，老去恋明时"，侧重于外在遭际的前后鲜明对照。"独立三边静，轻生一剑知"，承"恋明时"而来，又起波澜，进而刻画李中丞内在精神与由此而焕发的风威，遂与尾联江汉日暮中他隐在的凄凉心境形成进一步对照，从而完成了他悲剧形象的塑造，读来有无比凄怆之感。

长卿当时处于两次贬谪之中，不无自己的感情共鸣，种种悲愤不便显言，故借送别唱叹出之，其蕴藉含茹处，最见个性风格。

饯别王十一南游[①]

刘长卿

望君烟水阔[②]，挥手泪沾巾。飞鸟没何处[③]？青山空向人[④]。长江一帆远，落日五湖春[⑤]。谁见汀洲上，相思愁白蘋[⑥]。

【注释】

① 从诗题与"长江""五湖"可知是在北方送人游吴中。长卿幼居长安，少年读书于嵩山，天宝中进士及第后为朝官至监察御史，至德三载（七五八）摄海监令（属苏州）。此后一直游宦南方，时迁ος贬。因此本诗或为至德三载前所作。饯别：置酒食以送别。王十一：王姓，行十一，名未详。　② 烟水：水汽如烟的江河水。　③ 飞鸟：以飞鸟兴比远行人。　④ 空：枉自。　⑤ 五湖：太湖及附近之长荡湖、射湖、贵湖、滆湖并称五湖。一说太湖即为五湖。均指吴地。　⑥ "谁见"二句：梁柳恽《江南曲》，"汀洲采白蘋，落日江南春。洞庭有归客，潇湘逢故人。故人何不返，春花复应晚。不道新知乐，只言行路远"。后世遂以汀洲白蘋喻远道相思。汀，水中小洲。白蘋，浮生水草，即马尿花，白色。

【语译】

从今后，我只能隔着茫茫烟水将您伫望；挥手告别啊，今日里，手巾儿，已沾透了我泪水汪汪。空中的飞鸟，究竟归向何处？两岸的青山啊，徒然与我相望。长江载送着您，一片孤帆远去；迎接您的啊，将有夕照之下五湖的春光。又有谁看得见，那江心的小洲上——您的愁思，就似那水中漂浮的白蘋（，数也数不清）。

【赏析】

起联甚佳，"望君烟水阔"，先以"望"字领脉，铺展开水天茫茫的空阔景象，隐含着诗人当时无际的空茫愁思，再回落到"饯别"时"挥手泪沾巾"的情境上，形成一个跌宕，如先写"挥手泪沾巾"，便大为减色。以下二联全从即地而"望"生发，近处飞鸟渐没，不知所之，青山延展，默默伴送，似乎都感染了离人的愁绪，然而"没何处""空向人"，它们也似那友人与诗人一般，一个去也无定处，一个留也留不住。因山及水，想象中长江一带，孤帆一点，将诗人的愁绪越引越远，引向那吞吐着血红的落日的太湖碧波上。尾联素来有歧解，"谁见汀洲上，相思愁白蘋",是诗人在汀洲采蘋寄思呢,还是友人如此呢?我认为这是诗人悬想友人到江南后思念北方故人情景。因为从柳恽《江南曲》起,"汀洲白蘋"已用为江南思故人的典实。长卿在这里用透过一层写法,从悬想故人思我情状,来进一步写出我思故人的心曲,从而既申足了"望"字,更使全诗恻侧低回,婉转有含。

"长江一帆远,落日五湖春"是名联,构图原理颇似王维名句"渡头余落日,墟里上孤烟""大漠孤烟直,长河落日圆",都以线面结合构成立体化的图景。可以见出钱(钱起)、刘(刘长卿)一路诗人与王维的传承关系。然而承中有变,变得更为细腻。"落日五湖春",显从柳恽"落日江南春"蜕出,但易"江南"为"五湖"更有苍茫之感,而碧波红日之色彩配合也更为新鲜。同时因本句而带出尾联汀洲白蘋,关合柳恽原句"汀洲采白蘋",可称善用典故而融化无迹,这是大历诗的突出特点;这特点也包孕着弱点,试以此联与王维对比,便会感到印象不及王诗这般鲜明特出,这也许因为细则繁,繁则易冲淡主体特征。

寻南溪常道人[①]

刘长卿

一路经行处[②],莓苔见屐痕[③]。白云依静渚[④],芳草闭闲门[⑤]。过雨看松色[⑥],随山到水源。溪花与禅意,相对亦忘言[⑦]。

【注释】

①题"常道人"原作"常道士",据本集改,七句云"禅意",知常为僧人。道人可指僧人。道士则专指道教徒。南溪:溪名,有多处,未可骤定。 ②经行:唐义净《南海寄归内法传》,"五天之地,道俗多作经行,直去直来,唯遵一路,随行随性,勿居闹处,一则痊疴,一则消食。" ③莓苔:莓亦青苔,复词。屐:木屐,底有二齿,便于泥滑地行走。 ④渚:水中小洲。 ⑤闲门:少有客来的门。 ⑥过雨:犹言经雨。 ⑦"溪花"二句:言观溪花而悟禅意,妙趣不可言说。

【语译】

沿着小径,我一路寻去,青青的莓苔上点点印迹,想来是道人经行养性的木屐齿痕。白云依傍着安谧的小洲,洲上的芳草,掩映着你静修人的柴门。看新雨初过,松色分外青葱;随山路曲折,行到了泉水源头处。望着溪畔盛开的山花,我似乎悟到了禅家的妙谛。这境界,又岂是言语所能说得清?

【赏析】

诗题"寻常道人",而全诗都未及道人,只是由苔径上的点点屐痕引领着,如长卷般,展现了道人所居南溪周遭的景色,而人们似乎能想见道人的风韵。这种写法,唐诗中并不少见,即如前录王维《过香积寺》,不正面写佛寺,就是一例,而綦毋潜《过融上人兰若》"山头禅室挂僧衣,窗外无人溪鸟飞。黄昏半在下山路,却听钟声连翠微"更是本诗直接先行。

不仅整体构思如此,就是诗句也都有一种似曾相识之感。如"过雨看松色,随山到水源",使人马上联想到王维的"行到水穷处,坐看云起时";而由"一路经行处"到"随山到水源",再到"溪花与禅意",又颇似常建《题破山寺后禅院》之"曲径通幽处,禅房花木深"。

然而尽管如此,仍会感到它与盛唐诸家有明显的不同:一是细密,二是流利。一、三两联最能见出这种特色。这两联包含的意象相当繁富,王维《山居秋暝》诗云:"空山新雨后,天气晚来秋。明月松间照,清泉石上流",而"过雨看松色"句大抵已包括了王维这四句,至少是一、三两句的大抵含意,而"随山到水源"句,则不仅有"行到水穷处"之意,且因"随山"字而带出了王维诗中的山景。盛唐诗对初唐宫廷诗,有一个汰繁趋简而追求远沉意境的进展,现在大历诗人又由简趋繁,而要不落入初唐窠臼,其方法便是一方面在盛唐诗重远意的特点上下工夫,另一方面就是在细密中参以流利。一、三两联都是前后句相承一气串下,又以"过雨""随山"之"过""随"两个动词勾带,便使全诗带有一种流走的动感。虽然流走,但又不轻飘。这一方面是因第二联"白云依静渚,芳草闭闲门"为静景居中,使一、三联的流走之势得以缓冲;另一方面,更重要的是首联的"屐痕"早为"过""随"伏线,使全诗首尾一贯,在在漾荡着常道人的影迹,而有一种内敛之感。这是中唐诗人对盛唐诗的一个创革,而本诗是极成功的一例。

新 年 作①

刘长卿

乡心新岁切②,天畔独潸然③。老至居人下④,春归在客先。岭猿同旦暮⑤,江柳共风烟。已似长沙傅⑥。从今又几年?

【注释】

① 从后四句看,当为长卿于至德三载(七五八)春因事由苏州尉贬岭南道潘州南巴尉期间作。 ② 切:应"心"字。 ③ 天畔:岭南为远离中原的蛮荒之地,故称。潸然:泪下貌。 ④ 老:刘长卿当时约三四十岁,唐人诗常叹贫嗟老者,不可泥看。 ⑤ 岭:指五岭。⑥ 长沙傅:西汉贾谊为洛阳才子,汉文帝时召为博士,迁太中大夫,多所建树,为大臣所忌,贬为长沙王太傅。世称贾长沙、长沙傅,用为才士遭贬的典故。

【语译】

时入新年,望乡之心更焦灼;远在天涯,不由我独自泪水涟涟。久居人下,年复一年老将至;又那堪,作客他乡,春归人不归。不忍听,岭头猿悲,送走了暮暮朝朝;望江上,烟柳迷蒙,长年里与我相随。我远贬炎荒,就似汉家才子长沙傅;新年又来,今后还得等待多少年?

【赏析】

清沈德潜《唐诗别裁集》评刘长卿诗："刘文房工于铸意,巧不伤雅,犹有前辈体段。"诗意贵新,新必巧,巧则必炼,过炼则易做作怪异,堕入"尖巧"恶道,即非大雅之态。因此新巧必先以真切为底蕴,长卿巧处即如此,本诗是显例。

首句以"切"字带动新岁、天畔的特定时间、地点中的乡思之心。以下全从"切"字展开:边鄙一尉,屈居人下,本已不堪,更何况年岁催人,老之将至;春归有时,岭南更早,而迁客无期,心地当犹然冰封——二联情中有景,写出了一种由时节引发的加倍的深切酸楚。三联则由地点敷展"切"字,"同""共"二字尤堪玩味。同、共是有伴,但所伴者只有哀啼的岭猿,迷茫的瘴江,则较无伴更为不堪。尾联承势用贾谊之典双收时地,同时又深入一层作想:贬谪南荒,贾生犹有被汉文帝召还的机遇,而自己又将再度过多少个这样摧心拆腑的新春呢?全诗以独有的敏感写出了人所可感而未必能道的辛酸,是之谓新巧而能真切。

送僧归日本①

钱　起

上国随缘住②,来途若梦行③。浮天沧海远④,去世法舟轻⑤。水月通禅寂⑥,鱼龙听梵声⑦。惟怜一灯影⑧,万里眼中明⑨。

【注释】

① 日本:唐时日僧来中土尤多。　② 上国:诸侯称帝室,属国称宗主国,非中原称中原国为上国。这里是拟日僧口吻。随缘:佛教以为外物都自体感触,称为缘。应缘而动作叫随缘。　③ "来途"句:言由来途而返,去来如梦。《金刚经》:"斯陀含名一往来而实无往来。"此往来即生死,而于一切来往之事皆通。　④ "浮天"句:言水天相接,舟行如浮天。又佛氏有"海印"之语,谓佛之智慧如海湛然能即现一切之法。　⑤ 去世:离开尘世,指日僧离别京师繁华。法舟:佛语,佛法能渡人生死海,以舟为喻称法舟。此处双关,亦实指日僧海船。　⑥ "水月"句:水月有相而清虚,佛氏以比万法皆空,因此可通禅寂。禅寂,因禅定而入清寂虚静境界。　⑦ "鱼龙"句:谓鱼龙亦出听日僧梵呗声。古印度文称梵文,佛教源出印度,诵唱佛经称梵呗。　⑧ 一灯:佛语"灯明"标志佛之智慧。以灯连下句"明"字,即"灯明"。　⑨ "万里"句:鸠摩罗什译释《维摩诘经》"天眼"云,"色无定相,若见色有远近精粗,即是为色,为色则是邪惑颠倒之眼"。僧肇注又云:"真天眼谓如来法身无相之目也,幽烛微形,巨细兼睹,万色弥广,有若目前,未曾不见而未尝有见。故无眼色之二相也。"眼中明,即消去邪恶颠倒之障翳,能通见佛性真如。

【语译】

你随遇而安,居住在我们中华;今天又从来路归去,真像那作梦一样。沧海无际,你远远地漂向天际;一舟轻快啊,就像超越了这烦恼人世间。海水清净啊海月澄明，通于你清寂空明的心境；连你梵呗的清音，也引动海中鱼龙纷纷来倾听。最可念，你一盏法灯长明；虽然遥隔万里，也使我心地悟彻眼中清。

【赏析】

送赠诗在唐代是一种交际手段，若非为亲朋好友，而为应酬所作，便以切合被送者身份与去向情状、稳顺妥帖、词采秀朗为尚。钱起是这方面的高手，唐人笔记《南部新书》记："大历来，自丞相以下出使作牧，无钱起、郎士元诗祖送者，时论鄙之。"本诗所送者是日本僧人，去途是茫茫大海，妙在能将佛理稳顺妥帖地隐于这一特定的情境中。

起联写日僧去华土归日本，却隐含了佛教的两个基本观念，从而树起一诗之纲。上句"住"，表面意思是居住，而缀以"随缘"，便暗暗关合佛教"不住"，即不执着于一定事物的观念。下句言"来途"，是言沿来途而往，"一往来而实无往来"，故言"若梦行"，又暗暗关合佛教"无我"，不执着于自我的观念，无我而不住则为一去来无碍悟性得道之高僧，从而开出颔颈两联悬想日僧去途景象：一舟轻快，浮海向日所出处的天际远去，又暗关佛氏"海印""去世""法舟"之语，以赞日僧智慧广大，风度翛然有出世间相。颈联进而细化，悬想日僧仰月俯水，梵呗清宏在海天之间——水月，是佛典中常用的意象，因其有象而清虚，可印证佛性本源，万法皆空。又《宋高僧传》卷二五引《读诵论》："但有感动龙神，能生物善者，为读诵之正音也。"日僧心洞明，故梵呗得正，以至能感动鱼龙来听（万物皆有佛性）。至此一高僧形象宛然浮现于海天之际，故尾联不禁感喟：今大师已去，而法灯常明，虽海天万里，而终能使我辈消眼中障翳而见万象本源。又关合佛语"灯明""真天眼"之意，寓赞颂于怀想，收束全诗。虽然，读罢本诗，人们不会有多少情真意切的感动，但恐怕也不得不佩服，诗人化佛理于海景，妥帖稳顺地写出日僧精神气质的诗歌技巧。

谷口书斋寄杨补阙[①]

钱　起

泉壑带茅茨[②]，云霞生薜帷[③]。竹怜新雨后[④]，山爱夕阳时。闲鹭栖常早[⑤]，秋花落更迟。家僮扫萝径[⑥]，昨与故人期[⑦]。

【注释】

① 谷口：当指今陕西泾阳西北之仲山谷口。杨补阙：名未详，补阙为谏官名，唐中书省与门下省分置右、左补阙各二名，掌供奉讽谏，扈驾随从。　② 泉壑：山谷叫壑，泉壑即指谷口。茅茨：茨是覆盖之意，茅茨原意是茅草、芦苇等盖的屋顶，指代茅屋。《韩非子·五蠹》："尧之王天下也，茅茨不翦，采椽不斫。"　③ 薜帷：香草编成的帷帘。薜为薜荔，又名木莲，缘木而生的香草。《楚辞》中常以喻指芳洁的品格，如《山鬼》："若有人兮山

之阿，披薜荔兮带女萝。"后世遂用指隐士所服用。 ④怜：爱。 ⑤闲：悠闲自在。
⑥萝径：女萝遮覆的小路。女萝即松萝，地衣类香草，见《楚辞》，后世用为隐士服用者，
参注③。 ⑦期：预约。

【语译】

　　山水映带着我的茅屋，云霞从薜荔的帷帘上生起。新雨初过，秀竹最是可爱；夕阳西下，那山色尤其动人。白鹭鹚本已闲得无事，山中清净，它栖宿得分外地早；秋花开历历，山中气暖，竟飘落得格外地迟。我那小家僮已将女萝掩覆的小径清扫，准备迎接你故友的到来——我们相约在不久前。

【赏析】

　　钱起为大历十才子之冠，诗法王维。高仲武《中兴间气集》评云："员外（钱起曾任考功员外郎）诗体格新奇，理致清淡，越从登第，挺冠词林。文宗右丞，许以高格；右丞没后，员外为雄。"本诗足见承革。

　　从闲雅的词气中可推断，作诗时他作宦长安建别业于谷口，颇似王维半官半隐置辋川别业。可见王维诗风笼罩大历一代，首先是生活态度的影响，而闲隐题材的诗作也自然成了大历诗的大宗，本诗是钱起闲隐诗的代表。

　　诗寄杨补阙，招引他来谷口聚会，作法上则紧切谷口这一特定的环境，写出一种闲雅的情趣。招引友朋，自然是显示自己最珍视的一面，所以闲雅确是大历的时代趋尚。

　　首联点明书斋的地形位置。茅茨，薜帷是隐居的代名词，前用《韩非子》，后用《楚辞》，于返璞归真中表现清高之意；更兼依壑带泉，云霞吞吐，尤显得新奇有生意。由书斋外望，见两幅图画般的景致——"竹怜新雨后，山爱夕阳时"是名句。本来新雨洗竹，夕阳依山，是唐诗中常用的意象，但以"怜""爱"二字点缀，便平添了一股赏心悦目之感——这是一幅大景致。再细细观看，鹭鹚早栖，秋花迟落，早、迟相映，深得山中物理，也更见得山中之静，山中之幽，这幽静中却仍荡漾着一股温和的生意。如此佳景，故人何不早来？于是结为尾联之招邀。

　　确实，这诗写得闲雅，观察也细密，意象颇新奇，但历来评家却认为钱起们这类诗比起王维来，有浑厚冲和与工秀浅浮之别。这首先要从诗的意蕴看，王维诗亦有闲雅之致，但其中包含了他对人生的深刻体悟，因此王维诗常将个人的心态与佛理玄意糅为一体，注入景物之中，形成富于时空意味的诗境，具有深厚的底气，至于词句之工秀与否，则视情与境会，随时地而宜，不主故常。至钱起们，在安史之乱后，士林普遍有一种休憩欲的文化背景下，闲雅本身成了一种追求的目标，也就往往显得单薄浅泛了。孤立地看，似"泉壑带茅茨，云霞生薜帷"，不失新丽之致，但缺乏活生生的底蕴便常常雷同，笔者曾于钱起一卷诗中摘出八个相类似的句联，这样新丽就转化为时俗了。这是浅泛的第二层反映。大历诗人感到了这一危机，便在诗句的锻炼上下功夫。常常会罗列过多而缺少大雅冲和之气。为救其弊，他们又在诗中多用虚词（古汉语的虚词包括动词），希望使意象过于密

集的诗章显得灵动一些。于是有得有失,即以本诗而言,颔联体物之细本不及颈联,但前者"怜""爱"二字下得极好,后者"常""更"二字便有凑字之嫌,所以前者为名句,后者反不为人称。憾恨的是大历诗用虚词,后者的情况大大多于前者,这便是他们不免浅浮的又一原因。

钱起既为大历之冠,故借本诗略论十才子沿革得失。

淮上喜会梁州故人①

韦应物

江汉曾为客②,相逢每醉还③。浮云一别后④,流水十年间⑤。欢笑情如旧,萧疏鬓已斑⑥。何因不归去⑦?淮上有秋山。

【注释】

① 德宗建中四年(七八三)至兴元元年(七八四)秋,韦应物任滁州刺史。本诗作于此期。滁州在淮水之南,因称淮上。梁州:今陕西汉中市,在汉水上游。应物早年久居长安,或曾西往不远处梁州,故有旧友。 ② 江汉:此处偏指汉水,切题梁州。客:客子。 ③ 每:常。 ④ 浮云:喻漂泊无定,聚散无常。曹丕《杂诗》:"西北有浮云,亭亭如车盖。惜哉时不遇,适与飘风会。吹我东南行,行行至吴会。" ⑤ 流水:指时光如水。《论语·子罕》:"子在川上曰:逝者如斯夫,不舍昼夜。" ⑥ 萧疏:零落稀疏。 ⑦ 归去:此特指归隐。陶渊明辞官归隐有《归去来辞》。

【语译】

我们曾客游在江汉上,每相逢,就对饮尽醉而归。一旦分别,犹如那随风飘浮的云;十年的光阴,匆匆逝去似流水一般。今日又相逢,欢歌笑语,情谊如往日;只可叹,双双的鬓发,已经星星斑斑。君问我,为什么不从此归隐去?须知道,淮上啊,也有那清寂的秋山。

【赏析】

诗题"喜会",诗情却喜中有悲,悲中有喜,一喜一悲,时今时昔,随情跌宕,不胜今昔之感,因成佳制。

故友相逢必话旧,故起笔即忆昔时梁州欢会情景,当年相逢必饮,饮必醉归,使客居生活充满了豪逸的情趣,回忆起来亦多欢笑。忆旧又必计算时日,不觉一别之后,弹指十年,思此豪兴顿时转为黯然神伤。此时方悟今笑已非昔笑,淮上重逢,四目相对,双双鬓发已经斑斑白矣,不觉更有凄凉之感。然而故友相会又焉能悲悲切切,效小儿女样?于是诗人答友人"何因不归去"之问曰:此地甚佳,"坐厌淮南守,秋山红树多"(《登楼》),正可为伴。结语颇有微意,其语气不乏调笑意味,然而不言人只言山,可知此地并非真可久恋,真有知音,山好云云不过是安慰友人,聊作自嘲而已。应物在滁,常云"身多疾病思田里,邑有流亡愧俸钱","责逋甘首免,岁晏当归田",对照便可见本诗结句之真意。

本诗语浅情深,然善摹情状,道得心曲中事,其节奏流动,又富于跌宕起伏之感。"浮云一别后,流水十年间"最为传诵。浮云东西,流年似水,明白如话,而又用李陵、苏武赠答诗"仰视浮云驰""俯视江汉流"语意,用典不啻自口出,便觉深沉。而在结构上,浮云上承"为客","流水"上承江汉,"一别""十年"更下启情旧、鬓斑,不仅在起伏中见顺畅,更将抽象的别情离伤化为富于时空感的视觉形象,有浩荡不尽之意。

司空曙《云阳馆与韩绅宿别》颔联云:"乍见翻疑梦,相悲各问年。"李益《喜见外弟又言别》颔联则云:"问姓惊初见,称名忆旧容。"合本诗以观之,可见颔联用流水对善道难言之情,似为大历、贞元间一种流行的句式。三作并称佳绝,而相比之下,应物此联似较二家更为宽远深沉。

赋得暮雨送李胄[①]

韦应物

楚江微雨里,建业暮钟时[②]。漠漠帆来重,冥冥鸟去迟[③]。海门深不见[④],浦树远含滋[⑤]。相送情无限,沾襟比散丝[⑥]。

【注释】

① 依诗法,颇疑作于任滁州刺史时(参上诗)。因滁州为楚尾,与作为吴头的建业隔江相望。傅璇琮先生依韦集卷四各诗次列情况推断本诗为代宗广德、永泰间应物在洛阳时所作。可备一说。胄,原作"曹",依本集改。友朋分题作诗称赋得。"暮雨"是所分得题,"送李胄"则是诗中正意。韦集同卷又有《送李十四山人东游》,疑即李胄。 ②"楚江"二句:长江在故楚境内一段称楚江。建业,即唐时金陵,今江苏南京。暮钟:佛寺傍晚报时钟声。 ③"漠漠"二句:参"赏析"。 ④ 海门:长江入海口。《读史方舆纪要》卷五:"扬州之海门,为大江入海之口。"可见李胄此行目的地为扬州。 ⑤ 浦树:江岸之树。滋,滋润葱绿。 ⑥ 沾襟:泪水下垂沾湿衣襟。散丝:晋张协《杂诗》"密雨如散丝"。

【语译】

细雨如依微的幕,将楚江遮裹;江天上响起了,对岸建业佛寺的暮钟。近望,帆樯在密密的水汽中,分外湿重;翔鸟也被雨水沾湿了翅子,翻飞迟迟。遥瞻,海门杳远,深深不可见;经雨的岸树,那滋润的绿色,一路延展,全不管世间事。相送的愁思啊,浩浩无边际;泪水湿透了衣襟,就如同那飘洒的雨丝。

【赏析】

诗由"暮雨"与"送别"二点下笔,尤切滁州以楚尾而接吴头地理情状。

首二句切入暮雨,楚、吴(建业)对起以点明送别之地形势。句意谓,由滁州所在的楚尾望吴,江面微雨迷蒙,隔江建业佛寺暮钟凄切。以钟衬雨,渲染离别气氛。建业即今南京，六朝故都，杜牧诗云"南朝四百八十寺，多少楼台烟雨中"，是以烟雨衬佛寺，与此异曲同工。

次二句承上写江面景象，"漠漠""冥冥"都为雨意朦胧之状。"重""迟"既是帆席、鸟羽为雨所沾湿的景象，又表现了惜别之沉重心情。"帆""鸟"互文，来而重重，去而迟迟，由来而去，引出下联。

五、六句更极目远望，暗示行人过建业后将向扬州海口，意谓大江入海之口，因烟雨朦胧而深不可见，江浦绿树，经雨沾润，越见青葱，其意与王维《送沈子福归江东》"唯有相思似春色，江南江北送君归"正同。

尾联复归到此地送别，承上而谓，思此远别，彼此珠泪沾襟，恰如"密雨如散丝"（张协《杂诗》），两相混和，竟不知是泪还是雨了。

此类诗贵在状物与送别二者之有机结合，而本诗则不仅能使之水乳交融，更使之互为生发。暮雨为送别渲染了气氛，而送别又使暮雨这一无生命的自然景象渗透了黯然神伤的感情色彩。前六句赋雨是明线，送别是暗线；末二句暗线转为明线。二线的隐显与主次变化，既暗示了行人一路指向，又表现出诗人送别感情节奏的变化。法脉极细微。

本诗在此编海外版中，我是依傅说"洛阳作"展开解析的。这次修订，感到依诗法，特别是依韦诗的一贯诗法，"洛阳作"说十分勉强；而就首尾二联观之，均应为实景，唯作于滁州，才讲得通。因作改写，并疑韦集编次或有误。

酬程近秋夜即事见赠[①]

韩翃

长簟迎风早[②]，空城澹月华[③]。星河秋一雁[④]，砧杵夜千家[⑤]。节候看应晚[⑥]，心期卧已赊[⑦]。向来吟秀句[⑧]，不觉已鸣鸦[⑨]。

【注释】

① 题意为程近有《秋夜即事》诗来赠，翃作本诗酬答之。程近，一作"程延"，生平未详。就六、七句观之，当为诗人闲居无职时所作。　② 簟（diàn）：竹席。迎风早：此处"风"特指凉风，即初秋之风。　③ 空城：指城市秋夜清静如虚空。澹月华：月光淡荡。　④ 星河：银河。　⑤ 砧杵：指代捣练，秋夜捣练暗示预备制作寒衣。　⑥ 看：眼见得之意。　⑦ 心期：两心相期许。卧已赊：卧，指闲居。谢灵运《登池上楼》："卧痾对空林。"赊：久迟之意。参"语译"。　⑧ 向来：适才，刚才。秀句：指程近来诗。南朝以来诗坛崇尚秀丽的句联，编有多种《秀句集》，秀句遂为诗的美称。　⑨ 鸣鸦：天晓鸦鸣。

【语译】

竹席长长，迎来了初起的秋风；月光如水，照得静夜的城厢，分外空阔淡荡。

孤雁在空中悲鸣，高飞向繁星缀成的银河——催动了，千家万户，静夜捣衣的声响。节气物候，算来已经向晚；两心遥相期，闲居中，更觉别已久长。晚来我吟诵着你秀美的来诗，不知不觉，晨光已惊起了城头的啼鸦。

【赏析】

"星河秋一雁，砧杵夜千家"，中唐以来，即传为名句。本来秋雁星空，月夜砧杵，是唐诗中常见意象，但诗人通过词序的变化，意象的重新组合与全诗的位置经营，便有焕然一新之感。

这两句句法都用省略与倒装，取得声、象并茂的效果，正说应是秋（日）星河（下）一雁（飞度），夜（来）千家（响起了）砧杵（之声）。今以"秋""夜"二字置句中，不唯突出诗题"秋夜"之意，更取得了两重效果。在意象上，上句使星河之繁与一雁之孤形成更突出的对照，下句又使单调的砧杵声，因"千家"而显得烦乱惆怅。上下二句意象叠合便组成了这样一幅图景。"一雁"因其在上句末的位置，成为图景的中心，上方是一带秋河，星光幽冷，照出了它的身影，而千家砧声又为它作有声无形的烘托，于是人们感到这燕，所能看到的只是一个剪影，影影绰绰，高唳向空——拖曳着人间万家千户的离思。——同时"秋"字的高平，"夜"字的低抑下沉，在声调上也为这幅图景作了电影配乐般的衬托。请再诵一过，看是否有如上所析的效果。

这一联在句中的位置也富于匠心。上一联"长簟迎风早，空城澹月华"，似同音乐的序曲，为此联敷展开背景，尤其是"空""澹"二字，更赋予这背景以一种沉寥空茫的意味，此联因而更为生色；同时此联又接过背景的意况，通过更精细的画面，凸现了这沉寥，这空茫，从而自然引出三联节候看晚、心期卧赊之叹，结出尾联酬赠之意。可见在全诗的位置上，本联也是关键的。

本诗结构的又一佳处是，起笔不如通常先写程近来诗，而在敷展秋景，感喟时节向晚后，以"心期卧已赊"打转，再结出酬赠，这便使全诗有顿挫曲折之感，而避免了平铺直叙之嫌。

律诗有严格的字数、句式、声调限制，而诗人往往能在方寸之地上盘马弯弓，驰骋才华。这倾向始于杜甫，而大历十才子亦时有佳构，本诗是一例。

阙　题[①]

刘眘虚

道由白云尽[②]，春与青溪长[③]。时有落花至[④]，远随流水香。闲门向山路[⑤]，深柳读书堂。幽映每白日，清辉照衣裳[⑥]。

【注释】

①原题已佚失，唐殷璠《河岳英灵集》辑入此诗，标阙题。　②"道由"句：谓山路没

210

入白云深处。　③ 春：指春意。　④ 时：时或。　⑤ 闲门：幽居少客故门闲。向：对。
⑥"幽映"二句：上下句连读，参"语译""赏析"。幽映：幽幽映照。每：常。

【语译】

道路延伸向白云深处，春光伴着青溪的流水，正长，正长。偶尔地，从哪里飘下三三两两的落花，随着溪水流去，远远地，还带着一缕清香。山路边上，有一片浓密的柳林；深藏着隐者少人经过的读书堂。常常地，绿柳掩映着白日的光；滤成了月色般的清辉幽幽，投照在读书人的衣裳。

【赏析】

诗所描写的中心是读书堂，却由入云小径，伴着流花清溪，缓缓向纵深处写来，至颈联始以上句打转，下句落到中心点，更以"闲""深"二字作点睛之笔，尾联更承"深""闲"作结，白日幽映，清辉如水，恰如山水画的墨晕，又从中心处化开去，化开去……

"闲门""深柳"二句为名联，而我感到更宜细说的是尾联。按"幽映""清辉"一般用来写月光，而此谓"每白日"，则是承上申足柳枝幽深，以至使日光而有月色之感，真是反常得奇。《渔洋诗话》评刘眘虚诗"超远幽夐"，《剑溪诗话》又称其"于王、孟外又辟一径"，"气象一派空明"。读本诗当有解会。

江乡故人偶集客舍①

戴叔伦

天秋月又满②，城阙夜千重③。还作江南会④，翻疑梦里逢。风枝惊暗鹊⑤，露草泣寒虫⑥。羁旅长堪醉，相留畏晓钟⑦。

【注释】

① 江乡故人：戴叔伦是润州金坛（今江苏金坛）人，安史之乱后期江南兵乱又避居江西，这一带都可称江乡。本诗为寓居长安时所作。参注③。　② 月又满：月半之时明月圆盈。　③ "城阙"句：城阙即城楼，常特指官阙、京城。《文选》陆机《谢平原内史表》"不得束身奔走，稽颡城阙"，即指官城。王勃《杜少府之任蜀川》"城阙辅三秦"，即指京城。夜千重：汉建章宫有千门万户。此化用其意。由二语观之，诗作于长安。　④ 江南会：指旅京江南人的集会。　⑤ 风枝：为风所摇动的树枝。　⑥ 露草：沾露之草。泣寒虫：因草露如泪而联想虫声如泣。　⑦ 畏晓钟：参语译。

【语译】

天寒秋，更那堪冷月又一次盈满；夜幕中的京城，隐隐绰绰，仿佛有千重万重。江南来的故友啊，今夜居然能聚会；不禁我怀疑——是不是梦中相逢。秋风吹拂着树枝，那飞过的暗影，应是栖鹊被惊起；草尖的露珠似泪，更伴随着，悲吟的秋虫。客居他乡啊，正当常常地一回回醉；我们相互挽留，只担心，城头响起报晓的晨钟。

【赏析】

本诗四联：写景—抒情—写景—抒情，景情相生，妙在能写出他乡故人会的特殊心态。天秋，月满，夜深沉，三者都是引逗客子思乡的资料，首联以三者叠加，愁上加愁复增愁，故有二联京都偶作江南会，事出期望之外，反觉恍惚若梦之感。这梦一般的感觉又投射到周围的景物上，三联之写景——撼枝的风声，惊鹊的暗影，露草的微光，寒虫的悲吟，都有一种影影绰绰、恍惚依稀的梦一般的气氛，却又都共同诉说着凄清。虽然凄清，诗人却愿将这梦思般的氛围保留到永久，于是尾联又生但愿长醉不愿醒，望晨钟莫把梦思惊醒之奇想。

叔伦诗较之十才子景语虽难称上乘，而情语却真切可讽，本诗二、四两联是范例。《大历诗略》称其"情来之作，有不自知其然者"。中晚唐诗常以浅切平易语，道人所未能道，此为较早的篇章。以下数诗即其后继者。

送 李 端[①]

卢 纶

故关衰草遍，离别正堪悲。路出寒云外[②]，人归暮雪时[③]。少孤为客早[④]，多难识君迟[⑤]。掩泣空相向[⑥]，风尘何所期[⑦]。

【注释】

① 李端：赵州人，大历五年(七七〇)进士及第，早于卢纶一年，后官至杭州司马。与纶同预"大历十才子"之列。本诗当作于大历初。　② 寒云：冬天的云。　③ 归：指李端归去。　④ "少孤"句：卢纶幼年丧父，少依外公长安韦氏。有长诗述生平，中云："禀命孤且贱，少为病所婴。"　⑤ "多难"句：卢纶八岁或略后，因安史之乱，避难客居鄱阳。至大历元年(七六六)十九岁前由鄱阳赴长安应进士试，数年不第。直至大历六年方登科。则诗应作于元年至五年李端及第前，故云"识君迟"。　⑥ 掩泣：掩面而泣。空相向：徒然相对。　⑦ 风尘：大历初年，时局已安定，则风尘指路途远隔。汉秦嘉《与妻诗》："当涉远路，趋走风尘。"一说指时代纷战，则未考作时。

【语译】

年深月久的关门外，蒙盖着枯黄的衰草；又恰逢，离别在即，分外地悲凄。道路远展，伸向那冻寒的云层外；有人归去啊，为什么，偏在那暮雪纷纷时。我从小孤苦，又早早地四出游宦；经历了岁月多难，更痛感，与您相识恨太晚。今日里，我们徒然掩泪悲泣，风尘昏昏啊，什么时候，方能重相见。

【赏析】

前四句借景抒情，极力铺展离别凄迷景况。至第三联，补出深痛极哀的原委，尾联怅望前程，不胜悲怆唏嘘之感。从结构看第三联的安置最见匠心，在诗法上称"逆挽"，即倒插补叙之意，诗势赖此一联，而无平衍之憾。

二、三两联写得极好。"路出寒云外，人归暮雪时"，下句句法倒装，使归人、长路与寒云、暮雪都因此而突出，似可想见寒云低垂、暮雪纷乱，人将在雪花中行，渐远渐杳，终于消溶于雪、云、路、暮色相融的一片灰黯之中。"少孤为客早，多难识君迟"为情语，利用强烈的反差，写出了友情之弥足珍贵：为客本已孤单，更何况"少孤"，正是孤单复加孤单，因而更希望得一知友，然时世多难，知友难得，好不容易得识李君，正是相见恨迟。于是，今日一旦分离，又怎不使人掩泣歧路呢！

喜见外弟又言别①

李　益

十年离乱后，长大一相逢②。问姓惊初见，称名忆旧容。别来沧海事③，语罢暮天钟④。明日巴陵道⑤，秋山又几重。

【注释】

① 本诗当作于安史之乱后。外弟，表弟，姑母之子。　② "十年"二句：十年是略数。李益生于天宝七载（七四八），安史乱起时八岁，为少年。乱后相逢已二十余，故称"长大"。一：语气助词。　③ 沧海事：《神仙传》载麻姑自云"接待以来，已见东海三为桑田"，故以沧海桑田喻世事变迁。时经安史之乱及江南战乱。　④ 暮天钟：唐时旦暮有钟鼓报时。　⑤ 巴陵：唐巴陵县，因县界有山名巴丘得名，在今湖南岳阳。

【语译】

乱世离别，已经十年匆匆；我们都已成人，谁知竟能邂逅相逢。互问对方的姓氏，蓦相见，心中已惊疑；说起了名字啊，更忆及彼此幼时的面容。分别以来，人间已经几度沧桑；语罢相对，江天已响起了报时晚钟。明日里，我又将远行向巴陵，望不断啊，秋山阻隔又几重。

【赏析】

这诗写离合聚散之情，妙在能将乱世人生的感慨、久别乍逢刹那间悲喜交集的心理状态真实而动人地刻画出来。诗的意境、脉络和下一首司空曙《云阳馆与韩绅宿别》大致相同，然却相互移易不得。这诗是写少小离别，长大相逢，别离既长，变化又大，故云"问姓惊初见，称名忆旧容"；司空曙诗是既成人后几度暌隔，变化虽不大，但在乱离之中，生死难卜，相见何易，故云"乍见翻疑梦，相悲各问年"。又第三联景语亦为由重逢到再别作过渡，但意境苍茫杳远，与司空曙之密致凄清不同，这是虽为中唐重镇却追步盛唐的李益与大历十才子风格的同中有异处。

云阳馆与韩绅宿别[①]

司空曙

故人江海别,几度隔山川。乍见翻疑梦[②],相悲各问年[③]。孤灯寒照雨,深竹暗浮烟[④]。更有明朝恨[⑤],离杯惜共传[⑥]。

【注释】

① 云阳馆:云阳的馆驿。云阳县在今陕西泾阳西北。古时郡县置有馆驿,供来往行旅与驿使休宿。韩绅:《全唐诗》作"韩升卿",马茂元《唐诗选》引韩愈《虢州司户韩府君墓志铭》所记虢州司户韩睿云第四子名韩绅卿。时代与司空曙相近,疑即此人。宿别:宿夜而别。　② 乍:骤然。　③ 问年:问岁数。　④ 烟:指竹林间的雨雾之气。　⑤ 明朝恨:明朝相别的憾恨。恨:遗憾,与今义有别。　⑥ 惜:依恋不舍。

【语译】

想当年,我与君远别江海行;多少次啊,别易见难,遥隔着重重山河。今朝里蓦然相遇,反疑身在梦中;泪眼相向啊,互问起年岁已经几何?身畔那一灯如豆,照临着户外的雨丝,偏生寒意;昏暗之中,远处的深深竹林,升腾起飘飘烟雾。想起了,明朝又将重新分离;不由得,将那话别的酒杯儿,频频相传送。

【赏析】

这诗作于旅途之中,抒写与韩绅多年暌隔、乍逢又别的怅触,"几度(相)隔"与"明朝(离)恨"的尖锐矛盾,形成了似"梦"的情怀、投射为如"烟"的景色。从重逢到再别的情绪变化,即暗蕴于其中。诗的脉理极为细腻,"孤灯寒照雨,深竹暗浮烟"为两个感情层次作过渡:近处,一灯昏黄,照射着窗外寒冽的雨丝,闪闪烁烁地发亮,仿佛是"相悲各问年"悲思的延长不尽;远处,竹林深深,在夜雨中升浮起迷迷蒙蒙的烟雾,又似乎预示了明朝分离不尽的怅恨。这种细腻的章法是大历诗的突出特点。

"乍见翻疑梦,相悲各问年",是写情的名句,当与上篇李益《喜见外弟又言别》"问姓惊初见,称名忆旧容"对读,详参上篇"赏析"。

喜外弟卢纶见宿[①]

司空曙

静夜四无邻,荒居旧业贫[②]。雨中黄叶树,灯下白头人[③]。以我独沉久[④],愧君相见频[⑤]。平生自有分[⑥],况是蔡家亲[⑦]。

【注释】

① 据诗意,当作于诗人垂老闲赋故居时。外弟:表弟,姑母之子。　②"静夜"两句:

卢纶《过司空曙村居》"南北与山邻,蓬庵庇一身。繁霜疑有雪,枯草似无人",可与此互参。旧业,家乡旧有的产业。　③ 白头人:司空曙自指,知已垂老。　④ 以:因。独沉:独自沉埋,知闲居。　⑤ 君:指卢纶。　⑥ 分:命分,分谊。　⑦ 蔡家亲:蔡,原作"霍",据本集改。晋羊祜为蔡邕外孙,后世传为美谈,遂称外亲为蔡家亲。

【语译】

长夜深静,四周无有乡邻;旧居荒凉,家业早已清贫。雨中一树,黄叶正簌簌;灯下的我啊,白发森森。我独自沉沦,已经很久很久;因而更加愧对,你探望来频频。平生里,本已有相知的情分;更何况,又是中表之亲。

【赏析】

前四句铺写荒村独居的孤清落寞,三联上句"以我独沉久"收束前半,对句"愧君相见频"转折,由"我"及彼,结出尾联亲戚之情,知音之谊,点题"喜"见。不过读者当可味到这"喜"中更多苍凉哽咽之慨。

颔联是名句。明谢榛《四溟诗话》:"韦苏州曰'窗里人将老,门前树已秋';白乐天曰'树初黄叶日,人欲白头时';司空曙曰'雨中黄叶树,灯下白头人':三诗同一机杼,司空为优。善状目前之景,无限凄感,见于言表。"确实,三联以司空最佳。韦、白二联掺用虚词,诗意显白,而司空不用虚词,只将四个意象两两并列,前后映照,唯其喻意隐晦,才味之无穷、深厚蕴藉。

然而作诗又并非全不用虚词就佳。三联即是善用虚词的典范,故《四溟诗话》又评曰:"晚唐人多用虚字,若司空曙'以我独沉久,愧君相见频'……此皆一句一意,虽瘦而健,虽粗而雅。"意思是此联虽直白不加修饰,但沉挚深厚,构思精细合乎大雅,非浅率粗鄙者可为。

其实本诗之成功正在于这二联用实、用虚之配合融洽,如一味用虚,不免率滑;一味用实,则滞重不灵。读者可细味之。

贼平后送人北归[①]

司空曙

世乱同南去[②],时清独北还[③]。他乡生白发[④],旧国见青山[⑤]。晓月过残垒[⑥],繁星宿故关[⑦]。寒禽与衰草,处处伴愁颜。

【注释】

① 贼平:指安史之乱平定。诗当作于此时。　②"世乱"句:安史乱起,北方"多士奔吴为人海"(顾况《送宣歙李衙推八郎使东都序》)。　③"时清"句:安史乱平,北人多由南返北,如僧皎然即有《送李季良北归》《兵后送姚太祝赴选》等多诗。　④"他乡"句:安史之乱前后十五年,青壮南奔,北归已近老,此句自指,参上诗。　⑤"旧国"句:此句指友人。旧国,故乡。　⑥ 残垒:残破的壁垒。　⑦ 宿故关:在来路的关隘处就宿。

【语译】

战乱之中，我们一起避难南奔；如今天下已清平，北向归去，只你独自一人。他乡久居，不觉间，我已生出了白发；你旧园归返，见青山，不知是否依旧。清晓的明月下，你将驶过战火中残存的壁垒；繁星满天时，你应当歇宿在当初经由的故关。伴着你的有，秋天里一路的寒禽与衰草；时时处处，与你的愁容相对。

【赏析】

当共同南奔的友人即将北归时，独自羁留他乡的诗人，心情是复杂的。他既为友人高兴，又更多触景伤情、孤独凄清的况味。诗的前四句即写此种心境，妙在于对仗工整间，既对照见意，又一气流转，写活了那难以言说的百回愁肠。

"他乡生白发，旧国见青山"尤其传诵。就全诗看，上句承首句"世乱同南去"而就"我"言，下句接二句"时清独北还"而就行"人"言，又顺势转入三、四联对友人旅况的悬想，遂使全篇一气浑成。再就当联看，对仗工整而上下句互补互动，于深沉间见流利，将自伤与羡歆、茫然与体贴打成一片，极其不易。《增订唐诗摘钞》评曰："刘文房《穆陵关作》独三、四两语居胜；全首雅润，尚不及此篇。"正是就此而言的。

蜀先主庙①

刘禹锡

天地英雄气②，千秋尚凛然③。势分三足鼎④，业复五铢钱⑤。得相能开国⑥，生儿不象贤⑦。凄凉蜀故伎，来舞魏宫前⑧。

【注释】

① 刘禹锡于穆宗长庆元年（八二一）至四年（八二四）任夔州刺史。夔州奉节县（今属重庆）东元里有蜀先主刘备庙。诗当作于此时。　② 天地：谓刘备禀天地间英雄之气而生。古人认为万物由气化成，所禀不同，资质有异。曹操曾谓刘备："当今英雄，唯使君与操耳。"　③ 凛然，威严使人肃然起敬状。　④ 势：形势、态势。三足鼎：魏、蜀、吴三分天下，如鼎有三足。语本《史记·淮阴侯列传》："参分天下，鼎足而居。"《三国志·诸葛亮传》："操军破，必北还，如此则荆、吴之势强，鼎足之形成矣。"　⑤ "业复"句：指刘备志在复兴汉室。按汉武帝元狩元年（前一一八）起用五铢钱。王莽代汉，废之，有法规定再使用五铢钱者流放边地。至东汉立，光武帝用马援之议，恢复之。至东汉末董卓又坏五铢钱法。铢：重量单位，二十四铢为一两。五铢钱重五铢。　⑥ "得相"句：谓得开国贤相诸葛亮。开国：《易·师卦》"大君有命，开国承家"。　⑦ "生儿"句：谓有子刘禅不肖，未能承继先主国策。《仪礼·士冠礼》："继世以立诸侯，象贤也。"《尚书·微子之命》："殷王元子，惟稽古，崇德象贤。"　⑧ "凄凉"二句：魏灭蜀，尽迁蜀国伎乐于魏。魏太尉司马昭使舞之于降主刘禅前。

【语译】

您独自禀受了，天地间的英雄之气；多年后的今天，还使人这样望而敬畏。你雄踞巴蜀，形成了三分天下的态势；一心想，恢复那汉家刘氏的旧基。三顾茅庐，你有幸得相开蜀国；只可叹，生下的孩儿，未能贤能一如你。最可怜，你朝廷中的歌女舞伎音姿虽如昔；却已经，被掳北去，凄凄凉凉，来舞魏家宫廷前。

【赏析】

这是一首史论性的祭吊诗。祭吊诗历来以颂功抒情为主，即有议论，亦属附及，如杜甫《谒先主庙》诗然。但本诗则一反故常，以议论为主，哀吊为辅。"得相能开国，生儿不象贤"，居一篇中枢地位，带动前四后二，形成鲜明对照，揭示了蜀国由危孤兴邦到霸业消歇的原因。因此虽然直接议论仅两句，但通篇宛然史论。这两句诗含义互补。"不象贤"，即说后主刘禅不能如先主刘备一般任用贤相，因此明君贤相秉政治为一国兴亡之根本，是本诗的主旨。

本诗的又一特征是用典使事的娴熟工巧。颔联分用前后《汉书》事，颈联则用《易经》《尚书》二经语，不仅铢两悉当，而且语意贯通，意思深刻，浑然一体。

立意的超卓与表达的典雅，使"得相""生儿"一联成为名句，前人评为"有断制"，意即确切有识见。这些都表现了元和后诗坛议论化倾向的开始。而所以有此变化，很大程度上是由于诗人地位的变化，诗人兼政治家，是元和后诗人成分一种引人注目的新现象。就诗歌一面言，他们努力寻找着超越盛唐诗人的新路子，而其特殊的身份，就使这种创新的努力向议论识见发展。刘禹锡本诗，就显然含有对永贞革新失败的悲愤。

没蕃故人①

张　籍

前年戍月支②，城下没全师③。蕃汉断消息，死生长别离。无人收废帐，归马识残旗。欲祭疑君在，天涯哭此时④。

【注释】

① 诗为怀吊与吐蕃作战失踪的友人而作。没：消失。蕃（bō）：指吐蕃，今西藏。② 月支：汉西域国名，借指吐蕃。月支读作肉支，肉读入声，似今吴音之肉。　③ 全师：全军，古时军队分上、中、下三军，合为全师。　④ "欲祭"二句：写侥幸友人只是失踪而尚未战死。在：存。

【语译】

前年里，你远征吐蕃西去；城下一战，怎料到全军覆灭。蕃汉远隔啊，消息远阻绝；死生殊途啊，从此长别离。有谁啊，将你废弃的帐幕来收取；只有归来的老马，识恋那残破的战旗。我想为你营葬又设奠；却还是，心存着一线未灭的希冀——哪一天啊,也许你突然能生还?——没奈何,此时此地,我只能且向天涯哭祭。

【赏析】

俞陛云《诗境浅说》评本诗云:"诗为吊绝塞英灵而作,苍凉沉痛,一篇哀诔文也。前四句言城下防胡,故人战殁,虽确耗未闻,而传言已覆全师,恐成长别。五、六言列沙场之废帐,寂无行人,恋落日之残旗,但余归马,写出次句覆军惨状。末句言欲招楚醑之魂,而未见崤函之骨,犹存九死一生之想;迨终成绝望,莽莽天涯,但有一恸。此诗可谓一死一生,乃见交情也。"

《重订中晚唐诗主客图》:"只就丧师事一气叙下,至哭故人处但用尾末一点,无限悲怆。水部极沉着诗,便不让少陵。"

按:"没全师""断消息""死生长别离",则已料其必死,故有此祭;"欲祭"而又"疑君在",则临祭又侥幸既确耗未闻,则万一有生还之望。以万一之希望抗不争之事实,逼出篇末一恸,倍觉苍凉。韩愈有《祭十二郎文》,此诗异曲同工。

草①

白居易

离离原上草②,一岁一枯荣。野火烧不尽,春风吹又生。远芳侵古道③,晴翠接荒城④。又送王孙去,萋萋满别情⑤。

【注释】

① 本诗一题"赋得古原草送别"。唐张固《幽闲鼓吹》载,白居易早年应举至京,以诗谒见前辈诗人著作佐郎顾况。顾况看到姓名说:"长安米方贵,'居'亦不'易'。"等看到本诗时,不禁叹道:"道得个语,'居'亦'易'矣。"于是为之延誉,居易声名大振。小说家语,未必可靠。转述备参。 ② 离离:草丰茂离披貌。 ③ 远芳:芳草远展。侵古道:渐与古道相接。 ④ 晴翠:晴空下的翠草。 ⑤ "又送"二句:《楚辞·招隐士》"王孙游兮不归,春草生兮萋萋"。王孙:此指行旅的游子。

【语译】

原野上的草啊,离披丰茂,每年经历着兴衰枯荣;野火烧不尽它倔强的根株,春风吹来,它又一次苏生。芳草远展啊,渐渐连上了古老的道路;晴日照耀下,那翠绿的一片侵挨到荒凉的外城。又一次啊,我送公子你远行去;那萋萋的绿色,延展无穷,载着我满盈的别情。

【赏析】

这是首赋得体的送别诗,前已屡见,但本诗可称焕然一新。

自《楚辞·招隐士》后,以草色寄寓别离之情成为一种典实,这是因为草色凄迷,每能引起惆怅之感,这本来是很美又很切的联想,但用得多了就不免滥熟。

于是就必须创新，创新不外两种途径：有的设想新颖，如王维《送沈子福归江东》即好例；有的则靠立意超俗，这往往更重要，因新意总要借新的设想来表现，所以能兼前者之长，本诗就是典范。

诗人由他所要表现的主旨出发，一反前人一味由凄迷描写草色的传统，而选取一个崭新的角度——冬去春来后的新草——来着意表现。

起笔"离离"二字先给人以春草丰茂的感受，更以两个"一"字，强调了原上草秋枯春荣、循环无已的生命力。这样首联不仅点明题意"古原草"，更由具体见抽象，使全诗笼罩在理念化的感叹气氛中。颔联更以一幅壮伟的图景使生生不尽的理念进一步形象化。古时有烧野的习俗，秋天焚烧枯萎的野草，以草灰肥地，利于新草生长。诗人将它诗化了，说野火再猛烈，又岂能烧去深埋于土中的根株，当浩荡春风再度吹临人间时，那潜在的生命力又一次苏醒，原上草也就更为迅猛地以绿色铺覆了大地。

"野火烧不尽，春风吹又生"是全诗的警策，为了突出它，诗人不仅将它置于全诗关锁的地位，更在对法上利用诗歌的音乐性予以强调。这一联是前后串连的流水对，但在声律上却用了拗救。上句第四字"不"，应平而仄（拗），四仄一平，突出了唯一的平声"烧"字；下句第三字"吹"应仄而平，既救了上句的拗字，又使"吹"字格外醒目、嘹亮。这样"烧""吹"这两个动词，既形成强烈的对抗，而上句四仄一平，下句四平一仄，更使全联的音感由抑而扬。流水对的流畅与拗救的崛奇成功地结合起来，充分传达了春草苗生的生命力。

旺生的春草不仅自生，它更绵延不绝，远远地浸淫到古道上、荒城边，在晴空丽日的辉映下，显得分外芳鲜翠碧。颈联是工对，又是互文，诗人用"荒城""古道"两个富有荒寂寥廓之感的意象反衬春草"芳""翠"的生机；更在晴日的正面渲染中，用"侵""接"两个动词画龙点睛，显示出春草生命的力度。这样就使得"一岁一枯荣"内含的时空感，更显得幽远寥廓。时空无尽，新陈代谢无尽，因此生命也无尽，诗人面对凄茂的草色，固然不无离别的惆怅，却更多生命不止、进取不息的感悟。于是他写下了这首诗赠与远行的朋友——满盈着深情，隐含着劝勉……

诗情是豪壮的，然而仔细品味，在"离离""萋萋"的草色中，尤其在"古道""荒城"的背景里，可以感到诗人心头有一种潜在的悲凉苍茫之感，那种对生命之谛的思索，于一位十六岁的少年而言，似乎也过于老成了。但如果明白，当时不仅安史之乱的剧变，人们记忆犹新；而且因两河藩镇争战连年，诗人从十一岁起，就奔避逃难，辗转江淮，至此已五年；就不难明白，这豪情较之初唐王勃的"城阙辅三秦，风烟望五津"（《送杜少府之任蜀川》），盛唐李白的"月下飞天镜，云生结海楼"（《渡荆门送别》）何以更理性，且蒙上了苍森的色调。

旅 宿

杜 牧

旅馆无良伴，凝情自悄然①。寒灯思旧事②，断雁警愁眠③。远梦归侵晓④，家书到隔年。沧江好烟月，门系钓鱼船⑤。

【注释】

①凝情：情意贯注。悄然：寂寞忧郁貌。 ②寒灯：寒是由灯焰发白而引起的思乡诗人的心理感觉。 ③断雁：离群之雁。警：警忓。 ④"远梦"句：谓至晓方有远归之梦。 ⑤"沧江"二句：谓游宦在外，不如归家闲居渔钓。沧江：清江。古歌"沧浪之水清兮，可以濯吾缨；沧浪之水浊兮，可以濯吾足"。

【语译】

独居旅舍，有谁可交谈？我黯然神伤，浸淫在无边的寂寞里。近傍的烛火感受了我的思绪，那一点惨白，引动我思念往事；远天的孤雁悲鸣长空，翻搅起，不眠人的离群愁思。远归的梦境，到晓才姗姗来迟；久盼的家书，收取之时已隔年。（游宦飘泊啊，不如归去——）清江的水气托起了朦朦的月，柴门外，正系着那，悠哉游哉的钓鱼船。

【赏析】

这诗写旅况寂寞之感，是唐诗中最常见的题材。其独特处是结构用倒插法，形成波澜，在悱恻低回中见拗健之势，是杜牧诗的特色，也体现了晚唐诗新巧的特点。

首联言旅中独宿，黯然神伤，"凝情"字直透二联上句的一点"寒灯"，而"断雁警愁眠"，于"悄然"无声中忽起悲响，那失群孤雁似正提醒着自己孤独的境况，使本来苦于无眠的诗人更难以入睡，以至到晓方朦胧而有归梦。诗的前五句思理密致，顺序展开，至第六句忽然中断，逆笔补出前五句愁思的原因："家书到隔年"。是一封迟来的家书，勾起了诗人的无尽思虑。获家书本应喜欢，但一见是隔年旧函，所说当是旧事，而现在，家人究竟如何不得而知。这境况是何等的惘然？惘然的思绪注入了周围的景物，沧江上月色如烟，一艘钓鱼船在烟月下浮动，浮动。这景象意味着什么呢？是羡慕小舟的悠然自在，是象征诗人的起伏思潮，还是诗人想乘舟归去？都是，也都未必是，只有迷惘是可感的。

如果庸手写此诗，起句必言"旅馆无良伴，家书到隔年"，试自己玩味一下，究竟何者为佳。

秋日赴阙题潼关驿楼[①]

许 浑

红叶晚萧萧[②],长亭酒一瓢[③]。残云归太华[④],疏雨过中条[⑤]。树色随关迥[⑥],河声入海遥。帝乡明日到[⑦],犹自梦渔樵[⑧]。

【注释】

① 本诗当为许浑由家乡起为润州司马,赴任前,入长安选官时所作。赴阙:进京。阙指代京城。前屡见。潼关:在今陕西省潼关县。驿楼:供来往官吏与邮传旅舍处。 ② 萧萧:萧索。 ③ 长亭:供邮传休憩的驿亭。唐时三十里一驿,置一亭。此当指潼关驿楼处之驿亭。瓢:葫芦瓢。此泛指酒器。 ④ 太华:华山,在潼关西,因山西南有少华山,相对而称太华,华读去声。 ⑤ 中条:中条山,位于潼关东,在今山西永济。山形狭长,处太行山与华山中间,故称中条。 ⑥ 迥:远。 ⑦ "帝乡"句:帝乡即京城。潼关为长安屏障,东去长安约二百余里,非一日可到。明日到,极言京师已近。 ⑧ 梦渔樵:意指留恋家乡隐居生活。

【语译】

红叶在晚风中,萧萧作响;我坐在驿亭楼头,端起了酒瓢。(望着那)残损的云朵,归向关西太华山宽阔的胸怀;而稀疏的雨点,飘过了关东的横断山中条。苍苍树色,随着关势远展;黄河向大海奔去,那汹涌的涛声,渐远渐杳。虽然我明日就将抵达京师,可还是梦萦着,故乡的渔樵。

【赏析】

本诗写赴京述职考选时将近长安时的心情。"帝乡明日到,犹自梦渔樵"是诗旨,不出奇,因唐人概以山野独善为初志,以出仕济世时常怀归田之心为清高,其实往往言不由衷,不须认真看待。可玩味的倒是写景,在繁复的意象中带有一种对流式的动感,在微茫之中带有一种悲慨。在设色流丽中带有一种"远意"。选声设色,律切密丽是晚唐诗坛的一种走向,其意在纠大历、元和以来清而虚浮,变而尚怪之偏,而上窥初盛唐之雅丽;但往往饾饤堆叠,浅俗乏味。能在整密中见流动,见远意,是晚唐诗的高境界,而本诗是代表作。

诗的发端亦佳。"红叶晚萧萧,长亭酒一瓢",深秋暮色加以萧萧落叶,这景色是苍凉的,但这落叶是"红"的,苍凉便有带上了一种哀伤的悲慨,在这种背景下,长亭一座(它使人联想到长路)、旅酒一瓢(隐隐浮现出宦游者一人),构成了一幅画境,也为后文拓开了视角。

唐末张为《诗人主客图》将许浑归入"瑰奇美丽"一流,就风格论,甚是。《唐才子传》称"浑乐林泉,亦慷慨悲歌之士,登高怀古,已见壮心。故其格调豪丽,犹强弩初张,牙浅弦急,俱无留意耳"。论其诗得失,亦颇恰当。

早 秋

许浑

遥夜泛清瑟①，西风生翠萝②。残萤栖玉露③，早雁拂金河④。高树晓还密⑤，远山晴更多⑥。淮南一叶下，自觉洞庭波⑦。

【注释】

①遥夜：长夜。泛清瑟：弹瑟。唐时瑟一般为二十五弦。瑟音清和，故称清瑟。泛，晋《读曲歌》："黄丝呃素琴，泛弹弦不断。"泛、弹连用，知为弹奏指法。乐曲之和声、散声称泛声，泛当与此相关。此处则泛指奏鸣。 ②翠萝：萝为攀援植物。此泛指林丛。 ③残萤：萤火虫秋来将尽，故称残。玉露：露水的美称。陈徐陵《为护军长史王质移文》："比金风已劲，玉露方团。" ④早雁：初秋南飞之雁称早雁。金河：秋日之银河，秋配五行属金。按《礼记·月令》云：孟秋之月"凉风至，白露降"；仲秋之月"鸿雁来，玄鸟归"。三、四两句切此物候。 ⑤"高树"句：秋日叶落，因早秋，故还密。 ⑥"远山"句：秋气高爽晴明，山势更见其远。 ⑦"淮南"二句：即贾岛"一叶落知天下秋"之意。《淮南子·说山训》"见一叶落而知岁之将暮"，《楚辞·湘夫人》"洞庭波兮木叶下"，此化用二句之意。

【语译】

迥远的夜天下，我抚拂着清瑟；初度的西风，从翠绿的林丛生起。残存的萤火虫，在秋露如玉的草上栖息，第一批避寒的大雁，拂过秋空的银河南飞。天已拂晓，高耸的林丛，秋叶尚茂密；秋空高晴，远山因着它的衬托，显得分外重重叠叠。第一片落叶在淮南涧坠，当可远感，洞庭湖上泛起了盈盈秋波。

【赏析】

这是一首节令诗，基本的要求是贴切所赋咏的时令。本诗中西风初生，残萤栖露，早雁拂过明净的秋空银河等等，都是早秋典型的物候。但这些都不足称道，稍有诗歌修养者都能做到。我欣赏的倒是以下二点。

一是"高树晓还密，远山晴更多"一联，不用任何标示性字样，却体现出对早秋景物深入物理的观察。"晓还密"，则到晚间又如何呢？隐含着秋风落叶之想。山是亘古不变的，又如何会显得更"多"呢？又隐含着秋空高晴之意。这"还"字、"多"字都下得极好，看似无理却有理，且意脉直透尾联"一叶下"。

二是诗的起结。《庄子·齐物论》说有天籁、地籁、人籁。各以其性发出声响，却"道通为一"，无非自然。诗的中部写景是地籁。起句的清瑟，是人籁，瑟又主秋声，瑟声似乎渗透到地籁之中，而归到尾联"淮南一叶下，自觉洞庭波"，"一叶落知天下秋"是天籁，于是可知诗人之心与早秋的天地万物融合一体了。

蝉

李商隐

本以高难饱①，徒劳恨费声②。五更疏欲断③，一树碧无情④。薄宦梗犹泛⑤，故园芜已平⑥。烦君最相警⑦，我亦举家清。

【注释】

①"本以"句：《吴越春秋·夫差内传》"夫秋蝉登高树，饮清露"。又《初学记》引《车服杂志》称蝉"清高饮露而不食"。此兼含二句意。按蝉饮清露是古人错觉。其实它是吸食树汁的。　②恨费声：恨，憾；费，伤。恨、费二字并列，修饰"声"，指蝉怨悔伤神的鸣声。　③五更：临近天亮时，古时把一夜分成甲乙丙丁戊五个更次，要打更报时。疏欲断：鸣声渐疏似将断绝。　④"一树"句：梁江淹《江上山之赋》"草自然而千花，树无情而百色"。此化用其意。　⑤薄宦：卑微的官职。梗犹泛：《战国策·齐策》记，天雨，桃梗（桃木偶人）对土偶说，"你将化为一堆湿泥。"土偶答道："我虽化为泥，仍在本土，而你却要随流飘泊，不知流落何方。"此用其意。　⑥芜已平：用陶潜《归去来辞》"归去来兮，田园将芜胡不归"句意。芜，荒草，芜已平指荒草没胫。　⑦君：指蝉。最：恰，正。此为时间副词，与通常作程度副词用不同。警：警示。

【语译】

鸣蝉啊，既然你高居树梢，只以清露为食；又何必白白地劳心费神，发出怨愤悲苦的鸣声！天已五更，你鸣声渐疏，力竭精疲，哀哀欲绝……可是又有谁来理会？即使是你栖身的这棵树木，它也从不问你的憔悴与怨恨，依然油然自绿自青。人世间不也正如此？多少年来，我孤立无援，仍在不停地游宦四方，与那随流漂泛的桃偶一般无二；而那暌隔已久的故园中，只怕荒草已将没胫。感谢你啊鸣蝉，你的长鸣将我提醒，我也像你一样，家声清白，誓将守穷不变，自重自警。

【赏析】

商隐生活在牛李党争的年代，涉世未深，初从牛党的令狐楚学文，又为王茂元招赘，而王氏后来成为李党；因此诗人虽未参与党争，却被目为背恩无行，从此备受排挤，屈沉下僚，最后以四十七岁之英年，困顿郁抑而亡。本诗即借咏蝉以抒怀：前四咏蝉，五六写己，七八综合物我。

起笔问蝉：你既然居高饮清，不甘自堕，又何以经日长吟，白白地发出如许悲恨之声呢！"本以""徒劳"一起一承，又缀以"恨费"二字，一开始就以怨愤不可抑遏的感情，赋予鸣蝉以迥然不同于前人诗作的崭新形象。三、四句更以树衬蝉，伸足悲恨之意。经过长夜的悲吟，蝉儿声已嘶、鸣已疏，看看就将力竭不继，然而，又有谁来同情他呢？"碧无情"是诗眼，绿色常代表生命与青春，但对于憔悴欲绝的鸣蝉来说，这树色却成为鲜明的对照。鸣蝉本无知，这"无情"，其实是也以"吟唱"为生命的诗人苦涩的心灵在外物之上的投影。周围的世界方生方荣,而善吟的诗人的路,似乎已走到了尽头:常年的宦游漂泊,浮沉下僚,不知何时方是了局,就像木偶随流漂泊,难以自主命运;不如归去吧,但陶潜尚有生资所倚的田园,而自己的故乡,荒草已经没胫。世界对天才的诗人太冷漠了,他又怎能不感到树色青青,对于与他同病同志的鸣蝉太过无情呢?然而蝉鸣虽已嘶哑,却仍然"清高饮露而不食";不肯稍有苟且,自堕品格;困厄中的诗人也终于从中得到了启示:我也是世代清白,又怎能因穷困而自堕家声?于是我们会感到,秋蝉悲苦的长夜之鸣,正是诗人不平吟唱的象征。这正是本诗立意超卓、含意深婉之处。

风　雨[①]

李商隐

凄凉宝剑篇,羁泊欲穷年[②]。黄叶仍风雨[③],青楼自管弦[④]。新知遭薄俗[⑤],旧好隔良缘[⑥]。心断新丰酒,消愁又几千[⑦]。

【注释】

① 清冯浩《玉溪生年谱会笺》系本诗于懿宗大中十一年(八五七)商隐游于江东时,则为其去世前一年。　②"凄凉"二句:初盛唐之交名臣郭元振《宝剑篇》末言"何言中路遭弃捐,零落飘沦古狱边"。得武则天赏识,因得擢用。因此唐人用为故实。羁泊:寄居异乡,旅途漂泊。羁原意为马笼头,因有拘束义,故转义为寄居。欲穷年:眼看一年将尽。　③ 仍:加。　④ 青楼:妓楼。　⑤ 新知:新的知交。遭薄俗:正遇陋薄的人情风俗。　⑥ 旧好:往日友好。隔良缘:良缘指好的机缘,隔良缘即无缘再见。　⑦"心断"二句:新丰县在长安附近,今陕西临潼东,产美酒称新丰酒。王维《少年行》"新丰美酒斗十千"。按唐初名臣马周,早年落泊,西游长安,宿新丰,旅馆主人冷落之,马周取酒一斗八升独酌自若。后作中郎将常何门客,代草章奏,得唐太宗赏识,授监察御史。唐人用此事为穷而后达的典实。李贺《致酒行》"吾闻马周昔作新丰客,天荒地老无人识。空将笺上两行书,直犯龙颜请恩泽",此处则反用其意。心断:犹言死心。又几千:指狂饮消愁。几千泛指很多的酒资。

【语译】

郭元振的《宝剑篇》写得何等凄凉,(却因此,获得了天后赏识,飞黄腾达;)眼看我旅途漂泊,又将尽一年;(并非为,我没有惊世的文章。)秋日的黄叶追随着风雨飘落,妓楼上却依然歌吹沸天。新朋因陋薄的世风已将我淡忘,往日的知交却阻隔重重难相见。我愿将一腔的心事,交付与新丰的美酒;消去我不绝的长愁啊,竟不知,又虚掷了几千钱!

【赏析】

江东之游时的李商隐,已到了穷途末路之境。秋风秋雨,是他漂泊途中之所遇,也适成为他人生旅途的写照。于是记风雨而作此诗。

诗的起结用了本朝两位名臣的故事——郭元振与马周，都是穷而后达的典型，诗的作意即蕴于此。初看起来有些重叠，但在诗歌的脉络中各有不同的地位与作用。

全诗似乎是在风雨中独自读郭元振的《宝剑篇》而起兴的。《宝剑篇》其实本不凄凉，而恰恰是一篇慷慨激昂磊落不平的歌行。"凄凉"其实是诗人当时重读此诗时的心境。郭元振因此诗而得识拔的故事，与自己同样早年有"宝剑"之志，同样有名世诗才，却穷年"羁泊"的现实形成了鲜明的对照，这怎能不使诗人倍感"凄凉"呢？"凄凉"为首联之魂，也贯穿全诗——黄叶本将枯落，更哪堪风雨交加，这风雨不仅摧伤着黄叶，也煎熬着诗人行将枯萎的心。而风雨中传来的青楼弦吹之声，仍然是这般的悠扬，似乎全不管诗人当时的心境，徒然勾起了他对早年生活的回忆。青楼，在唐代才士的生活中有特别的含义，他们并不以妓楼盘桓为污行，而往往以之为少年豪纵之气的表现。自然，这里也演出过万千才士佳人的风流温馨的爱情故事。李商隐也曾有过数度与歌妓的恋爱，然而今天，他不仅仕途失意，连征歌逐酒的意兴也烟消云散，于是那管自吹奏的歌乐之声，岂不成了对穷窘之境的最无情的讽刺。这一联以风雨为背景，展开了有声有色的图景，隐含了诗人穷途贫老与少年意气的对比，"仍"字、"自"字前后勾带，尤其传神。可惜不少解说者不明唐人习尚，不顾商隐的行为特点，将下句说成是讽豪贵纵欲，真是大煞风景。

"新知遭薄俗，旧好隔良缘"，颈联的抒情（参"语译"）正是在前二联的境况中蕴蘖而生的。这是商隐对自己一生处世交友的总结：世风是自己无能为力的，但命运各人皆有，而"我"又为何如此"缘悭"呢？依时序这一联应是"旧好隔良缘，新知遭薄俗"，但诗人将二者颠倒过来，便在错置的逻辑关系中，既突出了新交薄俗所引起的刺心的悲愤，又加重了对旧缘错失的深重感喟，使诗势因之动荡起伏，并随势在浓重的感伤气氛中归到尾联——"心断新丰酒，消愁又几千"，不难体味，在这里用马周事的侧重点与起句用郭元振事的侧重点是不同的，用郭事重在对《宝剑篇》的心理感觉，而用马事则偏注于美酒消愁这一点。像马周这样的幸运，风雨中，垂老的诗人自感到，再也不会有了，"心断"云云，正是这一精神状态的写照。

落　花

李商隐

高阁客竟去①，小园花乱飞。参差连曲陌②，迢递送斜晖③。肠断未忍扫④，眼穿仍欲归⑤。芳心向春尽⑥，所得是沾衣⑦。

【注释】

①竟：终于。　②参差：错落不齐。　③迢递：远展貌。　④肠断：极言伤心。《搜神记》卷二十记：一猿为人所获，母猿追呼哀号而绝，剖其腹视之，肠寸寸断。未忍扫：见花思人，故云。　⑤眼穿：白居易《江楼夜吟元九律诗成三十韵》"青眼望中穿。"　⑥芳心：双关，既指花心，亦指自己拳拳心意。　⑦沾衣：泪下沾衣。

【语译】

你终于离开了我楼头高阁，空见小园中，落花纷纷飞。花瓣儿随风上下，洒向了弯弯的小径；远远地追送着，那落日渐消的斜晖。肝肠寸断啊，有甚心绪去拂扫落红狼藉；望眼欲穿啊，我依然盼着你来归。我心已随春花枯萎，换取的，只是涟涟泪水沾裳衣。

【赏析】

这是首咏物诗。妙在由高阁客去后，伫望人眼中看出。将望眼欲穿的婉委悲思与春去花落的婉转飘零融成一片来写，确实达到了《文心雕龙·附物》所说"婉转附物，怊怅切情"的高超境地。

首联客去、花飞双提并起，而以"高阁"领句，先得远势；"竟"字之无奈，"乱"字之迷茫，更呼应互补，隐隐透现出一篇的感情基调。以下均由花见人，是咏物诗的典型格局。"参差连曲陌"上连第二句，"迢递送斜晖"则回应首句。"参差""曲"是落花堕径的形态，也隐含着诗人的婉伤心态。"迢递"二字、"斜"字，更将这婉转情思远展开去，使人去花落的小境界溶入了富于时空感的大境界。"肠断未忍扫"，承三句，仍就落花言，"眼穿仍欲归"，又接四句就客去言，然而"肠断"已将"客去"的悲伤直接移入落花，而"未忍扫"去这将"零落成泥碾作尘"的落花，又隐含了这样一种潜在的意识——虽然"眼穿仍欲归"，却又深怕"春归人未归"。在这种悲婉的思绪中，尾联一笔双绾，芳心似花，也将同春光消尽，只落得涕泪沾襟——是惜春，是怀人，是惜春忆人，已浑然不可分了。

凉　思

李商隐

客去波平槛①，蝉休露满枝②。永怀当此节③，倚立自移时④。北斗兼春远⑤，南陵寓使迟⑥。天涯占梦数⑦，疑误有新知⑧。

【注释】

①本诗当为大中九年（八五五）商隐任盐铁推官，一度至东南所作。槛：水槛，建在水边或水上的亭榭，因有栏槛，亦称水槛。　②蝉休：凉风起，蝉声渐休。　③永怀：长相思。节：时节，指诗题秋凉初起时。　④倚立：此当指倚槛而立。移时：时光已移，指多

时。　⑤ 北斗：指京城，当为"客"往处。杜甫《秋兴》："每依北斗望京华。"兼：共。
⑥ 南陵：唐宣城郡南陵县，在今安徽南陵。寓使迟：为使命寓居一地已久。盐铁推官为盐铁使属吏，当时商隐当受盐铁使崔郸之命往宣城一带。　⑦ 天涯：以长安而言东南为天涯。占梦：依梦境占卜吉凶等事。数（shuò）：屡次，频频。　⑧ 疑误：承上句言占得"有新知"而疑占象有误。

【语译】

你远去了，湖水渐与水槛涨满；蝉声息了，秋露挂满了枝子。秋凉初起时，最是引动不尽的相思；倚槛而立啊，竟不知过去了几多时。你所去的京城啊，与春光一般离我远远；出使南陵，我羁旅不归长迟迟。身在东南啊，我常把梦境来占卜；总不信，那卦象竟说着——"有新知"。

【赏析】

本诗写秋凉初起时怀人心曲，主旨与上诗相同，而诗体却非咏物，秋凉只是引发诗思的触媒。所以首联以秋凉起，二联上句"当此节"接过时令，而以"永怀"折入"思"人之意，下句"倚立自移时"则将永怀的情态进一步具体化，同时造成一个悬念：诗中的主人公为何这般地怀想入神呢！

后四句解答了这一悬念。"北斗兼春远"，是奇句，望中人所去的京城如此遥远，就如同已逝的春光距当前的秋光一般，这设想本已奇特，而更可玩索的是诗人又何以如此留恋这春光呢？可以想象，春天里他们曾经有过一段欢聚。这样"兼"字双联"北斗"与"春"两个都带有光（星光，春光）的意象，相互映发，归到"远"字，便在极精炼的句式中表现出了极杳远极丰富的情思。下句"南陵寓使迟"更在精切的对仗中以地名"南陵"的"南"巧对天象"北斗"的"北"，以"迟"工对"远"，形成了强烈的反差，更显出思念不尽之苦，相聚无望之悲。尾联"天涯"字绾合"南""北"，更出奇想，谓频频占梦，竟得彼人"有新知"的卦兆，诗中主人公不敢相信，更不愿相信，但卦兆总是卦兆，明明这般写着，他又怎能不心中"疑"惑，"倚立自移时"呢！

新巧是晚唐所有诗派的时代特色，即如雅体诗嫡脉的李商隐也如此。晚唐诗成败得失都源于此，而本诗可贵在新巧而能浑成自然。

北　青　萝①

李商隐

残阳西入崦②，茅屋访孤僧。落叶人何在，寒云路几层。独敲初夜磬③，闲倚一枝藤④。世界微尘里⑤，吾宁爱与憎？

【注释】

① 本诗作时不明。北青萝，疑为地名。河南济源县西王屋山有青萝斋，浙江浦江县有

青萝山。"北青萝"当为某"青萝山"之北山。　②崦：山谷日没处称崦。《山海经》有崦嵫之山，为日入处。　③初夜磬：古时分一夜为甲乙丙丁戊五更，初夜磬，即甲夜的磬声。磬：玉石制打击乐器，佛教用作法器，可报时。　④藤：当指藤杖。　⑤"世界"句：佛教认为万物俱是真如佛性的幻象，从一微尘中即可见出大千世界。《法华经》："譬如有经卷书写三千大千世界事，全在微尘中。"世界：佛教语，即宇宙。世指时间，过去、未来、现在；界指空间，东、西、南、北、东南、西南、东北、西北、上、下。

【语译】

西下的残阳，渐渐地没入山谷；我来到山间的茅屋，造访那独自隐居的高僧。落叶满山，人迹在何处？寒云重重，竟不知山路有几层。初夜里的磬声，敲送着幽独；闲静中，你当常倚着一杖古藤。大千世界的万事万物，都不过是一末微尘；我为何，还要去分辨，什么是爱，什么是憎……

【赏析】

这诗的主旨、作法与前录王维《过香积寺》颇相似，但感情色彩微有不同。王维诗结言，"日暮空潭曲，安禅制毒龙"，此言"世界微尘里，吾宁爱与憎"，从佛理上看都是息妄念、无执、无我之意；但在表达上，王维是泛说，而李商隐却是直指"爱与憎"，且用反问句强调，似乎透露了诗人心中原有着太多的爱与憎，如果我们更细致地体味一下本诗的色调，就会感到这推测是正确的。王维诗如前析表现了一种幽冷的色调，但并无萧瑟之感，相反却同时有一种博大庄严气象，而李商隐本诗以残阳空谷、茅屋孤僧，落叶、寒云，一缕孤独的磬声、一枝枯藤的柱杖等意象叠加，便不仅幽冷，更裹挟着一种萧瑟孤独到使人寒冽的况味。这是一种心的寒冷，所谓"哀莫大于心死"，因此他悲伤地自解：世界既通于微尘，更何况微末的一己之爱憎呢？李商隐与王维的这种区别，是时代的区别，反映了晚唐国势颓败，前途微茫的世纪末式的悲哀，也是个人遭际的区别，比起王维来，他可称是一个终生落魄畸零人。

送人东游①

温庭筠

荒戍落黄叶②，浩然离故关③。高风汉阳渡④，初日郢门山⑤。江上几人在？天涯孤棹还。何当重相见，樽酒慰离颜⑥。

【注释】

① 大中十年（八五六），庭筠贬随县（今湖北随州）尉，观诗中地名，当作于此期。　② 荒戍：废弃的戍垒。　③ 浩然：《孟子·公孙丑》"予然后浩然有归志"。又云："吾善养吾浩然之气。"此用其语。　④ 汉阳：今湖北汉阳。　⑤ 郢门山：荆门山，在今湖北宜都北长江南。　⑥ 樽：酒器。

【语译】

荒弃的古垒上，黄叶纷纷飘落；您长叹浩然，告别了故老的城关。眼前，汉阳渡口，秋风在高天呼啸；西望，旭日初升，衔悬在遮断江流的荆门山。江上的旧友，如今还有几人在？您又孤舟一叶，天涯东去把家还。何日里，我们还能重相见？手执杯酒，相互将离后的衰容慰安。

【赏析】

庭筠诗，常于萧瑟悲回之中，有一种掩抑不住的强项气概。

"江上几人在？天涯孤棹还"，旧交星散，君又东去，谪宦中的诗人，自然感到悲伤。起句"荒戍落黄叶"，古垒的荒圮与秋叶的零落交织成的萧瑟气氛，正是诗人这种悲凉心情的写照。然而次句即从悲情中振起，"浩然"用孟子语，浩然远志冲破了悲凉秋气，开出一派宏阔的景象："高风汉阳渡，初日郢门山。"汉阳渡是离别之地，江水送行舟，诗人不禁回望江流奔来处，但蜀楚交界处的荆门山将视线遮阻，这景况中自然有无尽的伤别之意，但冠以"高风""初日"二词，这伤别之思又透现出一种开阔高远的心襟来，高秋的劲风，初升的日照，不正是"浩然"远志的写照吗！这远志鼓舞着诗人，因此虽然"江上几人在，天涯孤棹还"，但诗人仍寄望于未来——"何当重相见，樽酒慰离颜"。待到重见之时，虽然离别已将容颜摧老，但友情并不因岁月的流逝而消损，惺惺相惜中，正可见出世间最可贵者，唯有情真。

庭筠贬谪随县尉，原因是所谓搅扰场屋，即不遵守考场规矩。他确实是一位不拘绳墨的才士。当时中书舍人裴坦所撰制词称其："早随计吏，夙著雄名；徒负不羁之才，罕有适时之用。"狂放之士，不为时用。他胸中总着一股抑郁不平之气，遂形成了他诗歌萧瑟低回之中的强项意态。

灞上秋居[①]

马　戴

灞原风雨定[②]，晚见雁行频[③]。落叶他乡树，寒灯独夜人[④]。空园白露滴[⑤]，孤壁野僧邻。寄卧郊扉久[⑥]，何年致此身[⑦]。

【注释】

① 会昌四年（八四四）马戴进士及第之前，旅居长安灞上所作。　② 灞原：灞上。灞水流经长安东。水西高地称灞上，灞原。高地曰原。　③ 雁行：此指雁阵南飞。　④ 独夜：独处之夜。　⑤ 白露：指秋露。前屡见。　⑥ 寄卧：羁旅病卧。　⑦ 致此身：报效君上。杜甫《奉赠韦左丞丈二十二韵》："致君尧舜上，再使风俗淳。"致：上奉称"致"。

【语译】

灞原上风雨初定，晚来只见，南飞的雁行频频。秋叶黄落了，更哪堪地是客居树异乡——连灯光也显得寒凉,偏照着,长夜不眠孤独人。园林空了,似可闻秋露敲滴;居处荒僻,只有那山野的僧人与我为邻。我寄居京郊已经多久多久;哪一年啊,才能一展怀抱朝圣君。

【赏析】

唐人科举,乡贡进士例以上年秋冬进京,春试如不第,又常于京郊赁居读书,以待来年,马戴久困场屋,本诗便是在这种境况下所作。

"落叶他乡树,寒灯独夜人"是一诗警策。接转首联郊原风雪初霁,暮色中南雁北回的背景,渟蕴为一种深刻的凄冷的思乡之情。又于这凄冷的氛围中,生发出后二联凄惶不知此身何之的忧虑:秋露滴,野僧诵,这声响更衬托出郊原的空、诗人的孤,于是他不得不为何年可金榜题名、致君尧舜的苦闷所浸淫。

"落叶他乡树,寒灯独夜人",人们又常以之与司空曙的"雨中黄叶树,灯下白头人"(《喜外弟卢纶见访》)对读,马诗表现旅况寂寞,司空诗抒发暮年凄凉,虽取象略近,但意蕴不一。相比之下,司空曙更胜一筹,他不用寒、独等词,但寒独之感仍溢于言外,更为蕴藉有含。这也反映了大历诗风与会昌诗风的区别。二联都以名词词组并列,不加动词,而司空曙执先鞭,自然更为不易;不过,如马戴这样取法前人能达如此境地,也属不易了。

楚江怀古[①]

马　戴

露气寒光集,微阳下楚丘[②]。猿啼洞庭树[③],人在木兰舟[④]。广泽生明月[⑤],苍山夹乱流[⑥]。云中君不见[⑦],竟夕自悲秋[⑧]。

【注释】

① 马戴约于宣宗大中年间贬朗州龙阳尉,地近洞庭,疑作于此时。楚江,楚地之江。龙阳濒临沅水,或指此。　② 微阳:夕阳光黯,故称微阳。楚丘:楚山。　③ 洞庭:洞庭湖在龙阳东。　④ 木兰舟:木兰即辛夷,香木。以木兰为舟,取其芳洁之意。《楚辞·湘君》:"桂棹兮兰枻,斲冰兮积雪。"　⑤ 广泽:广阔无际的湖泽。　⑥ 乱流:原意浊流,此当指江流之明灭不定。　⑦ 云中君:神名,即云神。《楚辞·云中君》:"思夫君兮太息,极劳心兮忡忡。"此化用其语。　⑧ 竟夕:终夜。

【语译】

露气凝敛着秋日的寒光,依微的夕阳,傍着楚山西下。哀猿声声啼,在洞庭的山树间回响;我乘着木兰香舟在湖面荡漾。明月从浩淼的湖面上升起,苍绿的山丘夹涌着明灭的湍流。周遍四海的云神啊,你究竟飘向何处!终夜里,我只能独自悲秋。

【赏析】

诗歌当然离不开生活；但诗歌，尤其是抒情诗，往往不是现实生活的直接反应。时代的种种投影积聚在个性不同的诗人心中，久而久之，便形成了诗人含有时代特征的个性化的心态，然后它会时时潜流般地反映于诗作中，形成其特殊的体调韵味。本诗生动地显示了这一道理。

怀古诗总是针对某一古迹，由怀想前人前事而生发，寄托较为明确的理念或抱负。无论诗写得如何开展、空灵，它总是比较具体，有迹可循的。如杜甫名作《咏怀古迹》五首，怀宋玉就以"摇落深知宋玉悲，风流儒雅亦吾师"起，怀明妃则开首即言"群山万壑赴荆门，生长明妃尚有村"。但这首《楚江怀古》则不然，很难确指它究竟在怀念哪一个具体对象，结句云"云中君不见，竟夕自悲秋"，似乎点到楚神云中君，但又寄寓何种情怀呢？仍很难确指。因《云中君》是《九歌》中文义最为恍惚的一篇，王逸《楚辞章句》注结句"思夫君兮太息，极劳心兮忡忡"云，"屈原见云一动千里，周遍四海，想得随从，观往四方，以忘己忧思，而念之终不可得，故太息而叹，心中烦劳而忡忡也"，是纷纭众说中最通脱的。那么本诗之意大抵也就是一种莫可言说的烦扰了吧，且释之。

秋露涵着寒光下降，原来，秋阳已傍楚山西下了，日暮中洞庭湖畔猿啼声起，这光色、这悲声传到了江上小舟中的诗人眼中、耳中，浸淫着他的心地。渐渐地，他看到远处浩淼的湖面上升起一轮明月，近处月光投照在束峡苍江上，水流泛起点点杂乱无绪的光斑，匆匆流去。这样就以"人在木兰舟"为枢纽，景由夕阳写到月色，景中之情则由怅惘而转为悲怨。于是诗人不堪凄清之感，"云中君不见"，长空无云，秋夜明净，他竟连"猋远举兮云中""聊翱游兮周章"——聊为解脱——的幸运都没有，只能任摆脱不去的愁思"竟夕"噬咬着他的心灵。可见结尾的"云中君"，并非是诗人预先怀想的对象，而是愁不自胜时偶然兴起的想头，而他愁的是什么，则难以言究。只能从"猿啼洞庭树，人在木兰舟"（似乎用《楚辞·湘夫人》"袅袅兮秋风，洞庭波兮木叶下"与《湘君》"桂棹兮兰枻，斫冰兮积雪"）二句中，感到诗人有着以洁身自好的屈子自比之意，这也许与他大中初贬龙阳尉有关，但更多的是与李商隐"夕阳无限好，只是近黄昏"相通的那种回天无力而无所聊赖的深沉悲思。这也就形成了全诗"清微婉约"的格调。

"猿啼""人在"一联是名句，既因其比兴自然，寄意婉曲，更由于它在全诗中的上述地位。

书 边 事[①]

张 乔

调角断清秋[②]，征人倚戍楼[③]。春风对青冢[④]，白日落梁州⑤。大漠无兵阻，穷边有客游⑥。蕃情似此水⑦，长愿向南流。

【注释】

① 据今人周祖撰、贾晋华考订，本诗写凉州一带干戈消偃、蕃情归顺情况，与史书所载懿宗咸通四年（八六三）至广明元年（八八〇）张义潮收复河湟诸州事相合。　② 调角：吹角。乐律曰调，引申为奏乐。唐方干《听段处士弹琴》："几年调弄七条丝。"角即号角。断清秋：消逝于清秋。　③ 征人：远征戍边之人。　④ 青冢：汉王昭君和亲嫁匈奴呼韩邪单于，死后葬塞外，塞草秋白，昭君墓草独常青，称青冢。在今内蒙呼和浩特市西南。此处青冢取其象征意，非实指。　⑤ 梁州：梁州当系凉州之误。梁州在今陕西南郑，非边地。凉州在今甘肃武威，为边州，河湟十三州之一。　⑥ 穷边：即远边。　⑦ 蕃：指吐蕃，古藏族，河湟诸州自代宗宝应年间起陆续为吐蕃所据，至宣宗大中间起陆续收复。陷落七八十年。张义潮收复凉州在懿宗咸通四年。广明年后，诸州又纷纷为吐蕃复据。似此水：凉州境内马城河等为黄河支流，由此向南流入黄河，当指此。似此水，谓吐蕃人情归顺如支流南入黄河。

【语译】

号角声在清迥的秋空中远飏，守边的战士倚望在戍楼。昭君的青冢似乎常迎着春风，白日坠落在边域凉州。浩瀚的沙漠中，近来止歇了连年兵火；遥远的边疆，终于可有远客来畅游。我想蕃邦的民心，也像大河的支流；归根结蒂，愿意向南流。

【赏析】

本诗算不上好诗，最大的败笔是既云"调角断清秋"，又云"春风对青冢"，究竟是秋是春，读者不懂，作者怕也未曾细思。这绝不能用"中国诗重意尚虚"来搪塞，实在是晚唐人常有"凑对"的坏毛病。看来张乔是先有了"白日落梁州"这一佳句——这句确实好，境界宽大悲壮——但未有相应的上句，便用了青冢春风的熟典来凑合一下了。这一来，不仅春秋扦格，就连青冢的地理位置也与梁州或者凉州大不吻合。语译中译"春风"句谓"昭君的青冢，似乎常对着春风"，也不过是笔者企图将它勉强说通而已，这是需要说明的。此外"大漠""穷边"一联直白无味，末联"此水"之突如其来，也是难以恭维的。而首联似写边愁，结末弄出个歌颂升平，也极难协调。

诗既不佳，何以要选入，恐怕除了"白日"一句甚好外，主要在尾联"蕃情似此水，长愿向南流"。这类立意最惬合蘅塘退士温柔敦厚的选诗标准了；拔高点讲，也算是愿山河统一的爱国心吧。看来"政治标准第一，艺术标准第二"由来已久。

除夜有怀①

崔　涂

迢递三巴路②，羁危万里身③。乱山残雪夜，孤烛异乡人。渐与骨肉远④，转于僮仆亲⑤。那堪正飘泊，明日岁华新。

【注释】

① 除夜：除夕之夜。本诗一作孟浩然诗，非。涂约于僖宗中和元年（八八一）秋避黄巢乱入蜀，四年（八八四）离蜀，诗当作于此时。　② 迢递：辽远貌。三巴：《华阳国志》卷一："建安六年，（刘）璋乃改永宁为巴郡，以固陵为巴东，徙（庞）羲为巴西太守，是为三巴。"即今四川东部一带。　③ 羁危：羁旅危苦。万里身：崔涂江南人，壮年避地巴蜀。万里极言其远。　④ 骨肉：亲人。　⑤ "转于"句：王维《宿郑州》"孤客亲僮仆"。

【语译】

三巴路途迢迢，万里羁旅我一身，危苦有谁知省。山影乱，残雪明，寒夜长，唯孤烛一点，相伴我，异乡客地人。骨肉分离久，更西行，渐杳远；人情须慰安，聊胜无，转感僮仆日见亲。飘泊无定所，本已悲，更哪堪，明日又一岁，是新春。

【赏析】

读"乱山残雪夜，孤烛异乡人"，会不由得想起司空曙的"雨中黄叶树，灯下白头人"（《喜外弟卢纶见访》）、马戴的"落叶他乡树，寒灯独夜人"；读"渐与骨肉远，转于僮仆亲"，又会想起王维的"他乡绝俦侣，孤客亲僮仆"、戴叔伦的"一年将尽夜，万里未归人"、司空曙的"乍见翻疑梦，相悲各问年"。于是我们可以悟到从王维到大历诗人，到贾岛、姚合流裔的马戴，再到崔涂，存在着一脉相承的联系。王维一派诗至大历趋于清淡而不免浮泛，贾岛、姚合以苦吟纠大历之偏而流于清苦甚至僻仄，贾、姚在晚唐影响卓著，效学者极多而各成体段，其中马戴取贾岛之苦炼精思而上窥大历以前，虽因风会所至不免萧瑟，而清秀凝炼中能见远韵，境界宽舒，有浑成自然之致。崔涂诗正是马戴的余响。如果我们再将前引两组诗分别对照，仔细体味一下"乱山残雪夜，孤烛异乡人"中"乱"字、"残"字、"孤"字、"异"字，就会感到崔涂笔下的景象，更刻炼。前人有评云，王维"孤客亲僮仆"五字，到崔涂笔下衍成十字，所以王维为佳。其实崔涂正是通过"转"字连带"远""亲"二字，形成强烈对照，把与王维的类似感触，刻画到十分。读本诗颔、颈二联，会感到诗人似乎有意地让苦涩更深更深地咬啮着自己的心灵。尾联也如此，它呼应首联的地域之遥，又宕开一层，补述出年华流逝之意。可见在苦涩这一点上，诗人似乎总是在为自己雪上加霜，这是苦吟诗的特点。然而万里三巴路上的乱山残雪，与诗人的真切情思融洽一体，这便是苦吟而尚能浑成，是马戴、崔涂一流诗人的长处。

孤 雁

崔 涂

几行归塞尽①,念尔独何之②。暮雨相呼失③,寒塘欲下迟④。渚云低暗度⑤,关月冷相随。未必逢矰缴⑥,孤飞自可疑⑦。

【注释】

① 行:雁行。塞:塞外。由此可知为南雁春来北飞。 ② 尔:你,指孤雁。 ③ 失:失群离散。 ④ 迟:此指迟疑徘徊。 ⑤ 渚:水洲。 ⑥ 矰缴:系绳的短箭,矰为箭,缴为长绳。矰缴用以射飞鸟,可循绳而得猎获之鸟。 ⑦ 疑:疑惧,指孤雁前程难测。

【语译】

续续雁行都已归返边塞,唯有你,为何独自飞翔。暮雨之中,你与同伴相呼散失,望着寒冽的池塘,心有犹疑,你迟迟不敢飞下。你终于穿过水洲低暗的雨云;只怕是,飞到边关,唯有冷月长相随。虽然你未必逢上猎人的弓箭,但这样孤飞,也前程难测。

【赏析】

这是一首咏物诗。佳在以诗人的关爱之心倾注其间,故能摆落常格,尽去陈词,达到略形取神的境地,也隐隐可见晚唐诗人的危苦心态。

首联点出孤雁失群,下句"念尔独何之"即以关爱之念倾注。以下人的思绪似乎随着雁的低昂而由南向北,起伏远飏。"暮雨相呼失,寒塘欲下迟",实写滞留在南的孤雁,是近景,却从想象中雁的心态落墨。"相呼失"是惊恐,"欲下迟"是犹疑,而"暮雨""寒塘"正为这惊恐犹疑渲染了迷惘凄冷的氛围。"渚云低暗度,关月冷相随"由实而虚,是远景,上句"低暗度"是由南而北、由实而虚的关捩,下句即展开拟想,读者似乎可以看到垂压水洲的沉沉雨云下有一片暗影飞度,忽而暗影变成了剪影,孤雁穿过了云层,渐远渐杳,终于连影儿也望不见了,但诗人的关爱却被它带往了远方:也许,孤雁及北,伴随它的唯有关月的冷光。由此自然引出尾联"未必逢矰缴,孤飞自可疑"。上句是一种侥幸,说"未必",正是担心这孤雁会遭遇猎人的弓箭;下句是一种无尽的忧虑,究竟孤雁的命运如何呢? 诗人"自可疑",不敢想,也不愿想。这样尾联回扣首联"念尔独何之",深长地结束了全篇。

春 宫 怨

杜荀鹤

早被婵娟误①,欲妆临镜慵②。承恩不在貌,教妾若为容③?

风暖鸟声碎④,日高花影重⑤。年年越溪女⑥,相忆采芙蓉。

【注释】

① 婵娟:容态美好。张衡《西京赋》:"增婵娟以此豸。"薛综注:"恣态妖蛊也。" ② 慵:慵懒,此指娇懒。 ③ 若为容:为谁作妆饰。《诗经·卫风·伯兮》:"岂无膏沐,谁适为容。" ④ 碎:参差错杂状。 ⑤ 重:重叠。 ⑥ 越溪女:越溪女以白皙美貌著称,唐人多咏之。王维《西施咏》:"朝为越溪女,暮作吴宫妃。"越溪,指今浙江绍兴一带。

【语译】

早年我就被选入宫中,都只为美貌将青春耽误;正待要梳洗妆点,照着镜儿,忽然兴致全无。承受君恩既不只因美貌,教我又为谁去整点姿容。阵阵暖风吹过,送来了鸟啼声唧唧絮絮;日头已经高悬,照映得繁花影儿相重。春光催我想起越溪之上的女伴,年年此时,正当相约采芙蓉。

【赏析】

有一副美好的姿容,是造化赋予的幸运,但起联却云:"早被婵娟误,欲妆临镜慵",这反常的现象究竟为什么呢?颔联解答了这一悬念。原来"承恩不在貌",那么"教妾若为容"呢?这一联是警策,也是一篇枢纽。既承首联来,也以反问句式营造起一种哀怨迷惘的气氛。其意脉贯注于颈联的景物之中——风暖、日高、鸟语、花影,这本应是一副阳春丽景,然而从"碎"字、"重"字可以体味到,这丽景,在青春闭锁的伤心人看来,年复一年,从早起到"日高",就虽然暖香美丽,却似乎因"慵"懒的心境,而显得有种恹恹沉沉的况味。于是他回想起进宫前的生活——"年年越溪女,相忆采芙蓉"。芙蓉即莲花,是爱情的征象,尾联不仅补出了这位宫女的出身,更婉委地道出了她对自由的生活、真正的爱情的向往,从而也引起了人们对不合理的宫妃制度的反省。

本诗结构新巧如上析,而遣词造句亦佳。"风暖鸟声碎"的"碎"字,"日高花影重"的"重"字都体察入微。当时人称"杜诗三百首,惟在一联中",即指此联。其实颔联更佳,怨而不怒,神情宛然可见。《才调集补注》引默庵评云"奇妙在落句,得力在颔联",是颇有见地的。

章台夜思①

韦　庄

清瑟怨遥夜②,绕弦风雨哀。孤灯闻楚角③,残月下章台。芳草已云暮④,故人殊未来⑤。乡书不可寄⑥,秋雁又南回。

【注释】

① 章台:楚灵王行宫章华台,故址在今湖北潜江古华容城内。 ②"清瑟"句:参前许浑《早秋》注①。 ③ 楚角:楚地的画角声。 ④ 云:语助词。 ⑤ 殊:虚词,加强语

气，此略近于竟、终于。　⑥乡书：家信。韦庄为京兆杜陵(今陕西西安东南)人。

【语译】

清怨的瑟音响起在迥远的夜空，萦绕着弦索，似可闻风声悲啊雨声哀。孤灯相对，偏又闻楚地悲凄的画角；残月一钩，渐渐坠落在楚王行宫章华台。芳草渐黄啊岁时渐晚，旧日的相知，你究竟为何还未来。写就了乡书，我不知向何处寄送；只见那行秋雁，又开始南回。

【赏析】

本诗前人评述有极精当者，今迻录数则，略加次第，以代赏析：

俞陛云《诗境浅说》析全诗云："五律中有高唱入云、风华掩映而见意不多者。韦诗其上选也。前半首借清瑟以写怀，泠泠二十五弦，每一发声，若凄风苦雨绕弦杂沓而来，况残月孤灯？盖以角声悲奏，楚江行客，其何以堪胜！诵此四句，如闻雍门之琴、桓伊之笛也。下半首言草木变衰，所思不见，雁行空过，天远书沉，与李白(应作杜甫)之'鸿雁几时到，江湖秋水多'相似，皆一片空灵，含情无际。初学宜知此诗之佳处，前半在神韵悠长，后半在笔势老健。如笔力尚弱而强学之，则宽廓无当矣。"

清王士禛《带经堂诗话》论起接："律诗贵工于发端，承接二句尤贵得势……'锦(清)瑟怨遥夜，绕弦风雨哀'下云'孤灯闻楚角，残月下章台'，此皆转石万仞手也。"

明钟惺、谭元春论其风格云："悲艳动人(钟)；苦调柔情(谭)。"

清管世铭《读雪山房唐诗序例》论其传承："温庭筠'古戍落黄叶'、刘绮庄'桂楫木兰舟'、韦庄'清瑟怨遥夜'，便觉去开、宝不远。可见文章虽限于时代，豪杰之士终不为风气所囿也。"

寻陆鸿渐不遇①

僧皎然

移家虽带郭②，野径入桑麻。近种篱边菊，秋来未著花。扣门无犬吠，欲去问西家③。报道山中去，归来每日斜④。

【注释】

① 陆鸿渐：名羽(七三三—贞元末)，字鸿渐，竟陵(今湖北天门)人，号竟陵子。至德中避乱湖州，与僧皎然为"缁素忘年之交"，又自号桑苎翁。后召拜太子文学，不就，浪迹江湖而终。羽工诗，性放荡，善茶道，著有《茶经》，后世尊为茶圣。皎然尚有《同李侍御萼陆判官集陆处士羽新宅》诗。李萼大历八年至十一年任湖州团练副使。本诗首句云"移家"，可知为羽迁新宅后事，当作于大历后期。湖州归安县今有桑苎翁遗址。　② 带郭：毗连外城，外城曰郭。　③ 西家：西邻。　④"报道"二句：西邻答词。

【语译】

你搬迁新家虽傍着城郭，而门前的小径，却通向一片桑麻。你篱边的菊花当是近来种，可为什么时至秋令还未曾带花？我扣门相呼，却听不到院中有犬吠；正待离去，又想想再问声西邻家。说道是"你日日总向山中去，归来时，日头常常已西斜"。

【赏析】

诗家用"如盐着水"譬喻诗的理趣，意思是诗不可无理，但不宜说理。使理融于景、事、情中，不落形迹，妙趣横生，是谓理趣。本诗题为寻友，却活画出随缘任运、一无拘羁的高士形象；通篇禅意，却无一句谈禅。正可为理趣作注。

这陆羽，居处近郊入野，却又倚城带郭，可见是隐而不隐，不隐而隐；种菊却又不花，又见得他凡事有心而无心，无非适意乘兴而已；有门而无犬，则有家又似无家，门户之设，非关防盗，无非是家总有扇门的意思，正不要以家事为累。最后一问一答更有趣，行必山中，归来日斜，正是出行无定处，兴尽而已，一派浮云野鹤的意态。南宗禅是吸取庄子思想的中国化的佛教宗派，倡言心外无物，人处世上，虽不得不应接世事，但不要有意追求、规避什么，一切随心适意，便是佛家胜境。这诗正是此意，但你看他，可有一句写到这佛理呢？

卷六 七言律诗

黄鹤楼①

崔颢

昔人已乘黄鹤去②,此地空余黄鹤楼。黄鹤一去不复返,白云千载空悠悠。晴川历历汉阳树③,芳草萋萋鹦鹉洲④。日暮乡关何处是⑤,烟波江上使人愁⑥。

【注释】

① 据考,崔颢开元十一年进士及第前曾游东西二京求官,无成而作东南游,本诗作于南行途中。黄鹤楼,旧址在今武汉长江大桥武昌桥头处。《武昌府志》:"黄鹤山,自高冠山而至于江,黄鹤楼枕焉。"《南齐书·州郡志》称,有仙人王子安驾黄鹤过此,因得名。《太平寰宇记》则称仙人费文袆乘黄鹤登仙,曾休憩于此,故以为名。皆附会之说。 ② 昔人:注①所称仙人。 ③ 晴川:晴日照耀下的江河,此指长江。历历:清楚可数。汉阳:武汉三镇之一,在今武汉汉阳,因处汉水之北,故称汉阳。水北为阳。 ④ 芳草萋萋:《楚辞·招隐士》"王孙游兮不归,芳草生兮萋萋"。鹦鹉洲:在今汉阳西南江中。汉处士祢衡曾于此作《鹦鹉赋》,后为黄祖所杀,葬于此,因得名。屡为江水所没,今洲已非故址。 ⑤ 乡关:故乡。 ⑥ 烟波:江上水气如烟。

【语译】

那往古的仙人啊已乘着黄鹤飞去,空留下,江边这座黄鹤楼。黄鹤一去啊再也不曾回还,楼头的白云飘悬,千百年来,就这般地空空悠悠。晴日映照着江水,汉阳的岸树历历似可数;江心那丛萋萋的芳草,掩覆着狂生埋骨的鹦鹉洲。登楼长望啊,故乡在何处?唯见得天渐暮,水如烟,更惹动我无尽的悲愁。

【赏析】

前四句两用"空"字,是诗眼。鹤飞人去,再也不曾飞返,唯有楼外的数片白云,千百年来,悠悠飘浮如昨,是等待仙鹤的一朝回归?是沉思人世的沧桑变化?白云无言,依然是终古的——空茫、虚幻。

后四句由望中所见江景,引出乡思浩浩,然而,诗人所生的是否仅止于乡思旅愁呢?当我们注意到诗人对江景的描写落脚到那含有才士不遇、世人欲杀的特殊历史内涵的"鹦鹉洲"时,当我们联想到崔颢同样是一位志气高远(参下诗"赏析"),却被时人目为无行,甚至因献艳诗为李邕痛斥"小子无礼"(《国史补》上)的狂生之时,就会感到这恐非单纯的乡思;也有理由相信,这首诗,当作于诗人不遇之时。而同时也可悟得,正是这富于历史时空感的"鹦鹉洲"居中勾连,方使前后的仙事与人事在意境上融合为一体。

本诗的体式尤堪注意，虽为七律，但前四句辘轳相转，一气贯下，叠用拗句。此体起于南朝民歌，初唐七言歌行多用之。先于崔颢，沈佺期《龙池篇》首先用于七律。从中又可悟，七律胎息于七言歌行而与六朝民歌有不解之缘。超迥的立意，浑成的气象，对诗体的创造性运用，使本诗成为"黄鹤楼"诗的绝唱，无怪乎李白登黄鹤楼本拟题咏，却见此而搁笔，深叹"眼前有景道不得，崔颢题诗在上头"（《唐诗纪事》卷二）。

行经华阴[①]

崔　颢

岧峣太华俯咸京[②]，天外三峰削不成[③]。武帝祠前云欲散，仙人掌上雨初晴[④]。河山北枕秦关险[⑤]，驿路西连汉畤平[⑥]。借问路旁名利客，何如此地学长生[⑦]。

【注释】

① 玄宗开元十一年（七二三）崔颢进士及第前后出入两京时所作。华阴，华州属县，今陕西华阴东南。因位于华山之北，山北为阴，故名。　② 岧峣：高耸貌。曹植《九愁赋》："登岧峣之高岑。"太华：华山又称太华，相对其西少华而言。俯咸京：俯视长安。华山东距长安一百八十里，高而又近，故称俯。咸京：秦都咸阳在唐长安东约四十里，唐人多以代称长安。　③ "天外"句：三峰指华山芙蓉、明星、玉女三峰，唐人常以指代华山。《山海经·西山经》："太华之山，削成而四方，其高五千仞，其广十里。"　④ "武帝"二句：相传华山为巨灵所开，手迹尚存华山东峰顶，因称华山东峰为仙人掌，汉武帝曾作巨灵祠祭之，即武帝祠。　⑤ "河山"句：谓潼关北靠黄河、华山而为天险。戴延之《西征记》："东自崤山，西至潼津，通名函谷，号曰天险。"　⑥ "驿路"句：华山西有驿道，越长安，通雍县汉五帝时，即鄜畤、密畤、吴阳上畤及下畤、北畤。畤为"神灵之所止"，参《史记·武帝本纪》"郊见五畤"注。　⑦ "借问"二句：曹植《鰕䱇篇》"俯观上路人，势利惟是谋"，阮籍《咏怀》"愿登太华山，上与松子游"，此二句化用之。按，华山为道家三十六小洞天之第四。

【语译】

高耸的太华山啊，俯瞰着京师长安城。三峰擎天外啊，鬼斧神工也削不成。巨灵祠外的烟云刚刚消散，他开山的掌印上空雨过天初晴。潼关天险，北枕大河显华岳；驿路西去，连接着汉家郊畤川原平。（太华形胜啊人间仙境，）试问那路旁匆匆名利客，何不就在此地学长生。

【赏析】

崔颢《长安道》诗有云："莫言炙手手可热，须臾火尽灰亦灭；莫言贫贱即可欺，人生富贵自有时。一朝天子赐颜色，世上悠悠应始知。"这不能不使人想起项羽见秦始皇出游时的慨叹——"彼可取而代也！"但在本诗中，他却发出了"借问路旁名利客,何如此地学长生"的慨叹。这两种情绪反差何其巨大,其实,这正是开元之世渴望一展长才的才俊之士面对开而未畅的仕途,希望与失望交织的普遍心态的反映。正因为如此,本诗虽旨在出世,却大气磅礴,雄杰一世。起笔先描述华山突兀奇崛,横空出世之势,似居高临远,盘旋而下。二联承上由面到点借雨云初收,撷"武帝祠""仙人掌"这两个意象,更使华山于高峻中盘旋着一种奇秀缥缈之气。三联复由横向展开,从地理位置写出华山的广袤宏阔。于是一座博大神秀的华岳立体地展现在人们面前,也展现了诗人的心态——对权贵的又一种方式的蔑视。

望 蓟 门[①]

祖 咏

燕台一望客心惊[②],笳鼓喧喧汉将营[③]。万里寒光生积雪,三边曙色动危旌[④]。沙场烽火侵胡月[⑤],海畔云山拥蓟城[⑥]。少小虽非投笔吏,论功还欲请长缨[⑦]。

【注释】

① 作者游北方边塞时所作。蓟门,即蓟丘,现名土城关,在今北京德胜门外,为当时东北边防要地。 ② 燕台:战国时燕昭王为求贤所作黄金台。参看卷二陈子昂《登幽州台歌》注①。 ③ 笳鼓:笳为笳管,竹制,即觱篥。笳与鼓均用为军中号令。 ④ 三边:汉代以幽、并、凉三州为三边,蓟门为幽州首府。危旌:高竖的大旗。 ⑤ 烽火:边境烧柴示警,昼作烟,夜作火,称烽火,有烽火台。侵:逼近。胡月:胡地之月。蓟外有突厥等少数民族,古称北方少数民族为胡。 ⑥ 海畔:蓟门并望不见海,但幽州东南部濒渤海,故云。云山:入云之山,蓟门周围有燕山山脉等。 ⑦"少小"二句:东汉班超家贫,为官府钞书以奉母。投笔而叹:"大丈夫无它志略,当当效傅介子、张骞,立功异域以取封侯,安能久事笔砚间乎!"后出使西域有功封定远侯。西汉终军为汉武所遣,说南越王入朝,自请曰:"愿受长缨,必羁南越王而致之阙下。"上下句分用二典。

【语译】

登上了燕昭王招贤的黄金台远望,不由我游边的客子神驰心惊。笳声鼓声齐作,喧喧沸沸,是那汉家大将的军营。万里寒光似乎是白雪堆积,那应是大军肃杀的威严;边庭上曙光初照,闪映着高高耸立的旗旌。战场烽烟冲天,把胡天的寒月侵淫;渤海边群山如云,拥簇起蓟州古城。我虽未能如后汉班超般少年投笔从军,却还愿效学那前汉的终军,为平边患,主动请缨。

【赏析】

蓟门是东北方拒敌重镇,燕台是燕昭王求贤名胜,寻功游边的才士,又正当唐与奚、契丹争战之际,登望此台,又怎能不热血沸腾!

首联发唱惊挺,燕台登望暗含报国建功之意,"惊"字总领全诗,二句"笳鼓喧喧汉将营"即顺势由望中图景的中心"汉将营"写起,那阵阵悲笳肃鼓之声,将悲壮肃杀的气氛,似墨晕般地向四周扩展开去,化作中二联两个层次的景象:军中高扬的战旗与巍然屹立的蓟城。而在写法上,都以上句映衬下句,下句前四字映衬后二字,并以第五字"动""拥"画龙点睛。人们仿佛可见,城头上鲜红的大旗,在拂晓中飘动,映着万里雪野的寒光,沐着冲破夜色的曙光;而古老的边城在似乎千年未绝的弥漫烽烟与胡地残月的剩光中渐渐明晰,终于露出了它的雄姿,连着海涛的云山更簇拥着它,孤拔卓绝,凛然不可侵犯。

至此,再回头来分析一下诗人兴发意生的过程。他应是先听到(而未看清)汉将营的笳鼓声,继而看到颜色最鲜艳的大旗,最后,古城要塞才显露在眼前。原来他在平旦的大气中伫立了很久很久,随着天渐向明,他的视野越来越明晰开阔,思绪也越来越与无际的时空相通。平旦之气充满了他为景物所拓展的胸怀。于是他唱出了一代才士的抱负:虽然生为书生而不免文弱,但请缨论功未嫌晚——他与边城悲壮肃杀的氛围,融合为一体了。

九日登望仙台呈刘明府[①]

崔　曙

汉文皇帝有高台,此日登临曙色开[②]。三晋云山皆北向[③],二陵风雨自东来[④]。关门令尹谁能识,河上仙翁去不回[⑤]。且欲近寻彭泽宰,陶然共醉菊花杯[⑥]。

【注释】

① 九日:重阳日,此日有登高习俗,前屡见。望仙台:《太平寰宇记》卷六之《河南府》记,在陕州陕县西南十三里。汉文帝亲谒河上公,公升仙,文帝筑此台望祭之。明府:县令。　② 曙色开:实写登临景象,亦兼含河上公故事。葛洪《神仙传》:文帝有疑难,往访河上公于黄河之滨,公授以《素书》二卷,须臾云雾晦冥,失其所在。　③ "三晋"句:春秋末,韩赵魏三家分晋,史称三晋。境内有太行、吕梁诸山,在望仙台北,相对陕州,山势似由南向北。　④ "二陵"句:崤山有二陵,南陵为夏后皋之墓,北陵为周文王陵。《左传·僖公三十二年》"其北陵,文王之所辟风雨也",风雨语本此。崤山当望仙台东,故称"东来"。　⑤ "关门"二句:上句衬下句,谓神仙之事,本不可求。《史记·老子列传》记老子"见周之衰,乃遂去,至关(函谷关),关令尹喜曰:'子将隐矣,强为我著书。'于是老子乃著书上下篇,言道德之意五千余言而去,莫知其所终"。河上仙翁,即河上公。　⑥ "且欲"二句:晋陶潜曾任彭泽县令,"尝九月九日无酒,出宅边菊丛中坐久,值(江州刺史)弘送酒至,即便就酌,醉而后归"(《宋书·陶潜传》)。又陶潜《九日闲居》:"酒能祛百虑,菊为制颓龄。"《时运》:"挥兹一觞,陶然自乐。"此借指刘令。宰即令。

【语译】

汉文帝望祭仙翁筑高台,今日里登高望远正逢曙色开。只见三晋群山白云紫环齐北向；那飘零的风雨，正由殽山二陵东吹来。传说是关门令尹遇老子，周代往事谁能猜？就连那汉世仙翁，也已黄鹤一去不复回。倒不如，就向近世追踪陶潜彭泽宰；与他啊，传杯共饮菊花酒，怡然忘我同一醉。

【赏析】

《旧唐书·玄宗纪》载：开元二十一年（七三三）春，制令士庶家藏《老子》一本。举子应试加试《老子》策。二十二年又授恒州方士张果为银青光禄大夫，赐号通玄先生。玄宗朝佞道风气，至此愈演愈烈。说本诗借汉文佞道以刺现实或无确据，但其中所表现的反佞道的胆识仍是极可贵的。在艺术上能将诗题"九日登高"、汉文佞道筑"望仙台"事及"呈刘明府"三者结合得天衣无缝，揽大境界，发大议论，显示了盛唐才士的宏伟气魄。

首联写登高上望仙台。劈面先叙汉文望祭河上公建望仙台事，接写"此日登临曙色开"，既借河上公授汉文素书而云开故事自写登高，又显示了廓清虚玄迷雾，超然瞰视古人的气魄。其发端，骏发踔厉中见平大开阔，为后文留下无尽余地。颔、颈二联承"曙色开"之势写登临所见所感。颔联为远景："三晋云山""二陵风雨"不仅写出了望仙台的地理位置，而且隐含了夏、周以来的历史兴衰——"皆北向"的云山，"自东来"的风雨，都带有深远的历史性动感。颈联则就近景生发议论：故函谷关在陕州之西南，诗人因而想到老子出关为关令尹喜作《道德经》事，高台下黄河之滨，又正是当年河上公授书之处；二事下缀以"谁能识""去不回"，其以调侃的口吻讽神仙之事不可信甚明。这一联与上一联相互映衬，在历史的纵深感中表达了这样一种意蕴：前贤往哲的伟烈已成历史的陈迹，唯云山风雨千年如故；而神仙之事更杳不可期，空余得关门、河滨在默默演述着虚妄的故事。于是自然引出尾联的感喟。按晋彭泽令陶潜"纵浪大化中，不喜亦不惧"——皈依自然，随缘任运，这不正是相对于世俗纷争、神仙虚妄的最好的生活态度么？陶潜为县令，刘明府亦为县令，陶潜有九日菊花酒故事，诗人作本诗亦正当九日。这样，尾联在结出诗旨的同时，又关合诗题"呈刘明府"，不但表达了自己的意趣，也隐隐表示了对刘明府的心仪，可称"用典不啻自口出"。

送魏万之京①

李 颀

朝闻游子唱离歌，昨夜微霜初度河②。鸿雁不堪愁里听③，云山况是客中过④。关城曙色催寒近⑤，御苑砧声向晚多⑥。莫见长安行乐处，空令岁月易蹉跎⑦。

【注释】

① 魏万：又名颢。家住山西阳城西南王屋山，自号王屋山人。肃宗上元元年（七六

○—七六一）进士。本诗当为魏未达前作。又李颀天宝末已卒，则本诗当作于此前。　②河：黄河。王屋山在黄河北岸，往长安须过河。　③不堪：不能忍受。　④况：况且。　⑤关城：指潼关。　⑥御苑砧声：捣衣声，参见卷一李白《子夜吴歌》注③。按唐时有宫女为边军缝制寒衣的习俗。　⑦"莫见"二句：二句连读。"见"，原作"是"，据本集改。令，使。蹉跎，虚度失时。

【语译】

清晨里，听着你远游的客子唱起离别的歌；这才见，昨夜里初度的微霜由北向南悄悄过黄河。离愁正重重，听不得南飞的早雁长空啼；更何堪，云山连绵，含悲带愁，伴送客子来经过。想来啊，你行到潼关，曙光又将寒气紧催促；你到达长安，可听得，御苑宫女捣练缝衣杵声近晚多。魏君啊，你莫见长安繁华是个行乐处，切不可玩物丧志将那岁月来虚度。

【赏析】

本诗与前录崔颢七律一样，都是七律在唐宫廷中成熟不久后在野诗人的作品，较之同时宫廷诗，在句法与韵味上，都更多地保留着七律由以胎息蜕化而来的歌行体的特点，显得古雅浑成。

诗写秋寒初起时送友人之京。佳在不仅将物候变化与送别心态相糅和，更由此生发出意味深长的劝诫，情景意三位一体，而首联是关键。

依时序，应是昨夜微霜在前，离歌送别在后，但起笔即写"朝闻游子唱离歌"，在平大的起法中先有悲歌遏云的浩然不尽之意，然后倒插"昨夜微霜初度河"，感情随诗势作一跌宕，衍为一种永长的怅憾。霜下则雁南飞，顺势带出颔联，由情入景，想象友人行旅景象，"愁"字反挑点明感情色彩，离愁已苦，更哪堪雁声凄厉，云山微茫而客中经过。主体的人与客体的景，在上下联间对流互补，使各句叠加的愁意浑然一片。因客路经"过"，诗人进而联想魏万于曙色中经过长安的门户潼关，不禁真切地"感"到西北晨寒侵薄，友人是否适应呢？因关及京，由晨及暮，又自然联想到静夜中，友人已在聆听长安秋夜，宫女们为戍边将士捣练准备冬衣的阵阵砧声了。"御苑砧声向晚多"不是凑对，其意象由中原扩展向边地，由个人扩展到国事。于是诗人告诫友人，少壮易过，莫因长安繁华而忘报国初志。

《唐诗选脉会通评林》引蒋一葵评本诗云："宛转流亮，愈玩愈工。"这也是李颀乃至盛唐诗的总体特点。

登金陵凤凰台①

李　白

凤凰台上凤凰游，凤去台空江自流②。吴宫花草埋幽径③，晋代衣冠成古丘④。三山半落青天外⑤，二水中分白鹭洲⑥。总为浮云能蔽日，长安不见使人愁⑦。

【注释】

① 郁贤皓《李白诗选》系本诗于天宝六载(七四七)，近是。金陵，今江苏南京。凤凰台，刘宋元嘉十六年，有三鸟止金陵山间，五色斑斓，形似孔雀，一鸣而群鸟和，时人谓之凤凰。遂名此山为凤凰山，起台于此称凤凰台。 ② 江：长江。 ③ 吴宫：三国孙吴都于金陵。 ④ 晋代衣冠：本句与上句互文见义。东晋亦都于金陵，衣冠，士大夫衣冠有礼制规定，故以代指之。汉刘歆《西京杂记》卷二："故新丰多无赖，无衣冠子弟故也。"以衣冠与无赖对举，最见其义。 ⑤ 三山：在金陵西南长江东岸，为金陵屏障，故又称护国山。宋陆游《入蜀记》："三山，自石头(城)及凤凰台望之，杳杳有无中耳，及过其下，则距金陵才五十余里。" ⑥ "二水"句：白鹭洲为长江中小洲，在金陵水西门外，因常有白鹭聚歇得名。秦淮河经金陵，西入长江，因白鹭洲中分为二。 ⑦ "总为"二句：李白因权臣谗害，于天宝三载出京，游梁宋、下吴越，而心怀长安，故云。陆贾《新语·慎微》："邪臣之蔽贤，犹浮云之障日月也。"又《晋书·明帝纪》记明帝幼时，长安有使来，元帝问之曰："汝谓日与长安孰远?"对曰："长安近。不闻人从日边来，居然可知也。"明日宴群臣，又问之，对曰"日近"。元帝失色，曰："何乃异间者之言乎?"对曰："举目则见日，不见长安。"

【语译】

凤凰台上，曾有凤凰来翔游；凤鸟已去，台前江水自奔流。东吴的故宫，花草空长掩覆着小径幽；东晋的士族，只剩得山上古墓一丘丘。三山似从天外落，半在青天半江岸；江心中有白鹭洲，秦淮河水两分流。都只为啊，邪臣障贤云遮日；望不见啊，我心向长安，身在吴中独自愁。

【赏析】

《归田诗话》："崔颢题黄鹤楼，太白过之不更作。时人有'眼前有景道不得，崔颢题诗在上头'之讥。及登凤凰台作诗，可谓十倍曹不矣。"传说未必可信，但李诗有仿崔而角胜之用意，从起联句式相同，末句同样以"使人愁"收，不难看出。历代于二诗，高下之论甚多，倒是《唐宋诗醇》的说法较通达："崔诗直举胸情，气体高浑；白诗寓目山河，别有怀抱：其言皆从心而发，即景而成，意象偶同，胜境各擅。"确实，尽管始创者总是更引人注目；但就诗论诗，李诗自有胜处。

诗的前半部分很容易理解，诗人登台而思刘宋时凤凰来至故事，深悲凤去台空似乎象征着江南六朝繁华烟消云散，故有"吴宫花草埋幽径，晋代衣冠成古丘"之叹；但后半首如何与前半首相续，却颇费思猜。按王夫之《唐诗评选》有云："'浮云蔽日''长安不见'，借晋明帝语影出。'浮云'以悲江左无人，中原沦陷；'使人愁'三字总结'幽径''古丘'之感，与崔颢《黄鹤楼》落句语同意别。"按晋明帝语见注⑦。王说指出"长安不见"一语所本，别具只眼，其意谓诗人借"长安不见"语，就六朝偏安江南一隅，空望中原而无志北进立论，指出六朝繁华消歇，是因浮云蔽日。这样解说就使尾联与二联的"幽径""古丘"之感，一脉相通了。但王说仍有缺陷。首先晋明帝语中并无"浮云蔽日"，此语出陆贾《新语·慎微》，而且就这两句的关系看，"浮云蔽日"是主旨。这是不能回避的，而王说恰恰未及这一点。其次，王说未及"三山""二水"一联在全诗中的位置，故前后仍难以贯通。现在我们从诗人作诗的情境来分析一下：三山在金陵西南，白鹭洲在金陵西，李白登台远眺是立东向西，可见确有西望长安之意，他似乎想借眼前山、水、洲引领而远望那似在天外而不可见的长安——君王所在处。诗歌的佳处正是在既影借晋明帝语，又参用陆贾语；既为六朝兴衰作结，同时又融入了自身的坎坷之感、不平之意。而"三山半落青天外，二水中分白鹭洲"这似天外飞来的奇句，其实不仅为西望长安引脉，而且以其缥缈之感为全诗的情调作了出色的渲染。

送李少府贬峡中王少府贬长沙①

高 适

嗟君此别意何如②，驻马衔杯问谪居③。巫峡啼猿数行泪④，衡阳归雁几封书⑤。青枫江上秋帆远⑥，白帝城边古木疏⑦。圣代即今多雨露⑧，暂时分手莫踟蹰⑨。

【注释】

① 据末二句当为高适为官后作。今人周勋初定为至德三载(七五八)，在洛阳任太子少詹事时所作，可备参。少府，县尉。峡中，巫峡之中。巫峡在夔州(今重庆奉节)西，首尾一百六十里。长沙，今湖南长沙。　② 嗟：叹息。　③ 驻马衔杯：停马饮酒作饯别。问：慰问。　④ "巫峡"句：切李少府贬峡中，下探第六句。峡中多猿。《水经注·江水》引民谣："巴东三峡巫峡长，猿鸣三声泪沾裳。"　⑤ "衡阳"句：切王少府贬长沙，下连第五句。传说雁南飞至衡阳而返，衡阳有回雁峰。衡阳，今湖南衡阳，在长沙南。　⑥ 青枫江：今湖南浏阳浏水中有青枫处，当指这一段水面。湖南多枫，《楚辞·招魂》："湛湛江水兮上有枫，目极千里兮伤春心。"　⑦ 白帝城：东汉初公孙述据蜀中，于夔州奉节县东瞿塘峡口白帝山上筑城，名白帝城。白帝原名鱼复，公孙述至此，见白气如龙出井中，因改为白帝。　⑧ 圣代：圣明之时。雨露：指皇恩。后白居易《初到江洲寄翰林张李杜三学士》诗："雨露施恩无厚薄。"　⑨ 踟蹰：迟疑不舍状。

【语译】

此别前行，可叹君心意如何；我停马举杯，将贬谪的友朋慰抚。李君向巫峡，猿啼两岸，声声和着你的泪；王君往长沙，衡阳回雁，许能为你捎回几封书。我目极千里，悬望青枫江水，漂送王君帆樯隐秋空；我伤今怀古，李君你行到白帝，那千年古木想来已凋疏！今上圣明，皇恩沛然似雨露；归返有期，分手处，莫要依恋踟蹰。

【赏析】

一诗同赠二人,而能分疏得当,起结雄浑,如周珽评曰:"脉理针线错落,自不知所自来。"

首联上句嗟叹加反问起,唯其嗟之,故尔问之,惜别之意浩然而生;下句醒明送别慰问谪居之意,既答上句,又以"问谪居"下启中间二联四句。巫峡啼猿切李少府贬峡中,衡阳归雁切王少府贬长沙,但"啼猿"与"归雁"、"泪"与"书"在意象上都有着同一性,又共同交织成猿啼雁唳,泪下催书的深痛境界。如果说颔联是承"谪居"而想象二友在贬谪之所悲凄情况,那么颈联则从惘然中抬起头来,伫立瞻望友人去踪,"青枫江上秋帆远"直承"衡阳归雁"句,"白帝城边古木疏"则回扣"巫峡啼猿",造成了诗势的盘曲回互,而"青"与"白",江枫与古木,"远"与"疏",又在意象上互为补充,形成又一种凄凉怅惘的况味。这样,由二句的"问谪居"提起,中间四句一气舒卷,错互回荡,使切问之意表现得似有肠回九曲之感。至此,诗势似已消沉,不料第七句复又振起云"圣代即今多雨露,暂时分手莫踌躇"。唯其嗟之、问之,故又宽之、慰之。祝愿二友虽身处边荒谪所,而仍当希望长存。至于这希望是否实际,恐怕诗人自己也不知,故《唐诗援》评云"似怨似嘲,大无聊赖",很有见地。"一气舒卷,复极高华朗曜,盛唐诗极盛之作",《唐宋诗举要》(卷五)的这一评语,则可为全诗作概括。

奉和贾至舍人早朝大明宫之作[①]

岑　参

鸡鸣紫陌曙光寒[②],莺啭皇州春色阑[③]。金阙晓钟开万户[④],玉阶仙仗拥千官[⑤]。花迎剑佩星初落,柳拂旌旗露未干[⑥]。独有凤凰池上客,阳春一曲和皆难[⑦]。

【注释】

① 题"奉"字原缺,依本集补。作于肃宗乾元元年(七五八)春末,岑参时任右补阙。奉和:依他人诗题和作,称奉和,盛唐时尚不一定依原韵,中唐后,大多依原韵。奉是敬辞。贾至舍人:中书舍人贾至,字幼邻,洛阳人,登明经第。唐中书省置中书舍人六名,正五品上,掌参议表章、制诰等。贾至原作《早朝大明宫呈两省僚友》,杜甫、王维、岑参均有和作,为一时盛事。大明宫,即皇城东内,原名永安宫,贞观八年置,九年改大明宫,高宗时改蓬莱宫,后复改大明宫。有含元、宣政、紫宸三殿,为朝会行仪处。唐制,天子常日御殿见群臣在前殿即宣政殿,称常参。初一、月半荐食诸陵庙,为示思慕之心,则改于便殿,即紫宸殿。此诗当为常参日宣政殿朝拜所作。　② 紫陌:京城道路,紫微垣为帝座,故称皇城街陌曰紫陌。　③ 皇州:京师。阑:阑珊,衰歇,此指春晚。　④ 金阙:宫前望楼称阙,因称皇宫为金阙。晓钟:古时本以鼓报时。南齐武帝以宫深不闻端门鼓漏声,便于宫中景阳楼置钟报时,称景阳钟。宫中置钟由此始。开万户:汉建章宫有千门万户。

因以称宫门。　⑤玉阶：殿中台阶。仗：仪仗。据《新唐书·仪卫志》：朝会仪仗有五，以宫中诸卫为之，"皆带刀捉仗，列坐于东西廊下"。千官：犹言百官。　⑥"花迎"二句：写早朝气象。花柳点春景。依朱熹说，唐时殿庭间多植花柳。剑佩、旌旗分指早朝时高官服饰与仪仗。唐制，朝服五品以上有剑、玉佩、绶带等。六品以下去剑、佩、绶。参《旧唐书·舆服志》。贾至原唱"剑佩声随玉墀步"，可为参照。旌与旗和剑与佩为对，亦以二物指仪仗。旌旗合称为旗帜通称。分指则旌为以牦牛尾和彩色鸟羽为竿饰的旗帜。仪仗多旌旗，见《新唐书·仪卫志》。　⑦"独有"二句：指贾至原唱高妙。凤凰池，魏晋南北朝时，中书省在禁苑中，掌机要，近帝王，故称中书省池塘为凤凰池，亦指代中书省。晋荀勖由中书监守尚书令，人有贺之者，勖曰："夺我凤凰池，诸君贺我耶？"阳春，楚曲名。宋玉《对楚王问》："客有歌于郢中者，其始曰《下里》《巴人》，国中属而和者数千人；其为《阳阿》《薤露》，国中属而和者数百人；其为《阳春》《白雪》，国中属而和者，不过数十人……是其曲弥高，其和弥寡。"此以凤凰池中客指贾至，以《阳春》喻其原唱。

【语译】

金鸡啼明，京师的大街，曙光初照尚余寒；黄莺儿唱啼，唱转了都城春景晚。宫前的望楼晓钟催，催得那宫中千门万户开；殿前的玉阶仪仗排，文武百官啊两厢站。宫花笑迎剑和佩，照映着天际星初残；宫柳摇曳拂旌旗，枝头上的露水尚未干。独有那凤凰池畔中书客，诗章高雅啊，同官和作皆为难。

【赏析】

早朝是宫廷议政的日课，也是帝国威仪的征象，早朝诗也就要求雍容大雅，气象壮阔。岑参本诗与王维同题诗，是同作中最好的二首。首联写皇城春晓，上下句相承，由拂晓至天明，最可玩味的是"寒""阑"本都有萧索意味，却因鸡鸣、莺啭，尤其是"紫""皇"（黄）借对，反成为盛唐气象的陪衬。中四联正写朝仪，仍紧切"早"字。颔联从大处落墨，金钟长鸣，重重宫门次第洞开，仪卫导引着千官步上宣政殿白玉阶，一个"开"字，一个"拥"字，前后呼应，在流动感中显得恢弘宽远。颈联更作细部描写：剑佩是千官之饰，旌旗是仙仗所备，这些，借着御苑花柳映照的初落晨星、未晞晨露之衬托，显得何等地英拔秀雅。如果说上联是总写，那么此联是细写；上联是以声音带动形象，那么本联是以光影来映衬；上联有前后相连的流走感，本联则具骈列相辉的整饬感。于是庄重典雅的早朝图，在首联皇城春晓背景的衬托下，有声有色地展现在人们面前。前六句切题早朝大明宫，尾联则回扣和贾至舍人。清纪昀曾有讥评曰："五六句方说晓景，末二句如何突接？毕竟仓皇少绪。"然而当我们明白，五六句不独是写春景，而是细写早朝的千官仪仗后，纪氏之说便不攻自破了：尾联"独有"字正从千官顺势转到其中的贾至舍人，在收束上文中转出题面前半之意，而"凤凰池""阳春"二词更在意象上与前六句融和一体，真可谓"用意周密，格律精严"（《删定唐诗解》）了。

和贾至舍人早朝大明宫之作①

王 维

绛帻鸡人报晓筹②,尚衣方进翠云裘③。九天阊阖开宫殿④,万国衣冠拜冕旒⑤。日色才临仙掌动⑥,香烟欲傍衮龙浮⑦。朝罢须裁五色诏,佩声归到凤池头⑧。

【注释】

① 参上诗注①。 ②"绛帻"句:《周礼·鸡人》"大祭祀,夜呼旦,以叫百官"。知自周代起宫中专设鸡人报晓。《汉官仪》记,宫中舆台并不得畜鸡,夜漏未明三刻鸡鸣,卫士候于朱雀门外,着绛帻,专传鸡唱。绛帻(zé),绛红色头巾。筹,计时用的竹签。 ③"尚衣"句:指帝王早起冕服。《新唐书·百官志》记,尚衣局奉御二人,直长四人,掌供冕服几案。翠云裘,语出宋玉《讽赋》"披翠云之裘"。 ④ 九天:借指禁中。《吕氏春秋》记:中央曰钧天,东方曰苍天,东北曰变天,北方曰玄天,西北曰幽天,西方曰颢天,西南曰朱天,南方曰炎天,东南曰阳天。阊阖:《离骚》"倚阊阖而望予",王逸注"阊阖,天门也"。后泛指宫之正门。 ⑤"万国"句:指百官蕃长朝拜天子。万国,泛指中原四裔。衣冠,士大夫衣冠循礼制,故称。冕旒(liú),此指代帝王。天子之冕十二旒,旒,冠前后悬垂的珠玉。按唐制,天子衮冕,金饰,垂白珠十二旒,是元日朝会等重大典礼时所服。常日朝参,只服常服。这里恐非实指。 ⑥ 仙掌:《三辅黄图》记,汉武帝于神明台祭仙处造承露盘,有铜仙人舒掌捧铜盘玉杯,以承云表之露。和玉屑服之,以求仙道。仙人掌高大,先得日照,故云云。 ⑦ 香烟:《新唐书·仪卫志》记,"凡朝日,殿上设黼扆(屏风)蹑席、熏炉香案"。贾至原唱"衣冠身惹御炉香"。 ⑧"朝罢"二句:谓贾至早朝结束,当回中书省代天子草诏命。五色诏,《邺中记》记,石虎诏书用五色纸,著凤雏口中。后因以代指诏书。佩声、凤池,参上诗注⑥、注⑦。

【语译】

红头巾的"鸡人"将鸡鸣声传唱报晓,尚衣局的官员已将翠云之裘奉上。天界般的宫殿天门开,中原四裔的官长,向至尊天子来朝拜。宫前的承露仙人,刚将第一片日色领受;殿上的金铜熏炉,那袅袅的香烟已依恋天子飘浮。早朝已毕,依命草诏须裁五色纸;佩玉叮咚,舍人你已归向中书省里凤池头。

【赏析】

本诗与上一首岑参诗同为和贾至诗而作,同和之作总有角胜争长的意味。虽然岑、王二诗都具备此体诗的正大雅丽,但细细品味,岑作正大中见明秀俊朗,而王作正大中见精工新丽,与各人的创作个性甚吻合。

岑诗以皇城春晓起,王诗则以天子视朝发端贯串全诗。鸡人报晓,尚衣进衣,"绛帻"与"翠云裘"设色相映,先有一种仙逸之气浮动纸上。"九天阊阖开宫殿",虽与岑诗"金阙晓钟开万户"同说宫殿门开,但却承上联氤氲,以宫禁比天宫,更续以下句"万国衣冠拜冕旒",由君及臣,由"天"宫及四方八荒,较之岑参之"玉阶仙仗拥千官",笔力更为雄大。颈联上句"日色才临仙掌动",忽焉补叙宫禁晓景,其实意脉却上通首联报晓筹,而下句"香烟欲傍衮龙浮"又折回早朝,其中"仙掌""衮龙"但就天子一边言,且依然启人以天宫天人的想象。从殿上炉烟而自然联想到"朝罢",尾联与岑诗一样归到称美原唱中书省贾至舍人,用五色诏(凤雏口衔)、凤凰池,既仍就承天子之命落墨,更将仙逸之气贯彻始终。

从上析可见,王诗始终就天子一边落墨,并始终以天宫影借皇宫,其起结之新巧,中二联起落转折之笔力雄大,各联上下句都前后相承,却或用虚词或不用,以使整饬与流利相互为用,都表现出比岑诗更纯熟的律诗技巧。但正如前人已指出,王诗用服饰语太多,计有"绛帻""翠云裘""衣冠""冕旒""衮龙"五处,其他各处尚有可说,"冕旒""衮龙"都以衣饰指代君王,有相犯之嫌。也许王维在构思中便是自觉地多以服饰指称,以角胜他家,但精巧固然,却也不免琐杂,就体气言似不及岑诗畅朗。精必新,过精则碎,这种得失,在为王维衣被的大历一代诗人中,是共同的。《批点唐音》评本诗:"盖气象阔大,音律雄浑,句法典重,用字清新,无所不备",但"犹未全美,以用衣服字太多耳",还是很中肯的。

奉和圣制从蓬莱向兴庆阁道中留春雨中春望之作应制[①]

王　维

渭水自萦秦塞曲[②],黄山旧绕汉宫斜[③]。銮舆迥出千门柳[④],阁道回看上苑花[⑤]。云里帝城双凤阙[⑥],雨中春树万人家。为乘阳气行时令,不是宸游玩物华[⑦]。

【注释】

① 本诗应皇帝制命而作,又是和诗,故称"奉和……应制"。圣制:皇帝所作。当时天子有《从蓬莱向兴庆阁道中留春雨中春望》诗,王维应制和作。王维数历朝端,作时未可骤定。或定为天宝初为左补阙时作,无确据。蓬莱,蓬莱宫,因宫后有蓬莱池,故名,又名大明宫、东内,参岑参前诗注①。兴庆,宫名,在皇城东南,又称南内,在隆庆坊,是玄宗为皇子时旧宅。玄宗即位,避其名讳"隆基",改兴庆宫。阁道,即复道,高楼间架空的通道。《旧唐书·地理志》:"自东内达南内,有夹城复道,经通化门达南内。"留春,即赏春,留为留连之意。　② 渭水:源出甘肃渭源县鸟鼠山,东流横贯陕西中部,至潼关入黄河。长安城北枕渭水。秦塞:古称秦为"四塞之国"。唐长安城在秦咸阳东南二十里。③ 黄山:一名黄麓山,在长安西陕西兴平县北。汉宫:汉时于黄山筑黄山宫。斜:山势迤逦状。　④ 銮舆:帝王的车驾。迥出:远出。千门:参前岑参诗注④。柳:兴下句的"花",依朱熹说,唐时殿庭间多植花柳。参前岑参诗注⑥。　⑤ 上苑:泛指皇家园苑。⑥ 双凤阙:宫门前望楼为阙。汉建章宫前有凤阙。《三辅黄图·建章宫》记:"古歌云:'长安城西有双阙,上有双铜雀,一鸣五谷生。'"按:铜雀,即铜凤凰。　⑦ "为乘"二句:

《礼记·月令》，"季春之月，……生气方盛……天子布德行惠，命有司发仓廪，赐贫穷，振乏绝"。此用其意。时令，适应时节的政令。宸游：天子出游。

【语译】

渭水萦抱着秦中，依地势曲曲弯弯；汉家故宫依着黄山，迤逦横斜地展开。天子的銮驾远出，穿过千门万户间的宫柳；在相连的阁道间啊，君臣们将宫苑的鲜花回看。帝都似乎在云中浮动，云端上是那双凤的金铜阙；春树在雨中分外青绿，绿荫遮庇着百姓万千家。只是为乘着晚春的阳气，顺天布德行恩惠；圣明的天子啊，此行并非流连光景赏物华。

【赏析】

应制诗最讲究高华典雅，因而也最易流于肤廓板滞。这诗却能于气象宏阔中寓流走之感，重深曲屈中得自然之致，这得力于以下二点。

首先是布局得当。"銮舆迥出千门柳，阁道回看上苑花"，次联不仅将一、三两联望中景色分作二层（首联写宫苑地势形胜的山重水复，历史悠久；三联写皇都雨景之恍若仙都了），富于变化；更以"阁道回看"打转，以流水对的形式增加动感，使全诗跌宕起伏，风致摇曳，欣欣而有生意。

其次是写景造型的清新秀丽。"云里帝城双凤阙，雨中春树万人家"，纯用白描，层次极丰，雨云氤氲帝城，帝城拥托出凤阙双双；雨气迷漫春树，春树掩映人家万千。上下句各有二层，句间又相互映衬。而"云""雨"的渲染更将两者融成一体。这景象似乎隐含着君上与子民的和谐关系。于是自然导入尾联"为乘阳气行时令，不是宸游玩物华"，结出诗旨。

《唐诗镜》评："前四语布景略尽，五六着色点染，一一俱工。佳在写题流动，分外神色自饶。摩诘七律与杜少陵争驰，杜好虚摹，吞吐含情，神行象外；王用实写，神色冥会，意妙言先。二者谁可轩轾？"论本诗及王维七律特色甚切。

积雨辋川庄作[①]

王　维

积雨空林烟火迟[②]，蒸藜炊黍饷东菑[③]。漠漠水田飞白鹭，阴阴夏木啭黄鹂[④]。山中习静观朝槿，松下清斋折露葵[⑤]。野老与人争席罢，海鸥何事更相疑[⑥]？

【注释】

①辋川：《陕西通志》卷九引《雍州记》，"辋川在（蓝田）县西南二十里……二谷并有细路通上洛。商岭水流至蓝桥，复流至辋谷，如车辋环凑，落叠嶂，入深潭。有千圣洞、茶园、栗岭。唐右丞王维庄在焉，所谓辋川也"。　②烟火：指下句"蒸藜炊黍"的炊烟。因积雨空气潮湿，炊烟缓升，故曰"迟"。　③藜：藿类野菜，一年生草本。初夏开花，新叶

及嫩苗可食。稷：粮食的一种。见孟浩然《过故人庄》注②。饷东菑：送饭到东边田里去。送食物叫饷。《尔雅·释地》："田一岁曰菑。" ④"漠漠"二句：相传李嘉祐诗有"水田飞白鹭，夏木啭黄鹂"二句，李肇《唐国史补》认为是王维窃取李嘉祐之作。但宋人所见李集并无此诗。叶少蕴《石林诗话》卷上说："诗下双字极难，须使七言、五言之间，除去五字、三字外，精神兴致全见于两言，方为工妙。……此两句好处全在'漠漠''阴阴'四字。此乃摩诘为嘉祐点化以自见其妙。" ⑤"山中"二句：上句言心情闲静，下句写饮食芳鲜。朝槿，即木槿，夏季开花，朝开暮落。观朝槿是说从槿花的开落，悟到世事无常。李颀《别梁锽》："莫言富贵长可托，木槿朝看暮还落。"与此略同。露葵，带露的葵菜。葵有秋葵、冬葵、春葵等，均可食。这二句是融理入景的枢纽。 ⑥"野老"二句：《庄子·寓言》记，阳子居南之沛，途遇老子教以去其骄矜。当他去时，旅舍之人见他骄矜威容，先坐者为之避席。回来时，因受老子教，和光同尘，于是舍息之人亦不拘礼仪地与他争席而坐了。《列子·黄帝》又云："海上之人有好沤（鸥）者，每旦之海上，从沤鸟游，沤鸟之至者百往而不止。其父曰：'吾闻沤鸟皆从汝游，汝取来，吾玩之。'明日之海上，沤鸟舞而不下也。"二句分用二典。

【语译】

久雨淫淫，空茫的林丛上，炊烟沾湿升迟迟；农人家煮好了粗菜淡饭，送到东田间。水田上雨气蒙蒙，远望见白鹭低飞过；夏林间雾霭阴阴，只听得黄鹂在唱啼。闲居山中，观察那槿花朝开暮落可养心；摘取了带露的葵菜，松树下煮得斋饭分外鲜新。我如同那村野的老翁，与乡民不拘礼仪相亲；那水上的海鸥呀，你们尽管飞来，莫疑我有甚欺诈之心。

【赏析】

本诗描写辋川山庄雨中清静幽恬的景色与民间的淳朴生活，通过禅悟，将自身拍合入纯真的大自然，曲折地表达了诗人对宦海风波和城市浮嚣的厌倦。自然与民风，理与景，动与静高度统一，富于象外之趣。

诗以"积雨"入题，"迟"字写活了雨中林间炊烟的形态，配合"空"字，更赋予全诗以一种幽静到空蒙的氤氲，使下句"蒸藜炊黍饷东菑"的淳朴民间生活，带上了似乎亘古如一的恬静气氛——《诗经》中不就有"馌彼南亩"的句子吗？——颔联承二句之势写田野雨后景色，水田上，一点白鹭渐渐隐没在漠漠蒙蒙的雨气中；夏日的树木因雨水沾润，更是浓荫沉沉，三声两声鹂啭之声，愈显得可闻而不可见。这"漠漠""阴阴"两个叠词赋予"水田飞白鹭""夏木啭黄鹂"的图景以一种极静极幽极深极远的气氛。诗人似乎为这氛围净化，于是他朝观槿而参悟生命的真谛，暮折葵而静修自己的本性，他似乎也成了"东菑"野老农人中的一员，心与海滨自由飞翔的鸥鸟相通了，这便是禅悟的境界。

这诗的结构相当值得玩索，乍一读来，会感到前四句与后四句之间似乎空缺了一段，其实前后是由一种氛围、精神相联的，这便是古人所说的"空间运神"，而"野老"字呼应首联"东菑"，又使全诗在疏朗之中见出谨严。疏中见密是律诗结构的高境界，这是范例。

酬郭给事[1]

王 维

洞门高阁霭余晖[2],桃李阴阴柳絮飞[3]。禁里疏钟官舍晚[4],省中啼鸟吏人稀[5]。晨摇玉佩趋金殿[6],夕奉天书拜琐闱[7]。强欲从君无那老[8],将因卧病解朝衣[9]。

【注释】

[1] 题"酬"原作"赠",依本集改。天宝十四载(七五五)春,王维与郭给事同在门下省任给事中时所作。酬,酬答来诗。郭给事名不详,给事中四员,正五品上,掌陪侍左右,分判省事。 [2] 洞门:深邃的门户。霭:云阴。 [3] 阴阴:树木浓荫。 [4] 禁:宫禁。疏钟:稀疏的钟声。宫中以钟报时,前屡见。 [5] 省:此指门下省。省为官署名称。吏人:泛指省中官吏。 [6]"晨摇"句:指早朝上殿,参前岑参《奉和贾至舍人早朝大明宫之作》诗注[5]。 [7]"夕奉"句:谓晚接天子之命而草诏或宣达诏令。按给事中"凡制敕宣行,大事则称扬德泽,褒美功业,覆奏而请施行;小事则署而颁之"(《旧唐书·职官志》)。天书:天子诏敕。拜琐闱:《汉旧仪》,"黄门郎属黄门令,日暮入对,青琐门拜"。此用其事。汉黄门,相当于唐中书省。琐闱即青琐门,天子门以青色环状花纹装饰,称青琐门。拜闱是表示对天子的尊敬。 [8] 无那:无奈。 [9] 解朝衣:辞官。晋张协《咏史》:"抽簪解朝衣,散发归海隅。"

【语译】

门户深深闭高阁,夕阳余辉染云霭;桃李浓荫暗,柳絮儿飞纷纷。禁省里,金钟声缓,渐催得官舍向晚;听鸟啼声声,见吏人,影渐稀。想清晨,您玉佩铿锵朝拜上金殿;黄昏里,奉诏入对君问,敬拜青琐门。我欲从君报君王,无奈年老,力衰难从心;卧病久,行将归休,辞官解朝衣。

【赏析】

诗由暮春傍晚宫禁阑珊景色中蕴蘖出暮年归休之意。当是暮夜二人寓值省中时所作。

前四句写景。首联总写:上句写夕阳余晖,却从洞门高阁着手,云霭之中一抹余晖穿过深深宫门,倒映高阁,是那样的深曲重抑,那样的富丽而略带凄迷之感;下句写余晖中桃李荫浓,柳絮纷飞,既补出晚春时令,又以花木飞絮点缀生色,将上句的情调渲染开来,构成了宫禁晚春,薄暮黄昏的大背景。二联由面及点,将镜头集中到中书省。"禁里"反挑前联,明地在宫中,"省中"归到中书省,这里,晚钟声远远地、缓缓地传来,和着栖鸟的时时唱啼,更显得寓直吏人的稀少。维诗最善于写出多重意味,这四句诗以"洞门""高阁""桃李""金钟""禁省""啼鸟"等富丽的意象与"余晖""柳絮""晚""吏人稀"等予人依稀之感的意象对待糅合,遂形成清华闲散的意况。

三联由前"省中吏人"而来，由景入事，写给事中职司，前句为辅，后句为主，由早朝趋殿落到当时省中寓直。上句之"晨"，似与前联晚景不续，但因前辅后主，即又回归到"夕"，似断而续，诗势起伏；如无"晨摇"一句作一垫，便会平衍暖沓。在用词上"玉佩""金殿"，"天书""琐闱"，仍承前半清华富丽的韵味。尾联即承职司事抒情，虽写归休之志，却因前六句之雍容典雅，便不觉寒蹇尖酸，故《唐诗选脉会通评林》称其"意深语厚，温雅之章"。

蜀　相①

杜　甫

丞相祠堂何处寻，锦官城外柏森森②。映阶碧草自春色，隔叶黄鹂空好音③。三顾频烦天下计，两朝开济老臣心④。出师未捷身先死⑤，长使英雄泪满襟。

【注释】

①蜀相：蜀汉丞相诸葛亮。这诗是上元元年(七六〇)春，杜甫初至蜀中游诸葛武侯庙作。祝穆《方舆胜览》："成都府，武侯庙在府城西北二里。武侯初亡，百姓遇节朔，各私祭于道中。李雄称王，始为庙于少城内。"　②锦官城：《元和郡县志》卷三十二记，"锦城在(成都)县南十里，故锦官城也"。柏森森：武侯祠前有老柏一株，相传为诸葛亮所手植。森森，长密貌。参前杜甫《古柏行》。　③黄鹂：黄莺。　④"三顾"二句：诸葛亮隐居南阳，刘备曾三顾茅庐。他替刘备筹划三分大计，创立了蜀汉的基业。刘备死后，诸葛亮当国，撑持危局，前后十多年。频烦，一再烦劳。两朝，指蜀汉先主刘备和后主刘禅两代。开济，开创基业，匡济艰危。　⑤"出师"句：蜀汉建兴十二年，诸葛亮伐魏，据五丈原(在今陕西郿县西南)，与魏军隔渭水相持，胜负未决。这年八月，病死军中。

【语译】

何处去寻找啊，诸葛丞相的祠堂？原来就在那，成都城外茂密柏树林。祠院中的碧草，草色映阶砌；叶底下的黄鹂，婉转鸣不停：难道它们啊，竟不知人间沧桑和悲辛。想当时，三顾茅庐，先主将天下大计，向您频请教；您开辟基业，匡济艰危，辅助刘氏父子，老臣见忠心。您出师未捷，奈何身先死；长使那代代英雄，泪下满衣襟。

【赏析】

起以"何处寻"反问，远远引来，导入二句武侯祠所在地，疏疏洒洒间，"柏森森"三字使人顿起庄严崇伟之感。颔联写到祠所见景色：草色自碧，黄鹂自啭，映阶隔叶，虚虚茫茫，便于庄严崇伟中透出无限悲凉惋伤之感。三联于惋伤中振起，由景生论，为孔明一生论断。"三顾频烦"就明君一方言，"两朝开济"则由老臣一方言。"老臣心"系"天下计"，有以报答先主"三顾频烦"之恩，这便是杜甫心向往之的圣君贤臣政治，以致入蜀期间，他于孔明再三歌咏致意。然而先主去后，后主懦庸，孔明明君贤相政治成为泡影，这不与老杜一生"致君尧舜上，再使风俗淳"，结果却险遭杀身，流落西蜀的憾恨古今相通吗？尾联即承"老臣心"咏叹孔明"出师未捷身先死"的悲壮结局，引出古今英雄洒泪凭吊的深重感叹。自然，老杜自身也在这"英雄"，失败的英雄，之列了。

本词于谒祠诗为正体，前半谒祠，后半议论抒情。但开合驰骋，断制超群，不唯不觉板滞，反而"豪迈哀顿，具有无数层折"（《唐宋诗醇》）。

客　至[①]

杜　甫

舍南舍北皆春水，但见群鸥日日来[②]。花径不曾缘客扫[③]，蓬门今始为君开[④]。盘飧市远无兼味[⑤]，樽酒家贫只旧醅[⑥]。肯与邻翁相对饮[⑦]，隔篱呼取尽余杯。

【注释】

① 肃宗上元年间，杜甫在成都草堂时作。本集题下自注"喜崔明府相过"，明府即县令。　② 但：只。　③ 缘：因。　④ 蓬门：犹言柴门，贫者屋门。君：指崔明府。　⑤ 盘飧(sūn)：飧，熟菜。此泛指菜肴。兼味：数种菜肴。　⑥ 旧醅(pēi)：陈酒。按唐时以新酒为贵。如白居易《问刘十九》："绿蚁新醅酒，红泥小火炉。晚来天欲雪，能饮一杯无。"　⑦ 肯：商请之辞，意同可否。

【语译】

屋前屋后，一曲春水环绕；只见那一群群白鸥，天天自由飞来。花间的小径，从不曾为来客清扫；今日里，蓬编的门户，才为您大开。盘中的村肴滋味单调，是因为市集离太远；杯中的村酒也换不了新酿，请原谅我家境贫寒。如果你肯赏脸，与邻家的村老相对；我就隔着篱笆呼喊，请他一起来把余酒一杯杯地干。

【赏析】

宋刘克庄《后村诗语》说本诗"若戏效元白体者"，杜甫卒时，元白尚未出生，本诗自然不可能效元白体，但反过来看，则可悟本诗实开元白浅切通俗法门，后人所谓宋调诗，亦于杜甫此种诗体滥觞。《唐诗归折衷》又说："临文命意，如匠石呈材，《早朝》必取高华，《客至》不妨朴野。昔人评杜诗，谓如周公制作，巨细咸备，以此也。"则又可知杜诗赅备众体，与题材有关。《客至》写村野日常生活细事，故用村朴语，见真率趣，风韵天然，不烦涂抹。其实从杜甫至元白至宋诗，诗材不断扩大，特别是中唐后与南宗禅饮食住行謦咳之间无非佛性的观念相应，一些过去以为朴陋而不以入诗的题材也纷纷入诗，这就产生了从杜甫到元白以下用浅切语写寻常事的风格。

浅切真率，并非一味粗率，浅切中要有风致情趣，要流走而不一泻无余，因此匠心的经营仍是不可缺少的。本诗的结构便很有特色。前半写客至，却以前三句作铺垫，极写村居之僻，至第四句"蓬门今始为君开"，反跌入题，喜客之情便溢于言外，且因喜客而顺势转入后半待客。五、六句正写设酒菜真诚相待，七、八句又出奇笔，"肯与邻翁相对饮，隔篱呼取尽余杯"，由来客荡开一笔阑入邻翁，不唯见意兴之豪，情性之真，同时又暗暗关合首联之"群鸥"，颇有王维"野老与人争席罢，海鸥何事更相疑"(《积雨辋川庄作》)之意趣。

本诗语言安排也相当出色，"盘飧市远无兼味，樽酒家贫只旧醅"是倒装句，正说应是"市远盘飧无兼味，家贫樽酒只旧醅"，倒装后突出一"盘飧"、一"樽酒"，更见朴实情真。同时也使诗势有顿挫，按前四句一气赶下，不仅语法正规，且因叠词与流水对的作用，有行云流水之感，三联用特殊的倒装句，在节奏上使诗势稍有阻遏，又为四联蓄势，使之有远扬开去的韵味。

蘅塘退士力排宋调而录入本诗，正由于以上各方面使本诗虽开宋调之渐，而犹存唐音浑成温厚体段。存此标格，以区别于宋调多一味粗头乱服者。

野　望①

杜　甫

西山白雪三城戍②，南浦清江万里桥③。海内风尘诸弟隔④，天涯涕泪一身遥⑤。惟将迟暮供多病⑥，未有涓埃答圣朝⑦。跨马出郊时极目⑧，不堪人事日萧条⑨。

【注释】

①肃宗上元二年(七六一)杜甫寓居成都时作。　②西山：成都西之雪岭。三城戍：松(今四川松潘)、维(今四川理县西)、保(今理县新保关西北)三城，时为吐蕃所扰，因置戍所于州界。　③"南浦"句：杜甫《狂夫》诗"万里桥西一草堂"，知草堂在万里桥西。万里桥在成都县南北里，蜀汉费祎访吴，于此桥别诸葛亮云："万里之行，始于此桥。"因得名。可知清江指锦江，南浦指城南水边地。　④"海内"句：时杜甫幼弟杜占随之入蜀，其他三弟颖、观、丰均天各一方，并因战乱消息阻隔。风尘，此指乱离。《汉书·终军传》"边境时有风尘之警"。　⑤一身：杜甫自指。　⑥迟暮：晚年，时杜甫五十岁。《离骚》"恐美人之迟暮"。多病：时杜甫已患肺疾。　⑦涓埃：犹言点滴。细流称涓，微尘叫埃。　⑧极目：极尽目力远望。　⑨人事：兼国难家难而言。

【语译】

远望西山的白雪，将边防三城拥簇；城南清清的锦江上，可见东行启始的万里桥。战争的风尘遍海内，骨肉兄弟天各一方；我流落川中，独自洒泪遥望。唯能让迟暮的年岁，任多种病魔消耗；却没有些微的功勋，能够报效圣朝。我骑马出郊，时时极目远望；不忍见啊，世间的百事，一天天更加萧条。

【赏析】

首联以对句忧国思家双起：三城暗示着西山汉蕃的千年征战，如同山顶的积雪般亘古寒冽，万里桥引动着万里归思，如清江般萦曲带绕。这是一种深刻的矛盾：归思虽切，但战乱却隔断、破灭了重逢的希望。颔联即由此抒情，是名句，"诸弟""一身"之前，以"天涯涕泪"对"海内风尘"，形成苍茫夐远的悲壮境界，复以二字点睛："隔"字似有钻心之痛，"遥"字则将深哀极痛化作了无望的深长悲凉。由一身而不由得追想自己的一生，形成了第二层痛苦的矛盾：在时序上是一生"致君尧舜上"的素志未遂，如今流落西川，年迈多病，恐来日无多；而杜甫却倒过来写，由即时回溯一生。这虽是当时思绪的逻辑发展，但他却更以提炼组织之功使一身只以"供多病"，而未有丝毫"答圣朝"的矛盾强烈地凸现出来，形成又一个上句怵目惊心，下句无尽怅触的感情波澜。"跨马出郊时极目，不堪人事日萧条"尾联总收上三联，上句结出"野望"，下句绾结前文之感情曲折，"不堪人事日萧条"，"日"字最堪玩味，今日已如此不堪，日复一日而一日不如一日，这迟暮多病的身，饱经沧桑的心，又将会如何不堪，更不堪呢！

中二联写内心痛苦的句法、字法，尤其是"惟将迟暮供多病"的"供"字，已下开中唐孟郊、贾岛等苦吟诗人意象刿胃铄肺的先河。但一则杜甫不似后者一味由语句巉刻作文章，二则杜甫写痛苦总是伴随着一种宽广苍茫的气势，故《瀛奎律髓》评云"格律高耸，意气悲壮，唐人无能及之"。

闻官军收河南河北①

杜　甫

剑外忽传收蓟北②，初闻涕泪满衣裳。却看妻子愁何在③，漫卷诗书喜欲狂④。白日放歌须纵酒，青春作伴好还乡⑤。即从巴峡穿巫峡，便下襄阳向洛阳⑥。

【注释】

①代宗广德元年(七六三)春杜甫在梓州(今四川省三台)作。宝应元年(七六二)十月，唐各路大军由陕州总反攻，再度收复洛阳，平定河南诸郡县。十一月，进军河北，叛将薛嵩、李抱玉、李宝臣、田承嗣、李怀仙等纳地归降。次年正月，史朝义(史思明子)兵败自杀。(见《通鉴》卷二百二十二)延续七年零三个月的安史之乱至此结束。　②剑外：指剑阁以南，蜀地的代称。蓟北：今河北省北部，叛军根据地范阳一带。　③"却看"句：谓家人愁容顿消。　④"漫卷"句：漫卷，胡乱地卷起，谓自己因欢乐而失去常态。"喜欲狂"与上句"愁何在"，当互看。　⑤青春：春天。参"语译"。　⑥"即从"二句：预计还乡的路线。上句出蜀入楚，由西向东；下句由楚向洛，自南而北。自注："余田园在东京。"巴

峡,巴县(今重庆巴南)一带江峡的总称。《华阳国志》:"其郡东枳有明月峡、广屿(《舆地纪胜》引作"广德")峡、东突峡(据《渊鉴类函》引庾仲雍《荆州记》补),故巴亦有三峡。"又《水经注》载:自巴至枳(今重庆涪陵)有黄葛、明月、鸡鸣三峡。这一带江峡极多,皆得称为巴峡。巫峡,指巴峡以东的瞿塘、西陵、巫三峡。《水经注·江水》:"巴东三峡巫峡长。"巫峡最大,故举一概三。这二句用四地名,与前录李白《峨眉山月歌》四句用六地名异曲同工。

【语译】

剑阁之南忽传来河北光复的捷报,初闻消息啊,不由我热泪沾湿了衣裳。回看老妻和儿女,昔日的愁容今何在?从来珍惜的诗书啊,我草草卷起,兴奋如颠狂。阳光明媚,须得放声歌唱开怀地饮;时当春令,一路青翠正可伴我作远航。我就要穿过了巴峡下巫峡,顺着江流啊取道襄阳,归返故居向洛阳。

【赏析】

本诗写平定叛乱的消息传来刹间的狂喜,以及由此而产生的联翩浮想。八句一气呵成。清人浦起龙称之为杜甫"生平第一首快诗"。确实,读此诗有骏马注坡之感,以至虽然对仗极整齐,却浑不觉有对。不过细细品味又会感到,其抒情酣畅淋漓处,正有以透露出长期兵乱,流离转徙的悲哀郁积之深。喜和悲,大悲后的大喜,使本诗在轻快流利中极沉郁顿挫之致。

这一类浑灏流转的诗,难以句析。前人若剖论全诗者,虽或有见地,却难免胶柱鼓瑟。今节录其中可助理解者略加按语,以代疏解:

八句诗,其疾如飞,题事只一句,余俱写情。得力全在次句,于神理,妙在逼真;于文势,妙在反振。(浦起龙《读杜心解》)〔按〕次句确是关键,以下全由此生发,却并非有意造作,是极悲后极喜之必然表现。

"剑外忽传收蓟北",今人动笔,便接"喜欲狂"矣;忽拗一笔云:"初闻涕泪满衣裳",以曲取势,活动在"初闻"两字,从"初闻"转出"却看",从"却看"转出"漫卷",才到喜得"还乡"正面,又不遽接还乡,用"白首(日)放歌"一句垫之,然后转到"还乡"。收笔"巴峡穿巫峡""襄阳向洛阳",正说还乡矣,又恐通首太流利,作对句锁之,即走即守。再三读之思之,可悟俯仰用笔之妙。(施补华《岘佣说诗》)〔按〕一味由用笔论此诗,未免穿凿,但味出其有"俯仰"跌宕之致,却是心得。虽说自然真率,但命意、选材、遣词还是有安排的。"初闻"惊喜是一层意,因喜而思"还乡"是又一层意。后六句便是这一感情线的起伏延展,三四句"愁何在""喜欲狂",还是"初闻"后喜而悲转为悲而喜,"却看""漫卷"则前后勾连,已蕴有准备回乡之意。五六句更以"白日放歌"妙对"青春作伴","须"字、"好"字将上下句勾连起来,写出思及回乡有望而如痴如醉的狂喜,这样"回乡"字收束中二联的感情波澜,又散为尾联,是全诗第二个枢纽处。

一气如话,并异日归程一齐算出,神理如生,古今绝唱也。(《砚斋诗谈》)一气流注,不见句法字法之迹,对结自是落句,故收得住。若他人为之,仍是中间对偶，便无气力。(《唐诗别裁集》)即实从归途一直快数作结，大奇。且两"峡"、两"阳"，作跌宕句，律法又变。(《杜诗镜诠》引毛西河语)〔按〕此三条论末联中用四地名为对，悬想归程，流走中见整齐，收得住尾，甚是。唯当联系上析"回乡"字在诗中地位，方可见其所以流走而不觉轻飘，是因前有一收，由收再放，末联才有远势。

律诗中当带古意，乃致神境。然崔颢《黄鹤楼》以散为古，公此篇以整为古，较崔作更难。(《杜诗集评》)〔按〕以整为古，是指用律而不为律缚，字切而气机流畅。其中虚词勾带尤其重要，以虚带实，方能整饬中有流动感。中唐后七律多从此化出。

登 高①

杜 甫

风急天高猿啸哀②，渚清沙白鸟飞回③。无边落木萧萧下，不尽长江滚滚来④。万里悲秋常作客，百年多病独登台⑤。艰难苦恨繁霜鬓⑥，潦倒新停浊酒杯⑦。

【注释】

① 杜集本诗前有《九日五首》，存四首，宋赵次公以为本诗即第五首，因九月九日有登高之俗，则或亦重阳日作，时杜甫流寓夔州，约当大历二年(七六七)。　② 天高：秋日天高。猿啸：峡中多猿。参前高适《送李少府贬峡中王少府贬长沙》诗注④。　③ 渚：水中小洲。　④ 长江：夔州在长江巫峡西。　⑤ 百年：人生百年。多病：时杜甫患肺疾。　⑥ 繁霜鬓：鬓边白发已多。　⑦ 潦倒：衰颓失意。停：此为戒酒之意。

【语译】

秋风急，秋空高，猿啸声声哀；水洲清，岸沙白，水鸟飞徘徊。秋树望不断，落叶萧萧下；长江流不尽，滚滚从西来。身居万里外，悲秋是羁客；人生百年间，多病独登台。时世艰难，苦辛悲憾，白发日渐繁；失意人，贫且病，新近更无奈，只索啊，抛掉了一生常伴的浊酒杯。

【赏析】

本诗写天涯倦客，重九登高的观感。以"万里悲秋常作客"为中心，前写秋景，后抒秋感，意境萧索悲凉中见苍茫博大，体气则浑灏流转，所以尽管四联俱对，却一气浑成，是其特色。

起联发唱惊挺，上下句形成一幅极有层次感的秋景图。高天是迅风裹着哀猿的啼声，凄厉长引，而水渚清，岸沙白，低空中水鸟飞旋徘徊。这情景不仅有色，而且有声，似乎一曲高低音部混响的秋声曲，奋亢的悲慨与低回的呜咽融和成一体。二联承低回之势由广度展开，更赋予秋景以一种无穷无尽的时空感。落木萧萧、长江滚滚形成对照，冠以"无边""不尽"词，使人感到相对于历史长河的生生不绝，个体总是有时而尽的。为什么诗人的心境如此悲凉呢？三联反挑前二联，在点明题意"登高"的同时，更补出了此登的独特情境：作客而万里之遥，垂老而更兼多病，登台而孤独无侣，此情此境，秋色又怎能不满目悲凉呢？人说是酒能忘愁，重九本有饮菊花酒之俗，然而今日，诗人连这一点幸运也没有。因病，他被迫新近戒酒，于是只能清醒地任艰难的时世、失意的苦恨噬咬着善感的心灵，增添了双鬓如霜雪般的银丝……

诗至杜甫，写愁苦而开始抠心刳胃，讲格律而精益求精。两者都易使诗境碎仄，但杜甫却能于愁苦中见博大，精严中见疏宕。这不能不归因于他一贯的壮逸之气，以及负载这气势的高超诗艺。清人论其技巧甚多，试再引数则以助领会。

施补华《岘佣说诗》：通首作对而不嫌其笨者，三、四"无边落木"二句有疏宕之气，五、六"万里悲秋"二句顿挫之神耳；又首句妙在押韵，押韵则声长，不押韵则局板。

方东树《昭昧詹言》：前四句景，后四句情。一、二碎，三、四整，变化笔法。五、六接递开合，兼叙点，一气喷薄而出……收不觉为对句，换笔换意，一定章法也；而笔势雄骏奔放，若天马之不可羁，则他人不及。

沈德潜《唐诗别裁集》：八句皆对，起二句，对举之中仍复用韵，格奇变。昔人谓两联俱可裁去二字，试思"落木萧萧下"，"长江滚滚来"，成何语耶？好在"无边""不尽""万里""百年"。

登　楼①

杜　甫

花近高楼伤客心②，万方多难此登临。锦江春色来天地③，玉垒浮云变古今④。北极朝廷终不改⑤，西山寇盗莫相侵⑥。可怜后主还祠庙⑦，日暮聊为梁甫吟⑧。

【注释】

① 作于代宗广德二年(七六四)春，时诗人在成都。上年十月吐蕃一度攻陷长安，十二月又陷松、维、保三州。蜀中又刚经历徐知道之乱。　② 花：知为春时。客：杜甫自指。　③ 锦江：又名濯锦江，传说于此江濯锦，色尤鲜丽，故名。在成都南，杜甫草堂近江边。　④ 玉垒：山名，在今四川汶川北，灌县之西，为吐蕃入扰必经之地。　⑤ "北极"句：广德元年十月吐蕃陷长安后，立广武王李弘为帝，不久郭子仪收复长安，代宗复辟。本句写此事。北极，象征朝廷，因其众星拱之而居于天之中枢地位。参《史记·天官书》及《索隐》。　⑥ 西山寇盗：指吐蕃。西山此指成都西理、汶川一带岷山峰岭。　⑦ "可怜"句：后主即蜀汉后主刘禅。成都先主庙西为武侯庙，东为后主庙。此隐射代宗为宦官程元振蒙蔽，致

使吐蕃入京，如同后主信用宦官黄皓而亡国。　⑧聊：姑且。梁甫吟：古乐府。相传孔明隐居南阳时好为《梁甫吟》。梁甫是泰山旁的一座小山，人死葬此山。《梁甫吟》歌词悲凉慷慨。杜甫常以孔明为同调。

【语译】

春花近高楼，羁客惊心；四方战乱频，今日里，此登临。望锦江，春色伴潮涌，似从天间来；眺玉垒，浮云掩山，变幻似古今。朝廷如北极，居中枢，终不移；寇盗来西山，须归顺，莫相侵。可叹蜀国后主，庸碌辈，还留祠庙附先主；日将暮，心怅恨，且作当年孔明《梁甫吟》。

【赏析】

清钱谦益解本诗谓代宗任用宦官程元振、鱼朝恩，致吐蕃入京，天子蒙尘之祸。据尾联"后主还祠庙"观之，钱说是。全诗也因此方可贯通。

首联突兀而起，"花近高楼"是乐景，反言"伤客心"，情理反常，顿起悬念，立一诗主骨。下句反挑原因是"万方多难"，更以"此登临"入题，《岘佣说诗》云："起得沉厚突兀，若倒装一转，'万方多难此登临，花近高楼伤客心'，便是平调。此秘诀也。"甚是。由登临而见景色，"锦江春色"似从天地相衔处滚滚滔滔而来，而西边，玉垒山的浮云聚散变幻，自古至今，未有定时。"天地""古今"包荒宇宙，而"来"字、"变"字又使这时空带有一种动感，其气势上承首联"万方多难"而下启颈联。正如王嗣奭《杜臆》所解云："（'锦江''玉垒'二句）俯视宏阔，气笼宇宙，可称奇杰，而佳不在是，止借作过脉起下。云'北极朝廷'如锦江水源远流长，终不为改；而'西山寇盗'如'玉垒浮云'悠起悠灭，莫来相侵……'终''莫'二字有深意在。"这样意脉潜通，由景入论，主旨也由隐而显。尾联更即望中后主祠庙承上情景双收。转出新意："北极朝廷"不因"西山寇盗"而动摇，本是常理，但浮云蔽日又时而有之，比如蜀汉正统，也曾消亡，其原因在于后主昏庸轻信屑小。历史如此，今世又如何呢？"日暮聊为梁甫吟"，是孔明在悲慨歌咏，还是自比孔明的诗人为当世之事在吟唱呢？浑浑而结，有无尽想象余地。

《唐诗近体》论本诗："律法甚细，隐衷极厚，不独以雄浑高阔之象陵轹千古。"是说律细根基于思理情感之细：对国难的忧虑与对国家前途的希望，对庸主的不满与根深蒂固的忠君之忧，一己的坎坷沦落与不甘沦落的悲慨。种种矛盾糅合在一起，是其感人处。

宿　府①

杜甫

清秋幕府井梧寒②，独宿江城蜡炬残③。永夜角声悲自语④，中天月色好谁看？风尘荏苒音书断⑤，关塞萧条行路难。已忍伶俜十年事⑥，强移栖息一枝安⑦。

【注释】

① 代宗广德二年(七六四)秋，甫任剑南东西川节度使严武幕府节度参谋、检校工部员外郎时作。宿府：在节度使府值夜。　② 幕府：将帅出征，以帐幕为府署，称幕府；后亦用以称将帅府署。　③ 江城：成都濒临大江。蜡炬：蜡烛。　④ 永夜：长夜。自语：言画角声悲如咽咽自语。　⑤ 风尘：此指战争。参前《野望》注④。荏苒：推移连绵。　⑥ 伶俜：孤单。十年：自天宝十四载(七五五)安史乱起至此十年。　⑦ 强移：指勉强而新为幕僚。一枝安：《庄子·逍遥游》"鹪鹩巢于深林，不过一枝"。

【语译】

秋气凉冷，幕府井边的梧桐，已感受到寒意；我独自在府中值宿，望着江城，不觉蜡烛已将燃完。长夜里传来悲凉的号角声，仿佛在自语低回；庭中的月色皎洁美好，又与谁来同看。战争的风尘迁延不息啊，亲朋们的音书阻断；四处的关塞萧条啊，行路更是难上难。自从安史乱起，我已忍受了十年的漂泊孤单；今日里勉强新任幕僚，犹如那小鸟鹪鹩，林中栖息，只取一根枝杈。

【赏析】

虽说作幕帅府，衣食有所仰给，但对"自比契与稷"的杜甫说来，是远不能一展抱负的。更何况如颈联所述，战乱未息，东归不得。所以当他独自在使府值夜时，心情虽不如作《登高》《野望》时那般凄哀悲愤，却仍然悲凉。尾联"已忍伶俜十年事，强移栖息一枝安"，有慰情聊胜无的宽慰，却更多往事可堪回首的唏嘘。这心境也就自然体现在前三联的景物中。

"独宿"是这景物的关键，独宿的诗人与庭中井畔那棵同样孤独的梧桐树相对，在清肃的秋夜里，在威严的使幕中，听着东去的江声，不觉夜已深沉，烛已将尽，这"寒"字，这"残"字，虽说是修饰井梧、蜡炬的，却似乎都渗透了残年诗人那寒凉的心绪。杜律工于发端，如《登高》，如《阁夜》，如本诗，都营造起一种高迥、肃杀、悲慨、凄清多种意味混和的笼罩全诗的气氛，二联"永夜角声悲自语，中天月色好谁看"便由这气氛中承"独宿"，酝酿而生。这两句应读成"永夜角声悲——自语，中天月色好——谁看"，它变七律通常的上四下三句节为上五下二，这样第"五"字"悲""好"就分外突出。角声本悲，在秋季的长夜中显得分外悲惋，呜呜咽咽，仿佛孤独者低声的自言自语；月色本清，在高迥的秋空中，则又显得分外姣好，但孤独者又有什么心绪去领略呢？"好"反衬着"悲"，使悲惋之意又加深重；而这姣好，似又带有一种惨白凄迷的光晕。诗人为何不忍看这月色呢？因为"隔千里兮共明月"，明月是相聚的征象，而眼前战火迁延，音书不通，关塞不仅重阻，更因战争而萧条不平安，东归不知何日。诗人万般无奈，只索自慰：零仃十年，今为幕僚，虽非夙志，但想到哲人庄生"鹪鹩巢于深林，不过一枝"的名言，也就得过且过吧。"一枝安"是"独宿"的派生，却因二联景

261

物的滤过，已由起始的肃杀悲慨而变为凄迷惋伤了。

阁　夜

杜　甫

　　岁暮阴阳催短景①，天涯霜雪霁寒宵②。五更鼓角声悲壮③，三峡星河影动摇④。野哭几家闻战伐⑤，夷歌数处起渔樵⑥。卧龙跃马终黄土⑦，人事音书漫寂寥⑧。

【注释】

　　① 阴阳：阴晴。短景：景同影。冬天日照短，故云云。　② 天涯：指夔州，是相对于京城长安来说的。霁：雨雪后天气转晴。　③ 五更：古代把一夜分成甲乙丙丁戊五个更次，五更是临近天亮时。鼓角：古代军中用以报时、发令的鼓和号角。　④ 三峡：重庆奉节至湖北宜昌间长江两岸重崖叠嶂，其中最险处称三峡，据《太平寰宇记》"夔州"的记载，当指西峡、巫峡、归峡。今以瞿塘峡、巫峡、西陵峡为三峡。夔州东临三峡。影动摇：语意双关，《汉书·五行志》载汉武帝元光元年，天星尽摇，不久战伐不已。参"赏析"。　⑤ 几家：多少人家，是反问语气。战伐：甫作本诗前一年（七六五）十月，成都尹郭英乂被兵马使崔旰攻杀。邛州、泸州、剑南三牙将柏茂琳、杨子琳、李昌夔起兵讨崔，蜀中大战连年。又，当时吐蕃频犯蜀中，杜甫在同年秋所作的《黄草》诗说："莫愁剑阁终堪据，闻道松州已被围"（松州在今四川松潘，是西屏吐蕃的要冲），可参看。　⑥ 夷歌：夷，西南少数民族统称为西南夷。夷歌，少数民族的歌。　⑦ 卧龙：诸葛亮号。夔州西郊有武侯祠。跃马：指公孙述，字子阳。王莽新朝末年，汉宗室刘玄复汉，年号更始。公孙述也凭借蜀地险要，起兵割据，称白帝。晋左思《蜀都赋》："公孙跃马而称帝。"夔州东南有白帝庙。　⑧ 漫寂寥：任它寂寞无闻。

【语译】

　　严冬日短，白天在时停时起的风雪中，匆匆过去了；中宵时，天放晴，极目四望，银白的霜雪，覆盖了夔州四郊。悲壮的鼓角声，从戍军的营地擘空而起，原来天已五更；东望三峡，天水相连，银河星影也在寒江中颤栗动摇。仿佛它们不忍听取，历尽战火的原野上，多少人家的恸悲嚎啕；唯有那疏疏落落的几处夷歌，方透露出，死一般的大地上，还有生命的延续、生活的操劳。城东的武侯祠和城西的白帝庙，供奉着曾雄踞蜀中的古人，谁又能逃脱这黄土一抔的命运，无论你是圣贤，还是不肖。想到这里，眼前动乱不定的人间世，又算得了什么？还是任随他们，灰飞烟消……

【赏析】

　　这是杜甫在大历元年（七六六）冬离蜀寓居夔州西阁时的作品，时已五十五岁。长年来济世安民的理想，眼看就要破灭；而川中军阀混战，连年不歇，西边的吐蕃又频频来袭；加上好友李白、高适、严武、苏源明等相继去世，他的心情更是沉重。夔州地处峡中，山水险峻，且有许多古人争雄的遗迹。严冬的夜里，诗人阁中遥望，抚今追昔，命笔书怀。

首联总揽阁中所见夔州冬夜萧森景色，也点明了节令和地点。严冬，天气阴晴不定，短暂的白日在阴阴晴晴中，很快地过去了。到深夜，天宇放晴，而边僻的夔州四野却霜雪覆压，一片银白。天地澄静中，更显得寒气逼人。这一联总写由昼及昏，从暮到夜景色的变化，造成了笼罩全篇的动荡萧森气氛。

颔联承上继续写景，由总写具体到截面，时间也由夜中到了五更。黎明前，澄明萧森的空气中响起了军鼓号角声，天旷地迥，显得分外悲怨而雄壮。天空中那残星疏汉，也仿佛受到了震撼，星影在三峡奔湍的江流中摇曳不定，这一有声有色的截面描写，把上联动荡萧森的气氛更深化了。

颈联虽然仍写阁中听望，然而承中有转，笔锋指向了夔州四野的人事。上一联鼓角悲壮，星河动摇的景象，其实是当时当地局势的象征。朦胧晓色中，夔州郊野传来了号哭之声，原来蜀中不断的战乱不知给多少人家带来了灾难，也许这哭声正伴随着多少青年的征发，多少战火牺牲者的下葬，在这凄切的悲声中，远远传来渔人樵夫疏疏落落的"夷歌"，这正反衬出战后大地的寥落悲凄。

尾联由眼前的人事转向往古的追想，抚今思昔，以浩叹结出诗旨。诗人在破晓时的田野悲声中极目远望，望见了夔州西郊的武侯祠和东南的白帝庙，这里祭祀着两位蜀中名人：一个是志在匡复汉室，一统中原的诸葛亮；另一个是拥兵自重，割据一方的公孙述。他们虽然贤愚不同，但都称雄一时；然而今天不也一样成了黄土冢中的枯骨吗？思此，诗人不禁长叹，既然如此，眼前动乱不定的人事和自己异乡飘泊的境况，又算得了什么呢？何不就任其寂寂消亡呢？

全诗在身世之感中，织入了对国家、人民、时代的深切忧虑和对历史兴废的深沉思考，具有极深厚的内容和极广阔的时空感，这种精深的立意，正是杜甫的超胜处。

咏怀古迹[①]五首

杜 甫

其 一

支离东北风尘际，飘泊西南天地间[②]。三峡楼台淹日月[③]，五溪衣服共云山[④]。羯胡事主终无赖[⑤]，词客哀时且未还[⑥]。庾信平生最萧瑟，暮年诗赋动江关[⑦]。

【注释】

① 本题五首为组诗，作于出蜀途中流寓夔州时，约当大历元年(七六六)，题意为凭吊

古迹以抒写怀抱。原录二首，光绪间日本四藤吟社本增为五首，以见全豹。这是第一首，咏梁诗人庾信。信字子山，为梁元帝使北周，被留仕周，常怀故国之思，有《哀江南赋》等以寄国愁家恨。按峡中并无庾信古迹，何焯《义门读书记》：《哀江南赋》云'诛茅宋玉之宅，开径临江之府'。公误以为子山亦尝居此，故咏古迹及之，恐漂泊羁旅同子山之身世也。'宅'字于次篇总见，与后二首相对为章法。"按何说近是。　②"支离"二句：杨伦《杜诗镜诠》注，"公避禄山之乱，自东北而西南，谓从陷贼、谒上（指肃宗）凤翔，旋弃官客秦州入蜀，自乾元二年至此已八年矣"。风尘，指战争，前屡见。支离，原意为残缺，语见《庄子·人间世》，这里指分散流离。　③三峡：此即指巫峡，夔州在峡中。楼台：指诗人误以为的庾信所居宋玉故宅。淹日月：意谓经历久远。　④"五溪"句：《后汉书·南蛮传》，"武陵五溪蛮，皆槃瓠之后……织绩皮衣，好五色衣服"。五溪即雄溪、樠溪、酉溪、沅溪、辰溪。地当湖广辰州界，在夔州南。山势相连，故云"共云山"，暗指夔州民俗已受五溪蛮影响。　⑤"羯胡"句：指安、史伪作忠贞而起兵叛乱。又下句指梁时侯景叛乱。杨伦注："禄山叛唐，犹侯景之叛梁也。"羯胡：安禄山为杂种胡人，史思明为胡人，羯胡泛指之。侯景原为北朝尔朱荣部将，后归高欢，欢死附梁，封河南王，后举兵叛乱破建康。庾信奔江陵。　⑥"词客"句：杨伦注，"公思故国，犹（庾）信之哀江南也"。　⑦"庾信"二句：点出咏庾信。《哀江南赋》："信年始二毛（三十余岁），即逢丧乱，狼狈流离，至于暮齿。"又云："将军一去，大树飘零。壮士不还，寒风萧瑟。"

【语译】

从东北的战烟中流离失所，一直飘泊到西南天地间。三峡上的楼台经历了多少年岁，民人的风俗与五溪蛮族云山相连。异族为臣啊终究难依赖，诗人悲时啊至今尚未还。不见那庾信的生平最是萧索可悲，却磨炼得，晚年的诗赋由北向南惊动江关。

【赏析】

七律组诗《咏怀古迹》五首与《诸将》五首、《秋兴》八首是杜甫晚年的重大创获。《茞原诗说》评云"不废议论，不弃藻缋，笼盖宇宙，铿戛钧韶，而纵横出没中，复含蕴藉微远之致。日为大成，非虚语也"，《杜诗详注》引卢世㴶语更称这三组诗是"七律命脉根柢"，都是虽高而极公允的评价。有趣的是蘅塘退士在选录时，略《诸将》与《秋兴》，而独取《咏怀古迹》，这当是因为三组诗的风格有异。《诸将》五首纯用议论，其实是时政诗，启宋调之端。《秋兴》八首体高格厚，但工密浓丽、诗旨深曲之一面实启晚唐温李一脉，蘅塘退士于七律虽不废温李，但却避其过分深曲者。相比之下，《咏怀古迹》五首虽参议论，但的是盛唐七律正宗，雄浑悲慨，雅丽温厚，易诵易解。由《咏怀古迹》推廓而及《诸将》《秋兴》可窥其精微，反之如由《诸将》《秋兴》入手，则可能画虎类犬，陷入空疏或奢丽恶道。这就是示学初阶、诗宗盛唐的蘅塘退士，取本题而割爱《诸将》《秋兴》的原因。

这组诗虽不能必为同时所作，但所咏皆峡中古迹（第一首误以为峡中古迹），主旨有同一性，相互映发，成为一个整体，当是居夔州时有意为之的作品，其一借咏庾信，总抒自己高才不遇，命途多舛，而自期必有诗名留传后世，可兼作组诗的总序。其二咏宋玉，着重于宋氏风流儒雅而不为世人理解，与上诗对照见义。其三咏明妃，主意在"画图省识春风面"一句，微露君上不识才质之怨望。第四首咏蜀汉先主刘备，第五首咏蜀相孔明，而以"武侯祠屋常邻近，一体君臣祭祀同"相勾连，既见明君贤相、君臣一体的政治理想，又以蜀主失计与孔明壮志未酬相映发，流露自己建言不为所用的怅恨，而收以"运移汉祚终难复，志决身歼军务劳"，则似组诗之总结，表现自己虽不为所用，但"葵藿倾太阳，物性固莫夺"的一贯忠忧。总之各诗咏一古迹，借题发挥，妙在既寄意于若即若离之间，又呼应于似断似续之中，这正是葚原所说"纵横出没中，复含蕴藉微远之致"。

本诗在五诗中笔力最为雄大，章法更多奇变。一反咏怀古诗由古迹着手的常例，起笔先写自身。支离东北，飘泊西南，天地风尘，二句在极广阔的背景中写出了自己颠沛的后半生与动荡的国运。由"西南"而启颔联望中夔州景象："三峡楼台淹日月"，"楼台"已暗逗后文"庾信"宅，它已经历了无数日月而依然存在，然而"五溪衣服共云山"，此地民风已变，居人衣服已经蛮化。这一联上句实写，下句虚想，"淹日月""共云山"承上"东北""西南"，将首联的时局身世之感带入了杳远的历史时空感中。颈联上句"羯胡事主终无赖"，看来突兀而起，离开了漂泊西南的线索，其实是由"五溪衣服"衍化而生的议论，下句"词客哀时且未还"，又收回到"漂泊"主线。一收一放，互文见义（参注⑤），上句明写现实，暗含历史；下句明写古人，暗含自身：这样就将自身遭遇的安史之乱与当初庾信所逢的侯景之乱二者，在上联的历史时空感中融合为一体。按诗人早于唐室借兵回纥之初，就在《留花门》诗中发出过胡族不可过于依傍的警告，后来时局的发展证明了他的忧虑是正确的，而现在面对庾信古迹，想起他著名的《哀江南赋》，这警告已升华为历史的经验教训。然而造化嘲人，有先见之明的诗人，结局倒是与当年庾信一样流落异地"且未还"。至此，诗势似已衰歇，然而尾联承"词客"又起波澜，"庾信平生最萧瑟"，计不为用，但可以自慰而又自信的是"暮年诗赋动江关"，自己的诗赋也将如庾信一样，必不局限于西南一隅，而会流传开去，惊动世人。然而当我们通读全诗，特别注意到"萧瑟""暮年"二词时，不也体味到这自信之中有着太多的失意人的"萧瑟"之感么？

七律体势宜高华动荡，却也易流于肤廓浅滑。得失关键在于是否有饱满的感情，深沉的思考；有否驾驭这感情这思考使之形象化，使之动荡起伏的命意遣句，布局谋篇的能力。这就是卢世㴅所说的"七律命脉根柢"。此篇揽大景色，发大议论，却又将古与今、情与景、事与理组织得虚实相映，融合无间。在意象上最可注意的是"五溪衣服共云山"句的虚想，将境界拓展开去；在章法上更难到的是"羯胡事主""词客哀时"的一放一收与尾联的衰而复振，振中又含衰飒之意。如果说工铸的景象下博大的情感构成了杜律的"沉郁"，那么章法上的收放起伏，便是他的"顿挫"。顿挫使具象化的沉郁情感活动起来，造成了词气惋伤中的血脉动荡之感。这就是杜律的魅力。

265

其 二①

摇落深知宋玉悲②，风流儒雅亦吾师③。怅望千秋一洒泪，萧条异代不同时④。江山故宅空文藻⑤，云雨荒台岂梦思⑥？最是楚宫俱泯灭⑦，舟人指点到今疑。

【注释】

① 参上诗注①。　② 摇落：宋玉《九辩》，"悲哉，秋之为气也，萧瑟兮草木摇落而变衰"。后以摇落指秋天。　③ 风流儒雅：语出庾信《枯树赋》，这里指宋玉文采风流，内德充实，合乎儒家文与质彬彬相称的观念。　④ 异代：指自己与宋玉时代不同。　⑤ 故宅：秭归(今湖北秭归)与江陵(今湖北江陵)都有宋玉故宅。连七句看，当指秭归宅。在夔州附近。　⑥ 云雨荒台：宋玉《高唐赋》写到楚王在此夜梦神女来会，说自己"旦为行云，暮为行雨，朝朝暮暮，阳台之下"。后以云雨为男女欢爱代称，也因而附会巫山有神女台，也称云雨台、阳台、阳雨台。　⑦ 楚宫：指襄王在阳台的行宫。

【语译】

深秋里，望着草木摇落，我才深知当年宋玉的伤悲；他文采风流，温文儒雅，就好似我的先师。怅望千年的陈迹，我不禁热泪挥洒；我们一样身世萧条，所差只是不同时代。江山依旧，故宅尚存，唯有你惊世的才藻已消逝；朝行云，暮行雨，章台已荒，您写的难道仅是梦思。最可怜楚王行宫已泯灭难寻，船夫们为人指点，至今还是一个谜。

【赏析】

本诗咏宋玉被前人误解，叹自身不为世人所知。

又一个萧瑟的秋天来临了，杜甫出蜀，从启程算起已经一年六个月，滞留夔州，也已超过半年。夔州郡城旁的巫山县，是传说中楚襄王梦会巫山神女的地方，至今仍有所谓神女峰、阳台宫；但不过是察形见似、难以证实的堆坏山石而已。传说的起因当然是《九辩》的作者宋玉那篇悠谬迷离的《高唐赋》，千百年来，人们都将它作为一个哀美的人神恋爱的故事传播着，但是老病相煎的诗人却别有一番解会，写下了这篇半为辨疑、半为抒愤的著名诗章。

秋气，使诗人仿佛置身于当初宋玉作《九辩》时的境况之中，一样的时令，一样的心情，当然更能体会前贤哀悼屈原，抒发"贫士失职之悲"的寄意。首联以《九辩》中"摇落"一词起，以"深知""悲""亦吾师"相贯，不仅点明了本诗的主旨是"悲"，而且这"悲"又是诗人与宋玉共通的"贫士失职"之悲，因而此时他面对阳台古迹，遥想宋玉"风流儒雅"的仪范，更多感伤，以至于"怅望千秋"而不禁"洒泪"当时。这"异代"之泪，虽不与前贤同时，但身世萧条，"千秋"之下，正可为隔代知音，因而这泪究竟是为前贤而洒，是为自己而悲，或者是因时临景，既为前贤又为自己，恐怕诗人自己也难以说清了。颈联以错互的句法构成工整的对仗，深刻地表现了这种复杂的感想。

诗人感伤于宋玉的还不仅是"贫士失职",更可悲的是他的作品不为人理解。峡中的宋玉宅虽已成为后人凭吊的古迹,但人们欣赏于他的只是文采的华丽。然而《高唐》一赋,所要表现的又怎仅仅是神人相爱的梦境呢?颈联以"江山"与"云雨"、"故"与"荒"相对,营构起一种悠远迷离的时空境界,而"空"字一叹,"岂"字一问,更发人深思:"空文藻",就不仅是文藻,"岂梦思",更不仅是梦思。《高唐赋》的华丽藻辞下,寄托的其实是宋玉对楚王的讽谕,正如《文选》注所说,是"假设其事,风谏淫惑也"。这正是宋玉的"风流儒雅",正是诗人甘心师事之的底蕴。然而前贤的深意谁能理解,最可叹而又可笑的是,传说中的阳台宫,本属子虚乌有,但今人都以为是被岁月风雨所泯灭,你看过往的舟人,至今还在对着堆堆乱石指指点点,辨说纷纭:此石为甚,彼石为何……诗人运笔至此,一定想到了自己的诗歌文章,百代之后,或许也同宋玉一样被人欣赏,又为人误解,不知能否有人也为我"怅望千秋一洒泪"呢!

对于宋玉的不理解渊源深远,《史记·屈原列传》称他"好辞而以赋见称,终莫敢直谏",班固以后不少人认为后世艳丽文风导源于"楚辞"而宋玉为甚。至郭沫若新编历史剧《屈原》,更把他写成有才无德、背叛师门的不义者。看来隔代知音确不易。宋玉能有一代诗圣为之辨谤,也算有幸了!

其 三①

群山万壑赴荆门,生长明妃尚有村②。一去紫台连朔漠③,独留青冢向黄昏④。画图省识春风面⑤?环珮空归月夜魂⑥。千载琵琶作胡语,分明怨恨曲中论⑦。

【注释】

① 本诗咏王昭君。王嫱,字昭君。秭归(今湖北秭归)人,晋人避司马昭讳,改称明君。后人又称为明妃。汉元帝时入宫,和亲嫁匈奴呼韩邪单于。安史乱后,肃宗为借回纥兵,以幼女宁国公主嫁回纥王。或有感于此。 ②"群山"二句:昭君村在宜都县西北秭归东北四十里,处夔州与湖北荆门之间,一路峡壁相连。故云云。 ③ 去:离。紫台:犹言紫禁,指汉宫。朔漠:北方大沙漠。 ④ 青冢:明妃墓在今内蒙呼和浩特市西南。塞外秋草白,明妃墓草长青,故称。 ⑤"画图"句:《西京杂记》载,汉元帝嫔妃众多,令画工图之,观图而召幸。官人皆贿赂画工,独昭君不肯。画工丑图之,因此不得见君。匈奴求亲,元帝依图以昭君许之。临行见之,竟为后宫第一人。元帝深悔,但不可失信,仍遣之行。复追究此事,诛杀画工毛延寿。本句反问。省识,可能识得。省,虚词。春风面,面如春风。 ⑥"环珮"句:言魂魄归来,虽一心思汉,亦已徒然。环珮,此指妇女所佩玉制饰物。 ⑦"千载"二句:据传,明妃出塞,戎装骑马,怀抱琵琶,作思归之曲。乐府琴曲歌辞有《昭君怨》。琵琶,弦乐器,出西域。指法前推称琵,后引称琶,故名。胡语,指琵琶声,以其出于胡地,音如胡语。论,读平声,讲说之意。

【语译】

江峡的群山万壑啊,似向荆门奔凑;这里是明妃的故乡,至今尚存昭君村。你辞别了汉宫,荒漠连连和亲去;你老死他乡,只留得,常青的墓冢,哀哀向黄昏。想当年,汉帝怎能依图识察美人春风面?空使你,环珮叮咚,归汉只是月夜一孤魂。想你啊,怀抱琵琶出塞去,千年来,琵琶声声似胡语;分明是,将你的怨恨,乐曲声中论。

【赏析】

王嗣奭《杜臆》:"因昭君村而悲其人。昭君有国色,而入宫见妒;公亦国士,而入朝见嫉:正相似也。悲昭以自悲也。"所论本诗作意甚是。而"怨恨"是一诗主骨,全诗围绕这一点展开。

"群山万壑赴荆门",起句奔腾而来,托出次句所怀古迹"生长明妃尚有村"。可见其地钟灵毓秀,则未及昭君其人已先见其韵,所谓"浩然一往中,复有委婉曲折之致"(《围炉诗话》)。见其地思其人,颔、颈、尾三联正写明妃遭遇,却将其事提炼组织,用逆笔、错互等法,以发人深省。"一去紫台连朔漠,独留青冢向黄昏",先写明妃结局,动荡的诗思上承首联,而触目惊心的萧瑟结局,却与首联之钟灵毓秀形成强烈对照。在造句上由"紫台"与"朔漠"之对比落到"黄昏"对"青冢"之反衬,更加强了明妃遭遇的悲剧效果,那夕阳反照下奇迹般常青的墓草,精神已默默注向篇末的"怨恨"。颈联再作一放一收,先逆笔补叙"一去紫台"之原因是汉元帝依图选人;再收回到结局,承青冢黄昏而言月夜魂归,那如水月光下不见其形、似闻其声的"月夜魂"与"春风面"再次形成强烈对照,不仅进一步渲染了悲剧气氛,更深刻而形象地揭示了悲剧的成因。尾联即在悲怨到近于虚空的氛围中总收全诗,逆笔补叙昭君出塞、戎装骑马、怀抱琵琶的悲剧形象,同时挑明"怨恨"主旨,冠以"千载"二字,为读者留下了永长的忆念与沉思。《唐宋诗举要》评曰:"篇末归重琵琶,尤其微旨所寄,若曰:虽千载已上之胡曲,苟有知音者聆之,则怨恨分明若面论也。此自喻其寂寞千载之感也。"

读者试想,如依昭君遭遇顺序:图貌见妒,出塞琵琶,朔漠生涯,青冢黄昏,月夜归魂,一一写来,能有本诗这样委曲中见动荡,悲恨中见惊省的效果吗?

其 四[①]

蜀主窥吴幸三峡,崩年亦在永安宫[②]。翠华想像空山里[③],玉殿虚无野寺中[④]。古庙杉松巢水鹤[⑤],岁时伏腊走村翁[⑥]。武侯祠屋常邻近[⑦],一体君臣祭祀同。

【注释】

① 本诗咏蜀汉先主刘备庙。 ②"蜀主"二句:《三国志·蜀书·先主传》记,东吴袭杀关羽,取荆州,刘备忿而伐吴,军次峡中秭归。后兵败猇亭,由步道退军峡中鱼复,改

鱼复为永安。章武三年四月崩于永安宫。窥吴，即企图伐吴。幸，天子行踪所止叫幸。永安宫在夔州西七里。　③翠华：帝王仪仗中旗旌以翠鸟羽为饰叫翠华。想像：指陈迹已去，只可想而像之。《楚辞·远游》："思故旧以想像兮。"　④玉殿：原注，殿今为卧龙寺，庙在宫东。　⑤巢：动词，作巢。　⑥岁时伏腊：岁时犹言年节。伏为伏祭，在夏六月；腊为腊祭，在冬十二月。语出汉杨恽《报孙会宗书》。走村翁：指村翁来祭。走，快行。　⑦"武侯"句：诸葛亮封武乡侯，称武侯。夔州先主庙居中，西为武侯祠，东为后主庙。

【语译】

复仇伐吴，先主刘备率军宿三峡；兵败夷陵，他败归病逝即在峡中永安宫。空山迷蒙蒙，那翠羽的仪仗，已只能依稀想象；他神殿虚无，寂寞寥落，就在那山野荒寺中。古庙前，神树植杉松，只有水鹤来巢居；年节里，伏腊日，方有村翁偶然来走动。更有那，武侯的祠庙相邻近；他们君臣一体啊，连千年的祭祀也相通。

【赏析】

《杜臆》论本篇主旨云："咏先主祠。而所以怀之，重其君臣之相契也。"这代表了绝大多数前代评家的意见，但我总感到其意不尽于此。特别是与后一首咏武侯祠对读，更可感到，于孔明，诗人极尽褒扬之能事；而于刘备，本诗非仅未述其功烈，却着意写其兵败夷陵，魂归白帝之失著以及身后凄凉。这不能不使人感到另有深意。如果参以杜甫《八阵图》诗"功盖三分国，名成八阵图。江流石不转，遗恨失吞吴"，其末句明言未能劝阻刘备兴兵伐吴是孔明最大的憾恨，则更可悟诗人于刘备此举持批评态度。组诗对先主庙荒寂的描写与对武侯庙庄严的礼赞，正是这种心态的反映，而这心态的形成又是与自比于孔明的诗人不仅在肃、代两朝，而且在玄宗朝也郁郁不得志有关。对于刘备之于孔明，从三顾茅庐到白帝托孤的敬重与信任，杜甫是向往的，所以说"武侯祠屋常邻近，一体君臣祭祀同"。然而即使如此，以这两首诗对照来看，在明君贤相的关系上，他的重点是在贤相；即使是明君，一旦不纳贤相之言就会失败，遗恨千古。这是其主意所在。历代评家有三人看出了点端倪。清黄叔灿《唐诗笺注》说："此诗似无咏怀意，然俯仰中有无限感慨。"确实"一体君臣祭祀同"中确有言外之无限感慨。近人高步瀛《唐宋诗举要》"先主一章，特以引起武侯"更看出了二诗的宾主关系。说得最透彻的是清何焯《义门读书记》："先主失计，莫过窥吴，丧败涂地，崩殂随之；汉室不可复兴，遂以蜀主终矣。所赖托孤诸葛，心神不二，犹得支数十年祚耳。此篇叙中有断言，婉而辨，非公不能。"这就是"一体君臣祭祀同"中的无限感慨。

解诗不可断章取义。只看"一体君臣"句，便会如多数评家那样以为本诗只是写君臣相契；而玩索全篇，就会感到何义门确实有见。首联以先主出师、崩殂同在峡中对起，突出伐吴事件的悲剧性，"亦在"二字下得尤有深意。二、三联极写先主身后凄凉：其中颔联上下句及句内各成对照，翠华、玉殿何等辉煌，但只今唯在"空山""野寺"中，这又怎能不使人由"想像"而感到"虚无"呢？颈联上下句映衬,"古庙杉松巢水鹤"是说有鸟无人,"岁时伏腊走村翁"似谓有人,但只是时节祭祀之时,而且只是老翁,无有青壮,则此有人更显得先主庙常年为多数人遗忘。人称仁德之主的刘备何以会落得如此"寂寞身后事"呢,当然是由于首联所说的不纳贤相之言的失著。所可怀念者,他毕竟始有三顾,终有托孤,于是诗人感慨唏嘘:"武侯祠屋常邻近,一体君臣祭祀同"……

其 五①

诸葛大名垂宇宙②,宗臣遗像肃清高③。三分割据纡筹策④,万古云霄一羽毛⑤。伯仲之间见伊吕⑥,指挥若定失萧曹⑦。运移汉祚终难复⑧,志决身歼军务劳⑨。

【注释】

① 本诗咏诸葛亮武侯祠。参上诗注⑦。　② 宇宙:世界。前屡见。　③ 宗臣:为世所宗尚之重臣。《汉书·萧何曹参传》:"唯何、参擅功名,位冠群臣,声施后世,为一代之宗臣。"《三国志·蜀书·诸葛亮传》裴松之注引张俨《默记》:"一国之宗臣,霸王之贤佐。"肃:敬肃。　④ "三分"句:诸葛亮《隆中对》已料定汉末割据之势,经多年经营,终成魏、蜀、吴三分天下之局面。《出师表》"今天下三分",三分语本此。纡,屈。筹策,竹制算码。语出《老子》。《史记·高祖本纪》:"夫运筹策帷帐之中,决胜于千里之外,吾不如子房。"　⑤ "万古"句:《梁书·刘遵传》"此亦威凤一羽,足以验其五德",此用其语。杨伦注解本句云:"言武侯才品之高,如云霄鸾凤。世徒以三分功业相称,不知屈也偏隅,其胸中蕴抱百未一展,万古而下,所及见者,特云霄之一羽毛耳。"　⑥ 伯仲:原意兄弟,引申为不相上下。伊吕:商相伊尹,周相吕尚(姜子牙),均古代名相。　⑦ 指挥若定:《汉书·陈平传》"诚能去两短,集两长,天下指挥即定矣"。指挥言轻易,一指一挥之间。失萧曹:使萧何、曹参失色。萧、曹均助刘邦定天下之宗臣。参注③。　⑧ 祚:原意福泽,引申为帝位。　⑨ "志决"句:《出师表》"鞠躬尽瘁,死而后已"之意。

【语译】

诸葛的大名啊,传遍万代,上下四方;重臣的遗像啊,骨清格高,使人仰望。你苦心筹划啊,促成了天下三分的大局;这仅是后人所见啊,云霄中威凤的一片翎毛。您自比伊尹吕尚,德才本已相上下;你一指一挥,安定天下,使萧何曹参失色比不上。莫奈何,天命移易啊汉运将尽难挽回;您志不可夺啊,劳心军务,死而后已最可伤!

【赏析】

前录其四"先主庙"诗末联"武侯祠屋常临近,一体君臣祭祀同"引起本诗,实以刘备军败托孤之凄凉,映衬本诗所写孔明支撑危局的苦心壮志。《唐诗贯珠》谓本诗全用颂体,其实倒不如说巧用论体。其前六句颂赞孔明功德,实为尾联二句发论作伏笔。试析之:

首联写谒庙,以极平大之言抒极崇敬之情,功德双起:上句言武侯功烈垂世,下句赞孔明德行清高。这是一诗纲领。颔联一反前人以功定三分论孔明事业之陈说，而谓三分天下虽全赖孔明筹策，但就其全人而言，不过是威凤一羽。隋王通《文中子》谓"诸葛武侯不死，礼乐其有兴乎！"这是一种传统观念，古人以为兵者是凶器，圣人不得已而用之。相对于文治而言，武功是次要的。颔联以"万古"妙对"三分"正足以见三分事虽成而复败，在孔明的才德而言，是不足道的。颈联紧接着以两对古人相比，以为其才德足可方驾商周的贤相伊尹、吕尚，而非汉相萧何、曹参可比。"萧曹"回扣"宗臣"，因语出《汉书·萧何曹参传》（见注③）。这一联又是一种传统观念，古人以为三代的政治方是理想政治，而秦汉以降已是等而下之了。对孔明作了如此无以复加的品评以后，自然就得出尾联之结论，蜀汉之败不在孔明才德不济，而是天命所致，而其"志决身歼军务劳"的精神，正足见其才德之清高，这样便以哀悼呼应开首的瞻谒，结束全篇；并与上诗"一体君臣"相呼应。

　　本诗堂庑宽大，笔力苍劲，作为组诗的末篇，有断制，有骨力，还是压得住阵脚的。但就诗论诗，不能认为是上乘之作。即以议论而言，也沿袭前古观念，评价孔明也只一味颂赞，难称精当。更何况纯用议论毕竟不是诗歌的当行本色。其语言如"志决身歼军务劳"等也不免钝拙，明人胡元瑞、许学夷等评家已经指出，是不必为贤者讳的。至于不少评家赞其"议论最高""识高笔老""横绝古今"，恐怕不能不视作为诗圣盛名所摄的迂阔之论。

江州重别薛六柳八二员外[①]

刘长卿

　　生涯岂料承优诏[②]，世事空知学醉歌[③]。江上月明胡雁过，淮南木落楚山多[④]。寄身且喜沧洲近[⑤]，顾影无如白发何[⑥]。今日龙钟人共老[⑦]，愧君犹遣慎风波[⑧]。

【注释】

　　① 德宗建中三年（七八二），李希烈叛军占据随州（今湖北随州），刘长卿正为随州刺史，失州而流落江州（今江西九江），后应辟入淮南节度使幕。行前先有五律《江州留别薛六柳八二员外》，故本诗题作"重别"。薛六、柳八，名不详，六、八均是排行。员外，员外郎，唐尚书台六部均设有员外郎，从六品上。　② 优诏：恩泽有加的诏令。　③ "世事"句：言一生多故。长卿至德中贬南巴尉，大历末贬睦州司马，这次又遭兵乱。　④ "江上"二句：言将由江州向淮南，并点明时当秋令。　⑤ 沧洲近：淮南节度使府在扬州，近海口，故言沧洲近。沧洲，濒水之地。　⑥ 顾影：此指自看镜中影像。无如：无奈。白发何：言已年老。长卿开元中登第，至建中末估计已五六十岁。至贞元六年（七九〇）卒。　⑦ 龙钟：此指老态。王维《夏日过青龙寺谒操禅师》："龙钟一老翁。"　⑧ 遣：使，这里是叮咛

之意。慎风波：是薛、柳临别叮咛语。

【语译】

生涯多故，怎承想，还能奉诏遇恩泽；世事反复，空学得，把杯狂饮且醉歌。见江天月明，胡雁南飞过；想淮南木落，更显楚山多。寄身淮幕，且喜濒临沧洲近；看影明镜，又怎奈白发日多。今日里我辈老态已龙钟；深深愧，累君叮咛：小心一路有风波。

【赏析】

失州入幕，年岁已垂垂老矣；虽然寄身有地，但心情不能不是感伤多于慰藉。本诗即写这种怅触之情。

诗以反问起，表示了绝处逢生的一时欣慰，但次句即用反跌法总写一生失落，"醉歌"上映"优诏"，"空知"相对"岂料"，使这"世事""生涯"包含了无尽复杂的意味，一时的欣慰便笼上了深重的感伤色调。颔联承"醉歌"之怅惘写景："江上""淮南"分指江州、扬州，所写一实一虚，见此地江天月明，胡雁南飞，思将往之地，木落纷纷，楚山显露。"楚山多"三字最为传神，木落山秃而见多，已非复春夏之葱葱郁郁，而已经一片萧瑟零落。颈联的感喟即由此种氛围中生发。"寄身且喜沧洲近"，努力想从萧瑟感中振起，但下句"顾影无如白发何"又跌落到感伤中。这一联的脉理很细腻，寄身沧洲，自然是从上联将往淮南引起的悬想，而"沧洲近"，就离自己北国的家乡更远了，其意又隐隐上应颔联上句的"胡雁过"。"沧洲近"又有悬想此后得遂闲适初志之意，但忽见明镜里，白发已多多，"白发"又隐隐与颔联下句萧瑟的"楚山多"在意象上相呼应。生涯如同一年将尽的深秋，遥远的故乡更回归无日，因此这"喜"只能是"且"喜，而白发缘愁长，却是"无如"其"何"的严酷的现实。这样便由"白发"更生尾联之叹："今日龙钟人共老，愧君犹遣慎风波。"在关合诗题"重别薛六柳八二员外"的同时，以"慎风波"暗暗反挑首联的"生涯""世事"之叹。按高仲武《中兴间气集》评刘长卿"有吏干，刚而犯上，两遭迁谪，皆自取之"。可见其性格颇不合时宜，因此"慎风波"是双关语，表面说慎路途风波，其实暗含人生多风波之意。这又怎能不使诗人感到，一时的"优诏"更显得生涯的蹉跎，世事的空茫，而唯有醉歌可消呢！

长沙过贾谊宅①

刘长卿

三年谪宦此栖迟②，万古惟留楚客悲③。秋草独寻人去后，寒林空见日斜时④。汉文有道恩犹薄⑤，湘水无情吊岂知⑥？寂寂江山摇落处⑦，怜君何事到天涯⑧。

【注释】

①长卿至德三载(七五八)贬南巴(今广东博贺港)尉,三四年后召还。本诗当是去来时经长沙作。贾谊宅:故址在长沙城西北。贾谊,洛阳人,英年高才,人称"洛阳才子"。汉文帝时为太中大夫,遭谗,贬长沙王太傅。 ②三年:《史记·屈原贾生列传》"贾生为长沙王太傅三年……后岁余,贾生征见",则贾在长沙前后四年,实际整三年。栖迟:游息滞留。 ③楚客:指客游长沙之人。长沙为故楚之地。 ④"秋草"二句:贾谊《鵩鸟赋》序云,"谊为长沙王太傅三年,有鵩鸟飞入谊舍,止于坐隅。鵩似鸮,不祥鸟也。谊既以谪居长沙,长沙卑湿,谊自伤悼,以为寿不得长,乃为赋以自广"。其辞曰:"……庚子日斜兮,鵩集余舍……野鸟入处兮,主人将去。"诗中"人去后""日斜时"均化用赋语。 ⑤"汉文"句:汉文帝虽世称明君,但于贾生始用之,复贬之,后虽召回,又出之为梁王太傅,贾谊以此郁郁而亡,故云云。 ⑥"湘水"句:屈原自沉湘水支流汨罗江。贾谊谪居长沙时,曾作《吊屈原赋》,投祭湘水。 ⑦摇落:指秋天。宋玉《九辩》:"悲哉,秋之为气也,草木摇落而变衰。" ⑧君:指贾谊,亦以自况。

【语译】

贾生啊,您三年贬官,就在这宅中栖息羁滞;只留下,千年万代,楚地逐客悲。披秋草,我独自将你遗踪寻,奈何人已去;望秋林,空见得,白日西斜黄昏时。都说是,汉文君有道,却为何皇恩于你偏浇薄;今只见,湘水偏无情,您凭吊屈子,百代相隔魂魄岂能知?江山寂寂秋风起,草木落;竟为何,你来到此地,天涯荒远处。

【赏析】

本诗名为吊古,实乃自伤。佳处在于将贾生吊屈原、自己吊贾生融为一体,见出仁人志士"万古"之悲,而融今入古,略无痕迹。

首联以三年谪宦迟与万古楚客悲相对并起。贾生谪长沙前后三年,长卿贬南巴也约略三年,起语已见隔代通感之意,更将这才子不遇的感伤用"万古"字带入一种深远的历史氛围之中。次联正写过宅,妙用贾生《鵩鸟赋》句意,使"我"与"古人"有不知庄周之为蝴蝶、蝴蝶之为庄周之感,秋草人去,寒林日斜,是当时景与贾生赋语的融合,而由"独"感"空",更画龙点睛道出了那"万古悲"的内涵。颈联由那孤独的空茫感而生发为历史性的评述。汉文有道,于贾生尚且恩犹薄——谪而召还,"不问苍生问鬼神",又出之为梁王太傅——那么等而下之者,譬如贬谪屈原的楚怀王又如何呢?答案是不言而喻的。相对于君王之寡恩,千古才士隔代相悲的同情,又是多么的软弱无力。当年贾生临湘水、吊屈原而作赋,今日"我"过贾生宅而作诗祭之,恐怕都是一片空无而已。面对江山寂寂,秋风摇落,诗人不禁悲古人亦以自悲:为什么我们要到这天老地荒之处呢?尾联"摇落"又用《楚辞》语,"何事"更问而不答,读者似可见诗人在秋风摇落中沉思这人生之谜……

《山满楼笺注唐诗七言律》评本诗云:"笔法顿挫,言外有无穷感慨,不愧中唐高调。"《大历诗略》又评云:"极沉挚以澹婉出之。"均甚得本诗神韵。

自夏口至鹦鹉洲望岳阳寄源中丞①

刘长卿

汀洲无浪复无烟②，楚客相思益渺然③。汉口夕阳斜渡鸟④，洞庭秋水远连天⑤。孤城背岭寒吹角⑥，独树临江夜泊船⑦。贾谊上书忧汉室，长沙谪去古今怜⑧。

【注释】

①题"源中丞"，本作"元中丞"，据本集改。源中丞为源休，曾任御史中丞，后流贬溱州。移岳州（今湖南岳阳）。大历元年（七七〇）至九年间，长卿为鄂岳转运留后，巡行岳州，与源休往还。归来经夏口（今湖北汉阳）至鹦鹉洲，作本诗寄之。鹦鹉洲，见前崔颢《黄鹤楼》注④。　②汀洲：水中小洲，此指鹦鹉洲。　③楚客：自指，夏口为古楚之地。　④汉口：汉水入江口。即上夏口。　⑤洞庭：岳阳在洞庭湖畔。　⑥孤城：依诗法当指岳阳，岳阳背靠巴陵。角：号角，军中用以报时、号令。　⑦"独树"句：指夜泊鹦鹉洲。　⑧"贾谊"二句：喻源休。参上诗注①、注②。

【语译】

汀洲上，既无风浪也无云烟；居楚地，客思杳杳更如江天。汉口夕阳下，江鸟飞横斜；远连洞庭去，秋水上接天。湖畔岳阳倚巴岭，孤城吹角寒天悲；我江岸夜泊系独树（，思随江水到岳阳）。您就像贾谊上书忧汉家；有谁知，贬谪长沙，古今启人怜。

【赏析】

唐诗中常以江上烟波引出愁思，如崔颢《黄鹤楼》"烟波江上使人愁"，但本诗起联却一反故常云"汀洲无浪复无烟，楚客相思益渺然"，上句写出一极静极寥远的境界，下句"益"字传神，言从那静远中孕生的相思之情较烟波更为沉远迷惘。颔联以景物反挑"益"字之原因，原来江天澄碧，视野广远；近处，江畔汉口城头夕阳余辉中一鸟斜渡，渐远渐杳；而秋水浩渺远连天边，它流自那洞庭广泽，那里就是友人源中丞谪去的地方。颈联上句顺势悬想源中丞谪居情状，他身居孤城，而背倚着青青苍苍的巴岭，秋空中那似乎沾染了寒意的画角声，使他加倍地孤寂凄冷，下句落到悬想的自身——独树临江夜泊船，"独"字、"夜"字对应着上句的"孤"字、"寒"字，使"临江"之我，与"背岭"之友人虽山水迢遥而心神相通。于是尾联自然而然地结出诗旨，用贾谊之典，含蓄地表示了对源中丞此贬的不平，而"古今怜"三字，更不仅表达了这事件是一种历史性的悲剧，而且隐含了自己曾遭贬南巴的同病相怜之感。

七律至中唐，法脉更细，从章法看，本诗中二联景色是实—虚—虚—实，而同时隐含着我—彼—彼—我；至"独树临江夜泊船"才逆挽点题，于回旋中见悱侧之致。在构图上更切近画理：颔联是工对，但形成了浑然一体的富于远势的图景，夕阳飞鸟着一"斜"字，画龙点睛，那暮色中斜飞的江鸟，似乎牵引着诗人的愁思，顺着秋波，与洞庭相连，而一个"远"字更使那愁思由一点而荡溢为浩渺无际。中唐七律在这些方面都十分讲究，长卿的长处是在工细的同时，仍能保持盛唐诗那种浑成悲壮气象，《唐诗善鸣集》称："刘文房在盛、晚（此以中晚唐统称晚唐）转关之时，最得中和之气。"是很有道理的。

赠阙下裴舍人①

钱 起

二月黄鹂飞上林②，春城紫禁晓阴阴③。长乐钟声花外尽④，龙池柳色雨中深⑤。阳和不散穷途恨⑥，霄汉常悬捧日心⑦。献赋十年犹未遇⑧，羞将白发对华簪⑨。

【注释】

① 本诗为钱起未达时赴京求官，献诗裴舍人以求汲引所作。钱起天宝十载(七五一)登进士第，诗作于此前。舍人，中书舍人。前屡见。 ② 上林：汉上林苑，此代指唐宫苑。 ③ 紫禁：古以天象应人事，紫微垣为皇极之垣，故称宫禁为紫禁。 ④ 长乐钟声：汉时长乐宫置钟，至唐尚存，天宝后废。以钟报时始于南齐，见岑参《奉和贾至舍人早朝大明宫之作》注④。花：与下句之"柳"，参前王维《奉和圣制从蓬莱向兴庆阁道中留春雨中春望之作应制》注④。 ⑤ 龙池：兴庆池。玄宗登基前旧宅在兴庆宫。宅东有井，忽涌为小池，时有云气，而黄龙见于其中。中宗景龙年间，池渐广，名龙池。按龙池与上句长乐，虽为专名，但均以指代禁中景物，不可不明，亦不可泥看。 ⑥ "阳和"句：谓帝恩不到己身。阳和：春日暖气。《史记·秦始皇本纪》二十九年，登芝罘，刻石："时在中春，阳和方起。"穷途，处境窘困。《吴越春秋·王僚使公子光传》："夫人赈穷途，少饭亦何嫌哉。" ⑦ "霄汉"句：言己对帝常怀忠忱。《三国志·魏书·程昱传》记昱年轻时，常梦上泰山，两手捧日。及充诈反，赖昱得以保全。 ⑧ 献赋十年：《西京杂记》卷三记"(司马)相如将献赋，未知所为"。按汉时盛行献赋求官，如班固即因此得官。唐时犹有此风，如杜甫科举未第，献《三大礼赋》，玄宗奇之，命待诏集贤院。 ⑨ 白发：自指。钱起当时三十来岁。白发为叹老嗟贫之词。华簪：指裴舍人。古人以簪固发于冠。华簪指代高官。陶潜《和郭主簿》："此事真复乐，聊用忘华簪。"

【语译】

二月里，黄鹂飞翔上林苑；京都春，紫禁城，晓来天阴阴。长乐宫中晨钟起，飞传花外尽；龙池侧畔柳色新，雨中更青深。有道是，中春阳气布，却为何，散不去我穷窘憾恨生；唯有灵明一点，忠忱常怀，恰似泰山捧日心。最可叹，十年献赋京都游，即今功名未有成；白发渐生满面羞，如何相对，华簪高官人。

【赏析】

钱起后为大历宫廷诗人之魁,从这首未达时的作品,已不难看出端倪。

诗的上半篇写雨中宫禁春景,后半抒发求宦无成、渴求汲引之思。"阳和不散穷途恨"句是前后关锁。"阳和"承上,"不散穷途恨"启下,后文"霄汉""捧日""献赋""华簪"等,又始终关合诗题"阙下"之意,全诗脉络分明,针线绵密,法脉正是唐代宫廷体正格。

本诗虽然意不出群,却能广为流传,这无疑得力于"长乐钟声花外尽,龙池柳色雨中深"状物细腻而包蕴丰富。《唐诗向荣集》解析道:"钟声从里面一层一层想出来,柳色从外面一层一层看进去,才觉得'尽'字'深'字之妙。"《增订唐诗摘钞》又评云:"花外尽者,不闻于外也;雨中深者,独蒙其泽(指皇恩)也。"二评一论笔法,一论内涵,均有一定见地。但诗之佳处尚不尽于此。植花柳是唐宫禁有代表性的景物,"长乐""龙池"二专用名又是汉唐宫室之有代表性者,其字面含义更带有一种富丽祥和、龙兴飞腾的况味,对此,如一味摹写,必浓丽近俗。诗人十分巧妙地化浓为淡,从声(钟声)与色(柳色)着墨,并利用禁重之地春晨阴雨的特殊时地,使富丽的景象蒙上了一层淡远朦胧的意味:"花外尽"其实是将尽而未尽——完全尽了又如何知道是晨钟声呢?"雨中深"既写出雨沃柳枝的新鲜,又体现了远望朦胧、重重掩掩的感觉。将实象化为感觉,便使这两句诗于华赡之中表现出宽远不尽的意韵来;而舍人沃恩,自己雨露不沾的怅羡之感,也在这华赡而稍带朦胧的景致中得到了若即若离的表达。宫廷体必然华赡,于华赡中见远致是初唐以来宫廷诗努力追求的境界,沈宋始有创获,王维集其大成,而钱起、郎士元他们是其嫡传,并更趋精致细微,较读以下三联:

汉家宫阙疑天上,秦地山川似镜中。(沈佺期《兴庆池侍宴应制》)

云里帝城双凤阙,雨中春树万人家。(王维《奉和圣制从蓬莱向兴庆阁道中留春雨中春望之作应制》)

长乐钟声花外尽,龙池柳色雨中深。(钱起本诗)

寄李儋元锡[①]

韦应物

去年花里逢君别,今日花开又一年。世事茫茫难自料,春愁黯黯独成眠[②]。身多疾病思田里[③],邑有流亡愧俸钱[④]。闻道欲来相问讯,西楼望月几回圆[⑤]。

【注释】

① 兴元元年(七八四)春,应物在滁州(今安徽滁州)刺史任上作。李儋,字幼遐,曾官殿中侍御史。元锡,字君贶,曾任淄王傅。　② 黯黯:黯淡沉闷。　③ 思田里:希望归

隐。　④流亡：逃荒者。俸钱：官员薪俸。　⑤西楼：滁州西楼。《寄别李儋》诗："远郡卧残疾，凉气满西楼。想子临长路，时当淮海秋。"

【语译】

去年繁花时节，与君乍逢又别；今日花复开，匆匆又一年。世间事，茫茫无绪难自料，更那堪，春愁黯黯、昏昏独成眠。我身多疾病，常思早日归田里；却难忘，治下饥民流亡，愧对朝廷薪俸钱。听说是二君欲来相问讯；西楼上，常相待，已望得缺月几回圆。

【赏析】

自建中四年首夏离长安赴滁州刺史任，至兴元元年（七八四）春，转瞬近一年。去京时诗人虽感到前途迷茫，然仍思有所作为，但随着年来战乱不息、赋税日重，他已身心俱疲。春夜，他遥忆长安，给故友写了这首诗。

"身多疾病思田里，邑有流亡愧俸钱"，是诗人年来感触，也是全诗警策。可从两方面领会。

首先是本身内含之深曲。"思田里"的原因，明说是为"多疾病"，而细味之，这病却更多是心病，是深疚于"邑有流亡"。同时期《答崔都水》诗云"甿税况重叠，公门极熬煎。责逋甘首免，岁晏当归田"，正说出了诗人"不如归去"的思想底蕴。于是我们看到一位黾勉职守、却回天无力的正直的地方官的形象，他似乎太疲倦了，以致连愤慨也已懒得，剩下的只有内疚与自嘲。于是，这一联在全诗举足轻重的地位也显示出来了。

全诗的框架是因春愁而怀友寄赠。前四句蝉联而下，极写愁绪，至此方反挑愁的根因，再因思归而折入听说友人要南下相访，却数月未见果行。思归与盼友本属二事，但王命在身，思归也只是"思"归而已。于是唯有待友以慰情聊胜无，然而友朋不至，"西楼望月几回圆"，显得分外悲伤，大有"欲说还休"况味。月夜楼头，诗人是否仅仅是怀友呢？读者当有领会。

伤春思友的题材是很一般的，但因为有了这一深沉的颈联，立意顿然不凡；全诗的节奏是流荡的，却因有此一收放，才显出顿挫之势。特别在句序上，诗人倒装因果，不是写因有流亡而思归田，却先讲思归而落到"邑有流亡愧俸钱"，就意蕴上说倍见沉痛，就体势而观则加强了拗折之感，于是这一联犹如中峰崒兀，真正起到了警策的作用。说韦诗淡然天成并不错，但更应看到它淡然中的深致，天成中的锤炼之功，深而能浅，炼而无迹，这才是韦诗的胜境。

同题仙游观①

韩　翃

仙台初见五城楼②，风物凄凄宿雨收③。山色遥连秦树晚④，砧声近报汉宫秋⑤。疏松影落空坛静，细草香生小洞幽。何用别寻方外去，人间亦自有丹丘⑥。

【注释】

①同题：与人同游一起题诗。仙游观：道观，在长安。 ②五城楼：《史记·封禅书》："黄帝时为五城十二楼。"此指道家胜境。 ③凄凄：原意云雨起貌，这里指经雨风物之清虚韵致，与凄凉不同。宿雨：隔夜之雨。 ④秦：长安一带。 ⑤砧声：从全句看，这里应指捣练。练，熟丝，秋日捣练为缝制冬衣作准备。汉宫：以汉代唐。 ⑥丹丘：仙山。《楚辞·远游》："仍羽人于丹丘兮，留不死之旧乡。"

【语译】

初见仙游观啊，恰似仙家胜境五城十二楼；隔宿的秋雨已消停，风光景物更显得虚静清秀。翠淡的山色，遥连着薄暮之中长安树；捣练的砧声近在耳，似乎在报告宫苑已入秋。月照松林，扶疏的枝隙间，光影投射斋坛上，是这样的空清静谧；风送清香，循踪可见细草间，灵洞小小分外幽。有什么必要，再将世外仙境去寻访？胜境人间本来有，如这里，就仿佛仙山丹丘。

【赏析】

这诗着力表现道教胜境的清虚悠远，而安排在秋令雨后的特定背景中，通过近远、巨细、虚实等手法着重于感觉上突出之，分外有远韵。

首联点明时地节令，上句"仙台初见五城楼"，是"初见仙台五城楼"的词序倒置，突出"仙"意；二句"风物凄凄宿雨收"又是因果倒置，将"凄凄"——雨后清虚疏落之状前置，这样就有效地立定了一诗主旨。二、三两联是"风物凄凄"的具体化。二联是大背景的铺展，三联是细部的刻画：暮气中，山色遥接树色之朦胧，报秋的砧声之无形而有声，都有效地渲染了清虚空静。这里用得最好的是"遥""近"二字，树色相连本由近而远，但在暮色中却显得影影绰绰，分外地遥；砧声本远，唯其空静清寂方显得分外地近。遥、近二字相反相成，有效地完成了清静的大背景的铺展，由此而酝生了第三联的细致刻画：松影落坛是月的作用，细草香闻是风的作用，但二句不用"月"字、"风"字，这就更使人体味到月之清、风之轻，体味到那杳不可测的清虚的神韵。如果说二联为三联铺展了背景，那么三联通过虚实相生的手法，使二联的意境得到了深化，从而相辅相成，完成了道家胜景清虚意况的传达，遂自然而生尾联寻仙不须远之想。

中唐高仲武《中兴间气集》评大历诗云"体状风雅，理致清新"，本诗很典型。不难看出，其利用声、光、色彩，通过巨细、虚实、正反等手法，写物如绘、传神象外的手法是王维的嫡派正传。

春　思①

皇甫冉

　　莺啼燕语报新年，马邑龙堆路几千②。家住层城邻汉苑③，心随明月到胡天。机中锦字论长恨④，楼上花枝笑独眠⑤。为问元戎窦车骑，何时返旆勒燕然⑥？

【注释】

①"思"读去声，名词。　②马邑龙堆：均边地名。马邑在今山西朔州东北。相传秦人于此筑城而数崩。有马周旋奔驰，遂依蹄印以筑，城成。汉时与匈奴屡争此城。龙堆即白龙堆，在今库姆塔格沙漠，新疆罗布泊与甘肃古玉门关之间。　③层城：古称昆仑有层城三级九重。下层名樊桐，一名板桐；中层名玄圃，一名阆风；上层名层城，一名天庭，为太帝所居，上有不死之树。后亦以指高大的层楼。　④"机中"句：前秦窦滔为秦州刺史，后谪居龙沙，其妻苏蕙织锦为回文璇玑诗图寄之。诗八百四十字，纵横反复均成文意。　⑤笑：唐人以花开为笑。　⑥"为问"二句：东汉窦宪为车骑大将军，大破匈奴，至燕然山，命班固作铭，刻石纪功而返。元戎，元帅。旆，原指旗末燕尾形垂旒，亦作旗旌通称。返旆即班师。燕然，燕然山，即今蒙古人民共和国境内杭爱山。

【语译】

　　黄莺啼，燕呢喃，声声报新年；马邑城，白龙堆，边疆路几千。家住京城，高楼接天，邻接帝家苑；楼上望，心随明月去，夜夜到胡天。机中织成回文锦，字字说长恨，恰如窦滔妻；楼上花枝春来发，暗笑我，为何独自眠。请问大元帅，可似汉家窦车骑？何时平胡虏，纪功山石，庆胜利，帅旗归。

【赏析】

　　这首情诗，写思妇新春心情，佳在一气蝉联而下，新丽自然，极尽缠绵之致，宛见思归神情。

　　前四句两两对照，形成强烈反差，而词气相连。新春新景，撩拨了她的情思，于是她更感到边邑之迢遥，"路几千"以反问出之，宛见愁怨之深。春景与人事的反差造成她的身心分离，她身后高楼近于皇家宫苑，但"心随明月到胡天"——一切繁华富贵不仅引不起她的兴趣，反而反衬了她内心的孤寂凄凉。于是她只能将一腔长恨寄托在织锦回文之上。然而当她偶尔望见探窗的繁盛花枝时，又感到一阵触目惊心的酸楚。颈联一改前四句笔法，撷取了一个细节，前四句的怅恨似乎都流注汇聚到"楼上花枝笑独眠"所表现的特殊心态之中。于是她不禁于深痛极悲中寄望于统军元帅，何时才能如汉将窦宪般，刻石纪功，凯旋而归呢？又以反问出之，这希望也就似乎是无望，怅恨不胜，为全诗留下了无尽余味。

　　前人指出，本诗为沈佺期《独不见》（卢家少妇郁金堂）之流亚，确实其于一气蝉联中极尽缠绵悱恻之能事，深得沈诗神韵，但在洗削陈辞、变秾丽为清丽，属对精致、巧用细节等方面，则表现了与初唐诗不同的大历风格。篇末特提"元戎"，词气尖锐，则由中唐开晚唐先声。试比较"谁能将旗鼓，一为取龙城"（初唐沈佺期《杂诗》），"何日平胡虏，良人罢远征"（盛唐李白《子夜吴歌》），与本诗尾联，敦厚与辛辣之别，判然可见。

前人又谓第六句"笑"字纤弱，不如改为"照"字，较含蓄；但如明白唐人以花开为笑而本诗体承七言歌行，也就可知"笑"字之传神了。

晚次鄂州[①]

卢　纶

云开远见汉阳城[②]，犹是孤帆一日程[③]。估客昼眠知浪静[④]，舟人夜语觉潮生。三湘愁鬓逢秋色[⑤]，万里归心对月明。旧业已随征战尽，更堪江上鼓鼙声[⑥]？

【注释】

① 鄂州：今湖北武昌市。　② 汉阳：在汉水北岸、鄂州之西。　③ 一日程：据《元和郡县志》，鄂州至汉阳水路七里，唯"激浪崎岖，实舟人之所艰也"。故称"一日程"。　④ 估客：商贾。　⑤ 三湘：沅湘、蒸湘、潇湘的合称。此泛指湘江流域，洞庭湖南北地区。愁鬓：鬓边灰白，嗟老之说，不要泥看。　⑥ 鼓鼙：鼙为小鼓。鼓鼙为军中号令所用。

【语译】

云阴渐开，远望已见汉阳城；我还是孤帆一片，计约一日水程。商人皆昼眠，可知风平浪已静；船夫正夜谈，安谧方觉潮渐生。三湘羁旅鬓渐灰，又正逢秋来伤心色；万里漂游今北归，乡心仰对秋月明。旧时生业，战火毁尽，更那堪，江上传来，军中鼓鼙声。

【赏析】

《全唐诗》卷二七九本诗题下注："至德中作"。注家多据此注谓诗乃卢纶避安史之乱，由京师往鄱阳途中作。今按，题下注未可信，明铜活字本《唐人五十家小集》即无此注。玩诗意，当为大历初由鄱阳返京途中所作。

题曰晚次鄂州，首联云："云开远见汉阳城，犹是孤帆一日程。"汉阳乃沔州州治，在鄂州之西八里。若由京师向鄱阳，应先至汉阳，更抵鄂州。今诗言由鄂州远望汉阳，则应为由鄱阳返京师。明此则下文"万里归心对月明"云云方得确解：卢纶是河中蒲人，幼时居京师，今返京，故曰"归心"。此说复可于卢纶自叙性长诗《纶与吉侍郎中孚司空郎中曙……兼寄夏侯侍御审侯仓曹钊》中取证。该诗自叙于安逆破洛之年（至德元年）去京奔鄱。于鄱学成，多历年所。至乱平时返长安应春官试。《新唐书·卢纶传》："大历初，数举进士不入第。"本诗当作于是时。

诗写乱离之事，愁苦之情，而二联景语偏作清静简净之笔。轻浪夜语中神思回旋，渐次盈满而溢为后半之浩叹，倍见深沉，深得疏密张弛之理。其机杼略同于刘长卿《别严士元》："细雨湿衣看不见，闲花落地听无声。"大历诗人以工细清秀称，前人每讥其屠弱，然此等诗实寓清深于工细，与盛唐诗之浑成，异曲同工。因可知工细本身并不为病，以工细等同于屠弱，恐非笃论。

登柳州城楼寄漳汀封连四州刺史①

柳宗元

城上高楼接大荒②，海天愁思正茫茫。惊风乱飐芙蓉水③，密雨斜侵薜荔墙④。岭树重遮千里目⑤，江流曲似九回肠⑥。共来百越文身地⑦，犹自音书滞一乡。

【注释】

① 元和十年（八一五）夏，宗元初任柳州刺史时寄赠漳州刺史韩泰、汀州刺史韩晔、封州刺史陈谏、连州刺史刘禹锡作。四者与柳均为王叔文集团要员，永贞革新失败，同谪南方为司马。至本年奉诏入京。时执政大臣有拟启用之者，但阻挠势力太大，仍发远州为刺史。　② 高楼：古城墙上有望楼。　③ 飐（zhǎn）：吹动。芙蓉水：长有荷花的水面。　④ 薜荔墙：蔓生香草的墙面。　⑤ 岭：五岭。重：重重，读平声。　⑥ 江：柳州城因柳江为名。九回肠：愁思缠结。司马迁《报任安书》："肠一日而九回。"　⑦ 百越文身地：百越是南方少数民族统称，百是多数。柳、漳、汀、封、连五州在今广西、福建、广东，均古百越之地。越俗文身，《庄子·逍遥游》："越人断发文身。"《淮南子·原道训》："九疑（苍梧山）之南，陆事寡而水事众，于是民人被发文身，以象鳞虫。"高诱注："文身，刻画其体，内默（纳墨）其中，为蛟龙之状，以入水，蛇龙不害也。"

【语译】

城头望楼高高，连接着旷野莽苍；海天一片茫茫，正同我愁思深长。飘风惊起，吹乱了水面艳艳的荷花；密雨骤急，斜打着薜荔蔓生的围墙。岭头树千重，遮阻了远望千里目；江流盘山曲，正如我九折曲回肠。诸君啊，我们同贬百越断发文身地；更那堪，山川阻隔书难通，天外滞留各一乡。

【赏析】

远放柳州刺史，对宗元来说，意味着政治生命的结束。如果说永贞革新失败南贬永州司马时，还多少怀有东山再起的希望，那么奉诏入京，希望一度闪现后，仍只是蛮荒为守，虽然职位升了，但地方更远，这就表示他们再也回不到中枢政要去了。本诗不同于一般贬官登楼之作常为望乡，而是不避罪官互通消息之嫌以寄同贬的四位友人，这本身便说明了别有怀抱。然而一切都是不便明言的——他们实际上仍处于朝廷的严密监督之中——于是深曲的近于绝望的愤懑，一寄于南荒奇异的景物之中，开出了唐诗史上的新篇章。

大荒拥托着边城，边城拥托着城楼，城楼高处有一人，他的目光越过了荒原，他的思神更与海天相通，茫茫荡荡；满天漫海，似乎都充盈着他的愁思。从陈子昂《登幽州台歌》高唱"前不见古人，后不见来者。念天地之悠悠，独怆然而涕下"以来，杜甫有"城尖径仄旌旆愁，独立缥缈之飞楼"的名句，本诗的发端，正上继陈、杜，刻画了又一个在广大的时空中沉思着百代才士命运的抒情主人公形象。颔联于茫茫愁思中忽起波澜：惊风飙起、密雨骤降，芙蓉水、薜荔墙，缀以"乱飐""斜侵"两个动词词组，使南国景象于犷野中透现出凄美，似乎可感到诗人胸中起伏的烦愁与悲慨，使得这位高标独立的抒情主人公更加强了悲剧色彩。前二联切题"登柳州城楼"，颈联入题"寄四州刺史"：风雨中，诗人举目遥望，五岭叠峰重岫，青青苍苍，层层阻隔了千里望友的视线，所可见者只是崇岭中曲曲折折的江流，它似乎活画出诗人回环不解的愁肠。历来以愁肠比江流，而这里反言江流恰似愁肠，可见南荒山水重重抑抑的意态与诗人同样重重抑抑的心态已叠合为一，于是他不禁长叹：远放边州，尚幸五人同来，可为何穷荒更将音书遮断，各自僻处一隅，不仅不可即，甚至不可望呢？永贞革新的同志，今日落到了如此悲惨的下场，这便是诗人与海天相混的茫茫愁思的底因。

西塞山怀古[①]

刘禹锡

王濬楼船下益州[②]，金陵王气黯然收[③]。千寻铁锁沉江底[④]，一片降幡出石头[⑤]。人世几回伤往事，山形依旧枕寒流。从今四海为家日[⑥]，故垒萧萧芦荻秋[⑦]。

【注释】

① 穆宗长庆四年（八二四），禹锡由夔州调任和州刺史，经湖北大冶东西塞山而作本诗。西塞山为长江险隘。三国东吴江防要地。　②"王濬"句：王濬字士治，弘农湖县（今河南灵宝）人，晋益州刺史。受晋武帝命，造楼船可容二千人，为伐吴之举。太康元年（二八〇）正月自益州（今四川成都）沿江而下，直取吴都建业（今江苏南京），攻占石头城，吴主孙皓出降。　③ 金陵王气：金陵即建业。战国楚威王时见其地有王气，乃埋金以镇之，故称金陵。秦始皇并天下，因望气者之言，改为秣陵。三国吴时又改称建业。　④"千寻"句：东吴为抵阻晋水师顺流东下，横江设铁索，王濬以火焚断之，遂长驱直下。　⑤ 石头：石头城，又名石城、石首城，故址在今南京石头山后。后汉建安十六年，孙权徙治秣陵，起土坞，改名石头。晋义熙中，始累石加砖。为攻守金陵必争之地。　⑥ 从今：本集作"今逢"。四海为家日：全国统一时。《史记·高祖本纪》："天子以四海为家。"　⑦ 故垒：旧时战垒。

【语译】

　　王濬的战船从益州顺流而下，金陵的王气已黯然无光。江防的千丈铁锁沉入了江底，石头城上，一片白旗，是吴主出降。自那时起，人世又经历了多少伤心之事，可金陵的山势，依旧枕着那寒冽的江流。今日里，四海太平天下一家；旧时的战垒萧萧，默对着芦苇灰白天气秋。

【赏析】

这诗咏晋、吴兴亡事迹，慨叹地形之险不足恃，而历史上割据一方的局面，终归统一。中唐以来，藩镇拥兵自重，元和初年，李锜就曾据江南东道叛乱。诗的末尾，显然有所为而发。

诗的佳处在于将历史的兴亡与哲理的沉思，熔铸入苍茫雄阔的景象中，词意流转而气象宏大。体格上承杜甫《咏怀古迹》，而又表现出中唐七律内容上注重理念的提炼，格律上倾向圆转流荡的时代特征。方观丞曰："前半专叙孙吴，五句以七字总括东晋、宋、齐、梁、陈五代，局阵开拓，乃不紧迫。六句始落到西塞山，'依旧'二字有高峰堕石之捷速。七句落到怀古，'今逢'二字有居安思危之遥深。八句'芦荻'是即时景，仍用'故垒'，终不脱题。此抟结一片之法也。至于前半一气呵成，具有山川形势，制胜谋略，因前验后，兴废皆然，下只以'几回'二字轻轻兜满，何其神妙！"（方世举《兰丛诗话》引）所评甚切。

《唐诗纪事》卷三十九云："长庆中，元微之、（刘）梦得、韦楚客同会（白）乐天舍，论南朝兴废，各赋《金陵怀古》诗。刘满引一杯，饮已即成，曰：'王濬楼船下益州……'白公览诗，曰：'四人探骊龙，子先获珠，所余鳞爪何用耶？'于是罢唱。"可见本诗当时已盛传。

遣 悲 怀①三首

元 稹

其 一

谢公最小偏怜女②，自嫁黔娄百事乖③。顾我无衣搜荩箧④，泥他沽酒拔金钗⑤。野蔬充膳甘长藿⑥，落叶添薪仰古槐⑦。今日俸钱过十万⑧，与君营奠复营斋⑨。

其 二

昔日戏言身后事，今朝都到眼前来。衣裳已施行看尽⑩，针线犹存未忍开⑪。尚想旧情怜婢仆，也曾因梦送钱财⑫。诚知此恨人人有，贫贱夫妻百事哀⑬。

其 三

闲坐悲君亦自悲，百年多是几多时⑭？邓攸无子寻知命⑮，潘岳悼亡犹费辞⑯。同穴窅冥何所望⑰，他生缘会更难期。惟将终夜长开眼⑱，报答平生未展眉⑲。

【注释】

① 这是元稹悲悼其亡妻韦丛的组诗。遣，排遣。韦丛字茂之，太子少保韦夏卿之幼女，元和四年（八〇九）卒，年仅二十七。从诗中自写年龄句看当是长庆二年（八二二）元稹四十三岁任同中书门下平章事后至五十岁前追悼所作。 ②"谢公"句：东晋相谢安，最喜爱其侄女谢道韫。此比韦夏卿与韦丛。参注①。 ③ 黔娄：春秋齐国贫士。元稹出身寒微。乖：不顺利。韦丛嫁元稹时，稹为校书郎，后迁左拾遗，因直谏失官。后又为河南尉。官品均低下。所以说百事乖。 ④ 顾：见。搜：搜寻。荩箧：草制衣箱。荩是草名。 ⑤ 泥：口语"软缠"之意。金钗：妇女头饰。 ⑥ 甘长藿：以长藿为甘美。藿，豆叶，豆科植物有很长的丝蔓。 ⑦ 薪：柴草。仰：仰仗。 ⑧ 俸钱过十万：韦丛去世时稹官居监察御史，月俸三万。当时六部尚书以上月俸过十万。知为同中书门下平章事后作。 ⑨ 营奠：操办祭奠。斋：延请僧道超度亡灵。 ⑩ 旧俗死者衣服要施舍给他人。 ⑪ 针线：这里指针线盒。古时缝纫称女红，富家女也要习作以修养女德。 ⑫ 送钱财：焚送纸锭。 ⑬ 贫贱夫妻：有二重意，一是实指原先贫贱，见第一首；二即"贫贱之交不可忘，糟糠之妻不下堂"。 ⑭ 百年：《庄子》说人生上寿百年，百年指身死。 ⑮ 邓攸：字伯道，西晋人，战乱中因救侄儿而舍弃亲子，后来终身无子嗣。时论"天道无知，使伯道无儿"。寻知命：快到五十岁了。《论说·为政》"五十而知天命"。韦丛未生子。她死时元稹三十余岁，不得言"知命"，可知是十数年后追忆而作。又稹五十岁时后妻裴氏生一子，则当作于五十岁前。 ⑯ 潘岳：西晋诗人，曾作《悼亡诗》三首，唐人用为典实。费辞：意谓悼亡不能重起死者，于事无补。 ⑰ 同穴：《诗经·王风·大车》"谷(生)则异室，死则同穴"。 ⑱ 长开眼：无妻曰鳏，字从鱼，鱼目不闭，所以说长开眼。此时稹已复娶，用典以示悼念之深，不必泥看。 ⑲ 未展眉：指亡妻生前常愁。

【语译】

你好似谢安最爱的小女儿，嫁与我一介贫士，百事从此不顺遂。你看我身上衣服单，就搜寻草箱来典卖；一旦我杯中无酒浆，就缠你拔取金钗去抵换。野菜充膳，有了豆叶便算甘美；落叶作柴，还多亏屋前尚有古槐。今日里我为官薪俸过十万，方能够，为你的芳魂，设奠又开斋。

当初闺房戏言身后事，谁知啊，今朝都到眼前来。你留下的衣裳施舍已将尽，只留着那针线匣儿至今不忍开。惦恋着旧情，转将你的婢仆惜爱；也曾经因你入梦，焚烧纸锭送钱财。我知道这样的怅恨人人有，却怎及，贫贱夫妻，惺惺相惜，百事更可哀。

闲来独坐，为你悲伤也自悲，人生百年归一死，所别只是先后不同时。我命中无子，行年五十似邓攸；为你悼亡，又同了潘岳，到头只是空费辞。生同室，死同穴，今生的期约已空虚；来生会，重结缘，虚妄的誓约更难盼。我只能，终夜不眠，似同鱼目长开眼；报答你，平生长蹙，紧锁未展眉。

【赏析】

　　这是组悼亡诗。悼亡有特定含义，限于悼念亡妻。对他人的悼念不能叫"悼亡"。这组诗被誉为千古悼亡之冠，元诗出，潘岳《悼亡》三首相形失色。悲怀须排遣，一遣不得而须二遣、三遣之，可见实在不可驱遣，组诗的魅力正在于此。诗以穷通与存亡两线交织，随情所之，撷取印象最深刻的回忆与最刺心的断想成诗。看似略不经营，却多处形成断肠销魂、对照强烈的警句，不仅表现了生者的深哀极痛，而且塑造了死者的贤淑形象，故语虽平易，却荡人心魄。三诗似断实续，"悲君"而又自"悲"。

　　第一首着重回忆婚后贫苦生活中，夫妻和爱与韦丛贤淑，有三重对比。"谢公"之比极言韦丛门第之高；谢道韫是有名的才女，又暗示韦丛才行之佳；"最小"而兼"偏怜"，更说她娇宠之甚。这样一位名门闺秀，本应嫁与门当户对的贵公子，却下嫁了自己一介贫士，而这贫士更命途多舛，屡遭贬斥。首联提纲挈领，以多重叠加作第一层对比，写出韦丛下嫁后生活环境的急剧变化，是立意的出发点。然而"百事乖"的贫困，却丝毫未能移易她温娴的品性。颔、颈两联，撷取了四个生活片断，两两为对。颔联笔分两面，是诗人两个最深刻的印象：开箧、拔钗，含典当之意，足见穷窘之极，在这种境况下，"顾我"是韦丛主动的无言关心，"泥她"是诗人与家计不相应的要求，四字领起二句，既见出韦丛在穷困之中无微不至的关切，更在对流之中表现出虽穷而琴瑟和谐的柔情。颈联顺势而进一步回忆常日生计，用互文法。正由于韦丛的温娴，常日虽然柴米不周，"仰"仗着野菜豆藿、古槐落叶来"添"补，但一个"甘"字却与"仰"字互文相对，把艰辛化作了快乐。"甘"贫是中间两联的主旨，与首联高门少女下嫁贫士，又形成第二层强烈对照，从而使韦丛的形象如浮雕般地凸现出来，并散发着内在的幽兰般的气韵。过往的印象是如此深刻难忘，诗人不禁悲从中来：亡妻生前贫困而死后自己却反显达，可以报答她一片柔情时，偏偏她已匆匆而去，造化弄人，形成了第三层强烈的对比，使诗人的感情剧烈震动。诗也就由回忆去者而突然跌入了今日祭奠，然而奠品再丰隆，经忏再多念，又于去者何补，又何能消去存者的深哀极痛呢？至此，也就自然转入了第二首：对生者不能忘情，无可驱遣的悲痛的抒写。

　　贫苦的生活中也时而有温情的小插曲。恩爱越深，越是不愿死别生离。虽说是少年夫妻，也不免会讲到如果一方死后，将如何如何，在当时，这些戏言，将太过遥远的死神的暗影，化作了闺房之中的柔情蜜意。谁知戏言竟成为谶语，待到死神真的排闼而入，今日便得以加倍的苦楚将这不祥的戏笑偿还。第二首起笔就在深重的痛苦与悔恨之中写了闺房生活的这一回忆。"都到"是一总来到之意，平易的语言中表现出突然浮起的回忆恰似重锤一般敲击诗人心头的感受，而"眼前来"更于切实的回忆中透现出一种近乎虚空的惆怅。于是"眼前"的一切都成了催人泪下的资料。亡妻的衣裳虽已施舍殆尽，又何能稍遣怀想的悲哀；看到遗存的针线盒,却再无勇气把它打开,或许是深怕重勾起那一去不复的温爱。这一联又掇取两种遗物,写了两种似反常而又正常的心理。下句的留盒本为存念,却"未忍开"看,也就逆摄上句的施衣将尽,可知虽尽,也不能去哀思于万一。这二句于回互的对法中,更见出百折千回的愁肠。这驱遣不去的愁思,诗人又试图将它化解。他爱屋及乌格外看顾亡妻原来的婢仆,以稍慰地下的亡灵;他感于梦中的暂见,又多多焚化金银纸锭,为九泉下的爱妻铺排,这一切他自己也明白,不过如同梦境般虚幻,然而他仍然认认真真地去办,因为这些在他人当然也会有,然而对自己这样贫贱中同舟共济的夫妇来说,桩桩般般,都显得无可言说地悲哀。"贫贱夫妻百事哀"呼应第一首的甘贫,又收缩前二首的"悲君",由"昔日"进入眼前,在深长的喟叹之中,引起了第三首的由"眼前"到将来。

"闲坐悲君亦自悲",上接"贫贱夫妻",从上二首的"悲君"之逝转为自悲今后生涯,并俯仰去来,发为百年长恨。诗人说人生不过百年,你先行了一步,我恐怕也将随之而来;因为自己年几半百,却仍像邓伯道一般膝下无儿,天道无知,生亦无所可留恋。想到这一层,那么今天我还像潘岳一般写下这悼亡之词,又岂非是徒费笔墨而已!余生既已无趣,而来生又将如何呢?死后无知,恐怕当时"死则同穴"的愿言既属虚妄;而他生再结良缘的祝祷,更难以指望会真正实现。我所能做的不过是将常夜不闭的悲眼,来报答你终身不展的愁眉而已。最后一首由哀余生、疑来生再归到百年长恨。哀思不尽,百折千回,既以"报答平生未展眉"照应第一首开头高门闺秀之甘贫,更在无尽的渺冥中为全组作结,引动了千百年来人们的无限同情。

有人对元稹提出责难,说他的悼亡诗言不由衷,他并未真像不闭眼的鳏鱼一样。丧偶不久,纳妾安氏,后来又续娶裴氏为正室。当然还有少年时与崔莺莺的一段艳事,引出了后世林林总总的《西厢记》弹词戏文。这种看法求之过苛,尤其未注意到这组诗其实作于晚年近五十岁时,此时他已位居显要,在这种境况下,想起贫贱之时的发妻以悼念之,其悲痛的真实性无可怀疑。

稍后李肇《国史补》指出当时人们"学艳冶于元稹",为"元和体"的一种表现。"悼亡"虽无艳丽之词,但其入骨相思,应归入情诗之属,开晚唐以后一代风气。元稹的情诗确实写得极好,你一定知道"曾经沧海"这个成语吧,它也出于元稹笔下,据考证这也是悼念韦丛所作。全诗如下:

> 曾经沧海难为水,除却巫山不是云。
> 取次花丛懒回顾,半缘修道半缘君。

自河南经乱，关内阻饥，兄弟离散，各在一处。因望月有感，聊书所怀，寄上浮梁大兄、於潜七兄、乌江十五兄，兼示符离及下邽弟妹①

白居易

时难年荒世业空，弟兄羁旅各西东。田园寥落干戈后②，骨肉流离道路中。吊影分为千里雁③，辞根散作九秋蓬④。共看明月应垂泪，一夜乡心五处同⑤。

【注释】

① 贞元十五年(七九九)居易居洛阳时作。河南经乱：指建中三、四年(七八二—七八三)朱泚、李希烈兵乱。关内阻饥：指兴元元年(七八四)关中大饥荒。时居易离故乡下邽(今陕西渭南)，避乱江南，从此兄弟离散。浮梁大兄：住于浮梁(今江西景德镇)的长兄。以下句法同。於潜：今浙江杭州。乌江：今安徽和县。符离：今安徽宿州。 ② 干戈：两种兵器，指代兵乱。 ③ 吊影：李密《陈情表》"茕茕孑立，形影相吊"。千里雁：古以雁行喻兄弟。 ④ "辞根"句：离乡背井，似蓬草秋枯脱离本根，随风飘飞。九秋：秋季三月凡九旬，称九秋。 ⑤ "共看"二句：谢庄《月赋》"隔千里兮共明月"。五处：指洛阳、浮梁、於潜、乌江、符离、下邽。

【语译】

时世艰难逢饥荒，世代家业已成空；兄弟姐妹，滞留他乡，各自在西东。兵火过后，田园已荒芜；骨肉相亲，流离失所，奔波道路中。形影相吊啊，恰似雁行分飞各千里；离别故乡啊，散作了深秋无根风转蓬。共看中天明月好，各自应垂泪；今夜里，望乡的心儿，应是五处一般同。

【赏析】

此诗当与前录杜甫《野望》(西山白雪三城戍)对读，尤可见白诗特色。杜甫亦写"海内风尘诸弟隔，天涯涕泪一身遥"的骨肉离散之情，但沉郁顿挫，包蕴富而笔法老；白诗则内涵既较单纯，直叙流离之苦，如前人所评"一气贯注，八句如一句"，唯以情真意切，感慨唏嘘而能动人。这就是中唐七律的流利与白诗的浅切。

诗用长题类似一篇小序，全诗依题敷展，前此虽亦偶见，但成为风气却在元白。前二句即题"自河南经乱，关内阻饥"之意。中回句即题"兄弟离散，各在一处"的展开。最后"共看明月"二句则切题"因望月有感，聊书所怀……"。《唐诗绎》"末二折到望月，一语总摄，笔有余情"，点出了本诗在作法上最可取之处。

锦 瑟①

李商隐

锦瑟无端五十弦,一弦一柱思华年②。庄生晓梦迷蝴蝶③,望帝春心托杜鹃④。沧海月明珠有泪⑤,蓝田日暖玉生烟⑥。此情可待成追忆?只是当时已惘然。

【注释】

① 本诗以首二字为题,与无题诗相似。清张采田《玉溪生年谱会笺》系于大中十二年(八五八),即商隐去世之年,较可从。以下注、评以此说为依归。锦瑟:装饰华美似锦绣纹的瑟。 ②"锦瑟"二句:是年商隐年近五十,故以五十弦起兴。《史记·封禅书》:"太帝使素女鼓五十弦瑟,悲,帝禁不止,故破其瑟为二十五弦。"知古瑟有五十弦者,唐时瑟一般为二十五弦。无端,无来由。柱,弦乐器中用以固定弦索的柱头。思:读平声,动词。华年:青壮年。 ③"庄生"句:《庄子·齐物论》"不知(庄)周之梦为蝴蝶欤?蝴蝶之梦为周欤?"意指物我同一,于大道(一)而言,本不分彼此。 ④"望帝"句:《华阳国志》载,蜀帝杜宇号望帝,为佞臣害死,魂魄化为杜鹃,夜啼达旦,血出口中。历来作为悲冤的典故。 ⑤"沧海"句:晋张华《博物志》载"南海水有鲛人,水居如鱼,不废织绩,其眼能泣珠"。 ⑥"蓝田"句:长安南蓝田山产玉精美温润。晚唐司空图《与极浦书》引中唐戴叔伦语:"诗家之景,如蓝田日暖,良玉生烟,可望而不可置于眉睫之前也。"知当时传有此说。

【语译】

清瑟以锦绣纹样装饰,为什么偏制成琴弦五十?五十根弦啊五十个柱,弦柱五十啊,柱柱都将青壮的风华诉说。那睿智的庄周晓梦化成了蝶,是蝶是周啊,自己也不可分;那蜀帝杜宇死后变杜鹃,又为何,血出口中,夜夜悲啼到晓天?南海的鲛人啊,滴泪成珠,虚对着海天明月;蓝田的良玉啊,暖日辉照,生成了缈缈青烟。这样的情怀啊,何忍去追忆?就是当时啊,身在其中,也只空惘然。

【赏析】

此诗扑朔迷离,历来多歧说,大抵有如下几种说法:

(1)宋人刘攽《中山诗话》记,锦瑟,传为令狐楚家婢女,商隐与之有恋情,诗为追忆之作。

(2)《湘素杂记》引苏东坡语,云此出《古今乐志》,锦瑟之为器也,其弦五十,其柱如之,其声也适、怨、清、和。则以中间庄生、望帝、鲛人泪珠、蓝田烟玉四典分切四事,"一篇之中,曲尽其意"(宋黄朝英语)。可见东坡以之为咏物诗。

(3)清人朱鹤龄谓此诗悼其亡妻王氏而作,王氏亡时年二十五,瑟二十五弦,一断而为五十。

(4)自伤身世说:金元好问始创此说。清何焯云:"此篇乃自伤之词。骚人所谓美人迟暮也。'庄生'句言付之梦寐,'望帝'句言待之来世,'沧海''蓝田'言理而不得自见,'月明''日暖'则清时而独为不遇之人,尤可悲也。"

(5) 自序其诗说,清程湘衡持此说。

(4)(5)二说大抵相近,故清冯浩《玉溪生年谱会笺》即合二说为一。笔者倾向于此一看法。唯旧说都牵合具体事件,则初无实据。今试绎之。

诗以锦瑟起兴,无端即没来由,有自讶自怜之意,盖以大中十二年义山年四十七,近五十,故云"一弦一柱思华年",五十是举成数而言,唐诗中屡见不鲜。尾联又云"此情可待成追忆?只是当时已惘然",回应首联,则可知诗意谓追忆盛年之事,情何以堪,即使当时,也不知自己何以会如此行事。"惘然"一词,即中二联四典之精神。

可为本诗作参考的是义山《回中牡丹为雨所败》二首之二云:"浪笑榴花不及春,先期零落更愁人。玉盘迸泪伤心数,锦瑟惊弦破梦频。万里重阴非旧圃,一年生涯属流尘。前溪舞罢君回顾,并觉今朝粉态新。"诗写牡丹遭雨,先期败落,不胜痛悼之感。可注意者是颔联二句。"玉盘迸泪伤心数",亦用鲛人之典,左思《吴都赋》:"泉室潜织而卷绡,渊客慷慨而泣珠。"注:"鲛人临去,从主人索器,泣而出珠满盘,以与主人"。"锦瑟惊弦破梦频",则可知《锦瑟》诗以锦瑟起兴,其意当为锦瑟弦悲,弦弦柱柱惊心破梦,动人悲思。

据此,《锦瑟》为自伤年华说应可成立,而结合典故原意,中四句亦约略可解:"庄生晓梦迷蝴蝶",着意于"梦迷",谓当时情事,于今如梦,已迷不可知其所以然。"望帝春心托杜鹃",托为托化,春心托为冤禽杜鹃,当指自己不为人解,徒以诗鸣。按义山初从牛党令狐绹学,后为接近李党之王茂元女婿,因此被牛党攻讦为"背家恩,放利偷合",是为其一生升降关捩。从此他仕途颠踬,青楼出入,其冤可知。"沧海月明珠有泪",颇切以后商隐与令狐绹、令狐楚父子关系。他虽遭误解,但不忘旧恩,对令狐氏之感戴常形诸诗文,恰似鲛人泣珠满盘以遗主人。"蓝田日暖玉生烟",则承上而言,此心正如良玉,然日照生烟,数十年间生涯已杳然不堪回首。故尾联归结云:"此情可待成追忆,只是当时已惘然。"

商隐以一介书生,无意卷入延续四十年之久的"牛李党争"漩涡,因此常遭压抑,以至郁郁而死。在其垂老之年,回首往事,自然会起造化弄人之感,故托兴锦瑟,自明心迹而作是诗。唯以句意过于晦涩,使歧解纷起,以至元好问《论诗绝句》深叹:"望帝春心托杜鹃,佳人锦瑟怨华年。诗家总爱西昆好(酷学李商隐的宋初西昆体诗),只恨无人作郑笺(汉郑玄为《毛诗》作笺注)。"

无 题①

李商隐

昨夜星辰昨夜风,画楼西畔桂堂东②。身无彩凤双飞翼,心有灵犀一点通③。隔座送钩春酒暖④,分曹射覆蜡灯红⑤。嗟余听鼓应官去⑥，走马兰台类转蓬⑦。

【注释】

①无题：无标题，创自商隐，因不便明言，故讳其意。 ②画楼：雕画的楼阁。桂堂：以桂木为材的厅堂。 ③灵犀：《汉书·西域传》如淳注，"通犀，谓中央色白，通两头"。因其一孔以线相通，故称。 ④送钩：藏钩之戏。与戏者分两队，一队藏钩，暗中传送，称送钩，一队猜钩在谁手。以猜中与否决胜负。唐时藏钩之戏成为酒令之一种，输者罚酒，故云"春酒暖"。 ⑤"分曹"句：射覆亦古戏，唐时亦为酒令。将所猜之物覆盖，给对方猜。分曹：分组。 ⑥听鼓应官：听更鼓而去上朝站班。商隐约于武宗会昌年间任秘书省正字，据此句与下句，诗或作于此时。 ⑦兰台：秘书省，以汉代宫廷藏书处名兰台而沿称。类转蓬：像离根飘转的蓬草。

【语译】

长夜到晓，还是昨夜的星辰昨夜的风。忘不了，画楼西，桂堂东，那温馨的事儿一种种。可恨我，身无双翼化彩凤；只留得，灵明一点与你两心通。送钩戏，隔着座儿来传猜，春酒罚饮暖意融；射覆古，分列竞猜巾下物，满堂蜡炬灯影红。可叹（晓光挡不住），晨鼓声声，催我应官去——信马身向兰台行，殊不知，寸心飘摇似转蓬。

【赏析】

当"灵犀""送钩""射覆""兰台"等词注释清楚后，这诗看来已不难读懂；但细究起来，却仍有疑问。通常注者解说"隔座""分曹"二句是诗人忆及昨夜与佳人相聚时游戏宴乐情景，但是返观首联"昨夜星辰昨夜风，画楼西畔桂堂东"，分明是夜间室外幽会的情景，而送钩、射覆二句是室内情景。所以又有说此为义山偷窥贵家姬妾所作，但仍与首联情景不合。于是又有人解说，义山昨夜与佳人幽会于"画楼西畔桂堂东"，今夜虽与佳人共同宴戏，但官街鼓响，难以继续，只得怅恨而去。但细想想，既共同游戏，又何谓"身无彩凤双飞翼"呢？这分明是阻隔未能相通的说法。

笔者以为这故事大抵应是这样的：

时间：昨夜是相对今晨而言的，所以整个事件的时间应是一个长夜，幽会在长夜之前半，至少在子夜之前，故称"昨夜"；应官是拂晓之时，是长夜之末。

人物：男主人公是诗人，女主人公是贵家已婚女子，以姬妾为近是，正室不当如是宴乐。

情节：诗人与此贵家姬妾相恋，夜间密约幽会于"画楼西畔桂堂东"。不久无可奈何地分离，故云"身无彩凤双飞翼，心有灵犀一点通"。佳人去后又参加了此贵家的宴乐，与众人"隔座送钩""分曹射覆"——既然阻隔，这当并非是偷窥实见，而多分是想象中事，诗人久久地伫立着，当已离画楼西畔桂堂东，而仍在贵宅内外的某处。也许还听到了宴乐游戏的喧笑之声。时间不知不觉地过去了，忽然官街鼓响，无奈，只得心烦意乱地应卯去了。

从上析，我们可悟到无题诗的特点与读法。因不便显言及律体字句限制，无题诗句联之间跳跃更大，诗旨也更晦涩。因此一方面要逐字逐句地辨味，一方面须以合理的想象去补足空缺，而后一方面须以前一方面为前提。当想象与词句扞格时，就应依词句来修正，直到较为合拍为止。以上所想象的情节，于文本词句既无窒碍难通处，也更符合人物的心理状态。请注意"春酒暖""蜡灯红"，这是何等热闹红火的场面，而"类转蓬"又是何等地凄清冷落。这是一个强烈的对比，这种感觉应当是未见其人而想象彼人在游乐时才会产生的，也因此诗人更真切地追忆昨夜幽会的情景"昨夜星辰昨夜风，画楼西畔桂堂东"，唯其言之凿凿，方见得印象之深，追思之殷。而逼出了那一声浩叹的千古名句"身无彩凤双飞翼，心有灵犀一点通"……

以诗人厕身于宴乐之中的想象，是将后四句作为紧密联系的情节来读的，既未注意"身无彩凤双飞翼"所提示的特定情境，又未注意无题诗跳跃性大的诗体特点，所以未能确切。

隋　宫①

李商隐

　　紫泉宫殿锁烟霞②，欲取芜城作帝家③。玉玺不缘归日角④，锦帆应是到天涯⑤。于今腐草无萤火⑥，终古垂杨有暮鸦⑦。地下若逢陈后主，岂宜重问后庭花⑧。

【注释】

①隋炀帝于大业十二年(六一六)南游扬州，建有江都、显福、临江等宫，统称隋宫。诗咏此事。　②紫泉宫殿：指长安宫殿。司马相如《上林赋》写长安："丹水更其南，紫渊径其北。"此用其语，而避唐高祖李渊讳，改"渊"为"泉"。锁烟霞：为烟霞所紫绕。　③芜城：扬州。刘宋鲍照《芜城赋》，写扬州兵后荒芜。因称扬州为芜城。　④"玉玺"句：言隋亡唐兴。大业十四年(六一八)炀帝在扬州为宇文化及所杀，同年李渊在晋阳建唐。玉玺，秦始皇以蓝田玉作玺，命李斯刻"受命于天，既寿永昌"八字，此后历代相传为国家象征。日角：额角饱满似日，为帝王之相。《后汉书·光武帝纪》："光武美须眉，大口、隆准、日角"；又记建武二年闰月丙午，"赤眉君臣面缚，奉皇帝玺绶"；"二月己未，祠高庙，受传国玺"。李渊起兵时，唐俭上书劝之，有"明日日角龙庭，天下属望"语。《旧唐书·高祖纪》："武德元年五月，(隋恭帝)奉皇帝玺绶于高祖。"此援汉入唐。缘：因。　⑤锦帆：炀帝所乘龙舟，帆皆锦制，香闻千里。到天涯：承上句言若非唐兴代隋，炀帝游踪将遍天涯。　⑥"于今"句：炀帝于长安、洛阳、江州、扬州等处，大集萤虫，夜间放出以代灯烛。扬州有放萤院，相传即当年放萤之处。萤火虫于水边草根处产卵成蛹，次年春蛹化萤，古人遂以为萤为腐草所化。(见《礼记·月令》)。　⑦垂杨：炀帝为游江南，开凿运河，沿河堤种杨柳树，后人称为隋堤。有暮鸦：指国破荒凉，不胜惆怅。　⑧"地下"

二句：《隋遗录》卷上载：炀帝在扬州，游吴公宅鸡台，恍惚间与陈后主相遇，尚唤帝为殿下（陈后主卒于隋文帝仁寿四年，时炀帝为太子）。舞女数十人罗侍左右，一女尤美，炀帝目注之，即张丽华。炀帝因再三请丽华舞《玉树后庭花》（后主作，历来以为亡国之曲）。舞毕，后主问炀帝："龙舟之游乐乎？始谓殿下致治在尧舜之上，今日复此逸游，大抵人生各图快乐，曩时何见罪之深耶？"炀帝叱之而惊醒。

【语译】

任烟霞，长闭长安宫殿繁华；风流天子游兴浓，想取芜城扬州，再造个帝王家。若非天下归唐，传国玉玺落李氏，只怕是龙舟锦帆，直要驶到海角天涯。（二百年过去了，）他奇想所至的放萤院，只余下堆堆腐草；龙舟所经的隋堤上，唯留得垂杨无语栖暮鸦。风流的君主啊，如果地下再遇陈后主；还有没有颜脸，再如扬州梦时，向他打听亡国之音《后庭花》。

【赏析】

《唐诗绎》录本诗评云："此诗全以议论驱驾事实，而复出以嵌空玲珑之笔，运以纵横排宕之气，无一笔呆写，无一句实砌，斯为咏史怀古之极。"此评最得本诗神髓，其意是说：一、论史是核心，史实依议论剪裁掉运；二、用史实又能化实为虚，映照生色，意味深长；三、结构不平板，纵横开阖之际见排宕之气。可补充一点，通篇错综史实，前六句对照见意，以虚词勾连，逼出末句冷然一问，极尽讽刺之能事。

诗题"隋宫"，指炀帝扬州行宫，首句却从长安宫殿远远引来，"紫泉"与下句"芜城"相应，中间以"欲取"勾带相连，最见讽意。紫泉是龙兴之象，"芜城"是败亡之兆，可见炀帝南游意兴之违天反常，必遭祸殃。"玉玺""锦帆"二句是一篇枢机，从事序看，"欲取芜城"应下接锦帆天涯，但却先插入"玉玺不缘归日角"句，写李唐代隋，这就发人警省地提揭了此游的直接结果，在句序上是倒置，在诗意上却是相承，又以"不缘""应是"二虚词勾连，开而复合，回到南游主线，故元范希文《对床夜语》评此联："前辈云：诗家病使事太多，盖皆取与题合者类之，如此乃是编事，虽工何益？……若《隋宫》诗云：'玉玺不缘归日角，锦帆应是到天涯'……则融化斡旋，如自己出，精粗顿异也。""融化斡旋"四字点出了此联，也是全诗用事的特色。诗至"锦帆应是到天涯"，拓展已极开远，似乎已难以为继，但"应是"是虚拟，留下了一线余地。颈联即以"于今"上挑"应是"，下启"终古"，转出了一幅极富历史意蕴的深沉画面。萤火已灭，空剩腐草，似乎象征着南游盛举不过是腐败的隋王朝最后一线回光返照，而当年喧嚣的隋堤上，如今已一片静默，黄昏中，唯有管自葱绿的隋柳间，那一声二声鸦啼声，似乎在诉说着破国的悲凉。这"有"字与上句的"无"字相应，岂非更显得空茫虚无？至此诗意似已完足，不意诗人又于难以为继处生出波澜。"地下若逢陈后主，岂宜重问后庭花"，"地下"承上联之败亡，又乘势用《隋遗录》故事，阑入陈后主，又隐含张丽华之女色，既补出炀帝之昏淫，又以前后相随的两个昏君相对，由陈及隋，殷鉴不远，奈何又覆车于前辙！讽刺极辛辣，又极沉痛。《五朝善鸣诗集》称："五、六是他人结语；用在诗腹，别以新奇之意作结，机杼另出，义山当日所以独步于开成、会昌之间。"此论结语独出机杼甚是，但一味以新奇许之，恐非深知义山者。

无 题①二首

李商隐

其 一

来是空言去绝踪②，月斜楼上五更钟③。梦为远别啼难唤，书被催成墨未浓④。蜡照半笼金翡翠⑤，麝熏微度绣芙蓉⑥。刘郎已恨蓬山远，更隔蓬山一万重⑦。

【注释】

①原题四首，此为第一。无题，解见前。 ②"来是"句：言梦中人来去缥缈。 ③"月斜"句：言梦醒已月斜近晓。 ④"书被"句：言泪催书信，急切未待研墨至浓而书已作成。 ⑤蜡照：烛光。笼：笼罩。金翡翠：指锦被上所绣蹙金翡翠双鸟。雄曰翡，雌曰翠。与下句芙蓉同为爱情象征。 ⑥麝熏：熏炉中的麝香。微度：轻轻地飘过。绣芙蓉：指绣有并蒂荷花的帷帐。 ⑦"刘郎"二句：东汉献帝永平年间，刘晨、阮肇入天台山采药，遇仙姝二人，结为夫妇，留居半年后返，从此仙凡路隔，不复再往。刘郎指刘晨。蓬山即蓬莱山，道教海上仙山之一。此合用二典而言与意中人重重阻隔。

【语译】

你从虚空中来，又缥缈地去，只剩得，斜月照楼头，传来了五更声声报晓钟。为什么梦境也是远别情，珠泪抛洒也留不住；只得将，笺函通情，泪催书成，研墨竟未浓。（遥想你，此时闺房独处，）烛光斜照，半笼着被上蹙金双翡翠；麝香微熏，轻拂过帐上并蒂绣芙蓉。当年刘郎入天台，一度欢爱，再难寻，仙境遥阻；今日里，我和你，更隔着海上仙山，千重万重。

【赏析】

全诗似梦非梦、非梦似梦，境界哀丽，富于暗示性。

诗以深重的感喟起，"来"与"去"，"空言"对"绝踪"，来去之际无非一片虚空，一片缥缈；而斜月倚楼，拂晓的清空里，那报晓的钟鸣声远远传来，愈显得一切的一切，更无非是缥缈、虚空。……诗人为何如此感伤？"梦为远别"反挑首联，原来他是梦中惊醒。梦中相会也许是"真切"的，然而待到梦中人倏然而去，作梦人追攀不得而哭醒时，就不仅是一去绝踪，再也唤不回来；而且连那片时欢会，也由"真切"而变为"空言"，这时他又怎能不确实"真切"地感到一切都是虚空呢？诗人先不言梦，而是以梦醒后痛彻心腑的虚空感领起，更让这感觉在拂晓钟声中渟蕴，然后挑明为远别之梦，这就更见出远别之可伤！他带着梦中的泪，将一腔恋思寄托笔底，三句的"啼难唤"，引起第四句。泪水催赶着寸管，热切中，连墨也未及磨浓，就写成了欲寄梦中人的书笺。这时，他仿佛又看见伊人：朦胧里，闺阁中，晕晕烛光斜射，半照在缕金错彩的锦被上，被上那对交颈依依的翡翠似乎活了起来。幽幽麝熏微度，飘入半透明的帐帷之中，帐上的并蒂莲，似乎在幽香中浮动。这双鸟，这双莲，又似乎都在诉说着昔时的欢乐。他似乎回到了过去，他又似乎想紧紧抓住这朦胧而"真切"的一切。猛然，他又"惊醒"了，在梦思般的幻象中惊醒。这时又一阵钻心的痛感袭来——这不过是幻象。前度刘郎，再也回不到仙姝所居的仙山；而今夜的诗人与意中人，更相隔如同仙凡——海山千重又万重。那末，这为泪水催成的书信，又如何寄达伊人？这唯一的慰安，岂非更显得分外地——虚空！

上面，我们用了不少"似乎"。确实，李商隐的无题诗，往往只能用"似乎"在说什么来解析。这诗中思念的对象究竟是谁？有人说，是一位"侯门深如海"中的仕女；有人说，是他的亡妻；又有人说，是他年轻时苦恋的一位女道士。"蜡照""麝熏"一联究竟又是什么景象呢？有人说，是他卧室中的陈设，诗人感于旧物而伤神；又有人说，是他想象中伊人的闺房。这一切"似乎"都讲得通，却又都难说那一种理解是诗人的本意。然而这一切也不必深究，从那富丽精工却又似梦似幻的氤氲中，人们能真切地感受到诗人的邈绵深情，领略到那朦胧的哀美，这就可以了。这就是商隐无题诗的朦胧美。

其 二①

飒飒东风细雨来②，芙蓉塘外有轻雷③。金蟾啮锁烧香入④，玉虎牵丝汲井回⑤。贾氏窥帘韩掾少⑥，宓妃留枕魏王才⑦。春心莫共花争发，一寸相思一寸灰。

【注释】

① 此为第三首。　② 飒飒：风声。　③ 轻雷：语意双关，既应"细雨"又暗指来人车声。司马相如《长门赋》："雷殷殷而响起兮，声象君之车音。"　④ 金蟾：古人以为蟾善闭气，因制锁为蟾形。金蟾为锁之美称。啮：咬合。烧香入：谓香烟仍可透入啮闭的门缝。　⑤ 玉虎：井上辘轳。丝：井绳。　⑥ "贾氏"句：晋韩寿为司空贾充掾吏，美姿容。贾女窥见而悦之，遂通情，女以晋帝赐充之西城异香赠之，故有"韩寿偷香"之说。　⑦ "宓妃"句：宓妃为洛水女神，魏陈思王曹植作《洛神赋》，想象与宓妃相悦爱。后人傅会植欲娶甄氏，而其兄魏文帝曹丕立甄氏为后，后甄氏为郭妃谗死。植怨思不已，及过洛水，见一女赠以在家所用枕，即甄氏也，因作《洛神赋》而托思言情。植多才，谢灵运谓天才之才一石，植独得八斗，己得一斗，天下人共一斗。因称"魏王才"。

【语译】

东风飒飒，吹送来细细的雨丝；荷花塘外，响起了轻轻的雷声——究竟是雷声，还是你的车声？任随是金蟾锁儿紧紧咬合，也挡不住缕缕烧香，从门隙中透入；也不论，井下清水有多深，辘轳儿牵绳，也能将它汲上来。不见那，贾女偏将韩寿帘后窥，洛神也只把衾枕留与子建才。春心啊，你莫与春花争相开；只怕是一寸相思，终究烧成一寸灰。

【赏析】

本诗最难解的是三四句，《玉溪生诗意》等以此为实写烧香、汲井。于全诗意脉扞格难通。其实这两句是比体，而全诗则写女子与情人幽会之短暂，相思之悲苦，试绎之：

首联写情郎于东风细雨天悄悄而来。轻雷用《长门赋》典，可知是隐隐车声。中二联写二人相恋不易。颔联用比体，女郎为男子深情所感动。言任由金蟾啮锁，而烧香犹如心香缕缕透入；不管井窖多深，而玉虎牵丝仍将水泉犹似心泉汲回——是那少年郎的执着的情爱，唤醒了这女郎固闭深藏的春心，于是有了这首联待车的一幕，而下探尾联之"春心"。颈联上承"有轻雷"，写女子终于同意偷约密期：她也似贾女窥帘般悦爱那男子的年少风采，允他偷香而去；她也似宓妃深爱曹子建的超众文才，为他梦中留枕。但是香易消，梦易散，一度的相欢之后又剩下什么呢？只有那煎人的相思——"春心莫共花争发，一寸相思一寸灰"。"莫共"是悔辞，但这里是以悔为怨，既曾有过一段与春花竞荣的人生春光，那么即使一寸相思一寸灰，又如何呢！

以上大抵可将本诗贯通，唯有一点尚模糊。这轻雷般的车声，是女子闻轻雷而想起前此情郎来时的车声呢？还是直接以轻雷象喻当时的车声呢？也就是说全诗是回忆密约，还是径写偷期呢？我想这还是让读者见仁见智吧。

筹 笔 驿①

李商隐

鱼鸟犹疑畏简书②，风云常为护储胥③。徒令上将挥神笔④，终见降王走传车⑤。管乐有才真不忝⑥，关张无命欲何如⑦。他年锦里经祠庙⑧，梁父吟成恨有余⑨。

【注释】

① 宣宗大中九年（八五五），商隐随西川节度使柳仲郢还朝，途经利州绵谷（今四川广元）之筹笔驿作此诗。筹笔驿，三国时孔明伐魏，驻驿于此筹画军事而得名。　② 畏简书：畏惧孔明的军用文书。古人写字于竹简上，称简书。《诗·小雅·出车》："岂不怀归，畏此简书。"　③ 储胥：藩篱一类营塞防护物。《汉书·扬雄传》："木雍枪累，以为储胥。"

295

④ 徒令：空使。上将：指孔明。　⑤ 降王：魏景元四年(二六三)邓艾灭蜀，刘禅出降，举家迁洛阳。传车：驿车。　⑥ "管乐"句：孔明隐居南阳时，常以齐相管仲、燕将乐毅自比。忝，愧羞之意。　⑦ "关张"句：谓关羽、张飞死后，孔明独撑危局，已莫可如何。无命，命分不佳。　⑧ 他年：此指往年，大中五年商隐随柳仲郢入西川推狱，曾谒成都锦里武侯祠，有《武侯庙古柏》诗。锦里：在成都城南。　⑨ "梁父"句：《三国志·蜀书·诸葛亮传》"亮躬耕陇亩，好为《梁父吟》"。参杜甫《登楼》诗注。

【语译】

你威严的军令，至今还使游鱼飞鸟犹疑不敢近；那满天的风云啊，六百年来还将你的营寨护卫。你空有神笔挥帷幄，可奈何后主庸碌，终于降敌登上了洛阳车。你自比管仲与乐毅，高才盖世可无愧；你独撑危局难上难，都只为关羽张飞命分乖。那一年，我随使入蜀经过你祠庙，把你常咏的《梁父》吟成，也难销心中万古悲。

【赏析】

本诗应与杜甫《咏怀古迹五首》之五对读。二诗均综括孔明生平，议论开辟，笔势跳脱，律细而力雄，故《瀛奎律髓》引许印芳评："沉郁顿挫，意境宽然有余，义山学杜，此真得其骨髓矣。"虽然如此，义山仍有独创。

首联陡起，与杜诗"诸葛大名垂宇宙，忠臣遗像肃清高"同样肃穆雄壮，却以眼前遗迹融合经史之语，其气氛更于肃穆雄壮间裹挟威凛肃杀之气，切合筹笔驿这一特定的地点。中间二联亦似杜诗论孔明但笔法错互。由上下句观之，两联都用义山常用的手法：错综史实构成强烈对比："上将挥神笔"与"降王走传车"，"管乐有才"与"关张无命"，都下句反跌上句，凸现了悲剧意味。从二联之间关系看，第五句承一、二句，第六句承三、四句，而五、六两句又共同说明了三、四句所述事件的原因。而"徒令""终见""真不忝""欲何如"四个虚词词组又将两组对起的联句勾连一体，步步深入地包容了杜诗尾联"运移汉祚终难复，志决身歼军务劳"之意。于是尾联又腾出了笔墨，如前诗一般别出新意，"他年锦里经祠庙，梁父吟成恨有余"，由此时在筹笔驿回溯到当年经成都武侯庙情景：《梁父吟》为孔明出山前所常吟，暗含追念孔明躬耕南阳，胸怀三分宏图之意，从而回应首联筹笔驿之独撑危局，在悲悼之中有不尽远意。

从以上对比中可见，无论是使事用典、布局结构，作为晚唐之魁的义山都比有开创之功的杜甫更多提炼，也更细密，细易碎琐，炼易伤气，义山之佳处在取杜诗沉郁顿挫之神加以虚词运掉，便于精细密丽中见出一种宽远的流动感。虽然格局略小于杜，但依然神完气足，边幅不窘。故清方东树《昭昧詹言》评本诗曰："义山此等诗，语意浩然，作用神魄，真不愧杜公。前人推为一大家，岂虚也者！"

无题①

李商隐

相见时难别亦难②,东风无力百花残。春蚕到死丝方尽,蜡炬成灰泪始干③。晓镜但愁云鬓改④,夜吟应觉月光寒。蓬山此去无多路⑤,青鸟殷勤为探看⑥。

【注释】

① 无题:解见前。 ②"相见"句:曹丕《燕歌行》之二"别日何易会日难",此变化其意。 ③"春蚕"二句:蚕丝象征情丝,蜡泪象征别泪。 ④ 但:只。云鬓改:指青春逝去。女子丰盛如云的鬓发称云鬓。 ⑤ 蓬山:海外三神山之一蓬莱山。指意中人住处。 ⑥ 青鸟:西王母的使者,见《汉武故事》。此指传信人。

【语译】

人道是"别日何易会日难",我却知"相见时难别亦难"。东风因离人悲叹,百花为离人凋残。那别后的情思啊,似春蚕,吐丝毕啊身亦死;似蜡炬,烧成灰啊烛泪干。悬想你,晨起对镜,只怕云鬓乌黑色变灰;中夜寻诗,应感月光夜夜更清寒。虽说是,你所居如仙境,离我应不远,可奈何自古"侯门深似海",托青鸟,(携我心儿去,)殷勤将你来探看。

【赏析】

诗由翻曹丕"别日何易会日难"句意出发,专从"别亦难"落墨写恋情。起句二"难"字叠加,弥见离恨不可排遣。次句移情于物,风亦为之神伤,花亦为之凋残,更烘托出一种极其缠绵悱恻的氛围。次联以比继赋,蚕丝比情思,蜡泪比情泪,伸足上联之意,是名句。颈联由悬想意中人,透过一层写,"晓""夜"相应,"云鬓""月光"相和,虚拟别后凄凉,悬想越真切,越见相思之深。由别后凄凉想到别后联系,表面是慰安,相去不远,可以书信长来往,但用"蓬山"典,仙山缥缈,青鸟何觅,是否真能音讯相通?于是这慰安就带上了无望的悲思,使人不由感叹这别离,确实"难"啊真"难"!

以春蚕比情思,南朝西曲歌中即有,如:"春蚕不应老,昼夜常怀丝。何惜微躯尽,缠绵自有时。"而以蜡泪比人泪在当时是俗语,《旧唐书·柳公权传》"宫人以蜡泪揉纸继之(烛)",但一入本诗即分外感人。这一方面是因首联气氛之烘托,另一方面分别缀以"到死丝方尽""成灰泪始干",便把悲恨写到了入骨销魂处。可见繁与简何者为佳,并无成规,唯在一心!

春 雨

李商隐

怅卧新春白袷衣①,白门寥落意多违②。红楼隔雨相望冷③,珠箔飘灯独自归④。远路应悲春晼晚⑤,残宵犹得梦依稀。玉珰缄札何由达⑥,万里云罗一雁飞⑦。

【注释】

①白袷衣:白夹衣,士人闲居所服。 ②白门:金陵(今江苏南京)西门。西方金,金气白,故名白门。张采田《玉溪生年谱会笺》云:"首二句想其流转金陵寥落之状。" ③红楼:指贵家女所居楼房。白居易《秦中吟·议婚》:"红楼富家女,金缕绣罗襦。"冷:是雨冷,也是相望者的心理。 ④珠箔:一说为车上珠帘,一说轻雨似珠帘。均通。 ⑤晼晚:日将暮。《九辩》:"日晼晚其将入兮,明月销铄而减毁。"春晼晚,指青春年华将去。 ⑥玉珰:玉制耳饰。古人常以珠玉耳饰为信物。汉繁钦《定情诗》:"何以致区区,耳中双明珠。"缄札:书信。 ⑦云罗:云层如罗纹。雁:旧传雁能传书,前屡见。

【语译】

新春里换上了白夹衣,却换不去客居长卧,怅恨恹恹;白门久居,生事寥落,全不惬,初时心意。佳人红楼上,难相望,更那堪,春雨相隔凉冷;只索回车归去,雨夜里,任寒光,照雨映珠帘。相通路已远,更悲那春日已无多;残宵中,只祈能得佳期梦依稀。玉饰凭信书函成,却不知何从寄去。抬头望,罗纹云间一雁飞,能为我,传书去?

【赏析】

本诗借春雨怀人,前人或称"寓君门万里之感",或说"应辟无聊,望人汲引之作",但都无确据。还是《玉溪生诗说》通达:"然如此诗,即无寓意,亦自佳。"所以不妨作为情诗来读。

诗的结构很明白。首联写怅卧白门有所思,颔、颈二联承"意多违"追忆当初一段不了的恋情,尾联因回忆而寄望。诗的语言,较之义山其他恋情诗,也算是较晓畅的。但是,其深情绵邈的风格,却一以贯之。

如果说李商隐的诗常有些印象派的意味,那么莫过于"红楼隔雨相望冷,珠箔飘灯独自归"一联了。这"冷"是雨冷还是相望人心的凄冷,"珠箔飘灯"是雨丝似珠帘拂灯,还是灯影照拂珠帘并因上句"隔雨"而有雨丝般的感觉,都难以详究。加以"红楼"与"珠箔"在意象上若即若离的同一性,"隔"字将它们分隔开来,而"飘"字飘忽的意味,又似乎在阻隔间产生了似有若无的联系,如断藕中的连丝,如灵犀一点的电波,一切的一切,人与人,人与物,物与物似乎都叠合起来,成为一种朦胧凄婉的"冷"意,连那本来应是暖的灯光,也罩上了这种飘忽的凄冷。于是我们返观首联,"白袷衣""白门",在一联中用二"白"字就恐怕不是诗人偶尔失于研炼，而恰恰可能是有意以二"白"字相叠，新春中这触目的白，是否也有点"冷"凉的感觉呢？南朝民歌《杨叛儿》："暂出白门前，杨柳可藏乌。欢作沉香水，侬作博山炉。"也许诗人当时也想到过这支与白门有关的恋歌，但他的情况又是多么不同！于是只有白衣怅卧白门，话不出的失落况味！

无 题①二首

李商隐

其 一

凤尾香罗薄几重②，碧文圆顶夜深缝③。扇裁月魄羞难掩④，车走雷声语未通⑤。曾是寂寥金烬暗⑥，断无消息石榴红⑦。斑骓只系垂杨岸⑧，何处西南待好风⑨。

【注释】

① 原题二首，此为第一。无题，解见前。　② 凤尾香罗：凤尾纹的罗绸，又称凤纹罗。　③ 碧文圆顶：绿色纹理的圆顶帐。　④ "扇裁"句：谓举扇难遮羞颜。汉班婕妤《怨歌行》："裁为合欢扇，团团似明月。"月魄，月初出或将没时之微光。《尚书·康诰》："惟三月哉生魄。"　⑤ 车走雷声：司马相如《长门赋》，"雷殷殷而响起兮，声象君之车音"。⑥ 金烬暗：烛花将尽。　⑦ 石榴红：五月石榴花红。　⑧ 斑骓：斑纹青白相间的马。按古有班马一词，指离群或载人别去之马。《左传·襄公十八年》："邢伯告中行伯云：'有班马之声，齐师其遁。'"注："夜遁，马不相见，故鸣。班，别也。"李白《送友人》："挥手自兹去，萧萧班马鸣。"班于班纹一义，通斑，此以斑骓双关班马，而兼别马义。　⑨ "何处"句：曹植《七哀》"愿为西南风，长逝入君怀"。

【语译】

罗绸凤尾样，轻柔薄几重；裁作圆顶碧文帐，夜深细细缝。心中隐秘羞难言，团扇如月怎遮掩；长相忆，君车曾来，声如轻雷，心相惬，无语暗相通。往事曾几何，寂寥空余，烛花向暗，盼不来郎君消息；蓦然知，光阴匆匆，已是五月石榴红。别马向何处？愿君只在，垂杨岸边系住；若遇西南来好风，是妾身，入君怀抱中。

【赏析】

诗写女子深夜情思。首联赋中含兴，凤纹香罗轻柔如梦，缝作有合欢意味的罗帐，那青碧如水的纹理似乎浸透了纯净的爱，那圆圆的帐顶又好像寄托了团圆的希望。她缝啊缝啊，夜深不辍，针针线线都牵引着她的思绪。于是她回到了颔联所写过往的一幕，她忘不了与情郎相会的情景，或许她还有点悔恨，为什么自己这样含羞带怯，总以团扇遮面，直待情郎的车声去远，都未曾敢道得一语——

扇裁月魄，车走雷声，"魄"字、"声"字都化实为虚，与首联融和成梦一般的氛围。颈联接写当初别后相思，多少个相思之夜，多少柱泪烛，直待到今时石榴花开，也没有一点消息。"石榴红"指示节令，关合首联，因为五月天，是以轻罗帐替换厚重的锦帐的时节，于是，虽然诗人未明言当初相会在何时，但可以感到：她，已经盼望了很久很久，更何况石榴似火，似乎在反衬着她的孤清。这又怎不使她心潮起伏呢？而"曾是""断无"两个虚词词组正入神地传送了她不无追悔，更带绝望的心情。于是，她虽还在似乎平静地针针线线地缝着，但她的心再也按捺不住而发出了这样的呼声：远别的人啊，你究竟在何处，请把别马系在河边垂杨柳上，等待着，当西南风吹来时，就是妾身投入你的怀中。杨即薄柳，南朝《折杨柳》诗："杨柳乱成丝，攀折上春时。……曲中无别意，并是为相思。"用垂杨而不用垂柳，是此处当用平声，因杨及柳，柳谐"留"音。那女子希望杨柳留住行人别马，但留得住吗？"何处"词，不正值得玩味？

不必问这诗有无寄托，只须作为绝佳的情诗来读。佳在它入神地表现了那女子婉曲的心理变化过程：她是这样的羞怯文静，将春光闭锁在心中，榴花如火，催燃了她的热情，她呼喊了，然而也只是在心中，在夜深人静独处时——这一切又笼罩在首联所渲染的轻柔如梦的氤氲之中。

其 二[①]

重帏深下莫愁堂[②]，卧后清宵细细长[③]。神女生涯原是梦[④]，小姑居处本无郎[⑤]。风波不信菱枝弱，月露谁教桂叶香[⑥]。直道相思了无益，未妨惆怅是清狂[⑦]。

【注释】

[①] 组诗之二。　[②] 莫愁：古乐府有《莫愁乐》，出《石城乐》，有句云"石城女子名莫愁"。石城在今湖北钟祥。又梁武帝《河中之水歌》有句"洛阳女子名莫愁"。后便以莫愁为女子代称。　[③] 清宵：清夜。细细：是女子的心理感受。　[④] "神女"句：宋玉有《高唐赋》《神女赋》，写巫山神女与楚襄王遇合于云梦之泽高唐之台。参前杜甫《咏怀古迹》之二注[⑥]。　[⑤] "小姑"句：古乐府《青溪小姑曲》有句云："小姑所居，独处无郎。"　[⑥] "风波"二句：女以菱枝、桂叶自比清贞。传说月中有桂树，因以月光为桂华。　[⑦] 清狂：清中狂外，此指痴情。

【语译】

重重帷帘深深垂下，遮掩着莫愁女的闺房；安寝后，更觉得清夜的时光细细地流、悠悠地长。巫山神女的艳情，不过是文人的梦；青溪小姑的居所，民谣原说："独处本无郎。"菱枝质清，她虽然娇弱，又何惧风波险；月中有桂，那清湛的露光，本带着桂叶香。既已知，入骨相思于事并无补；竟不妨，且把惆怅作清狂。

【赏析】

王夫之《唐诗评选》称本诗是"艳诗别调"，确实，它即使在义山的无题诗中也是别出心裁的——无论是立意脉络，用典遣词，都不落俗套。

　　莫愁是民歌中一位天真的少女，但诗中这位自名或自比为莫愁的女子是否快乐呢？——重重帷幕遮阻着她，夜来无眠，她似乎在一寸寸、一分分地计数着长夜过去了多少，"细细长"，既长而又细细，可见这夜长得如何难熬。于是她只能用巫山神女、青溪小姑二事自慰。"原是梦""本无郎"，"原""本"二字表达了她恍然憬悟的心态：神女之为梦，小姑之无郎。前人已写得明白，但青春少女却总是当实实在在的爱情故事来看，而如今，经历了这许多长夜相思，方悟得这些"原本"只是虚幻而已。尽管悟得晚了些，但她对爱情的执着却因离别独处而更为坚定了：颈联上句以风波菱枝言自己质虽柔弱但决不受外界影响，下句更以月露桂香申足上句之意，谓所以能坚韧如此，因为本质清贞。这两句都用倒装句法，正说应为"不信风波菱枝弱，谁教月露桂叶香？"今以"风波""月露"前置，不仅使全联更带有似梦若幻之感，也因句法反常而突出了菱枝、月桂的坚贞。至此感情由"原是梦""本无郎"的低回中上扬，而尾联又顺势云，人道是相思于事无补，但仍不妨沉溺思念之中而惆怅，这才是痴情者的本色——清狂。按清狂是清中狂外，亦即在违背世俗的行为方式中显示真正的性情。"未妨惆怅是清狂"即"春蚕到死丝方尽"的另一种说法。看来这女子已决心要把世人看来形同痴狂而无益于事的入骨相思进行到底了。

　　本诗感情激荡，但组织又极细密：二联上句"梦"应首联之下句"清宵"；下句"居处"又应首联上句之"堂"。三联上句"风波"则从"小姑居处"（清溪）引出，而下句之"月露"又上应"神女生涯"。至尾联。上句"无益"更反挑颔联之"原是梦""本无郎"，下句"清狂"又应合颈联菱枝、月桂之坚贞，而这一切又都生发于首联的"莫愁"而愁眠。可谓细针密纳。唯以感情真切，气脉动荡，故不见针痕线迹。这种回互错综的脉理加以莫愁而写极愁的立意，"细细长"之类的独特的心理感受，使人读来真有"一字一泪"（《李义山诗辨正》）之感。

利州南渡[①]

温庭筠

　　澹然空水带斜晖[②]，曲岛苍茫接翠微[③]。波上马嘶看棹去，柳边人歇待船归。数丛沙草群鸥散[④]，万顷江田一鹭飞。谁解乘舟寻范蠡[⑤]，五湖烟水独忘机[⑥]。

【注释】

①题意谓利州城南渡口。利州，今四川广元。庭筠何时游蜀待考。 ②空水：犹言水天。 ③翠微：指山。 ④沙草：岸沙中的草丛。 ⑤范蠡：春秋越国上将军，助句践灭吴兴越后，辞官泛舟五湖。后世用为功成身退的典故。 ⑥五湖：此指太湖。忘机：无机

巧之心,即恢复赤子之心。《庄子·天地》:"机心存于胸中则纯白不备。"又云:"功利机巧,必忘夫人之心。"

【语译】

水天淡荡,落日返照横斜;洲岛萦曲,茫茫苍苍,直与青山遥相连。江上闻马嘶,看渡船一叶对岸去;柳边宜人歇,两两三三,待渡候船归。近水沙草数丛,有鸥群,惊起飞散;远岸江田万顷,白鹭一羽,翔天远去。有谁知,我欲乘舟寻范蠡,似他般:见微知著,泛舟五湖,机巧心,尽忘弃。

【赏析】

尾联是主旨,表达了隐遁江湖的愿望,这感兴是由前三联的景物中酝酿出来的,也形成了景物的主色调——空静、淡远、恬适。

首联描画大背景,深得画理。水面淡荡,天水一色,江心曲岛依微,那青苍之气,似乎借水天空碧传送,遥接着影影绰绰的远山,而天边一抹返照微红横斜,"带"字为之传神,也是淡淡的,逐渐溶入碧空青水之间。于是岛、山、斜晖、江、天,都因天水相接而氤氲相连融为有层次而又浑然一气的画境。颔、颈二联群生活动的景象,就在这背景中展开:人间的一切也是那么恬适有序,江心一棹,渐渐溶入水天,渡马嘶鸣,远远传来,而江边待渡之人,在岸柳边安详地等待渡船归来,这景象没有争渡的忙乱,而只是一片谐和。也许是马鸣声的关系,丛丛沙草中,鸥群扑喇喇飞起,雪花似地片片白;而远处,洁羽一翼在万顷江面上空掠过,这是一只白鹭,它因着起飞的鸥群的衬托,似乎把那一片洁白也带向了水天空净处。万物都安于其位自然地呈现着各自的本性,静谧而有生气,似乎千万年来就这样延续了下来,正似庄子所说道通于一,诗人又怎能不一起融入这自然中去呢!

《精选评注五朝诗学津梁》评本诗:"高旷夷优之致,落落不群。"得之。

苏 武 庙[①]

温庭筠

苏武魂销汉使前[②],古祠高树两茫然[③]。云边雁断胡天月,陇上羊归塞草烟[④]。回日楼台非甲帐,去时冠剑是丁年[⑤]。茂陵不见封侯印[⑥],空向秋波哭逝川[⑦]。

【注释】

① 苏武庙:今甘肃民勤南有苏武庙、苏武山。按温集有塞上诗数首,知曾赴边,唯时间未详。汉武帝天汉元年(前一〇〇)武出使匈奴,被扣留,坚拒诱逼而不降,因被流放于北海(今俄罗斯贝加尔湖)。持节牧羊十九年。昭帝始元六年(前八一)才返汉。　② "苏武"句:汉昭帝时,汉使到匈奴和亲,方知苏武尚存,因诈称汉帝射猎上林苑,得武系雁足之帛书,遂与匈奴交涉,使苏武得返。魂销,伤心极度。　③ 两茫然:祠、树相对,不胜沧

桑。　④"云边"二句：追思苏武被扣匈奴时情景。《汉书·苏武传》记其："既至海上，廪食不至，掘野鼠去中实而食之。杖汉节牧羊，卧起操持，节旄尽落。"云边雁断：望南雁而思国。陇上羊归，持汉节以牧羊。　⑤"回日"二句：二句倒装，谓少去老归，人事风物迥非当年，李陵答苏武书云："丁年奉使，皓首而归。"回日：归汉日。楼台：归时所见宫中楼台。甲帐：《汉武故事》记武帝以琉璃、珠玉、明月、夜光错杂天下珍贵为甲帐，其次为乙帐。甲以居神，乙以自居。去时，当年去国出使时。冠剑，使臣服饰。丁年：成丁之年，历代不一，一般为十六至十八岁，此极言去时年少。按苏武出使已为壮年。故旧注以丁年为丁壮之年，其实丁壮是两个年龄层次。人生三十曰壮。　⑥茂陵：汉武帝陵墓，代指武帝。封侯印：苏武归汉时，昭帝拜为典属国，至宣帝时，赐爵关内侯，食邑三百户，而武帝已不及见。　⑦"空向"句：言苏武悼念武帝。逝川，《论语·子罕》："子在川上曰：逝者如斯夫！"

【语译】

当时面对来迎的汉使，苏武怎能不黯然神伤；如今他神祠已古，庙树已高，似乎相对诉说着往事茫茫。他曾望断云边南飞雁，夜夜空对胡天月；他曾陇上牧羊持汉节，黄昏归去，塞上草，杳如烟。归汉日，见重重楼阁代甲帐，人事非；可堪回首，戴冠佩剑，去国之时犹壮年。武帝已逝，不及见，功臣封侯印；心悼念，空向秋波哭祭，逝去者，如流水。

【赏析】

"回日楼台非甲帐，去时冠剑是丁年"是名句，也是一诗枢机。《唐诗别裁集》卷十五评云："五六与'此日六军同驻马'（李商隐《马嵬》'此日六军同驻马，当时七夕笑牵牛'）一联俱属逆挽法，律诗得此，化板滞为跳脱矣。"确实，这是逆挽法的典范，使典工切而逆中见顺，试绎之。

起联上句拟想苏武遣返时怅对汉使情景，"魂销"二字是全诗主脑；下句不接写归汉情景，却陡接自己凭吊苏武庙观感，以"古祠高树"应"苏武"，以"茫然"应"魂销"，顿起我与古人异代知音之感。颔、颈二联接首句归汉敷展：颔联逆溯想象归汉前苏武陇上牧羊情景，云天胡月，望断南飞雁，陇上草烟，持节驱羊归，既见其坚贞之心，更伸足"魂销"之因；颈联继写归汉情景，如前述用逆挽法，"回日"楼台情景正上承陇上牧羊形成对照，而去时"冠剑"，又下启"茂陵"句——因苏武为武帝所遣使。这便是所谓逆中见顺。如果颈联以去时丁年，回日楼台顺时间写来，不仅板滞，且与前后联也难以接续。

这诗的逆挽更佳在将技巧与感情变化融为一体。先试想苏武归汉时，当先见长安已非旧貌，而感发当年奉使时正丁壮年华，不胜沧桑。再就诗人作意言，也正是要将重点落在"去时冠剑是丁年"上，以见志士仁人苦辛深长，从而逼出篇末一叹："茂陵不见封侯印，空向秋波哭逝川。"苏武归汉，武帝已逝，及赐爵关内侯，已为汉宣帝时。因此这两句当理解为诗人设想苏武封侯时，百感交集，哭祭当初遣其出使之武帝。其含义可从王维《陇头吟》结句"苏武才为典属国，节旄空尽海西头"悟出。苏武归来，昭帝仅封为典属国，可谓封不当功，故唐人用为功臣抱屈的典实，庭筠变化以用之。哭祭武帝，上承"去时冠剑是丁年"之前所述苏武之功高心苦，这就委婉地对昭帝作了批评。当然也是诗人自认为高才不遇，抱屈当世的心态之反映。

七律至温李，愈益典丽精工，在设色隶事、调声逐对等方面，愈来越多炉炼之功，但是却能取杜诗沉郁顿挫之神，从诗势的开阖排宕中，抒情喻理，骨格峥嵘。其中李商隐以劲气内敛、含蓄深沉见长；而温庭筠则以悲慨郁勃、跌宕姿纵为胜，这既与他的狂生性气有关，亦是贞元、元和后时代风气所致。

宫 词

薛 逢

十二楼中尽晓妆①，望仙楼上望君王②。锁衔金兽连环冷③，水滴铜龙昼漏长④。云髻罢梳还对镜，罗衣欲换更添香。遥窥正殿帘开处⑤，袍袴宫人扫御床⑥。

【注释】

① 十二楼：《史记·封禅书》，"黄帝时为五城十二楼，以候神人于执期，命曰迎年"。此指后宫楼台。　② 望仙楼：唐内苑有望仙楼。元稹《连昌宫词》："上皇正在望仙楼，太真同凭栏杆立。"又会昌五年唐武宗于神策军建望仙楼。此用成词。　③ "锁衔"句：宫门锁刻兽头形，为连环之饰。　④ "水滴"句：写刻漏作铜龙状。漏壶为古时计时器，盛沙或水，有标尺刻度，沙水由细口漏出，刻度渐显以计时。　⑤ 正殿：此指后宫正殿，在中央，是君王正寝。　⑥ 袍袴宫人：穿袍着裤的宫人，为任事役的低级宫女。

【语译】

宫禁如仙境，高楼并，（晨雾开，）后宫佳丽人人忙晓妆，登楼头，望君王。金锁兽头状，闭宫门，门环双连，却冰凉；伴佳人，唯有铜龙宫漏，水声滴滴，滴尽白昼长。梳罢还对镜，髻儿高高，似云雾，空自怜；罗衣已着，无聊赖，换新样，更添香。忽见正殿帘开处，遥窥望——短袍绣袴，侍寝宫人扫御床。

【赏析】

"望仙楼上望君王"这重叠的"望"字，便是一诗主脉，又须注意几个指示时间的词，首句的"晓妆"，四句的"昼漏长"，末句的"扫御床"。后宫佳人从清晨起就盼望君王今夜能临幸自己，但经过了一个长长的白昼，还是望不见。忽然正殿帘开，似乎有了希望，然而只窥见"袍袴宫人扫御床"。"扫御床"，又近晚了，又一个黑夜将临，但是今夜君王是要在正殿歇息了。这时佳丽也许会羡慕，自己还不如这几个穿袍着裤的低等宫人，她们毕竟还能接近君王啊！至此，我们再回观首句"尽晓妆"三字，"尽"字尤有悲剧意味。望幸，是后宫的竞争，佳丽们人人尽望幸，最终却人人尽落空。今日晓妆成空，明日又必如此"尽晓妆"以竞争，结果又将如何呢？至此再玩味"十二楼""望仙楼"，宫禁如仙境，但这仙境无奈太过寂寞凄凉，那缥缈的仙气，似乎是宫人们心中的愁云藏雾，从一开始便笼罩了全篇。

这诗富于朦胧感、暗示性，以至有的诗句很难确解，如"锁衔金兽连环冷"，是写正殿之门呢，还是宫人们各自居处之门呢？两种理解都可以，但无论如何，"连环"而"冷"所暗示的意蕴，悲剧性的意蕴，是人人都可感到的。暗示最佳的是三联"云鬟罢梳还对镜，罗衣欲换更添香"，写尽了晓妆的宫人在长长的昼日中望幸不至，顾影自怜，百无聊赖的神情心态。是传诵的名句。

贫　女①

秦韬玉

蓬门未识绮罗香②，拟托良媒亦自伤③。谁爱风流高格调④？共怜时世俭梳妆⑤。敢将十指夸针巧，不把双眉斗画长。苦恨年年压金线⑥，为他人作嫁衣裳。

【注释】

①本诗有所寄托，当作于中和二年（八八二）韬玉特赐进士第前未达时。　②蓬门：蓬草编扎的门户，指贫苦人家。绮罗香：指富贵豪华。绮：素地织纹起花的丝织物。罗：轻柔呈椒眼纹纹状的丝织物。　③亦：更。　④风流：相对下文"时世"言，意指杰出不同流俗，有古来笃厚的流风余韵。《汉书·刑法志》："风流笃厚，禁罔疏阔。"　⑤怜：爱。俭梳妆："俭"通"险"，指奇异不经。《唐会要》卷三十一记大和六年敕："又奏妇人高髻险妆，去眉开额，甚乖风俗。颇坏常仪，费用金银，过为首饰，并请禁断。"　⑥苦恨：深深地怅憾。压：刺绣手法，按指叫压。

【语译】

蓬草编门，家境清寒，生小未见绮罗轻柔似生香；而今青春年华，欲托良媒待嫁，贫如洗，空自伤。世上谁爱高格调，拔流俗，流风传笃厚？竟效学，异服险妆，时世尽颓丧。飞针走线，敢将十指灵巧自夸；从不把，竟画长眉搁心上。深憾那，年年岁岁，刺绣把金线压；却原来，岁岁年年，为他人作嫁衣裳。

【赏析】

诗写贫女却"语语为贫士写照"（《唐诗别裁集》卷十六）。佳在婉转比附，贴切入微。全诗以伤贫与自尊自爱的心理矛盾展开，于感伤中显示了唐代才士孤芳自赏的特点。《庄子》曾言贫不为病，可以视为本诗主旨，而"蓬门未识绮罗香，拟托良媒亦自伤""苦恨年年压金线，为他人作嫁衣裳"一起一结，也可视为旧时贫女命运的典型写照与贫士遭遇的贴切比喻。

如果说起结为伤贫，则中间二联则以自尊自爱为主，诗势由此也翻出波澜，使首、颔、颈、尾四联形成抑—渐扬—扬—抑的感情节奏。而颔联由世态言,颈联由自我言,前者衬托后者,更突出了贫女贞素的形象;后者申足前者,则更突出了前者所写世态的典型意义,遂使"谁爱风流高格调,共怜时世俭梳妆"与"苦恨""为他"二句一样,成为千古传诵的警句。一诗中有二联传世警句,这种情况是不多见的。

唐末诗意求新而辞求精,其下者则流为"尖新",而本诗则晓畅有致,这不仅由于立意超卓,也因为对法自然,中间二联是极整饬的工对,但又是极流转的流水对,诗人通过虚词的勾连化整饬为流走,这是中晚唐七律对法演进的一种走势,而本诗尤为纯熟。技法与立意的结合,形成本诗浅切能远,圆熟而不轻滑的特点。这是唐末于温李后劲之典丽精工,贾岛后学之苦吟僻涩之外的又一重要风格,是元白体与贾姚体融合的创获,至宋初都卓具影响。

乐府

独不见①

沈佺期

卢家少妇郁金堂②,海燕双栖玳瑁梁③。九月寒砧催木叶④,十年征戍忆辽阳⑤。白狼河北音书断⑥,丹凤城南秋夜长⑦。谁为含愁独不见⑧,更教明月照流黄⑨。

【注释】

① 独不见:乐府《杂曲歌辞》旧题。《乐府解题》:"独不见,伤思而不得见也。"题一作《古意呈乔补阙知之》,疑为副题。乔补阙为乔知之,武则天万岁通天年间任右补阙,诗当作于此时。 ②"卢家"句:梁武帝《河中之水歌》曰,"河中之水向东流,洛阳女儿名莫愁……十五嫁作卢家妇,十六生子名阿侯。卢家兰室桂为梁,中有郁金苏合香"。语本此。郁金堂:以郁金香浸酒和泥涂壁的堂屋。郁金香出大秦国,多年生草本植物,春花有异香,见《本草纲目》。 ③ 海燕:又名越燕,躯体较常燕为小,紫胸,产南方百越之地,故名。海燕春季北飞,营巢于室内。玳瑁梁:以玳瑁为嵌饰的屋梁。玳瑁,水生动物,状似大龟,甲光滑有文采,为名贵装饰材料。 ④ 寒砧:指妇女秋夜捣衣,木杵击砧带秋声,前屡见。催木叶:催动秋叶下落。 ⑤ 辽阳:今辽宁一带,秦为辽东郡,唐置辽州,治辽阳,为东北边防重镇。 ⑥ 白狼河:又名大凌河,在今辽宁南部,流经锦州入海。 ⑦ 丹凤城:指长安。秦穆公女弄玉,从箫史学箫,常有凤凰来止。秦都咸阳在长安附近,唐诗中常以代指长安。 ⑧ 谁为:为谁。 ⑨ 流黄:黄紫相间的丝织品,此指帷帐之属。

【语译】

卢家少妇名莫愁,深居兰室郁金堂;海燕飞来营巢居,双栖双宿玳瑁梁。(见双燕，少妇愁），已是深秋九月天，捣衣声寒木叶下；夫婿戍守辽阳去，十年不归空相忆。空相忆，音书断，白狼河北无消息。无消息，秋夜长，长安城南人不眠。为谁含愁为谁悲，伤神摧心独不见；独不见，人可怜，唯见明月映帐帷。

【赏析】

《唐诗选脉会通评林》引陈继儒评："云卿初变律体，如此篇虽未离乐府余调，而落笔圆转灵通。"此论本诗体格甚是。据笔者研究，七律一体本从六朝骈俪体歌行发展而成，当时骈俪风行，文人作乐府歌行也渐去散向骈，其体少则四句、六句、八句、多至数十句、上百句，至唐初有二百余句者。其中长篇也多有平仄协调，接近后来七律的段落。本诗作于万岁通天年间，时七律已有完篇，但尚未定型，因此本篇可视为七律由骈俪化歌行中蜕出的先声，故遣辞设色如"郁金堂""玳瑁梁""白狼河""丹凤城"，都用六朝藻绘，瑰丽精工中融以新体流畅的气机声律，是其特色。

首联以海燕双栖反衬少妇独处，则"郁金堂""玳瑁梁"之富丽也似乎透现出一种抑郁的气氛。真可谓"未成曲调先有情"，从而羚羊挂角、无迹可求般地进入颔联。楼外的寒砧声，把这少妇从怅怅无绪中催醒，于是潜意识浮现为意识：已是深秋制作寒衣之时了，我那远戍辽阳的夫君又如何了呢？屈指算来，他一别而去，已经整整十年了。以下由颔联入颈联，又如剥茧抽丝：不仅远别十年，而且音讯全无，这怎不使在家的妾身不能入眠，唯觉秋夜更长呢！"白狼河"之荒凉感，"丹凤城"的繁华感，形成鲜明的反差，而这种反差似乎更增强了少妇的不安与不忍，于是由颈联入尾联水到渠成："谁为含愁独不见"收束前意，翻扣诗题。而末句"更教明月照流黄"又微微荡漾开去，"隔千里兮共明月"不过是谢庄《月赋》中为离人慰藉的话头，现在明月空照在独宿少妇床帷上，如此玲珑，如此朦胧，似乎是那女主人公十年不绝的梦思……

《唐诗近体》评云："精细严整中血脉流贯，元气浑然。以此入乐府，真不可多得之作。"甚是。

卷七　五言绝句

鹿　柴①

王　维

空山不见人，但闻人语响。返景入深林②，复照青苔上。

【注释】

① 本诗为王维晚年所作《辋川集》二十首之五。《辋川集序》称："余别业在辋川山谷，其游止有孟城坳、华子冈、文杏馆、斤竹岭、鹿柴、木兰柴、茱萸沜、宫槐陌、临湖亭、南垞、欹湖、柳浪、栾家濑、金屑泉、白石滩、北垞、竹里馆、辛夷坞、漆园、椒园等，与裴迪闲暇各赋绝句云尔。"柴即栅、篱落。　② 返景：《初学记·日部》，"日西落，光返照于东，谓之反景。景在上曰反景，在下曰倒景"。"返""反"通。"景""影"通。

【语译】

空旷的山谷间不见人影，只听得人语声在谷中回应。一抹夕照穿过枝隙投入深林，照在那一片，不知何年生成的青苔上。

【赏析】

空山、夕照、深林、青苔，叠加成幽深。这幽深可表现愉悦自足，如陶潜，甚至王维自己前中期的许多诗，比如那首《终南山》。然而现在，他的听觉，他那音乐家的锐敏听觉，却捕捉着那一丝不可踪迹的"人语响"；他的视觉，画家的视觉，最终停留在那一束穿过密林叶隙，投射到深山阴湿青苔的微光上。于是那幽深，便成了无尽的空寥。请注意二句的"但"字，四句的"复"字，这是赋予叠加的同质素的名词以特殊色调的诗眼。"但"是仅有，"复"是常常。二字互动，对于"空山""深林"而言，这仅有的声光是暂时的，唯有这深不可测的虚空，方是常常到永久。山林如此，人生如此，"众动复归于静"；诗人从那一息声响、一丝光影的反衬中，更憬悟了这禅理——伴随着山林幽趣。

这就是晚年王维，他太疲倦了，经历了安史之乱的大变故以及个人的急剧升沉，他"一生几许伤心事，不向空门何处消"（《叹白发》），虽未必能消去无尽伤心，却完成了山水诗由主玄趣向主禅趣的转变。《辋川绝句》的价值便在于此。

竹　里　馆①

王　维

独坐幽篁里②，弹琴复长啸③。深林人不知，明月来相照。

【注释】

①《辋川集》之十七。　②幽篁：幽静的竹林。　③啸：嘬口长鸣。

【语译】

竹林幽邃我独坐，抚素琴，嘬口且长啸。深林中，本无须，谁人能相知；唯有那，明月中天，清辉来相照。

【赏析】

首句的"幽""独"二字是一篇灵魂。试想在一片幽独的山野间，竹韵、琴音、啸声融和成一片，这种天趣不是俗世的人们能领略的，只有那中天的明月，融和了那天籁、地籁、人籁，照临着诗人厌绝了尘嚣的孤清身形，也照彻了他解悟而洞明的心——月在佛教本来是"空"的象喻。

黄叔灿《唐诗笺注》评本诗曰："妙绝天成，不涉色相——色籁俱清，读之肺腑若洗。"你读后有否这样的感受呢？

送　别

王　维

山中相送罢，日暮掩柴扉①。春草年年绿，王孙归不归②。

【注释】

①柴扉：柴门。　②"春草"二句：《楚辞·招隐士》"王孙游兮不归，春草生兮萋萋"。

【语译】

远去了，已在山中送你远行；黄昏时分，恹恹地，我独自将柴门掩上。山中的春草啊，年年一回萋萋地绿，公子啊，你年年此时究竟归不归？

【赏析】

"日暮掩柴扉"，伸足了"山中相送罢"的恹恹心绪。诗人太孤独了，相伴他的只有山中的草色凄凄，冬去春回，草色会回绿，而远去的人是否还会回来，他却不知。末句翻用《楚辞》句意，将陈述式的"不归"，改为疑问式的"归不归"，从而由盼归更显示了自己的孤独，而"年年绿""归不归"的回环音节也加强了怅惘的意况，试涵咏体味之。

相　思

王　维

红豆生南国①，春来发几枝②？愿君多采撷③，此物最相思。

【注释】

① 红豆：木本，叶似槐。开白色或淡红色小花。实大如豌豆，鲜红如珊瑚，或全红，或有黑斑。一名相思子。　② 春来：来是"近来"之来，非动词。　③ 撷(xié)：采取。

【语译】

红豆生长在南方，入春以来，不知绽放了多少枝？愿您多把这小小豆儿来采摘；要知道，这相思子儿，从来就最能启人相思。

【赏析】

篇末方点出豆名"相思"，再返顾前面一问"春来发几枝"，一祝"愿君多采撷"，便更见"相思"殷切。诗从对方设想，以见自己情怀，是对面傅粉法。《读雪山房唐诗序例》评云"直举胸臆，不假雕锼"，其实这诗有经营，只是不着痕迹，为上乘境界。本集题下注"时年十七"，则为少作，更不易。

杂　诗①

王　维

君自故乡来，应知故乡事。来日绮窗前②，寒梅著花未？

【注释】

① 杂诗：《文选·杂诗》解题"不拘流例，遇物即言"，也就是说随感而发，难以归入各种有定名(如游仙、游览等)的诗体者，统称杂诗。　② 绮窗：雕饰花纹的窗户。《古诗》："交疏结绮窗，阿阁三重阶。"

【语译】

您从故乡新近来，应当知道故乡的事。你动身之时是否去看一看，我那纹饰的窗轩前，梅树经冬，究竟有没有绽新蕾。

【赏析】

《唐人万首绝句选评》："问得淡绝，妙绝。如《东山》诗(见《诗经》)'有敦瓜苦'章，从微物关情，写出归时之喜。此亦以微物悬念，传出件件关心，思家之切。"《唐宋诗举要》引赵松谷评云："陶渊明诗云：'尔从山中来，早晚发天目。我居南窗下，今生几丛菊。'王介甫诗云：'道人北山来，问松我东冈。举手指屋脊，云今如许长。'与右丞此章同一杼轴，皆情到之辞，不假修饰而自工者也。然渊明、介甫二作，下文缀语稍多，趣意便觉不远。右丞只为短句，一吟一咏，更有悠扬不尽之致，欲于此下复赘一语不得。"按：唐初王绩《在京思故园见乡人问》中云："衰宗多弟侄，若个赏池台？旧园今在否，新树也应栽？柳行疏密布，茅斋宽窄裁？经移何处竹，别种几株梅？渠当无绝水，石计总生苔？院果谁先熟，林花那后开？"连下十二问句，是本诗直接先导。其古今有别，繁简不同，朴野与清秀，各擅胜场，不必以高下论。此等诗实从六朝乐府来，右丞复精炼之，"来日绮窗前，寒梅著花未？"宛然如画，亦并非不假修饰者。

送崔九[1]

裴　迪

归山深浅去[2]，须尽丘壑美。莫学武陵人，暂游桃源里[3]。

【注释】

[1] 崔九：崔兴宗，曾与裴迪、王维共隐于南山。王维有《送崔九兴宗游蜀》诗。　[2] 深浅去：深浅，深深浅浅，这里有随山势而行的意思。　[3] "莫学"二句：参前七古《桃源行》注。

【语译】

归山去，你当随着山势，深深浅浅任意地行；须将那峰峰谷谷的美景，一一仔细看。你呀，切不可学那武陵溪上的打渔人；游到了桃源，却又匆匆忙忙地归。

【赏析】

妙在后二句翻用武陵渔人入桃源故事，既将"须尽丘壑美"的意兴发挥得尤有情趣，又暗借桃源启人以山中真朴景象的想象。从而含蓄地表达了愿崔九真隐的祈望。起句"深浅去"用口语而佳，表达了朴茂的情兴。

终南望余雪[1]

祖　咏

终南阴岭秀[2]，积雪浮云端。林表明霁色[3]，城中增暮寒。

【注释】

[1]《唐诗纪事》记祖咏应试，应作律体五言六韵(十二句)，他仅作此四句便交卷了，人问何故，答曰"意尽"。　[2] "终南"句：终南山在长安南，由长安望去见其北面，山南为阳，山北为阴，故云云。　[3] 林表：树林外层与近空处均称林表。霁：雨雪止歇。

【语译】

终南山的北岭啊分外地秀，峰顶的积雪啊在云端里浮。山林的上空啊天色已放明，长安的人家啊应是感觉晚来天变寒。

【赏析】

就应试而言，这当然不是合格的试帖诗，然而就四句本身而言，却成了首上乘的绝句。《诗境浅说续编》评云："咏高山积雪，若从正面着笔，不过言山之高，雪之色，及空翠与皓素相映发耳。此诗从侧面着想，言遥望雪后南山，如开霁色，而长安万户，便觉生寒，则终南之高寒可想。用流水对句，弥见诗心灵活。且以霁色为喻，确是积雪，而非飞雪，取譬殊工。"此论侧面着笔法甚是。但仅以写出

"高寒"论之,又未得其妙。按首句"秀"是一诗主脑,唯终南之秀非江南丘陵之清秀,而是中原名山之秀伟,以下三句用化实为虚法,均着意于伟中见秀。"积雪浮云端",则唯见山头残雪,其他部分云遮雾缭,神龙藏首不见尾。后二句又从"色""寒"落墨,使山势虚化,"明"字、"暮"字又明暗相映,使人似感到山头皓素一片浸淫散入城中的动势,便从高寒中见出秀伟境象来。这种营构又非心造。雪后,因溶雪吸取热量,比雪中更寒,这是人人都知的自然现象,诗人将这现象写得如此秀伟,便达到了切而能远的高境界。

宿建德江[①]

孟浩然

移舟泊烟渚[②],日暮客愁新。野旷天低树,江清月近人。

【注释】

① 作于开元十八年诗人长安求宦无成,南游浙中时。建德江,新安江流经建德(今属浙江)一段水面称建德江。 ② 烟渚:水汽暮色如烟笼罩的水岸。渚有二义:一为水中小洲,一为水边。依情理,泊舟当在水岸而不在江中。

【语译】

将小舟儿,移泊在水气如烟的江岸边;天色向暮,勾起了我的客愁,分外鲜明。平野宽阔啊,天空仿佛压到了树梢(就似我的心境低沉);清江映照着明月的影,唯有她,肯来与我亲近。

【赏析】

这诗写的是旅愁,这愁还真不轻。开元十八年,诗人求宦无成,带着一肚子不合时宜南游江浙,舟行而至建德江时,一天又将过去,然而愁思却因黄昏江景的触发而更加深重。而这愁,又很富于个性,富于时代气息。"野旷天低树,江清月近人",平野旷莽,暮色苍苍,似与远树相接,这景象是低抑的,却又是旷远的;旅况寂寞,唯有月映江波,似与游子相亲,这景象是孤寂的,却又是清澄的。这孤寂由低抑中来,这清澄由旷远中生,使人感到诗人虽然凄伤,却有着解悟,有着自信。你看他站在清江舟头,在平展的旷野中,在高临的明月下,在无尽的时空中。这是盛唐人的愁,狷介的孟浩然的浩然之愁,中晚唐诗中很少能见到。

春 晓

孟浩然

春眠不觉晓,处处闻啼鸟。夜来风雨声[①],花落知多少。

【注释】

① 夜来：指前夜。来是助词。

【语译】

春睡甜甜长长，全不知天色已经放晓；只听得啾啾唧唧，户外处处都是早起的啼鸟。忽忆起昨夜里，仿佛有雨起风啸；那院中的花儿啊，不知被打落了多少？

【赏析】

这首小诗摄取一个春睡醒觉的生活片断，流露一种即兴的活泼情思，看似平淡，却有着挹之不穷的意蕴与情味。诗的前二句似是喜春，后两句又像惜春。但是喜也罢，惜也罢，都在有意无意之间。啼鸟处处，弄春晴啭，好不喜气洋洋，但诗人却似乎无意去寻觅。你看他日高方起，就在卧榻上领略春光，何等逍遥自在！夜来风雨，落花遍地，有惜花之意，但他也并不执着于悲惜，只是淡淡自问，甚至无意去实地察看落花的"多少"。喜春与惜春之情在此只是同时出现在高卧初起的一瞬间，从而带有真率、活泼、浓郁的生活情味，内含着庄生那种应接世事而"不以好恶内伤其身"的理趣。他也非有意作诗，只是因窗外即时的鸟鸣想起了昨夜的风雨声而由鸟及花。这就是自然，就是天机，体现了盛唐人的兴象玲珑，宽远自在。

"无情有恨何人觉，月晓风清欲堕时"，晚唐陆龟蒙的《白莲》诗清秀精致，惜花之意缠绵空灵，却不免于执着和雕镂，总无本诗的自在飘逸，这倒不是因为才力不如，而是因为"时代不同"了。

夜 思①

李 白

床前明月光，疑是地上霜。举头望明月，低头思故乡。

【注释】

① 题一作《静夜思》。宋郭茂倩《乐府诗集》编本诗入《新乐府辞》。

【语译】

床前一片明月的清光，还道是地上已挂上了轻霜。蓦然抬头，望见那中天的明月，不由我，又低头无语，思念起故乡。

【赏析】

本诗通过一个错觉写客子静夜思乡之情。静夜见光，则知不寐；见光疑霜，可见其出神；疑霜则寻其来由而抬头；抬头则见窗外明月当空——"隔千里兮共明月"，终于见月伤情，低头而黯然神伤，"霜"是诗眼，为月色、心理传神。潜意识被某种触媒催发而成为意识，这是一个显例，前人常评盛唐诗"不用意得之"，我看此诗可以当之。

怨　情

李　白

美人卷珠帘，深坐颦蛾眉①。但见泪痕湿，不知心恨谁。

【注释】

① 颦(pín)：皱眉叫颦。蛾眉：女子之眉。前屡见。

【语译】

美人将珠串的帷帘卷起，深坐在，闺房里，紧蹙着蚕蛾般的弯弯细眉。只见她，泪痕打湿了双颊；却不知，芳心究竟在怨恨着谁。

【赏析】

这诗纯用白描，只是将一位深坐颦眉的泪人儿再现在人们眼前。"不知心恨谁"，唯其不知谁，方可想象如此这般，这般如此，加倍地引动人们去关爱这位楚楚可怜人。如明言怨谁，便没有想象余地了。诗人是很懂得朦胧其辞的魅力的。

八阵图①

杜　甫

功盖三分国②，名成八阵图。江流石不转，遗恨失吞吴③。

【注释】

① 大历元年杜甫出蜀初至夔州时作。八阵图在夔州西南永安宫前平沙上。相传为诸葛亮防魏、吴入蜀所布石阵。八阵为天、地、风、云、龙、虎、鸟、蛇八形，聚石成八八六十四堆，各高五尺，星罗棋布，相克相生。相传刘备夷陵兵败归蜀，吴将陆逊追兵即为八阵图所困而退。　② 盖：盖世。三分国：指魏、吴、蜀三国鼎立。　③ 失吞吴：以吞吴之举为失策。刘备为报关张被杀之仇，兴兵伐吴。诸葛亮谏阻不听，终于招致夷陵兵败，白帝城刘备归天。蜀国从此一蹶不振。

【语译】

您功业盖世，成就了，鼎足三分的大局；你声名成全，八阵图添上了圆满的一笔。江水奔流啊，石坚终不移；那堆堆石阵啊，仿佛在诉说着您的无穷遗恨——先主为何失策伐吴去！

【赏析】

诗以"功""名"二字分领首联，由"三分国"引入"八阵图"，从而总括了武侯一生功业——由论三国鼎立起，以八阵图为结。大江东去，而八阵依然，是丰碑，却也记下了名相的憾恨。八阵图虽在先主伐吴溃败后发挥了奇迹般的作用，却不仅已与当初"论三分"时联吴抗魏的初衷相违离，而且更成了三分天下的定局开始逆转的见证。孔明怎能不为未能谏阻先主"吞吴"之举而怅恨千古呢？这便是此诗论八阵图,却由"三分国"引起的底蕴。

　　孔明是杜甫的祈向,但诗人又从未有过孔明般一展抱负的机会,于是借评述先贤,表明自己的识见。"江流石不转"这一转折句中所蕴含的悲剧感、时空感,即有效地传达了诗人的沉思。唐人咏古诗多抒摅写自己块垒;咏古而论断史事,独抒史识从老杜本诗始,至晚唐小李杜才形成风气——虽然其新见未必可靠,比如吴蜀之争与三国归晋的最后结局,自有其全局的政治、军事态势决定,并不仅由蜀国君相的这次矛盾所致——但新论本身,则反映了唐代诗人的高自期许。

登鹳雀楼①

王之涣

白日依山尽,黄河入海流,欲穷千里目②,更上一层楼。

【注释】

　　① 本诗一题朱斌作。鹳雀楼:在蒲州(今山西永济)城上,楼阁三层,面对中条山,下临黄河,是登临胜地。　② 穷:尽。

【语译】

　　白日依着中条山麓渐渐沉没,那奔腾的黄河,却昼夜不息,永向大海奔流。我愿将目光追随河流远望千里——再上一层啊,登上这河上三层鹳雀楼。

【赏析】

　　"向晚意不适,驱车登古原。夕阳无限好,只是近黄昏。"这是晚唐诗人李商隐黄昏登览所作的《乐游原》诗。王之涣此诗也是黄昏登眺所作,但豪壮之情与李诗的感伤迥然有异,这正是盛唐人特有的奋扬精神。

　　诗句极简,但命意极深。夕阳西下是一天将尽,而黄河归海则千万年来未有止息。这幅"青山落照东流水"的壮伟图景浑然一体,似乎在诉说着生与灭、瞬间与永恒的关系:任何个体都如同一天,会消亡;但时空无尽,人类的历史却如同大河奔流,生生不息。诗人的目光似乎在追随着这永恒,于是有更上一层楼将瞬间的自我融入无尽时空中去的愿望。这分析是否太现代化呢?我想诗人虽不可能以这些现代哲学词语来思维,但他必已为这伟丽的景物所引动,朦胧地感受到了这种心灵的激荡。

　　这种精神也带来了盛唐诗技法的进展,考察一下地理就可知,蒲州西距大海数百里,中间更隔着南北走向的中条山,因此在鹳雀楼上即使更上一层楼,也不可能见到黄河入海。中唐畅诸的同题诗说"天势围平野,河流入断山",就比较客观。然而王诗又并非不管物象,任意为之。诗中山、河的描写,正合鹳雀楼的大体位置,"更上"句又简净地写出了楼高三重的建筑特征。不过这些都不是通过平板的刻画，而是在写登临中借抒情带出。"更上"后诗人看见什么呢？这不必写，读者自可于前联的景象，由诗人的意气中去揣摩，去想象。这种切于实景而不拘于实景，虚实相生，重在意气抒发的特点，构成了盛唐诗雄浑高朗、气象氤氲的境界，使它较初唐甚至中晚唐诗更为超远。

送灵澈①

刘长卿

苍苍竹林寺②，杳杳钟声晚③。荷笠带斜阳④，青山独归远。

【注释】

① 灵澈(七四八—八一六)：诗僧，俗姓汤，字澄源。会稽(今浙江绍兴)人，出家于云门寺。曾从严维、皎然学诗。贞元中游长安，名动京师，为权贵中伤，徙放汀州。元和初赦归，往复于东南而卒。　② 竹林寺：在润州(今江苏镇江)。　③ 杳杳：远去状。　④ 荷笠：背负笠帽。这是游方僧人代表性的装束。

【语译】

竹林寺深藏在青苍之中，告晚的梵钟声，渐远渐杳。目送着你远去的身影——背负的斗笠上，一抹夕阳返照。归去吧，越中的青山，正迎着你——远行独归人。

【赏析】

这诗似一幅有声画，画面的中心是那位归山的僧人，只见他的背影，朦朦胧胧，唯有那背负的笠帽上的一抹斜辉，牵引着送行的诗人的目光心思，其余的一切——作为背景的竹林寺，寺山苍苍，一横灰黯的绿色；寺钟杳杳，也似乎掺融了暮色，听来更觉渺渺茫茫；而前路的青山，只是在想象之中，于是那笠帽上的一抹斜辉，也显得那么朦胧，那么惨淡。我们有理由相信，这诗当是灵澈徙放汀州赦归后送行之作，诗人当时正在镇、扬一带。

印象派画家见此诗定会惊喜，因为在中国古诗中，他找到了同调。

弹琴

刘长卿

泠泠七弦上①，静听松风寒②。古调虽自爱，今人多不弹。

【注释】

① 泠泠：清亮之音。七弦：古琴有七弦者。相传神农氏制五弦琴，周文王加为七弦。　② 松风寒：古琴曲有《风入松》。

【语译】

古琴七弦,发出了清亮的乐音;静静谛听,仿佛是松风吹寒。这《风入松》的古调啊,我虽深自喜爱;可今世的人们啊,有谁愿去弹!

【赏析】

"古调虽自爱,今人多不弹"是本诗主旨,这应当是有感而发的。大历以后,诗坛体尚清淡,辞重工丽,渐趋浮响,盛唐恢宏之音、浑成之体,几成绝响。唯刘长卿等少数诗人尚于新变中存盛唐体格。唐人笔记载,当时新进后生,有呼刘长卿为"老兵"者。长卿有此感慨当不偶然。他用一支《风入松》的古琴曲来表现了古调的形象,风入松而起松涛,是天籁;松又是贞木,松风虽虚而其质自刚,它使人产生一种寒意,这不是寒冷之寒,而是威凛之感。这种天籁,不是心浮气躁者所能懂的,而必须以虚静之心去感受,去包容;这种天籁又由人籁——七弦古琴所奏出,而琴音是君子之象,它的声音是那样的清冷,似同高山流水,不沾人间尘嚣。至此我们懂得了,诗人提倡的是自然而有远韵的风格,而这,只有内德清明、天人合一的人才能为之。

送 上 人[①]

刘长卿

孤云将野鹤[②],岂向人间住。莫买沃洲山[③],时人已知处。

【注释】

[①] 上人:佛教称具备智慧德行者为上人,后用作僧人敬称。 [②] 将:与、共。 [③] "莫买"句:《世说新语·排调》记,"支道林因人就深公买印山。深公答曰:'未闻巢、由(巢父、许由,古隐者)买山而隐'"。后以买山指归隐。沃洲山:在浙江新昌县东。支道林曾于此买山放鹤养马。今有放鹤峰、养马坡。

【语译】

一片孤云伴着离群的野鹤飞去,它们怎会愿意住在这喧嚣的人间。莫要再去购置支公隐栖的沃洲山,就是那高僧放鹤养马的地方,现在也不再安宁为人知。

【赏析】

"莫买沃洲山,时人已知处"是翻用支公买山典故,谓人世间已无一寸清净之所。那么这孤云野鹤般的上人,又将向何处去呢?"岂向人间住",反问不答,更见出上人云游,飘流无定所的出尘风致;也使人感到诗人当时对人生是何等失望。于是可以推断,这诗当作于诗人贬谪后。

秋夜寄丘员外[1]

韦应物

怀君属秋夜，散步咏凉天。空山松子落，幽人应未眠[2]。

【注释】

① 应物于贞元四年至七年(七八八—七九一)任苏州刺史，卸官后居苏州永定寺。时丘丹已弃员外郎任在浙江临平山学道。当作于此期。　② 幽人：隐者，指丘丹。

【语译】

怀念你，正当这秋夜长长；我散步寻诗，乘着天气已凉。空山夜静，一颗松子轻轻坠落；隐居的丘员外啊，您此时当还未入梦乡。

【赏析】

李肇《唐国史补》卷下记："应物立性高洁，……所居焚香扫地而坐，其为诗驰骤建安以还，各得其风韵。惟顾况、刘长卿、丘丹、秦系、皎然之俦，得厕宾列，与之酬唱。"本诗正可与此相印证。

五绝讲空灵，此为典范。诗由对面着笔，以见怀人之深。"松子落"与"人未眠"二者，本应是人不眠方能听到松子落地的些微声响，此则倒过来写。这样就将秋夜独吟的诗人与远处未眠的幽人，由"空山松子落"来空谷传响，联成一体。至于这"松子落"，是由此地景况而联想到彼地，还是纯从彼处着想，不可究，也不必究，读来唯觉精诚交通，一片空明。

听　筝[1]

李端

鸣筝金粟柱[2]，素手玉房前[3]。欲得周郎顾[4]，时时误拂弦。

【注释】

① 筝：弦乐器，十三弦。　② 金粟柱：弦轴名柱。金粟柱即以粟米状的点金为饰的弦柱。　③ 玉房：居处的美称。　④ 周郎顾：周瑜二十四岁为建威中郎将，吴中呼为周郎。妙解音律，人奏曲有误，必知而顾看。时人称："曲有误，周郎顾。"

【语译】

金粟粒的弦柱啊名贵的筝，洁白的手指来奏曲——美人就坐在玉房前；为教识曲"周郎"回头望，她呀，故意时时误拂了弦。

【赏析】

抓住一个充分表现心理活动的细节，巧用一个常熟的典故，这诗便情趣盎然了。"曲有误，周郎顾"，本是说周瑜妙知音律，而这位佳人却"时时误拂弦"，当然是为了逗那男子频频地顾。小小的狡黠,含羞带娇的芳心在此表现得维妙维肖。从金粟柱,玉房映衬的素手中,我们可以感到这女子的美,而这男子呢,从比作"周郎",人们当然感到其才貌双全,而二者的这种美,因着琴曲的渲染,又透现出如此风雅的韵度。

新 嫁 娘①

王 建

三日入厨房,洗手作羹汤②。未谙姑食性③,先遣小姑尝④。

【注释】

① 原题三首,此为第三。　② 三日二句:古俗婚后三日,新娘须下厨烹调,以明侍奉公婆之职责。　③ 谙:熟悉。姑:婆婆。　④ 遣:使,此有央请之意。

【语译】

三朝日,新妇忙;依礼数,下厨房。素手来洗净,细心作羹汤。未知婆婆口味怎么样,请你小姑呀,先来替我尝一尝。

【赏析】

这首一看就懂的风俗小诗,却有挹之无穷的余味。作羹汤而先洗手,未奉公婆而先遣人品尝,可见这位新娘的细心、审慎。不请别人,专找与婆婆最为亲近的小姑,又可见其设想周到,敏慧可人。再进一步玩味,仅仅三日,这新妇已能请动小姑为她谋画,则姑嫂关系已经不差,也可见这位仅仅一现的小姑也并不如一般小姑那样往往刁蛮难服侍。至于那位在这小小场景背后的婆婆,也多少使人感到旧时家长的威严。二十字中人物性格呼之欲出,风俗人情盎然纸上。

有人说这诗是表现古代家庭中媳妇受压迫,这恐怕是过于政治化了。诗人要表现的,仅仅是纯朴的民间风情,试看前二首即可明白:

邻家人未识,床上坐堆堆。郎来傍门户,满口索钱财。
锦幛两边横,遮掩侍娘行。遣郎铺簟席,相并拜亲情。

二诗并见唐时婚嫁礼俗,那位"郎"君颇有趣,你能想象出他的性格吗?我想有一点是可以肯定的,日后小夫妻俩,必定是"妇唱夫随"而非夫唱妇随。

玉 台 体①

权德舆

昨夜裙带解,今朝蟢子飞②。铅华不可弃③,莫是藁砧归④?

319

【注释】

①玉台体：南朝陈徐陵编选汉代至梁诗十卷为《玉台新咏》，多为艳情诗。唐人常仿之，称玉台体。　②"昨夜"二句：明胡震亨《唐音癸签》卷二十云，"俗说：裙带解，有酒食；蟢子缘人衣，有喜事"。蟢子，长脚蜘蛛。　③铅华：指化妆品。　④藁砧归：《玉台新咏》录《古决绝词》："藁砧何何在，山上复有山。何当大刀头，破镜飞上天。"藁砧为铡刀的垫具，铡藁草时用铁，即铡刀，言藁砧隐含铁而谐"夫"音，山上加山为"出"字，大刀头有刀环，谐"还"音，圆月如镜，破而为二是半月。故全诗意谓"夫君出，半月还"。本诗仿之。

【语译】

昨夜里裙带开结，（是不是有酒食来呀；）今日里喜蜘儿飞呀，（是不是有喜事降呀。）快梳妆啊细打扮，莫不是远出的夫君，今日要归来。

【赏析】

喜兆连现，而亟望夫归，是人之常情；然而"莫是"一问，又表现了那女子虽然企望却又怕失望的心情，最妙的是"铅华不可弃"句，是虽不敢必是，又急切期望喜兆成真的心态。二十字表现人物瞬间复杂心情绝妙。

江　雪①

柳宗元

千山鸟飞绝，万径人踪灭。孤舟蓑笠翁②，独钓寒江雪。

【注释】

①宗元贬永州司马时作。　②蓑笠：蓑衣笠帽，雨雪天渔翁常见装束。

【语译】

千山鸟儿不敢飞，万径行人已绝迹。独有老翁披蓑笠，孤舟上，独钓寒天一江雪。

【赏析】

此诗于"千山""万径"极其寥廓的背景中着一孤舟独叟，于无限"绝""灭"之中着一"钓"字。隐隐表现了永贞革新失败后，流贬的诗人极度凄独而又倔强的心态。江雪之中，那孤舟蓑笠翁是否能钓到什么呢？这并无关紧要，他只是这么无言无声地枯坐垂竿，也不知坐了多久多久。于是我们感到他融入了这天地一色的洁白之中，也更感到了作诗人的思神融入了无尽的虚白寂灭，似乎由苦苦思索而进入了一种精神的升华。

诗至结末方点出"雪"字，其实前二句已暗含雪意。可玩味。

行　宫①

元　稹

寥落古行宫，宫花寂寞红②。白头宫女在，闲坐说玄宗③。

【注释】

① 行宫：帝王出行时居住的宫室。高步瀛曰："白乐天《新乐府》有《上阳白发人》，此诗'白头宫女'，当即上阳宫女也。上阳宫在洛阳为离宫，故曰行宫。"《唐宋诗举要》卷八）。　② 寂寞红：是宫女的心理感受。　③ 玄宗：唐明皇李隆基庙号。

【语译】

洛阳古宫寥落，寂寂漠漠，宫花开正红。唯有先朝宫女还在，头已白，闲坐无趣，日日数，说玄宗。

【赏析】

寥落古宫，白头宫女，偏与红花相对，则寂寞枯索之况弥现，此时此境，而闲坐说玄宗，未言所说何事，而追抚惋伤之态弥切。瞿佑《归田诗话》云："《长恨歌》凡一百二十句，读者不厌其长；元微之《行宫》诗才四句，读者不觉其短，文章之妙也。"

问刘十九①

白居易

绿蚁新醅酒②，红泥小火炉。晚来天欲雪，能饮一杯无③？

【注释】

① 作于元和十二年（八一七）居易任江州司马时。刘十九，嵩阳（今河南登封）人，名不详，十九是排行。　②"绿蚁"句：唐时制酒，煮谷和以曲，酿一宿即成，然后笮出糟滓，洒出酒液。新醅酒是已笮而未洒的酒，上有浮滓似绿蚁，不宜久贮，故以新醅为佳。蚁，同"蚁"。醅，未滤之酒。　③ 无：疑问词，同"可否"之"否"。

【语译】

新笮的酒啊绿沫蚁样漂浮，燃上红泥小火炉啊正可温酒。天已晚，雪意浓；刘兄啊，你可能过来，共饮一杯否？

【赏析】

在白居易自己的诗歌分类中，本诗为闲适诗。所谓闲适诗是与讽谕诗、感伤诗相对待而言的，旨在表现闲居中的怡豫之情，骨子里是儒家的"达则兼济天下，穷则独善其身"，与道家随缘任运，佛家清静无执思想的糅合。因此总是在日常的甚至是琐细的事物事件中，表现一种超乎形上的意趣。这是读闲适诗必须把握的要领。本诗很典型。

"晚来"是一日将竟,"欲雪"是天气将寒,这种时刻,常会引起文士们的感伤,但居易却一反常例。"新醅酒""小火炉"内含着一种与"晚""寒"相反的"新"与"暖"的意味,而"绿螘""红泥"红与绿相映,又与"雪"之白形成对照,更显得生机灵动。我想这景况,对于欲雪之晚的刘十九应是很有吸引力的吧!又须细味"小火炉"的"小"字,"一杯无"的"一"字,要小,要一杯,才见得是雅士的品味,如果是大火炉,是十杯百杯,写在诗中就有都市豪估气了。这些加上"晚来""无"(否)的口语式的舒闲语气,全诗便洋溢着一种闲适怡豫之感了。这就是闲适诗的真谛,这就是士大夫的情趣。

何 满 子①

张 祜

故国三千里②,深宫二十年。一声何满子,双泪落君前。

【注释】

① 题一作《宫词》,原作三首,此为第一。何满子,白居易《听歌六绝句·何满子》自注:"开元中,沧州有歌者何满子,临刑,进此曲以赎死,上竟不免。"又宋王灼《碧鸡漫志》卷四:"何满子,白乐天诗云:'世传满子是人名,临就刑时曲始成。一曲四词歌八叠,从头便是断肠声。'……元微之《何满子歌》云:'……婴刑系在囹圄间,下调哀音歌愤懑。'"可见其曲调极悲。 ② 故国:犹言故乡。

【语译】

一别故乡三千里,闭锁深宫二十年。悲歌一声《何满子》,不禁双泪落君前。

【赏析】

小词言简怨深,"三千里""二十年",深怨积郁难遏,逼出"一声何满子",催涌"双泪落君前",故有震撼人心的感染力。《全唐诗话》卷四记曰:"(张)祜所作宫词也传入宫禁,武宗疾笃,目孟才人曰'吾即不讳(死),尔何为哉?'才人指笙囊泣曰:'请以此就缢。'上恻然。复曰:'妾尝艺歌,请对上歌一曲,以泄其愤。'上许。乃歌:'一声何满子',气亟立殒。……祜曾为此作《孟才人叹》……歌曰:'偶因歌态咏娇嚬,传唱宫中二十春。却为一声何满子,下泉须吊旧才人。'"足见这首小诗将幽闭深宫的妇女们内心惨痛表现得至切至深。张祜多作宫词,这是代表作。杜牧赠其诗云:"可怜故国三千里,虚唱歌辞满六宫。"(《酬张祜处士见寄长句四韵》)即指此而言。

登乐游原①

李商隐

向晚意不适,驱车登古原②。夕阳无限好,只是近黄昏。

【注释】

① 乐游原：在长安城东，为唐时登临胜地，中和(二月初一)、上巳(三月初三)、重阳(九月九日)三节尤盛。《两京新记》："汉宣帝乐游原，一名乐游苑，初名乐游原。" ② 古原：自汉宣帝起苑至此已九百余年。

【语译】

天色向晚，心意郁不适；驾车向郊野，登上了，汉家古苑乐游原。遥望，夕阳返照无限好；可奈何，昼已尽，一天近黄昏。

【赏析】

首句为全诗领脉，其意直透三、四句，却以二句为关锁，融情入景，意思更深一层。拗句的运用更从声律上传达出诗人心声。

诗所表达的是诗人心头那种摆脱不去的"世纪末"式的悲哀。二十字平平道来，却意思深屈，包蕴特深。"向晚意不适"，连用五个仄声字，有效地传达出诗人因天色薄暮而触发的抑郁低沉心情。所以他驱车登古原，想借登高远览，以销愁思。二句用四平一仄救首句的五仄，平亮的声调又显示出诗人力图从抑郁中振起的愿望。登高而见"夕阳无限好"，景色壮美，颇堪爽心悦目，然而"只是近黄昏"，余辉晚照，美景虽好，却未可久驻。三、四句改用正常律句，音声从前二句的拗峭转为平和婉顺，既衬托出晚照之美，又似乎流露出一种莫可如何，归于岑寂的意况——诗人的心，又沉入了更深的"不适"之中。

于是我们会发现，诗题"乐游原"与诗中"古原"二字大有深意。乐游即盘游以寻乐之意，诗人因"不适"而有意寻"乐"，却归于更深重的"不适"，都因这"古"字而来。登高而起怀古之意，则"夕阳无限好，只是近黄昏"，就不仅是即目所见景色；由汉及唐九百年来，经历了多少个日起日落？天犹如此，人将如何？于是在这壮美的晚景中，在这屈曲的布局中，弥见诗人对生活的挚爱与摆脱不去的愁思。至于他所愁为何，有人理解为是对时光的珍惜与对美景的留恋；有人则认为是"迟暮之感，沉沦之痛"，也就是对自身岁月蹉跎，国家衰弱式微的悲感。我认为不得志的诗人身处晚唐衰世，面对古原夕阳，这些感触都在情理之中；然而，诗人的思绪似乎更从这些具体的感触上升为一种哲理性的沉思，一种世纪末的茫然。商隐作此诗后约六七十年，盛极一时的大唐帝国就覆灭了，因此人们常把本诗比为大唐帝国的挽歌。如果不是以画面与政治作机械类比，而是从敏感的诗人先期感知了时代衰飒的气运来理解，可以这样看，这大概就是"亡国之音哀以思"吧。

寻隐者不遇①

贾　岛

松下问童子，言师采药去。只在此山中，云深不知处②。

【注释】

① 一作孙革《访夏尊师》诗。孙革历宪、穆、文宗三朝,官至太子左庶子。贾岛《长江集》原不载此诗。首见于宋初《文苑英华》,题作孙革。南宋洪迈《万首唐人绝句》署"无本",无本为贾岛法名,后入贾岛集。据此,以孙革作近是。今姑从底本,而辨识于此。 ② 处:处所。《高士传》记夏馥入林虑山中,"家人求不知处"。

【语译】

松树下,问童子:"尊师何处去?"童子说:"师父采药去,就在这大山中;只是呀,云雾深深,我也不知,老人家究竟在何处。"

【赏析】

本诗是问答体,借童子答问的一个小小片断,为隐者传神。诗意似直而婉,似近而远,简净而饱满,尤见炼意之功。

首句借问童子,已写出隐者居处青松挺拔环合的清幽景色。以下三句均童子答语。童子第一答"采药去",药或为济世活人之药,或为道家摄生永年之药,不论何者,均与青松对映,又借童子陪衬,已可想见隐者之鹤发童颜,古貌仁心。以下二答更见顿挫。"只在此山中"似有迹可循,"云深不知处"又无踪可追:于是更见隐者浮云野鹤的意态。唯因"只在此山中"一垫,"云深不知处"才更可玩味,全诗也跌宕有致,这是直中之婉。

诗的语言十分切近,"采药去""只在""不知处",不加修饰而尤切小儿口吻,但是正因由童子眼中看来,口中说出,方见童心,方见天真中的一段活泼泼的理趣。有徒如此,其师如何,也可以想见了。这就是近中之远。

三句答语,应有三问:首问"干什么去",二问"向何处去",三问"何处之具体方位",此仅以首句"问童子"三字领脉,其余一概省略,使笔力集中。这就是简净而饱满。

渡 汉 江①

李 频

岭外音书绝②,经冬复立春。近乡情更怯,不敢问来人。

【注释】

① 本诗应为宋之问诗。因李频从未到岭外。之问武后时官至左奉宸内供奉,谄事张易之,易之败,坐贬泷州参军。本诗即为中宗神龙二年(七〇六)由泷州贬所逃归洛阳,途经汉水中游之襄河时作。汉江,即汉水,长江支流,源出陕西,于湖北汉口入长江。 ② 岭外:五岭之南。唐时罪官多放岭南。

【语译】

身在五岭南,中原音书久绝,冬去春来,最怕节候更。今日北渡汉水近家乡,不觉情更怯;竟不敢,问来客,家人今如何?

【赏析】

诗以白描手法,写出特定时间环境中之特殊心情。穷徼冬春,凄凉孤寂;今近故乡,本应欢喜鼓舞,而反云"近乡情更怯,不敢问来人",当因音书久断,既不知家人安否,亦担心隐迹被发。迁客潜归之心情活现笔端。"近乡"二句历来谓执杜甫《述怀》"反畏消息来,寸心亦何有"先鞭,直而婉,浅而远,然其语意之佳,亦因首句"岭外音书绝",早埋伏线。

春 怨①

金昌绪

打起黄莺儿②,莫教枝上啼③。啼时惊妾梦,不得到辽西④。

【注释】

① 题一作《伊州歌》。伊州治所在今新疆哈密。《伊州歌》为唐乐府曲,玄宗时西凉都督盖嘉运所进,系以地方曲调为乐曲之名。本诗写少妇春怨,原题当如题。后谱入乐府,作《伊州歌》。 ② 儿:与下"啼""西"叶韵。 ③ 教:使,让。 ④ 辽西:秦郡名,辖辽河以西地,此借指征人戍边处。

【语译】

打起了唧唧啾啾的黄莺儿,莫让它,再在枝头胡乱啼。你一啼啊,惊醒了妾身的梦,害得我,不能与夫君相会到辽西。

【赏析】

南唐冯延巳《蝶恋花》有句云:"浓睡觉来莺乱语,惊残好梦无寻处",说的正是这诗所写的情景。少妇怀念征人,积思成梦,却被啼莺惊醒,懊恼无尽而驱莺泄怨。从侧面落笔,以怨嗔出之,弥觉情痴入骨。南朝《吴声歌·读曲歌》云:"打杀长鸣鸡,弹去乌白鸟。愿得连暝不复曙,一年都一晓。"晚唐令狐楚《闺人赠远》:"绮席春眠觉,纱窗晓望迷。朦胧残梦里,犹自在辽西。"本诗时代处二者之间,合看可见传承因革。

哥 舒 歌①

西鄙人

北斗七星高②,哥舒夜带刀。至今窥牧马③,不敢过临洮④。

【注释】

① 哥舒:哥舒翰,盛唐名将,曾大胜吐蕃于积石堡,威震西边,官至陇右、河西两节

度使,徙西平郡王。安禄山反,翰守潼关失利,逃降禄山,不久被杀。 ② 北斗句:北斗由七星组成,呈斗状。说见赏析。 ③ 窥牧马:偷牧之马,"窥牧"连读。见业师施蛰存先生《唐诗百话》。 ④ 临洮:今甘肃岷县,秦长城西起于此。

【语译】

北斗七星高悬天空,哥舒将军夜带七星宝刀。胡人偷牧古来久,至今日,再不敢,星夜过临洮。

【赏析】

从歌辞看当是哥舒翰天宝中任陇右、河西节度使后西鄙人(西北边境民人)所作。首句双关,既言星高夜深,又刀有七星宝刀之名,故以北斗七星起兴,引起次句"哥舒夜带刀",树立起边帅哥舒翰威凛形象;然后空间运神,三、四句径言至今胡人偷牧之马,不敢过临洮。则哥舒之神勇,边战之激烈,尽于无字处浮现。后卢纶《塞下曲》:"月黑雁飞高,单于夜遁逃。欲将轻骑逐,大雪满弓刀。"显然于本诗有所借鉴。

乐府

长干行① 二首

崔颢

其一

君家何处住?妾住在横塘②。停船暂借问,或恐是同乡。

其二

家临九江水③,来去九江侧。同是长干人,生小不相识。

【注释】

① 长干行:乐府《杂曲歌辞》旧题,长干为地名,参五古李白本题注①。崔颢原作四首,此录一、二。 ② 横塘:长干附近地名。 ③ 九江:长江流至浔阳(今江西九江)分成九派,称九江。此泛指长江下游。

【语译】

(女歌):小伙儿,你家住在何方,妾身我啊就住在长干横塘。我停船相近且借问,我们呀,也许还是同乡人。

(男歌):我家临近九江水,来来去去九江侧。虽然啊我们都是长干里的人,从小远离呀不相识。

【赏析】

小女子与小伙儿邂逅水上，于是有了这船头对歌，妙在"开口见喉咙"，从简短的歌答中似可见二人性格心理。这小女子一定活泼开朗，因此她"停船暂借问"，主动去搭讪，"或恐是同乡"，更似乎有意套近乎，从中可见这小女子已是情窦初开。然而那小伙子并不"接翎子"，"同是长干人，生小不相识"，在他只是据实而答，但是否有点"煞风景"呢，他浑然不觉。他所贯注的只是"家临九江水，来去九江侧"，弄潮戏波，真可谓"愣头青"。

吴歌的好处就是这种"明转出天然"的真性情，真风致，因此从南朝起文人即多仿作。从今存篇章看，初盛唐北地、西南诗人，如王勃、王维、李白等均有此题，崔颢《长干行》诗正代表了当时风气，这是初盛唐南北诗风交流的一个侧面。

玉 阶 怨①

李 白

玉阶生白露②，夜久侵罗袜③。却下水精帘④，玲珑望秋月⑤。

【注释】

① 玉阶怨：乐府《相和歌·楚调曲》。始作于南齐谢朓。玉阶：玉砌台阶。　② 白露：秋露。前屡见。　③ 侵：渐渐沾湿。罗袜：丝绸所制袜子。　④ 水精：水晶。　⑤ 玲珑：指隔帘望月朦胧晶莹状。

【语译】

白玉殿阶秋露滴，人伫立，夜深沉，罗袜浸湿浑不觉。恹恹归房去，垂下水精帘，隔帘望；影玲珑，是秋月。

【赏析】

她，夜久还在玉阶伫立，直待凉露沾湿了罗袜，应当是后半夜了。前二句造成悬念，这女主人公必有所望，必有所怨。望而不得，怨而无绪，她无奈回房下帘，然而从"玲珑望秋月"中，可知她的心尚未归来，"隔千里兮共明月"，望月象喻别离，至此方知她是在等待着盼不见的他。全诗不着"怨"字，却用暗示极写其怨。出而复入，隔而还见，由悬念到反挑的结构布局，使怨的意脉表现得回环萦曲；而玉阶、白露、罗袜、水精帘、秋月，这些白而晶莹的事物相叠加，收束于"玲珑"以传神，又使这怨思浮漾于清丽而朦胧的氛围之中，从而给人恍惚若梦思，幽美朦胧的感觉。小诗的魅力即在于此。

塞下曲①四首

卢纶

其 一

鹫翎金仆姑②,燕尾绣蝥弧③。独立扬新令④,千营共一呼。

【注释】

① 塞下曲:一本作《和张仆射塞下曲》,原诗六首,此录前四。塞下曲,乐府《横吹曲》旧题。 ② 鹫翎:以巨鹰的羽毛为箭翎。金仆姑:《左传·庄公十一年》"公以金仆姑射南宫长万",此借用指箭。 ③ "燕尾"句:带有燕尾状飘带的绣旗。《左传·隐公十一年》:"颍考叔取郑伯之旗蝥弧以先登。"此借用。 ④ 扬新令:扬旗以传新的军令。

【语译】

身悬大羽劲箭,绣旗上燕尾飘舞;将军屹立校场中,新令传,千营将士齐声呼。

【赏析】

一题《和张仆射塞下曲》中的张仆射为张延赏,延赏于贞元元年(七八五)八月后为左仆射,卒于贞元三年(七八七)七月,组诗当作于此期,时卢纶在河中节度使浑瑊幕中。纶与延赏子张调交好,或因此有往还。《唐人万首绝句选评》称其"意警气足,格高语健,读之情景历历在目,中唐五言之高调,此题之名作也。"《唐人绝句精华》评云:"此题共六首,乃和张仆射之作,故诗语皆有颂美之意,与他作描写边塞苦寒者不同。"前条论意格,后条论体德,均甚确,可为组诗总评。

本诗重点在后二句,写主帅威严,号令划一,而前二句以弓矢精良见军容雄壮,适足为后二句作陪衬,于威肃中见如火如荼之感。第三句"独立扬新令"是全诗中峰,"独立"字为诗眼,下应"千营""一呼",似可见主帅挺立千军万马之中号令如山之态。与名将李光弼"号令一新"神似。

其 二

林暗草惊风,将军夜引弓①。平明寻白羽②,没在石棱中③。

【注释】

① 引:向后拉。 ② 平明:天刚放明。白羽:指箭。羽为箭翎。 ③ 石棱:石头缝隙。

【语译】

丛林暗,草间起惊风。将军勇,夜射猛开弓。拂晓寻箭向何处?(真神力,)劲箭没在石棱中。

【赏析】

这诗笔法跳脱。"林暗草惊风"渲染气氛,暗示疑有虎来,妙在不说破,"夜引弓"因此而发,却留下悬念,三句平明寻箭作一舒宕,逗出末句石棱饮羽,反挑悬念。再回看前二句,当时之惊险,"将军"之神勇,回味无穷。《史记·李将军列传》记飞将军李广夜猎,误以草间蹲石为虎而射之,箭镞没石。本诗当受此启发。

其 三

月黑雁飞高,单于夜遁逃①。欲将轻骑逐②,大雪满弓刀。

【注释】

① 单于:匈奴君长的称号,此泛指北方少数民族君长。 ② 将:率领,读平声。轻骑:快速骑兵部队。

【语译】

月没天黑,栖雁忽飞高,知单于夜遁逃。将军率轻骑,整装欲追逐;大雪飞,飘飘满弓刀。

【赏析】

此诗写克敌制胜的豪情,却不对战斗作正面描绘,只写了雪夜闻警,准备追击的场面。诗势如盘鹘蹲虎,威势远飏。

本诗首句前人解作"对景兴起"。其实不唯写景,栖雁高飞,是单于夜遁逃所引起的。今因果倒装,使发唱惊挺,又使以下追敌直接单于夜遁,诗势更为紧凑。末句前人又解作"不肯邀开边之功",更是"固哉!高叟之为诗也","大雪满弓刀"上应"月黑雁飞高",渲染即将追奔的威凛肃杀气势,则后来之杀敌可想而知。这种写法最宜于绝句短小的特点,可称神来之笔。

其 四

野幕敞琼筵①,羌戎贺劳旋②。醉和金甲舞③,雷鼓动山川④。

【注释】

① 野幕:野外的军帐。敞:开陈、罗列之意。琼筵:筵席之美称。 ② 羌戎:此泛指边地少数民族居民。贺劳:祝贺慰劳。旋:凯旋。 ③ 和:连,不脱之意。金甲:金属甲胄之美称。 ④ 雷:通"擂"。古乐府《巨鹿公主歌》:"官家出游雷大鼓。"

【语译】

野外军帐开宴席,凯旋归,边民竞相贺。金甲不脱,将军带醉舞——擂大鼓,欢声动山河。

【赏析】

诗写战胜祝捷,妙在三句"醉和金甲舞"。金甲者,将军也。擐甲不脱而醉舞,极写胜军主帅之大喜若狂,余三句环绕此句而设,在野筵华盛,边民欢欣,击鼓其镗,雷鸣山川的背景中,那金甲醉和的将军既神威,又潇洒。

卢纶这组五绝组诗，就技法而言，好就好在有含蓄，通过悬念、暗示、白描等以少见多的手法，使二十字中有挹之不尽的余意。

江 南 曲①

李　益

嫁得瞿塘贾②，朝朝误妾期。早知潮有信③，嫁与弄潮儿④。

【注释】

① 江南曲：乐府《相和歌》旧题。《江南弄》七曲之一。多写男女欢情。　② 瞿塘贾(gǔ)：入蜀经商的商贾。行商叫贾。瞿塘，蜀中三峡之一。　③ 潮有信：潮水涨落有定期，称潮信。　④ 弄潮儿：弄潮的年轻人。南方盛行弄潮之戏。潮水来，年轻人撑小船或泅水，搏浪前进表演。弄：戏。

【语译】

嫁与那重利轻离的瞿塘贾，天天啊，把妾身的佳期误延。早知道那潮水定时有准讯，倒不如，嫁与那涛头浪尖的弄潮儿。

【赏析】

本诗以嗔怨表达挚爱，朴茂有真趣。"误妾期"是枢纽，忽尔见潮来，想到"潮有信"，以"有信"与"误期"对照，更由"潮信"联想到弄潮儿，结为末句。想象一下：这女子如将此诗托人捎给远行的丈夫，则末句更是催夫归来的娇嗔。她是寂寞的，却又是多么活泼、热情、娇美，读诗如见其人。

卷八　七言绝句

回乡偶书①

贺知章

少小离家老大回②，乡音无改鬓毛衰。儿童相见不相识，笑问客从何处来？

【注释】

① 天宝二年(七四三)，贺知章休官回乡，本诗或作于此时，但亦可能为前此为官期间返乡作。原作二首，这是第一首。　②"少小"句：贺知章早年离乡。进士及第时三十七岁。休官归来时八十余岁。

【语译】

少年离乡，老大才归来。乡音虽未改啊，鬓发却已衰。儿童见了不相识，笑问道：老爷爷，您今打从哪里来？

【赏析】

这诗剪裁小小生活场景，将久客返乡、若悲若喜、感触万千的心情表现得转转愈深，味之无穷。是"以少总多"的范例。

前二句以两个对照，表现了久客而归的悲怆，语虽浅切，却有浩然不尽之慨。后两句是精粹："儿童相见不相识，笑问客从何处来"，诗人究竟是什么心境呢？也许他感叹离家太久，已整整一代人了；也许他由儿童身上看到了自己"少小"时的情态；也许他从儿童的笑问中感受到了长者的慰安……可见情境比理语包蕴更为丰富。

范晞文《对床夜语》卷三："卢象《还家》诗云'小弟更孩幼，归来不相识'，贺知章云'儿童相见不相识，笑问客从何处来'，语益换而益佳，善脱胎者宜参之。"按卢象较知章同时而略晚。知章未必效卢，而二诗可互参。

桃花溪①

张旭

隐隐飞桥隔野烟②，石矶西畔问渔船③。桃花尽日随流水，洞在清溪何处边④？

【注释】

① 桃花溪：水名，在今湖南桃源西南，源出桃花山。陶渊明《桃花源记》即以此为蓝本。　② 野烟：野外风尘云雾似烟。　③ 矶：水边尖状石滩。　④ 洞：溪畔有桃花洞，又名秦人洞，当附会《桃花源记》而名。

【语译】

野外烟尘蒙蒙，隐隐见，桥势似欲飞。水边石磊磊，西岸问渔船；桃花逐溪水，终日流不尽；秦人洞，竟在清溪哪一边？

【赏析】

陶潜《桃花源记》："晋太元中，武陵人捕鱼为业。缘溪行，忘路之远近，忽逢桃花林，夹岸数百步，中无杂树，芳草鲜美，落英缤纷。渔人甚异之，复前行，欲穷其林。林尽水源，便得一山，山有小口，仿佛若有光，便舍船，从口入。"本诗显然得此启发而作，对读可明诗文作法之异。特别是绝句，篇幅短小，尤须妙用画论所谓"虚白"之法，造成无笔墨处却是缥缈天倪的境界。本诗的点睛之笔在一"问"，便于隐隐野烟、桃花流水的恬美境界中生出一股远意。张旭诗细润而能有远意，都得力于此种空灵之笔。再举一首以共读辨味：

山光物态弄春晖，莫为轻阴便拟归。

纵使晴明无雨色，入云深处亦沾衣。

九月九日忆山东兄弟①

王　维

独在异乡为异客，每逢佳节倍思亲。遥知兄弟登高处，遍插茱萸少一人②。

【注释】

① 山东：华山以东地区，诗人故乡属此。　② 茱萸：一名樧椒，有浓烈香味植物。古代风俗，重阳折以插头，认为可延年益寿。

【语译】

独自居异乡，长为异乡客；每逢佳节来至，思亲情，倍添增。今日又重阳，遥想山东兄弟，登高处，茱萸人人插；可省得，人人中，偏少一人——千里长望乡。

【赏析】

本集题下注"十七岁作"，是王维早作之传诵名篇。妙在以浅切通俗的语言，写出人所能有却人所难道的独特感受。首句重叠"异乡""异客"，有效地传达出锥心刺骨般的孤"独"之感，与二句"佳节"形成强烈反差，自然引出"倍思亲"之感。三、四句因此生发，由对面着笔，写山东兄弟登高，"遍插"茱萸而少我一人,遥照首句领起之"独"字,尤见客居凝想,不胜凄惶。

芙蓉楼送辛渐①

王昌龄

寒雨连江夜入吴②,平明送客楚山孤③。洛阳亲友如相问,一片冰心在玉壶④。

【注释】

① 开元二十九年(七四一)昌龄为江宁(今江苏南京)丞,作于此期。原题二首,此为第一。芙蓉楼,在润州(今江苏镇江)城西北,三国吴初年建,晋刺史王恭改建。辛渐,昌龄密友。 ② 吴:润州春秋时属吴国。 ③ 平明:拂晓。楚山:故楚之山。辛渐此行向洛阳,由润州北上,经故楚之地。 ④ "一片"句:鲍照《白头吟》"清如玉壶冰",此化用其语。又开元时姚崇《冰壶诫》"内怀冰清,外涵玉润",可为之作注。

【语译】

夜来秋雨寒,江天弥漫,浸淫到故吴;拂晓起,送君远行,望中楚山,青青分外孤。此行到洛阳,亲戚故友来相问;烦君传言,只道我:恰如冰心在玉壶。

【赏析】

"平明送客楚山孤"是一诗中心,却从昨夜"寒雨连江夜入吴"写起,江上的一夜寒雨通过"入"字的表现力,似乎浸淫得诗人的心田一片寒峭,一片迷惘。于是望中友人舟向的青青楚山便显得分外地孤独。"寒"字、"孤"字虽是实景,却也浸透了诗人心情。吴是送别地,楚是舟经处,由此引到洛阳——离舟目的地。"洛阳亲友如相问,一片冰心在玉壶",玉壶冰与"寒"、与"孤"又前后相映。诗人借向亲友表明心迹,暗示了这"寒"这"孤"的由来。是的,要使世人理解自己的玉壶冰心,太难太难,不免顿起寒意孤意。《河岳英灵集》记昌龄"晚节不矜细行,谤议沸腾",此诗当有为而发。

闺 怨

王昌龄

闺中少妇不知愁,春日凝妆上翠楼①。忽见陌头杨柳色②,悔教夫婿觅封侯③。

【注释】

① 凝妆:精心梳妆。 ② 陌头:路口。柳,谐"留"音。 ③ 觅封侯:指从军建边功而受赏爵。

【语译】

闺房里的少妇，从来不知什么叫愁；春日里，她精心梳妆上楼头。忽望见，路边的杨柳吐春色——唉，真不该，叫夫君，从军边陲去把功名求。

【赏析】

从"不知愁"，到"悔教"，透过一层写，便倍见这悔恨之深。"忽见"一转极佳，柳色是春光，柳丝有"留"人之意。这少妇应当说是活泼的、开朗的，但心底的怨思仍是存在的，一旦被柳色挑动，潜在的意识涌上心头，而吐出了深沉的一叹——悔教夫婿觅封侯。这里，春光陪衬了少妇的明丽开朗，春光又反衬了她的孤清寂寞，可谓味中有味、味在酸咸之外。

春 宫 怨①

王昌龄

昨夜风开露井桃②，未央前殿月轮高③。平阳歌舞新承宠④，帘外春寒赐锦袍。

【注释】

① 题一作"殿前曲"。 ② 露井桃：《宋书·乐志》载《鸡鸣古词》："桃生露井上。"露井：无盖之井。 ③ 未央前殿：未央宫为汉武帝陈皇后居处。 ④ "平阳"句：汉武帝于其姊平阳公主家见歌伎卫子夫，悦之，公主送子夫入宫，武帝极其宠幸之，陈后因此失宠怨望。

【语译】

前夜里，春风吹绽露井上的桃；天近晓，未央宫中人未眠，前殿月已高：都只为平阳歌女新得宠——帘外春微寒，皇恩浩，已然赐锦袍。

【赏析】

这诗"昨夜""月轮高""春寒"三词组宜细味。言"昨夜"，则这宫人从昨夜起已殷殷望幸，直盼到月轮高——中夜后，也就是第二天的开始了。又当注意"春寒"。"风开露井桃"，时令已是中春，中春晓寒是一时半会的事，而君王已因帘外春寒——帘内当然并不寒——而赐新人以锦袍，这新人的恩宠越殊荣，越反衬出这女主人公的失宠凄凉——她在未央前殿苦守，"夜其未央"，她多盼望熬人的长夜快快过去吧，然而，又有谁再来理会？"春风"所顾怜的只有"露井桃"般的新人，而她——旧人则必然默默地枯萎下去……

沈德潜《说诗晬语》评云："王龙标绝句，深情幽怨，音旨微茫……（本诗）只说他人之承宠，而己之失宠，悠然可思，此求响于弦指外也。"甚确。《新唐书·文苑传》又评王昌龄诗"绪密而思清"，更一语中肯地说明了他作法的特点。

凉 州 曲[①]

王 翰

蒲萄美酒夜光杯[②],欲饮琵琶马上催[③]。醉卧沙场君莫笑,古来征战几人回。

【注释】

① 题"曲"一作"词",本诗是为用《凉州曲》所作歌词。凉州曲是凉州地方乐调,开元中西凉都督郭知运所进。凉州治所在今甘肃武威。 ② 蒲萄美酒:蒲萄即葡萄。葡萄酒由西域逐渐东传。《史记·大宛列传》:"宛左右以蒲陶(萄)为酒,富人藏酒至万余石。"夜光杯:周穆王时,西方献夜光常满杯,以白玉之精制成,光可照夜。(见《十洲记》) ③ 琵琶马上:马上琵琶之倒文。琵琶为马上之乐,亦用于军中。催:唐时口语,饮酒时奏乐助兴叫催。李白《襄阳歌》:"车旁侧挂一壶酒,凤笙龙管行相催。"

【语译】

血色葡萄酒,斟满了,白玉夜光杯;正待饮,军中琵琶,马上奏鸣更相催。拚一醉,沙场卧,君莫笑;君不见沙场征战,古来几人能生回!

【赏析】

开元初,王翰在幽州大都督张说幕下任职,本诗可能作于此时。

诗人截取的是出征前的片断场景。首句以两个名词词组对起:"蒲萄美酒",当红似琥珀;"夜光杯"则白玉雕成。两者间虽无表现语法关系的词连接,却由"美""光"两字,将名酒名杯融成了一体。流光华彩中,似可隐隐感到征人把杯对酒时的豪逸情怀。

当他举杯欲饮时,忽然传来马上弹奏的送征琵琶声。铮钬声浪,撩拨着征人心弦,催动着他的意兴。一个"醉"字,以少总多,省去了无数乘兴狂饮的细节,却集中传达了当时狂逸的意态。他乘醉骋想——古来征战几人回,这是征人将临生死之地时必有的想法,有人因此认为这诗写的是感伤;然而面临刀光剑影的"沙场",他竟能坦然若夷地"醉卧"以对,于是在这谐谑的奇想中,在这要他人莫笑的放浪谑笑中,人们不禁会想起屈原《国殇》的名句:"出不入兮往不返,平原忽兮路超远。带长剑兮挟秦弓,首身离兮心不惩!"至此,感伤升华了,成为一种极其复杂而浑厚的意蕴。

施补华《岘佣说诗》评末二句:"作悲伤语读便浅,作谐谑语读便妙。"《旧唐书·王翰传》记翰"少豪荡不羁,登进士第,日以蒲酒为事",《封氏闻见记》又记他窃定海内文士百有余人,分作九等,高自置身,与张说、李邕(均为开元时文坛盟主)并居第一,自余皆被排斥。两条材料所记王翰性格,或许对你品味本诗会有所启发。

送孟浩然之广陵①

李　白

故人西辞黄鹤楼②，烟花三月下扬州③。孤帆远影碧空尽，惟见长江天际流。

【注释】
① 开元中李白初游江夏时所作。孟浩然，李白前辈诗人，见"作者小传"。广陵，扬州。　② 黄鹤楼：在今湖北武昌，参七律崔颢《黄鹤楼》注①。　③ 烟花：花气如烟，春日浓艳景象。

【语译】
老朋友辞别了仙人已去的黄鹤楼，春色浓，花似烟，三月里你沿江东下向扬州。孤帆一点远渐小，没入了，碧空万里净；只剩得，滔滔长江，似从天际流。

【赏析】
楼存仙逝、三春烟花、碧空帆影、天际江流，都于空蒙中见浩荡远意，足见思愁情深而胸襟博大。"辞""下""尽""见"四动词是全诗脉理所在，尤宜细味。

下　江　陵①

李　白

朝辞白帝彩云间②，千里江陵一日还。两岸猿声啼不住，轻舟已过万重山③。

【注释】
① 题一作《朝发白帝城》，又作《白帝下江陵》。肃宗乾元二年(七五九)李白因永王璘谋反事牵连得罪，流放夜郎，行至白帝城遇赦，乘舟东返，本诗出峡时作。　② 白帝：城名，东汉公孙述所筑，故址在今重庆奉节白帝山上。　③"千里"三句：《太平御览》卷五十三引盛弘之《荆州记》云，"三峡七百里中，两岸连山，略无阙处。重岩叠嶂，隐天蔽日，自非亭午夜分，不见日月。至于夏水襄陵，沿溯阻绝，或王命急宣，有时朝发白帝，暮至江陵，其间一千二百余里，虽乘奔御风，不为疾也。……每晴初霜旦，林寒涧肃，常有高猿长啸，属引凄异，空岫传响，哀转久绝。故渔者歌曰：'巴东三峡巫峡长，猿鸣三声泪沾裳'"。江陵，今湖北江陵。

【语译】
清晨起，辞别了，彩云缭绕的白帝城，赦还顺水下江陵，千里程，一日便可归。只听得，峡中猿声，属引相呼，此起彼伏啼不住；不觉间，小舟儿轻捷，已过了千重万重山。

【赏析】

本诗笔势流转，为当时欢快心情写照。前二句一写起点，一写终点，见心情急切。三句稍作顿留以蓄势，四句再宕开，便觉饱满充沛，回荡有致，而无剽疾轻滑之弊。白帝城，三峡猿，历来都用作凄哀的意象，而于此诗中一派欣欣向荣气象。一切为我所用，以情兴驱遣万物，正是谪仙本色。

逢入京使①

岑 参

故园东望路漫漫②，双袖龙钟泪不干③。马上相逢无纸笔，凭君传语报平安。

【注释】

① 玄宗天宝八载(七四九)安西四镇节度使高仙芝奏调岑参为右威卫录事参军，充节度使府掌书记，本诗为参赴安西途中所作。　② 故园：指长安。岑参别业在长安杜陵山中(《唐才子传》)。漫漫：长貌。　③ 龙钟：方以智《通雅》谓"涕泪流溢貌"。

【语译】

东望故园——长安路遥，千里漫漫；不禁涕泪流，湿透了双袖，犹自流不干。君今东归，马上相逢，匆匆无纸笔；托您啊，捎一句口信，说我西行尚平安。

【赏析】

故园难归是一悲，马上倥偬，不遑修书，则悲上加悲，故而泪透襟袖，不能自已。却又只请使者"报平安"，更于万般乡思中见出千种酸辛。诗的结构亦佳，行役不已至第三句方由"马上"字带出，诗势便不平板，诗句亦为之省净。凡此皆至情流露，自然成文，非苦心经营所能到。

江南逢李龟年①

杜 甫

岐王宅里寻常见②，崔九堂前几度闻③。正是江南好风景，落花时节又逢君④。

【注释】

① 江南：此指江湘，即湖南湘江入长江一带。李龟年：盛唐著名乐工，玄宗优宠之。安史乱中流落江南，每逢节辰美景，唱王维"红豆生南国"等曲，闻者泪下。甫少年时曾于洛阳闻其歌，大历五年(七七〇)又遇于潭州(今湖南长沙)，感旧而作此诗。　② 岐王：李范，玄宗弟，喜与文士艺人交接。寻常：八尺为寻，二寻为常。寻常即平常、等闲。

③ 崔九：本集原注，"崔九即殿中监崔涤，中书令湜之弟"。崔涤为玄宗宠臣，九是排行。
④ 落花时节：暮春。

【语译】

想当年，慕君名，岐王宅里常相见；听君歌，崔九堂前，更有幸，数次闻。今日重遇君，正当江湘三月，好风景——落花飞，乱纷纷……

【赏析】

此诗看来是感伤故人重逢，其实却深蕴乱世之慨。前二句"岐王""崔九"是两个特定的皇族、宠臣，通过"寻常见""几度闻"两个虚词词组勾连，结合题面歌者"李龟年"，既暗示安史乱前的歌舞升平，又追忆了自己当时得近显贵的荣宠。三句"正是"字承上启下，谓"好风景"与当时相同，奈何所在"江南"，与京都万里之隔。四句"落花时节"申足"好风景"是暮春三月，而"又逢君"则上应"江南"，谓可慰处是地域虽非，而故人仍旧。然而落花虽美，但盛时已过，这好风景又岂非梦幻般启人感伤？作此诗后八九个月时间，诗人就贫病交迫卒于江湘舟中，这哀美的落花，仿佛诗谶般记录了历经乱离颠沛，穷途末路的诗人最后的梦一般的美好回忆。何焯《义门读书记》评云："四句浑浑说去，而世运之盛衰，年华之迟暮，两人之流落，俱在言表。"甚确。

滁州西涧①

韦应物

独怜幽草涧边生②，上有黄鹂深树鸣。春潮带雨晚来急，野渡无人舟自横③。

【注释】

① 应物于德宗建中四年（七八三）任滁州（治所在今安徽滁州）刺史，本诗作于此期。西涧：滁州西郊的山间小涧。　② 幽草：涧草自生自灭，故称幽。　③ 野渡：郊野的渡口。

【语译】

我独自漫步在西涧边上，偏爱那幽幽自生的小草；山树自荣，绿荫深深，黄莺儿在叶底鸣唱。天渐向晚，春潮裹着暮雨，来势分外的急；郊野渡口，小舟无人，管自横斜漂荡。

【赏析】

这是首即兴诗。首句"怜"字，末句"自"字，贯串全篇，而"自"字尤为点睛之笔，逆探上三句：涧边幽草是自生，深树黄鹂是自鸣，春潮带雨是自来，野渡之舟是自横。作者所"怜"爱者，正是这种"无人"，亦即超越人为的自生自荣的自然美。全诗深得陶潜意趣，而设想清丽，音调圆美，写景如画。胡应麟《诗薮》称"韦左司大是六朝余韵，宋人目为流丽者得之"，此诗可见一斑。

宋人争论此诗有无寄托,至有认为通首比兴以见"君子在下,小人在上"者,可谓胶柱鼓瑟。唯从诗歌意象中,可见诗人外放后由萧索而趋放达之心态。与《寄全椒山中道士》等合看,其意不难解会。心态的有意无意之流露,每能成为意象朦胧之诗景,说死了,就味同嚼蜡。

"春潮"二句传诵最广,宋寇准"野水无人渡,孤舟尽日横"(《春日登楼怀归》),史达祖"还被春潮晚急,难寻官渡"(《绮罗香·咏春雨》)均由此化出。

枫桥夜泊①

张 继

月落乌啼霜满天,江枫渔火对愁眠②。姑苏城外寒山寺③,夜半钟声到客船④。

【注释】

① 枫桥:在苏州城西。肃宗至德年间张继曾游苏,诗当作于此时。　② 江:吴人泛称河流为江。　③ 姑苏:苏州吴县西南有姑苏山,故也称吴县或苏州为姑苏。寒山寺:在枫桥西一里许。因初盛唐时疯僧寒山曾住此而得名。　④ 夜半钟声:欧阳修认为"三更不是打钟时"。吴聿驳之曰:"《南史》:丘仲孚喜读书,常以中宵钟鸣为限。乃知夜半钟声,不独见唐人诗句。"(《观林诗话》)可知夜半钟是佛寺三更天的报时钟。

【语译】

月西斜,栖鸦惊啼,啼醒了行人遥思,方知霜霰已满天;江岸枫树影绰绰,有渔火一点,遥对愁人长不眠。夜半钟声起,悠悠到客船;来何处?——苏城外,寒山寺……

【赏析】

第二句的"愁"字是诗眼,接转前面目之所见旅中江上景,宕为后半耳之所闻江上声,由收而放、由实而虚,余意更在尺幅之外。

第一句以"月落""乌啼""霜满天"三个意象连缀,不加任何表示语法关系的虚词,因此这景象,谁也不能确切地描画出来,然而谁又都能感到三者互为因果,交织成了寒意凄清、迷惘朦胧的晓景。这清冷的迷蒙,弥漫在天地间,也弥漫在诗人心头。在这幅寥廓凄迷的背景中,枫桥边,白日也许是一片火红的枫林,此时唯见一堆影影绰绰的暗影,"湛湛江水兮上有枫,目极千里兮伤春心",千年前楚国才人宋玉,早就在江枫中感受到去国的悲思,更那堪寒夜里,枫影中,闪烁着三点两点,也许只是一灯如豆的渔火——至此一天寒气,一天迷惘似乎汇聚到了江枫渔火之上,隔水相望,更进而聚到诗人心头,化作了一片愁绪。"愁眠"其实是因愁不眠。于是可知,前面那种凄冷迷惘的景色,原来尽是愁人心绪的外化。

不过诗人沉浸在迷惘的愁思中已经多久,他似乎并不自知。只是骤然而起的一阵清宏的钟声,使他从愁思中惊觉,这时,他方才觉察,如此与寒夜冷月、江枫渔火对晤,竟已过去了半夜。这夜半山寺的钟声,似乎给过于凄泠静寂的秋夜带来了一点动感,但诗人是否因此就摆脱了愁绪呢?是的,他确曾一度从梦思般的迷惘中回到了自身,然而从"姑苏城""寒山寺"这两个地名中,我们却感到,诗人旋即又回到了一种比前面更为深重的迷惘的愁怨之中,带着古城的历史的纵深感,带着山寺的永恒的空寂感,这愁思似乎更为清"寒",更为缥缈。它随着钟声的余响,在江声夜天、淡月如水中荡开去,荡开去……

这诗在日本也历代传诵,家喻户晓。可见魅力之巨。

寒 食①

韩 翃

春城无处不飞花,寒食东风御柳斜②。日暮汉宫传蜡烛,轻烟散入五侯家③。

【注释】

① 题一作"寒食即事"。《荆楚岁时记》:"去冬节(冬至节)一百五日,即有疾风甚雨,谓之寒食。"《邺中记》又记:寒食前禁火连当日共三日,为纪念春秋时晋大夫介之推自焚而死事。按寒食为农历三月,清明前二日。　② 御柳:宫中杨柳。反挑上句知"花"为柳絮。③ "日暮"二句:寒食禁火,夜间不得燃烛,但受到皇帝特赐恩命,可以例外。元稹《连昌宫词》:"特敕街中许燃烛。"下句"轻烟"即烛烟。传:挨次递送。五侯:指当权的外戚或宦官。西汉成帝封诸舅王谭、王商、王立、王根、王逢时为侯,称五侯。又东汉桓帝时宦官单超、徐璜、具瑗、左悺、唐衡同时封侯,也称五侯。(见《后汉书·宦者传》)一说,轻烟当指清明日所用新火之烟。《古今诗注》:"《周礼》四时变火,春取榆柳之火,夏取枣杏之火。唐时惟春取榆柳之火,以赐近臣戚里之家,故韩翃有诗云云。"按清明用新火,为唐世民俗。杜甫《清明》"朝来新火起新烟"指即此。贵族与内官则由皇帝赐新火,以示优宠,韦庄《长安清明》:"内官初赐清明火。"

【语译】

京城春三月,何处不见,花絮纷纷飞;是东风,吹拂宫柳横斜,报道寒食天。日暮宫中燃蜡烛,取新火,垂优宠;一路传送,王侯贵戚,特许起新烟。

【赏析】

本诗撷取富于典型意义的片断作微讽,意深词婉,不迫不露,世所传诵。从杜诗"朝来新火起新烟",知起新火在清明日晨,而此言寒食日暮传烛,则是宫中特权,又用两汉"五侯"典,暗示权贵之获圣宠。而春城飞花蒙蒙、东风御柳横斜,还有那暮色中的轻烟,又使这一切蒙上了一层似梦似幻的华贵氛围,讽意因而婉而不露。以至前人有以为本诗并非讽诗,而是写承平气象。孟启《本事诗》记,当时有两个韩翃，德宗点中书舍人，曰"与韩翃"，中书省以二人一起呈进，德宗御笔录此诗，批曰"与此韩翃"。可见当时影响。

月　夜

刘方平

更深月色半人家①，北斗阑干南斗斜②。今夜偏知春气暖，虫声新透绿窗纱。

【注释】

① 半人家：月影西移，故月光半照。　② "北斗"句：更深时星象。北斗、南斗俱星名，古人以二星在空中位置计算夜时。阑干，横的意思，与"斜"字互文。

【语译】

夜已深，月偏西，清光半照人家；北斗横，南斗斜，星光已依微。今夜人不眠，偏感得，春气萌动送暖意；百虫醒，鸣声新，初透窗纱——碧如洗。

【赏析】

前二句写更深景象，"半"字极佳，星光依微，月色半照，这居处半明半暗，静谧到了极处——如全明，便无如此效果。万籁俱寂中窗外忽传来初度的虫鸣，诗人这才惊喜地感知，春，已在夜色中飘然潜回人间；后二句因果倒置，因虫声而知春，却于末句写虫声，有不绝的余音；如顺序写来便索然无味。"新""透""绿"三字连用，尤宜细味，从中似可感到诗人的喜悦之情。

春　怨

刘方平

纱窗日落渐黄昏，金屋无人见泪痕①。寂寞空庭春欲晚，梨花满地不开门。

【注释】

① 金屋：汉武帝金屋藏娇故事，参《长恨歌》注⑩。

【语译】

落日映照纱窗，天色向黄昏；黄金屋中独自居，又有谁，见到她颊边泪痕。庭院空空寂寞，春光已向暮；梨花白，满地飘落，怎忍见——不开门。

【赏析】

金屋富贵华丽，但除"她"以外空无一人，金屋也就与所有的金属一般显得如此凉冷，不但如此，那一种富贵气，更反衬得周遭的空寂更加令她难以忍受。

诗人将"她"所处的这一空间,又置于特定的时间黄昏更兼春晚中,美好的春光已将逝去,明丽的白日已将过去,虽然暮春的夕照还是美的,但还能保持多久呢——就像那满地的梨花,轻柔、莹白、如梦云一般;然而不久就将"零落成泥碾作尘"了。于是她都不敢开门去看一看这哀美的晚春丽景。她是在惜花,还是在自怜呢?

征 人 怨

柳中庸

岁岁金河复玉关①,朝朝马策与刀环②。三春白雪归青冢③,万里黄河绕黑山④。

【注释】

① 金河:又名伊克吐尔根河,今名大黑河,在今内蒙古境内。玉关:玉门关。前屡见。 ② 马策:马捶,马鞭。刀环:刀头的圈环,偕"还"音,参前五绝权德舆《玉台体》注④。 ③ 三春:此指春三月。青冢:王昭君墓,参前杜甫《咏怀古迹》五首之三注④。 ④ 黑山:杀虎山,与昭君墓同在内蒙古呼和浩特南。

【语译】

年年北边到西陲,走了金河过玉关;天天马鞭与刀环,不知何年何月能归回。三月白雪归青冢,昭君芳魂千年埋;更见滔滔黄河万里来,似愁肠,百折千回绕黑山。

【赏析】

"岁岁""朝朝",叠词环回的音声和"复""与""归""绕"等含有往复意味的动词,联缀"金河""玉关""青冢""黄河""黑山"等苍茫悲婉的意象,构成了排遣不去的浩浩怨思。"刀环"是点睛之笔,征人究竟何时还呢?

宫 词①

顾 况

玉楼天半起笙歌②,风送宫嫔笑语和③。月殿影开闻夜漏④,水精帘卷近秋河⑤。

【注释】

① 原题五首,此选其二。 ② 玉楼:《十洲记》记昆仑山上有玉楼十二座。此借指宫中楼台。天半:极言楼高。笙歌:以笙伴奏的歌声。笙,竹制管乐器,大者十九簧,小者十三簧。 ③ 嫔(pín):此泛指宫女。 ④ 月殿:指月亮。传说月中有广寒宫,故称。梁简文

帝《玄圃苑讲颂》："风生月殿，日照槐烟。"夜漏：漏是古代计时器，滴水（或沙）以计时。前屡见。　⑤水精：水晶。秋河：秋日银河。

【语译】

仙境般的宫楼上，飘起阵阵笙歌；随风吹送，与宫女们的笑语相和；夜云开，明月照，漏声滴滴夜长；卷起了水精帘儿望夜空，恰似傍着——秋夜的银河！

【赏析】

对本诗历来有歧解。有的认为是怨诗，如清章燮《唐诗三百首注疏》："此诗不言怨情，而怨情显露言外。若无心人，安得于夜深时犹在此间，一一闻之悉而见之明耶？"有的认为是宫中行乐词，如清徐匠珂《唐诗笺要后集》："宫词多作怨望，此独不然，是逋翁（顾况号）特地出脱处。"

依前一种理解，本诗大意为：一位久旷的宫人，远远地听到风中传来君王与得宠人等笙歌欢笑之声，在云开月照之下，她卷起了水晶帘，望着牛女相隔的天河，久久神伤……依后一种理解，则是从局外人角度看出。清乔亿《大历诗略》谓"此亦追忆华清旧事"，即忆明皇与杨妃在骊山华清宫的爱情故事。近人俞陛云《诗境浅说续编》更发挥道："首二句言笑语笙歌，传从空际，当是咏骊山宫殿，故远处皆闻之；后二句但言风传玉漏，帘卷银河，而《霓裳》歌舞自在清虚想象之中。"意思是由实写闻笙歌欢笑而进一步想象夜深而其乐未央。

我同意后说，理由有二。其一，组诗五首，一、三、四、五均是明显的乐词，不应第二首独为怨词。其二，本诗首言"玉楼天半"，末言"近秋河"，都是高楼入云之状，则其隐在的主人公是同一的。俞陛云所说由实写到虚拟是正确的。但具体理解上，我认为应联系《长恨歌》所云"七月七日长生殿，夜半无语私语时"所述玄宗与杨妃七月七日在华清宫长生殿望月密誓故事来想象。全诗可理解为帝与妃子夜宴宫楼，笙歌欢笑。待到云开月现，歌尽舞阑，复于玉漏声中，卷帘望星空，以牛女银河故事相期密誓。至于这是实写玄宗事，还是得玄宗故事启发，可以见仁见智。

唐人宫词承六朝之绪，素来有乐词与怨词两脉。前者如李白《清平调》三首等，风格旖旎流丽，多为写实。后者如王昌龄《西宫怨》《宫词》之属，风格含思蕴藉，多为虚拟而有所寄托。盛唐时王昌龄一脉影响尤著。乐词自李白之后，鲜有佳作。顾况《宫词五首》，如其四云"嘈嘈一声钟鼓歇，万人楼下拾金钱"，其五云"金吾持戟护新檐，天乐声传万姓瞻"，均可与史传有关开、天时玄宗酺宴、与民同乐情况印证，是李白后宫中行乐词少见的佳构，并下开王建《宫词》百首之渐。尤其是本诗，虽为乐词，却吸取了王昌龄宫怨类作品的表现手法。玉楼、月殿、水精帘、秋河等白色晶莹的意象叠加，又与"天半""夜漏"声等有飘渺之感的意象对映，构成了朦胧如幻的诗境，这也是人们多以怨词解之的原因。然而由上析，不难感到这朦胧如幻的境界，具有一种不同于宫怨作品的音韵色调，而"笑语和"，正为这欢乐似幻的人间仙境点睛。试涵咏品味之？

夜上受降城闻笛①

李 益

回乐烽前沙似雪②,受降城外月如霜。不知何处吹芦管③,一夜征人尽望乡。

【注释】

① 受降城:指灵州城,贞观年间唐太宗曾于此受突厥降,故史家称之为受降城。与中宗年间张仁愿所筑东、西、中三受降城不一。李益在德宗贞元初入灵州大都督杜希全军幕。诗当作于这一时期。 ② 回乐烽:灵州略西南的属县回乐县一带的烽火台。烽:原作"峰",据本集改。 ③ 芦管:又名胡笳,胡人用芦叶卷制的吹奏乐器,声悲凉。

【语译】

边月高照啊,照得回乐烽前黄沙似雪平展展,照得受降城外空里流霜白茫茫。霜雪般的月色中啊,是谁又将悲咽的胡笳声声地吹,吹得那远征健儿,一夜到晓齐望乡。

【赏析】

本诗七绝拗体。以边城月夜为背景,通过胡笳悲声引出乡思,微寓反战之意。地名对的运用,形、影、声的虚实配置,尤其成功。很容易使人想起盛唐"七绝圣手"王昌龄的同类作品。相隔仅仅三十年左右,中间横亘一个安史之乱,诗史从而有了盛、中唐的区别。究竟区别何在呢?先看本诗。

"回乐烽"对"受降城","沙似雪"对"月如霜"。前二句对起而互应:西南远望,回乐古烽前,平沙如雪;而近处诗人登临的受降城下,冷月如霜。"月如霜"不仅补出了黄沙何以一望如雪,更以千里相共的"月"引出离思。月色映沙如雪,月色照城如霜,远近周遭无非是一片惨白,一片迷茫。这时,传来了一曲胡笳声,这笳声本已悲凉,又"不知何处"吹来,更有难以言状的飘渺怅惘之感。如此大漠,如此古塞,如此光影,如此凄声,又怎能不引动得"一夜征人尽望乡"呢?"一夜""尽"二词,写出了征人乡愁的普遍和深长。于是人们感到夜上古城的诗人在月光下、大漠中的深沉思索:真能回得去么?烽火而名"回乐",岂非是对征人的尖利讽刺?受降城下,帝王将相的彪炳勋绩,带给普通士卒的又是什么呢?地名对用得如此自然而含义深长,令人叹服。

王昌龄的《从军行》写道:"琵琶起舞换新声,总是关山离别情。缭乱边愁听不尽,高高秋月照长城。"写的同是边人乡思。论意境的浑成悠远,李诗可与先后相映,但仔细辨味,你是否感到,王诗之愁,悲凉中有一种雄阔的气象;而李诗之愁,悲凉中更多衰飒的况味呢?这种韵味的不同,正是盛中唐诗的主要区别。安史之乱,使唐人心态起了重大变化,雄浑的气度消减了,感情变得更为复杂,思索变得更为深刻，技巧也就必然更为讲究细致。由上析可见这首中唐诗与盛唐诗的异同：细致而不失于纤巧，衰飒而仍有悠远之致。所以前人评李益诗最得王昌龄神髓，犹有盛唐余响。不过这余响还能维持多久呢？

乌 衣 巷①

刘禹锡

朱雀桥边野草花②，乌衣巷口夕阳斜。旧时王谢堂前燕，飞入寻常百姓家。

【注释】

① 本诗为《金陵五题》组诗之二，作于穆宗长庆四年（八二四）至敬宗宝历二年（八二六），禹锡任和州刺史期间。乌衣巷，原为东吴石头城戍卒军营，军士着乌衣，故名，东晋王导、谢安以下王、谢二姓等贵族多居于此。　② 朱雀桥：秦淮河上浮桥，东晋建，故址在今南京秦淮河之南。

【语译】

朱雀桥边胜况去，只余得野草野花管自生长；乌衣巷口更寂寞，空见那夕阳恹恹正西斜。旧时大族称王谢，如今何处觅繁华；唯有那堂前飞燕，飞入了，平民百姓家。

【赏析】

首二句以"野草花""夕阳斜"映衬南朝金陵胜地"朱雀桥""乌衣巷"，微见当时繁华形胜一去已矣，形成笼罩全诗的凄婉哀丽气氛。三、四句通过燕返旧巢言人事已非，"王谢"字反挑前联景物之内含，用笔婉曲。《岘佣说诗》："若作燕子他去便呆，盖燕子仍入此堂，王、谢零落，已化作寻常百姓矣。如此则感慨无穷，用笔极曲。"《唐诗解》又评云："不言王谢堂为百姓家，而借言于燕，正诗人托兴玄妙处。"二评体味甚确。

三、四句之新巧易见，其实一、二句之铸词取景，亦极见功力。"朱雀桥"之词面就给人以繁华之感。雀鸟与花草又在意象上有联系，而以"野"字点睛，故不须按断语，只是并列二者，便给人以今昔之感。"乌衣巷口夕阳斜"，深巷夕阳，哀婉中更有很强的景深感。二句从凄迷到哀婉的色调景深变化，自然而然地将人带入历史的回顾之中。

春 词

刘禹锡

新妆宜面下朱楼①，深锁春光一院愁。行到中庭数花朵，蜻蜓飞上玉搔头②。

【注释】

① 宜：合宜。　② 玉搔头：玉制头饰。搔头即簪。《西京杂记》卷二："武帝过李夫人，就取玉簪搔头。自此后，宫人搔头皆用玉，玉价倍贵焉。"

【语译】

新妆衬得面庞分外娇娆，她一步步走下朱红的闺楼；院中春光深深锁，化作了一片春愁。姗姗行来到中庭，无聊且将花朵数；独有蜻蜓似多情，飞上了，她云髻之上玉搔头。

【赏析】

四句诗表示了四个层次的心理变化。她步下朱楼之时，新妆宜面，应当是快快乐乐去寻春。寻春而见满园春色本宜高兴，却见重门闭锁，锁住了春光，勾起了她自身青春闭锁的怅触，于是春光皆成愁怨。愁怨无聊，于是行到中庭将花朵一一闲数。这时蜻蜓不飞到花上，却飞上她的玉搔头，这是说她美似花而又美胜花——相信此时她的心中更增添了无限的自怜自伤。

这诗当与前录王昌龄《闺怨》对读。都写青春女子因春光撩拨而由乐转愁，但王诗旨在反战，风格自然流转以情韵胜。本诗则纯写闺思，笔法婉丽深曲以工致胜。它以"深锁春光一院愁"为中心，以春光比美人，更撷取"蜻蜓"的细节，以玉搔头呼应"新妆宜面"，暗示了这女子的胜花之美，从而使人对她的被闭锁，产生更强烈的同情。这种以细节取胜的手法，是中晚唐闺情诗的时代特征。以下张祜、朱庆馀诸诗均然。

宫　词

白居易

泪尽罗巾梦不成，夜深前殿按歌声①。红颜未老恩先断，斜倚熏笼坐到明②。

【注释】

① 按歌声：击节而歌之声。古时歌唱有人专司节拍，以手或拍板打拍子叫击节按歌。② 熏笼：熏香炉上防烫的竹笼。

【语译】

泪流已尽，湿透了香罗手巾，寻梦梦不成；夜已深，传来了，前殿击拍歌吹声。未存想，红颜未曾老，君恩先断绝；只索将，熏笼斜倚，独坐到天明。

【赏析】

这诗代表了中晚唐宫词的又一种走向。诗的结构情韵与王昌龄《西宫怨》极相似(王诗云"西宫夜静百花香,欲卷珠帘春恨长。斜抱云和深见月,朦胧树色隐昭阳"),但是王诗蕴藉婉丽,而本诗浅切直致。这是白体在宫词中的表现。说直致,却也不能一味平直。"斜倚熏笼坐到明"是一诗精要处,闭目想象,真是一幅绝妙的宫女图。她太凉冷了,所以靠着熏笼;她太惓乏了,所以"斜倚";她"坐到明",在想些什么呢?从前三句可以得其仿佛。前事可伤,以后又如何呢?人们可以从这幅宫女图中去各自展开联想。

赠 内 人①

张 祜

禁门宫树月痕过,媚眼惟看宿鹭窠。斜拔玉钗灯影畔,剔开红焰救飞蛾②。

【注释】

① 内人:唐内教坊宜春院、梨园供奉的歌舞伎,详见前七古杜甫《观公孙大娘舞剑器》注⑨。 ② 红焰:烛火燃久,近灯芯处火光呈红色,故称红焰。

【语译】

宫门前,宫树上,月影轻轻掠过;她那娇媚的美目,只看着白鹭双栖的窠。无聊赖,斜拔玉钗,坐在灯影畔——剔开了烛芯的红焰,救下了扑火的飞蛾。

【赏析】

首句以宫树上的一抹月痕,暗示禁门中独处的宫女的愁痕,因愁而羡,二句"宿鹭窠"指代双栖的鹭鸟,反衬那宫女的孤独,也暗示了她对正常生活的渴望。双宿仅是梦,她闲闲惓惓中,忽见飞蛾扑火沾上了灯芯,于是斜拔玉钗救飞蛾——也许她触类伤情,自己进入宫禁,不也如同飞蛾投火嘛?末二句又是一幅宫女图,以细节描写显示复杂的心理活动。全诗取径同于前录刘禹锡《春词》,可参看;而"媚眼"句俗甚,是其小疵。

集 灵 台①二首

张 祜

其 一

日光斜照集灵台,红树花迎晓露开。昨夜上皇新授箓②,太真含笑入帘来③。

【注释】

① 集灵台：《旧唐书·玄宗纪下》天宝元年冬十月载，"新成长生殿，名曰集灵台，以祀天神"。　② 上皇：指唐玄宗李隆基。授箓：被授予道箓。道箓为道教秘文秘箓。接受道箓即正式入道。按玄宗授箓事未见史载。　③ 太真：杨贵妃原为寿王妃，为玄宗儿媳，玄宗悦之，令其入道教，住玉真院，号太真。以示脱离人间，然后再令其还俗，纳为己妃。

【语译】

西斜的日光，照耀着祀神的集灵台；红树花朵，迎着晓露正盛开。昨夜里"玄宗皇帝"新授箓；黄昏时，太真"仙子"含笑步入帷帘来。

【赏析】

本诗讽玄宗纳媳为妃。"集灵台""新授箓""太真"道号，三词构成一种缥缈仙境的暗喻。初日斜照，红花晓露，又为其抹上了一层朦胧的暗示性的色情氛氲，"含笑"字画龙点睛，点出了这一事件的暧昧。玄宗是登上仙台了，但清虚的祀神之所已化作了荒唐的欲仙欲死之境。

其 二

虢国夫人承主恩①，平明骑马入宫门②。却嫌脂粉污颜色，淡扫蛾眉朝至尊③。

【注释】

① 虢国夫人：杨贵妃三姐封号。　② 骑马入宫门：依礼制，百官入宫门，下马步行。此言虢国骄宠。　③ "淡扫"二句：乐史《杨太真外传》曰，"虢国夫人不施妆粉，自炫美艳，常素面朝天(子)"。蛾眉，蚕蛾须细弯似眉，故以称女子美眉。

【语译】

虢国夫人承受了君王的恩宠，天刚放明，竟然骑马不下入宫门。她讨厌，胭脂花粉会玷污天然美色；只是淡淡地描眉，就来朝见天子至尊。

【赏析】

"承主恩"语意暧昧，可泛指接受皇帝的一切恩宠，又可特指帝王临幸女子。虢国夫人的承恩又是属于哪一种呢？诗人未明言，只是极言其美质天成，极言其骄慢不遵宫中礼仪。于是人们不难明白这究竟是何种性质的承恩了。

暗示是张祜这组诗最特出的艺术特点，也因此尤耐人咀嚼。

题金陵渡①

张　祜

金陵津渡小山楼，一宿行人自可愁。潮落夜江斜月里，两三星火是瓜州②？

【注释】

① 金陵渡：当指润州西津渡，在今江苏镇江江边。唐时镇江亦曾称金陵。 ② 瓜州：又名瓜洲，瓜埠洲。在今江苏江都江边运河口岸，斜对镇江。因由江沙冲积成沙碛呈瓜形而得名，为南北交通要冲。

【语译】

金陵渡畔小山楼，旅人宿，一夜望江自可愁。夕潮落，夜江静，明月斜；唯见对岸，两三星火，莫非是瓜州？

【赏析】

这诗写江干夜泊所见的景色，机杼略同于前录张继《枫桥夜泊》，都以"愁"字居中为一诗要穴，又均寄近愁于远景中以得空灵之致。不同处是张诗后半，从听觉出之，写钟声远来；此则由视觉出之，见星火远浮。潮曰"落"，江曰"夜"，月曰"斜"，背景特清迥，则隔江星火"两三"，便逗人无穷怅触之感。结末瓜洲，应起首金陵渡，自然工巧，是诗用地名之范例。

宫 中 词

朱庆馀

寂寂花时闭院门，美人相并立琼轩①。含情欲说宫中事，鹦鹉前头不敢言。

【注释】

① 琼轩：玉栏杆。

【语译】

院门紧闭春光，连盛开的宫花也显得寂寞阑珊；美人并肩，双双倚立玉栏前。含情带羞，正想说说宫中的事儿；忽见学舌鹦鹉在前头——忙噤声，不敢言。

【赏析】

前二句以花开与美人并起，院门闭锁了春花，也闭锁了宫女似花青春，一切只是一片寂寂。后两句撷取"鹦鹉"细节，进一步表现了宫禁森严，她们不仅虚耗了青春，甚至失去了一切言行自由。于是人们感到，宫苑如锦，其实正同禁锢青春的囹圄。如与前刘禹锡《春词》、张祜《赠内人》并读，可见以细节描绘表现婉转心曲，是中晚唐宫词闺情诗特色，与王昌龄之堂庑宽大，蕴藉含思不侔。

近试上张水部①

朱庆馀

洞房昨夜停红烛②，待晓堂前拜舅姑③。妆罢低声问夫婿，画眉深浅入时无④？

【注释】

①题一作"闺意献张水部"。《全唐诗话》卷三："庆馀遇水部郎中张籍，知音……时人以籍重名，皆缮录讽咏，遂登科。庆馀作《闺意》一篇以献。籍酬之曰：'越女新妆出镜心……'由是朱之诗名流于海内矣。"唐举子应试前，常以诗文投献当朝名公，以求赏识援引。庆馀宝历二年（八二六）登进士第，张籍于长庆四年（八二四）至大和二年（八二八）间任水部员外郎（《全唐诗话》误为郎中），诗当作于八二四—八二六年间。　②洞房：原意为幽邃的卧房。作新房之称，始见于此诗。停：两烛相对曰停。　③舅姑：公婆。古礼，婚后次日晨，新妇拜见公婆。　④入时无：合不合时尚？

【语译】

新房中，昨夜里红烛相对高烧；待到天放晓，新妇拜见公婆要去厅堂上。临行前，化完了妆儿低声问新郎，"我画的眉样啊，是深了，是浅了，到底时新不？"

【赏析】

本诗意在求荐，全用比体，新妇自比，夫婿比张籍，舅姑比主试官，寄意在言外，构思之新巧妥帖自不待言；而即使以闺情诗赏读，也称奇佳。后二句之撷取一个或细节来表现人物心理，是中晚唐闺情诗的特点，而本诗更含思婉转。问夫婿"画眉深浅入时无"后不下按断，读者联系前二句，可以体会到，此问意在通过新郎试探这眉样是否能中公婆之意，足见细心慧黠。王建《新嫁娘》："三日入厨下，洗手作羹汤。未谙姑食性，先遣小姑尝。"两位新娘的心理与做法相似，而王诗直言其由，朱诗含而不露，后者更有滋味。"低声"二字宜细玩，新娘之娇怯温柔浮现言外。故洪迈《容斋五笔》卷四："细味此章，元（原）不谈量女之容貌，而其华艳韶好，体态温柔，风流蕴藉，非第一人不足当也。欧阳公所谓'状难写之景，如在目前；含不尽之意，见于言外，然后为工'，斯之谓也。"

将赴吴兴登乐游原①

杜　牧

清时有味是无能②，闲爱孤云静爱僧。欲把一麾江海去③，乐游原上望昭陵④。

【注释】

①牧于宣宗大中二年（八五〇）由尚书司勋员外郎出任湖州刺史，吴兴即湖州。乐游原，长安胜地，见李商隐《乐游原》诗注①。　②"清时"句：《论语·公冶长》，"邦有道，不废（按言必见任用）；邦无道，免于刑戮"。此化用之。　③一麾：官吏出守赐旌麾。颜延之《五君咏》："屡荐不入官，一麾乃出守。"　④昭陵：太宗陵墓。

【语译】

时世清明有闲情，足见太无能；闲静中啊，偏爱孤云偏爱僧。今日离京，持旌五湖为太守；又为何，乐游原上，返身望昭陵。

【赏析】

本诗结意全在末句"乐游原上望昭陵"，望昭陵是思太宗贞观之治，思旧怀望则寓生不逢时之感。于是返观起句"清时有味是无能"，便知是反话，是牢骚。唐人重省职，杜牧由省郎外放刺史，虽品级有加，但远离中枢，当时被认为是失去皇帝的信任恩宠。负才自高的杜牧自然感到严重失落，又不能直斥当今，便以自嘲为怨愤，暗寓时世不明，才士失职之牢愁。杜牧跌宕俊拔，本诗不依常例先写登原，却安排在末句，反挑前文，正是这种风格的表现。

赤　壁①

杜　牧

折戟沉沙铁未销②，自将磨洗认前朝③。东风不与周郎便，铜雀春深锁二乔④。

【注释】

① 作于武宗会昌中（八四一—八四五）杜牧任黄州（今属湖北）刺史时。黄州有赤壁，但并非三国孙、曹大战之赤壁（今湖北蒲圻县西），此借相同地名论史而已。　② 折戟：断戟。　③ 将：拿起。前朝：指三国。　④ "东风"二句：见"赏析"。周郎，《三国志·吴书·周瑜传》："瑜时年二十四，吴中皆呼为周郎。"铜雀，铜雀台，在邺城（今河北临漳），曹操所建，楼顶有大铜雀高一丈五尺，故名。二乔，大乔、小乔，分为孙策（孙权兄）、周瑜之妻，为东吴著名美女，乔是姓。

【语译】

断戟沉埋沙岸，那精铁尚未蚀销；我拣起戟儿磨洗净，原来属于三国前朝。想当年，若不是东风一阵助周郎；只怕是铜雀台中春意深，闭锁了，江东大乔与小乔。

【赏析】

由一片折戟，引出史论，"认前朝"承上启下，而后二句是主旨所在。杜牧自许知兵，好为王霸之论，有论兵著作多篇，又注《孙子兵法》，与曹操注《孙子》同为今存《十一家注孙子》中最为人称道的两家。杜注对曹注多有引用，因此可以想知杜牧对曹操军事才能的推崇。隋唐之世，以蜀汉为正统，杜牧本诗自然有翻案之意，谓如果不是东风非时，天助孙吴，则胜局当属曹公，如果从当时的政治军事态势来看，这种看法是不无道理的。

牧之俊爽风流，故其论史不从正面落笔，却以旖想出之，"东风不与周郎便，铜雀春深锁二乔"。"东风"与"春深"相应尤耐人寻味。宋人诗评谓牧之此论有轻佻之嫌,殊不知卓识与风情之结合正是杜牧诗的重要特点。

这诗还有一节"公案"。成书于元明际的《三国演义》写曹操进军东吴,有"得江东二乔置铜雀台中,于愿足矣"之说。此事不见史载,且铜雀台建成于赤壁之战次年,是为小说家言甚明。一般认为《三国演义》脱胎于宋时《全相三国志平话》,而由本诗观之,宋元故事,或受本诗启发而来。

泊秦淮①

杜牧

烟笼寒水月笼沙②,夜泊秦淮近酒家。商女不知亡国恨③,隔江犹唱后庭花④。

【注释】

① 秦淮河:金陵(今江苏南京)秦淮河。源于江苏溧水县东北。秦时凿钟山以疏淮水开此河道,因名。 ② 烟:河面上似烟的夜色水气。 ③ 商女:以歌乐为生的乐伎。 ④ 江:指秦淮河。长江以南,河流无论大小,口语都称江(见孔颖达《尚书正义·禹贡》"九江孔殷"条注)。后庭花:陈后主所作舞曲《玉树后庭花》的简称。《隋书·五行志》:"祯明(五八七—五八九)初,后主作新歌,词甚哀怨,令后宫美人习而歌之。其词曰:'玉树后庭花,花开不复久。'时人以为歌谶,此其不久兆也。"参"赏析"。

【语译】

似烟的夜气笼罩着寒凉的流水,中天的月色笼罩着岸沙。我移船夜泊秦淮河,正近那繁华的酒家。歌女不懂什么叫做"亡国恨",隔江还在唱着亡国之音《后庭花》。

【赏析】

本诗即事名篇,而感慨深沉,使人懔然有思。《后庭花》是"亡国之音",但音调曼丽,歌女但取其美听以娱客。诗人撷取这样一个片断,是慨商女之无知,还是伤世人的痴迷如醉呢?是发吊古之幽思,还是借故讽今,叹唐祚之不永呢?不妨先来看看唐初一段有关《后庭花》的议论。

《贞观政要·礼乐》记太常上奏所定新乐,御史大夫杜淹对太宗问曰:"前代兴亡,实由于乐。陈将亡也,为《玉树后庭花》,齐将亡也,而为《伴侣曲》,行路闻之,莫不悲切……"太宗说:"不然,夫音声岂能感人,欢者闻之则悦,哀者听之则悲,悲悦在于人心,非由乐也。将亡之政,其人心苦然;苦心相感,故闻之则悲耳……今《玉树》《伴侣》之曲,其声具存,朕能为公奏之,知公必不悲耳。"太宗的意思是说,听乐而悲喜,原因不在音调,而在人心。

现再返观本诗,首句寒水冷月交映,织成了如烟的感伤气氛笼罩全诗。两个

"笼"字与末句的"隔"字相呼应，似乎能感到寒夜的秦淮河畔，诗人那如烟水般迷惘的心境。杜牧自许有王佐之才，时离唐亡尚有近百年，但诗人似乎已隐隐感到了危机，于是《后庭花》在他心中化作了一片感伤的迷惘。

寄扬州韩绰判官[①]

杜　牧

　　青山隐隐水迢迢，秋尽江南草未凋[②]。二十四桥明月夜[③]，玉人何处教吹箫[④]。

【注释】

　　① 大和七年(八三二)，牧在扬州为节度使府掌书记，本诗当是离任后作。韩绰，生平不详，判官为绰在扬州使府之职务。牧集尚有《哭韩绰》诗。　　② 草未凋：原作"草木凋"，据本集改。　　③ 二十四桥：宋沈括《梦溪笔谈》卷三记，"扬州在唐时最为富盛，旧城南北十五里一百一十步，东西七里三十步，可纪者有二十四桥：最西浊河茶园桥，次东大明桥，入水西门有九曲桥，次东正当师牙南门有下马桥，又东作坊桥，桥东河转向南有洗马桥，次南桥，又南阿师桥、周家桥、小市桥、广济桥、新桥、开明桥、顾家桥、通泗桥、太平桥、利国桥，出南水门有万岁桥、青园桥，自驿桥北河流东出，有参佐桥，次东水门东出有山光桥。又自衙门下马桥直南有北三桥、中三桥、南三桥、号九桥，不通船，不在二十四桥之数，皆在今州城西门之外"。　　④ 玉人：佳美如玉之人。男女皆可用。《世说新语·容止》："(裴楷)粗服乱头皆好，时人以为玉人。"指男性。王嘉《拾遗记》卷八记：蜀甘后肌肤白，柔润与河南所献玉人相类。指女性。此指韩绰，参"赏析"。

【语译】

　　隐隐的青山啊远去的水，暮霭中影影绰绰；江南地气暖，秋已尽，草色青青却还未枯凋。扬州东西廿四桥，明月夜天照；风流俊爽的韩君啊，你究竟何处教人学吹箫？

【赏析】

　　杜牧风流倜傥，《说郛》记其"供职之外，唯以宴游为事。扬州胜地也，每重城向夕，倡楼之上，常有绛纱灯万数，辉罗耀烈空中。九里三十街中，珠翠嗔咽，邈若仙境。牧常出没驰逐其间无虚夕。复有卒三十人，易服随后，潜护之，僧孺之密教也(牛僧孺为扬州节度使)，而牧自以为得计，如是且数年"。杜牧自己后来有诗云："十年一觉扬州梦，赢得青楼薄幸名。"(《遣怀》)本诗即在思念扬州旧友中寄托了对那段梦一般生活的依恋追忆。青山绿水，隐隐迢迢，相连相延，似乎把一脉淡淡的思忆延展向无尽处。"秋尽江南草未凋"，更以秋草似丝引起人们的思念之感，而这秋思中又带有一种朦朦胧胧的暖意。"二十四桥"是多数，缀以"何处"，后二句更在一片月色下，造成迥深迷离的况味，使人想起《诗经·蒹葭》的意境："所谓伊人，在水一方；溯洄从之，道阻且长。溯游从之，宛在水中央"。

因此"玉人何处教吹箫",与其说在思念韩绰,倒不如说主要在怀恋他们在扬州共同渡过的那段风流生涯。往事已矣,但印象如此美好,于是有了全诗那梦一般的意况,充盈着温馨,微带着怅触与歆羡。

诗中的"玉人"历来有二说:或以为指伎女,或以为指韩绰。按诗题"寄韩绰",至末句从作法而言应醒明所寄者。又吹箫用箫史事。箫史教秦穆公女弄玉吹箫,一日两人跨凤飞去。此典历来用作好逑得谐之义。玉人指韩绰,即使人联想到箫史跨凤,暗含乐如登仙之义,就诗境而言便深化了前三句温馨如梦的氛围。写青楼逐欢能如此空灵风雅,非风流俊爽如杜牧不能为。

遣　怀①

杜　牧

落魄江湖载酒行②,楚腰纤细掌中轻③。十年一觉扬州梦,赢得青楼薄幸名④。

【注释】

① 遣怀:排遣情怀,抒情诗之一体。牧于文宗大和二年(八二八)进士及第、又制策登科后,先后在洪、宣(二度)、扬州任幕吏,前后约十年,诗当作于任扬幕后。参上诗注①。② 落魄:不得志,丧气似魂魄丢去。　③"楚腰"句:楚灵王好细腰美人,宫中竞仿效而天下从风。汉成帝后赵飞燕巧小轻盈,能作掌上舞。此合用二典。　④"十年"二句:牧在扬州作冶游,曾因此受讥责。十年见注①。扬州梦,于邺《扬州梦记》:"扬州,胜地也……九里三十步街中,珠翠嗔咽,邈若仙境。牧常出没其间无虚夕。"青楼,此指妓楼。

【语译】

人生失意,载着酒儿五湖行;最爱那楚女细腰,舞态更轻盈。十年放荡,扬州梦中醒;只留得青楼流传,杜郎薄幸名。

【赏析】

前人多谓本诗是杜牧"忏悔绮障"而作,但细细玩味,不尽于此。应特别注意首句"落魄江湖载酒行"总领全诗的作用。因"落魄"而流连青楼,所以征歌逐舞,也并非一味放荡自纵,而只是与"载酒"一样,求得精神上的"一醉";庄子曾说梦者、醉者神全,醉、梦时固然有一种超脱之感,但是酒消梦醒时又必须回到现实,"十年一觉扬州梦"后,只是"赢得青楼薄幸名","薄幸"回应首句"落魄",可知"梦醒"后的诗人比初时更深一层落魄之感。"落魄",驱遣不去的"落魄"之感,方是本诗主旨。近人刘永济《唐人绝句精华》评曰:"才人不得见重于时之意,发为此诗,读来但见其傲兀不平之态。世称杜牧诗情豪迈,又谓其不为龌龊小谨,即此等诗可见其概。"此说中肯。

秋 夕①

杜 牧

银烛秋光冷画屏②,轻罗小扇扑流萤。天阶夜色凉如水③,卧看牵牛织女星。

【注释】

① 本诗一作王建《宫词》百首之八十八。学界一般归为杜牧。　② 银烛:白烛美称。画屏:雕画的屏风。　③ 天阶:原作天街,据本集改。即宫殿台阶。

【语译】

白烛的银光和着秋光,映照着屏风的雕画,(是秋冷,还是她的心冷?)没奈何,拿起轻罗的小扇儿,追扑那,飘飞而过的秋萤。宫殿的玉阶上,月色照临,水一般的冰凉;萤飞了,追累了,就躺在阶上,遥望那,银河两畔的牵牛织女星。

【赏析】

本诗组合了一系列莹白到近于透明的意象:银烛、秋光、轻罗、流萤、玉砌的宫阶、水、天河等等,又以冷、凉、卧等静而轻寒的形容词画龙点睛,营造了秋夕特有的高迥明澄而微蕴轻愁的氛围。一位宫女独自活动于这氛围之中。也许因为投射到画屏上的烛影秋光的寒白,引动了她的寂寞之感,于是她执罗扇,扑流萤;待到追累了,萤飞了之时,她仰卧在白玉宫阶之上,望着秋空,也许想让凉冷的玉石稍稍消去运动后的燥热;然而当她看见了分隔在天河两畔的牛女双星时,她又感到了什么?诗人未言,但是读者从她上述行动中可感到,此时,这活泼开朗的少女心中必起一种隐微的寂寞悲凉。于是,纯洁的少女心与表里澄微的秋夕合而为一了,她的隐微的悲凉之感与秋夕的轻寒微冷合而为一了。

赠 别①二首

杜 牧

其 一

娉娉袅袅十三余②,豆蔻梢头二月初③。春风十里扬州路,卷上珠帘总不如④。

【注释】

① 牧于文宗太和九年(八三五)任淮南节度使幕掌书记,本诗作于此期。　② 娉娉袅袅:娉娉,意即娉婷,姿态娴静美好。袅袅,意即袅娜,柔美娇好。　③ 豆蔻:又名鸳鸯花,夏初盛开,二月初正含苞待放。为情怀少女象征。　④ "春风"二句:参"语译"。

355

【语译】

你娴静娇怯,年方十三多;就像那枝上的豆蔻花儿,含苞待放在二月初。十里长街,扬州春风游冶处;那卷帘倚门的群芳啊,比起你来,人人都不如。

【赏析】

前二句以二月初含苞欲放的鸳鸯花——豆蔻,比喻妙龄少女;后二句以扬州冶游处有女如云,反衬少女之美,而"春风"字上承"二月初",使前后融为一体,从而使人想象到青春少女的自然美。"卷上珠帘"语,暗指倚楼女子,得含蓄之致,故全诗能艳而不俗。

其 二

多情却似总无情,唯觉樽前笑不成①。蜡烛有心还惜别,替人垂泪到天明。

【注释】

① 樽:酒杯。

【语译】

多情人,今天却似总无情,面对着离别的酒杯,只觉得笑也笑不成。唯有蜡烛似有情,为惜别,替人垂泪,长夜到天明。

【赏析】

前二句用赋,写出一种特定的复杂的意态神情,"笑不成",看似木然无情,却是伤心到极处者最多情的意态。后二句移情于物,用比体,"惜别"字反挑上二句,点出所以如此的原因,更以蜡泪为比,蜡泪替人自夜垂到明,正反衬出离人欲哭无泪之伤心。李商隐《无题》有云"春蚕到死丝方尽,蜡炬成灰泪始干",可与本诗对读:都写极悲之感,一说泪尽,一说泪不尽,前者就蜡泪翻过一层写,后者再翻过一层写,足见晚唐诗人不甘落俗的时代风气。

金 谷 园①

杜 牧

繁华事散逐香尘②,流水无情草自春。日暮东风怨啼鸟,落花犹似坠楼人③。

【注释】

① 金谷园:在洛阳(今属河南)西北,为西晋巨富石崇于金谷涧所建别墅,以豪华著称。晋名士潘岳等曾集宴于此,称金谷会,为文学史上胜事。文宗开成元年(八三六)春,杜牧为监察御史分司东都(洛阳),诗当作于此期。 ② 繁华句:石崇以沉香屑铺象牙床上

教练舞妓步法，使之轻盈，能践于上而无迹者赐以珍珠。　③ 坠楼人：指石崇爱妾绿珠。权贵孙秀羡其貌美，想占为己有，便于赵王伦前诬陷石崇。崇因此被捕，绿珠以死相报，泣曰："当效死官(主人)前。"遂坠楼而亡。

【语译】

一代繁华多少事，都随那沉香屑儿，飘洒成过去；只剩得水自流，草自春，最无情。徜徉园中天已暮，只听得，啼鸟声声，似在怨东风；更那堪，落花飘堕，恰似当初坠楼人。

【赏析】

此诗新巧处显然可见，以落花飘飞比美人堕楼，表达了诗人对绿珠青春陨落的无尽哀悼。然而细味之，更会感到全诗好在新巧而能自然，哀艳而能深沉。"落花"的比喻不是凭空而来的，而是在前三句金谷园遗址及诗人怀古之思所形成的哀婉境界中生发出来的。"落花"是即时景色的一部分，也许诗人从"落花"中生出一种幻觉，那飘飞的花瓣似乎化作了轻盈能步踏"香尘"的绿珠从楼头飘落下来，于是有了这个随手拈来的比喻。

夜雨寄北①

李商隐

君问归期未有期，巴山夜雨涨秋池②。何当共剪西窗烛③，却话巴山夜雨时④。

【注释】

① 武宗大中五年(八五一)冬至九年(八五五)冬，商隐留滞巴蜀时寄怀长安友人作。"寄北"一作"寄内"，误。内即内人，妻子。商隐妻王氏卒于其赴蜀前，此后他未曾续娶。　② 巴山：泛指东川山峦。　③ 何当：何时能。剪烛：蜡烛燃久，烛芯结成穗状烛花，光焰昏昧，须剪去使烛光复明。　④ 却话：忆说。

【语译】

您问我何时归来，我自己也不知；我只知，巴山夜雨无绝时，流作山溪，涨满秋水池。什么时候啊，能和您，西窗下，长谈共剪烛；到那时，再给您，忆说巴山夜雨时。

【赏析】

前人多称本诗在寄怀诗中别开生面，设想奇绝，思神"预飞到归家后"（姚培谦《李义山诗集评笺》）。其实此诗佳处正在不有意作奇，而是以自然执着的语言形象和诗歌音节，传达出特定情境下的特定心声。蜀中的秋雨之夕，本已使客子神伤，又适遇友人远道寄问，诗的前二句，写的是这种双重的惆怅。后两句的想象，正是诗人对着秋雨涨池的萧索秋景，握着友人殷殷存问的来信油然而生的企望。

诗以"巴山夜雨涨秋池"居于中心，通过全诗叠词叠句所形成的回环音节，将"未有期"的现实与剪烛共话的向往绾结在一起，相映相衬，相反相成，形成了半是悲哀，半是热望的深长情韵。

寄令狐郎中[①]

李商隐

嵩云秦树久离居[②]，双鲤迢迢一纸书[③]。休问梁园旧宾客，茂陵秋雨病相如[④]。

【注释】

① 武宗会昌五年(八五四)，商隐卧病洛阳，作本诗回寄在长安的右司郎中令狐绹。令狐是复姓。　② 嵩云秦树：喻自己与令狐绹。嵩山在洛阳南。长安在秦中。　③ 双鲤：指令狐绹来书。《古诗》："客从远方来，遗我双鲤鱼。"按古有刻木为鲤形以夹寄书信之俗。　④ "休问"二句：汉梁孝王刘武在今河南商丘有园林，广招宾客，是为梁园。司马相如亦曾客住。相如后因患消渴病被免除孝文园令，住茂陵。茂陵在今陕西兴平东北，因汉武陵墓而得名。此以喻商隐自己与令狐氏关系。他早年在河南受知于绹之父令狐楚，与绹交好，故以"旧宾客"自称。又因病，自称"病相如"。

【语译】

嵩山的云啊秦川的树，我们两京相望久离居。有客长安来，承君远道相问书寄双鲤鱼。莫再提，当年梁园胜事曾经为宾客；如今我，恰似那病中相如，夜夜茂陵对秋雨。

【赏析】

商隐与令狐楚、令狐绹父子的关系是晚唐牛李党争时期人际关系的缩影，颇有悲剧意味。大和、开成间他三入天平军节度使令狐楚幕府，受到恩遇并从学骈文，与绹笔砚相共。开成二年，商隐进士及第，令狐绹的举荐颇有力焉。但次年他入泾原节度使王茂元幕府，并入赘为婿后便播下了交恶的种子。因令狐氏为牛党，王茂元却与李党人较接近。在后来的人生途中，他一再受令狐绹的阻滞，并背上了"放利偷合"的恶名——其实商隐当时是并不明白这复杂的党争关系的。政治偏见压抑扭曲了正常的人情，而人情有时也会突破偏见，偶一发露。会昌五年，诗人病居洛阳，已到了人生的末路。也许因为时光的流逝多少冲淡了当初的不快，也许是因为令狐绹多少明白了诗人并非背恩，所以竟书信致意，从商隐这首答诗中可以推断，来书当也是真诚的。这时诗人写下了这首与他先前致绹诗书之"词卑志苦"颇有不同的诗篇。"休问梁园旧宾客，茂陵秋雨病相如"，可称百感交集。诗人始终以令狐门下客自居，并不以岁月更替而改变，也不因对方的挤排而移易，对令狐父子早先的恩德，诗人未曾或忘，而借着来书的存问，又一次得以真诚吐露。然而这存问来得实在太晚了，如今诗人已是贫而兼病，"茂陵秋雨病相如"，一代才人已似乎意识到不仅往事已矣，而且即将走到人生的尽处了。这里有怅惘，有悲慨，也有着含蓄的怨望，这一切都于"休问"二字中得到了意在言外的表达。《唐诗绝句类选》评此诗"用古事为今事，用死事为活事"，所谓"活"，不仅在于比附贴切，更在于活生生的感情。《诗境浅说续编》云："义山与令狐相知久……得来书而却寄以诗，不作乞怜语，亦不涉觖望语。鬓丝病榻，犹回首前尘，得诗人温柔悲恻之旨。"体味甚贴切。

为　有①

李商隐

为有云屏无限娇②，凤城寒尽怕春宵③。无端嫁得金龟婿④，辜负香衾事早朝⑤。

【注释】

① 本诗摘首句前二字为题，与无题相类似。　② 云屏：云母石装饰的屏风。《西京杂记》卷一载，汉成帝时，赵昭仪居昭阳殿，有云母屏风。　③ 凤城：指京城，用萧史、秦弄玉故事，详见沈佺期《独不见》注⑦。　④ 无端：没来由。金龟婿：为高官的夫婿。武则天天授元年官员佩饰改鱼为龟，以承汉制。三品以上龟袋饰以金。后中宗罢龟复鱼，但俗以金龟为贵显而沿用不变。　⑤ 衾：被子。

【语译】

云母屏风遮阻，更见出无限娇袅；京城里冬意已去，她却更怕那春日良宵；只因为，没来由嫁了个佩饰金龟的夫婿；天天啊，他辜负了温馨的被儿，匆匆去早朝。

【赏析】

这诗写春宵苦短的情肠，妙在于旖旎香艳中见出真率的娇袅意态。云屏、凤城、金龟、香衾等景象，著以"为有""无端"等虚词，便把春宵之欢乐渲染得如暖玉生烟般温馨。"无端嫁得金龟婿"有娇嗔，但是否也有潜在的满足与得意呢？由此再返观首句"为有云屏无限娇"，便不能不佩服义山写儿女情事，善用暗示，故能艳而不亵。

以王昌龄《闺怨》(闺中少妇不知愁)、刘禹锡《春词》(新妆宜面下朱楼)与本诗对读，会感到由素朴向艳丽，由蕴藉含蓄向浅切发露演变的趋势。这与中晚唐曲子词的发展有关。以"无端"二句与《敦煌曲子词》之"修书传与萧娘，倘若有意嫁潘郎，休遣潘郎争断肠"(《竹枝词》)对读，可见神似。

隋　宫①

李商隐

乘兴南游不戒严②，九重谁省谏书函③。春风举国裁宫锦，半作障泥半作帆④。

【注释】

① 张采田《玉溪生年谱会笺》系本诗于大中十年(八五七)商隐游江东时。题与首句见同题七律注。　② 戒严：戒夜曰严。戒严通指昼夜戒备。　③ 九重：九重天，指朝廷。《楚辞·九辩》："岂不郁陶而思君兮，君之门以九重。"省(xǐng)：知。谏书函：古时谏书以函密封。当时奉信郎崔民象、王爱仁曾上书谏阻南游而被杀。群臣无敢再谏。　④ "春风"二句：言以宫锦作马鞯船帆。障泥即马鞯，垂马鞍两侧以障土。

【语译】

乘兴南下维扬游，炀帝他只图逍遥不戒严；自从诤臣遭杀戮，宫廷中谁人再敢谏书函。春风里，举国上下忙把宫样锦缎裁；原来是，一半用作马鞯，一半制作船帆。

【赏析】

本诗当与七律《隋宫》诗对读，可悟律、绝体势不同。律诗篇长，适于铺展，于回环曲折中伸足诗旨；绝句句少，不能不撙节笔墨，充分发挥含蓄的功效。因此本诗并不径写隋亡，却截取一个片断。"春风举国裁宫锦，半作障泥半作帆"，宫锦，极贵重之物，却作如此用途，可见那风流天子的"乘兴"到了荒谬的程度。更何况"不戒严"，何况宫廷无人敢书谏，则其败亡便可想而知。

瑶　池①

李商隐

瑶池阿母绮窗开②，黄竹歌声动地哀③。八骏日行三万里④，穆王何事不重来⑤？

【注释】

① 本诗或因唐武宗服食丹药致死所作，则当为会昌六年(八四六)三月。瑶池，昆仑山仙池名。西王母常于瑶池宴客。　②"瑶池"句：谓西王母开窗待周穆王姬满来。《穆天子传》载，周穆王西游至昆仑山，西王母宴之于瑶池。阿母，《汉武内传》称西王母为玄都阿母。绮窗，雕饰如绮纹的窗子。　③"黄竹"句：穆王游于黄台之丘，遇冻人，作诗三章以哀民。首句云："我徂黄竹"，故称黄竹之歌。　④ 八骏：传说穆王有八匹骏马，《穆天子传》所载为：赤骥、盗骊、白义、逾轮、山子、渠黄、骅骝、绿耳。　⑤"穆王"句：穆王临去，西王母作歌送之，"白云在天，山陵自出。道里悠远，山川间之。将子无死，尚能复

来"。穆王作歌答之,言"比及三年,将复而野"。

【语译】

瑶池上,西王母将那雕花的窗户大开;只听得黄竹之歌,悲声动地哀。穆王啊,你的八骏日行三万里;为什么,不践前约再重来?

【赏析】

本诗由《穆天子传》所载周穆王西游遇王母,期约三年重见故事,翻想王母倚窗待穆王而不见其来。句意闪烁,故众说纷纭。或谓"此追叹(唐)武宗之崩也。武宗好仙,又好游猎,又宠王才人。此诗熔铸其事而出之,只用穆王一事,足概武宗三端,用思最深,措辞最巧"(冯浩《李义山诗集笺注》);或谓"'八骏日行三万里,穆王何事不重来',语圆意足,信手拈来,无非妙趣……持一论以说诗,皆井蛙之见也"(《方南堂先生辍锻录》),则驳冯说而谓诗人读史,兴趣所至而作,非关武宗。两说虽针锋相对,而着眼点都在三、四句之上。

今按三、四以调侃作翻案,谓穆王有八骏日行千里,尚不能不死以再至仙境,何况常人?显然是就王母歌"将子无死,尚能复来"及穆王答歌"比及三年,将复而野"衍出而从反面着想。无论是否有意讽佞仙的武宗之死,都巧妙而浑成,故引人注意。然而旧注又都忽略了"黄竹"句在诗中的作用。

诗人于王母待王的奇想后,偏采《穆天子传》中穆王于黄竹遇冻人故事入诗,谓王母倚窗待王而不见来,而唯闻其动地哀歌之声。"哀"字殿后为诗眼,从诗法言,其意直透三、四句,而将哀歌与穆王不再来事相贯通。如注③所言,穆王作《黄竹之歌》主旨是哀民,而答王母诗在三年之期前又云:"予归东土,和治诸夏。万民平均,吾顾见汝。"意谓必先安人民,而后再见王母。将这些联系起来看,本诗恐怕就不是旧注与今人常说的讽诗,而当是一首哀悼诗。

按后二句仍是王母候穆口气,言王之所以未能践约,并非八骏足力不达(参"语译"),那么是为什么呢?末句问而不答,但从穆王答王母歌内容来想象,是否因为"和治诸夏,万民平均"之志未能完成呢?按穆王在周代是有为之君,唐武宗虽求仙佞道,但史称"而能雄谋勇断,振已去之威权;运策励精,拔非常之俊杰"。如果诗人确以穆比武,则其意在为武宗一生论断,意谓其求仙之事虽妄,但振拔之志可颂,然而回天乏力,匆匆谢世,即今唯余哀民之歌一章,足以动地感天。痛悼之意溢于言外。晚唐论史诗讲究别裁、独断,如此理解当较旧说更贴切些。

嫦　娥①

李商隐

云母屏风烛影深②,长河渐落晓星沉③。嫦娥应悔偷灵药,碧海青天夜夜心。

【注释】

① 嫦娥：有穷国后(王)羿之妻，羿从西王母处求得不死之药，嫦娥窃食之，得仙奔入月中为月精。又作姮娥。见《淮南子·览冥训》及高诱注。　② 云母屏风：见前《为有》诗注②。　③ 长河：银河。

【语译】

云母屏风映照着烛焰的忡忡光影，月宫显得更加幽深；银河斜落了，晨星也渐渐西沉。莫非是嫦娥仙子正追悔，为何要偷吃灵药，不死飞升？她俯望着遥遥碧海影，空余得青天幽邃，寂寞夜夜心。

【赏析】

这诗以人间的相思离别情，想象天仙的孤独凄凉，反过来，这凄迷的想象又成了人间情阻的征象。诗中的嫦娥，幽闺深邃华丽而心情却何等孤清。她从烛檠初燃，待到星河落，晓星沉，天渐明。她不仅今夜如此，而且夜夜如此，如同夜空中一轮将沉的孤月凄清。她所象征的——从"嫦娥应悔偷灵药"看——应当是道观中的一位青春女尼，也许是诗人的意中人。诗人想象她"碧海青天夜夜心"的痛苦，也就表现了自己长夜相思的怅触，这叫对面着笔。

贾　生①

李商隐

宣室求贤访逐臣②，贾生才调更无伦③。可怜夜半虚前席④，不问苍生问鬼神⑤。

【注释】

① 贾生：贾谊。　②"宣室"句：汉文帝时，贾谊为太中大夫，因谗谪长沙王太傅。年余，文帝征见贾谊于宣室，因感鬼神之事而问其本末。谊备说所以然，至夜半，文帝为之前席。事毕，文帝叹息："吾久不见贾生，自以为过之，今不及也。"后拜谊为梁怀王太傅。宣室，汉未央宫正殿。　③ 才调：才华格调。无伦：无与伦比。伦，同辈、同类。　④ 可怜：此处意近可叹。虚：徒然。前席：《名义考》，"坐则居中；逊避不敢当，则却就后席；喜悦不自觉，则促近前席"。知前席即因喜悦而移坐于前面的坐席。《汉书·贾谊传》颜师古注曰："渐迫近谊，听说其言。"　⑤ 苍生：百姓，苍天所生子民。

【语译】

汉文有道求贤才，征召放逐的旧臣，宣室对问；那贾生的才华风调，举世有谁能比伦。时至夜半，文帝前坐来相就；只可叹，不问百姓事，徒然问鬼神。

【赏析】

诗用反跌法。"求贤"而不拘一格"访逐臣"，贾生"才调"又世不再出"更无伦","夜半"而谈乃至"虚前席",前三句分三层,一层更进一层地写汉文"求贤"如渴,末句却云"不问苍生问鬼神",骤然反跌,讽意婉曲中见辛辣。诗虽咏贾谊故事,其着眼点却不在个人的得失穷通,而在于感慨帝王之不能真正重视人才,使之在政治上发挥作用,即使是号称贤明的汉文帝也未能例外,何况其他?融大议论于小篇幅,而以感慨出之,便觉韵味深长,耐人寻绎。

瑶 瑟 怨①

温庭筠

冰簟银床梦不成②,碧天如水夜云轻。雁声远过潇湘去③,十二楼中月自明④。

【注释】

① 瑶瑟怨:瑶瑟是玉镶的华美的瑟。《汉书·郊祀志》记,"泰帝(天神之尊)使素女鼓五十弦瑟。悲,帝禁不止,故破其瑟为二十五弦"。后来便以瑟声代怨思。　② 冰簟银床:华美凉爽的席、床。簟(diàn),竹席,因其凉爽,故称冰簟。银床谓床之精美、银白色而有凉意。　③ 这一句暗用《楚辞·远游》"使湘灵鼓瑟兮"。又潇湘一带水草丰茂,是雁群歇息处。　④ 十二楼:暗用昆仑山有层城十二重之典。

【语译】

竹席如冰床如银,秋凉初透,佳期梦难成。夜天碧,清如水,淡云数片飘浮,似絮轻。空中鸣声传,是南雁,渐远渐杳,曳向潇湘去。高楼十二重,有佳人,中天对月明。

【赏析】

全诗不落形相,着意于环境渲染与典故暗示,遂成朦胧空灵之境。玩诗意可能是答女道士诗人鱼玄机而作。

诗题"瑶瑟怨",然而诗中无一字及于瑶瑟及"哀""怨"等字样。诗人十分聪明,瑟音无形,本难以文字描摹;怨情也抽象,更何况是靠本来无形的瑟音来传达。于是他着意从意境营造来启发想象。

"雁声远过潇湘去"是点睛之笔,引人想起楚辞中的湘灵。传说尧之二女娥皇、女英配与帝舜,舜南巡死于苍梧,二女追寻,泪尽潇湘,赴水而死,化为湘灵。大历诗人钱起《归雁》诗:"潇湘何事等闲回,水碧沙明两岸苔。二十五弦弹夜月,不胜清怨却飞来。"首次将湘灵鼓瑟与归雁揉合为一体。庭筠显然得此启发,别开新境。那远过潇湘的雁声,将深闺洞房中哀怨的女主人公与上古哀怨的鼓瑟女神联成一体,似可闻今古哀怨的清瑟声,回荡在如水碧天,似絮夜云中,这怎不使她独自伫立高高楼头,在秋月的照临下,久久神伤呢?这女子究竟是谁?诗人虽未明言,但从"冰簟银床"的精美陈设中,从梦思般朦胧的氛围中,从那似有似无的清瑟之音中,人们能感到她美,美得哀怨,美得使人心碎;又从那昆仑仙界的层城十二楼的典故中,我们更有理由猜想,她或许是一位道姑。唐代道姑多应接文士,庭筠与著名女道士鱼玄机交厚,玄机《寄飞卿》(庭筠字飞卿)诗有句云:"珍簟凉风著,瑶琴寄恨生。"对照以读,推想《瑶瑟怨》是答玄机作当不为无据。

诗的意象最见温诗特色,冰一般凉冷的竹席,霜一般清莹的银床,梦一般的柔思,水一般的碧天,轻絮一般的夜云。写雁而用"声",写过而曰"远",写去处而取神幻的潇湘,写楼高而影带昆仑仙境,这一切又笼罩在无声自明的秋光中,谐和地融为哀丽而清澄的朦胧美,与前引钱起诗的清空凄远相比,可见温李派旖旎、朦胧的发展倾向。这与新兴诗体——文人曲子词——的发展不无关系。

马嵬坡①

郑畋

玄宗回马杨妃死②,云雨难忘日月新③。终是圣明天子事,景阳宫井又何人④。

【注释】

① 马嵬坡:安史之乱,玄宗奔蜀赐死杨玉环以平军乱处(参前《长恨歌》)。相传晋人马嵬于此筑城而得名。 ② 玄宗回马:至德二载(七五七)九月长安光复,十二月玄宗由蜀返京。 ③ 云雨:宋玉《高唐赋》叙楚襄王梦见巫山神女,女自言"旦为朝云,暮为行雨,朝朝暮暮,阳台之下"。后以云雨喻男女事。日月新:指光复。 ④ "景阳"句:陈后主叔宝荒淫,隋兵攻至,偕宠妃张丽华、孔贵嫔出景阳殿,自投井中,终为隋兵所俘。

【语译】

玄宗返京过马嵬,是当年,杨妃赐死处;两情欢洽虽难忘,却换得,日月重光天地新。帝德终圣明,(江山美人,权衡得重轻,)不比当年陈后主,国破日,自投景阳宫井——何等人?

【赏析】

中晚唐间,以白居易《长恨歌》为代表咏玄宗杨妃故事的诗篇甚多,大抵以李杨爱情为线索,或叹玄宗之昏庸,或责玄宗之无情。本诗则意在翻案。"云雨难忘日月新"是关键句,既为玄宗开脱"无情"之讥,又标榜他为国割爱,断云雨而新日月的明智。末句以陈后主事作反衬,从而凸现了诗的主旨——以玄宗为"圣明天子"。"终是"二字很可玩味,谓玄宗虽于君道有所亏缺,但马嵬一从众请而诛杨氏,仍不失为圣明。这按断还是有分寸的。不过郑畋作诗时恐未曾想到,既用昏庸荒淫的典型陈后主与玄宗相比,读者对这位"圣明天子"又会作何感想呢?虽然如此,但总的看来,全诗议论正大,音节宏亮,可称"堂庑宽大",故时人许为有宰辅之气。

已　凉①

韩　偓

碧栏杆外绣帘垂②，猩色屏风画折枝③。八尺龙须方锦褥④，已凉天气未寒时。

【注释】

① 本诗录自韩偓《香奁集》。　② 碧栏杆：碧玉栏杆。　③ 猩色：猩红色。折枝：国画术语，指状画折枝花卉的图画。　④ 龙须：龙须草，属灯芯草科，茎尤细软，为名贵草席原料。

【语译】

碧玉栏杆外，绣帘低垂（它，已代替了夏日的竹帘）；猩红色的屏风上，描绘着花卉的折枝（只有她，依然艳艳"开放"）。八尺的龙须草席上，铺上了方方的锦褥（草席已太过凉冷）；原来夏暑已过，又到了，已凉天气未寒时。

【赏析】

本诗妙在通过前三句器物的变化（参"语译"），结出"已凉天气未寒时"这一节令，同时又以这时节所特有的薄愁意蕴，与一系列富贵气象的器物，形成反差，从而含而不露地渲染出富丽幽雅中那淡淡的忧伤气氛。韩偓《香奁集》的作品多为艳情，这诗中隐在的抒情主人公应是一位多愁善感的富家女子；而《香奁集》的艳情诗，据专家考证，又多有所寄托，因此这诗至少表现了这位唐末诗人对一度极盛的大唐帝国，此时已处于"已凉天气未寒时"的心理感受。

台　城①

韦　庄

江雨霏霏江草齐②，六朝如梦鸟空啼③。无情最是台城柳，依旧烟笼十里堤④。

【注释】

① 题原作《金陵图》，据本集改。按，《金陵图》与本诗同见本集卷四，诗云："谁谓伤心画不成，画人心逐世人情。君看六幅南朝事，老木寒云满故城。"本诗系韦庄中和三年（八八三）客游江南后所作。《舆地纪胜》载："台城，一曰苑城，即古建康（今江苏南京）宫城也。本吴后苑城。晋成帝咸和五年作新宫于此，其城唐末尚存。"按，东晋刘宋间谓朝廷禁省为台，所以称禁城为台城。　② 霏霏：细雨貌。　③ 六朝：指吴、东晋、宋、齐、梁、陈。　④ 烟笼：柳色如烟笼罩。

【语译】

江上细雨蒙蒙,江岸细草茸茸;六朝兴废皆如梦,只余得,江鸟空自啼。台城柳,最无情,历古今,管自新;依旧嫩绿如烟,笼罩了,十里长堤。

【赏析】

六朝繁华,迭代着六个年祚不永的王朝,却积淀了极其丰富的财富与文化,因而最能引起后人的感叹吊唱,特别是末世之人,更常起切肤惊心之痛。韦庄便是这样一位末世人,虽然有志报国,但是无力回天。特别是两年前,他在长安经历了黄巢入京的变乱,万死一生,次年迁洛阳,本年游江南,这种感触便更为真切。如果说其长篇叙事诗《秦妇吟》逼真地记录了唐末这一段历史,那么这首小诗却积淀了唐末士人预感大厦将倾的凄迷心态。

"如梦""无情"二词是关键。江雨"霏霏",雨中江草亦萋萋而"齐",江鸟的啼声也显得空茫如虚,而那十里长堤的郁郁柳色在细雨中更似烟雾般把"梦"境展向远处。虽然似梦,但那代表着生命的绿色,仍提醒着人们历史生生不息,将梦一般迷凄的六朝留在了后面,也许不久又会将盛极一时的大唐帝国也化作了又一段梦境,这真是"无情"啊!柳谐"留"音,常用作有情的征象,而此云"无情",正是特定心态的诗人的特定感觉。与李商隐《蝉》诗"一树碧无情"异曲同工。

陇 西 行[①]

陈 陶

誓扫匈奴不顾身,五千貂锦丧胡尘[②]。可怜无定河边骨[③],犹是春闺梦里人。

【注释】

① 陇西行:古乐府相和歌辞瑟调曲。原题四首,此为第二。　② 貂锦:指近卫军。汉羽林军着貂裘锦衣。刘禹锡《和白侍郎送令狐相公镇太原》:"十万天兵貂锦衣。"　③ 无定河:源出内蒙古鄂尔多斯,东南流经陕西横山、绥德等县,至清涧县入黄河。因急流挟沙,深浅无定,故名。

【语译】

决心横扫匈奴,好男儿奋不顾身;谁能料,五千禁军,肝脑涂胡尘。最可怜,无定河边尸骨白,犹是那,闺阁春宵梦里人。

【赏析】

诗以哀艳的笔调,表现战争的残酷。通过誓扫匈奴"不顾身"而终于"丧胡尘","貂锦"天兵而终于化为白骨,而森森"白骨"犹是"春闺梦里人"的层层对照,哀荣相形,产生了强烈的悲剧效果。其中地名"无定河"的运用尤其成功,前与"貂锦",后与"春闺",构成强烈的色调反差,更启人以命运无定的联想。许浑《塞下曲》"夜战桑乾北,秦兵半不归。朝来有乡信,犹自寄寒衣",构思相近,但词彩、对比不及此诗鲜明,故也不及本诗传诵感人。

寄 人[①]

张　泌

别梦依依到谢家[②],小廊回合曲阑斜。多情只有春庭月,犹为离人照落花。

【注释】

① 张泌为南唐人,本诗不应入选。　② 谢家:唐人常以谢女、谢娘、谢家称意中人。按,晋王凝之妻谢道韫有文才,后人称谢女、谢娘,借指有才学之女。又中唐名妓谢秋娘,与名相李德裕善,亦称谢女、谢娘,当是取意于谢道韫,却又转义为妓女代称。本诗为张泌赠邻女作,当取前一义。

【语译】

离别梦依依,悠悠到谢家,见小廊环合,曲栏横斜,依稀旧时模样。最多情,只有庭际春宵月,光如水,为离人,依旧照落花。

【赏析】

《词苑丛谈》卷七记载了本诗一则传说:"张泌仕南唐为内史舍人,初与邻女浣衣相善,作《江神子》词云:'浣花溪上见卿卿,眼波明,黛眉轻。高绾绿云,低簇小蜻蜓。好是问他来得么?和笑道,莫多情。'后经年不复相见。张夜梦之,寄绝句云:'别梦依稀到谢家……'"中晚唐间,类似的故事尤多,著名的有顾况《题宫中红叶》故事、崔护"人面桃花"故事等,反映了传奇小说兴盛后诗坛的一种风尚。故事或为附会,但对诗意的理解颇有帮助。

这诗写梦以寄人,更深切地表达了对伊人的入骨相思,是透过一层的写法,这是本诗的第一个佳处。写梦而能得梦境之神,这是本诗的第二个、也是更难到的佳处。前二句"依依""小""回合""曲""斜"等词,极有效地传达出梦境特有的扑朔迷离的意况。穿过了回合的小廊,诗人的梦神来到了中庭,然而伊人何在?只有中天的月色为离人照临着落花纷纷,这境象似乎映现了现实中诗人久寻浣衣女而不得的失落感。"多情"与"犹"二词深可玩味,犹即还,暗示了诗人曾经与伊人在落花时节相会中庭。人去已矣,花似往昔,月色为诗人的梦神映现了过去的一幕,故称"多情",然而这多情,也只能是慰情聊胜无而已,包蕴了更多的虚茫,犹似那在如水月光中无定飘飞的落英。……于是梦境由迷离进入虚空,隐隐地逗现着诗人在现实中的心态。

杂 诗①

无名氏

近寒食雨草萋萋②,著麦苗风柳映堤③。等是有家归未得④,杜鹃休向耳边啼⑤。

【注释】

① 杂诗:不拘流例,随感而咏之诗。前屡见。 ② 寒食:民俗清明前二日冷食不举火,称寒食节,前屡见。 ③ 著麦苗风:吹拂麦苗的风。 ④ 等是:同样是。 ⑤ 杜鹃:相传是蜀王杜宇冤死所化,夜啼至口血滴下,如呼"不如归去"。

【语译】

细雨迎寒食,滋润得芳草丰茂萋萋;春风著麦苗,又吹入水边杨柳,袅娜映长堤。都是有家不能归,那失国的冤魂杜鹃啊,再不要向我耳边悲啼:不如归去,不如归去……

【赏析】

前二句写寒食田野景象,可玩处在意象密集,用词简省。"著麦苗风柳映堤","风"前著麦地后入堤柳,是不可多得的诗化语言。也许是这细雨轻风寒日天的景象与诗人家乡的景色太过相似,也许是寒食过后到清明,是祭扫家坟的时节了,因而引动了诗人的归思。这时细雨轻风中传来了杜鹃鸟"不如归去,不如归去"的声声悲啼,诗人听得心烦,转而向鸟怨嗔:我与你还不是一样,都是有家归不得,又何必对我如此聒噪呢?这是有家无归者特殊心态的反应,怨鸟之中包蕴了与怨禽同样的愁思。于是人们不禁感到:这诗作,不正如杜鹃鸟口血声声的悲鸣么?《唐诗选脉会通评林》引周珽评云:"真情,真趣,真话,写得出,唯有情痴者能知之。""情痴"二字特中肯。

乐府

渭城曲①

王 维

渭城朝雨浥轻尘②,客舍青青柳色新③。劝君更尽一杯酒④,西出阳关无故人⑤。

【注释】

① 渭城曲:唐新曲,《乐府诗集》归入《近代曲辞》。题一作《阳关曲》,又作《送元二使安西》。元二,元姓排行第二者。安西即安西都护府治所,在今新疆库车。 ② 渭城:秦咸

阳故城,在长安西北渭水北岸。汉高祖时改名新城,汉武帝时改名渭城。浥:濡湿。　③ 柳色新:原作"杨柳春",据本集改。　④ 劝:勉。更:再。　⑤ 阳关:汉置,在今甘肃敦煌西南,与玉门关同为出塞要隘。因在玉关南,山南为阳,故称。

【语译】

朝雨洗涤了古老的渭城,沾濡得轻尘不起;旅舍畔,柳色青青,分外鲜新。元二兄啊,请您再饮一杯我送行的酒,要知道,西出阳关,就再也见不到知交故人。

【赏析】

诗以清景反衬别情,以近出暗示远赴,无限深情都从杯酒见之,最是空灵。

渭城,是唐人送别之所。一路飞尘蓬蓬,曾经遮蔽了多少送别者的泪眼;夹道杨柳依依,又几曾"留"得住过往行人的踪迹?这秦汉以来的故都,目睹了多少回人间离别情!

然而今日的渭城却别有一番景象:清晨,下过了一阵细雨,沾濡得官道之上灰不起,尘不扬,空气竟非同往日而一天澄明。水洗柳色,这客舍旁的别离树,也不似往日般启人悱恻,而竟然青青翠翠,显得分外的精神鲜新。是天意不忍再看别离的悲切,而特意为今日的行人安排?还是诗人怕说离别,而以妙笔为咸阳古道精心妆点?诗人没有说明。

别宴将尽人将去,这时,诗人没有"珍重"的叮咛,也没有"望归"的预祝,他只是说了一句话:"请再干了这最后一杯酒,须知,一出阳关,就再也没有故人。"——阳关已在中原外,安西更在阳关外,"西出阳关无故人",则到安西又如何呢?还是没有说明。

不知你是否有过这样的体验,到了至情时,言语往往变得多余。诗人其实是太敏感,也太多情。他不愿讲述多离愁的话题,只是撷出了古道今晨的清景,也许这样可以稍慰行人之心;然而到得离歌催行时,他那最后一杯敬酒,却正流露出了依然惜别的无限深情。至于送别宴间他又如何,诗中又没有说明;不过想来,应是无多话语,或者是有意不去说那离别心。

秋 夜 曲①

王　维

桂魄初生秋露微②,轻罗已薄未更衣③。银筝夜久殷勤弄④,心怯空房不忍归⑤。

【注释】

① 秋夜曲:乐府杂曲歌辞。　② 桂魄:魄为月初出或将没时的微光,又传月中有桂树,故称桂魄。　③ 轻罗:轻柔薄滑的丝绸,以指夏衣。　④ 银筝:筝为弦乐器,十三

弦。银筝，银饰的筝。殷勤：此指十分投入。　⑤ 空房：夫去房空。《古诗》："空房难独守。"

【语译】

月晕初生，秋露方依微；轻罗的衣裳，已挡不住凉意，——却还是未曾换上秋衣。夜深沉，唯将银筝久久地弹，意凄迷；只因为，空房寂寞，教妾怎忍独守归去？

【赏析】

前三句均为第四句蓄势。她久久地抚弄着银筝，如此投入，以至于浑不觉罗衣已挡不住秋夜的寒意。也许是那初生的秋月勾起了她的愁思吧？是，又不尽是，从"秋露微"的"微"字，从她所着的轻罗衣可知，这愁，还来自夏去秋来节候的更替。可见这诗写得真是细致。细致还在于它的遣词造句：轻罗、银筝，上应着桂魄，叠加成一种清华的富丽，与那"空房"独处又形成对照，交织成一种哀丽的梦一般的愁思——在篇首撒下的秋夜依微的月华露光中。

长 信 怨①

王昌龄

奉帚平明金殿开②，暂将团扇共徘徊③。玉颜不及寒鸦色，犹带昭阳日影来④。

【注释】

① 长信怨：《乐府诗集》编入《相和歌·楚调曲》，题作《长信秋词》，组诗五首，此为第三。据唐宋总集收录情况，颇疑本诗不在组诗中，当题作"长信宫"，或为组诗末章。长信，汉成帝时，班婕妤秀美能文而得宠。后赵飞燕、赵合德姐妹得势，班婕妤恐遭妒害，请求到长信宫奉侍太后。　② 奉帚：捧着扫帚，意指打扫。　③ 暂将：姑且拿取。团扇：纨制团圆形扇。相传班婕妤有《团扇诗》，以秋扇遭弃喻自己失宠。　④ 玉颜：女子容貌的美称。寒鸦：秋鸦。昭阳：昭阳宫，在长信宫东。日影：暗喻君王恩光。

【语译】

捧着帚儿，拂晓就将长信殿洒扫；百无聊赖，姑且拿起被弃的团扇在空殿徘徊。我如玉的美貌，竟不如那秋鸦的光彩；它们啊，还带着君上的恩辉，从那昭阳殿头东飞来。

【赏析】

人在非常时刻，往往有非常的心想，犹如数学上的负负得正，非常时期的非常心想，倒又是理所当然的"正常"了。这也就是诗学中所说的奇正相生，反常合道。寒鸦是可憎之物，而此时，诗中的女主人公容貌如玉，却反而羡慕寒鸦，这非常的心想，都只为她处于被弃的非常状态。这是本诗创意的妙处。

诗又好在以慕为怨，极切合宫人的地位与心态。天下无不是的君王。被弃当怨，但不能怨，不敢怨，于是只有以慕出之，从中又看到她所受到的精神压力有多重。昌龄把这一切表现得如此优柔不迫，"平明奉帚"见其冷落，团扇暗示冷落的原因是被弃，而"暂"字、"徘徊"二字更见出其百无聊赖。于是有此奇想。《新唐书》称昌龄诗"绪密而思清"，本诗是范例。

出 塞①

王昌龄

秦时明月汉时关②，万里长征人未还③。但使龙城飞将在④，不教胡马度阴山⑤。

【注释】

① 出塞：乐府《横吹曲》旧题。 ②"秦时"句：秦、汉互文，参"语译"。 ③ 万里长征：唐时戍边战士有长征健儿。 ④ 但使：只要使。龙城飞将：《汉书·武帝纪》："元光五年……（卫青）至龙城，获首虏七百级。"又《史记·李将军列传》记，李广为右北平太守，匈奴称之为"汉之飞将军"。此合用两典。 ⑤ 教：许。读平声。阴山：西起河套，东至内兴安岭，横亘今内蒙古自治区。汉时匈奴常由阴山入扰。

【语译】

依然是秦汉时的明月啊，秦汉时的关；长征健儿啊，万里戍边人未还；只要那卫青李广般的名将依然在；就不会让，胡人的铁骑过阴山。

【赏析】

这诗即景怀古，借对古代名将的思慕，暗讽当时边将不得其人，致使兵火不绝，征人不归。全诗的思理在广袤的时空中展开，富于哲理，却不落言筌。

关山与明月，是梁陈以来边塞诗中无数次出现过的题材，因而乐府《横吹曲》中便有了《关山月》的曲调。久戍边塞的征人，望着关山之上与亲人千里相共的明月，怎能不黯然神伤呢？所以《乐府解题》说"《关山月》，伤离别也"。然而本诗却突破了这一恒久的主题，独辟新境界。

"明月"临"关"，诗人即目所见的景物与他人倒并无二致，但缀以"秦""汉"两字，并以两个"时"字复沓强调，明月临关的景象顿然获得了一种悠远的时间概念。明月已不仅仅是离别的征象，它仿佛成了历史的见证人，清辉照关，终古不变，于是"万里长征"这一空间距离，也就不仅仅是当时征夫思妇个人的阻隔了，他们只是在重演着由秦历汉而至唐，千百年来"人未还"的共同悲剧。

怎样才能结束这种历史性的悲剧呢？三、四句说只要有像汉代卫青、李广这样的优秀将领镇边，就可使"胡人不敢南下而牧马"。"但使""不教"是带有明确逻辑关系的条件复句。逻辑关系明确，诗意往往会一览无余，然而诗人用了"龙城""飞将""胡马""阴山"四个与秦、汉以来汉胡相争密切相关的典故，就既避免了对如何解决"人未还"问题的直接回答，又与篇首秦、汉相呼应，于是人们仿佛看到了忧心国事的诗人，在广袤"万里"的关山间，在千古长照的清晖中久久地沉思，更不禁与他共同思索——这答案，是否完全正确呢？

清平调[①]三首

李　白

其　一

云想衣裳花想容[②]，春风拂槛露华浓[③]。若非群玉山头见[④]，会向瑶台月下逢[⑤]。

【注释】

①清平调：唐世新曲，据现存资料，为合李白此组诗而始创。　②"云想"句：谓杨妃面貌娇美，连云、花亦羡慕。清王琦注谓二句由梁元帝《采莲曲》"莲花乱脸色，荷叶杂衣香"化出。　③"春风"句：比杨妃为春风中含露鲜花。　④群玉：仙山名，《穆天子传》并注谓即《山海经》中玉山，西王母居处。　⑤会向：当向。瑶台：王嘉《拾遗记》谓碧海中有昆仑山，山对七星之下，上有九层，第九层有芝田蕙圃，皆数百顷，傍有瑶台十二，各广千步，皆以五色玉为台基，群仙居于此。

【语译】

云彩想往你的衣裳，花儿惊羡你的娇容。你好比，栏中牡丹含露笑春风。若不是群玉仙山方得见，就应是，瑶台月下才能逢。

其　二

一枝红艳露凝香[①]，云雨巫山枉断肠[②]。借问汉宫谁得似，可怜飞燕倚新妆[③]。

【注释】

①红艳：指玄宗与杨妃所赏玩之红牡丹而兼比杨妃。　②"云雨"句：言楚襄王与巫山神女梦会事属虚妄，以反衬帝妃之欢爱。断肠，此指羡爱欲死。　③"借问"二句：谓杨妃美于汉成帝后赵飞燕。可怜，可叹。倚新妆，凭借新妆。

【语译】

您好比那红艳的牡丹，承露凝清香；说什么襄王巫山云雨梦，见了您啊，也当羡爱空断肠。试问汉宫佳丽，谁人可比并；可叹那飞燕皇后，也得靠新妆。

其 三

名花倾国两相欢①,常得君王带笑看。解释春风无限恨②,沉香亭北倚栏杆③。

【注释】

① 名花:指牡丹。倾国:指杨妃,参白居易《长恨歌》首句注。　② 解释:动补结构。解,懂得;释,消释。春风无限恨:指玄宗春恨情肠。　③ 沉香亭:在兴庆宫龙池东。是帝妃赏花处。倚栏杆:指倚栏而立的杨妃。

【语译】

名花、美人相对更相欢,常使那风流君王带笑来观赏。谁懂得,消释天子春恨与情肠;唯有那,沉香亭北的倚栏人。

【赏析】

《松窗杂录》记:开元中,禁中初垂木芍药,即牡丹花,得四株,红、紫、浅红、纯白。玄宗移植于兴庆池东沉香亭前,花盛开时,趁月召杨妃观赏。乐工欲歌,玄宗说"赏名花,对妃子,焉用旧乐词为?"便命李龟年持金花笺宣翰林待诏李白进《清平词》三章,李白宿醉未解,奉诏援笔立成。玄宗命梨园子弟调抚丝竹,命李龟年歌之,自己调玉笛以倚曲,"每曲遍将换,则迟其声媚之"。李白由此而得宠信。以上所记"开元中"的时间肯定弄错了。李白为翰林待诏在天宝初。杨玉环为玄宗妃在开元末,天宝初封贵妃,怎可能提前到开元中赏花作词呢?但所记沉香亭前赏牡丹的情节与诗意正合,其确实时间当为天宝二年暮春,而所记玄宗句"赏名花,对妃子"正可为组诗纲领。

诗人在处理名花与美人的关系上是以花映人,花为辅,人为主。而就组诗内在联系看,则是一、二首暗喻,第三首明挑。此外在细部上又自有针线衔接。可称结撰精巧,但读来却有风行水上之感。这是最值得称道的,今略为诠解。

第一首的中心句是"春风拂槛露华浓",孤立地看,这是写花,但既以"云想衣裳花想容"引起并作陪衬,自然可明白"花"所"想"者其实是人。黄叔灿《唐诗评笺》评曰:"此首咏太真,著二'想'字妙。次句人接不出,却映花说,是'想'字之魂。'春风拂槛',想其绰约;'露华浓',想其芳艳。脱胎烘染,化工笔也。"此说前两句甚明。三、四句以"玉山""瑶池"仙女作比,既进一步醒明诗主为人,更就二句所表现的风韵仪态作了发挥。既化实为虚,又以"若非""应是"虚词勾带,与起首"云想""花想"相呼应,更使杨妃之美有空灵如仙之感。

第二首起句"一枝红艳露凝香",如前人多所指出,是承第一首"花想容"而来,仍是以花暗喻人。次句"云雨巫山枉断肠","云雨"在意象上与上首"云想"又有若即若离的联系,而巫山神女,又点明所写为似仙之人。巫山神女既只是神话梦幻,故三、四句言,必欲求其似,则唯有汉宫飞燕庶几近之,然而还必须

"倚新妆"。这样由神而人，连用两层衬托，把杨妃之美写到了极至。

如果说第一首专写杨妃之美，则第二首巫山神女、汉宫飞燕，已隐含楚襄王、汉成帝二位君王，从而为第三首那位"君王"的出场作了铺垫。李锳《诗法易简录》："此首乃实赋其事而结归明皇也。"甚是。赞花是为了赞妃，赞妃又是为了颂圣，结到明皇方合应制诗的规范。见"名花倾国两相欢"的主语，是"长得君王带笑看"的"君王"唐明皇。当时宠妃武惠妃已经去世，明皇不免春恨，故三、四句一笔绾君王、妃子、名花三者，谓懂得消解君王春恨者，唯此时倚栏对花之杨妃。这样便上应首句，结束组诗。这一首中"两相欢""带笑""释恨""倚栏"，环环相扣相生，笔法精细而摇曳生姿。明人陈继儒《唐诗三集合编》评云："三诗俱戛金石，此篇尤胜，字字得沉香亭真境。"确实三诗中应推此首最佳，佳在实写其事而运笔空灵跳脱，不过这种效果与前两首虚写的铺垫是分不开的。

前人每以为这组诗"美中带刺"，恐怕是"固哉，高叟之为诗也"。又有人贬之为"平平宫艳体耳"，亦是心中横亘了诗教的成见之论。宫艳体未必无好诗，能艳而不俗，写出风神韵度，便是艳而能清。《清平调》三首便达到了这一境界。

出 塞①

王之涣

黄河远上白云间②，一片孤城万仞山③。羌笛何须怨杨柳④，春风不度玉门关⑤。

【注释】

① 出塞：乐府横吹曲辞，原作二首，此为其一。题一作《凉州词》。参前王翰《凉州曲》。 ② 黄河：一本作"黄沙"。 ③ 仞：三十尺。 ④ 羌笛：今横吹笛子，出于羌中，故名。杨柳：乐府横吹曲有《折杨柳》曲，音调怨伤。 ⑤"春风"句：语意双关，既言边地荒凉，春风不至。又暗寓君恩不到。《汉书·李广利传》载，贰师将军李广利出师西域，期至贰师城取良马，作战经年死伤无算，请班师。汉武大怒，发使阻断玉门关，下令"军有敢入者，斩！"玉门关在今甘肃敦煌，为中土向西域要隘。《汉书·西域传》："（西域）东则接汉，扼以玉门、阳关。"

【语译】

西望，黄河似带，远远连上白云间；山原万丈高耸，拥簇起孤城一片悲慨。羌笛横吹《折杨柳》，怨调何须叹；应知取，春风浩荡，自古来，吹不过，玉门关。

【赏析】

诗写戍边将士思乡之情，怨苦中仍见盛唐人强昂心态。"怨"字是全诗中心，诗人将抽象的怨思化作具体、丰富的形象，使它变得可感而又朦胧。"怨"字置于第三句尤见匠心，既反挑前两句视觉形象的意蕴，又融入诉诸听觉的笛声，转出又一幅虚实相映的景象，形成全诗多层次而浑然一体的景象与收放跌宕的节奏。其设色遣词，双关运用尤其成功。高适有《和王七听玉关吹笛》诗，王七即之涣，七是排行。高诗题目指实，可知之涣此诗是实地经验，非泛泛拟作。约写于开元中漫游大河南北时。

前两句写由东向西远眺边城的感受。大河滔滔，奔腾东来，溯流而望，黄水似从白云间泻落；"黄""白"相映，"上"字更加强了大河似高从天上来的声势。在这浩瀚苍莽的大背景中，又见冈峦起伏，高山"万仞"；山上蜿蜒着、矗立着"一片"防边的"城"垒。这边垒因黄河白云，山峰万仞的两层拥托，既显得孤拔雄悍，又不免孤独悲凉。诗以"孤城"居于山前，又以"一片"强调之，而与"万仞"对应，就使这边城成为画卷主体，卓拔而又孤独的感受也充分凸现出来了。

孤城给诗人印象是如此地强烈，更何况忽又传来边塞征人《折杨柳》的羌笛声。唐人盛行折柳赠别的习俗，如果是柳色青青，至少能使离乡的征夫，起一种虽然愁苦却也真切的别时忆念。奈何边地春来迟，柳树尚未泛青，这又怎能不使羌笛声，更为似怨如诉呢？诗人面对大漠孤城，耳聆羌笛悲怨，又何忍卒听？他也不知如何来安慰边人的心，只能道：你不必去怨怪那无知的杨柳，须知，东来的春风，从来吹不到玉门关，又何况"征人更在玉关西"……

"孤城"岸立的形象，似乎是戍边将士孤独而又强毅形象的象征，所以诗人的同情也分外强烈，以至不禁要在末句暗暗埋下一枚怨刺的"钉子"，这"春风"是否仅仅是自然的春风呢？如果你熟知汉事，必能从汉武帝阻断玉关的史事中，领会到"春风"的言外之意。这就是典故的隐喻作用。

金缕衣[①]

杜秋娘

劝君莫惜金缕衣[②]，劝君惜取少年时。花开堪折直须折[③]，莫待无花空折枝。

【注释】

①　金缕衣：唐世新曲，本诗或为创调。　②　金缕衣：饰以金饰的舞衣。缕是织法。梁刘孝威《拟古应教》："青铺绿璀琉璃扉，琼筵玉笥金缕衣。"　③　直须：就应。

【语译】

劝君啊，不要舍不得一件金缕衣；劝君啊，应把少年时光最惜取。趁着鲜花盛开啊，若能攀折就快快地折；莫等到，花瓣儿黄落啊，徒然折得空枝子。

【赏析】

本诗作者，《全唐诗》作无名氏。按，杜秋娘为金陵歌女，年十五为镇海节度使李锜侍妾，有才情。宪宗时，李锜得罪，杜被籍入宫中。穆宗即位，命之为漳王傅姆。王因罪被废削，杜赐归故乡。杜牧有诗记其事。相传杜秋娘善唱《金缕衣》曲，或因此被传为此曲作者。

诗的作者有歧说，而诗的本身也有歧解，或由三、四句认为教人及时行乐，或由第二句解作戒人惜取寸阴。按此诗是歌姬舞女对客示爱所作。金缕舞衣虽美，只是外在之物；少年时，方是本质，诗用前者陪衬后者。风尘中的女作者先请少年客人不要看重舞衣之美，而应看重自己的青春丽质。三、四句更进一步借花为喻，说如果现在不来爱我，待我年长色衰，再来就我，就好比折取无花空枝一般无趣。《敦煌曲子词》有云"莫攀我，攀我太心偏，我是曲江临池柳，这人折了那人攀，恩爱一时间"，亦妓家以花柳自比，可为上说印证。诗意本来很明白，之所以会曲解为惜取寸阴，可能因杜牧《杜秋娘》诗对秋娘大加赞美之故，从而将"劝君惜取少年时"孤立理解所致。后人将本诗选入《名媛诗归》《历代名媛诗词》，只怕是天大的误会。蘅塘退士录入本诗，也因而全乖本意。

虽是歌女之作，但确是好诗，《历代名媛诗词》对它艺术性的分析倒是中肯的："词气明爽，手口相应，其'莫惜''惜取''堪折''须折''空折'，层层跌宕，读之不厌，可称能事。"这种朴质的修辞手法，造成了全诗回环清朗的音响节奏，是民间歌辞的最大特色。

作者小传

（以生年为主，酌参行止排列）

骆宾王(638?—?) 婺州义乌(今浙江义乌)人。高宗时供职道王府。累迁侍御史，谪临海丞。郁郁不得意，弃官而去。李敬业起兵扬州，宾王参与其谋，兵败不知所终。为初唐四杰之一(参王勃小传)，其诗才思富丽，工于用典与布局谋篇，每于盘曲深秀中见清刚之气。有《骆丞集》(一称《骆临海集》)。

杜审言(645?—708) 字必简，巩县(今河南巩义)人。杜甫祖父。高宗咸亨元年(670)进士及第，官洛阳丞，坐事贬吉州司户参军。武后时，授著作郎。因与幸臣张易之交往，中宗神龙时流峰州。不久，起为国子监主簿，修文馆直学士。卒年六十余。与李峤、崔融、苏味道共称"文章四友"，又与沈佺期、宋之问齐名，同为今体诗形成的奠定者。较之沈、宋，其诗气魄宏大，创意造言，不落凡近，杜甫曾说："吾祖诗冠古。"(《赠蜀僧闾丘师兄》)受到他的启发影响。有《杜审言集》。

王 勃(650?—676) 字子安，绛州龙门(今山西河津)人，王绩之侄，麟德间进士及第。官虢州参军，往交州省父，溺海而亡，与骆宾王、卢照邻、杨炯并为"初唐四杰"。各体并能，以六朝声辞抒清刚之气。兼擅骈文。有《王子安集》。

宋之问(656?—713?) 一名少连，字延清，汾州(今山西汾阳)人，一说虢州弘农(今河南灵宝)人。高宗上元二年(675)登进士第，官至考功员外郎，世称宋考功，与沈佺期并称"沈宋"，五律精缜而有疏朗之气，对律体形成足具影响，有《宋之问集》。

沈佺期(656?—713) 字云卿，相州内黄(今属河南)人，上元二年(675)进士及第，官至太子少詹事，世称沈詹事。因谄事张易之放驩州。与宋之问并称"沈宋"。尤长律体，清丽精切。对律体定型足具影响。有《沈佺期集》。

陈子昂(659—700) 字伯玉，梓州射洪(今属四川)人，高宗开耀二年(682)进士及第，官至右拾遗，世称陈拾遗，为武氏所排解职归乡。又遭诬入狱，忧愤而卒。标举汉魏风骨，排击绮靡文风，擅五古，高朗清峻有浩气。有《陈伯玉集》。

贺知章(约659—744?) 字季真，会稽(今浙江绍兴)人。武后证圣元年(695)进士及第，官至太子宾客，秘书监。天宝三载，请度为道士，回乡不久卒。性情放诞，自号四明狂客，好饮酒，善诗歌及草隶书。与李白一见为忘形交，称白为谪仙人，杜甫作《饮中八仙歌》，列为"八仙"之首。《全唐诗》录存其诗一卷。

张　旭　字伯高，苏州吴(今江苏苏州)人，公元711年前后尚在世。曾官常熟县尉。狂放工书，人称"草圣"。文宗时，诏以张旭草书与李白诗歌、裴旻剑舞为"三绝"。诗风流丽中见蕴藉，独具风神。《全唐诗》录存其诗六首。

金昌绪(生平事迹不详)　余杭(今属浙江)人。从计有功《唐诗纪事》将其列在苏晋、张九龄之前，推知当是开元、天宝时人，故权系于此。其诗仅存有《春怨》，录入《唐诗纪事》卷十五。

张九龄(678—740)　一名博物，字子寿，韶州曲江(今广东韶关)人。武后时中进士。玄宗时，制举得高第，官至同中书门下平章事，中书令。立朝正直，为开元贤相之一。开元二十四年为李林甫所排，次年贬荆州长史，卒于任所。早年以文学为张说激赏，其诗情致深婉，蕴藉自然。晚遭谗毁，身世感慨，寄托于诗，风格转趋朴质遒劲。与张说先后为初盛唐诗中介。有《张曲江集》。

唐玄宗(685—761)　即李隆基。睿宗李旦第三子。延和元年(712)受睿宗禅，在位四十七年。年号先天、开元、天宝。早期励精图治，史称"开元盛世"。后因任用奸邪，奢侈无度，导致"安史之乱"。奔西蜀，途中传位于太子李亨。后以太上皇身份回长安，郁郁而死。多才艺，五言诗整丽精工，宽博舒展。又右文重士，于盛唐诗歌大盛，有推动作用。《全唐诗》录存其诗一卷。

王　翰(生卒年不详)　字子羽，并州晋阳(今山西太原)人，睿宗景云元年(710)进士(《唐才子传》作开元十一年(723)进士。此从《唐诗纪事》)，受知于张说，官至通直舍人，后外贬州别驾、司马。任侠尚气，诗风亦豪。《全唐诗》存其诗一卷。

王　湾(生卒年不详)　洛阳(今属河南)人。先天年间(712—713)中进士。官荥阳主簿，调洛阳尉。工五言，自然秀丽，境界开阔，"海日生残夜，江春入旧年"一联，张说手书于政事堂，每示能文，以为楷式。《全唐诗》录存十首。

刘眘虚(生卒年不详)　字挺卿，又字全乙，新吴(今江西南昌西)人，一说嵩山人。开元十一年(723)进士及第，官洛阳尉及夏县令。约卒于天宝初。诗多幽峭之趣，和孟浩然交谊甚深，并为高适所推重。《全唐诗》录存其诗一卷。

王之涣(688—742)　字季凌，晋阳(今山西太原)人。曾任文安县尉。善乐府，工边塞诗，悲歌雄浑。《全唐诗》存其诗六首。

孟浩然(689—740)　字浩然，襄州襄阳(今属湖北)人。早隐岘山，年四十游长安，举进士不第，得名相张九龄赏识，为荆州从事。旋归乡疽死。与王维并称"王孟"，为盛唐山水田园诗代表作家，工五言，清淡幽远中见狷介之气。有《孟浩然集》。

崔　颢(?—754)　汴州(今河南开封)人。开元十一年(723)中进士。天宝中官尚书司勋员外郎。以才名著称，好饮酒赌博，行为轻薄，为时论不满。早年为诗，情致浮艳。后游览山川,从军东北边塞,风格转为雄浑豪宕。殷璠评曰:"晚节忽变常体,风骨凛然。"(《河岳英灵集》卷中)《全唐诗》录存其诗一卷。

祖 咏(生卒年不详) 洛阳(今属河南)人。开元十二年(724)进士及第。一生贫病交迫。与王维交谊最深,后移家汝水附近,终身未入仕。诗风清新洗净,颇见锻炼之功。《全唐诗》录存其诗一卷。

李 颀(?—约753) 赵郡(今河北赵县)人,寄籍颍阳(今河南登封西)。玄宗开元二十三年(735)中进士。官新乡尉,后弃官归隐少室山东川别业,世称李东川。与王维、王昌龄、高适等相友善,诗备众体,多玄趣,奇纵豪丽中见清刚之气,幽远之致。七言歌行及七律尤为后世所推重。有《李东川集》。

裴 迪(生卒年不详) 关中人,与王维、崔兴宗、丘丹等同隐终南山,天宝后曾为蜀州刺史。诗风清淡似王维,而精丽空灵逊之。《全唐诗》录存其诗二十九首。

崔国辅(生卒年不详) 吴郡(今江苏苏州)人。开元十四年(726)中进士。曾官山阴尉、许昌县令,集贤院直学士,礼部员外郎。天宝中,贬晋陵司马。诗擅五言,尤工乐府小诗,殷璠评为:"婉娈清楚,深宜讽味。"(见《河岳英灵集》卷中)《全唐诗》录存其诗一卷。

常 建(生卒年不详) 里贯未详,开元十五年(727)进士及第。曾任盱眙(今属江苏)尉。仕途失意,漫游山水,后隐鄂渚,天宝中卒。五律尤工,善以幽深之笔写孤介情怀,清远有致。有《常建诗集》。

綦毋潜(692?—755?) 字孝通,一作季通,虔州(今江西赣州)人,开元十四年(726)进士及第,累官至著作郎,后归隐。工五言,古体尤佳,清丽峭萃有幽情远意。《全唐诗》录存其诗一卷。

王昌龄(?—756?) 字少伯,京兆长安(今陕西西安)人,开元十五年(725)进士及第,曾为江宁令,贬龙标尉,世称王江宁、王龙标。安史乱中弃官赴江东,为濠州刺史闾丘晓所杀。不护细行,诗备众体,七绝边塞诗、宫怨诗尤佳。句格俊爽,思理细致而浑成自然。《新唐书》称之为"绪密而思清"。时称"诗家夫子""七绝圣手"。有《王昌龄集》。

高 适(700?—765) 字达夫,渤海蓨(今河北景县)人。早年落拓,天宝中举有道科及第。安史乱后屡为刺史、节镇,官终散骑常侍,世称高常侍。擅古体,五七言并擅,多边塞之作,慷慨雄劲,多胸臆语,与岑参并称"高岑",为盛唐边塞诗代表作家。有《高常侍集》。

王 维(701?—761) 字摩诘,太原祁(今山西祁县)人。开元九年(721)中进士,累迁至给事中,安史乱中陷贼受伪职,乱平降官,又数迁至尚书右丞,世称王右丞。诗画音乐兼擅,又精禅学。诗风多样而以山水田园为长,五言尤佳,与孟浩然并称"王孟",又有"一代文宗"之誉。善以声光影色写意传神,清丽幽远,有"诗画"之称;又常蕴佛理,人称诗佛。作风衣被大历一代。有《王右丞集》。

李　白(701—762)　字太白，号青莲居士，绵州彰明(今四川江油)人。行侠好道，不屑科举，平揖王公、游隐名山，以期一鸣惊人。天宝初待诏翰林，因得罪权贵放回。安史乱中为永王李璘幕僚，因王族争权，连累入狱，流夜郎，中途赦归，后病贫卒于当涂。各体俱能，豪纵不拘，清逸奇丽，想落天外，时评"奇之又奇，骚人以还，鲜有此体"，是盛唐精神的杰出代表。世称李青莲、李翰林、谪仙人、诗仙。与杜甫交厚，并称"李杜"，为中国诗史上双峰并峙的巨匠。有《李太白集》。

崔　曙(?—739?)　宋州(治所在今河南商丘南)人。《本事诗》载其为开元二十六年(738)进士，以试《明堂火珠诗》得名，次年卒。与薛据为诗友。殷璠《河岳英灵集》列其诗于下卷之首，评云："多叹词要妙，清意悲凉，送别登楼，俱堪泪下。"《全唐诗》录存其诗一卷。

丘　为(生卒年不详)　嘉兴(今属浙江)人，天宝二年(743)中进士，累官至太子右庶子，德宗建中年间犹在世，终年九十六岁。性孝谨温厚，诗亦淡荡和平，善五古，为王孟流亚，而较素朴质野。《全唐诗》录存其诗十首。

杜　甫(712—770)　字子美，自称"少陵野老"。河南巩县(今河南巩义)人。杜审言之孙。举进士不第。献赋得微官。安史乱中，奔凤翔投肃宗，为左拾遗。长安光复，因事贬为华州司功参军。后去官入蜀凡六年，为检校工部员外郎。乱后拟北归，贫病死于江湘舟中。家世"奉儒守官"，以济物拯民，致君尧舜为己任。诗擅各体，均有开创。多反映安史乱后时局，以家难与国忧交融一体，感情博大深沉，而善于在严谨的格律中驰骋变化，自称"沉郁顿挫"。世称"诗史""诗圣"。又因居地与历官称杜少陵、杜工部等。与李白交好并称"李杜"，在盛唐气象中开中唐以后各家风气，为横跨盛中唐之巨匠。有《杜工部集》。

岑　参(715?—770)　字不详，江陵(今属湖北)人。天宝三载(744)进士及第，屡为边塞节镇幕僚，官至嘉州刺史，世称"岑嘉州"。与高适并称"高岑"，是边塞诗代表作家。尤擅七言歌行，急管繁弦，奇丽新警，气势磅礴。有《岑嘉州集》。

皇甫冉(717?—770)　字茂政，丹阳(今属江苏)人。天宝十五载(756)中进士，官终左补阙，世称"皇甫补阙"，又与其弟曾共称"二皇甫"。诗擅五言，以世道艰难，多漂荡之叹。风格清丽幽绝，巧于文字，构思新颖，上承王维而近于大历十才子。有《皇甫冉集》。

元　结(719—772)　字次山，号漫郎、聱叟、猗玗子，河南(今河南洛阳)人。天宝十三载(754)进士。安史乱中因功任道州刺史，终容管经略使。工诗善文，刻意复古，多讽谕之作，摈排近体，朴质劲健，而略嫌枯槁。又编沈千运等七人五古为《箧中集》，共为盛、中唐间复古流派。有《元次山集》。

钱　起(720?—782?)　字仲文，吴兴(今属浙江)人。天宝九载(750)进士，仕终考功郎中。为"大历十才子"之一，和郎士元齐名。擅五律，时有"前有沈、宋，后有钱、郎"之誉。接迹王维，清丽淡雅而炼饰过之，反趋平弱。有《钱考功集》,其中《江行无题一百首》是其孙钱珝所作。

刘方平(生卒年不详) 河南洛阳人。隐居不仕,与元德秀交善,和李颀、皇甫冉、严维等人相唱和。工诗善画。诗多悠远之思,笔意清新宛曲,以韵致胜。《全唐诗》录存其诗一卷。

张 继(生卒年不详) 字懿孙,襄州(今湖北襄阳)人,安史乱中,久游吴越,官至检校祠部员外郎,分掌财赋于洪州。世称张祠部。工近体,七绝尤胜,清丽悠远,深于比兴。《全唐诗》录存其诗一卷。

刘长卿(?—789?) 字文房,河间(今属河北)人。天宝中登进士第。入仕后两度遭贬,官至随州刺史,贞元初去任,游于江淮。世称刘随州。工律体,尤擅五律,自诩"五言长城",善炼饰修饬而以简淡之笔出之,颇耐讽诵寻味,唯"十首以上,语意略同"。有《刘随州诗集》。

皎 然(720?—贞元末) 诗僧,字清昼,本姓谢,吴兴(今属浙江)人。谢灵运十世孙,出入儒墨佛道,安史乱后,皈依空门。为大历、贞元间江南诗人代表人物。以南禅宗风气入诗,由大历之清丽而转趋清狂,对元和诗风有一定影响。有《杼山集》及诗论著作《诗式》、《诗议》。

司空曙(生卒年不详) 字文明(一作"文初"),广平(今河北永年)人。家境贫困,性情耿介,不愿干谒权贵。大历时曾任左拾遗,后贬为长林丞,官终虞部郎中。为"大历十才子"之一。其诗于声律藻丽之外,能以情词真切见长。有《司空文明诗集》。

韩 翃(生卒年不详) 字君平,南阳(今河南沁阳)人。天宝十三载(754)进士。安史乱后,流浪江湖,曾参淄青及宣武节度使幕。德宗时,以驾部郎中知制诰。官终中书舍人。其诗兴致繁富,尤善设色,清空不及钱起而流丽过之。有《韩君平集》。

顾 况(730?—820?) 字逋翁,海盐(今属浙江)人。至德二载(757)进士及第,官至著作佐郎,贬饶州司户参军,后归隐,自号华阳山人。尤擅七言歌行及七绝,发扬踔厉,以俗为奇,然时而流于率露,对元和后韩、白二派有不同影响。有《顾华阳集》。

柳中庸(?—775?) 名淡,以字行。河东(今山西永济西)人。古文家萧颖士之婿,曾诏授洪州司户曹掾,不就。与皎然、陆羽、李端等交善,擅七言,近体较胜。丰茂畅达,有盛唐之概。《全唐诗》录存其诗十三首。

戴叔伦(732—789) 字幼公,润州金坛(今属江苏)人。累迁至抚州刺史,终容管经略使。贞元中有诗名,清词丽句,秀而不弱;乐府讽谕,哀感动人。有《戴叔伦集》,唯多伪作。

韦应物(737?—791?) 字未详,京兆长安(今陕西西安)人。少年时以三卫郎事玄宗,安史乱后历任郎官与滁、江、苏州刺史,世称"韦江州"、"韦苏州"。又因曾任左司郎中,称"韦左司"。性本豪侠,中年后转趋淡泊,诗宗"王孟"而气局舒远，秀朗闲淡，自成一家。与稍后柳宗元并称"韦柳"。有《韦苏州集》。

李　端（生卒年不详）　字正己，赵州（今河北赵县）人。大历五年（770）进士及第，任秘书省校书郎，后贬杭州司马，约兴元年（784）略后卒，世称"李校书"，为"大历十才子"之一。五律体法钱起，清丽疏隽而幽玄不逮，体现了大历至贞元诗风流变之渐。有《李端诗集》。

卢　纶（748?—799?）　字允言，河中蒲（今山西永济）人。安史乱起，避寇南行，客居鄱阳。大历初，屡举进士不第。因宰相元载素赏其文学。得补阌乡尉，迁监察御史。建中初，为昭应令。复为浑瑊河中同陕虢行营判官。终检校户部郎中。于"大历十才子"中，诗才较为雄放，不穷于篇幅，也不仅以秀丽见长，惟时入俗调，可见"十才子"流变。有《卢纶诗集》。

李　益（748—829?）　字君虞，陇西姑臧（今甘肃武威）人。大历四年（769）进士。宪宗时召为都官郎中，迁中书舍人。擅近体，多边塞诗，七绝尤长，俊丽浑成，音调圆美，得李白、王昌龄神髓；而气韵衰飒，设想转新，见中唐特点。所作多为当时乐人传唱。有《李君虞诗集》。

孟　郊（751—814）　字东野，湖州武康（今浙江德清）人，贞元十二年（796）登进士第，年已五十。沉沦下僚，病苦而卒。与韩愈交厚，并称"韩孟"，共创险怪诗派。工古体，多寒苦之音，瘦硬槎梧，奇想入僻，故又与贾岛并称为"郊寒岛瘦"。有《孟东野诗集》。

权德舆（759—818）　字载之，天水略阳（今甘肃秦安）人，迁丹徒（今江苏镇江）。由江西从事进身，历官至礼部尚书、同中书门下平章事；又为刑部尚书，出为山南西道节度使。卒谥文，世称权文公。曾拔擢后进百余人，有"文宗"之称。宫廷体诗典雅清丽而精彩不足。闲情与对友之作颇放自恣而不流于轻薄，上承贞元时吴中风气而开后来白体之先声。有《权载之集》。

张　籍（767?—830?）　字文昌，苏州（今属江苏）人。贞元十四年（798）进士，官至水部郎中、国子司业，世称"张水部""张司业"。为韩门子弟，又与白居易交厚。乐府与王建并称"张王乐府"，为新乐府运动辅翼，风格简洁浅切中见倔奇警深。近体轻清自然，近而能远，开中晚唐一派风气。有《张司业集》。

王　建（767?—830?）　字仲初，颍川（今河南许昌）人。由昭应尉，累官至陕州司马（一说至光州刺史）与张籍齐名，工乐府古诗以咏时事，称"张王乐府"，浅切而崛奇，发人警省。近体流利轻丽中颇见巧思。宫词号百首，为宫中写实，是唐代宫词一大转变。有《王建诗集》。

韩　愈（768—824）　字退之，河南河阳（今河南孟州）人。贞元八年（792）中进士，三试吏部而不售，转由军幕入仕后两度以直谏远贬南荒，官终吏部侍郎，世称"韩吏部"。又以郡望昌黎，谥"文"，称"韩昌黎""韩文公"。为中唐古文运动领袖，与柳宗元并称"韩柳"。诗与孟郊并称"韩孟"。尤擅古体，承杜甫、李白而变化之，驱驾气势，瑰奇壮美，又好以文法入诗，以议论入诗，以才学争胜，避熟就生，化俗为奇，遂于唐音中别创雄壮恢诡一格，开宋人风气。有《昌黎先生集》。

刘禹锡（772—842）　字梦得，洛阳（今属河南）人。贞元九年（793）进士及第，又中博学宏词科。参与"永贞革新"，事败南贬，后历任州刺史，入朝，官终检校礼部尚书。工近体，沉着稳练，风调自然，格律清切。《竹枝》得民歌风韵，别开生面。与白居易并称"刘白"。有《刘禹锡集》。

白居易（772—846）　字乐天，晚号香山居士。太原（今属山西）人。贞元十六年（800）进士及第，又中才识兼茂明于体用科。元和初，官至赞善大夫，因谏事外贬江州司马。后多历州刺史，晚年以太子宾客及太子少傅分司东都，终刑部尚书。世称"白香山""白少傅""白尚书"。与元稹齐名称"元白"，倡新乐府运动，讽谕激切；流连光景之作，则闲适轻利，称"白体"，对晚唐影响尤著，亦开宋调先声。诸体均以浅切称，与韩孟诗派共为元和新变两大表现。又与刘禹锡交厚，称"刘白"。有《白氏长庆集》。

柳宗元（773—819）　字子厚，河东解（今山西运城解州镇）人。贞元九年（793）中进士，又中博学宏词科，参与"永贞革新"，事败贬永州司马，调柳州刺史，卒于任。世称"柳河东""柳柳州"。散文与韩愈并称"韩柳"，诗与稍前韦应物并称"韦柳"。工五言，古体尤佳。多幽愤之思，于幽峭掩抑中见深沉之致，有峻洁之誉；七言近体流丽，多以南国风物入诗，亦别开生面。有《柳河东集》。

元　稹（779—831）　字微之，河南（今河南洛阳）人。贞元九年（793）明经及第，又登才识兼茂明于体用科，名列第一。累官至监察御史，得罪宦官，贬江陵士曹参军。穆宗时不断升迁，官至宰相，为时论不满，出为方镇，卒于武昌节度使任上。与白居易齐名，称"元白"，为新乐府运动中坚。近体每具峭健之作。又善咏风态物色，风格轻艳，为"元和体"之一种，时人传之，颇影响于晚唐。悼亡诗哀感动人，曲尽情事，尤传诵。有《元氏长庆集》。

贾　岛（779—843）　字阆仙，范阳（今河北涿州）人。初为僧，法名无本。还俗，屡举不第，后为长江主簿，终普州司仓参军，世称"贾长江"。为韩门子弟而工五律，与姚合并称"贾姚"。苦吟入僻，幽峭寒洁，而时入晦涩，因又与孟郊共称"郊寒岛瘦"。于晚唐诗风影响最著。有《贾长江集》。

张　祜（785?—852?）　字承吉，贝州清河（今属河北）人。约生于贞元中，元和、长庆间，以诗名见重当时。为令狐楚赏识，曾向朝廷推荐，但因元稹作梗，未授官。后客淮南，与杜牧相友善。其诗风格爽丽，与杜牧有相近处。牧曾赠诗云："何人得似张公子，千首诗轻万户侯。"晚年爱丹阳曲阿山水，筑室隐居。卒于大中年间。有《张承吉文集》。

朱庆馀（生卒年不详）　名可久，越州（今浙江绍兴）人。宝历二年（826）进士及第，官秘书省校书郎。诗学张籍，近体尤工，清丽浅切，而巧思动人。有《朱庆馀诗集》。

杜　牧（803—853）　字牧之，京兆万年（今陕西西安）人，大和二年（828）进士，历官中央及地方，终中书舍人，世称"杜紫微"（中书省别称），又因居处称"杜樊川"。慷慨有大略，诗文并擅。工近体，七言最佳，骨气豪宕，于拗峭之中见风华掩映之美，得杜诗精神而多以颓放出之。七绝咏史诗更议论开辟，流利豪宕，为一时之冠。与李商隐并称"小李杜"。有《樊川文集》。

李商隐（812—858?）　字义山，号玉溪生，怀州河内（今河南沁阳）人。开成二年（837）进士。因无端被卷入"牛李党争"，一生困顿，沉沦下僚，英年而卒。工骈文与诗，均称大家。诗与杜牧齐名，称"小李杜"，工近体，七律尤长，得李贺之绪而上窥杜甫，构思缜密，精丽婉折，深情邈绵，时见晦涩，其末流衍为宋初"西昆体"。有《李义山诗集》《樊南文集》。

杜秋娘（生卒年不详）　金陵女子，为节度使李锜妾，善唱《金缕曲》。李锜事败，没入宫中，有宠于宪宗。穆宗时为漳王傅母。文宗时漳王得罪国除，诏赐秋娘归老故乡。杜牧有《杜秋娘诗》长篇录其身世。存诗仅此一首，亦可疑。

许　浑（生卒年不详）　字用晦（一作仲晦），润州丹阳（今属江苏）人。大和六年（832）进士。历官至虞部员外郎，睦、郢二州刺史，因家居丁卯村，世称"许丁卯"。与小李杜同时，擅近体，颇负盛名。其诗工稳丽密，字句格律，有独到之处，但才气不高，篇末每蹶，和杜、李不可相提并论。有《丁卯集》。

温庭筠（?—866）　原名岐，字飞卿，太原（今属山西）人。久举不第，后为国子助教，世称"温助教"；又因八叉手可成八韵，称"温八叉"。性放荡不羁，诗词并擅。诗与李商隐并称"温李"，古体得李贺之绪，秾艳近涩。律体则清丽疏宕中见狂放傲兀。词开"花间"一派，与韦庄并称"温韦"。有《温飞卿诗集》。

薛　逢（生卒年不详）　字陶臣，蒲州（今山西永济）人。会昌元年（841）中进士。历侍御史，出任巴、蓬、绵三州刺史，官终秘书监。早负才名，词华赡富。落笔即成，唯有时出之太易，不免浅俗。《全唐诗》录存其诗一卷。

李　频（815?—876）　字德新，睦州（今浙江建德东）人。大中四年（850）进士。官至建州刺史，世称"李建州"。诗工五律，得贾岛、姚合余绪，清丽细巧，而格局更小，显示此派由中唐向晚唐演变之趋向。有《梨岳集》。（按：本书所录李频诗实为宋之问诗）。

郑　畋（825—883）　字台文，荥阳（今属河南）人。会昌二年（842）登进士第，又登书判拔萃科，官至宰辅。文学优胜，气度宽远，诗亦似之。《全唐诗》录存其诗十七首。

马　戴（生卒年不详）　字虞臣，海州东海（今江苏连云港）人。会昌四年（844）中进士，官终太学博士。工五律，得贾、姚沾溉，凝炼工致而蕴藉秀朗有远韵，有盛唐余响，唯多萧瑟凄落之感。有《会昌进士诗集》。

陈　陶（生卒年不详）　字嵩伯，剑浦（今福建南平）人，自号"三教布衣"。大中时游学长安，后隐南昌西山，约卒于懿宗或僖宗时。古诗遒劲，瑰奇中见悲怆之致，又以七古笔法入七律，笔致纵横而稍浅率。为李贺流裔而欠深致者。有《陈嵩伯诗集》。

韦　庄(836—910)　字端己，长安杜陵(今陕西西安东南)人。乾宁元年(894)进士及第。以右拾遗入蜀宣谕，留蜀为王建掌书记，前蜀立，官至宰相。诗融白居易、李商隐二派，以自然流畅，清丽凄远自成名家。歌行《秦妇吟》为一代诗史，名动当时，人称"秦妇吟秀才"。又工词，与温庭筠并称"温韦"，有《浣花集》、《浣花词》。

张　乔(生卒年不详)　宣州秋浦(今安徽池州)人。咸通中游长安，与郑谷等共称"咸通十子"。黄巢兵兴，隐九华山。诗风幽清似贾、姚而较清浅小巧，五律较胜。《全唐诗》录存其诗二卷。

韩　偓(842?—923)　字致尧，小字冬郎，号"玉山樵人"。京兆万年(今陕西西安)人。龙纪元年(889)进士及第，官至翰林承旨、兵部侍郎。为朱温所排，入闽依王审知。唐亡后只以干支纪年，不臣后梁。幼得李商隐赏识，工七律，富艳精工，缠绵往复，时见激昂慷慨之思。又有"香奁体"，多为艳体。有《韩内翰别集》。

杜荀鹤(846—904)　字彦之，号九华山人。宣州石埭(今安徽太平西)人。传为杜牧出妾之子。大顺二年(891)进士。为宣州田頵从事，后依朱温，表授翰林学士。工律体而不为律缚，清新流利，平易通俗。以七律写时事，是其所擅。有《唐风集》。

崔　涂(生卒年不详)　字礼山，江南人。光启四年(888)进士及第。壮岁避地巴蜀。诗崇贾岛而能于苦吟返之自然。多乱离羁旅之愁，不落晚唐浮浅习气。《全唐诗》录存其诗一卷。

秦韬玉(生卒年不详)　字中明，里贯不详。屡举不第，依宦官田令孜，为"芳林十哲"之一。黄巢破长安，随僖宗赴蜀。中和二年(882)敕赐进士及第。擅七律，多怨愤，发想新颖，常以浅语写心声，以见倔奇之态。七古稍近李贺而浅小，是唐季特征。有《秦韬玉诗集》。

张　泌(生卒年不详)　一作张佖，字子澄。仕南唐，后主时官至内史舍人。入宋任职史馆。家贫以菜羹食亲故，太宗嘉之，擢郎中，人称"菜羹张家"。工七言律绝，清赡多愁思。诗见《全唐诗》(按：张泌为五代人，不应入本编)。